袁天罡传

杨明刚　著

时代文艺出版社
SHIDAI WENYI CHUBANSHE

图书在版编目（CIP）数据

袁天罡传 / 杨明刚 著. —长春：时代文艺出版社，2014.6（2023.10重印）

ISBN 978-7-5387-4565-8

I. ①袁… II. ①杨… III. ①长篇历史小说－中国－当代 IV. ①I247.5

中国版本图书馆CIP数据核字（2014）第118031号

出 品 人　吴　刚
责任编辑　孟　婧
装帧设计　时代新知
排版制作　隋淑凤

袁天罡传

杨明刚　著

出版发行 / 时代文艺出版社
地址 / 长春市福祉大路5788号　龙腾国际大厦A座15层　邮编 / 130118
总编办 / 0431-81629751　发行部 / 0431-81629758
官方微博 / weibo.com / tlapress
印刷 / 三河市兴国印务有限公司
开本 / 710mm × 1000mm　1 / 16　字数 / 668千字　印张 / 38.5
版次 / 2014年9月第1版　印次 / 2023年10月第10次印刷　定价 / 116.00元

第一章

西北望长安，可怜无数山。

这是后人抒发的感慨，却也说明长安在历代人的心目中是永远的首都。无论你地处东西南北，无论你跨越唐宋元明，长安，永远是华夏儿女心中的中心。

这一年是公元569年，现在表述这一年份只用三个阿拉伯数字足矣。可当历史的灯光聚焦在这一年份，聚焦在当时人们的身上时，他们若想准确地表述这一年份而不引起歧义和混乱就感到非常的困难，而一旦表述错误，后果很严重，有多严重可以从几个小人物的遭遇看出来。

某甲是长安富商，正在建康行商，和当地几个头面人物洽谈业务，酒酣耳热之际忘了忌讳，说今年是天和四年。同桌的人均默然，然后一个个离桌而去。当酒店掌柜过来收账时，才发现某甲的脑袋不知被何人借走了，只剩下一具无头的尸体俯在狼藉的杯盘间，只得自认倒霉。

某乙住在长安，正因贱价买下邻居的房产欣然不已，却被破门而入的长安府捕快捉了去。原来他在买房契约上误填上天统五年的年月而被卖房的邻居告发。酷刑之下他只得招供自己是潜伏长安多年的北齐细作，多年来一直向北齐传递北周的军情。他黎明时分被斩首，他卖房的邻居不但保住了自己的房产，还因举报有功得到了某甲的房产作为赏赐，长安府尹也因破获细作案晋了一级，真是几人欢喜几人愁。

某丙是长安一不入流的司仓小吏，他去湖北江陵探亲，因此时西梁已是北周属国。他虽然也是多年前从江陵逃到长安的，此时却有天国上民荣归故里之傲，言必称我们长安如何如何，提起年份便是天和四年，就像那些偷渡到美国刷盘子打黑工、多年后摇身一变成为归国华侨，言必称美国一样。一天夜里酒醉后走在街上，被人用绳子套住脖子勒毙，塞在阴沟里。当地官府断定死因为酒醉冻毙。虽说草长莺飞的六月怎么说也不可能冻死人，就没人刨这个根究这个底了。这无非是个警示：梁国虽式微，在梁国地面上敢不奉行梁国正朔者，杀无赦。

之所以引发上述悲惨事件，就因为那时人们的心中并没有公历农历、西元东元这概念，纪年只能以天子年号。若是大一统时代，这也不是问题，全国只奉行一个年号。可在公元569年，不仅是南北朝对峙，而且南北各有两个朝廷。南朝有建都建康的陈国和建都江陵的西梁。北朝有建都长安的北周和建都邺城的北齐。四个天子分别建有年号，以公元569年而言，陈国是太建元年，西梁是天保八年，北周是天和四年，北齐则是天统五年。当一个人说出年号时，表述的不仅仅是个年份，更是拥哪位天子为正朔的政治问题，这问题直接决定一个人是否能保住脑袋。

后世一位自称堪与司马迁比肩的史学家弄懂这问题后，发出了欧阳修式的感慨：呜呼，苛政猛于虎，天子年号狠如狼啊！

公元569年，北周武帝天和四年，秋，长安。

北周柱国大将军、随国公杨坚府邸中，张灯结彩，筵开百席，公府内的马厩都被来客的马匹占满了，家人又在一条街外寻个空地，现搭上席棚拴马，内眷们的轿子更是摆满几条街，看这架势皇族国公、柱国级国公和朝廷百官都来了。

随国公府的家人是经过大场面的，他们脸上也都洋溢着惊喜，几个丫环婆子还在私底下窃窃私语，猜测皇上和皇后会不会来。这样猜测也不无道理，太子妃就是本府的大小姐，主人还是皇上的亲家翁呢。

内眷们被请至内宅，皇族国公和柱国级国公、文武百官被请至前花厅。随国公杨坚，父亲是老国公杨忠，北周名将，太祖皇帝赐鲜卑姓氏普六茹氏。父亲殁后，他袭爵为随国公，官拜柱国大将军。他在客人桌子中间穿梭往来，以鲜卑和汉两种礼节、两种语言和客人应酬着，答谢大家的盛意。百官们都恭谨地称呼他国公，只有皇族国公和其他柱国级国公才亲热地称呼他普六茹坚。

客人们看着杨坚欢喜得脸上的肉都挤到一起，两眼眯成一条缝儿，心下不禁起疑，各自心头蒙上一层雾水。

今晚是杨坚为他第二个儿子举办的满月宴。孩子已起名杨广。他们原以为是一般的满月宴，不意场面如此盛大。杨坚居然把权贵人物一个不落地搬请至府。他们都参加过杨坚第一个儿子即随国公世子杨勇的满月宴，回想起来无论客人的规模抑或场面的大小，都相去倍蓰。他心里究竟打的什么算盘？

单凭这两点还不足以引发他们的疑心，杨坚为人举国皆知，虽为元勋子弟，无论身上功夫还是战场上斩将搴旗的战绩，都稀松平常，长的更是貌仅中人，还身长腿短，只是坐着时比同身量的人高出半头。然而他却赢得朝廷上下的敬重甚至猜忌，就因杨坚城府极深，腹笥丰赡，机变无穷，并且镇静功夫无人可比，真有泰山崩于前而色不变的本事，是以即便这些国公爷在他面前也不免有失色失态之时。许多人猜忌甚至恨他也因此故。

然而今晚失态的却是杨坚。他似乎摘去了那层假面具，胸中底蕴尽出，让人们看到一个真实的普六茹坚。在座的人虽大多是赳赳武夫，对事情的敏感性却较文人尤胜，那是在瞬息万变、生死一发的战场上磨炼出来的。他们预感到将有不寻常的大事发生。

一张桌子上坐着唐国公李昞，赐鲜卑姓氏大野氏。他和杨坚是连襟，娶的都是大司马独孤信的女儿。同桌的人都抢着和李昞说话，他父亲李虎乃是开国八柱国之一，出身显贵，长大后更是裘马翩翩美少年，又娶了独孤信的四女儿，贵重朝廷。

“李世兄，你这连襟肚子里究竟藏着什么鬼主意？”问话的乃是名将尉迟迥，“你可别说没看出今晚的阵仗，你要敢这么说咱俩出去单挑。”

“那咱们比射箭，我奉陪。”李昞哂然笑道。

尉迟迥恨得牙痒痒的，他是出了名的猛将，但和唐国公李昞比射箭，还不如去找关公耍大刀。李家神箭功夫据说是祖先汉飞将军李广嫡传一脉。他鼻子里哼了一声：“你们连襟两个蛇鼠一窝，没一个好东西。”

他讨个没趣，转头望向其他人。其他人却都望着他，以为他从杨坚口中打听到了什么，他又哼一声，把目光转向高兴得屁颠屁颠、指挥家人传酒上菜的杨坚，心下断定：物反常则为妖，这小子今晚不正常。

李昞表面上豪爽阔略，喜酒好色，不脱贵介公子习气，心下却甚有计较。

今晚之事他是最早觉出异样的，他入内见过妻妹独孤氏，虽只道道契阔，简略地聊几句家常，却像被什么东西揪住了心。他当时尚未明白，也不好多问，退出来坐在酒桌上一直静思此事，却百思不得其解。

尉迟迥一问，他脑中蓦然灵光闪现，明白了和独孤氏谈话时，是什么令他的心有揪紧之感。他一直把她那几句不咸不淡的家常话翻来覆去寻绎参详，却遗漏了最重要的。他此时清晰回想起，独孤氏在和他说话时，一向平静中带着刚烈果决的神色中，却隐隐有种极力掩饰却又不时流露出来的哀戚。

李昞的夫人是独孤氏的四姐，温柔贤淑，尊夫如父，殊无贵家女骄人之态。杨坚的夫人独孤氏是独孤信的第七女，却和姐姐迥然不同，刚烈果决，杀伐决断，那是十个男人也比不上。她治夫如子，整治得杨坚见到女人就躲避不及，唯恐触她的霉头，和李昞家中内宠既多，在外面复拈花惹草恰成两个极端。

正是姨妹眼中那种从未有过的哀戚之色，使李昞的心头猛地一紧，复又想到今晚的怪异，蓦然醒悟：杨坚这浑小子莫不是要改立世子？转念细思又不对。其时，南北朝对峙，南朝是华夏文化正朔，却不重视嫡庶长幼之别。皇家选太子、贵族家选世子，讲究的是选贤选德。北周被视为野蛮的鲜卑胡人，却自太祖宇文泰开国初，即决定复兴周礼，全面采用周官制度。太子世子无须选，嫡长子即得立，比朝廷律令尤为严格。是以杨坚的嫡长子杨勇、自己年方四岁的嫡长子李渊自出生后便被朝廷册封为国公世子，除非有大罪被朝廷削爵，后面的弟弟们是无缘抢夺的。精通朝廷法规律令的杨坚断不会有此下愚之举。

思忖至此，他越发糊涂了，索性撂开此事。他却不知自己猜对了一点，却又大大的错了。

那壁厢尉迟迥琢磨了半晌不得要领，又见众人目光不时盯着自己，不禁恼将上来，大声道：“瞧什么瞧？老子脸上有花儿怎地？咱们既然来了，就吃他娘喝他娘，管他肚子里转什么鬼肠子。”众人轰然应和，真个大杯酒大块肉山吃海喝起来。

杨坚听到了，只是微微一笑，并不以为意。若想从尉迟迥嘴里听到好话，比石头开花还难。他知道大家都在猜度他的用意，这却是说不得的，明天他们就知道了，一准会惊他们个瞠目结舌。

他心中正自得意，忽见花厅门口闯进两个着宫内服饰的卫士，进来后也不言语，门神般分向大门两边岸然抚剑而立，随后走进四名宦官。当先一人走了五六步，便立定身子，扯开尖细的嗓子喊道："皇帝陛下驾到。"喊毕，也分向两侧站立。

众人大吃一惊，愣怔片刻，忙都起身站立，企足延颈望向花厅大门。门口走进两人，当先一人四十上下，身材高大，骨骼粗壮，三绺黑髯，甚是威武，面容却甚是清癯，仿佛不见天日已久，正是当今北周天子宇文邕。与他半步之差走着的人，身材略矮，年岁略长几岁，骨骼面目都很相似，须发中已略见斑白，乃是皇上的堂兄，当朝执政大冢宰、晋国公宇文护。

杨坚抢上几步，单膝跪倒，右手做抚刀状，行的是鲜卑礼节，和军礼差不多。"臣不知皇上驾到，望乞恕罪。"

其余众人也都离席，跪单膝喊道："臣等接驾。"杨坚的家人们早已跪满一地，未奉号令不敢抬头。

虽然复兴周礼已有多年，北周君臣之间礼仪简约。这些开国元勋当年和太祖皇帝都是兄弟相交，子侄辈也是整日价在一起打闹玩耍，后虽有君臣之别，君臣之间文雅点说是布衣之交，粗俗点讲就是从光屁股娃娃撒尿和泥玩出的交情，只有正式朝会大典，才行三跪九叩的汉家礼仪。平时过往，对揖而已。

"起身，大家都请起身。"宇文邕很谦逊地喊了一声。

杨坚起身后又对宇文邕身侧的宇文护躬身一礼，"普六茹坚参见大冢宰。"

"普六茹坚，你可知罪？"宇文护平平喝了一声，淡淡的表情中似射出无限威严。

杨坚不知自己犯了何事，登时吓出一身冷汗，嗫嚅道："请晋公明示。"其余人等闻听此言，也俱感悚然，平时和杨坚交好的人更是替他捏一把冷汗。

宇文邕笑道："大哥，普六茹坚正办喜事，你就别吓他了。"宇文护转颜微笑，上前一步拍拍杨坚肩头，"普六茹坚，你请大家喝酒，满朝的人都请到了，为何不请皇上和我？我也就罢了，这藐视圣躬之罪你可招认？"

杨坚这才透出一口气，赔笑道："晋公，犬子之事，焉敢劳动皇上和您的大驾，普六茹坚可没恁大的脸面。"宇文护又板着面孔道："少跟我说嘴，你那些年和你那些狐兄狗弟偷鸡摸狗时，怎么光顾我家最多？"

众人哄然大笑，此事在座的人几乎都知道。还是二十多年前，杨坚和一些功勋子弟日日在一起厮混，晚上就出去偷鸡摸狗，在野地里烧着吃。百姓家鸡犬不多，后来就偷到各国公府里，宇文护养的打猎用的名贵猎犬被他们偷吃了五条，为这事杨坚也没少挨父亲的板子。

杨坚尴尬一笑：“晋公好记性。”宇文护不冷不热地道：“我这人别无所长，就是记性好。你这些年的事我也都记在心里，一条也没忘。”说着眼睛巡视花厅一周，最后才收回来。

杨坚刚停止的冷汗又冒出来，一句话也说不出。他听得出宇文护话中不乏威胁警告之意。他提起往年旧事是要套套交情，这软中有硬的手法他玩儿得最熟了。那些被宇文护鹰隼般的目光扫到的人，俱都心生寒栗，不敢对视。

唐国公李昞见场面尴尬，忙上前打个哈哈，笑道：“皇上，晋公，请入席说话。”说着侧身揖让，却用脚跟踢了杨坚一下，示意他赶紧张罗席面。

杨坚这才醒过神来，正待吩咐家人，宇文护又抓住他肩膀，笑道：“不必劳烦你了，我来替你招待皇上。”他举手击一下掌，外面走进一队人来，抬着桌椅、提着食盒，杨坚和李昞认得，竟是宫内御厨房和茶水房的人。

两套桌椅并排安放在东面上首位置，宇文邕和宇文护坐定后，宦官们便摆好食具和酒肴。杨坚和李昞看见更是吃惊，除两套桌椅是杨坚府中之物，酒肉菜肴都是从宫中带过来的，这是一奇；更奇的是，桌上的酒肉菜肴和杨坚宴客的一般无二。

这自然是宇文护惯耍的手段，意思是说你坐在家里吃什么喝什么我都知道，甭想有什么能瞒过我的耳目。自带酒菜不是怕给主人添麻烦，而是怕主人投毒鸩杀。这层意思可不简单，其中意味着宇文护和杨坚、李昞之间的一段不解之仇。

话说当年宇文泰草创之初，四面皆敌国，他率众将统兵在外连年征战不休，因家中诸子尚幼，便让侄子宇文护处理家务，教育弟弟们。其时宇文护也年仅十七岁。后来宇文泰在外征战时病危，急招宇文护驰至军前交代后事，把家事国事俱托付于他，宇文护也算是宇文泰唯一的托孤重臣。

宇文护拥立宇文泰的嫡长子宇文觉为帝，权力依然握在他手中，宫内宫外执掌兵权者不是他的兄弟子侄，就是私人心腹。他官拜大冢宰，大冢宰是周朝的官职，职权是“百官总己以听”，也就是一人之下万人之上，相当于汉初的丞相。宇文护却是上劫天子，下制百官，比周朝的大冢宰还要威风。

宇文觉忍受不了大权旁落，他的皇后乃是大司马独孤信的长女。与宇文泰一起开国的元勋赵贵、独孤信更是看不惯宇文护的跋扈，君臣三人密谋起兵除掉宇文护。可惜事机不密，被人告发，宇文护先发制人，把赵贵满门抄斩，总算顾忌独孤信在军中声望素著，先是把他免官软禁，第二年逼令自杀。他废掉宇文觉，改立宇文泰的庶长子宇文毓为帝，把宇文觉夫妇杀掉。

因杨坚和李昞娶的都是独孤信之女，宇文护本着息事宁人的原则，虽没牵连到他们，对这两人却是猜忌防范，此番自带酒菜便是此故。

宇文护原以为宇文毓以庶子承继帝业，应该感激自己。不意宇文毓也无法忍受，和外臣密谋除掉宇文护。叵耐宇文护吃一堑长百智，宫内外遍布眼目，知悉宇文毓的密谋后，他不慌不忙，假借宇文毓的名义召集这些人到宫里开会，进来一个捉一个，一个不漏，然后送到他自己府中处死。

第二天他召集百官聚议，宣布宇文毓的罪状，要把他废掉，百官迫于他的威权，谁敢道个不字。宇文护便将宇文毓先废后杀，改立现今的宇文邕为帝。

宇文邕虽有雄才大略，却有两位兄长血淋淋的覆辙在前，专一韬光养晦，对祭则寡人、政由冢宰的权力格局似乎很满足。无论人前人后对宇文护都尊称大哥，如同家人一般。他对军政毫不过问，闲暇时便与一帮文臣衡文赋诗，讲求学问，因此君臣二人相处甚得。

宇文邕正举杯要敬宇文护，看到杨坚和李昞还愣怔那里。他心中雪亮，见宇文护眼中已现狐疑之色，便笑道："你们两个还立在那里作甚，难不成你们两个倒是客，让朕来招呼你们？"

两人如梦方醒，都告了罪，李昞还席，杨坚又开始招呼客人。

北朝的风俗是家庭事务全由主妇裁夺料理，虽然圣人作训：男主外，女主内，牝鸡不可司晨。可按北朝人的见识：家之外才是外，家之内都是内。是以举凡迎来送往、宴请宾客甚至出门拜访就都在"牝鸡司夜"的范畴内。

此次大家来为杨坚二儿子满月贺喜，却不见主妇独孤氏露一下面，倒也无人惊诧。毕竟主妇生产也才满月，贵家女娇贵，要好好保养也在情理之中。待宇文护携皇上来到，大家就更料定：主妇不会露面了。

然而在内宅暖阁中饮酒的内眷们却也罕见主妇之面。她们来时独孤氏倒也一一接待，把手寒暄。但见独孤氏头缠锦帕，面色惨白，身体萎靡，倒似乎生产时失血过多尚未将养好的光景。席面安置好后，独孤氏也出来给大家敬酒安席，然后就转入里面不再露面。

为怕大家挑礼，她的四姐唐国公李昞的夫人便权行主人之职。两姐妹面貌相似，不时常往来的还以为是独孤氏入内换了衣服又出来了。时相往来的几位通家之好的国公夫人却觉出异样来。她们对独孤氏知之甚稔，以她十个须眉都比不上的巾帼风范，即便身体不好，这种场面也会硬挺下来，断不会逃避。她们猜测，她一定在里面忙着什么大事，而且是很紧要的大事，或者是孩子闹病，她在里面照看孩子。

独孤氏确实是在看孩子，看裹在襁褓中睡得酣甜的杨广。假如她能预知这二儿子将来会干出怎样逆天败伦的事，又在华夏大地上掀起怎样的腥风血雨，她会毫不犹豫地掐死他，她真做得出来。她天性中那股子狠劲，莫说家人，就连在沙场上见识过尸积如山、血流成河的杨坚也惧惮三分。

她此时面容中却是慈祥的母爱，眼中充满哀戚，看着看着，一串串泪水便滴落下来。

“小姐，您别再伤心了。事儿该怎么办就怎么办，哭坏了身子就不值得了。”贴身服侍她的丫鬟采颦安慰她。

屋里站满了丫鬟婆子，都是她出嫁时陪嫁过来的。独孤氏收住泪水，蓦然发火道：“你们都在屋里挺尸作甚？我还没死哪，采颦留下，其他人都出去招呼客人，别让人家笑话。”

丫鬟婆子们依序退出，比朝会都秩序井然。独孤氏治家如治军，赏是厚的，罚是重的，只要犯在她手里，就甭讲什么脸面。

只余采颦一人在屋，独孤氏又换了脸子，森然道：“你想死吗？这种话你也敢说，你想嚷嚷得全府上下都知道？”

采颦忙双膝跪倒，含泪道：“婢子失言，不过小姐放心，这屋里说的话，借她们三个胆子，她们也不敢漏出一句。”

独孤氏火气渐敛，沉吟片刻道：“起来吧，他们怎么还没来？莫不是话没传到？”采颦道：“传到了，按说早该到了，可能是被阻在外面了。”独孤氏一怔：“怎会阻在外面？我不是安排好人在后门接应他们吗？”采颦道：“小姐有所不知，皇上和……那个恶魔来了，外面几条街都被宫内禁军封锁了，不许进不许出。”

独孤氏勃然大怒：“我家又没谋反叛逆，他凭什么封我的家，还要满门抄斩怎地？我出去寻他说理。”采颦忙跪在她面前抱住她，惶恐道：“小姐息怒，万万去不得，那恶魔行事一贯如此，并非对着咱们来的。”

独孤氏只是一时气昏了头，当年她父亲独孤信犯了事，独孤府就被禁军封得铁桶一般，连她想进去探望父亲都被拒之门外，终于没能见到父亲最后一面，此刻听说府邸又被封了，触景生情，就要去和宇文护拼命。她被采颦死死抱住，挣扎几下脱身不得，倒也冷静下来。

恰在此时，杨坚推门进来，见状大惊道："你们主婢这是作甚？"采鼙叫道："姑爷快来，小姐要出去寻那恶魔拼命。"

"噤声！"杨坚蓦然一声断喝，面孔也狰狞可怕，吓得采鼙掩口不迭，花容失色，险些瘫软在地，独孤氏心里也打了个寒噤。

杨坚一步跨至窗前，推开窗子向两面望去，见窗下无人，附近也看不到人影，内宅的人都在暖阁中服侍客人，这才放下心，回头对独孤氏摇摇头，叹道："我也有此心久矣，惜乎此贼防范太严，下手不得。"

独孤氏心中涌上一股暖流，毕竟在这事上夫妻还是一条心的。

其实杨坚要杀宇文护既是要为她报杀父杀姐之仇，也是要为皇上出力——清君侧。但从根本上讲，是为自己。

当初宇文泰创建北周军制，把所有兵力分成八部分，每支军队由一人统领，统领之人勋阶为柱国，爵为国公，这就是史上有名的八柱国国家。宇文泰自统一军，东魏皇族元欣统领一军。因元欣在宫内任总侍卫，这一军也由宇文泰统领，他实则统领两军。这也是他选任元欣的原因，他要比其他六柱国多出一倍的兵力。其他六柱国为赵贵、独孤信、李弼、李虎、于谨和侯莫陈崇。李昞的父亲唐国公李虎就是这八柱国之一，是真正的开国元勋。

这八柱国就是当初周国仅有的家底，也是权力的根本所在，后来军力渐扩，便又有十二柱国领军大将军，每位领军大将军下面掌握两个开府、两支军队，合起来就是二十四支军队，杨坚父亲杨忠和他本人都是这十二柱国领军大将军之一。

其时无论南朝北朝都最重门阀，门阀在社会上就是地位高下的等级标准。虽同是柱国，开国时的六柱国和后来的十二柱国便高下有别，森然不可逾越。以独孤信而言，虽与宇文泰是平肩等夷辈，后来宇文家成为皇族，长女入宫为皇后，这叫联姻帝室，可谓高攀；四女嫁给李昞，就是真正的门当户对；七女嫁给杨坚，就只能谓之下嫁了。他焉能预知七女后来成为皇后，四女也生出个皇帝（李渊，其时仅四岁）。

杨坚惧内不仅名满长安，而且邻国皆知。这些柱国领军大将军领军征战，到了敌国，见到有姿色的女子就抢回来，哪个不是侍妾过百，家妓盈千，齐、周、陈三国皆然。独他一个守着一个独孤氏，便成了稀罕物，被人讲来讲去也是自然。若非独孤氏肚子争气，为他连生一女二子，直欲被打入宦官群中。

他惧内不是因为独孤氏性格刚烈，御夫有术，就是门第之差让他无法在独孤氏面前挺直腰杆，若论对付刚烈有“术”的人，他的“术”更多着几倍不止。

独孤信因“谋反”被逼迫自尽，家族实力大减，门阀地位却依旧。杨坚却陷身两难的境地，他知道宇文护百般猜忌排挤他，就因为独孤氏之故。除非他离婚别娶，否则无法消除宇文护的猜忌。然而他若真的离婚，就会被人骂作贪利忘义、趋炎附势的小人，名节扫地尽矣，必为世人所不耻，这种事宁死不可为。是以只要宇文护掌执国柄，他就甭想有出头之日，要出头就得杀掉宇文护。

自存此念后，他就一直寻找下手的机会。宇文护经历过两次皇上“谋反”的事，对自己的防护布置得严密无比，从不予人可乘之机。

今晚他没想到宇文护会携皇上不请自来，但仔细想一下，他如果真的“恭请”，宇文护就不会来了，怕他在家里埋伏甲兵、设好陷阱。是以他脑中一热，想搞个“急就章”，临时纠集人手，发起突袭。

他假借给皇上和晋公找坛陈年美酒的由头，离开花厅，却见外面三步一岗五步一哨，站满了禁军。这些禁军名义上归皇上统领，却是宇文护亲手挑选的。转了一圈他才发现，他的家人都被轰进屋子里，不许随便走动，连厨房和茶水房都有禁军站岗监视，他那些负责警戒的家兵家将也都被禁军换下，连通向内宅的大门都有人把守，不许随便进出。他此时才知道，自皇上到后，连给客人们上的酒肉菜肴都是由宫内宦官传送，一直到花厅门口，才由他留在里面的家人送到客人的席上。宇文护竟是外紧内松，故示闲暇，他还懵懵懂懂，不知就里。

他心里彻底绝望，莫说纠集人手，连随意召唤家人都不可能。他走到哪里，后面都跟着两名宇文护的侍卫，说是奉晋公之命来抬酒坛子，借口堂皇，令他既笑不得也恼不得，只好到酒窖中寻了一坛祖父年轻时酿的美酒回去复命。

看到他只捧了一坛酒进来，宇文邕眼中竟现出失望和沮丧之色，虽只是一瞬即过，杨坚却看到了，也读懂了，皇上竟然明白他寻酒的真正用意，也指望他率家兵家将进来勤王。君父身处难中，作臣子的咫尺之隔竟只能束手观望，一向不讲究什么君臣大义的他，一时间也倍感惭愧无地，深深地低下了头。

宇文护倒是泰然自若，他自信布置严密，普六茹坚在他掌心里玩不出什么花样。他叫人把酒坛启封，先倒一碗酒，由宦官中一个专门负责尝验酒食的人品尝喝下。一盏茶的工夫后，喝下的人没甚不良反应，这才为皇上和自己斟了一碗。

浓洌的酒香飘满花厅，那些武夫悍将登即乱成一锅粥，嚷嚷着普六茹坚奸诈似鬼，有美酒不肯拿出来请大家喝，只用市面上的水酒骗他们。

杨坚从不买市面上的水酒，宴客用的酒也都是府里自酿的。其时北方大户人家都是爷爷酿酒孙子喝，酒不存到五十年以上是不启封的，大多喝的都是百年陈酿，如给皇上这坛。此次宴客请的人多，用酒量大，他用的是自己酿的一批，窖藏三年左右，身份自然有限。

宇文护对众将在皇上前的“失仪”，却笑而不语。他最喜欢看这些手执兵柄的人吵来吵去，无论是为军国大事还是为一坛酒，只要他们不结成一条心就万事大吉。杨坚无奈，只得把窖藏的五十年以上的美酒尽数拿出来，才堵住这些人的嘴。

喝过几碗酒后，宇文邕面现酡颜，吩咐杨坚把孩子抱出来给大家看看，他和晋公都有赏赐，要看到孩子才给。

杨坚躬身听着宇文邕的玩笑话，却偷偷谛视着他的眼睛。皇上眸子里平静淡定，似乎并无任何其他意蕴，他却明白皇上是想让他到内宅再想些办法。跟着他的两名侍卫还算懂得礼数，到内宅门口就止住脚步，他这才轻松自如地回到寝房。

说这些话时，他早把采蘩支出去把风，夫妻二人在房中密议勤王大计。

独孤氏听完后，沉吟半晌，苦笑道：“没法子，你难不成指望我率这些丫鬟婆子去和虎狼般的禁军厮杀？莫说我，就是擅长以军法调教美人的孙武复生也不可能。”

杨坚徒发一声浩叹，他也知道毫无希望，只是独孤氏虽是女流，却有乃父之风，往往有奇策妙计。他忽发奇想，和独孤氏商议，能否暗中调集独孤府和唐国公府的家兵勤王？独孤府的兵独孤氏就能调动，李昞虽在前面被绊住，他夫人也可以暗中调兵。

独孤氏嗤笑道：“你们男人真是没用，这等勤王大计还要指望我们女人家。但这也没用。”她皱眉深思须臾，断然道：“关键不在兵将的多寡，而在于皇上，只要皇上在此贼手中，咱们有多少兵将也无用武之地。他胁迫皇上发封诏书咱们就完了。当年赵伯伯和先父筹谋勤王，计策可称万全，手中握的兵将足以屠灭一国，就因皇上没能转移至安全地方，先父投鼠忌器，贻误时机，反遭此贼反噬。你若有办法把皇上弄到我这里，我们姐妹就有办法把皇上弄出府，然后召集两府兵将占据皇宫，一纸诏书发出，大事定矣。”

杨坚听得连连点头。他虽是柱国大将军，手握兵柄，军事上并无过人之能，莫说和赵贵、独孤信、李弼、李虎这些前辈比，就是和尉迟迥、李昞这些二代名将相比，也远逊不如，甚至不如独孤氏。但他长于谋略和治国，这却是那些只知排兵布阵、在战场上鏖杀的武将无法相比的，宇文护猜忌他就有这方面的缘故。

杨坚觉得独孤氏计策可行，但想在宇文护眼皮底下把皇上弄到内宅来，又不让宇文护起疑心，也几乎是不可能。只能见机行事，就看能否找到这个“机”了。

他不敢过多停留，抱起床上酣睡的孩子急匆匆转回花厅。

第二章

杨坚走后，独孤氏坐在床上陷入沉思，她想的不是如何勤王，而是杨坚。曾经有那么一瞬间，她恨他较之恨宇文护尤甚，恨不得一剑捅了他。

幸好她不仅是长安长舌妇口中“悍妒”妇人，她的理智也如山一般坚凝，她明白不管他做出怎样的错事，自己的一生却只能靠他。这世上女人离开男人是无法立足于世的，这是生为女儿身的悲哀。无数善男信女虔诚礼佛，善男求的是成佛作祖，信女所求不过是来世转生男儿身。

大约半年前，她就察觉杨坚行踪诡秘，常常借口巡视军营，出走数日始归，即便在家中，也经常借口与同僚吃酒打猎，早出晚归甚至夜不归宿。细细想来，这事在一年前已现端倪，她只是没察觉到而已。

她虽是随国公府的主妇，府中大小事也均凭她一言而决。但她明白，到了真章上，除了陪嫁过来的家人和丫鬟婆子，随国公府的人还是唯杨坚之命是从，更甭想让他们和真正的主子作对。她便暗地里让独孤府的人查杨坚的行踪，结果发现杨坚所说的那些公事私事泰半属子虚乌有，但杨坚究竟去了哪里，却查不出来。她凭着夫妻间那种特殊的感应，断定杨坚一定是外面有了女人。

这事若放在别的国公府里，稀松平常之至，主妇甚至会把这种事当乐子讲，若贤惠如她四姐唐国公夫人者，还会关心夫主在外面住的好不好，吃的怎么样，热心地帮着操办，可对她而言，就是天塌地陷一般。

对她的嫉妒，别人都无法理解，甚至她自己也无法理解。她家中父兄也是姬妾成群，她自小司空见惯，从小受的家教更是女孩儿家要柔顺，在家从父、出嫁从夫、夫死从子，所谓三从。至于四德，其实德容姿色俱不必论，女人家首要的就是不妒、能容，不嫉妒夫主在家广纳姬妾，在外拈花惹草，还要能容得下这些姬妾，如大姐姐般领着她们一同侍奉夫主，她四姐就做到了这一点。

这些道理她非但懂，而且能倒背如流，又有好榜样在前，但她就是做不到，这非关情理，而是天性使然。

她嫁过来时，杨坚已有两房侍妾，这她也忍了，却严格约束杨坚，一年半载的允许他们同房一次。为表明自己不妒，她还让杨坚把自己的贴身丫鬟采鞶收用了，做通房大丫头，但只让杨坚尝过一次滋味便再不让他近采鞶的身子。她这样做不过是要给采鞶一个名分，拴牢她的身心，不然终究要把她嫁出去，自己就少了一个得力贴心的人。

她四姐也经常笑话她，说她本是男儿身，却投错了女人胎，只有男人管女人是这样的，女人哪里有这样拘束男人的。她却清晰记得杨坚收用采鞶那晚和他每次去侍妾房中过夜，她都会一夜无眠，心如针刺刀剜般痛，妒火几欲焚穿顶门。是以她宁愿惹人耻笑，也绝不遭这份罪。杨坚每次在侍妾房中过夜后，看到她一夜之间憔悴的样子，心中也觉无趣。久之，绝足不进侍妾的房，对采鞶更是敬而远之，真正过起一夫一妻的日子。

也正因杨坚彻底改邪归正了，她放松了对他的警惕。孰料他在家里规规矩矩，与五六十岁的婆子都保持三尺距离，却在外面养起女人，这一点她虽无真凭实据，却敢断定无疑。

她没和杨坚闹，表面上若无其事。捉奸要双的道理她是懂的。若无真凭实据在手，空口白牙大闹一场，徒惹人耻笑不说，还会惊了杨坚，以后更难查他的行踪。她只是严令孤独府的家人，只要杨坚在长安，就要盯牢他，查清他究竟去了哪里，都做些什么。

独孤府的家人对这位老国公最宠爱的小姐奉命唯谨。别的人家是嫁出去的女儿泼出去的水，等闲不过问娘家的事。这位七小姐却是自小便帮着理家，说一不二，出嫁后也常挂念府中大小事务。老国公含冤而死，少国公被废在家，形同囚禁，只知借酒消愁，独孤府倒全凭仗出嫁的七小姐打理维持。若非七小姐把府中大小事务处理妥当，只靠着少国公，宏伟壮丽的国公府怕是要榛莽处处，有野狐出没其间了。

几个月后，家人查到确实消息。她刚生下孩子的第五天，独孤府的丫鬟借来看望小姐和小公子的由头，悄悄告诉她：姑爷在外面是有个女人，还是个汉家女子，并让她宽心，说姑爷去的也不勤，又是汉家女，不必放在心上。姑爷顾忌人言，过些日子也就撂开了。谁家都有这种小事，不必放在心上。刚生完孩子，要静心调养才是。

若非她尚在月子里，门都不能出，立马就会率丫鬟婆子打上门去。一个下贱的汉家女子居然骑到她头上了。她自小就是天不怕地不怕的性子，父亲是当朝数一数二的人物，朝中大将大多做过父亲的下属，杨坚的父亲杨忠当年就是她父亲麾下骁将。那些在外面叱咤风云的大将，进了独孤府，和府中的奴仆厮役也差不多，连独孤府的丫鬟都对这些大将呼来喝去，他们倒也乐于承应效劳。她姐姐后来又当上皇后，独孤家族联姻帝室，即便在六柱国中也是首屈一指。家族势力再加父亲宠爱，养成她天不怕地不怕、做事浑无顾忌的个性。

自家遭大难，她才真正经历磨难，天性中那股悍戾固然无法磨灭，却真正成熟起来。兄长被废后人也真正废了，整日沉湎酒乡，其他人也都靠不上，四姐素来不理家务，纵然有心出力亦无着力处。独孤府的重担就压在她肩上。自父亲遇难那日起，她就发誓要除掉宇文护和他的党羽，为父亲复仇昭雪，重振独孤家族，而这一切单靠她是做不到的，只有依靠杨坚。

她思索一夜，决定淡化此事，便捎信给独孤府，让他们想办法把那女子弄走，她要多少银子就给多少，只要别让杨坚再找到她就成。独孤氏觉得无论对那女子还是杨坚，她这样做都够仁至义尽了。

信传出后也就没了下文，独孤氏还以为家人办的妥妥的，那女人就算不扔过长江以南的陈国，至少也要塞到齐国去了，至不济也能安置在属国西梁。天下茫茫，杨坚纵然对她有情有义，又哪里去寻？谅这一个汉家女子也不敢和她这样鲜卑贵种女放对，得笔横财就销声匿迹了。

孰料半月后又有消息由丫鬟传到，说是此事太扎手，那女子不是一般的汉家女子，而是神农堂的女神医苏蕤，是以请示定夺。

独孤氏登时头大如斗，怎会是这个女人？杨坚怎会招惹上她？独孤氏直觉不可能，急命再查。五天后消息再度传回，那女子确是苏蕤，姑爷只是和她相好，并不是养着她。神农堂的女神医是不需要任何人养着的。另一个消息更令她感到震撼，说是姑爷和那苏蕤相好已有一年多了，还刚生下一个孩子。无巧无不巧的是这孩子竟和二公子是同一天出生的。依独孤家人的意思，这苏蕤难惹之至，又和姑爷有了孩子，真真是生米煮成熟饭，只能任凭姑爷的意思了。

独孤氏此番不是头大的问题，而是被震瘫了，躺在床上一天都没起来。

这位神农堂的女神医苏蕤她不仅知道，满长安没人不知道，说起来比皇上和专权的宇文护还要有名。

苏蕤大约一年半前来到长安行医，租了两间平房，挂上神农堂的牌子。神农堂的牌子可不是乱挂的，据说这一脉是神农氏一门嫡传，代代均是国医圣手，只是这一门派择徒綦严，每代弟子少则一人，多不过三五人。是以只要因缘际会，无德无能之人如后汉初刘盆子、更始帝之流能当上皇帝，但想当上神农堂的传人就难如登天了。

神农堂居无定所，常常在一个地方行医一年半载，就摘牌走人，到另一个地方行医。这是因为神农堂的宗旨就是行医天下、济世救人。

神农堂开张后，就医的人络绎于途，但见到神医后却都大失所望。据江湖传言当代神农堂的神医乃是孙思邈，都赞他是神农转世，什么扁鹊、华佗、张仲景都不在话下。然而大家见到的却是一位面容姣好、年仅二十许的姑娘。有鲁莽之人当场就说她是冒充的，她却自言是孙思邈的师妹，初到长安行医，信得过的就上前就医，信不过的就请走人。她声调不高，却有凛然不可侵犯的威严，那些鲁莽的人都脸红涨着闭上嘴。

两天后就没人怀疑她不是神医了，凡她诊治的病人只用一剂药就可痊愈，有时这一剂药甚至只是一味药，药到病除。她收诊费也很特别，门口有个钱箱子，随患者诚心出多少，自己投到钱箱里。若无钱或不愿出钱，拿药就可走人，她既无怨色更无怨言。街上的乞丐到她那里瞧病，非但分文不收，走时还拿两吊钱给乞丐，让他买饭吃。

一月过后，长安城里便无人不知有个美貌女神医，两月后，女神医在许多人嘴里就成了女菩萨。半年过后，随便长安城哪个角落，只要提起苏神医，周围十个人中会有八个人眼含热泪，额手稽颡，闻名如对神佛然。他们都是苏蕤医治过的。

但她有个怪毛病，绝不给皇族贵族官宦和豪绅人家治病，她的理由是这些人不是有太医照料，便是各大名医的主顾，她不能坏人衣食，这是行医的医德。

可怜这些贵族官宦豪绅人家生了绝症，只好穿上破衣烂裳，装扮成穷人，由人扶着或者抬着去就医。苏蕤偏能认得出来，也不点破，只是开出天价药方，不出钱就不给药。她也委实有过人之能，各种绝症，国医束手，到她手上也只一剂药，只是诊脉和下药的时间长些。

长安府尹的老母亲得了绝症，堂堂长安府尹也只好放下架子，给自己和老母亲换上破旧衣裳，自己用独轮车推着老母亲就医，结果还是用一车的金银才换来一剂药，治好老母亲的绝症。如此一来，贵族官宦人家也没人敢得罪这位苏神医，任你怎样富贵，也难保不得绝症，性命关头，还得求到人家门下。她收下的金银就堆在后院，和各种草药混在一起，却连穷极无聊的盗贼也不敢打这些金银的歪脑筋。

她的各种事迹被传的神乎其神的，有说她白天是神医，晚上便回复菩萨真身的；有说她堆放金银草药的后院晚上就放射金光的……林林总总，不一而足。随国公府有几位武功高强的侍卫，说了些神农堂的事，倒较为可信。

据他们说，神农堂只是这一门派行医时挂的牌子，其实这一门派叫药王门，这一代的掌门就是名医孙思邈。孙思邈当真有夺天地造化之功、生死人肉白骨之能，岂止是神医，简直是天医。这只是一奇，孙思邈如今还不到三十岁，却星相卜筮、奇门八卦、天文地理、翰墨丹青无一不精通，乃古往今来第一等人物。若说不是天人转世，就无从解释他那身通天彻地的本事了。一个人就算投胎转世一百次，也学不会更学不全他那身本事。言下之意自是说，苏蕤和她掌门师兄比，还有天壤之别。药王门的人不但医术通神，学问惊人，还都身负绝世武学，孙思邈纵横大江南北，无人敢在武学上与他较一高低。苏蕤一孤身女子敢在鱼龙混杂的长安行医，而不惧强梁，似乎也验证了这一点。

独孤氏平生第一次心怯了，她不是怕苏蕤身负绝世武学，而是悍戾如她，也不忍向这样的仁人下手，甚至下意识里还觉得杨坚能攀上这位神医，是家门一大荣耀。至于以后怎样发展，等她找机会和杨坚说开此事再议。她心中不解的只是杨坚如何能攀上苏蕤，苏蕤又看上杨坚这个貌相平庸的男人哪一点了？若是姐夫李昞倒还说得通。

此事似乎偃旗息鼓了，但有一天，她在睡梦中因一阵心悸醒了，觉得有一件紧要大事没办。想来想去又想不明白。她穿衣下床，叫醒丫鬟，问老爷在哪里，丫鬟说老爷没进内宅。打发丫鬟去外宅问，外宅管家说老爷被唐国公和蜀国公拉去打猎了，要在城外过夜。

她并没想什么，只是被阵阵的心悸搅得坐卧不宁，便神差鬼使般去了杨坚在外宅的书房。杨坚有时宴客太晚，就在这里过夜。她支开下人，一个人梦游般在书房里漫无目的翻检着、搜寻着，最后在一个扃钥甚固的书柜里搜出一封奏折，看过后就瘫在椅子上，久久没能起来，浑如被人抽去了筋骨。

杨坚在奏折里竟要求改立世子，就是要废掉已立世子杨勇，改立他和苏蕤所生的儿子为随国公世子，可能是孩子尚未起名，孩子的名和下面的日期都空着。

那时候皇家和贵族世家的太子世子制度很严格，太子世子既经皇上册封，没有大过不得废黜另立。但独孤氏明白这封奏折一上，执政的宇文护立马就会批准。随之就会行册封大典。只因宇文护恨极了独孤家族，连她这样的出嫁女也视为眼中钉，对她所生的孩子也看不顺眼，这封奏折正合他的心意。

杨坚虽未要求改立苏蕤为正妻，但只要世子改立，以后母凭子贵，再改立正妻也是顺理成章的事。她堂堂国公之女，竟要沦落至小妾甚至有可能被逐出家门的境地。

不知过了多久，她清醒过来，心里没有怒火，也没想如何与杨坚闹，而是想明白了怎么办。片刻之间她已想好了釜底抽薪、斩草除根的毒计。心中并无愧疚，你既不仁，就休怪我无义。

她把那封奏折塞进衣袖里带回来，第二天便把独孤家的几名家人招来，给他们看了那封奏折，然后告诉他们，不管用什么手段，都要把这对母子除掉，最后做的神不知鬼不觉。否则她就要被废了，独孤家族也真就要一蹶不振、永无出头之日了。

独孤府的家人为她查那些事时，还颇有些心不甘情不愿的，觉得七小姐的悍妒真是无药可医。看到这封奏折，他们才意识到问题的严重性。七小姐不仅是独孤府的实际主人，更是整个家族复兴的希望，当然要不惜任何代价保住她的地位。

独孤氏命令他们回去，安排独孤府当年跟随老国公的八大高手尽出，再在老国公亲兵卫队中挑选一百名精锐，在二公子杨广满月的这天夜里到随国公府后院墙外集结待命，她会安排人把领头的侍卫从后门领进来面授机宜。她一面安排好这件事，一面命管家在长安城里大撒请柬，除皇上和宇文护外，其他公侯和官员全部邀请，为杨广庆祝满月。杨坚回来后，帖子已经撒出去，只好认同。独孤氏对杨坚解释说，杨勇满月时，战事倥偬，满月宴只是草草。而今承平，要好好补办一次，杨坚也未生疑，焉能知道她是要借宴客拖住他的身，好让独孤府的人便于行事。这两天，她还用上以前羞于使用的狐媚手段，把杨坚留在自己房里，恩爱弥笃，弄得杨坚如在梦中，就是怕他回到外宅的书房中，查出异样。

她千算万算，就是没算到皇上和宇文护会来，禁军会把几条街封锁，独孤府的人被阻隔在外，得不到她的命令只能干耗着。假若过了今夜，杨坚回到外宅书房，就会发现损坏的书柜、奏折不翼而飞。以他的警觉不难猜出是怎么回事，只要他把苏蕤母子转移走，几天后朝廷重新册立，她再要下手也晚了，何况杨坚根本不会给她第二次机会。一时间不禁彷徨无计，心痛如割。

“小姐，您在想什么？您得想办法啊，阿俊他们还在外面候着哪。”

独孤氏一惊，这才看到采鞡不知何时进来，站在身旁催促着。

“催什么催？我这不是正想着嘛。”她无计可出，肝火陡然旺盛起来。

主婢正乱着，门外忽然传来脚步声，一个婆子在门外高声道：“小姐，阿俊来了。”

听闻此语，主婢二人都不敢相信自己的耳朵，这不是说曹操曹操就到，而是想谁谁来，只是怎么可能？

“让他进来。”独孤氏随口应道。

门开了，进来一人，屈左膝跪倒行礼，叫声小姐，就嘻嘻笑着看着主婢二人，不是独孤府第一高手独孤俊却是何人。

独孤氏大喜，却又一忧，难道是皇上起驾回去了？若是这样杨坚马上就会转回来，万一他发现独孤俊，一定会生疑。若是被他瞧出端倪，自己就会满盘皆输。心念电转间竟是一团乱麻，作声不得。

“外面不是封住了吗？你怎么进来的？我想法子出去还没想出来呢。”采鞡心思单纯，快人快语，脱口问道。

“嘻嘻。”独孤俊笑了两声，指着自己身上的服装，“采鞡姐姐，你没看到我身上穿的什么？借套他们那身狗皮有甚难的。我还留了面入宫腰牌，”他摸出一面铜牌晃了下，“我就说是晋国公府的，有急信传给晋公，他们也就没仔细查验，这就混进来了。”

独孤氏这才看清他穿的是禁军服装，和其他柱国的军队服装差别只有几处，不仔细看还真辨识不出。至于那面入宫腰牌也有来历。当年八柱国军队建立时，朝廷还是东魏，宇文泰只是大冢宰、大元帅，统领全军，八柱国轮流执掌禁军，为国爪牙。其后改朝换代，东魏变成北周，也只是皇宫换了主人，皇族易为他姓，其典章制度一仍其旧，腰牌也沿用至今。

“小鬼头，瞧不出你还有这手，这些年有长进了。”独孤氏喜之不胜。她不敢多聊，唯恐杨坚回来撞见，急忙面授机宜，最后道：“我的荣辱，你们的生死就在今夜，不取回那汉贱婢母子人头，你们谁也别活着回来见我。”

“小姐放心。”独孤俊右手抚胸，敛笑正容道，然后起身出去了。

他前脚刚走，杨坚就回来了，后面一个婆子抱着孩子，两个丫鬟捧着黄绫覆盖的盘子，杨坚说是皇上和宇文护给孩子的赏赐。

独孤氏心中有鬼，无心去看皇上给了什么赏赐，心下兀自盘算着杨坚有无可能看到独孤俊。果然，杨坚似有意若无意地问了一句：“我怎么看到一个男人往后门走，像是阿俊的样子。”独孤氏一颗心怦怦乱跳，佯怒道：“你撞见鬼了？外面封得水泼不进，阿俊他能飞进来？”

杨坚苦笑道：“我只是问问，你发的甚火？我可能是用心过度，真的撞见鬼了。”随即也释然。见左右无人，他又悄悄说很难找到机会把皇上弄进内宅来，不过皇上兴致很高，要闹一夜呢，机会也还有，你这面也准备着，说完又匆匆走了。

独孤氏望着他远走的背影，兀自心有余悸，听了他适才这番话，又百感交集。许久，长长叹息一声：“杨郎，你莫怪我心狠，你做了初一，我只好做十五了。”

苏蕤按时醒来，感受着孩子紧贴在自己胸口的微弱的心跳，心里既充满母爱的甜蜜，却也充满苦涩的烦恼。

生产时孩子是站生，也就是说孩子不是头朝下而是头朝上、脚向下，俗谓站生。产妇遇到这种情形，十有九亡。这虽没令她丧命，却让她饱受痛苦和折磨。

她自恃是神医，连接生婆也不请，紧闭门窗，自己把孩子生下来。焉知在生孩子一节上，神医和一般村妇并无两样，况且她从未给人接过生，只是从书本上通晓其道理而已。

七死八活地把孩子生下来，她自己尚未喘息过来，却发现孩子没有发出哭声。

她急忙拍孩子的屁股，连拍几下也没听到期盼的儿啼。她心知不妙，搭脉诊治，婴儿呼吸脉搏俱无，小脸涨得黑紫，身子发凉。她不顾刚刚生产元气大伤，运起内力输往孩子体内。这法子倒是见效，一刻钟后，孩子虽然没发出哭声，呼吸脉搏却都正常了，她却已几乎耗尽内力。她挣扎着给自己和婴儿洗干净，穿好衣服，把孩子包好，这才让雇下的丫鬟婆子进来收拾。她是实在无力了，不然一定要收拾好才能让人进来。

丫鬟婆子进来看到孩子，连连恭喜，麻手利脚地把屋子收拾干净，却不知母子二人都在鬼门关打了个滚。

苏蕤迷迷糊糊睡了一个时辰，孰料孩子又遇险情，症状和先前一样。她如法医治，孩子又缓过来。她的心却陡然沉降下去。她凝聚心神给孩子诊脉，结果却令她既震惊又沮丧。用后代权威医学理论说，孩子竟是先天性心室发育不全。用她药王门一门嫡传的理论说，人心有七瓣复有七窍。纣王曾对比干说圣人心有七窍，要剖开他的心查看究竟。依药王门的理论，人心均有七窍，主心智。只是有的人开一窍两窍，有人开四窍五窍，而有的人七窍全开。这就是人愚智、凡圣之别的先天根本，非后天人力所能扭转。七窍之说还有一句口诀：一愚、二平、三聪、四智、五贤、六神、七圣，这里的神不是神仙的神，而是那些能知过去未来、神机妙算的人，即所谓神人。对这七瓣七窍的医理，后代医学理论权威表示无法苟同。

后代的医学理论暂且不论，只讲药王门的医理：七瓣是实，是肉体；七窍是虚，眼看不见，手触不到，如神经脉络一般。

这孩子心脏只生了一半，心窍全无，是以呼吸脉搏俱无。若落在一般的接生婆手里，这孩子也就扔了。苏蕤虽有神医之目，活人无数，对这种先天病症也是束手无策，人力毕竟不可胜天。只能隔一个时辰便给孩子补益真气，孩子就靠这个活着了。

她愁极无法，便细思怎会有这种事？霍然想起父亲曾经说过，自己初生时似乎也是父亲用祖传的先天再造丹治好了自己的病。这种先天再造丹可不是市面上到处有售的先天再造丹，而是真正有先天再造神效的方剂，专治各种先天绝症。

据说后汉章帝时期，药王门有位神医，爱子初生时便患先天绝症，不治身亡。这位神医痛感自己医术不精，翻遍药典，精研覃思十年，才研究出方子。可这些灵药寻找采摘太过费力，又穷尽四十年之功，踏遍宇内名山荒岭，才采集全，这位神医却寿终了。到他弟子手里，又费三年之功炮制熬炼，才得到一百零八粒先天再造丹。

药王门对此药极为珍惜，诊治病人时即便患有先天绝症，只消能用其他药物延命，就绝不施与此药。只有不用此药便命绝的病人，才以此药救命。即便如此吝惜，到了苏蕤父亲手上，也只余一粒了，自然是给她吃了。

先天再造丹的方剂是药王门镇门之宝，药王门的每代掌门叫药王，其他人都是药王弟子，如同君臣一样。上一代药王就是苏蕤的父亲，他把掌门传给孙思邈，这不是传子不传女，而是择贤而授，曹魏时期还真有过一代女药王。苏蕤记得还是她十岁时，父亲就把掌门信物神农锄和这张方剂交给师兄，还给师兄讲解方子上各种药物的药性和药理，熬炼方法，各种药物间的君臣配伍以及最后一道炼制方法。许多灵药都是可遇而不可求，是以多少年能采集齐不好说，最难的还是炼制成丹的过程，较之仙家炼长生不老丹的难度不遑多让。火候稍有不调即有毁炉崩炉之虞，前功尽弃。自后汉以来，多少代药王都想再炼出一炉先天再造丹，均因种种缘故而失败。父亲自己也未敢有此奢望，只是采集些药草熬制储藏备用，还是把这件事交给自己的弟子——堪称药王门超前绝后的传人孙思邈。

苏蕤记得就是在父亲向师兄交代先天再造丹的方子时，讲了自己出生时罹患此种绝症的事。她听后也就忘记了。只记得第二天师兄就下了山，从此分多聚少。

十多年来，她已把这件事忘了。孰料自己生的孩子又患此疾，除了先天再造丹再无可医之药，眼下只有向师兄求援了。她写下一封信，让丫鬟送到一个地点，信封上画着一颗灵芝，下面是柄神农锄，这是药王门的标志。

药王门多少代来行医天下，交好也遍天下，自有一套联络传递信件的方式，信件传递堪比朝廷八百里加急军书。而只要见到药王门的标志，盗贼响马都会敛手告罪，绝不敢加害传信人。这种联络方式还有一个好处，苏蕤并不知孙思邈在何处，但这张联络网上的某一点上的人一定在附近见过孙思邈，就会以最快的速度把信件传给孙思邈。反之，孙思邈若想联络苏蕤也是这样。

求援信件发出后，她心里安稳些。孩子吃奶不多，每天只靠自己每隔一个时辰输送的先天真气活着，至少无性命之忧。她只等着师兄到来，掌门师兄药理通神，岂是自己可比，纵然先天再造丹一时炼不好，也能配出替代药物维持，强似自己这般辛苦。等炼好丹后，即可一粒治愈。对于先天再造丹在孙思邈手中能炼成，她没有丝毫的怀疑。

杨坚每天总要找机会来一两次。他每次来时，孩子总是精精神神的，把他欢喜得合不拢嘴。孩子的病情苏蕤绝口不提，连服侍她的丫鬟婆子都不知道。而杨坚要改立这孩子为随国公世子、将来继承自己爵位和家业的事也没谈过一句。不是他嘴严，也不是想给苏蕤一个惊喜，而是心里明白，什么柱国大将军、随国公以及他的家业，在苏蕤眼中一文钱都不值。他至今也不明白，仙子般的大国手苏蕤怎会看上自己这副平庸的相貌，莫非真是庸人有天福？他知道如果和苏蕤商量改立世子的事，苏蕤一定会嗤之以鼻，坚决反对，是以想先把生米煮成熟饭再说，却不知已铸成大错。

假如他说出来，苏蕤当然坚决反对，如果他坚持要这样做，苏蕤就会抱着孩子远走高飞，也就没有后面的事了。

这天夜里，她起来后按时给孩子补益真气，孩子还在睡梦中。忽然周围传来杂沓的脚步声，远处还有马蹄践踏在青石板上的声音，她心中一惊。就听有人大声呵斥："什么人，深夜乱闯？"另有一人大声道："晋国公府的，奉晋公之命，搜拿齐国奸细。"

她听得出前面那人是清化坊的巡夜更卒，后面人的声音就听不出了。她本能地把衣服穿好，倒没有疑心这些人是冲她来的，而是怕他们逐屋搜查。

苏蕤的神农堂是在东城门里，她却住在清化坊。这套幽静的宅院是她买下的，杨坚从不去神农堂，每次来都是直接到这里。杨坚相貌平庸，换上平常衣服走在长安大街上，等闲没人认得是随国公。他来时总是把车马仆从留在另一个坊的宅子里，自己换套布衣打扮，一个人到这里。坊里的住户均视苏蕤为天人，虽也纳罕怎会有个男人去苏神医家？但一者大家不愿乱猜疑，二者杨坚的相貌衣着不说，年纪也大了些，和苏蕤天差地别，也就无人想到男女私情上。

独孤俊他们也真是了得，他们先是追查到杨坚行踪和他所说的不符，然后查出杨坚每次都是把车马仆从留在一座宅子里，之后便神秘失踪。继而他们用几个月的时间，恩诱收买逼迫，终于撬开杨坚一个贴身随从的嘴，知道杨坚最终去处是清化坊。最终他们把巡更的老赵灌醉，得知坊里经常来的只有一个陌生男子，是去苏神医家，其他人家并无陌生人来往。独孤俊等人也没想到竟会查到苏神医头上，但老赵口中的陌生男子的相貌是杨坚无疑。这种身长腿短的人，长安城里也不多。得知苏神医最近刚生了孩子，他们又让府里一个能说会道的婆子来这里和苏蕤雇的丫鬟婆子拉家常，便套出全部情况。

虽然查清全部情况，独孤俊等人的意思还是听之任之罢了，一者不好惹，二者对这样的仁医也不忍惹。焉知杨坚要改立世子，这就动摇了独孤氏的地位，对他们更是生死攸关，他们也只好背水一战了。

那时都城犹沿袭汉魏制度，外有城墙，皇宫内苑、官府衙门都有内墙，街区也都按坊划分，每一坊都有坊墙，有大门，晚间则落闩上锁，禁人出入。宵禁后还在街上溜达的就会被请到衙门里过夜，何时能出来就不好说了。

把守清化坊大门的也是老赵，他听说是晋国公府的人奉晋公之命，就等于是钦差大臣了。当下不敢怠慢，打开坊门，让独孤俊等人进入，见到兵将如此多，也是大吃一惊，心下兀自思惟：坊里住的都是本分老实的住户，怎会有齐国奸细混进来？这些官爷就会没事找事。

正寻思着，他忽然认出独孤俊来，不禁想起独孤公府的人把自己灌醉套话的事。他酒醒后懊丧了许多天，觉得自己是猪狗不如，怎能乱嚼苏神医的舌头，这不是要下拔舌地狱的罪嘛。此时认出独孤俊，脱口大嚷起来："你不是独孤公府的人吗？怎地冒充晋国公府的？"

这句"独孤公府的人"清晰传入苏蕤的耳中，她心中登时雪亮。独孤氏之悍戾早已灌满她耳朵，她对这一天也早有意料，泯然无惧。她麻手利脚打好一个包裹，背在背上，然后把孩子包好，缚在前胸，外面穿上一件紫色斗篷，把孩子裹得严严实实。最后从枕下拿出一口宝剑。这柄削铁如泥的宝剑也是药王门代代相传的宝物，原是历代药王的佩剑。传到孙思邈手上时，孙思邈说自己用不着剑，还是留给师妹防身吧，此剑就到了苏蕤手上。

她收拾停当，又到外间叫醒还在酣睡的丫鬟婆子，叫她们赶紧到隔壁人家躲起来，不论这里出了何事都不要回来。

丫鬟婆子揉着惺忪睡眼，听着外面人声杂乱，一迭声叫嚷捉拿奸细，急忙爬起来就要收拾衣物。苏蕤丢给她们两个小布包，道："什么都别拿，快走。"布包虽轻，里面装的却是黄澄澄的金叶子。

丫鬟婆子急忙把小包塞进怀里，开门出去，不敢走正门，连滚带爬翻过墙去，又翻过邻居的院墙，在墙下躲起来。

她们刚藏好身形，这座宅院已被包围。火把灯笼照耀下亮如白昼，一人大喊道："就是这里，休教走了一人。"

苏蕤在房里靠墙而立，手中宝剑已出鞘，在暗中射出寒芒。她听到有几人翻墙而过，依然静寂不动。门忽然被撞开，一人冲了进来，苏蕤在他臀上轻踹一脚。此人正是独孤俊，他撞开门后，前冲之势已猛，再加外力，便如弩箭般射向里屋的墙壁。眼见要遭头颅穿墙之祸。他武功倒也了得，伸手在一张桌子上点按一下，力道便被分散，到了墙边，他手一撑，人已轻飘飘落地。

跟在他后面的是独孤良，甫从明亮之处冲入暗室，眼睛还不适应，但他见独孤俊前冲之势诡异，便料他着了道儿，急忙稳住身形。蓦然寒风乍起，寒芒闪现，吓得他寒毛尽竖，肝胆欲裂，忙不迭一记铁板桥避过，然后一个懒驴打滚，滚进里屋。

这也是苏蕤仁心为怀，不想取人性命，否则两人便有十条命也丢了。他们虽听江湖传闻药王门中人均负绝世武学，但百多年来，只听到药王门悬壶济世的事迹，却未曾见过他们出手，是以对这次独孤氏亲点他们八大高手齐出，又从老国公亲兵卫队中精选百人已感不解，摆出如此大的阵势也只是奉命而已。若按独孤俊想来，单他一人就可马到功成，只是干这种勾当未免伤天害理，多些人分谤也是好的。

一剑逼退独孤良，苏蕤转身从门中抢出，院子里无人，这时只听得窗棂一阵破裂声，是两人破窗而入，屋里立时有人大喊："是我，别动手。"苏蕤见墙外灯笼通明，人声鼎沸，她不想硬闯，腾身上房，在房脊上施展轻功，腾身穿越到隔壁房顶上，竟然远走高飞。

外面人直看得目眩神摇、瞠目结舌，谁也没想到苏神医还有这身功夫。有人竟不禁大叫："好。"这声好引来一片附和声，立时喝彩声一片。直至见苏蕤已快飞出清化坊，才有人醒悟，大喊道："外面人注意，休教齐国奸细走了。"

独孤俊四人入屋捉拿，宅院外安排两名高手率二十人围堵，坊墙外又是两名高手率八十人把清化坊围得严严实实。料定如此布置莫说是人，一只鸟也飞不出去。外面这些人都料定单凭独孤俊四人便可手到擒来，他们是注定没活干了，听到里面的喊声，均感诧异莫名。眼见高高坊墙上一道人影飞过来，有人大喊："注意，有人出来。"

他喊声未落，胸口已挨了一脚，被仰面踹飞出去。苏蕤飘身落在马鞍上，两腿轻夹马腹，那马已如离弦之箭般射出，冲上宽阔的街道。

坊内的人追出来，与坊外人混成一片，却见苏蕤已骑着马，快在视线内消失了，他们急忙上马，催马紧追不舍。

虽然大半夜的被人从家逼迫出来，苏蕤心中既无怨恨亦无悲戚。她四海为家惯了，这不过又是该走的时候了。这次她已停留的太久了，左右掌门师兄到来，她也是要随掌门师兄走的，是自己走还是被人迫走，也没甚区别。

她一边想一边策马狂奔，耳听得后面追兵渐近，也不以为意，长安城高达宽厚的城墙已在眼前。临近城墙，把守城门的士卒过来拦问，她策马直冲过去，马蹄从人头顶上飞过，吓得那几人趴在地上，不敢抬头。

待马蹄践落在地面上，她已双脚离镫，轻轻跃上马背，复轻轻一点，人已如飞鸟般飞上高耸的城墙。她身势不稍停留，双臂张开，人如鹰隼般扑下，直接越过宽阔的护城河。

她双脚落地，回头望了眼城墙，身形疾掠，如一溜黑烟般飘忽而去。

第三章

苏蕤以为既有高耸的城墙和宽阔的护城河阻隔，她又已逃出城去，追兵也就该知难而退了，却是想的大错而特错。

独孤俊这些人并非江湖人士，而是战士。军令如山，他们理解得是最透彻的。独孤氏既说出“不取回那母子的人头，就都别活着回来”。这就是军令，可不是说出来吓唬人的。他们如果不能取回两颗首级，只有战死在对方手下。设若把人追丢了，也只有自刎谢罪，别无他途。

城门夜闭，非有天子诏谕不许打开。独孤俊虽然冒充晋国公府中的人，奉晋公之命捉拿齐国奸细，把守城门的士卒却不买账，非要他们出示皇上或晋公的手谕。这也是军令，如果他们不按军令办，擅开城门，第二天就会人头落地。

独孤俊等人性命攸关，也知道这些规矩，索性把他们轰到一边，叫人砸开城门，放下吊桥，斩关而出。这也是死罪，盗开城门，罪同谋反大逆。

他们追出来时，苏蕤已经影踪不见，但路只一条，他们也就沿着大路猛追下去。

药王门的轻功冠绝海内。这也很好理解。神农氏尝百草而知万物药性，却无中毒之虞，只因神农氏的先天罡气已臻百毒不侵之境地。药王门乃神农氏一门嫡传，先天罡气功夫已足为海内冠冕，他们又整日攀绝岩爬陡坡，身手之矫捷猿猴不能过。

苏蕤这一施展开轻功，直如一缕青烟，独孤俊他们便拍马也追不上。独孤俊斩关而出，纵马在大路上狂追时，苏蕤已奔出二十里开外了。

但人力毕竟不如马力持久，更何况她怀中还有一个致命的累赘。奔出四十里时，她心里咯噔一下，便知给孩子补益真气的时候到了。

她解开斗篷，看到孩子小脸又紫涨得泛黑，又是心疼又是焦躁。看到左近有座小山，便疾掠上去。钻进树丛，寻一避风之处，背靠一棵大树，把孩子放下，放在膝上，右掌劳宫穴对着孩子的肚脐，把真气输入过去。

孩子自出生到现在从未啼哭过，虽然不恼人，却比整日价哭还令她焦心。她知道这是因为孩子心脏不具七窍，心智全无，一片混沌，宛如这世界未生成以前的样子。

她这些天日夜思惟的就是掌门师兄药草采集全没有，假如药草齐了，再费三年之功炼制出先天再造丹，给孩子服下，还不耽搁什么。设若二三十年甚至四五十年才能采集齐炼制成丹，即便给孩子服下，长齐心瓣，孩子那时也不过是婴孩的心智，还未等成年便已老之将至，这可怎生得了？

她现今思虑的也依然是这些，早把追兵这档子事抛在脑后了。她以为城门夜里不会打开，这些人根本无法追出来，即便追出来也无法追上她。却忘了每隔一个时辰她就要给孩子补益真气，每次要花上半个时辰，有这个时差，独孤俊他们就能骑马追上她。

给孩子补气毕，她依靠在大树上静静调息，每次要一刻钟甫能复原。她因难产，元气已耗大半，产后又要每天给孩子补气，元气恢复极慢。而今也不过是恢复至四成。若不是要每天给孩子补气，她只需三个月就能恢复元气，现今估算要三年左右了。她向掌门师兄求援，也有母子托庇他保护之意。

调息甫毕，听得大路上滚雷般的马蹄声已然追近。向外看时，正是独孤俊等人追过来。那些人并未看见她，也没猜到她会躲进这片低矮的小树林里。她若藏身不动，或许就躲过了这一劫，但她向来心性高傲，大半夜的被轰出长安城，也算给足了对方面子，竟然还不依不饶，穷追不舍，不禁火从心头起，怒向胆边生。她把孩子依旧缚在胸前，穿好斗篷，缓缓步下山坡，怒声道：“你们这些大男人，还要脸不要？”

独孤俊等人已快要冲过去，闻声忙勒住马缰。此时天已蒙蒙亮，晨曦照射在她端丽秀雅的脸上，竟隐隐泛出圣洁的光芒，众人不禁看得痴了。

独孤俊咳嗽一声，清清嗓子："苏神医，小人们都是江湖亡命徒，命要不要不在话下，脸面还是要的。苏神医此话怎讲？"

苏蕤猛然拉开斗篷，让他们看到襁褓和婴儿，说道："你们平日枉称好汉，却欺负一个抱着刚满月婴儿的弱女子，还敢说要脸面吗？"

众人脸上都是发热，心下愧疚。独孤俊道："苏神医，小人辈虽未受过您的恩惠，您活人无数，在长安城里被称作万家生佛，谁人不知。若非奉家主严命，我等就算杀了自己，也不敢冒犯您。不请之处，只有请您体谅了。"

他情真意切，言辞悲苦，说着说着两行热泪流下来。其他人也差不多是一般心态，鼻子发酸，眼睛潮湿。

苏蕤最是慈心仁怀，见一个大男人当众流泪，心中也颇感动。她思索片刻，叹息道："这也怪你们不得，也罢，给我一匹马，我随你们回长安，不叫你们作难。我自己寻你们家主说话，看她能悍戾到天上去？"

独孤俊沉吟道："小人不敢欺瞒苏神医。家主差遣我们取您母子的首级，只要死的不要活的。"

苏蕤不听此言犹可，一听此言，肝胆俱裂。那悍妇竟是非欲置她们母子于死地，她怒极而笑："呵呵，好啊，我母子首级在此，你们过来取吧。"

独孤俊也不客气，挥手向后一挥，喝道："下马。"他率先下马，向前走了两步，其他人都跳下马，跟在后面，成扇形包围上来，倒是怕苏蕤逃进树林。她的轻功他们也见识过了，自忖只有望风拜伏的份儿。

苏蕤此时若逃进树林里，这些人也拦不住。以她的轻功再加翻山越岭的本事，这些人插翅也追不上。翻过这座小山，再有十里许就是一座莽莽苍苍的大山，一头钻进去就如鱼入大海，独孤俊也只有望山兴叹的份儿。要搜那样一座大山，没十万人也得八万人，岂是他们区区百多人所能办到的。

然而独孤俊所说的"取她母子首级"的话却令她愤激至极点，也激发了她天性中隐匿最深的悍戾。世人常说最可怕的是母老虎，母老虎其实是指正在哺乳期的母虎。猎人更明白，动物中最可怕的就是刚产下幼崽的母兽，即便性情温顺的兽类，在哺乳期只要感受到幼崽受到侵犯就会亡命攻击，非只母虎独然。而在爱护幼崽的天性上，人与野兽也皆然。

苏蕤被激发出的正是这种天性，生下绝症的孩子，半夜被逐出长安，这些人还穷追不舍，居然还要伤害她的儿子！她久已横亘心中的一股怨戾之气沸腾了，直欲炸将开来。她心性本极高傲，又恃绝艺在身，面对这些人泯然不惧，

“逃跑”二字压根没想过。她从长安逃出来也只是一者自己想走，二者不想闹开了让杨坚难堪。

她持剑不动，静静谛视着缓缓围上来、面容已变得凶悍嗜血模样的敌人。她轻抖剑身，剑身发出龙吟般的清音，她要大开杀戒了。

独孤俊走至距她五十步远的地方，忽然停住，单膝跪倒，右手拄剑，低下头去，昂然道：“苏神医，小人得罪了，先行告罪。”然后站起身，右手长剑一挥，大喝道：“兄弟们，报效国公爷的日子到了。”说完向苏蕤冲过去。其他人也乱嚷着：“苏神医，得罪了。”争先恐后冲了过来。

这些人俱受过独孤信大恩，早就矢志以死相报。他们犯下盗开城门的不赦重罪，无论主从均得论斩。报恩独孤信的机会也只有这一次了。是以均亡命攻上，如群饿狼般。

正面容不下几人，有些人便冲进树林里，从后面包抄。片刻间苏蕤已陷入重重包围中。独孤俊挺剑攻至她面前，却被她手起剑落，以宝剑削断他的剑，飞起一脚踢在他右肋上，把他踢飞出去，挡住了侧面攻上的两人。随即她冲过去，避开正面刺来的两剑，冲至人群中，拳打脚踢、掌劈肘撞，近身肉搏起来。拳脚着肉声直赛擂鼓一般。

独孤俊等八大高手鲜少在江湖走动，惯于在沙场上长枪大戟地厮杀，这等近身肉搏术便相形见绌，转瞬间便被她打倒五名高手、十几名亲兵。苏蕤虽已决意大开杀戒，临到出招时依然不忍下狠招，也并非想让这些人知难而退，而是被从小养成的医生要不惜割股医治病人的仁心束缚住了，不得妄开杀戒更是药王门第一条禁规。

独孤俊瞧出端倪，扶着右肋站起，大声道：“苏神医，您不必手下留情，今日您只有杀光我们才能逃出生天，我们下手不会留情的。”他忍痛提着半截剑又冲过来。

苏蕤此时已杀出一条路，却只冲出几步，背后劲风声又起，只得回身接招。她一剑封出，把独孤俊的断剑格开，又起一脚踢在他小腹上，踢得他仰面跌出去。但也就这一瞬间，后面的人又把她围在重重垓心中。

这些人吃了亏也学了了乖，知道她手上乃是削铁如泥的宝剑，拳脚上的功夫即便八大高手也非她三招两式之敌，只可远攻不可近战，更不能混战。便都站在十步开外，彼此间保持距离。这些人也看出长剑朴刀不济实用，纷纷取来马鞍上挂的长枪、大戟、斧钺、钩叉，更有使铜锤、铁鞭、铁锏的，岂止十八般兵器。

这番厮杀又自不同。独孤俊这些人都是百战精兵，单个武功虽是不济，群殴起来却很有章法，有正面挑斗的，有侧面照应的，有左面佯攻右面实攻的，竟令苏蕤左支右绌，应接不暇，一时间险象环生。

苏蕤此刻方知自己大意轻敌了，对手这手接力车轮大战令她根本没有胜算，兼且四面受敌，一个应对不当，就会死在诸般兵刃攒刺之下，成为肉泥。

正焦虑间，缚在胸前的孩子忽然踢蹬一下，更令她心悸，遮莫是孩子病情又发作了？生死决于一瞬间的当口，她连眼睛都不敢多眨，遑论去看孩子的情况。

她陡然发出一声清啸，用剑撩开两柄长枪封住的去路，向人群里冲去，只有近身肉搏才能摆脱四面受敌的困境。

此刻左面一记方天画戟、右面一条铁鞭攻到，她不敢接招，否则又被困住，只能疾速向前冲。为躲避这一戟一鞭，她身形扭动，在戟光鞭影中如游鱼般险而又险地钻过去。她把招式变化已使至极致，眼见一柄长枪向自己心窝刺来，要把自己和孩子刺穿在枪杆上，却无法完全避开，身形扭转至最大程度，避开胸口正面，却被刺进左肩窝。

这一受伤废了左臂，她登时感到死之将至，挥剑把枪杆斩断，身形疾冲，一剑刺穿那人心窝。她此时才动了真火，再不留情，一口剑舞得银龙一般，转瞬间又杀掉四人。这才冲进人群中，后背却也被铁鞭扫了一下，火辣辣的痛彻心脾，一口鲜血也喷了出来。她不顾疼痛，挥剑力战，又杀掉十多人。

叵耐这些人早把生死置之度外，死一个上来一双，死两个上来两对，都红着眼，对倒下的尸体、四处飞起的头颅肢体和喷溅的鲜血看也不看，只知亡命攻杀。

酣战多时，她杀了已有三十多人，八大高手中也有三大高手丧命在她剑下。她身上也添了五处伤，虽未伤到筋骨，却血流不止，浑身浴血一般。她左臂不仁，因失血过多而感到有些头晕目眩，内力已垂垂耗尽，右臂也渐感酸软，已是攻少守多，只是本能地挥剑力战，自知命尽于此矣。

忽然外围一阵惨叫声，独孤俊等人循声望去，却见一人不知从何处杀到，手舞一柄青光闪闪的小锄头，真是挨上死、碰上亡，一路杀进来，自己的人却倒下一片。

此人冲到苏蕤身边，大喝一声："小蕤莫慌，我来也。"

苏蕤已是双眼迷蒙，看不清周围状况，只是听到这熟悉的声音，心中一喜，叫了声：“师哥。”竟而仰面跌倒，晕厥过去。

独孤俊因两次伤在苏蕤手上，一时无力再战，只好在外围督战。他看到此人手上所持似乎就是江湖中所传说的那柄神农锄，便知道是药王孙思邈到了，同时也知道那两颗首级是拿不到了。不知怎地，想到这点他竟感到莫名的轻松。内圈的人没看到外面的情形，只见一个人突进来助拳，苏蕤又已倒下，攻击目标自然换成此人，兀自惊涛拍岸般一轮轮猛攻不止。

他们明明看到自己手中的兵刃已刺到那人身上，那人的影子却飘到自己面前，旋即脑袋或胸口挨了重重一击，登时被砸得魂消魄灭，一命归西……

参与攻击的最后一人也倒下了，只剩下外面站着的疏疏落落的十几人。这些人看到自己的几十名兄弟转瞬间像稻草人般纷纷倒下，竟失去了上前为他们报仇或一同赴死的勇气。他们看着满地的尸体、沾满鲜血的枯草落叶，仿佛天地间一片昏暗，直感自己已置身阴惨惨的地狱，他们浑身冰冷，膝头发软，面色青白如鬼。

孙思邈返身冲到苏蕤身边，搭脉之下亡魂皆冒。他反手从背上扯下一个小包，来不及解开，双手一扯，小包撕裂开来，里面蹦出一堆药瓶。他抓起一个瓷瓶，咬掉瓶塞，倾出一粒朱砂色的丹丸塞入苏蕤手中。

这是药王门的“救命丹”，并不治病，但只要还有一口气，就可提住气，留住命，只是药效只有一或几个时辰不等。

他把苏蕤扶坐起来，右手从她背后灵台穴输送内力过去，心如汤煮。苏蕤内伤外伤虽重，并不难治，失血过多也可以调补过来，只是她耗用内力过度，已是油尽灯枯了。他空有“生死人肉白骨”的美誉，对这等病症却束手无策。只能用救命丹，延得一时是一时。

“师兄，孩子。”苏蕤悠悠醒来，“孩子，救救孩子。”她挣扎着解开斗篷，露出胸前襁褓中的孩子。

“好的，你别说话。”孙思邈带着哭音说，他把孩子用左手抱着，右手搭脉，一诊即知究竟，脑子里嗡的一声，几欲炸开。不禁想起师父说的师妹初生时的情形，难道师父要求自己尽快寻齐灵药，炼制出先天再造丹，是预见到了今天的事？

“丹……丹炼好了吗？”

“炼制好了，你放心，已经炼制好了。”他此时真愿割了自己的头颅换一粒先天再造丹，只有先天再造丹才真有生死人肉白骨的神效，才能治疗这种修炼内功者油尽灯枯的绝症，除此再别无灵药可救。

“那就好，我可以放心地走了。”

听着苏蕤游丝般飘荡在空中的声音，一个亲兵再也忍受不住这充满诡异的氛围了，竟拔腿便跑。他不是贪生逃命，只是死也不愿死在这里。

孙思邈此时左掌托着苏蕤后背，孩子已缚在胸前。他脑后如生着眼睛般，看也不看，随手摸起地上一杆长枪，向后掷去。

那杆枪如霹雳闪电般射出，犹带尖厉刺耳的呼啸声，直贯入逃跑那人的后心，穿膛而过后劲力犹不稍减，把那人带起在半空中，向前又飞了二十余丈才铿然落地。

独孤俊等人都看傻了，有几人身体竟不住抖动起来，牙齿磕碰得咯咯响，就像嚼着冰块。他们不是怕死，而是怕着什么，是什么他们自己也说不清楚。

“师哥，放他们走，别难为他们，我不要你再为我多杀一人，多造一份杀孽，要为孩子积功德，你答应我。”

也许是救命丹的效力，她说话已连贯起来，声音却是虚无缥缈，仿佛不是从她口中发出，而是从另一个世界传来。

“我答应你。”孙思邈握着她的手，终于哭了出来。他满脸是泪，也不回头，冷冷说道：“你们滚吧，回去告诉你们少国公、普六茹坚还有那个悍妇，给他们十天时间料理后事，自行了断。十天之后他们三人只要还有一人活着，独孤公府和随国公府鸡犬不留。”

独孤俊这时才意识到小姐把天捅塌了。虽说人的名树的影儿，不见识到总不觉得是真的。而今见识到他的手段，知道他既说出“鸡犬不留”四字，到时两公府真要一只鸡、一条狗都留不下。

“师兄，你不能伤害他……他是孩子的父亲，你谁也不能杀，你答应我的。”苏蕤眼神涣散，瞳孔已见放大，握着孙思邈的手用力摇着。

“我答应你，你也答应我别再说话了，你养养神，我一定会治好你的。”

“我好不了了，我自己知道。你看父亲来接我了，还有一件事，孩子……天……罡……”

“孩子，天……罡，你是说孩子名叫天罡吗？我记住了，你放心，我会治好他的病。”

其实苏蕤最后的意思是让他记着每天用他练就的先天罡气给孩子补益真

气，他却听成孩子的名字是天罡。

苏蕤说完最后一个字，手一松，脖颈一软，头垂落至胸前。孙思邈真个是肝胆俱裂，他蓦然侧身跪倒，向空中叩头，嘶声哭道：“师父，是您来了吗?您不要带走师妹，小蕤才二十二岁，她才刚刚生下孩子……”他两手刨着地面，竟是呼天抢地。

独孤俊等人也都默默流泪，彼此望了一眼，意思是自己的时辰也到了。他们跪下向兀自坐立不倒的苏蕤叩了个头，然后举剑向自己的心窝刺去。

“且慢，”独孤俊忽然想到一事，“你们死不得，你们不能死在这里。要回去死在长安。咱们犯下假冒晋公名义、盗开城门两项重罪，若都死在这里，宇文护那狗贼定会把罪名加在少国公和七小姐身上，他等这机会已有几年了。你们要回去把罪扛起来，不管经受怎样的酷刑，也得把两位家主摘出来。这里我替你们死。”

八大高手只剩独孤俊一个了，亲兵中也仅余十二人。这些亲兵听后默默点头，回长安虽晚死几日，却要熬受百般酷刑，尝尽诸般求生不得求死不能的滋味，最后才得一死。

他们站起来，还剑入鞘，转身离开。独孤俊等他们走远了，这才把剑柄拄地，剑尖顶住自己心窝，用力向下一扑，一剑穿心而过。他的头却一直触到地面，他选择此种死法，只是要死后也要保持叩头谢罪的姿态。

这些人的动作孙思邈都感觉到了，却根本不在意。他自小和师父师母在深山里，后来有了师妹，师母却升天了。再后来师父也离去了，而今师妹又撒手西归。他直感茫茫宇宙只剩他一个人了，他真想也随他们一起去，到另一个世界里团聚。

恍惚间他听到苏蕤的声音：“师哥，孩子！”

“小蕤，是你吗？”他惊喜地大喊一声，却看到苏蕤还是那个样子，此时他才感觉到孩子踢蹬他两下，又寂然不动了。

他忙把孩子放下来，孩子已是脸色青紫，呼吸脉搏俱无。治疗方法他知道，他的先天罡气也和苏蕤的先天真气不可同日而语。一刻钟的工夫孩子就恢复正常，而他也恢复了理智。他还不能死，他还有师父交给他的使命要完成——炼制出先天再造丹，这孩子是小蕤仅余的骨血，是她生命的延续。自己一定要治好他，并照顾他一生。

第四章

他把孩子在胸前缚好，抱着血人似的苏蕤深一脚浅一脚地在遍地的尸体肢干头颅血污间踉跄而行，浑似游荡的鬼魂。

不知过了多久，他清醒些，发现一匹马正好奇地看着自己。他身子一纵，已轻飘飘落在马鞍上，缰绳也不提，一任马径自行走。

这马正是独孤公府那些人骑来的，因无人驾驭，便四处里游荡，见到孙思邈，则生恋主之意，便跟了上来。背上一有了熟悉的重量，不待鞭策，奋蹄前行。

孙思邈并不勒缰指示方向，马便由着自己的性子，只拣丰林茂草处行。荒山野岭都是人们不喜欢的地方，在马的眼中却是快乐天堂，比市廛繁华的都市强上百倍。这一人一马，真个应了那句话：信马由缰。

骑在马上的孙思邈脑中昏昏沉沉，一片混沌。他不敢想什么，一想便是椎心泣血之痛，最后还是怀中孩子的一踢令他清醒过来，这才意识到不是时辰到了，而是时辰过了。

他急忙跳下马，把苏蕤放在柔软的草地上，把孩子解下来。看到孩子的小脸又呈黑紫色，忙输气过去，忙乎了一刻钟，孩子才恢复过来。他内力何等深厚，虽给孩子补益真气，毫无疲乏之意，只是在手甫离孩子肚脐的刹那间，他脑中灵光一闪，似乎悟到了什么，可这真是电光石火般的一闪，旋即又是黑漆漆一片，什么都看不到，也感觉不到了。

仰天看看太阳，红日已经偏西，沉沉欲坠，映照着不远处的山岚，云蒸霞蔚，煞是壮观，心中约略一算，竟是申时二刻左右了。他迷迷糊糊居然在马背上过了一个白天。

他估算时刻只是要找出给孩子补益真气的时间，如此算来是六个时辰左右，早晚各一次即可。

此时从路上走来三人。当先一人身穿僧袍，头顶光光，边走边捻转着手中的佛珠，两道扫帚眉也随之上下微微颤动，看上去约有五十岁，说六十岁也不为过，瘦削的身躯却如虬干，似乎敲击一下就会发出铮铮的金石音。不仅年龄说不准，就是男女性别也不易看出，只是身后跟着两人，一人二十多岁，僧装穿着，头顶也是光光，却无戒疤，一股青春女性的活力从圆圆的脸上透射出来，必是女尼无疑。另一人则是俗家穿着，年纪不过十六七岁，却如野草中耸立而出的一朵鲜花。

孙思邈却认得，当先那人正是名闻天下的女尼铁帚大师，也是终南山慈恩寺的住持。她身后跟随的女尼是她的弟子法音，那个貌美如花的女孩只是她的记名弟子，俗家闺名胡玉婵。只因自小罹患先天绝症，名医束手。她父母膝下五子，却只有一女，珍爱异常，便听一个算命先生的指点，把女儿舍给佛祖，借助广大无边的佛法保住女儿的性命。她父亲是富商，便捐了一大笔香火银子给慈恩寺，求铁帚大师收女儿为弟子，因为铁帚大师不仅佛法精深，岐黄之术也甚精。

铁帚大师收下这个女弟子，却不肯正式度她为尼，让她带发修行，也给她起个法号法玉。铁帚大师佛法虽精深，对法玉的病情并无裨益，倒是靠不凡的医术几次把法玉从鬼门关上拉回来。后来还是孙思邈为法玉仔细诊断后，为她配了一剂药，虽不能彻底治愈她的病，却也能镇制住绝症不再复发。就因为担心法玉的病随时可能发作，铁帚大师行脚天下，总要带着她。

孙思邈半年前才到过慈恩寺，与这师徒三人也不算阔别，是以老远就认出来了。铁帚师徒三人也早见到他了，只是他而今满身满脸的血污，就跟在血污池子里洗了个澡，脚下横躺着一具尸体，怀里还抱个孩子。她们眼力再尖，也无法把他和英俊潇洒、轩昂磊落的孙思邈联系到一起。

孙思邈抱着孩子走到路中间，深深施下礼去，张嘴想说句问候话，却一个字也说不出来。因孙思邈是法玉的救命恩人，他的形象早已镌刻在她心扉上，她当先认了出来，拉住铁帚大师的衣角道：“师傅，是孙真人。”

孙思邈精通儒、释、道三家之学，称呼也很多。丛林中的有道大德称之为道兄；江湖中人称他为药王，敬的是他的人品和武功；他的病人称他为药王菩萨，敬的是他济世救人的医术；和药王门时相往来的则称他为真人，这是因为东汉时有两位药王也是道教领袖，药王门的医术也近于道，真人的桂冠也就世代相传。

经她一提醒，铁帚大师的两道扫帚眉陡然耸立，似欲直飞而去，半闭半合的眼睛瞪得滚圆，两道精光射出，这才认出。认出后却吓了一跳，失声道：“道兄，你这是怎么了？”她眼光横扫处，也认出了躺在地上的正是苏蕤，心里已约略明白些。

她们来的路上恰好经过死尸狼藉的修罗场，铁帚大师一路上垂眉合目，手捻佛珠，正是为那些死去的亡灵超度。而今见到孙思邈的样子，已猜出那些人是死在他手上，登时不念经超度了，反而希望那些凶灵都被打入无间地狱，受无尽烈火的焚烧。

法玉法音平素最崇拜的人不是师傅，而是孙思邈，见到他这副从死人堆里爬出来的样子，还可怜兮兮地抱着个孩子，再见他脸上那种欲言不得、欲哭无泪、悲怆欲绝的神情，两人心都碎了。法音眼圈红红的，眼泪在眼眶中滚来滚去，欲流又止。法玉却是忍不住，已嘤嘤啜泣起来。

孙思邈见到这三人才恍然醒悟，自己已到了终南山脚下，这条路自己走过多次，只是心神俱痛之下，对外物失去了识别能力。铁帚大师只是喟然一声长叹，她知道孙思邈对佛法的领悟不在自己之下，说任何安慰话都是多余，她走过去把苏蕤的尸体抱在怀里，当先向山上走去。法音、法玉要帮他抱孩子，却被他拒绝了。在他心里，这孩子就是他在这世上的唯一。

那匹马虽无人牵引，却也自己跟了上来，长嘶短鸣，奋蹄昂扬，摇头摆尾，煞是自得。

终南山又称太乙山，是秦岭山脉的中段。秦岭山脉又是中国地理最重要的南北分界线。终南山东起蓝田，北至长安区内，绵延八百里，当时人们称之为南山。唐人诗篇中的南山大抵就是终南山。终南山号称天下第一洞天福地，是道教的发源地。山上有楼观台，相传是尹喜当年观星望气的草楼观台。

据说尹喜当年在草楼上望气，忽然望到紫气东来，便在函谷关截到了骑牛出关的老子，尹喜便把老子请到草楼观台，为自己和弟子们讲道。老子便留下和《易经》同样费解的《道德经》五千言，而后骑青牛出关而去。至于他老人家是去印度化成了释迦，抑或是去西方化成了什么神祇，就无确证了。

老子一去无踪影，楼观却没有千载空悠悠，而是成为道教的祖庭，就如同洛阳白马寺和大乘佛教、嵩山少林和禅宗的关系一样。终南山也因此被称为道家第一洞天福地。

此后道教蔚然兴起，终南山上道观林立。北魏大崇佛教，便纷纷在终南山上修建佛寺，佛、道两家在终南山展开土木大赛，哪家都拼命地往自己脸上贴金，真个是不惜财力物力，把梵宫琳宇、道观楼台建得比皇宫大内还要宏丽奢华，把终南山装点成人间净土、陆地仙山。铁帚大师的慈恩寺就在楼台观临近的谷里，四人到得寺里时，已是暮色四合，一群找不到归巢的乌鸦在空中乱飞着，益添悲戚。倒是寺里传出的悠扬婉转的梵呗声令孙思邈心神蓦然清醒，他脸上悲戚的神色不见了，而是庄严虔诚，在清净庄严的佛的世界里，凡人的情感已没有存在的空间。

孙思邈清洗了头脸和身上的血污，换了衣裳，以清净之身来到大雄宝殿瞻拜佛祖。他在蒲团上三拜九叩，五体投地，膜拜大礼较诸正式僧尼丝毫不减规格。

膜拜过后，他双手合十在胸前，仰望高大庄严的镀金佛身，佛祖以慈悲又略带哀伤的神情看着他。在这一瞬间，他感到自己的心是和佛祖相通的，自己就像迷失路径，走失在外的孤子重又见到慈母般。佛祖身上隐约射出万道光芒，从自己每个毛孔钻入，化成甘泉滋润着干坼的心田，也洗涤尽了身体的尘污，他的眼泪流了出来，一滴滴渗进玉石板里。

铁帚大师已率弟子们把苏蕤的遗体清洗干净，又为她涂上一种特制的药膏，散发出似麝非麝、似兰非兰的馨香。

这种药膏是慈恩寺镇寺之宝，主要功能就是防腐，用这种药膏处理后的尸体不腐，肌体弹性一如生前，更不消说容颜如生。佛家规矩人死后是要火化，但慈恩寺这一支却是坐化后用药处理法体，装入坛子里，建塔储放，供后人膜拜顶礼。其后禅宗兴起，许多有道禅师的法体也用上这种方法防腐，真能保持数百年不变。当然这种药膏的熬炼方法和使用药膏的繁复工序就非外人可知了。

慈恩寺里也只有住持、几个有道行的上座死后得享此种待遇，等闲比丘尼无此后福，也不敢想望。而俗家人便尊贵如帝王后妃，也得不到这种待遇。苏蕤还是俗世中人享受此殊遇的第一人，其后也没有第二个。这是铁帚大师对药王门的最高礼数，也是对孙思邈多年来免费为合寺上下治病的酬庸。

孙思邈嗅到这股香气已知究竟，他心中对铁帚大师的感激不亚于对佛祖，五体投地向铁帚大师拜下去，铁帚大师也坦然受礼。

而后众僧尼开始绕着苏蕤的遗体边走边念转世金经。孙思邈望着躺在鲜花从中的师妹，容颜一如生前，像是安静地入睡了，心中又是剧痛。好在庄严的佛寺本就是人类苦难心灵的避难所，那声声梵呗更是减轻悲痛的灵药，心中痛楚也渐渐减弱了。

转过一轮经后，铁帚大师陪孙思邈在客房精舍中用了素斋。到寺里后，孩子就由法玉抱着，铁帚大师很奇怪孩子怎会恁长时间不哭不闹。她偷偷查了脉，虽没有孙思邈诊的那般准，却也知是极危重极为棘手的先天绝症。法玉的绝症与之相比，真是小儿科了。法玉得知后，更是同病相怜，抱着孩子不撒手，不时地把孩子的小脸贴在自己脸上。她倒是坚信，孙真人既能治自己的病，也一定会治好孩子的病。

她和孙思邈很熟，孙思邈第一次给她看病时，她还只是个又黄又瘦的六岁女孩。她嫌师伯和师姐们都太庄重刻板，便拉着孙思邈陪她玩。孙思邈不肯时，她便百般撒娇使泼，身上身下缠个不休，孙思邈只好带着她满山野地撒欢玩。每次孙思邈走时，她却是泪眼潸潸。她师傅送到山门便被孙思邈再三谦让拦住，她却要独自送到山脚下，直到孙思邈背影不见，才大哭着回来。每次孙思邈来时，她便像见到活菩萨般欢喜无限，有事没事总是围着他转，见他得闲时又硬拉着他去玩儿。

孙思邈上次来时，她已出落成十六岁的美女，情窦初开，自然生分许多，不再像以前那样拉手撒娇使泼了。孙思邈对她容颜的改变、态度的生分却只是看到了，感到了，却未着在意里，在他心里，她是那个黄皮拉瘦的小女孩抑或是眼前出尘美女，都不过是他的病人，而且是让他挂怀不已的病人。每次只要他进入秦岭山脉，就一定要到慈恩寺为她诊脉，唯恐有什么反复。当然，每次也都为寺里所有人诊治一遍，寺里众尼对他的尊重甚至有过于对住持。

法玉已用过斋饭了，便抱着孩子在孙思邈的客房中逗弄孩子，这间精舍也是为孙思邈专用，他来时开启，走后闭合，再不肯让其他人住。法玉看着孩子用无神且无助的眼睛望着自己，不由得联想到自己出生时的样儿，益发怜爱。

孙思邈已是一日水米未进，却不渴也不饿，全仗体内的先天罡气维持着。他不忍拂铁帚大师的盛意，还是吃了不少，铁帚大师这才满意地点点头。她知道孙思邈对苏蕤的感情，真担心他挺不过这一关，即便是修行高深的大德，只要不至仙佛至圣境地，都是度生死关易，度情劫关难。诸佛菩萨对世人还充满慈悲、哀悯和关爱，若真能无情漠对世间万般事物，岂非比仙佛菩萨更上一层，直与天地星辰同休？她破例为苏蕤遗体做防腐处理，就是要以此安他的心。这种事孙思邈想都不敢想，更无消说厚颜出之口了。

用过饭后，素席撤下去，又奉上两杯清茶。铁帚大师怕他独自一人伤心过度，特意多陪他一会儿。孙思邈也领悟其意，心中感激无限。从包裹中拿出十片金叶子，涨红着脸，恭恭敬敬捧着，嗫嚅道："大师，弟子叨扰贵寺，舍妹的事又劳烦众师姐，些微之物自然不入法眼，权作香火之资。"

一向不苟言笑、一年难得笑一次的铁帚大师却被他逗得笑了，竟真如金铃般清脆，说道："道兄，你是入世太久，染了身俗气？怎就俗到这份上了。是道兄变俗了，还是把本寺也看俗了？"

孙思邈火烧似的把金叶子收起来，惭愧无地。铁帚大师又笑道："道兄的心意贫尼明白。若说道谢，本寺上下都该谢你，却无人道一谢字，只因本寺上下都把道兄看成我辈中人，无你我之分，道兄此举不嫌太生分吗？"

孙思邈连连告罪，悔之不及，孰料铁帚大师语气一转，说道："贫尼今日为小妹作一破例，也想求道兄作一破例之举以做谢礼，只是不情之请，委实无颜出口。"说着，她那枯藤老树般的脸上竟也泛上几丝红色。

"只消大师所命，弟子无不遵从。"孙思邈正色道，神色也极庄重。

"这个……"铁帚大师张口只说两个字，又停下了，竟微现忸怩之态，"道兄，委实是不情之请，若是与道兄门规有碍，权当贫尼没说。"孙思邈道："大师但说无妨。"一旁的法玉也感到好奇，师傅说话办事历来是干净利落，从没像现在这样吞吞吐吐的。

"是这样。"铁帚大师终于鼓足勇气，"我等出家人大多僻处山中，求医问药难处良多。女人家本来较男人先天禀赋弱，容易生病，再加上各种邪风侵袭，易患各种毛病。本寺上下得道兄赐惠已多，可天下比丘尼万千，又岂能人人得沾道兄赐惠。是以贫尼久生此愿，想求道兄把妇人易得的病症的症候，对治方剂写下来，使能识字读懂的人均能对症下药，除病祛痛，才能更好地奉宣我佛慈悲大道，岂非无量功德？这世上医书方剂也不少，却大都是俗医混编一气，治病治不了，反倒误了性命。只是贫尼知道药王门方剂从不外传，不知是否能破了例？”

“这有何难。”孙思邈笑了起来，“师太多虑了，本门并无方剂不外传的门规，师太所嘱，弟子遵命。”

“没这条门规？”铁帚大师倒奇怪了，“可千百年来，药王门从无方剂外传，这是何故？”

孙思邈只得向她解释，治病虽是小道，却和治国同等道理，其理近乎天道，极为精深博大。以小处譬喻，人生同样的病，却因生于南方北方、平原山地，所秉气质不同，身体承受力也不一样，下药时就要有斟酌。同样，一味草药生于南方北方、平原山地，药性也有变化，这些药的采摘日期、晾晒蒸制方法也是千差万别。若全当作一种药来用，常常发挥不出效用，甚至相反。人一身有头目五官四肢、筋肉骨骼、毛发血液、五脏六腑、奇经八脉，既繁复无比，又处处充满相生相克关系，俗医往往是头痛医头、脚痛医脚，全然不晓得生克为何物。一般的名医纵然懂得这些人体相生相克、药物君臣配伍，也往往是治一经损一经，甚至所伤害的比治愈的尤为严重，只是因为所伤害处本极健全，所受伤害一时显现不出，等后来发作时就很难治了。

说到这里，他很是心痛。他治过很多病人，都是被那些庸医甚至名医治坏的，比自己患的病尤为难治。就比如一个人腿坏了，本来能治好，可是一个把他的腿锯断了，就是神农再世也无法接续上。庸医大多做的就是截手锯足的事，更不要说治死了千千万万了。

铁帚大师笑道：“贫尼在丛林中还有名医之目呢，看来就是道兄所说的这类名医了。以后再也不敢给人瞧病了。”

孙思邈笑道：“大师是真正精通岐黄之术，岂是那些盗卖虚名的俗医可比。若非大师下问，弟子岂敢班门弄斧。”

铁帚大师道：“好了，你甭恭维我，我有自知之明。你接着说，都怪我乱打岔。”

谈到医理药学，孙思邈兴致上来了。只是医道渊深如海，没有十年八载的无法说全。他只能泛泛择要而谈，法玉在旁听得云苫雾罩，那些医药术语和相生相克的关系听入她耳中，根本不知所云。但她还是听得津津有味，令她着迷的是孙思邈说话的声音和神态。

铁帚大师越听越是心惊，她虽素来服膺孙思邈的医术，对药王门更是崇敬无加，却也是今晚才真正见识到医道的渊深，自己那点医道和孙思邈比起来连蒙童都不如，还浪得名医之名，真正是大道无边，与佛家大道有得一比。医道佛道更是隐隐相通，其最高处则殊途同归。只是医道是治愈人肉体病痛的，佛道则是治愈人心灵的。

孙思邈最后道：“本门医道的精髓就在于诊治病人时，既要查清病人的病症，更要层层推搠寻其致病源头。就像解开一个连环套或是一堆乱麻。只有找到最初的那个结，小心解开，其后的结虽千头万绪变化万千，也可以迎刃而解。治病亦同此理，直捣病源，所有的病症自然也就治好了。”

铁帚大师闻言，直如醍醐灌顶。这岂止是医道，佛祖所说脱去无始劫来因果缠缚，永断无明，离生死河，不正是这个道理吗？她平素念经对于此尚参悟不透，听孙思邈一席言，顿悟佛学大道。她不禁悚然汗出，起身合十稽颡：“道兄此言非只言医道也，我佛慈悲大道也正是如此，贫尼闻道晚矣。阿弥陀佛，善哉，善哉。”

孙思邈忙闪身避开，以免有受礼之嫌。药王门方剂不外传的原因他虽未明说，相信铁帚大师已能明白。只因药王门所传方剂精微至深，只有经过严格挑选的传人弟子才能施用，外面的医生根本无法领悟。药王门也绝不肯让这些人毁了自己千载令誉。

孙思邈却是有创见的人，这十多年来，他行医天下，见到太多庸医杀人的事，只恨自己不能化身千万，为所有患者治病，便也萌生编纂一部医书来泽惠世人及后代。这虽不符药王门至精至微的医理，这些方剂也比那些庸医胡乱治好的多。只是多年来仆仆风尘于大江南北，一为行医，二为采集炼制先天再造丹的灵药，竟尔不得闲。而今铁帚大师既开金口，自己既遂了旧愿，又还了一个天大的人情，真是一举两得。

法玉听得愣怔住了，半晌才道：“孙真人，药王门这是教徒弟作医生，还是教徒弟做神仙？这不比成神做佛还难吗？”

铁帚大师笑道：“你也是才明白吧，药王门代称真人，难道是虚名不成。”

孙思邈脸红道：“师太谬赞，弟子何以克当。”

铁帚大师道：“道兄在我们面前客气也没用，你就是活神仙，贫尼也不放过，不把这件苦差事做完，绝不放你下山。”

三人都笑了，孙思邈心忽然剧跳三下，他知道是给孩子输气的时候到了。修炼内功的人都有这项特殊本领，在意念中定下时刻，到时心脏就会剧烈跳动，头脑中立时浮现出这件待办的事。这事听来很玄，其实不玄。修炼内功的人入定时为防止入定过久，无法出定，便由浅入深，先习练这种定时法。入定时先在意念中定下出定的时刻，到时就会自己出定。开始时这项功夫练得不到家，就要由师傅或请功力高深的人在旁监护，即护法，到时用特殊方法唤自己出定。因各法门入定功夫不同，这唤人出定的法子也各异，也有些高人因过于勇猛精进，这定时出定的功力却忽视了，结果入定太深，醒不过来，竟成不死不活的肉偶，只能元气耗尽后才能魂归地府，成佛作神是注定无缘，只有投胎转世重新练过了。

铁帚大师和法玉在他行功给孩子输气时，都屏住呼吸，唯恐干扰他。

一刻钟后，输气完毕，他把孩子放在床上，谛视有顷，脸上又现出悲戚无奈的神情。铁帚大师似有所悟，叹道："难怪这孩子不吃不喝的，他竟是靠道兄的先天罡气活着。道兄对他的病就没法子了吗？"

孙思邈喟然道："法子只有一个，先天再造丹，可灵药还差着好几味，弟子也不知哪年哪月才能采集齐。若是等上四五十年，这孩子也就废了。更不用说还有可能这辈子也采不齐。"

法玉笑道："真人过虑了，我不也是先天绝症嘛，不也活得好好的，就算一辈子治不好，只要不发作就权当它没有。"

孙思邈苦笑道："小师傅，他若像你似的，我还愁什么。这孩子在娘胎里根本没长成全人，根本不该生到这世上来。"

"没长成全人？"法玉端详孩子的面目，"这孩子五官清秀，不是蛮好的吗？"

孙思邈便把孩子的病症都说出来，铁帚大师方始释然："贫尼还纳着这闷儿哪，小妹也是神医，怎会自己孩子的病都医不好。"复又叹道："药王门自神农炎帝以下，行医天下，活人亿万，功德无量。《易》曰：'积善之家，必有余庆。'若像贵门所积善行德如江海山岳，应余庆无穷，福绵代代。怎会有这种事？虽说天道渺茫难知，可揆诸情理，也不该有此报应。我佛不讲善恶，只讲因果，却也是善因结善果，恶因结恶果，绝无善因结恶果、恶因结善果之理。"

孙思邈听罢也是惘然，他于儒、释、道三家之修为不亚于大儒大德，但对幽渺的天道还是寻不着门道。

法玉本灵心慧质，又随铁帚大师这个有道大德修行多年，日夕涵泳其中，心智更上一层楼。师傅和孙思邈谈论天道，本来没她插嘴的份儿，却有一个念头浮上心头，便大胆说出来："师傅，您不是常对我说，孙真人乃是药王门中自神农炎帝以下第一人，出乎其类，拔乎其萃，以后也未必有第二人。是毓天地日月之灵英，集江海山岳之秀质才生成这样一个大真人，天地间的灵气都被孙真人占去许多，药王门的余庆也许都积在孙真人一身了，其他人没有沾到，自然无余庆后福之应了。"

她涨红着脸，神采飞扬地说完，说完后自己都被吓住了，自己怎能在师尊和真人面前长篇大论？忙掩口瞠目看着两人，心怦怦跳起来。

两人都愣怔住了，一时间反应不过来，铁帚大师仔细咂摸她的话，所转述的委实是自己的话，但这话不能当孙思邈的面说，固然是赞叹孙思邈不可思议之学识修为，却有对药王门历代祖师不敬之嫌，法玉却童言无忌地全抖出来。亏她记得牢，竟然一字不差。

铁帚大师哪里知道，她平日里无论是郑重其事抑或闲话漫谈，凡是关于孙思邈的，这孩子都刻在自己心版上了，焉有出错之理，所差的不过声音、语调而已。

这些也罢了，她却把自己的赞叹与药王门中的怪异病例联系到一块，却也太突兀，直如天外飞来一般。一时间难以接受，可仔细咂摸，倒也言之成理，无懈可击。她不好品评弟子的话，只好笑道："你可谓善祷善颂矣。"

孙思邈是被法玉转述的铁帚大师的话吓住了。他平时就每每因铁帚大师对他"出格"赞颂而惭愧无地，但若听到铁帚大师那些更"出格"的赞颂，就只有在地上打个洞钻进去了，不躲个一年半载的绝不敢出来见人。

其实铁帚大师并非赞誉孙思邈而贬低药王门历代祖师，相反，她对药王门历代祖师、弟子传人都礼敬赞叹，只是对孙思邈敬之尤甚，都敬到天上去了。但她认为自己的话绝非虚语恭维，而是实评，真可质诸天地而誓诸鬼神。

在本寺集会上，她常常不讲佛法而讲药王门，讲孙思邈，甚至在佛界各高僧聚集一堂，讨论佛学精要时，她也是讲药王门，讲孙思邈。她认为药王门其学虽近道，其行却是我教诸菩萨之行，药王门历代祖师、弟子传人，攀猿猴不能攀之绝岩，入虎狼出没之山谷，江海风涛之险不惮，瘴烟绝域之疠不顾，采药行医，仆仆风尘，墨子摩顶放踵以利天下的精神虽有类焉，而无其功。只有我佛悲悯世人就把苍生之慈心可比，只有我诸菩萨能入佛界而不入、身入红尘救拔苦难甚至不惜舍身入地狱以超度地狱无尽亡灵之无量功德可比。所以她断言：药王门历代祖师弟子传人都是诸菩萨化身，死后也必升入佛界回归菩萨果位。

她的这套理论非仅本寺众尼终身服膺，就是那些高僧大德听后也是人人赞叹，回思自己袈裟在身，宝相庄严地坐在佛堂上，阐发佛学精微，而对世人世事究竟有多少裨益？思忖至此，尽皆悚然汗出。

孙思邈出道不过十年，周游丛林寺院，高僧大德无论识与不识，均想望其风采，见面后都尊称他为道兄，他小小年纪得此声望，实赖于铁帚大师的揄扬。

她对孙思邈与其说是赞叹不如说是感到不可思议。佛经中充满不可思议的字眼儿，在现实中却没见到什么不可思议的事，仅于孙思邈身上见识到了。她对他在儒、释、道三家的学识修为均只能用“不可思议”四字来评述，所谓“毓天地日月之灵英，集江海山岳之秀质”，委实是心中真实感受。

幸好孙思邈不知道这些，还能在屋中存得住身，否则早逃到荒野去了。法玉转述的那些赞语，他虽不好领受，却是出自铁帚大师之口，他也不好品评，只有含混带过，倒是法玉所说的后半截话令他浮思翩翩，感想很多，遂自我解嘲道：“若依法玉小师傅的话，这孩子的不幸是因我而起了？”

法玉忙道：“不是的，真人。我可没这意思。我是随口乱说，您可千万别当真。”说着，急得眼泪都快出来了。

铁帚大师替弟子打圆场：“真人是逗你玩的，你小孩子家童言无忌，真人怎会计较。你小时候说的莽撞话、做的荒唐事多了，真人几曾计较过。”

法玉想到自己小时候缠着孙思邈撒娇使泼的事，羞不可抑，双手捂着脸，从手指缝里偷瞧，见孙思邈笑吟吟的，这才安心。

孙思邈正色对铁帚大师道：“弟子有一想法存储心中已久，只是师尊谢世早，天宇广阔，却再无一人可对言说，大师精通三教法要，妙悟天道，弟子想请大师为弟子释疑解惑。”

铁帚大师见他如此郑重，便也敛笑庄容道：“道兄尚不解的事，贫尼也难懂。不过是道兄说出来，贫尼和道兄一同参详罢了。”

孙思邈想了有盏茶工夫，缓缓说道：“本门这种生来心体不全的病也有十多例了，而除本门外，却从没见过这样的病例。历代祖师对此也是参详不透，最后大抵归因于本门中人一生接触药物太多，而且要亲口尝试许多新药，体内有毒郁积，才有这样先天心脏残缺儿出生。”

铁帚大师道："这也有道理，贵门中人一生接触药物比一般人一生接触到的人还多，是药三分毒，除非修至百毒不侵境界，很难不受毒物侵入，日积月累遂积因成果。"

孙思邈道："弟子原来也是这样想，后来行医多了，接触药物益多，却越来越疑惑了。本门中人对药物药性都一清二楚，即便尝试新药，或许有中毒之虞，但了解药物后，解毒很容易。况且本门所修内功最大功用就是清洗血液，排除毒素，是以体内积毒之说并不成立，也许外面人看我们药王门中人，还以为我们都是浑身上下沾满毒素的毒物吧。"

三人都笑了，铁帚大师道："这可是没有的事，在一般人眼中，贵门中人都是活神仙，转世来救苦救难的活菩萨，在我们眼中，贵门中人都是百毒不侵的金刚罗汉。"

孙思邈敛去笑容，却说出令铁帚大师惊诧万分的话："所以弟子常常想，本门中有如此多这种病例，或许真是本门的报应，也或许是上天对本门的警示。"

铁帚大师张开嘴，却似乎口舌都麻木了，说不出话来。尽管孙思邈让她感到诸多不可思议，却没有一条比这句话更加不可思议。倘若这话出自别人之口，那就是恶毒的诅咒。可这话偏生出于药王门中最有才华、最具创见的孙思邈口中。好半晌她才苦笑道："贫尼驽钝，一时理解不了道兄高论。"

孙思邈苦笑道："我也知这种想法太过骇人听闻，是以舍大师外，无人可说。"铁帚大师暗想：你对我说也是找错人了。口中却道："道兄说下去，贫尼愿闻其详。"

"弟子一直苦思不解，天地生人就跟天地造化一般最为幽玄难解，然则本门这些病例缘何都是先天性心脏缺失？是以弟子大胆猜想，人之生死，万物生衰，都是天地造化司其权，虽仙佛鬼神亦不能插手其中。本门一代代医术日益其精，是否已有侵夺天地造化所司生死大权的嫌疑，上天才发此警示。"

铁帚大师沉默不语，凝神苦思，孙思邈把问题提到"天道"的高度，这可是她从未想过的。

法玉在旁听了半天，什么天地造化类的，一听就坠进五里雾中了，倒是"报应"二字让她心惊肉跳，联想到自己，不禁害怕起来，便问："真人，我生下来就患有绝症，是不是我父亲做了什么伤天害理的事，才遭此报应。"

孙思邈笑了："小师傅，你这种病很寻常，跟报应什么的没关系，况且令尊大人是关中有名的大善人，焉有报应一说。”

法玉听他这样说，才放下心。其实法玉的父亲原是关中地区的奸商，趁着世道混乱发了许多国难财，平时赚的昧心钱绝户钱就更多了，他有个绰号“阎王手”，意思是说只消他肥胖的手指在算盘珠上拨弄几下，就能让和他做生意的人不但老本赔光，连命都得搭上。

法玉出生后，最得父亲珍爱，却患有先天绝症，恨她父亲的人都暗地里骂是报应临头。她父亲被骂醒了，才知道金山银山到性命关头不起丝毫作用，竟尔幡然悔悟，广施仁德，做生意固然诚信公道不说，那些借他阎王债的，他都焚券销账，平时修桥补路，施粥施药，赈济贫穷寡弱更是事事抢在头里，全然换了一个人，关中地区均称颂他为善人。

这些事孙思邈和铁帚大师都知道，当然不便对法玉说，铁帚大师还常对孙思邈笑着说：“放下屠刀，立地成佛，法玉父亲真是再好不过的例子。”

“道兄，天道之事幽玄难知。”铁帚大师沉思有顷才开口，“这种事多想无益，徒然自苦，还是别钻这牛犄角。我佛说凡事皆为果，有果必有因，有时因在不远，我们能知能察，有时这因在数世、十多世甚至无始劫以前，我们就无法知道了。但世上绝没有无因的果，而因皆自作，这些也只有我佛以无边法力，透知过去、现在、未来三世，才能无所不知，道兄纵然学识天人，岂欲与我佛相比？”

孙思邈笑了，情知铁帚大师也是参详不透，强作解语以安其心。

第五章

杨坚是在第二天早上才知道消息的。

那天夜里的满月宴正到热闹处，负责宫廷防卫的小宫伯忽然走进来，在宇文护耳边低语几句。宇文护听罢神色骤变，腾地站起来，对着杨坚怒目而视，一副老鹰攫食的架势，像是要把他抓过去，撕碎后连毛带血吞进去。

自小宫伯一进来，喧嚷的声音戛然而止，小宫伯负责守卫皇城，绝不可擅离职守，他紧急赶到，说明宫里或城里发生了大变故。再见到宇文护盯着杨坚的神态，都心下猜测：普六茹坚莫不是想为岳父报仇，把我们都请来，却派兵攻打皇城？占领皇城后再把这里做成鸿门宴？这种猜测虽不中亦不远矣，攻打城门与攻打皇城同罪。

杨坚被宇文护盯得直发毛，心里想：我什么也没干，你冲我运什么气？一想到自己什么也没干，立时心雄胆壮，以冷漠却又不失恭敬的眼神看着宇文护，似乎在请示：冢宰公有何吩咐？

宇文护谛视他有顷，眼珠疾转，似乎一下子也想不明白，便过去拉着皇上向外走，一句场面话也不交代。两边侍卫不待吩咐，一拥而上，把宇文护、皇上跟众人隔绝开来，唯恐突然蹿出个刺客。

宾客们都坐不住了，桌上的美酒似乎变成了穿肠毒药，都纷纷起身告辞，唯恐过会儿冢宰公派人抓人，把自己也阑入进去。那些和杨坚不睦的人索性不辞而别，急匆匆或赶去皇宫里表忠心，或者联络宫中的人打探消息。他们不到一个时辰就知道了，是独孤公府的人马深夜攻打城门，冲出城外，是出去募兵还是召集旧部回来造反，尚无准确消息。独孤公府再次被重兵围住，少国公已被捉进诏狱，生死未卜。

李昞待众人走后，才走到杨坚身边，用疑问的目光看着他，杨坚双手一摊，坦然道："你甭看我，我什么也没干，什么也不知道。"李昞知道性命关头，杨坚不会骗他，略想一会儿，说道："那我也得马上回去，不是怕受牵累，是要准备一下，你也得准备着，倘若宫里派人持圣旨捉你，绝不要束手就缚，我派人在附近盯着，一旦你府中有变，你只消挺上半个时辰，我就带兵与你会合。"在杨坚的眼中，李昞不过是个只知酗酒淫乐的纨绔子弟，不意他也有如此果决英毅的时候，心中一股暖流涌过，他握住李昞的手，淡淡道："放心，我不是岳丈。"

李昞和夫人也急匆匆走了，管家此时才走进来，告诉他府内的禁军都护卫皇上走了，府外的禁军却还没撤，依然禁绝出入，随国公府还是隔绝内外，音问不通。

杨坚吩咐管家，把府兵都召集起来待命，战马也都备好鞍辔，加喂草料，所有的人不许睡觉，备好必要的衣物，准备应变。

吩咐完管家后，他心里安定下来，左右不是没事就是大难临头，宇文护既然没在酒席上把自己擒下，再想捉他就不那么容易。他纵然不敌也会力拼生死，绝不走岳父喝毒酒以保全家平安的老路。他不是独孤信，独孤信在军中享有崇高威望，宇文护尚有顾忌，不敢对他家人下手，自己若死了，覆巢之下绝无完卵。这一点李昞都看出来了，他焉能连李昞都不如。

他忽然想起自己和独孤氏密商的事，遮莫是她暗中做了什么？便进内宅问独孤氏。

花厅里的事独孤氏已知道了，内宅的夫人们也都是逃难般离开，她便知道发生了绝大变故，而且和自己安排的事有关，却又一时想不明白。

在她想来，这事不过是正妻和外妇争风吃醋的事，这种事长安城里天天都在发生，就算被人知道也不过当作茶余饭后的谈资，哂笑而已。虽说自己动了刀兵，还闹出两条人命——她认为以她周密安排，以牛刀杀鸡，取那母子首级如探囊取物——那是随国公夫人应有的气派啊。就算皇上要治罪，也牵连不到她和两公府。

但见到府中发生的变故，她也有些坐不住了。恁长时间过去，一点消息没传进来，难道真有什么意外变故？虽说府里被隔绝了，独孤俊应该有法子混进来向她禀报。

皇上和宾客都走后，府外的禁军依然没撤，益发让她感到事情的严重性，好似有一百只老鼠在抓挠她的心肝，令她片刻不得安宁。

看到杨坚进来，她强作镇静，问了句："外面怎么了？客人都逃难似的走了？"

杨坚沉着脸道："我也不知出了什么事，肯定是有大事发生了。"他语气一转，严厉地问道："你没做什么事吧？"他虽惧妻如虎，但在关键时刻，还是有十足的夫君风范，每到这个时候，独孤氏其实是很惧怕他的。

独孤氏仰起脸，故作茫然状："我什么也没做啊，你不把皇上弄进来，我什么也做不了。"杨坚虽然问的宽泛，她也知道是问她做没做什么起兵勤王的事，她委实什么也没做。她毕竟心虚，在杨坚的谛视下，眼睛里有几丝恐慌躲闪之色。杨坚也看到了，脑子里却像轮子似的疾转，想着外面的事，便说句让她们母子都警醒些，把必要衣物都收拾一下，放在手边，一旦有变，他会带人进来保护她母子冲出去，说完大踏步走出去。

独孤氏原拟这几天用柔情蜜意把杨坚拴缚在自己床头，绝不能让他到外宅书房过夜，即便使上风骚狐媚手段也在所不惜。虽说这有辱公爵小姐的尊严，但和杨坚多年夫妻，孩子都有了三个，还用顾忌什么脸面。然而杨坚走得甚是坚决，她一时慌乱，竟没放出手段，机会从手边溜走了。她一屁股坐在地毯上，心沉下去，已有不祥之感。

杨坚出去巡视全府，府兵已甲胄在身，枕戈待旦，家人们也都收拾好东西，随国公府是随时可战。

他安下心，回到外书房。他睡意全无，便秉烛读兵书，觉得自己颇有汉寿亭侯之遗风，只是矮几上摆放的是自己的佩剑，而不是青龙偃月刀，身边更没有侍立着周仓。

心一静下来，他的脑子也灵活多了，回想起宇文护恶毒的眼神，心里明白不管外面发生了什么变故，一定与他有关，再想到独孤氏那种慌乱躲闪的眼神，疑窦顿生。

他的眼神漫无目的地巡视着，蓦然发现扃钥甚固的书柜被撬开了，他的脑子登时炸开了。三步并两步冲过去，打开书柜后发现他准备满月宴后呈给皇上的奏折不见了。他的脑子里似乎有一连串的闪电划过，宇文护的眼神、妻子的眼神、上半夜自己又看到的酷似独孤俊的身影以及妻子回答时以强辩掩饰的慌乱，无须什么推理，他已经明白了：独孤氏是暗中吩咐独孤俊他们对苏蕤下手了。

他抓起腰刀向屋外奔去，到门边却被门槛绊了一下，人整个飞了出去，结结实实摔在地上，外面伺候的管家仆人吓了一跳，急忙上来扶持。杨坚自己爬起来，连身上脸上的灰土都来不及掸，大吼一声："备马。"

管家不知出了何事，飞快地去牵马。杨坚望着内宅，心中的火直欲从头顶蹿出火苗来。他真想进去兴师问罪，但此时却顾不得了，见马牵来，攀鞍就上，一句话也不说，提缰策马向外冲去。此时，天已经放亮了。

他虽没任何吩咐，他的管家伺候他三十年，对他的心性了如指掌，也有了准备。一摆手，自己和几个随从也都攀鞍上马，跟了上去。

杨坚的亲兵卫队早已准备好，虽无命令，见主公策马向外冲，便也都骑马冲过来。

中门大开，杨坚的马队如激流般冲出来，外边的禁军不防，根本无法拦阻，没有冢宰公的命令，他们也不敢擅自动武，眼睁睁看着杨坚一班人马旋风般冲过。急忙分派人马，一拨尾随杨坚，一拨飞马去禀报皇上和冢宰公。

杨坚冲出禁军封锁的几条街，忽然有一人冲过来，站在街道中间大喊："国公爷，小的有要事回禀。"

杨坚听声音就知道是他留在外宅的总管杨七，急忙勒住缰绳，大喝道："城里究竟出了什么事？"

杨坚的外宅与清化坊只隔一个坊，清化坊闹出那么大动静，杨七他们也听到了，杨七知道主公经常神神秘秘去清化坊，去干什么他连问都不敢问，但也知道清化坊对主公很重要。

他去清化坊打探消息，却见清化坊先是被长安府派人围住，随后是禁军接管，不许任何人出入。但他还是打探到一些消息：独孤俊率人攻打清化坊，还盗用晋国公的名义，说是捉拿齐国奸细，而后又攻打城门，把城门打开后冲出城去。

其实独孤俊只是把守城的士卒轰到一边，自己打开城门，根本谈不上攻打。守城的士卒为推卸责任，便众口一词，说是遭到独孤公府众多兵将的围攻，不过盗开城门和攻打城门从性质上讲无甚区别，也不算冤枉他们。

清化坊对主公意味着什么他虽不明白，独孤公府的人马攻打城门，形同谋反，这是灭门大罪他却是明白的。独孤公府遭殃，随国公府要成池鱼，这层道理他也明白，是以急急忙忙回来禀报。

孰料国公府也被围得水泄不通，他还以为国公府也被了祸，不敢靠前，在附近一个熟人家躲在窗下，盯着国公府的动静，这才没被巡街的更卒请去喝茶。

好容易盼到国公爷带人出来，他便冲出来，拦马大喊。杨坚停住马后，他就跌跌撞撞冲到马前，要躬身禀报。

杨坚心急如焚，额上青筋直迸，俯身抓住杨七肩膀，大声道："快说，究竟出了何事？"心中一急，手上竟使出从未有过的神力，把杨七拎小鸡般凭空提起来。

杨七被衣领勒得险些闭过气去，紫涨着脸吐出几个字："独孤公府的人围攻清化坊。"

杨坚不听犹可，一听之下犹如一根铁棒敲击在天灵盖上，他唯恐噩梦成真的就是这事，还真就发生了。他只觉眼前一黑，胃里涌上一股热乎乎的液体，手一松，口一张，一口鲜血喷将出来，人也随即瘫在马鞍上。

杨七落在地上，摔得七荤八素，家人们哪顾得理他，都一迭声地大叫："国公爷，国公爷。"一会儿工夫，杨坚就醒过来，他不过是急火攻心，并无大碍，看着周围一张张关切的哭丧脸，两腿一夹马腹，又冲了出去。家人和亲兵只好再度上马，跟了上去。杨七从地上爬起，望着马蹄溅起的烟尘大喊着："国公爷，小人还没禀报完呢。"

两刻钟后，杨坚来到清化坊。恰好把守清化坊的禁军将领原来是跟着老国公的一名小校，见杨坚到来，虽然大惊，还是以部属参见主将的礼节过来见礼。

杨坚心急里面的情况，回了礼便向里面走。把守坊门的禁军认得他是随国公，当今天子的岳丈，又见主将执礼甚恭，也不拦他。

杨坚走进那间宅院，已人去宅空，看着门飞窗碎的情景，更可想见当时场面之激烈。他向那名禁军将领询问当时情形，那名禁军将领也未亲眼所见，只能把听到的事说了一遍，独孤俊他们砸开城门冲出去后的事就无人知晓了。

苏蕤武功身手很高明，杨坚是知道而且见识过的，但他久经沙场，更明白和独孤俊及独孤府那些死士作战，一己之武功并不足恃，否则大侠们就都成为名将了，但至少苏蕤母子已经逃走，这总算是个慰藉。

一直躲在邻居家不敢露面的丫鬟婆子跌跌撞撞走进来，她们是杨坚从自己田庄里调过来服侍苏蕤的，如今总算又见到主子了。杨坚有许多话要问她们，却都是很私密的话，纵然当着那名将领的面也不好问，便让管家把她们安排到外宅去，有工夫再细问。

杨坚环视着屋中的每件物事，而今在他眼里都是不可多得的宝物。他有心把每件物事都搬回去保存起来，只是太着形迹了，以后有机会再说。他对那名将领说："这里要保持原样，不要轻易放人进来。"

那名将领恭敬地回答："国公爷放心，除了您老，别人进不来。这是苏神医的房子，弟兄们也都知道爱护，不会有人进来偷东西的。"心里却在嘀咕：国公爷对此事怎地恁般上心？

杨坚恋恋不舍地走出去，心里还是悬着逃出城外的苏蕤母子。但此时城门未开，自己总不能也上演一场攻打城门的戏吧。再者他心里明白，就算追出去，事情已经发生几个时辰了，怕也是尘埃落定，只能慢慢等消息了。

他心里七上八下地走出坊门，却见坊门外又多了一拨禁军，一群禁军正簇拥着晋国公宇文护等在那里。杨坚忙上前见礼："卑职参见冢宰公。"

宇文护冷眼瞧他一眼，然后两眼望天，半晌才开口："普六茹坚，这件事你涉入得有多深？抑或整件事都是你的大手笔？"

杨坚不卑不亢道："卑职不知冢宰公所言何事，卑职什么事都不知道。"

宇文护冷哼一声："说得轻松，撇得也够清，那你府上尚未撤严，你为何擅自率人冲了出来？"

杨坚这才明白宇文护是听到报告后专程为自己来的，他大概是认为自己要反出长安城吧。便平声道："卑职也正想请教冢宰公，皇上和您光降敝府，为了安全故而布严。然则皇上和冢宰公返回后，卑职府上缘何不撤严，卑职犯了何事，按律当定何罪？"

宇文护心中冷笑，这事并无不妥。独孤公府的人砸开城门冲出城外，天知道他们要干什么勾当，他已经下令，今日起城门不开，全城戒严，直到彻底查清此事为止。他怀疑杨坚夫妇与此事有关联，甚至是幕后决策人，围住他的府邸也没人能说出什么。但杨坚毕竟和独孤家只是姻亲，这事在名义上殊欠堂皇，是以被杨坚钻了空子。他暗自思惟：左右全城已戒严，谅你也翻不出什么花样。便冷笑一声："普六茹坚，你很会钻空子，此事是我疏忽了，只顾着处理这件事，忘了给你府上撤严了。”他唤过一人，给他一道手谕，让他飞马去随国公府解严。

杨坚心中并不轻松，宇文护给他府上解严，就一定另外做了安排，他是永远不会放松对自己的警戒。

宇文护又冷眼看着他：“你要求的事我办了，我再问你一次，这事你究竟涉入有多深？”

杨坚道：“卑职还是那句话，什么事也不知道。”他心里叹息着：如果我知道了，就什么事都不会发生了。

“独孤俊率独孤家的人围攻清化坊是为了何事，你不知道？”

“不知道。”

“独孤俊率人攻打城门，冲出城去，是为何事体，你也不知道？”

“不知道。”

“那你为何到这里来？”

“卑职是要进宫请教冢宰公，卑职并没犯任何情事，缘何遭到软禁？”

宇文护鹰隼般尖锐的目光一直在杨坚脸上扫来扫去，甚至要从他眼睛一直看穿他的心底，想寻出破绽，找到突破口，杨坚脸上却什么变化也没有，只是平静中带有刚毅，他的眼睛里似乎有层坚固的膜把心事都遮住。宇文护什么也看不出来。他情知杨坚所说都是虚语，却也不想再纠缠下去，便冷笑道：“普六茹坚，你很善狡辩，我也不和你多费唇舌，这件事我会彻底查清，只要发现这里有你一根毫毛的影子，我也不会放过你。要是你敢蹚进一根脚趾头，我就把你整条腿锯了。”

杨坚松了一口气，说道：“要是那样，卑职愿受冢宰公处罚，毫无怨言。”

宇文护脸上阴晴不定，沉吟不语，但心里实则轻松许多。他刚接到报告，说是杨坚率人冲破禁军封锁时，真把他吓得不轻，还以为杨坚公然扯旗造反了。他忙调精兵加强皇宫和自己府邸的保护，自己又率禁军追出来。

看到杨坚后，见他并无造反迹象，心下已感轻松。这些年来他最担心的就是统军大将谋反，在所有统军大将中，他最提防的就是杨坚。

他当年处理独孤信一案时，只处理独孤信本人，并不下辣手，来个满门抄斩，顾忌独孤信的声望固然是重要原因，另外也是看透了独孤信的儿子是个废物，莫说自己提防他，就是给他十万大军，请他造反，他也成不了气候。

在独孤信的姻亲中，最主要的就是唐国公李昞和随国公杨坚。李昞的父亲李虎当年和独孤信地位相当，同为八柱国之一，李昞对独孤家就谈不上什么忠诚，也绝不会为了一个废物搭进整个家族性命。杨坚不同，他父亲杨忠是独孤信的部将，那时候，士兵对主将，主将对主帅的隶属关系一旦固定，便终身有君臣之谊。是以杨坚会否因这层关系铤而走险，为独孤信复仇就殊为可虑了。还有一层，杨坚和皇上是儿女亲家，会不会为皇上做出不利自己的事更是难说。最主要的还是杨坚勇虽不足，却深具韬略，城府深邃，是以宇文护视之为劲敌。如汉高祖视韩信，光武帝视吴汉，“隐若敌国焉”。

宇文护并无军事才能，在战场上也未立尺寸功，他得位居冢宰把持朝政，靠的是两张王牌，一是太祖宇文泰托孤给他，把家事国事都托他掌管，当时众多将领都亲眼见到，亲耳听到，是以元勋宿将还服他，就是服从宇文泰的遗嘱；二是他把皇上挟持在手，对不服的人以圣旨铲除，众人明知圣旨就是出自他手，也是无可奈何。

宇文护也知道长此以往不是法子，还是把统军大将的人心都拉过来，让他们像忠诚叔父一样忠诚自己，那就不仅自己生前无忧，死后也可保代代平安富贵。至于篡位自立，他还真从未有过这种异念，他要保住的只是手中的权力和死后一家人的平安。

他对这些统军大将以威御、以恩结，软硬两手玩得纯熟无比，这些年还真有不少人投身做他的铁杆党羽，只是那些元勋自矜身份地位，并不投靠他，但对他以圣旨发布的军令也坚决执行，宇文护也就满足了。这些人太祖皇帝也没把他们弄得服服帖帖的，自己何德何能?

对杨坚硬的一手玩过，他又故作深沉，让杨坚的心多跳一会，然后，才放出软的手段，缓颜笑道：“普六茹坚，我虽比你虚长几岁，也是看着你和家中弟弟们一起长大的，在我心里也把你当自己的弟弟看待。你也知道，当年太祖久处军中，把弟弟们都交给我督管，我唯恐有甚差池，对不起太祖皇帝，对弟弟们不免严厉些，但心里却是爱啊。”

杨坚忙低下头，一副恭聆状，其实是恶心得要吐，怕他看出来，心道：“你爱的都杀了两个皇上了，再爱下去整窝都被你吃了。”

宇文护却对他少有的恭谨很满意，续道：“这些年我对你也是过严，正是把你和家中弟弟们一般看待。皇上要选太子妃，我首先定的就是你家，这叫亲上加亲，我这番心思你要懂。”

杨坚道：“冢宰公厚爱，卑职一直感怀在心，须臾不敢或忘。”太子妃的事委实是宇文护所定，但杨坚对此事另有一番计较：宇文护这是为自己留个后手，设若他要废今上，就会推出太子当皇上，现今除观望的人外，其他对宇文护心怀不满的人都隐然以自己为马首。倘若宇文护有废上再立之举，立的又是太子，身为国丈的他自然不会联合其他人造反了。

他用了一整夜的时间才把宇文护这层心思看破，从成为皇上亲家那天起，他就对皇上的安危刻刻担忧了。宇文护这哪儿是辅佐皇上，分明是庄户人家养猪，养肥了就杀，太祖皇帝的嫡系子孙会不会被他杀得净尽，就要看他有多长的寿命了。

宇文护并不知他心里想什么，但对他今天的态度很是满意，走上前在他肩上拍一下："普六茹坚，你要记住，我们是兄弟，我是把你当作宇文家的弟弟一样看待的。"

这句话说的杨坚透身冰凉，如同三九天被扔进冰窟里，半晌说不出话来。等他醒过神来，宇文护早已坐进马车，在重兵围护下打道回府了。

杨坚冲出家门时，独孤氏便知事情败露了。她的心却一下子安定下来，左右是做了，不管杨坚如何待她，她已横下一条心来对付。这件事她于心无愧，是杨坚负她在先，她不过报之于后。

她整夜未眠，天放亮时小憩一会儿，便起来安排家人料理家务，倒是井井有条，一丝不苟，不逊于名将之治理军营。

上午辰时，家人来报，外面的禁军都撤走了，她心中一喜，看来昨夜是虚惊一场，但随后闯进一个四十多岁、衣饰华丽的女人，跪在地上只是叩头，鼻涕一把泪一把地哭得话都说不出来。

独孤氏大惊，这女人是独孤府的管家婆邹嫂，好半天才能说出话来，兀自哭天喊地说着，费了很久才把事情说清楚。

原来独孤府的几个有头脸的管家婆都在府外买房置地，不在府内上宿时便回到自己家里。邹嫂昨夜不上宿，没到掌灯时分就回家了。早上她坐着轿子去府中应差，却见府外站着一千多个如狼似虎的铁甲军。

她当时吓得魂儿都没了，遮莫是晋国公要算老国公的旧账？好半晌她才稳住神儿，下轿去和一个禁军头目搭讪。

那禁军头目见她衣饰华贵，气度雍容，十足豪族贵妇的派头，也不敢得罪。他在宫中当班有年头了，深知长安城里最可怕的不是达官显贵，而是这些贵妇人，得罪了达官显贵还有说理的地方，若是得罪了某些贵妇人，死得要多惨有多惨，死了也是个糊涂鬼。

他便坦白告诉邹嫂，独孤府这次是被了大祸了。上次谋反，冢宰公已是法外施恩，这次少国公居然指使属下夜半时分攻打城门，冲出城外，分明是要召集老国公旧部造反，甚或是要勾引陈国、齐国的敌军来攻打本国，就像乱臣侯景那样。这次独孤府怎样也逃不脱满门抄斩的命运了。

独孤氏直听得亡魂皆冒，喃喃道："阿俊他们疯了，攻打城门作甚？"

邹嫂拍着手大哭道："他们可不是疯了怎地，干出这等天杀的事，闯出天大的祸。奴婢来时，路过我表兄家，就进去打探消息。"

独孤氏知道她有个远房表兄是晋国公府上的管事，忙问道："你表兄怎样说？"

邹嫂哭道："奴婢表兄说，攻打城门律同造反，满门抄斩是刑律上明文煌煌的。但这事并不简单，若仅这一件事上，还尽有通融转圜处，可还有另外一个原因，不但独孤家人难逃大限，怕是连随国公府也要遭大殃、倒大霉了。"

独孤氏益发震惊："此话怎讲？"

邹嫂道："奴婢表兄说，晋国公的老母亲病势日重，眼见没几天活头了，太医的招数都用绝了。晋国公这几天正想背着老母亲一步一叩头地去求苏神医，可是七小姐和少国公恨晋国公毒死了老国公，才派手下去杀死苏神医，可那苏神医是活菩萨，阿俊他们杀到时，人家从天上飞走了。阿俊他们还不死心，又攻打城门追了出去。七小姐，阿俊他们这不是疯了？苏神医那样的活菩萨，大家拜都拜不及，他们却去招惹人家，这不是天打雷劈的勾当吗？奴婢表兄说，不管怎样，苏神医是被赶走了，晋国公老母亲也就没救了，七小姐和少国公是存心置太夫人于死地，好让晋国公因丧母之痛而亡。七小姐和少国公的心地比毒蛇还毒，晋国公已发狠，这次要把独孤府和随国公府铲为平地。"

独孤氏原是站着听邹嫂说话，听到一半，腿已发软，便坐在地上的软垫上，听到最后，脑子里一黑，人已仰躺在地上，两眼翻白，口吐白沫。

旁边侍立的丫鬟婆子急忙围拢上来，有人掐人中，有人搓脚心，有人灌姜汤，有人略通医理，还找来艾香，点着了在独孤氏小腹下乱灸，七手八脚之下，总算把独孤氏弄醒过来。

救治她时，只是一片乱嚷乱叫声，等她醒过来，众人都大哭起来，真好像她已死去一般。独孤氏大骂道："嚎什么丧，我还没死呢。"

邹嫂已被拉进别的屋子休息，大家唯恐她再说出什么话，主子真要一命呜呼了。其实她该说的已经都说完了。

独孤氏又喝了碗姜汤，这才稳住神，身子却仍麻木，连小腹上火辣辣的炙痛都没觉出来。她明白这次不是风雨欲来，而是已经来了，且是雷霆万钧之势！

关于晋国公老母亲，还真有一桩既轰动天下、又感格天地的故事。

当初六镇起兵反抗北魏政权，长江以北陷入连绵战乱中。宇文护的母亲在战乱中流落到了江南陈国，为人作佣作婢，备尝艰辛。后来宇文护在周国柄政，大权独揽，陈国中人偶然间得知这老妪竟然是宇文护的老母亲，立时呈报朝廷。

陈国君臣大喜，便把宇文护老母亲扣在手中，居为奇货，一面好生供养，一面派出使节带着老母亲的亲笔信和宇文护联系。宇文护接到老母亲的信后，痛哭在地不能起，他自是恨不得马上把母亲接回来，可是陈国开出的赎还条件太苛刻，要求周国对陈国称臣，割让土地，每年还要交纳天价贡赋。

宇文护虽大权独揽，这等辱国卖国条款就不是他敢定的了。北周政权是宇文泰和独孤信、赵贵、李弼、李虎、于谨、侯莫陈崇这帮老兄弟共同创建的，宇文泰本人都没有绝对的权威，只因威望略高一筹，被推举为盟主罢了。宇文护不能与宇文泰相比，平时做事已嫌强梁，若是答应陈国的条件，立时就会被那些老将吃了。

他一面苦苦与陈国砍条件，一面给母亲写回信。宇文护的人品固无足论，但作为人子，却是纯孝。他给母亲的回信中真是字字椎心泣血，读到的人无不感动至深。

然而陈国朝廷不会一感动就大做善事，送回他母亲，依然咬住条件，不答应就不放人。双方彼来我往，使节络绎于途，依然没能谈妥条件。不是宇文护不肯让步，他实在是站在悬崖边上，无路可退。

半年过去后，使节渐稀，双方僵住了。宇文护也死了心，权当母亲殁了，日日晚上痛哭而已，最后还是陈国先沉不住气了。

且说宇文护老母亲流离四处，天下的苦头都吃尽了，年纪又大，自然体弱多病。陈国见握着这老妪不济任何实事，还要花费大把银子供养宫中不说，万一哪天死了，陈国就要背上害死老人的恶名。周国就有口实尽全力攻打陈国，那可是几十万虎狼之师，兼且哀兵必胜，陈国反遭其殃。

陈国也不乏睿智之臣，阐明利害关系后，可居的奇货反而变成烫手山芋，速速扔出去为上。陈国便故示大方，什么条件也不要，敲锣打鼓，以隆重的礼节把老太太送回周国来。

看上去陈国空欢喜一场，实则不但赢得美名，还赢得宇文护衷心感激，莫说他执政时两国不会起刀兵，就算他死后，周国臣民也欠着陈国一份天大的人情，也不好意思对陈国动武，这比任何盟约都更可靠。

宇文护喜出望外，周国迎接的礼数就不用说了，就算释迦牟尼复生，也没有更高的礼节了。两国关系也进入睦邻友好状态，比用鲜血凝成的友谊牢固多了。

接回母亲后，不单宇文护晨昏定省，极尽孝子之情，皇上也是亲自到府上，登堂拜母。要说宇文护之母还真是皇上的亲伯母。皇太后也亲自到府上，欢叙姐妹之情。皇上对太夫人比对皇太后还孝顺，以举国之力供养承欢。

晋国公太夫人病重，独孤氏知道。一个多月来，太医往来于皇宫和晋国公府之间，皇上和皇太后不但多次去探望，还去几个名刹烧香拜佛许愿，求佛祖庇佑。宇文护更是延请高僧日夜做道场，为母亲祈福，自己还剪发剪指甲供养在佛前，愿减己寿延母亲之命。

这些独孤氏都知道，就是不知道宇文护也要仿效长安府尹，甚至犹有过之，要一步一叩头地去求苏神医。

独孤氏清楚，自己这次是把天捅了个大窟窿，需要的是补天手。想来想去却想不出有这样的人，只好走一步算一步。她先派一名得力的管家婆进宫中找长女——太子妃，让她求太子再求皇上，为自己挽回。然后派出人手出去找杨坚，并吩咐去的人见到杨坚后一定要转述她的话：再不回府里想办法，就要被满门抄斩了。

然后她把所有人轰出去，自己坐在软垫上，惭愧得哭起来。她一向自负有张良的谋略，且有陈平的奇计，而今才知道自己不过是个愚蠢的小女孩，举着火种乱点，已把林海点燃了。若无奇迹出现，自己娘家和自己家都要葬身火海中。

第六章

杨坚从清化坊回到外宅，仔细询问了服侍苏蕤的丫鬟婆子，这才把当时的情形弄清楚。然则他做事一向仔细，连他最亲近的心腹管家也不知道，缘何被独孤俊他们察觉了？

他百思不得其解，便先叫人把清化坊的老赵“请”来，原是想再详细问问独孤俊他们初到清化坊的情形。孰料老赵一下认出堂堂随国公正是经常出入苏神医家的那个男子，还以为要治自己的罪，噗通跪倒，叩头求饶，把独孤俊灌醉自己套出苏神医的事全说了出来。

杨坚从独孤俊套问老赵的手段上恍然悟到了什么，他把管家叫来，叫管家悄悄去查些事，又派人去城门查看，一等城门开启，他就追出城去，哪怕踏遍天涯海角，也要找到苏蕤和他们的儿子。至于这万贯家业、爵位就留给那悍妇自己过吧。

手下回来报，晋国公已传皇上口谕，这几天城门紧闭，全城戒严，何时解禁也要等皇上下旨，还告诉他，街上到处都是弯弓持刀的禁军在盘查行人，市民等闲不敢上街。独孤公府已被包围，少国公被下进天牢。若在以前，杨坚早就想办法搭救了。此刻他恨不得独孤府的人都死干净才好。他自己没意识到，嘴角已流露出歹毒的快意的笑。他的脸平时就有副哭丧相，一狠毒起来活像黑无常，他的手下见了，心下栗栗，忙退下去。

上午巳时，传来消息，说是独孤府的人回城自首。他骑上马率人去查看究竟，赶到城门时，城门又关闭了。几百名禁军里三层外三层把十几个血污满身的人拥裹着向前移动。杨坚想挤进去问问独孤府的人，禁军统领却恭敬地拦住他："国公爷，晋国公有令，任何人不得和这些人接触。"杨坚只得怏怏而退。

杨坚策马跟了一段，还是找不到机会，正欲折回。忽见看热闹的人群中有一人瑟瑟缩缩、藏头遮尾，形迹甚是可疑，再多看几眼，就认出来了，正是独孤府的人，和那十几个是一伙的。他叫来管家，吩咐几句。

凡他在城里出行，他的座车总是跟着，他不想骑马时便坐进马车里。他的管家领着几人接近人群中，把旁边人挤开，揪住那人就按在地上。此时马车已靠拢过来，车门也已打开，几人便把那人塞进马车，关好车门，一行人绝尘而去，径返外宅。旁边看热闹的人竟没看出是怎么回事。

原来此人真是和那些人一起回来的，名叫独孤损。他们遵独孤俊之命回来自首，扛起所有罪名。他们也知道一进城就会被擒住，然后下狱，然后酷刑拷打，最后是斩首还是凌迟就不知道了，这也不重要。每次酷刑都比凌迟还要难熬几倍，他们不知要经受多少次呢。然而他们都死了，谁去向七小姐复命？于是就推出他们中最机灵的独孤损来完成。

独孤损在城外就换好平民衣服，藏在这十几人中，禁军上来抓这些人时，这些人和禁军故意推搡，独孤损就钻进看热闹的市民中，禁军中也有人发现了，却没认出他是独孤府的人，再见他衣裳和精神状态和要抓的人迥然有别，就忽略过去。

独孤损看到杨坚了，怕被他认出，只好躲进人群中，不意还是被认出来，且逮个正着。

来到厅堂上，杨坚坐在胡床上，用阴沉的目光盯视着独孤损，一言不发。跪在下面的独孤损到了此时，也没隐瞒的必要了。他料定落到杨坚手里，绝难逃出性命，想见到七小姐是不可能了，索性和盘托出，也算是完成复命的任务了。

他挺起胸膛，陈说始末，不但杨坚，旁边人也都听得呆了。沙场上血肉横飞、遗尸满野的场面他们见识多了。但听独孤损所述与苏蕤和孙思邈这两场恶战，还是感到毛孔里都钻进冷气。

待听到最后苏蕤命绝，孩子被孙思邈救下，杨坚一声没发出，一口气没上来，人已经从胡床上一点点滑落到地上，晕厥过去。

他感到自己的灵魂已脱离了躯壳，飞向空中，在浩瀚的天宇中寻找苏蕤的芳魂。即便苏蕤死了，他的灵魂也要永远和她的厮守一起，绝不分离。

但他还是在千呼万唤中醒了过来，他在胡床上躺了半个时辰，才勉强坐起来问独孤损："苏神医当真死了？"

独孤损满面羞惭："小人们罪孽通天，委实害死了苏神医。她老人家还在临死前阻住药王对小人们下手，不然小人们没一人能活着回来。"

杨坚的泪水止不住地流，若依他的性子，非把独孤损剥皮点天灯不可。但听到是苏蕤饶了他们，不禁想起她的仁心慈怀，挥挥手，低声道："把他送到他主子那里复命吧。"

管家明白他的意思，便安排人护送，用马车把独孤损送回府里见夫人。

家人们都跪在杨坚周围，谁也说不出安慰话，主子居然和苏神医有私情且有了孩子，这消息太突兀，他们一时还转不过脑筋来，更不知该说什么话。

杨坚只是默默流泪，感到脑子里身体里空空荡荡，就像一座已废弃百年没有人烟的古宅。好半天，眼泪干了，眼睛空洞得就像两个窟窿。

下人们都跪伏着，屏着气一动不敢动。轩敞的厅堂空间凝滞了，仿佛是一幅永恒不变的立体画面。

独孤氏在家里坐等回音。到了午时，进宫去的人也没回来，撒出去找杨坚的仆人也都回话，在城里找不到国公爷。

杨坚怎么不见了？这时候她最需要的就是他，此时她更深地体会到，女人不管多能干，还是需要自己的男人做主心骨。她蓦然想到了杨坚可能的去处，便又派一名管家去独孤俊说过的外宅去找。

此人刚走，她四姐——唐国公夫人派人送来一封信，只有寥寥数语：事急矣，祸大矣，只宜运动上方，慎勿再妄动，否则族矣！

从潦草的字迹中可看出四姐棼乱的心迹，既痛心又痛责，同时也是警告。她明白四姐也知道此事底细了。不意平日里总是笑眯眯软绵绵、被人称作坐佛的四姐也具如此火性，她倒感到一丝安慰。

她在短笺后写了两字：知道。便交给来人带回去。

仆妇们给她摆饭，她不想吃却也没制止。不管吃不吃，这套程序是不可免的，这才是钟鸣鼎食之家的气象。

仆妇们刚摆好，独孤损就跌跌撞撞进来，一头拜倒在巨大的食案前，哽咽道："七小姐，小的总算再见到您了。"

独孤氏大怒，直欲站起把食案踢翻，扑过去把独孤损撕碎，所有祸事都是这些蠢货闹出来的。自己不过叫他们在城里办点小事，他们却闯下等同谋反的大罪。

她把这股冲动压下，只咬着嘴唇冷冷道："你见到我了，那贱婢母子的首级哪？"

"小的该死，没拿到。小的正为此来向小姐复命。"

独孤损便把昨夜去清化坊杀人未成，不得已追出城外，再和苏蕤交手，孙思邈杀入救下孩子的事原原本本细说一遍。

独孤氏听得脸都白了。她原知药王门的人身具武功，却不意高明至斯。待听到孩子被孙思邈救下，喃喃道："这孩子还是个祸祟，还得想办法除掉。"

独孤损忙叩头如捣蒜，泪下如雨："七小姐万勿再生此念，绝不可招惹药王。若非苏神医拦着，他要杀尽我们两府的人，鸡犬不留。您老人家千万别再激药王起杀心了。"

独孤氏心下也是凛凛，兀自嘴硬道："大言炎炎。"独孤损道："七小姐，小的拼冒万死回来，就为给您带来这句话，您就信了小的吧。不管什么大罪，小的和兄弟们都扛下来，绝不连累您和少国公，只望小姐万勿再在太岁头上动土了。"

独孤氏有些烦乱，便让他退下，然后叫仆妇进来，把一筷未动的食案撤下去赏给独孤损。这种"撤己食以食之"的做法那时候是对臣属仆婢的特殊恩典，比什么赏赐都有脸面。韩信对策反他的蒯通说："汉王推食食我，解衣衣我，背之不详。"就是受了刘邦这种手段的迷惑。

独孤损感激涕零，先冲着独孤氏的方向叩头谢赏，才跪坐在案前流泪吃喝着。

独孤氏没想到独孤府精锐尽出，只杀得一个苏蕤，留着那个孩子终究是祸患。这药王本事真的那样大？她不是不信独孤损的忠诚，而是此事太过不可思议。想那项羽号称西楚霸王，有扛山拔鼎之力，武功更是举世无匹，垓下之战，虽连杀五十六员汉将，依然自刎乌江为天下笑。那个药王的本事比他还大？

她到了外宅，把那位在江湖中闯荡多年、熟稔江湖掌故、武功也很高明的护卫叫来，假意对江湖中事很感兴趣，闲聊几句，便转到孙思邈身上。

“你们都对药王敬若神明，药王本事究竟有多大？”

“这就没人知道了。江湖中人听到药王二字腿就发软，谁敢当真和他老人家较量。”

“假如说我得罪了他，他放话说要杀尽我们府和我娘家一府的人，还要鸡犬不留，这是不是吹牛？”

那名护卫笑道：“夫人万安，漫说您得罪不到药王，就算真的无意间得罪了，他老人家大人大量，不会跟您计较。再者他老人家慈悲为怀，专以治病救人为念，焉能做出这等歹毒的事。”

独孤氏大怒，他把药王捧到天上去，又说他大人大量，岂非说自己是小人？不怿道：“我只问你他有这本事还是没有这本事？”

护卫见夫人顶起真来，忙肃然以对，认真想了一下，才说道：“夫人既这样问，小人就说句对药王、也对夫人和少国公失敬的话，药王若真起了杀心，莫说咱们两府，就是杀光半个长安城也没人拦得住。还有一说，他老人家若真想多杀人，又何必杀人流血，单用上毒药，就能无声无息间让整个长安城变成不毛之地。莫说人畜鸡犬，就连地上的青草和地下的虫豸也别想有活的。”

独孤氏惘然若有所思，沉默有顷，一言不发，转回内宅。从此，药王和那个孩子的事就从她心里彻底抹除了。在她以后一生中，常常会被一个噩梦魇住：她躺在床上，被毒药慢慢侵蚀成一具白骨，她的家人、整个城市的生灵都变成累累白骨。草木枯死，地下的虫豸也都被毒死。整个世界变成没有人烟、没有生命的荒漠。

独孤氏派去敦请杨坚回府的管家，在厅堂外等了两个时辰才见到国公爷。

杨坚还是那样盘坐着，如同修行的老僧。他已经几个时辰没动一下，听完管家的苦苦陈述，他漠然不为所动，半晌才道：“你回禀夫人，请她带大两个小公爷，你们全府上下也要尽心尽力服侍夫人和小公爷，如我在时一样。”

那管家听得毛骨悚然，不敢确定自己是不是在听一个已死鬼魂说话，吓得一声不敢吭，手脚并用，跪伏着退出去，骑上马失魂儿似的回府了。

杨坚并非一时激愤说的气话，而是深思熟虑后的决定。他小时候被舍在寺庙里生活过几年，小名就叫“佛奴”。他也从小就养成崇佛佞佛的心理，遭逢此巨变，顿感万事皆空，尘世已无任何留恋之处，遂决意出家为僧。他已命管家着手在终南山高岩绝谷处觅一寺庙，作为他出家的地方。

他的贴身管家是从他七八岁时就服侍他的，最知他的脾性，情知他一旦决定下什么事，就绝无挽回可能，也就不再劝说，只是流着泪答应，等城门开后便出去寻找合适的寺院。

杨坚把家里的事安排妥当，尘丝又断了一根。他又来到一张几案前，给皇上写奏折，言明自己尘缘已绝，决意出家之情。请皇上准许由长子杨勇继承国公爵位。

奏折写好后，唐国公李昞提着马鞭冲进来，见到杨坚，劈头骂道：“你死了，躲在这里？”

杨坚默然道：“我死了。”

李昞察觉他有异，近前仔细看看他，冷哼道：“还真伤心成这样，不就为了个女人吗？值得吗？”

他话未说完，杨坚蓦然野兽般大吼一声扑上来，死命掐住他咽喉，嘴里还不停地发出“嗬、嗬”的怪响。李昞身手较杨坚高出几筹，但他没防备这手，两人相距又近，被他扑个正着。李昞奋力反抗，无奈咽喉被锁住，运气不畅，杨坚又不知哪里借来的神力，李昞拼命扳也扳不动那对铁掌。

两家姻亲通好，主人们打架，下人们只得看着，劝架都不敢。但见要出人命了，便一拥而上，这才把李昞救出来。

李昞抚着已红肿的咽喉，大喘着气，一时说不出话来。杨坚还要寻李昞拼命，却被下人拉住，他暴怒不泄，回身从几案上拔出佩剑，指着李昞大骂：“你这个色鬼，除了糟蹋女人还会干什么？你知道情字是怎样写的？我对天发誓，你再道她一个字，我上天入地也要杀了你。”他眼睛血红，披头散发，手提利剑，此时不像黑无常，倒像恶魔。

李昞颇为诧异，自己风流自赏，自以为最懂得情了，最瞧不起杨坚之处就是他不懂情趣。不意他倒在自己面前装起情圣来。他倒不恼，反而从心底里同情这位连襟，他是被妻妹管束得太严了，结果偶尔和个女人好上了，就被迷得丢魂失魄，哪像自己见一个爱一个，却也爱一个丢一个。

李昞好容易喘匀气息，笑道：“好，我不说也不道她。我来也不是为这个，只是告诉你别在这儿躲清静了，你府上都快被人抄家灭门了。”

杨坚气泄了，把剑扔到一边，回去坐在几案前，淡淡道："我心已死，我这个人也不存在了，更没有家，谁愿抄谁抄，谁愿灭谁灭。"说着，在写完的奏折上签上自己的名。

李昞上前拿起奏折，看过后两手撕碎，杨坚漠然道："你想撕尽管撕，我纸张多的是，再写一张便是。你不怕麻烦，就在旁边等着撕。"说着又开始写。

李昞凝神谛视他有顷，喟叹一声，提着马便走了出去。管家和下人们见主人不动，只好代主人送客。转过影壁，送到大门时，管家忽然双膝跪倒，扯着李昞的衣角，把家主人决意出家为僧、已命自己着手寻找寺院的事说了，求他想办法劝转主人。

李昞漠然半晌，也不禁黯然垂泪，一句话也没说就走出去了。

他回到家里，夫人接着，见他咽喉红肿，慌道："你与谁打架来？"李昞气道："是杨坚那混蛋掐的。"夫人诧异道："你又没抢他女人，他掐你作甚？"

李昞倒被她说笑了，先吃杯侍妾送上的茶，然后才对夫人说了自己奔波一天的大致经过。

他从杨坚府里回来后，就预感到要出大事，召集起府兵待命。宇文护若真要对杨坚下手，他就要救杨坚一把。宇文护一直没动手，上午反倒把随国公府外的禁军全撤了。他刚松了一口气，宇文护却派人送来一封亲笔函，先叙两家情谊，然后请李昞相信自己处事一秉至公，千万别误信人言，搅入乱局中。

从信中李昞感到浓浓的杀气，宇文护分明是要把自己分化出来，然后对杨坚下手。他自己并未感到威胁。他父亲李虎是开国六柱国之一，只消没有谋反实据落到宇文护手中，宇文护绝不敢对自己下手。然而同娶大司马独孤信之女，他与杨坚自有特殊情谊。若随国公府遭难，他纵然不受波及，也难免兔死狐悲之感。

他先派出人去，从宫里、从各处打探消息，中午过后，独孤府那伙人回城自首，情况益趋明朗，他坐不住了，只好出去悄悄拜访于谨这样的老柱国、尉迟迥这样的名将，希望集元勋名将之力保住随国公府和独孤公府。不知这些人是得了宇文护暗示抑或明哲保身，都对他热情接待，含混以对，说什么："皇上英明，冢宰公处事一秉至公，我等作臣子的只能恭候皇上的圣裁。"这类梦话。他恼不得也笑不得，到处撞了一鼻子灰，只好找到杨坚，让他自救，却起了冲突。

夫人叹道："世态炎凉，也莫怪那些人。与己无关，谁愿跟着人跳陷阱。怪都怪七妹，从小被先父宠坏了，这争风吃醋也有个限度，她倒好，跟发动一场战争似的。国公爷为妾家的事辛苦了，妾身感激万分。"说着起身裣衽拜谢。

李昞苦笑道："谢什么，倒让夫人失望了，什么事也没办成。"

夫人又端正坐好，亲手为他斟上茶，赔笑道："夫君也无须太过虑，那些闯祸的下人都回来自首了，罪也由他们顶了。宇文护那老贼纵然想栽赃也无处栽。再者，皇上也会为妹妹和妹丈主持公道。"

李昞摇头叹道："夫人，你好糊涂，就是因为那些下人回来了，随国公府和独孤公府就成了砧板上的鱼肉，他们若不回来，屁事也没有。"

夫人愕然瞠目，李昞知道夫人万般皆好，只是这头发长见识短的毛病不能幸免。只好耐着性子细致地给她摆事实讲道理，就像塾师启发一个蒙童。

宇文护自逼死独孤信后，就将杨坚看成眼中钉，蓄谋除之久矣。只因杨坚的父亲杨忠是独孤信的部将，被宇文护视为独孤系统的嫡系。杨坚既属于这一系统嫡系中人，又是独孤信的爱婿，双料加身，想不令宇文护侧目而视也难。他对宇文护表面恭敬，骨子里不服，宇文护知道，也是朝野皆知。

宇文护柄政虽久，在军中根基尚浅，这是他的致命弱点，也是他做事不得不有诸多顾虑的原因。

李昞也正是觑准宇文护这一弱点，心里才有跟他对决的勇气。独孤俊他们这次是闯出了大祸，可如果他们不回来，或战死在外面，或亡命天涯，一个也别叫宇文护逮住，这事就是个悬案。宇文护没有人证，这案子无论他怎样周纳锻炼，也打不成一件铁案。所以他虽封了独孤府，抓了少国公，过个十天半月，此事自然化解。他若真敢以毫无证据的罪名向杨坚和随国公府发难，自己就可以挺身而出，集两公府的府兵与宇文护在长安城中对决。

他心中有算计，宇文护手中掌握了六万禁军，唐国公府和随国公府能聚集五千精兵。表面上看，寡不敌众，但禁军中有许多是从六大柱国系统的军中调去的。这是因为禁军系统原是太祖宇文泰的私人武装，宇文护杀掉太祖两个儿子，也怕忠于宇文泰的禁军造反，或忠于在位的皇上，才开始分化瓦解，他自己没有武装，便分从六大柱国系统中调兵补入，如此一来，禁军组成系统庞杂，除他以外无人能调动。但禁军系统不纯也是弊病。

若是别人在长安城中举事，其他几大柱国自然会合力扑灭。但李昞举事，那几大柱国纵然得到宇文护所传圣旨，也会按兵不动，骑墙观望，此无他，兔死狐悲，君子讳伤其类。

这几大柱国不动，出自六大系统的那些名将也不会动，非仅如此，禁军中六大系统的人也会消极怠工，绝不愿为宇文护效死命。

即或在长安城中占不到上风，凭借五千精兵大可冲出长安，到外面召集自己和独孤信、赵贵的旧部。独孤信、赵贵死后，外面的旧部虽表面仍听从朝廷命令，也是关注着长安城中的风吹草动，一俟他竖起旗号，就会川流归海般聚集在他和杨坚麾下，回师可夺取长安，向西可夺取敦煌、酒泉、武威、张掖四郡，并控制广大的西域，另建政权，这一带也正是李昞祖先的发祥地。

他心中算计已定，就等宇文护使出昏招，他就可乘势将他一军，自己可立于不败之地。然而那十几个蠢货自负忠义，回来自首扛罪，把他的如意算盘砸得粉碎。

“这话怎讲，妾身想不明白？”

虽然长安城中都认为唐国公李昞是贪酒好色之徒，独独他夫人慧眼识夫，认定自己夫君是天下的大英雄，却也没想到夫君胸中竟具如此伟大的抱负，益发崇拜。只是不解府中那些人回来顶罪有甚不妥。依她想来，泼天大罪由他们顶下，独孤府可洗清白，随国公府更不会受牵连，岂不是皆大欢喜？他更明白夫君不是那种野心勃勃的人，要举事也是不忍心看独孤公府、随国公府都作宇文护刀下之鬼，才冒险为之。设若没事了，何必冒这个险。

李昞道：“那些蠢货不回来，万事皆无，他们一回来，独孤公府和随国公府就会被打成谋反铁案，那时我纵有心亦无力矣。”

夫人皱眉沉吟道：“不会吧，那些人对先父忠贞不贰，既决心回来扛罪，绝不会反悔。”

李昞只好再给她解释，人的肉体是熬不过冰冷火热的刑具的。宇文护的十八般酷刑较之两汉酷吏有过之而无不及，人再坚贞不屈，可以熬上一天两天，绝难熬过一月两月，最终意志崩溃，想让他招什么就招什么，只以速死为登仙。古今多少件冤案都是酷刑打铸的。这也别怪谁软骨头，寻常人若见了那些刑具，再知道具体用法，只消想象一下那滋味，都会觉得十八层地狱就是天堂。宇文护有这些犯人在手，酷刑之下何求不得？别说把两公府打进冤案中，就算想把平时看不顺眼的人一网打尽，也是轻松的事。

有了铁证，皇上也绝不敢伸头为这些人说句公道话，值此非常时期，皇上比别的臣子更得注意明哲保身，毕竟有两个兄长血淋淋的例子摆在那。一旦圣旨颁发天下，手握兵柄的柱国大将军们也只有服从，没人敢有异动。李昞若在此时举事，那些柱国和统兵大将就会服从圣旨，勤王讨贼，他和杨坚根本冲不出长安城。

说完这些，李昞又叹息一声："牢笼已成，无人可破。"

夫人听罢他剖析完利害关系，吓得面无人色，叫苦道："我还巴望着皇上呢，特意派人去给七妹送信，让她走宫中的路子，不想也不济事。"

李昞道："皇上那里注定是得不到什么，皇上若能依靠上，我直接进宫见皇上了，还用去那些人家讨没趣？而今只有妹夫能奋力自救，偏生他为一女人心成灰，意已决，要出家为僧，怕是连皇上也劝不转。"

夫人道："依夫君之言，皇上都使不上力，妹丈又有何能自救？"

"他不一样。"李昞给他耐心剖析，"杨坚是皇上的亲家，太子的岳丈，已是当朝重臣之一。将来太子即位，他是国丈，再后来太子的太子即位，他就是皇上的外祖父。在这两朝，他就是朝中第一位重臣。他要凭借自己的地位，去拜访元勋宿将和重臣，让他们出面保自己和独孤公府。要向他们阐明利害关系，你们今日出面保我，我欠你一大笔人情，就算不能还给你们本人，将来我会还给你们的子孙。倘若你们坐视我遭抄家灭门之祸，就是欠下一笔抄家灭门的血债，我即使死了，太子、太子的太子会记住这笔血债，等他们亲政时，你们纵然不在世了，你们的子孙也要被抄家灭门来抵债。话要说的狠，说的透，要让胆敢拒绝的人想到子孙后代晚上就睡不着觉。"

李昞最熟悉这些元勋大将的心理，因为他自己也是一样。平时想得最多的不是自己如何，而是要把自己血战沙场得到的爵位富贵代代相传，永保富贵。英雄如独孤信，虽在软禁之中，依然有反手一搏之力，却为了子孙的平安自尽了。所以在这些人的子孙身上做文章比直接在他们身上做文章更为有力，这是他们的软肋。

还有一点要说明白，好坚定他们的心。宇文护已废杀二帝，天人公愤，绝不敢再废今上及太子。宇文护又不是活神仙，总是要死的。他死后，权力自然回到皇上的手里，倚宇文护为靠山，就是倚的一座冰山。谁今日倚靠，他日冰山融化，就会被淹死。阐明这一点是要打消他们心中最后一丝侥幸。

独孤府回来自首的那些人也都是硬骨头，就算将来熬不过酷刑，至少能顶住三天。在这三天之内，宇文护得不到口供，就不会定罪名，也不会颁发圣旨。局势虽然严峻，却混沌不明。宇文护并未正式表白自己的意图，那些人也猜不透。就在服从宇文护还是力保杨坚间骑墙观望。一旦把他们的子孙压上去，他们立时就会倒向力保这边，所以这三天是性命攸关的三天。倘若动作慢了，宇文护得到了口供就会定谳，在犯人口供前，皇上也只有签发圣旨，那时铁案就铸成了。

这一层套一层又纠缠如乱麻的利害关系，若非李昞给她抽丝剥茧地剖析，她想破脑袋也想不透，而今才心开目明。虽理解的还不够透彻，至少看清了棋局。她忽然想到一事，又糊涂了，问道："若依夫君之言，这些利害关系都摆明在那里，妹丈纵不开口，他们也该力保，否则同样有他日之祸。"

李昞笑道："这就大不相同了。好比我缺钱。"夫人一怔："您缺钱用？"李昞道："我不是说好比吗，打个比方。我缺钱用，出去找人借钱，他借给我，我不但欠他的钱，还欠他的情，将来是要连钱带情都还上。他如果不借给我，就是欠下我的情，他要想到将来我会报复。但如果你不开口借钱，他明知你缺钱也会装糊涂，将来你也没法埋怨人家不借钱给你，因为你根本没借。"

夫人失笑道："这哪儿是借钱，比讨债还横，这不是耍赖皮吗？"李昞大笑道："夫人，你整日吃斋念佛，哪里知道世人心机之深之险，借债就是要比讨债还要英雄，才借得到钱。刘备借荆州，后世传为美谈，那才是借的英雄。若说耍赖皮，谁能比得上宇文护那老贼，他自己拟个旨意，就公然以圣旨行之国内。他已废掉皇上，囚禁帝后，还敢厚着脸皮以圣旨逼死大司马公。"

夫人想到先父惨死，心内凄然，复懔然正色道："夫君指点迷津，妾身受教了。"

李昞叹道："咱们夫妻在家里谈这些有何用，妹丈出家之意已定，不可能再做这些事。他不出头旁人也替他不得，这铁打的牢笼还是无法可破。"

夫人皱眉凝思片刻，忽然笑道："有了。妾身想到一人可劝妹丈回心转意。"

李昞诧异道："谁有这般神通？"

夫人笑道："解铃还需系铃人，自然是七妹了。"

李昞连连摆手："算了，我好意去劝他，他还险些掐死我，他恨七妹入骨，见到她还不一刀斩了她。”

夫人道：“夫君对世态人心都看的明悟的透，看来在夫妇之情上还欠缺火候。岂不闻圣人云：‘夫妇之情，父不能得之于子，子不能得之于母。’”说罢一笑，已不再年轻的脸上竟现出少女般娇媚风情。

这一笑令李昞恍然回到新婚燕尔时的激情与甜蜜，只觉心神骀宕难以克制。他伸头在夫人耳边低声道：“夫人，我今晚要到你房中住。”

夫人愣怔片刻才明白，这可是日头从西边出来了。她羞涩一笑：“妾身荣幸之至，自当恭候。”她起身召唤仆妇，坐上马车，直奔随国公府。

李昞坐在那里，兀自想不明白已成冤家的妻妹何能劝转杨坚。但夫人的话中似乎别有只能意会不可言传的蕴意，复又想到杨坚说自己不知情字怎样写，夫人又说自己在夫妇之情上欠缺火候，难道自己真的没弄明白“情”？看来要在今晚好好钻研一下“夫妇之情”。

一连串的打击接踵而至，一天之间独孤氏仿佛老了十年，憔悴得不成样子。

先是派去进宫的管家婆回来了，不但空手而返，还带回做了太子妃的女儿的一通抱怨。原来皇上回宫后，听说独孤府的人攻打城门冲出城外，半是忧虑半是恼火，后来弄明白竟是独孤氏为争风吃醋，指使这起人干下如此无法无天的事，益发怒不可遏。把太子妃叫到面前痛责一通，还把历代的《女箴》掷到她面前，让她好好学学怎样作女人，别像她的老娘，脸面都丢到外国（指齐、陈二国）去了。还告诫太子以岳丈为教训，不但要正身，更要刑妻，妻子都管不住，家就不能齐，家尚不齐，何以平天下？还让太子妃转告娘家“好自为之”，勿蹈历代外戚覆灭之祸。

太子妃眼泪汪汪地让管家婆转告娘亲，这次闹得也忒不成体统了，听皇上意思也很为难，语气中流露出自保尚难，无法施“覆育”之恩了。舅舅虽下在牢里，皇上还勉强照应着，不使人虐待，不缺他酒喝就是。前途多艰，恐触祸机，娘亲和父亲大人只有勉力自救了。

独孤氏心彻底凉了。她把最大希望寄托在皇上那里，却全然落空，反招致一顿辱骂，连累女儿在宫中也抬不起头来，早知如此，还不如不讨这个没趣。接着去请杨坚的管家回来，转述了国公爷的话，并告诉夫人，国公爷的贴身管家说，国公爷已决意出家为僧，只待城门一开，就遁入绝谷中，永不再返红尘。已写好奏折，恳请皇上允准由长子继承自己的爵位。

听到这消息，她不是心凉失望，而是如坠深渊。她再想不到杨坚如此绝情，在她母子最需要他庇护时，反要遁入深山古寺躲清静。

她含着泪，失神怔忡，一个时辰后才回过神儿来，心里骂道：负心狠毒的冤家，家都要被抄了，家人的脑袋都要保不住了，哪来的爵位可继承?

若是一般人遭此打击，早就丢了半条命了。她却从小养成不服输、不屈服的意志，只消白刃未临头，就绝不认为到了穷途末路。咬咬牙狠狠道：“你愿意去哪儿就去哪儿，只消我挺过这一关，带着孩子一样支撑起门户。”

然而更大的打击来了。

管家回来后，家主要出家为僧，永不返回的消息片刻间便无人不知了，至于情由更是大家早都知道的。家人仆妇们人人可怜家主苦命，在心里都咒骂恶毒的主妇，对于独孤氏的命令，表面上不敢抗拒，回头就阳奉阴违。她唤人烹茶，上来的却是浑浊得不能喝的酒。她更正后换上的是茶，却不但是冰冷的，还是仆人喝的粗茶。她责问下人，这个推那个传错了话，那人又怪这人耳背没听明白。推来诿去，倒让精明的独孤氏都很难断定责任在谁，更何况她明白，这些人分明是演戏，私底下都串通好的。

她要办任何一件事都像茶水一样，错的离谱，好像府里都是过九十上百岁的耳聋眼花的老仆。她只好依靠陪嫁过来的家人，可这些家人也备受排挤，要找什么找不到，要拿什么明明就在眼前，却被别人抢去了，堂堂随国公府立时陷入瘫痪中。

独孤氏这才明白，她在随国公府的仆妇眼中永远是外人，只有杨坚才是他们的主人。平时自己一呼百诺，还自负治家严明如治军，虽孙武不能过，原来都是因为杨坚的缘故。

一个下午她已被气哭了几场，长此以往也无须别人来抄来灭了。作为一家主妇，她有权责打不听话的仆妇家人甚至把他们送到官府治罪。但法不责众这道理她是懂的，更不能把整个随国公府的仆妇家人、护院府兵都送到长安府治罪，那就不仅要把脸丢到外国，简直是丢到爪哇国去了。

她现今反而不敢得罪下人了，唯恐有人激于义愤在她茶酒饭食中做手脚，莫说下点砒霜什么的，就是下点巴豆她也吃不消。

她如坐针毡，如困愁城，却计无所出，直欲放声痛哭，一死了之。恰在此时，她四姐唐国公夫人到了。

独孤氏自负好强，当然不会向姐姐诉说自己受下人欺凌的惨状，唐国公夫人也没察觉出什么。仆妇们待她一如往日，亲热中透着恭谨，她刚坐下，面前就变戏法似的多出一桌精洁的茶食，她焉能想到自己的妹妹——女孙武为了这桌茶食顽强奋战一下午，最后也没能到手一杯热茶。

待仆妇们退下，唐国公夫人先把李昞剖析的局势之严峻告诉她，连“牢笼已成，无人可破”八字都一字不差地转述了，也讲了李昞出去游说，四处碰壁的事。

独孤氏失魂落魄地呆坐半晌，凄然道：“既然无人可破此牢笼，也不必多费心，我自己闯出的祸自己承受，等死罢了。”

唐国公夫人道：“话也不是这样说，还有一计可行，只是需要妹丈出头，旁人替他不得。”

独孤氏怒道：“姐姐再不要提起那个狠心的负心郎，他已经不要我们母子了，要出家做和尚去。”

唐国公夫人道：“是谁把妹丈逼得走此绝路？”

独孤氏道：“是我又怎样？我也是被他逼的……”她还没说出这件事最初的缘由，唐国公夫人截住她话头，说道：“你知道是自己就好，你有本事把他逼到绝路上，就有本事把他拉转回来。”

独孤氏此时是真希望杨坚马上回家，不要说大祸将要临头，就算是家中仆妇抱成团的欺凌，用不上三天，她就得悬梁自尽，却还嘴硬道：“我拉他回来作甚？再说他回来也没用，还不是一起困在笼子里，等着人家斩杀。”

唐国公夫人又把李昞策划的方法和其中种种利害关系说了一遍。独孤氏听罢大喜，却也知道这次是把杨坚的心伤透了，如何劝得他回转殊无良策。唐国公夫人便附在她耳边，低声教她该当如何如何。

独孤氏听着，羞得抬不起头，啐道：“亏你还是堂堂唐国公夫人，想得出这种下贱法子。”

唐国公夫人笑道：“我别的不如你，要比摆国公夫人的谱儿，比你还在行几分。我这全是为你着想，劝得转妹丈，两公府无虞，劝不转妹丈，两公府几千人人头落地，你自己斟酌吧。”

独孤氏喃喃道：“不是我不愿意，是太难为情了。”

唐国公夫人知她已是肯了，不过在自己面前拿乔作致，起身告辞回去，并叮嘱她不可耽搁，要马上去办，救人如救火。

独孤氏在屋中又回想一遍姐姐所教，先在心中预演一遍，以免临场发挥不佳，影响效果，并仔细推敲几个细节和关键处，觉得完全有把握了，才叫自己的丫鬟婆子进来，给自己找衣服饰物，帮自己化妆。忙了有半个时辰，她化好妆，也穿戴好，叫人备好车，自己抱着小儿子杨广，就坐进车里，赶车的就是去请杨坚的管家，他认得路。独孤氏只是知道这个地址，如何走就不清楚了。仆人们听说夫人是去把老爷找回来，不让他出家，自是人人喜悦，服侍起来又如先前那样恭谨周到。

第七章

杨坚骂走李晒后，不再有人来劝阻。他处理好家事，自以为虽尚未出家，已与这尘世隔绝了一切联系，真个是万般皆空。

他的心思并未遁向深山古寺，而是陷入三年前的往事中。

三年前，冢宰宇文护耻于自己在军事上毫无建树，想在战场上立奇功以慑服军心民心，便聚集所有力量讨伐齐国。齐国自然也倾举国之力抵御，史称“洛阳战役”。

宇文护自任统帅，置各路主帅于自己的指挥之下。他对军事的了解比个娘们也不多几分，却一味瞎指挥。元勋宿将的建议一概不采纳，要用自己的“奇策”平掉齐国。他的“奇策”比齐国良将所能设想出的任何谋略都更有杀伤力。交战后，周军全线大败，一片混乱。齐军倘若全线追击，周军纵不全军覆灭，至少精锐尽失，从此一蹶不振。

然而齐军主帅也被弄懵了。周军历来人数虽少，却骁勇善战，近来又灭梁国、取巴蜀，威震天下。两军交战更是家常便饭，周军也是胜多败少，即便败时也是败而不乱，退而有序，眼前怎会出现这样一幅混乱溃败场景?

齐军主帅就是太知己知彼了，却因不知这次周军主帅是宇文护，便也像空城下的司马懿一样，唯恐有诈，便在国境线上勒马不前。他奉旨出征，只是要抵御周军的进攻，不丢失土地城池。任务已经完成，他也就心满意足了。却没想到，自齐国立国以来，与周国大小数百战，唯一一次可轻松取胜、并可乘势灭掉周国的良机从手边溜走了。

宇文护回到长安后，才知天下事不是想做就能做成的，有志没能耐也没用。从此口不谈兵，竭力改善与齐、陈两国的关系，只愿自己有生之年再无兵事。

在这一役中，杨坚带着自己的军队接战时连连得胜，突进敌军战线。宇文护却莫名其妙地把他左右翼担任侧应的军队调走了，他还浑然不知，陷入齐军重兵包围之中。他虽奋力作战，左突右冲，依然突不出包围圈。

在附近一个山头指挥作战的李昞发现这一状况，虽然自己的兵力也很吃紧，还是中分麾下之军赶来接应，打开一条通道，把这支孤军救出去，回去后才发现主将杨坚不见了。

原来杨坚在突围中受了十几处创伤，虽都不是致命处，却因失血过多昏迷在马鞍上，幸好这匹良驹驮他多年，屡经战阵，自己找寻空隙突了出去。齐国军士见到马鞍上的杨坚，也没认出他，还以为他是已死之人，也没拦阻。老马识途，沿着回家的路奔去，傍晚时分在一座山下的小溪旁低头饮水。杨坚不过是凭一种求生本能攀住马鞍，此时却从马鞍上滑落在地上。

马低头用嘴拱他，嘶声长鸣唤他。杨坚醒来了，却动也不能动，只能看到青冥无云的天空，感受宽大热烘烘的马嘴在自己脸上拱着，听着那嘶嘶哀鸣。他清楚自己是死定了，这不过是临死前的回光返照。随即又晕死过去。

但他又醒来了，发现自己躺在一张木板床上，鼻子里满是药香。他想起来，稍一动周身十几处如刀割火炙般痛，不禁呻吟出声。

眼前出现一张清丽绝尘的脸蛋，一对秀眸却很冷漠，淡淡道："你醒了，别乱动，你的伤重的很，再乱动又要出血了，你身上的血都差不多流光了。"

看到了这张脸，杨坚竟然感觉不到疼痛了，他笑道："妹子，是你家大人救的我吧？你请他们来，我有重谢。"

那少女冷冷道："这里没有大人小人，只有我，是我救了你，你不用谢，我就是看到猫狗受伤流血，也不忍看着它死，一样会救。救你就跟救猫狗一样。"说罢那张脸蛋消失了。

杨坚还是第一次被人等同于猫狗，他非但不生气，反而喜滋滋的，如受褒奖。

两天后杨坚才能下地。在这两天里，那少女喂他药，喂他饭水，又为他清洗创口，换药裹创，极是尽心，只是脸上像罩一层冰雪，一句话也不说，让杨坚感到心里发凉。

杨坚一次大胆叫了她一声“妹子”，少女却叱道：“别叫我妹子。”杨坚讪笑道：“那我怎样称呼你？”少女道：“不用称呼，你要真想叫就作猫叫狗叫，我听着还舒服。真正的禽兽比衣冠禽兽好得多。”

杨坚被呛得险些窒息，心中暗自思惟：我从没见过这姑娘，更不会得罪她，她既救了我的命，医治又如此尽心，缘何如此鄙视我？倒像生死仇敌一般。

他怎样也参详不透，少女再次给他换药时，他当真学了声猫叫，还学的惟妙惟肖，都是少年顽皮时练出来的。少女蓦然听到，竟开颜一笑。杨坚还是第一次看到她笑，当真是云消雾散、冰化雪融。这一笑仿佛把他带进另一个世界，那里繁花似锦，绿草如茵，高山流水，水声淙淙，百鸟在天上歌唱，麋鹿在地上奔跑……

少女哪知道他瞬时间联想了如此多，欲敛笑再作威仪，却做不出了。便道：“好吧，你要说话就说吧，只是你既会说汉话，就别说胡语，那比狼嗥还难听的话我听了就作呕。”

杨坚恍然大悟，这姑娘感情是把自己当胡人了，她当然是汉人。各种族胡人在中原地区，一百多年里不知杀了几百万汉人，至今还奴役汉人，难怪这姑娘如此鄙夷自己。

他忙解释道：“别误会，我不是胡人，我是纯正汉人，乃是后汉名臣太尉杨震的嫡脉子孙。”

少女冷笑一声，手中一晃，已多了一面金牌，念道：“大周国上柱国领军大将军随国公普六茹坚。”然后鄙夷不屑道：“普六茹坚，还敢冒充汉人，觍颜冒认太尉杨震为祖先，不识羞惭的本事都够元帅级了，胡人皇帝封你的官还小了点。”

杨坚只好给她解释，这普六茹委实是鲜卑语，但在鲜卑语中就是杨。他真是正宗汉人，至于用鲜卑语，也是身在胡廷不得不然。

少女也懂一些鲜卑语，那时候齐周两国的皇室和上层大多是鲜卑族，鲜卑语是国语，因汉人众多，汉话也没禁止，是以通行两种语言。汉人大多懂点鲜卑语，鲜卑人也都多少懂些汉语。少女知道胡人入主中原以来，许多不愿跟随晋室南迁的大族世家为图自保，也都加入胡人阵营，胡化了。这普六茹坚或许真就是胡化的汉人。再仔细观察杨坚的相貌特征，倒没有胡人高鼻深目那些特点，也就相信了。怒犹不泄道："为虎作伥，也不是什么好人。"

杨坚是汉人不假，若说血统有多纯正也很值得怀疑。他自称是汉太尉杨震子孙，就和李昞的儿子李渊后来称帝后，认老子李聃为祖先一样不靠谱。

至于血统问题，杨坚且不论，比如杨坚的儿子杨勇、杨广，李昞的儿子李渊乃至唐朝皇室，父亲就算是血统纯正的汉人，母亲独孤氏却也是正宗鲜卑大姓，在齐、周国时期，鲜卑是统治阶层，他们就以母系论，可谓血统纯正的鲜卑人，到了隋唐时期，又都以父系论，自命为血统纯正的华夏传人了。这倒也说得通。因为汉人是以父系论血统，鲜卑等少数民族却是以母系论血统的。

南宋持诛心之术的朱熹却不论这个理，他一语点明：李唐皇室出身夷狄。一语定谳。这判词移在杨坚父子身上，同样适用。

若论这问题，比后世的DNA还要复杂难辨。所谓华夏民族、炎黄子孙，其内涵与界定标准也是随着历史的发展而不断发展变化修正。我华夏民族历经无数次迁徙，与周边少数民族也是无数次融合，许多少数民族或消亡于战争中，或融合到我华夏民族中，而我华夏民族却不断发展壮大，屹立于世界东方。

但若想就中找一个血统纯正、祖先可上溯炎黄的人，估计比找外星人的难度不逊几分，因为存不存在就是一个问题。是以后世人自称是炎黄子孙，与杨坚自称杨震子孙、李渊奉李聃为祖先从道理上讲是一样的，也就无须讥笑古人了。

那少女虽斥他"为虎作伥"，对他态度却好了一些，似乎尖锐对立的民族矛盾转化为民族内部矛盾。杨坚自然想再进一层，转化为人民内部矛盾，却没找到机会。这姑娘性格太过独特，他也不敢贸然开口，以免弄巧成拙，反倒激化成民族矛盾了。

两天后他已能下地行走了，只是要拄个棍子。他竟有些舍不得离开这位少女，心中忐忑，唯恐她开口把自己轰走。不意少女主动告诉他，他的创伤虽好的差不多了，但失血过多，体质还虚，要多调养几天才能走。他大喜过望，脸上却未流露出来。

少女说完，沉思有顷，又说："看你也不像是坏人，为何甘愿为异族人卖命，屠戮我汉人？"言下不胜惋惜。

杨坚仿佛在黑暗的绝境中看到希望的火光，应声道："妹子此话差矣。我带兵十多年，杀的都是鲜卑人，就是你说的胡人，手上从没沾过我汉人同胞的血。"

少女愕然，瞠目看着他，好像忽然听到有人说狼不吃肉了，改啃玉米棒子了。（当然那时候还没有玉米，玉米是明朝才移植到我国的。）

杨坚便跟她解释，自己带兵来，只和齐国作战，齐国将士都是鲜卑人，所以自己是杀了不少人，杀的都是鲜卑人。灭梁国的是于谨，取巴蜀的是尉迟迥，他都没参与。

少女点点头："你还算知道洁身自好。"

杨坚得此一句赞语，如加九锡之荣，热血沸腾之下，竟慷慨大言，说自晋室失统，胡人入主我中原，狼烟滚滚，已近二百年。他自小就秉承父志，刻刻以光复我汉人河山为己念，他身入胡廷，正是要借机夺取胡人政权，再进而推翻胡人统治，让我中原百姓重见汉官威仪。

那少女听着，先是惊愕，继而狐疑，最后则肃然起敬，裣衽为礼道："小女子失敬了，将军原来是汉人的大英雄。"

杨坚忙还礼："不敢当，折杀在下了。"

那少女此时才对他说出自己的名字，姓苏名蕤，药王门中人。因要在附近采几味珍稀药材，才在山坳里结庐而居。那天她采药回来，恰好看到他昏迷在小溪旁，一匹军马犹在他身边眷恋徘徊。苏蕤便把他放到马背上驮回来。苏蕤说她是以救治一匹受了重伤垂垂待毙的饿狼的心态救治他的，因为药王门有戒律：不许见死不救。

药王门，杨坚是知道的。平时人们谈论药王门中人，都像是谈论神仙中人，不意今日真见到了药王门的人，难怪她医术如神，轻灵似天上仙子，不沾一丝人间烟火气。面对苏蕤，他不是感到自惭形秽，而是感到自己就是粪土。正是这种极度自卑感激发出了他胸中本没有的英雄气魄，不过是让自己还能在苏蕤面前勉强抬起头来。

他说自己刻刻以"光复我汉人河山"为己念，那是骗人的鬼话。在周国，他倒是刻刻以维护宇文氏政权为己念。宇文氏对他父子两代，高官厚爵，深恩厚泽，常令他感激涕零。他在家中固然没忘了自己是汉人，但在朝中还是以自己是鲜卑贵族为荣。这也不仅是他，而是其时中原许多汉人世族大姓的共同心态。

为了巩固自己在苏蕤心中的"英雄"形象，他便开始编造自己树立伟大理想的由来，如同他后来授意史臣为他编纂从后汉太尉杨震一直到他这一代的完整谱系一样。他自小就很擅长胡编乱造这一套，谎话连篇且能自圆其说。

他说刚懂事时，父亲杨忠就经常把他抱在膝头，对他讲述一百多年来我汉人同胞在胡人铁蹄下所遭受的苦难与蹂躏，谆谆告诫他长大后要为复兴民族、驱逐鞑虏献出自己毕生的精力。他童年时便被送到佛寺寄养，寺中的住持精通文史，为他讲读《史记》、《汉书》和《后汉书》，告诫他要以卫青、霍去病和窦宪这些英雄人物为楷模，干出一番彪炳青史的大事业。

他少年时极顽劣，成年后又极稳重，但善言辞、工辩术，精于说谎的本事却是炉火纯青。说到苦痛处，涕泪交流，说到慷慨处，眉飞色舞，竟真有一股勃勃英气充溢于脸上。

苏蕤自小随父隐居山谷，父殁后才出涉世事。她精于医道，对史书只是约略浏览些。对世态人情和历史都很朦胧。只是自小就听父亲讲述胡虏侵占我中原，残杀虐待我同胞的事，便已深深扎根心中。初涉世事后，见天下扰乱，更是时怀幽愤之情，但以她对世事史学的浅识，焉能识破杨坚的谎话，真被他骗住了。觉得杨坚不但是心怀天下的志士，更是抱负不凡的英雄，将来或许真是我中原汉人的救星，益发精心为他调治。

杨坚注意到自己讲述时，苏蕤听得入神时，悄然支颐的神态美如出水芙蓉，令自己如对花仙。此中之乐，南面王不易也。为了经常看到她这种神态，他便给她讲历史，远的他不知道，便从前汉后汉讲到三国，从晋室开国讲到现在，极尽绘声绘色之能。

对于史书，杨坚并不像那些寻章摘句的俗儒，对史书上的每句话都奉若神明，为了穷究一个字的含义，恨不得写一本书来阐述，还相互间辩来辩去，每每令他哂笑不已。

他对史书原来也是怀着一种庄严的神圣感，史书上的每本篇纪、列传都仿佛是矗立在自己面前的一座丰碑。可等他袭父爵入朝为官后，与史馆诸学士时有往来，看明白了他们编写历史的全过程后，史书的神圣感便在他心中轰然倒塌。国家设史馆犹然如此，司马迁、班固、袁悦、陈寿、范晔这些人都是个人修史，甚至是私修国史，其真实度绝不会比时下的史臣高出多少，只是文采绝非后人所及罢了。

自此他便把史书当文学著作读，遇到自己不解不通之处，便以己意阐发之。给苏蕤讲述时，他更是把这一特点推至极致。源于史书的不过一二分，以己意阐发的倒有八九分。严谨可信固然谈不上，倒也趣味盎然，令苏蕤顿感闻所未闻、见所未见，听得属耳忘倦，悄然出神。

虽身在山谷，杨坚却觉得自己是误闯仙境的幸运儿，天天过着神仙般快乐的日子，盐水煮的野山菜他也吃出了仙味儿，苏蕤亲手摘的野果子就像仙果。从远处山泉汲来的山泉更如琼浆玉液般甘甜。唯有一意未惬，就是苏蕤自他那次学猫叫时不经意一笑后，再未笑过。

那笑容给他的印象太深了，苏蕤平时只是清丽出尘，浑似不沾人间烟火，若说美尚未美至极致。只有她悄然支颐、出神倾听时，才美如出水芙蓉。可她那一笑给予他的震撼远非美之一字所可形容。对他而言，那不是一种神态，而是向他敞开了另一个美妙世界的大门，让他饱览无余。这个世界比任何佛经所描述的佛国、道家经典上所描绘的仙境更为美妙。他只愿生死都在她的笑容所展示的世界里，再不回来。

他对她说了，问她是否有难心事，只要说出来，他赴汤蹈火也要为她办到。

苏蕤慨然叹息："天下扰攘，廓清无日，我汉人百姓过着猪狗不如的日子，遭受地狱般的苦难，我怎能笑得出来。"说着语气一转，又道："等他日你真能光复我汉人河山，重见汉官威仪，让汉人百姓都过上好日子，我天天笑给你看。"说完，輾然一笑。

那个世界的大门又打开了，他又晕眩了，陶醉了，徜徉在那个世界里，感到周身每个毛孔里都充溢着暖融融、痒酥酥的快乐与幸福……

有顷，那个世界消失了，原来是苏蕤收起了笑容。从此他立下坚定的信念：推翻胡人政权，光复汉家河山，让中原百姓过上好日子。这一切不是为了功名事业，更不是为天下苍生，只是为了能经常看到苏蕤的笑容，进入到她笑的世界里。

三十天后，他的伤彻底痊愈了，没有任何借口再留下，他心里也想着要早日着手他构想的伟业，只得恋恋不舍地辞别，骑上马返转长安。

回转路上，他心中犹忐忑，唯恐自己在山中三十日，世上已过了三十年甚至三百年，怕已改朝换代了。回到长安才知道，长安也是三十日，没多一天，也没少一天。

朝中已认为他殁于战阵，正极力通过在齐国的关系搜寻他的遗体，皇上已决定，要赐予他国葬的殊荣，棺椁、葬具和一应殉葬品都按国葬规格准备好了，墓地也由皇家风水师选定，哀册祭文也由大学士撰好，一切只待遗体认证。

他突然出现在长安，真像天上掉下个活龙般，家人的惊喜哭笑自不必说，也轰动朝野。皇上和宇文护不但马上召见他，而且在第二天，召开最隆重的集会庆祝他的返回。

在集会上，皇上让他脱下衣裳，向群臣展示他一身上下十几条高高隆起的伤疤，皇上一道道抚摸着，不仅潸然涕下，连一向看杨坚不顺眼的宇文护也不禁动容。

众将看着他那一身伤疤之大，想到当时创伤之巨，都舌挢不下。他居然还有命回来，简直是天降奇迹，均嗟叹不已。

皇上又让他讲述冲入敌阵厮杀、怎样负伤、又怎样冲出敌围的经历。杨坚连严谨的史学都敢发挥创造，自己的经历更不在话下，本来是被敌军割断了与中军的联系，他奋力拼杀，一个人没杀掉，反倒被捅了十几个窟窿，至于怎样脱险的，他也不知道。

但在他口中讲来，不但壮怀激烈，而且忠义奋发，变成了他在危难时如何孤身冲进敌军，杀得个十荡十决、八进八出，以一人之力抵挡住千军万马，最后终因创巨痛深，退出战场。他骑马返回时，昏倒在一户老郎中门前，被老郎中救活，又精心治疗一月方始返朝。

此次战役大败后，众将心中一直存有一个绝大的疑问，就是全军溃不成军时，齐军缘何不乘胜追击，反而勒兵不前？倘若乘胜追击，周军很可能只轮不返。此时才明白，竟是杨坚以一人之力挽救了全军，也挽救了周国。于谨这些老将经历战阵无数，本不易被骗过，但杨坚身上那条条隆起的伤疤就是铁证，又只有这种说法可以解释他们心中百思不得其解的疑问，而且无懈可击，由不得这些老将不信。在年轻一代将领中，杨坚更是一下子变成了军神。

庄严的庙堂上，武将嗟叹，文臣动容，更有不少感情丰富的文臣啜泣出声，感动啊！两个史馆学士一边啜泣，一边秉笔直书，把杨坚的叙述用文采斐然的华丽辞藻记录下来。皇上和宇文护都郑重嘱咐他们，要用浓墨重彩为大周国的历史添写一页最辉煌的篇章。

就中只有一人看穿了杨坚的把戏，就是唐国公李昞。他为了救出杨坚这支军队，是最后撤出战场的，真正为全军殿后的是他。当然他也不是真正殿后，只是因为齐军突然停止进攻，如若不然，他能否逃回来也未可知。但他撤退在后，自然对齐军战线看得清楚，齐军阵营里点尘不惊，哪有什么人厮杀？他当然不会拆杨坚的台，只在腹中窃笑，脸上也是和众人一样的庄重和感动。

第三天，宇文护又设家宴庆祝杨坚的荣归。自宇文护执政以来，为某个人举行家宴还是头一遭，皇上和文武百官也都出席了。随后便是各国公府请、各领军大将军请，在京文臣公请，在京外官公请，足闹了一个多月，把杨坚都捧到天上了。

杨坚本心也并不想编撰自己的功绩，只是误入仙境归来，脑子里的亢奋还未减退，又受到上自皇上执政、下自群臣家人超乎常规的接待，觉得说的平平淡淡未免对不起大家，就不免在亢奋中无限夸大了。

然而宇文护对此事如此看重，倒令他不解。后来才明白，洛阳一战，把宇文氏立国以来的军威丧失殆尽，虽无人敢谴责担任主帅的宇文护，他自己也觉得对不起全国人民。周军军心士气更是严重挫伤，恰好有了杨坚的英雄事迹，便大肆做文章，把洛阳惨败的阴影污点盖住，以重振军心，再树军威。

杨坚对史馆学士写在纸上的关于他的英雄事迹，却是想起来就脸红心跳，要真这样写进史书里，虽可瞒过后人的眼，他死后在地下，魂魄也会羞的无处可躲。是以后来他当上皇帝，便从史馆调阅卷宗，把这份传记拿出来烧了。

回到长安，他又过上世俗生活，但对谷中的每时每刻都不能忘怀，更念念不忘自己许下的宏愿。

不久皇上选太子妃，宇文护选定杨坚的长女，皇上对宇文护的所作所为满意的也只有这一桩。

杨坚觉得这是莫大的吉兆，是天意对他许下宏愿的回应。他原拟要走以军权夺取政权的路子，可是周军各成系统，疆界分明，他统领的不过是二十四支军队中的两支。要想夺取他人手中的军权是不可能的。如今成了皇上的亲家，以后太子即位，他就是国丈，北魏皇室从还是部落时起就是依靠外戚起家的，立国后也是这传统，依靠外戚维护政权。周齐两国不过是北魏政权延续的分支，传统并未改变，到时自己就有执掌政权的可能。

若干年后，他夺取了外孙的江山，史学家一直认为是历史发展的一个偶然，其实早在杨坚成为皇上的亲家那日起，就已经在等待这一天了。两个月后，他又去了那个山谷，已人去庐空。他并未失望，心中早已认定苏蕤不是凡人，而是天上的仙子，是上天派她到地上救了他，并向自己开启天意，授予天命，他将来必定是推翻胡人政权、廓清宇内，把历史拨乱反正的那个人。对此，他信心满满。

夜深人静时，他常常想起苏蕤，想起她悄然支颐、凝神倾听的美，与这种美相比，长安城里的国色天香都如枯萎落地又被行人踩了一脚的残花败蕊。

而当她龈然一笑时，整个世界都失去颜色。他坚信，当他完成她所授予的天命时，她会再度出现在他面前，会向她龈然微笑，她的仙国就将降临人间，永不消逝。

一年半后，他一次退朝回来，听到市民相互转告：神农堂开张了，是位年轻貌美的女郎中。他并未在意。可听到他的一个护卫对家人说，神农堂其实就是药王门，这位女郎中应该是药王孙思邈的师妹。

他蓦然一阵心动，感觉一定是她，难道她的仙国要提前降临了？

家人们嚷着要去瞧瞧，他也未反对。当他在马上看到神农堂里给人诊脉的苏蕤时，脑中晕眩，险些从马背上跌下来。

他未敢造次进去相认，而是第二天甩开家人护卫，换上一套下人服装，又在脸上抹了两把土，才进到神农堂。

苏蕤见到他，脸上并未显示什么，眼睛里倒有一种会意的光芒。她给杨坚诊过脉后，开了张方子，上面只有一味药：防风。

杨坚明白这“防风”的意思。他出去后在纸的背面看到了苏蕤写给他的地址。当晚，他便独自一人去了，苏蕤的仙国降临在他面前。

三个月后，他们有了男女私情，是苏蕤主动委身于他的。此前，杨坚从未敢往这方面想，他视苏蕤为仙子，自视如粪土，焉敢有此念。

即便他们结合后，他也不认为这是凡世间的男女之情，而是凡人和仙子的结合。如同董永和七仙女一样，对苏蕤还是敬若仙人。

孩子出生后，他爱的有些昏了头，想到汉高祖刘邦那句名言：终不使不肖子居爱子之上。便也走上刘邦的覆辙，瞒着苏蕤写了改立世子的奏折，全然未料到可能引发的严重后果。灾难猝然降临，苏蕤的仙国也永远离他而去了。

第八章

掌灯十分，管家进来点燃蜡烛，两个仆人抬进一桌酒食。

杨坚摆摆手："抬出去，我吃不下。"

管家躬身道："夫人来了，要给您饯行。"

杨坚冷哼道："让她滚！"

管家应诺一声，却未动步。稍停，叹息道："国公爷，夫人抱着小公爷来了，您就算忌恨夫人，就不想见见小公爷？明天城门也许就开了，您要去深山修行，这可能就是最后一面。"

杨坚侧脸想想，没再言语。管家知道他是默许了，喜滋滋地出去了。

杨坚要出家，这位管家比夫人还苦恼。随国公府大小管家有几十位，他却是总管家，也过着富裕奢华的日子。主子要出家，他自然要跟随去服侍，一想到要去深山古寺，在青灯黄卷中度过一生，就像一脚跌进了苦海，却又无法说个苦字。

他对夫人劝转杨坚几乎不抱任何期望，只希望小公爷能唤起主子的舐犊之情，留在长安，哪怕和夫人分居另过也好。

食案摆好后，又有两个仆人进来，抬着一张长长的地毯，从杨坚脚边一直铺到门口。杨坚明白，这一定是独孤氏的安排，他心中冷笑，要冷眼旁观这个自负聪明，其实是蠢如猪狠如狼的女人究竟能玩出怎样的花样。

门开了，独孤氏抱着孩子进来。杨坚陡然觉得眼前一亮。独孤氏披着一件猩红色斗篷，头上梳着堕马髻，脸上化着啼痕妆，身着竖领紧身短袖锦袄，下着一条绿锦褶裙，脚上穿一双麂皮软靴。

杨坚想起见到她的第一次，是在一个秋日晴朗的下午，长安郊外西林苑里。独孤氏正兴致勃勃地骑着一匹胭脂矮马，陪父亲独孤信打猎，独孤氏正是这套装束，只是没梳这种堕马髻，而是未出闺阁的少女梳的双圆髻，脸上也不是啼痕妆，而是淡扫蛾眉。她看了杨坚一眼，羞涩一笑，一张瓜子脸因骑马追逐野兽涨得红红的，便又弯着弓，策马去追一头刚从林中钻出的小鹿。不知她是射术不精，抑或是见了杨坚羞涩，连发三箭都未射中。杨坚不免技痒，弯弓搭箭，一发中的。那也是他生平射箭最准的一次。

老国公独孤信策马过来招呼杨坚一同打猎，独孤氏兀自在马上拍手大叫："射中了。"双圆髻上下耸动着，很令杨坚心旌摇荡一阵。

那时两人都不知道，独孤信已和杨忠订下亲事。独孤信知道小女娇惯成性，若是让她嫁个不中意的夫婿，这婚事定下也得被她闹个不亦乐乎，便请杨坚过来打猎，其实是让两人相看一下。

两人都似乎感到了异样，一个下午你偷看我两眼，我偷看你两眼，眼神虽未正面交融，眼睛心思都在对方身上，此后便连一头黄羊也未猎到。

一个月后，他们成了亲，那年独孤氏十七岁。

杨坚枯井般的心里竟激起波澜，旋即又平静了。他明白孤独氏是要把他拉回到那秋日下午的林苑中，唤起他萌动的春心。

婚后，杨坚告诉独孤氏，那天下午最让他动心的就是她梳的双圆髻，骑马时上下颤着，紧紧密密，看上去又光滑柔软，害得他一下午没出成绩。独孤氏便笑骂他是色鬼。

独孤氏已有三个子女了，自然不能再梳少女的双圆髻，何况双圆髻不骑马运动时，也不会有上下摇颤的动感，便梳成堕马髻。浓密的头发梳成一个髻向左偏坠着，似乎随时都会披散下来，更像极了一个人骑马欲坠的样子。行走时也有上下摇颤之致，与颤动的双圆髻虽不似，亦相仿佛，颇得其中意趣。

既梳了堕马髻，脸上自然也要配套化成啼痕妆，可以看成是满脸泪痕，凄楚不胜，也可以看成一个贵妇骑马过于激烈，出了满脸汗珠，晶光莹澈，究竟怎样看，只能依观赏者的心态而各异了。

若说贵妇骑马怎会过于激烈，当然是雍容华贵呀？这其中自然也有道理在，要知道首创这堕马髻、啼痕妆的可不是一般人物，而是后汉权臣梁冀的妻子。

梁冀可比宇文护威风多了，皇上像小鸟握在手心里，百官就像他的家奴，全国没人不怕他，他却怕一个人，就是他妻子。他一见到妻子的堕马髻、啼痕妆，就骨酥肉麻，心里爱得发疯，自然也就怕的要命，连妻子与家奴通奸都不敢管。

其后堕马髻、啼痕妆盛行于世，引领几代时尚风潮，但此中真趣世人皆懵懂。据说只有梁冀一人懂得，所以要弄明白，只有两条途径，一是穿越回后汉当面问梁冀。逆时空一千多年地穿越回去，他也未必好意思不告诉你；第二就是猜，靠自己的悟性了。

杨坚是悟性很高的人，蓦感浑身燥热，脑中浮现出几幅场景。他扭转脸望向雪白的墙壁，心中徐徐安定下来。独孤氏先是静立片刻，然后在地毯上跪下来，抱着孩子叩拜下去，口称：“贱妾无知妄为，开罪家主，特来向家主请罪。”

叩拜后，她抱着孩子膝行而前，态度诚惶诚恐之至。她嫁给杨坚后，一向颐指气使，总是尔我相称，自称妾身时都绝少，更从未自贬若此。至于膝行，是犯了大错的妾侍才有的，有敌体之义的妻子绝少有行此礼节的。

杨坚心中果然生出一丝怜惜之意，淡淡道：“你也无须如此，我意已决，你见过我了，就抱着孩子回去吧，权当我死了。”

独孤氏心中暗喜，脸上却益发诚恐，膝行至几案前，又叩下头去，泣道：“贱妾自知罪大如天，惟望家主念在夫妻情分上，饶恕贱妾则个。家主想怎样责罚，贱妾甘心领受，今后自当洗心革面，家里家外的事全凭家主所命，再不敢妄行一步。家主就算恨极贱妾，还望看在两个孩儿尚小的份儿上，随贱妾回府。”

杨坚大怒，不由得想起落在孙思邈手中的儿子。孙思邈恨自己入骨，纵然不来取自己首级，这一生也难以再见儿子一面了。他也正因此望已绝，才决意出家。当下厉声道：“你这个悍妇，你做了什么你根本不知道，你是杀死了我的心。我的心已死，还有什么夫妻情分、父子情分？若非看在两个孩儿面上，焉能容你活命。再休多言。”说着眼睛瞥向右边的佩剑。

独孤氏吓得花容失色，她听得出杨坚对她真动了杀机，心中悲凉。她纵然恨过杨坚，却从未想过要杀他，他把自己逼至绝路，却来怪她辣手反击，天下焉有是理？想至委屈处，不禁泪如雨下，把啼痕妆冲掉了，换成了真正的啼痕。她此时不敢与他辩论是非，抽泣片刻，便举起孩子双手奉上，泣道："我苦命的孩儿啊，可怜你还未长大，还不记得阿爹的样子，阿爹就要弃我们而去了，这是你和阿爹最后一面，让阿爹亲亲你吧。"她暗中掐了一把抱在襁褓中的杨广。

杨广在车中吃饱了奶水，兀自酣睡不醒，被掐醒后，负痛大哭起来。

杨坚本来不理，见独孤氏托着孩子不肯放下，只好接过来，却也不哄，只是随手放在几案左边，一任孩子哭叫。他也并非泯绝了舐犊之情，而是明白心稍一软，就前功尽弃，便硬下心肠，置万事于不理。

独孤氏的心彻底凉了，她四姐教她的招数已用上两招了，全然无效，看来只好用上最后的绝招了。

她也硬下心肠不管孩子，起身整整衣裳，复又跪倒叩拜，凄然道："家主既恨死贱妾，贱妾活着还有何意趣，与其家主抛家弃子，远遁深山恶谷，撇下我们母子无依无靠，任人欺凌，还不如贱妾一死了之，孩儿还有阿爹做主。"她说的倒是真情话，只一个下午，她就尝够了没有杨坚、自己要吃的苦头，与其被下人欺凌至死，或被宇文护捉去斩头，还不如自己死在杨坚面前，杨坚恨意消了，或许还能保全两府。

唐国公夫人传给她十二字诀：以意哀之，以情动之，以死决之。当然每句口诀都有具体方法。独孤氏不单全盘领受，还以己意深化完善之。

她进门便行叩拜、膝行礼，便是以意哀之，也就是作践自己以求丈夫怜惜之意，同时也显出自己认罪态度之诚恳。

这一步奏效当然好，即便不能奏效，也可作第二步的铺垫。第二步就是以情动之。唐国公夫人指的是夫妇之情和父子之情。独孤氏对夫妇之情没信心，只能把宝压在父子情分上。是以她没带大儿杨勇，而是抱着小儿杨广来了。襁褓中的婴儿最遭人怜爱，即便陌不相识的人，看到襁褓中的婴儿，也会唤起心中最美好、最温柔的情感，没想到杨坚连这种情感也绝了。

第三步就是置之死地而后生的"以死决之"。依唐国公夫人的意思，前面两步应该就能让杨坚回心转意，第三步不过是迫不得已而为之的后备招法。

真走到这一步，独孤氏心中倍感凄凉，她站起身，缓缓脱去身上的衣裳。

杨坚看了，心中冷笑，女人也就是这三板斧：一哭二闹三上吊。独孤氏也没想出什么新花样。他并不担心她寻死，因他了解独孤氏的心，爱自己胜过爱任何人，绝不会因被丈夫抛弃而寻短见。更何况杨坚是出家，把一切都留给了她。她这不过是演戏。他就让她尽情表演，且看她自己如何收场。

杨坚是没料错，但他再料不到他还未出家，家中的大小仆妇便已抱成团造反了，逼得独孤氏没了退路，否则她根本不会来这里。

独孤氏脱去外衣，露出里面大红中衣。杨坚心中又是一动。这中衣还是她新婚时的嫁衣，新婚之夜过后，就再未穿过。他咬咬牙，又硬下心，暗道：花样真不少啊。

独孤氏脱去中衣，又脱掉小衣，便裸裎在杨坚面前了。她善于保养，又喜好骑马打猎，虽生过三个孩子，身材之好依然不输少女，只是生下杨广刚刚满月，肚腹尚未完全恢复，略显臃肿松弛，上面还有几道醒目的妊娠纹。

杨坚心中不禁百感交集，她的身子固然不能再像新婚时那样激起他的冲动，那难看的肚腹里却孕育过他的三个子女，长女如今是太子妃，将来就是国母皇后。

独孤氏一件件脱掉衣裳，不是想勾动他的色心，而是想延长这过程。她不相信杨坚真恨自己到了能眼睁睁看着自己去死的地步，是以虽一言不发，其实是想等杨坚出言阻止她。

孰料脱掉了最后一件，杨坚也是一言不发。走到这一步，就真的没有回头路了。她搬来一个高高的杌子，三尺白绫已经备好了，就在背上的一个小包里。

她站到杌子上，把白绫绕过屋梁，先打了个虚结，然后把头伸进去，又打成死结。

杨坚眼睛瞪圆了，顿感毛骨悚然，颈背都冒出丝丝冷气。他张口想说什么，却没说出来。可当独孤氏毅然踢开杌子时，他便身不由己地冲上去，抱住了她要下坠的身体。

唐国公夫人赌赢了，她赌的是天底下的男人再怎样恨自己的妻子，再怎样负心，也没几人会亲手杀死妻子或眼睁睁看着妻子在面前自尽，至少杨坚不是那样的人。她的理论基础就是：一日夫妻百日恩，百日夫妻海样深。

杨坚输了，从他抱住她的身体的那一刻，他就知道，自己全盘输了。

他还是恨独孤氏，这恨却又搅进十几年的恩爱中，也就混沌不清。夫妻两人这一夜真是仇与恨、恩与爱、血与火般的一夜，到了早上，杨坚不想出家了。

他听到独孤氏转述的李昞的话，才意识到问题的严重性。他只是一门心思要出家，根本没考虑这些，至于李昞说的由众将联名递呈状担保，他更是衷心佩服，舍此再无办法挽救危局。

他先自己写了个呈状，开头写上：今日京师讹言藉藉，道路中人皆谓独孤公府、随国公府欲兴兵谋反，朝廷将兴大狱，置两公府于死地。

这是个引子，不然宇文护尚未定谳，众将又担保什么？至于外面有没有“讹言”，道路中人都说什么，他既不知道也不管。

接下一转，他又写道：臣等与独孤公府、随国公府，或属旧谊，或为同袍，相处两代之久，审之确矣。

然后就要写众将担保的理由，既要能强迫宇文护接受，又能为众将所接受。他沉吟片刻先写独孤公府：独孤公府自故大司马独孤信获戾自尽，其子形同废锢，日游醪糟之乡，虽三尺童子不如。人无谋反之能，醉乡非谋反之地。欲加之罪，何患无辞！

这一段他加重语气，词峰咄咄，要让宇文护感受到戈矛森森、一触即发的气势。莫说他从独孤府中人的口中得不到什么，纵然酷刑得到他想要的谋反供词，也绝不敢形诸笔墨，否则将触众将之怒。把独孤公府摘出来，他自己当然也解套了。但也不能不提。接下写道：随国公府杨忠、杨坚父子两代蒙国厚恩，恩赏之厚前代少有其伦，现随国公、上柱国、统军大将军杨坚，素秉忠贞之志，常怀捐躯报国之心，只缘姻联独孤，遂陷罗织之网罗，以此株连，皇室何安，可为至叹！

他灵机一动，把皇上也拉进来。宇文护要陷他入罪，无非因为他是独孤府的姻亲，若以此推断，皇上也是他的姻亲，岂非也要受株连？左右也是要和宇文护对决了，干脆把皇族一块绑上加重分量。

他又写了些为独孤公府和自己辩冤屈、表忠心的话，当然是以众将的口吻，最后写道：臣等敢以身家性命担保两公府绝无谋反作乱心迹，如言有误，甘同连坐。

写好后他找来府中一个工书的抄手，以工楷誊录两份，虽名义上是呈给皇上的，主要是给宇文护看的。是以一份要呈给皇上做做样子，一份要呈给宇文护。

誊录完毕，他把抄手关在一个屋子里，屋外安排了两个亲兵，在事情结束前，不许任何人见这个抄手。

他先去唐国公找李昞，两人对昨天的冲突只字不提，只是杨坚看着李昞脖子上的瘢痕未免有些尴尬。

李昞把呈状看后，笑道："你这一招也太狠了吧，把皇上都拉上了，这合适吗？"

杨坚冷哼道："一不做二不休，破釜沉舟之举，不得不然。"

李昞点点头，首先把名签在呈状上，然后嘱咐杨坚，主要攻下于谨和尉迟迥这两人。于谨既是开国六柱国之一，又是灭梁国的功臣，他若签了字，不仅侯莫陈崇和李弼这两人会联署，六系统下的领军大将军也会毫不吝啬地签上自己的大名。

尉迟迥不仅是收复巴蜀的功臣名将，他哥哥任小宫伯，是宇文护党中人，他也有宇文护党羽之嫌，若能攻下他，那些心怀二志、游移两端的人也都会签名，大功遂告成。

杨坚点头称是，出去后直奔于谨府邸。李昞看着他的背影，兀自百思不解，自己那温柔贤惠的夫人究竟教给妻妹什么招数，把杨坚已灰之心、已绝之意又恢复如初？心下不禁凛然。

于谨昨日拒绝李昞游说时并未多想，他一向只管带兵打仗，从不与闻朝廷政务，对皇上和宇文护之间的矛盾更是避之唯恐不及。早上起来想想，此事怕有后患，还是走为上策，他派人去找宇文护，说自己要出城巡视军务，拿到了宇文护的手谕，准备去蓝田别业打上一段时间的猎，等此事风波定后再回来。

下人们行李尚未打点好，杨坚已突破下人们重重阻拦，排闼直入，站在他面前。

于谨心中恼火，暗道：狂妄小辈，你老子当年在本帅面前也得规规矩矩的。然而对方毕竟是皇上亲家，又见来势汹汹，便知还是昨日那事，便堆起笑脸接待，把下人斥退出去。

杨坚也不寒暄，直接说明来意，求他签名署保。于谨还和昨天一样，打个哈哈，梦呓般说道："皇上英明，冢宰公处事一秉至公，我等作臣子的，还是恭候皇上圣裁。"云云。

杨坚冷笑一声，先把宇文护恃太祖托孤之威权，废杀二帝，抄斩赵贵满门，逼勒独孤信自尽这些事拍在桌面，而后便述说宇文护对独孤公府和自己衔恨已久，欲借此事锻炼成狱，铲除异己之谋。最后则直言："老元戎今日若肯保，非仅主持大义，晚辈亦欠老元戎一笔人情，即或不能还报于老元戎，将来亦必还报于老元戎之子孙；若老元戎不肯保，坐视独孤公府与晚辈遭赵老元戎之祸，就是欠下两府血海深仇，晚辈纵不能报之于老元戎，将来亦必有人索债于老元戎之子孙。独孤府与晚辈今日之命运，就是将来老元戎子孙之结局。”

说至激愤慷慨处，杨坚不由得涕泪交流。他刚说完，于谨也是老泪纵横，不是痛心宇文护之跋扈，更非受杨坚话语所感动，而是哭自己的儿孙。想到自己那些生长于富贵膏粱中的儿孙，将来是会福泽绵长还是要骈首就戮于市朝，就看自己今日之决断了。

今日保杨坚就是保自己将来的儿孙，想明白此节，他不但慨然签字，还问杨坚还要去找哪些人。杨坚便把李弼、侯莫陈崇、尉迟迥等重要人物说了，于谨给这些人每人写一封亲笔信，词哀情切，开陈大义，示以祸福，让他们签名联保，又把自己的元帅节杖拿出来，告诉杨坚，自己标下倘有不肯签名的，以节杖示之。又主动承担下把签过名的呈状亲手到晋国公府呈给宇文护的使命，最后慷慨陈词：倘若宇文护真敢肆其逆谋，他也豁出这条老命了，要撞死在朝廷廊柱上。

杨坚真是感激涕零，又是道谢又是赔罪的。于谨则握着他的手，亲亲热热送出大门外。回来后就一头栽在床上，打了一天的摆子，后怕啊！他已老景侵迫，余日无多，官爵勋业已至顶峰，还能为自己考虑什么，活着的每一天不都是为儿孙吗！

杨坚攻克了这一坚城，真有天下可传檄而定之概，事实也是如此。侯莫陈崇和李弼两人读了于谨的信，二话不说，签上自己的名，看到杨坚手中的节杖，问明白后，也把自己的节杖拿出来，交给杨坚。

下一站就到了尉迟迥府邸。尉迟迥读了于谨的信，又见了三帅节杖，笑道：“普六茹坚，你莫说没想谋反，就算真想谋反，有这三帅的节杖也足够了。”取笔签上自己的名，并仿效于谨，要把呈状呈给皇上。

杨坚马不停蹄地跑了两天多，把京城所有武将都找到。这些人大多隶属四帅节下，见了自己主帅的名字和节杖，都毫不犹豫签名，对方手中既有主帅节杖，就不是请求，而是军令了。

第二天掌灯时分，杨坚才把一百多名将领联署的呈状送到于谨和尉迟迥手中，三帅节杖也都归还原主，照例是谢了又谢。办完后他心中笃定，莫说自己没谋反，就是真的有谋反实据落在宇文护手中，有众将联保，也是太平无事。

于谨拿到呈状后，立即命驾，前往晋国公府拜府，尉迟迥也是骑快马进了皇城，夜叩禁阍，两人均口称有军国要务求见。

皇上和宇文护都是大惊，这两日城门紧闭就是怕独孤俊那些人出外募集外兵回攻京师。虽然从回来的那些人的口供中得出，他们不过是出城追杀苏蕤，独孤俊等人均战死在外，只有他们自愿回来伏法顶罪，以免殃及家主。

独孤俊等人的尸体也都找到并运回城中，仵作们验了尸，和口供相吻合，不是被利刃所杀，就是死于一种奇怪的兵刃下，他们又找来大内高手，也证实了那种奇怪兵刃委实是药王门历代相传的神农锄。

宇文护心中还是有一丝阴影，当年他把赵贵、独孤信麾下精锐都拆零后分散到各州县及边关，他总是担心这些人会被他的敌人重新聚合到一处，那可是足令任何人生畏的两支劲旅，有这样能力的人自然就是独孤府中人，因为赵贵已被他满门抄斩了。

令他起疑的是守城军士称攻打城门的有几百人，可查明出城的只有一百零八人，那些人哪儿去了？难道是分头去各地募集旧兵？

把独孤府围住后，他也派人仔细核查府中人数，委实只少了这一百零八人。但这是正式登记在册的人，不排除独孤信昔日部属被秘密召进京来，接受指示后又乘乱冲出，分向各地而去。这一百零八人根本不是去追杀苏蕤，或者说这只是个幌子，其实是要自演一出苦肉计来瞒过他的眼，稳住他的心，等那些人召集起旧部，就会杀回京城。

他把自己的疑虑与心腹智囊们说了，这些平日只会逢迎阿谀的智囊们也都觉得主公是疑心生暗鬼，口供是真实可信的，至于守城门的军士为推卸责任而夸大其词，就和边关打了败仗的将军夸大敌情是一样的，不足采信。

宇文护听了他们百般譬喻开解后，心头阴影消失了，而今听到从未拜访过自己的元老于谨有军国重务求见，又是一惊，心头阴影又浮现出来。拜客身份地位又高，他一面叫人打开中门，一面倒屣出迎，于谨却是双手呈上呈状，回头便走了。

皇上在内宫听说尉迟迥夜叩宫门，有军国要务禀报，也是大惊，忙御旨便殿传见。尉迟迥叩拜毕，双手呈上呈状，他可不敢像于谨对待宇文护那样，潇洒而去，兀自拜伏于地，恭聆圣音。

皇上浏览过后，把呈状放在御案上，微笑道：“爱卿既保普六茹坚，对此事是怎样看法？”

尉迟迥笑道：“皇上，不过就是妻妾争风这点子事，哪家没有，不怕皇上笑话，臣家大小妻妾天天也是闹得鸡犬不宁，只不过普六茹坚的老婆闹的动静太大了些。普六茹坚那小子看上去胆大包天，其实是老鼠胆，他老婆一瞪眼睛，他就往床下钻，这是大家都知道的事。外面有人说皇上要治他的罪，他就吓破了胆，到臣家鼻涕一把泪一把地求臣保他，臣也是吃不过情面，明知皇上无心治他的罪，装个样子保保他就是，真把他吓死了，倒怕有人背地里说皇上的坏话，臣就是这个意思。”

皇上大笑道：“卿语甚直，也甚合朕意。你去吧，告诉普六茹坚，安心睡觉便是，若是被他老婆吓得没地方躲，可到朕的皇宫避难。”

两人说笑的声音很大，震得梁上积尘簌簌而落，心里都明白，这是说给宇文护安插在皇上身边的人听的。不用半个时辰，这些话连带表情都会落到纸面上送到宇文护桌上。

皇上浑若无事地回转寝宫，尉迟迥也弓着身子倒退出去。在殿门口，遇到在宫里值班的哥哥小宫伯，又急又气地斥责他：“你疯了怎地？趟这浑水，不怕冢宰公要你的脑袋？”

尉迟迥悄声笑道：“我的脑袋是和那些老元戎和一百多名将领的头绑在一起的，他想要我的脑袋就得全砍了，他老娘还没给他生出这样的铁腕。倒是哥哥你，将来皇上要摘你的脑袋时，还得兄弟我保你。”说罢扬长而去。

小宫伯愣怔当场，好半天才悟透其中玄机，再想到皇上笑的那般开心爽朗，是他登基以来从未有过的。“难道风向要转了？”他心里画了一个大大的问号。

皇上回到寝宫，心里兴奋得难以抑制，面上却得做出若无其事的样儿，就像谢安在听到淝水大捷的捷报时，若无其事地说句：“小儿辈适已破贼。”然后继续下棋。可惜他矫情镇静的功夫不到家，回转内室时被门槛碰折了屐齿，露出了马脚。

对皇上而言，这一百五十多名将领联署的呈状与淝水大捷具有同等意义，淝水一战决定东晋社稷之存亡，这份联署呈状则决定了人心向背，同样关系到他和社稷的存亡。

上至于谨、侯莫陈崇、李弼、李昞这四开国上柱国、中至尉迟迥年轻一代的名将，下至少壮将校，都在一张纸上表示了自己的心志。

他虽不管政务，更不管军务，但对军国政务还是了如指掌，对每位文臣武将不仅知道名字，更了解他们才能之高下长短，而今除文臣外，重要武将几乎都署上名，这可是开国以来从未有过的，普六茹坚是怎样做到的，又怎能做得到？他直感匪夷所思。

他稍加思索就明白了，杨坚之所以能做到这一点，不是他有什么过人的本事，而是因为他是自己的亲家，将来的国丈，这些人保他是在希后福，也就是说这些人还是在保皇上，如果自己和儿子不保，他们何来“后福”可希？

他自登基以来，寤寐以求的就是能拉过一批将领死心塌地地拥护自己，以军权夺取政权，可是宇文护把他看得死死的，他的一举一动都会传到宇文护耳中，比前代史臣所修的皇帝起居录翔实得多。他也充分吸取两位“先帝”的教训，莫说不接触武将，连文臣也不接触，整日和一些文人衡文赋诗，安心做个牌位，这才和宇文护相安无事。

他原以为自己这辈子注定这样了，只能把希望寄托在儿子身上，他猜想自己死后，太子登基，宇文护纵然不死，也必衰惫不堪，要防备的是他手中的权柄落到曹丕那样更有野心的人手中，就需要给太子找个能帮他戡乱定国的帮手。依据北魏以来帝室靠外家扶持的传统，就是给他结门好亲。宇文护神差鬼使地选定杨坚，正合他的心意。

杨坚虽不是开国六柱国之一，在年轻将领中却极负重望，人又极富韬略，绝非那些匹夫之勇的将领可比。他纵观群臣，将来能戡乱定国的只有他一人，此其一；杨坚于宇文护有杀岳丈之仇，又备受宇文护猜疑，这也注定他要和自己站在一起，不会成为宇文护的死党，此其二；杨坚出身门第不高，联姻帝室就把他的门第提高至开国六柱国的地位，他必会感恩戴德，为帝室效死命，此其三。

皇上认为，这并不是宇文护一时脑子错乱选错了人，而是人之将亡，天夺其魄，选太子妃一事已显示天意所眷，尽管其效果显现出来可能在数十年后，但毕竟看到了希望。

而今这份呈状被他视为天意的再次显现，军中主要将领都联名署保，这就是人心向背。不仅许多平日有宇文护党羽之嫌的将领签了名，尉迟迥这样的宇文护党中人也屁颠屁颠跑来向自己表忠心，更让他惊喜的是，禁军中十几位将领也都签了名。这让他感觉到，非仅宇文护党羽并非牢不可破，连宇文护一直牢牢控制在手的禁军也并非铁板一块。这不仅让他看到了希望，而且这希望有可能成为现实了。

他静下心一遍又一遍地思索着，唯恐是自己一时过于高兴产生了错觉，关键时刻可是一步错不得，否则就得步两位先帝的后尘了。

为了掩饰脸上的兴奋状态，他拿了卷司马相如的赋，执卷高吟，似乎也和汉武帝一样，飘飘然有凌云之感，心里却在紧张思索着，这一心二用的本事也是他在残酷的环境中练出来的。

门外有个小内侍透过门缝监视着，不时在手版上记着什么，心里还在琢磨着，这张小纸片能在冢宰公那里换来多少银子?

天凉了，家里人该买换季的衣服了。

第九章

宇文护大开中门，倒屣出迎，以最隆重的礼节接待，却被于谨当着众多亲信家人的面，摆了一道。他面皮紫涨，却不明白这是怎么一档子事，更发作不出来。

他焉知于谨的心思。老元戎听了杨坚一番话后，茅塞顿开，决心要坚定不移地站在皇上这边，为子孙造福于将来。至于他自己，以前没拍过宇文护的马屁，现今也无须拍，得罪了宇文护，他敢把自己怎样？解除自己的军权？军权照样会在自己部将手中，想把自己的部属拉到他手里，他还没这能耐。

于谨知道在这份保单上签了名，又鼓动其他人和属下将领签名，已是大大得罪了宇文护，索性得罪到底，最好传扬出去，传到皇上、太子耳朵里，才现出自己忠君保皇的坚贞。是以气昂昂来，雄赳赳去，浑似眼中没有宇文护这号人物。

宇文护接着呈状的手有些发抖，半晌才讪笑着对左右说：“老爷子这个性越来越强了，真是姜桂之性，老而弥辣。”

他的一个亲信谄笑道：“于老元戎素来不问朝政，军务之外不与人交接一语，真乃公而无私的典范哪。”

其他人也都随声附和，帮着打圆场，宇文护只得强咽下这口恶气，回身便走，却险些摔了一跤。

原来他真是倒屣出迎，倒拖着鞋出来，结果被鞋绊住了。他的家人忙上来扶他，给他提鞋，他心中的一口恶气无处出，等鞋子穿好后，一脚把提鞋的家人踢个倒仰，气哼哼回内室了。

他坐在桌前把呈状看了，既感震惊、狂怒，又感到深深的恐惧，击案大叫道："反了，反了，都反了！"仰身瘫在胡床上，胸脯胀得鼓鼓的，就像一只青蛙。他的家人闻声进来，又是摩胸捏脚，又是拿药倒水的，他缓过一口气后，又把家人都轰出去。

只剩下他一人后，他就陷入深深的恐惧中。他又看了遍呈状，那上面每个签名都好像是一支射向他的利箭，在想象中，他已成为一只遍身插满箭矢的刺猬了。

这种情况还是他执政以来所未有过的。军中的将领几乎抱成一团反对他，其中不乏他平日视为亲信的人，如尉迟迥，如那些禁军将领。

"忘恩负义，都是忘恩负义的小人！"他愤愤骂道，又感到巨大的悲哀。莫说这些人忘恩负义，就是皇家那些弟弟们也都是忘恩负义之徒，自己高高坐在皇帝的宝座上，全然不思这九五之尊从何而来？难道是从天上掉下来的？天命攸归，那不过是骗天下人的鬼话，皇权只能从强权中打造出来，这些宝贝昏庸弟弟们还真以为自己是上天的儿子，生下来就要当天子的。

他愤怒、悲哀地想着，脸上满是无奈的神情。回想着当初自己的叔父、太祖宇文泰在军中病逝时，不过是魏国（北魏之后的西魏）的冢宰，和自己身份地位相等，在八柱国中也只略胜一筹，并无绝对权威，是他纵横捭阖，把太祖余威发挥至极致，废掉魏帝元钦，把弟弟宇文觉扶上皇帝的宝座，尊叔父为太祖皇帝。这一切肇基于叔父，毕竟成于他手，他可谓宇文周国的缔造者。

孰料一向对自己恭敬的宇文觉当上皇帝后就变了脸，竟联合岳丈独孤信和赵贵谋反，不对，独孤信和赵贵是谋反，可宇文觉毕竟是皇上，自古以来没有皇帝谋反这一说啊，皇上反谁呀？

他的思路卡住了，有说不通的地方。但思考一阵又接上了，当初在军帐中，叔父是这样向自己托孤的：我如不幸而死，家事国事都由你处理，管教弟弟们要严，有不肖不长进的，上禀叔母，然后以家法处置之。

太祖的话就是祖宗家法。这多年来，他行的正是祖宗家法，宇文觉不是反他，而是反太祖的家法，当然是谋反。他也当然要按太祖交到自己手里的祖宗家法处置之。他是没上禀叔母，可是皇太后一个妇道人家，除了爱儿子，懂得什么军国大事、治国方略？

废了宇文觉，他又立了宇文毓，还是一样，一当上皇帝就变了心肠。他不得已只好再次动用祖宗家法，这两次废帝伤透了他的心，他一个人在太极殿上察看龙椅很久，心中怀疑这龙椅是不是有邪气？抑或是被人施了诅咒？怎么好好的人一坐上龙椅就变成了白眼狼！

他只好又立宇文邕为帝。他自问所作所为并无私心，他毕竟没自己当皇帝，为表明自己绝无染指帝位之意，还把宇文邕的儿子立为太子，就是向大家表明，哪怕万不得已再次废帝，要立的依然是太子，太祖皇帝的嫡系子孙。

不过只要不到万不得已，他是不准备废帝了。一是宇文邕没变成白眼狼，证明龙椅没邪气。宇文邕依然像先前那样对自己恭敬谦逊，也绝不染指权柄。虽然他怀疑宇文邕恭敬谦逊的外表下是否包藏祸心，对宇文邕的监视也更为严密。但只要宇文邕维持现状，他就准备在临终前把权柄交还给宇文邕；二是他废了两次帝（严格说来是三次，加上西魏帝元钦。），外人都说他跋扈恶毒，容不下皇上，又有谁知道废帝的辛酸哪。古来废帝者没有好下场，前汉霍光得众臣支持，又有太后做主，废了荒淫的昌邑王，史书犹说他“悔之折骨”，死后也被灭了族。南朝谢晦国士无双，受刘裕托孤之重，又手握军权，废帝后依然被斩首市朝。废帝者身死族灭已成定律，只有伊尹废帝，三废三立，君臣善始善终，但那是神话传说。然则霍光、谢晦不废帝可乎？难道就任着荒淫无道的皇帝把国家推向灭亡的深渊？死后有何面目去见托孤之先帝！

大臣及国民对皇帝并不了解，以为坐在皇帝宝座上的就都是圣明天子，只有他最了解这些弟弟的半斤八两。这些弟弟们都是在他的教导下成人的，不脱膏粱纨绔之气，和富贵人家的纨绔子弟并无区别，他怎能放心把国家交到他们手上？

后汉光武帝说：“每一发兵，头发为白。”他却废一次帝，就不仅“发为之白”，更心为之衰。每一次废帝另立，他都感到元气耗损大半，几年都恢复不过来，若非万不得已，谁放着太平富贵的日子不过，整日价废帝另立玩儿？这是好玩的事吗？有谁知道他为此担的惊受的怕，有谁站在他的角度为他着想，体谅体谅他的苦衷？他宇文护容易吗？

愤愤不平地想了许久，他也明白这世上他是找不到知音了，只有等死后到地下与霍光、谢晦抱头痛哭了。

宇文护读书不多，身边却不乏饱学宿儒，他让他们把历代权臣的事迹都整理出来讲给他听，霍光、谢晦他不想当，更不想当梁冀，有位权臣却引起他的兴趣，就是蜀国的诸葛孔明。孔明没废过帝，那是因为后主刘禅恭顺，人前人后尚父不离口，他好意思废吗？宇文觉、宇文毓若有刘禅一半的乖巧，他也不会废帝另立。除了没废帝，孔明之专权不在霍光、梁冀、谢晦之下，而且霍光、谢晦、诸葛孔明和他都有一个共同点，就是受先帝托孤治国，缘何孔明生前专权，死后家族犹能泰山磐石般安固？他总结出一个道理：孔明不但生前握有军权，死后军权也由忠实门生姜维掌握，刘禅就因没有军权，不敢像汉宣帝、刘宋文帝那样，对孔明家族下手。若是后主握有军权，难说他不会灭孔明的族，掘他的坟。若说他是因秉心正直、大公无私才泰然无事，那是扯淡。霍光、谢晦何尝有私心，他们若真为自己考虑，任皇上胡为，自己睁只眼闭只眼，一样高官得做，富贵得享。至于大公无私、为国为民还是包藏祸心、图谋不轨不过是后来皇帝定的调子，一班无良文人用笔墨打造出来的。

于是他找到一条可行之路，不做霍光、谢晦，要当诸葛孔明，但他难题有二。一是没有军权，手中禁军只足以辖治皇上，控制京城。二是没有姜维这样忠诚且有能力的门生。他手下心腹亲信不少，却都是趋炎附势的谄媚小人，连他都瞧不起，更不能把子孙的命运交到他们手里。他尝够了当执政的辛酸苦辣，不想让子孙也遭这份罪。至于自立为帝，他更是连想都不敢想，只要偏离太祖托孤这条轨道，那些将领会像群狼般把自己撕碎，他所求的只是有生之年权柄在手，身死之后，子孙平安。

军权的事最伤脑筋，他想尽办法也无法打破六柱国铁桶般的藩篱，只好仿效诸葛武侯六出祁山、强攻魏国之遗意，自己挂帅，倾举国之力发动了洛阳战役。

他的设想很美好，倘能蒙上天眷佑，合众将之力，一举灭掉齐国，立下不世之功，就能在军中树立起至高无上的威望，军权就会如川归海般汇集到自己手上，结果却是一败涂地。

他明白了诸葛武侯不是人人都能当的，后人常常叫嚷要学习武侯“明知不可为而为之”的精神，其实只有诸葛武侯能明知不可为而为之。其他人若真的仿效，纵不身死名灭，至少也要头破血流。

武侯当不了，武侯的成功路子还是要走下去，就是立门生，保家族，他把门生的人选定在杨坚身上。

他没吃错药，他和杨坚有梁子是不假，但武侯收服姜维也不易呀。不打才能不相识，泛泛相识之辈，趋炎附势之徒都建立不起真正的情谊。他先极力把杨坚造成洛阳战役的英雄，而后又定杨坚长女为太子妃，就是要示以恩惠，化解他和杨坚之间的梁子。

杨坚不但不领情，还处处和他作对，他也不生气、不气馁。杨坚若能轻易被自己收买过来，他日自己死后，也能轻易被别人收买，那和三姓家奴吕布有甚区别？武侯收服姜维也不是一次成功，七擒孟获又七纵，才使得南中不复反，死心塌地为蜀国之臣。

他决心要用武侯对孟获的手法彻底制服杨坚，要让这个“南人”永不“复反”，这个“不复反”也是大有文章，是不忍还是不敢就有本质的区别。不敢是迫于威权，那不是心服；不忍是感于仁义，这才是心服。他要的就是杨坚对自己的心服。

独孤俊等人闯出攻打城门的大祸后，他开始也吓了一跳，后来摸清情况后又心中大喜，机会来了。

这十几个犯人可是宝贝，所以他特意关在自己府中的牢狱里，叮嘱用刑的人加意小心，要慢慢来，千万不要弄死了。他要从他们口中得到独孤信之子和杨坚夫妇合谋起兵造反，派他们出外募集独孤信、赵贵旧部，并勾引陈、齐两国入侵，杨坚再在长安城里起兵策应这样的口供。这份口供必须是犯人亲口招供的，而不是由审案者篡改甚至伪造的，这样才足以服人。

这些人都是硬骨头，他当然知道。但他坚信，这世上任何人的骨头都没有刑具硬，任何人的意志都会在刑具的日日折磨下崩溃，而后屈服，最后你想让他们招什么他们就会招什么，而且不会翻供。当然这需要时间，他也有的是时间。

这当然是屈打成招，锻炼成狱，可世上哪件案子不是刑具下的产物？你若捉个犯人，让他住在雕梁画栋的房子里，每日好酒好肉供养，再以礼相待，他会招认任何罪名吗？

他放出风声要把独孤府和随国公府铲为平地，也是用无形的刑具折磨杨坚，让他日日活在随时都会被包围、被抄斩的噩梦里，慢慢摧毁他的意志力。

等到口供到手后，他就会找杨坚摊牌，他或者低头，向自己屈服，自己便收他为门生，今后全力栽培他，自己死后会让他执掌大周国的军权。

杨坚怎会得到军权？这事宇文护自己做难如登天，杨坚做却是易如反掌，只要杨坚肯低头，他会把独孤信和赵贵旧部都重新聚集在一起，交给杨坚指挥，在适当时机再把手中禁军也交给他，杨坚就会得到周国一半的军权，再加上李昞不会跟他作对，这样即便另外三柱国联合起来也不是杨坚的对手。杨坚自然就有绝对的军权。这种事他自己为何做不来，因为他废杀二帝，又杀了独孤信和赵贵，这几支军队的人都恨他。

杨坚倘若宁肯付出两府几千条人命都不肯屈服，就真是不可收买了，他也就干脆把如山铁证交给皇上，由皇上裁断，皇上断不敢徇私枉法，也只能按谋反大逆律条判全家抄斩。

计划周详，无懈可击，他确定杨坚这次必然要屈服了。不仅是保住几千条性命，更有最诱人的军权在前面招手。

案上这封长长的众将联署呈状却像从天而降的巨石，把他的全盘计划砸个粉碎。他思虑再三，无力反击，只好承认自己败了。此事必须马上处理，否则巨变就在眼前。

他起身唤人进来，为自己穿好衣裳冠带，坐上马车去宫中见皇上了。

宇文护一进宫，小宫伯便向他禀报尉迟迥进宫向皇上呈状之事。宇文护皱眉道："他跟着搗甚乱？"

小宫伯笑道："还不是却不过普六茹坚的情面，大家都认为这不过是妻妾争风的小事，若认真处理，未免小题大做。"他心里已存了个心眼，开始为自己铺后路了。

宇文护道："你是说大家都是把此案看成妻妾争风，才却不过情面保普六茹坚？"

小宫伯笑道："当然是这样，若是大案子，大家躲还来不及，谁肯出面保他。"

宇文护听罢，心里宽松许多，或许自己把问题看得太严重了。

正说着，一名内侍过来，躬身道："冢宰公，皇上在便殿等您。"趁小宫伯不注意，把一张纸条塞进宇文护手心里。宇文护明白，手缩回宽大的袖子里，纸条便塞进袖子夹层里了。这是他每天都会收到的皇上起居录。

皇上见他进来，便降阶相迎，故作讶异道："如此深夜，大哥怎么还不休息？可要注意身体啊。”

宇文护苦笑道：“我倒是想保养身体来着，普六茹坚那混蛋鼓动众将找我的麻烦，我哪儿睡得着。”

两人并肩走至几案前，相对坐下。宇文护便把那份呈状递给皇上，皇上看了两眼，笑道：“我这里也有一份，尉迟迥巴巴地叩开宫门送进来。我被他吓了一跳，真以为出了什么大事。”他笑着把尉迟迥如何进来，两人都说了什么话说了一遍。

宇文护听到皇上说让杨坚到皇宫避难的话，也笑了。“你这里还好，我呢，三不知就受了于老爷子一个脸子，你说我哪儿招惹到他了？”也把于谨当众给他难堪的事说了。

皇上苦笑道：“没法子，这些国老都是咱们兄弟的父辈，太祖皇帝当年对他们也是敬让三分，别说给咱们个难堪，就是当众斥骂咱们一顿，咱们兄弟不也得受着不是？”

宇文护苦笑道：“是，是，再大大不过辈分。”他受了于谨一肚子气让皇上几句话就说得风消云散了。

他是真心喜欢这个会说话的弟弟，自己但凡有愁事，心服亲信都排解不开，这位兄弟几句笑语就能让他解忧忘愁，熨帖受用。他有时真想归政于他，自己息肩享福，但前两个弟弟翻脸就成白眼狼的教训太深刻了，他不敢。

“你怎么看这件事？”宇文护随意一问。

“这个……”皇上沉吟须臾，“案子是大哥在查，还是等大哥的结果。我若随意说话，会被人当作圣旨，反而妨碍大哥办案。”

宇文护最欣赏的就是皇上这种态度，对任何事都不表态，直等宇文护决定下来告诉他，他才会对臣下宣布圣裁。

“这里只有我们两个人，你随便说。”

“那我就说说我的愚见。”皇上微笑道，“这事应该就是普六茹坚的老婆与外室吃醋，他那老婆咱们兄弟还不知道？从小就跟女张飞似的，眼中根本就没国法王条，莫说攻打城门，就是火烧皇宫的事她都能干出来。这些年也真苦了普六茹坚了。”

宇文护点点头，在娶妻不淑这点上，他对杨坚也是寄予深深的同情。

“她也知道自己闯下大祸了，巴巴地派人进宫让她女儿向我求情，被我痛骂一顿。我还告诫儿子，一定要管好老婆，绝不能像他丈人那样窝囊。”

“对头。”宇文护点头道，“连自己老婆都管不住还叫什么大男人？”他不知不觉中已被套入皇上的思路中了。

“至于这份呈状，”皇上看了眼呈状，微笑着说，“普六茹坚见我这里不买他的账，又不敢到大哥府上求情，大哥处事一秉至公，铁面无私谁人不知。”

宇文护有些飘飘然，这赞语他听过无数遍了，但从皇上口中说出，味道格外鲜美。“有道理，接着说。”

“普六茹坚没奈何，只好挨门逐户去叩头痛哭，求大家保他。估计膝盖也磨烂了，头皮也叩肿了。那些国老看他就像自己子侄一样，晚一辈的又都是和他从小摸爬滚打出的交情，谁能硬下心肠不答应？大家又把这事都看成妻妾争风的家务事，也就保他一次罢了。若真是什么大案子，谁愿拿自己的身家保他？”

宇文护点点头，事情若真是这样并不可怕，众将的面子当然非给不可，这次虽没套住杨坚，以后机会多的是。洛阳战役后，他记住了一条教训：事情绝不可明知不可为而为之。

皇上见他不语，故作一惊道：“大哥，我光顾着自己说了，还没请教大哥的看法，案子查得有眉目了吗？”

宇文护便拿出一份犯人初入狱时的自供状，“犯人都自己招供了，但不承认是受人指使，只说自己看着出嫁的小姐受姑爷欺负，咽不下这口气，才自作主张打抱不平。”

“这当然是他们护主心切，替主子承担罪责。但兄弟想，普六茹坚他老婆就算指使人动手，也只是指使他们给那个女人一个教训，让她离开普六茹坚。一百零八人，还有八个身手不凡的高手，排出偌大的阵势对付一个女人不是牛刀杀鸡，而是牛刀杀虫子了。孰料那女人是药王门中的高手，居然能逃出城去，他们害怕交不了差，一时脑袋发热就把城门打开，追了出去。我听宫内几个侍卫就是这样讲的，还算合情合理。供词上除了没有普六茹坚老婆指使外，也都对上了。”

宇文护道：“是啊，除了不承认受人指使外，他们的供词也还算可信。我也不准备再往深追究了，只是便宜了普六茹坚他老婆。”

皇上笑道：“这事真是个难题，就算追究都没好办法，正妻和外室争风吃醋大打出手，该当按何律条制裁？我大周国没这一条吧？”

宇文护拊掌大笑："难怪长安成里悍妇如此之多，原来是三尺法上少了这一条。"

皇上忽然正色道："不过也不能这样放过普六茹坚的老婆。我要把他们夫妻叫进宫来，当着大哥的面痛骂他们一顿。若不让她知道点厉害，下次就是放火烧我的皇宫了。"

宇文护大笑道："要得。她下次未必烧你的皇宫，一定是放火烧我的府邸。"

两人相对大笑一阵，笑得开心爽朗，似乎胸怀完全敞开，但心里深处都隐藏着深深的隔阂与敌意，无物可以消解。

"那就这样处理吧。"宇文护笑过一阵，敛容正色，谈起正事，"老爷子都惊动了，大家又都出面保他，面子是一定要给的。我看就按供词所述，只治这些人的罪，赐死狱中，其他人一概不牵连。你看可好？"

皇上笑道："大哥法外施恩固然是好，不怕别人说你徇私枉法？"

宇文护苦笑道："没法子。就算别人的面子我不给，老爷子的面子我敢不给？惹恼了老爷子，他一发火还不率人把我家拆成平地？那时候到你这里避难的就不是普六茹坚，而是我。"

两人又笑了一阵，宇文护告辞退出，皇上一直送到门外。看着他走在宽阔空旷的甬道里，步履蹒跚，踽踽独行，看背影好像古稀老人，心中亦不禁油然生出悲凉意思。此人虽霸道强梁甚至恶毒，对周国的建立和稳定发展还是功不可没。可惜他杀了自己两个兄弟，这血仇是没法解了。

当晚，包围独孤公府的禁军撤回来，独孤公府解禁。关进诏狱的少国公也被送回来，街上戒严的禁军也全部撤回，只有巡街的士卒负责治安。第二天早上，长安城所有城门打开了。早朝上，皇上宣布对这起大逆案的圣裁：除一干人犯赐死狱中外，其余人等概不过问。

午后，皇上把杨坚夫妇传进宫中，当着宇文护的面把两人切责一通，骂的两人痛哭流涕，跪伏在地不敢抬头，算是替宇文护出口恶气。太子妃唯恐母亲难堪，忙到皇太后那里搬请救兵。皇太后对国事家事向来不闻不问，又心伤两子之死，也和独孤府的少国公一样，沉湎醉乡以消忧愁。她听到独孤氏进宫了，正愁着没人陪她吃酒，便派女官去皇上那里要人，还言明要让独孤氏住在宫里，好好陪她喝上几天。

皇上意犹未惬，母命难违，只好放过独孤氏。又痛责杨坚半个时辰，才放他出宫。

杨坚出宫后如得大赦，他挨了顿痛责，非但不生气，还觉得很舒服，就是挨骂时有点难堪。

这场泼天大祸总算消弭于无形，他心里既感轻松，却又空落落的，好像一颗心只剩下一层空壳。但他脸上依然是惯常的毫无表情，只是更加坚毅，更加冷漠无情。

行至一段无人的路上，管家纵马上来，在他耳边低语几句，杨坚面无表情地点点头。管家回头一招手，两个亲兵登时把杨坚的一名随从从马上揪下来，按他跪在杨坚的马前。

这人知道事情犯了，不用杨坚问，就招认了自己受孤独俊威逼利诱，把主子行踪告诉了独孤俊，连连叩头求饶。

杨坚听后，脸上犹如平静的湖面，不起一丝涟漪。他把头偏向一边，管家明白，把手向下一按，那人立时被掀翻，又被捂住口鼻，一根早已备好的弓弦勒住此人的脖子，这人一声没能发出，片刻便已毙命。然后被装入一个袋子中，放在马鞍上。车队分出四个人转向郊外处理尸体。

自始至终，杨坚没看过一眼，脑子里也没这件事。除掉一个负心的家人就像随手抛弃一张废纸。

晚饭后，他一个人来到内宅的佛堂中。

他小时候在佛寺中生活过几年，回到家中后虽没有吃斋念佛，还是在家中建了一座小佛堂，心思烦乱时、愁绪难解时，便到佛堂中寻求静谧与安心。

他先在佛前敬香，然后在佛前的锦垫上跪下来，五体投地叩拜三次，而后便呆呆盘坐在锦垫上，与佛相对，脑子中什么也没想，什么也想不了。

经此巨变，他感到自己与先前不一样了。好像缺少了什么东西，却又察觉不出是什么。一直到他死时，也没明白随着苏蕤的离去，随着孩子的离去，他心中的爱也永远随之而去，再不复返。

从此，他不再对人有爱。无论是对妻子、对儿女、对家人、对部属，还是以后称帝后对臣民，都失去了爱的能力，以致在历史上留下“刻薄寡恩”的名声。

在中国历史上，杨坚与嬴政很相似，两人都亲手结束了几百年动荡不安的年代，统一了中国。两人也都在史上留下刻薄寡恩的名声，两人建立的强大王朝本来应该像汉唐一样隆盛长远，却都仅仅二世而亡。

这里的原因当然很复杂，不在本书范围之内。两人即便相似之处也尽有大不相同的细微区别，这也姑且不论。但两人在一点上委实是非常相同的，就是在人生的某个历程中，爱心被人彻底杀死了，以后就不再有爱。

心也是可以被阉割的！

第十章

“孙真人，我在这儿了。”清脆的声音在一块危石后传来。

孙思邈把自己关在屋子里，遵铁帚大师之命，撰写医方。

这天上午未时，他刚写完一个方子，回身却发现躺在床上的孩子不见了。这一惊可非同小可，他忙冲出屋去，问了两个扫院子的老尼，才知道是法玉抱着孩子走了，说要让孩子晒晒阳光。

他便寺前寺后、漫山遍野地找起来，听到声音才看到，法玉正抱着孩子坐在一块陡崖的危石后，拿一朵野花逗孩子笑。可这孩子根本不会笑。岂止不会笑，也不会哭，不会叫，更不会咿呀学语。

孙思邈又气又急，强笑道：“法玉小师傅，快下来，崖上危险，不，你别动，我上去带你下来。”

他话音未落，法玉已抱着孩子纵身跳下，轻松落地。她并不会轻功，但自小在山坡陡崖间穿来跃去的，和寻常人走平地一样。那山崖也只有两人多高，只是拔地而起，如刀削斧劈，上面欹倾的危石，令人望之生畏。

法玉看着孙思邈脸上担心的样子，笑道：“孙真人，你担心什么？你忘了，我十岁起就天天在这崖上爬上跳下的，那块石头看着不稳，其实结实着哪，十个大汉都推不动。”

铁帚大师闻讯赶来，也是急出一身冷汗，狠狠训斥法玉几句。法玉却只是哧哧笑，威严的铁帚大师拿她也没办法。

见她和孩子平安无事，孙思邈也就心安了。又见她用野花逗弄孩子甚是起劲，心中好奇，问道："小师傅，这孩子不会笑也不会叫的，更不会咿呀学语，你逗他玩儿有趣吗？"

法玉仰着头想了想，说道："我说你们可能不相信，开始时我逗他玩，他是什么也不会，可渐渐的，我觉得他也会哭，也会笑，也会叫，只是别人看不出来，我却能感觉得到。"

孙思邈和铁帚大师对视一眼，都是莫名其妙。铁帚大师道："你是小时候跟布娃娃玩惯了，你刚到寺里来的时候还天天抱着布娃娃哄孩子玩哪。"

法玉分辩道："不是的，师傅。我不是小孩子了，这孩子也不是布娃娃泥偶。他是有血有肉有感情的人，这我不会糊涂。至于为什么我能感觉到你们却感觉不到，我也说不清楚，也许是我小时候患的是和他一样的病，虽然没有他这么重，可都是先天绝症，所以心理上能相通吧。"

提到孩子的病，孙思邈又神色黯然，满腹辛酸。铁帚大师也不想在这个问题上纠缠下去，便转换话题问起医书的事，没等孙思邈回答，她又道歉说，这时候还让他编撰医书，委实是太没人情了。

孙思邈笑道："也许这个时候才是写医书的好时候。"

他平时不是上山采药，就是四处行医，佛菩萨是度不尽的生灵，他是治不完的病人。又乏菩萨化身千万的神通，真是片刻也不得闲。他早有心把十年来行医心得录之于纸上，以供同道行医时参考，并不是以药王门神医字句，而是取他山之石可以攻玉之意。他自己行医时，借鉴前代名医张仲景、陶弘景等人的著作也不少，也不是全靠本门师传。他还收集许多民间偏方奇方，验之有效的也都准备正式收入医案，使之成为正式方剂。

接下铁帚大师这桩差事，他更突发奇想，要写一部让所有识字的人都能读懂的医书，且能自己简单判定病症，对症下药。这样诊病固然谈不上精准，治病效果也不够理想，却也远胜于庸医之杀人。只是这样一来，不但要把各种病症的症状描述详尽精准，更要分辨同一病症各种不同的反应，用药也不相同。各种药物的药性药理也要讲深讲透，药物间的君臣配伍，用药火候深浅都要讲深讲透，工作量自然多了许多。他自己解嘲说像是教一个七岁娃娃徒手建座佛塔。

铁帚大师被他的构想惊呆了，她原来只是设想每座庵寺中都有一两个略通医道的人，若有孙思邈医书在手，便如身边有了位名师，自然裨益不浅。孙思邈竟是要让所有能识文断字的人都能通晓药理，能诊病下药，丛林各庵寺并不缺药材，从此无医之苦亦可以免矣。

“道兄此举可谓功德无量矣，写完后贫尼有幸成为第一个读者，真是幸之又幸。”

“我做第二个。”法玉从后面冲上来，兴奋地说。

“你也对医道有兴趣？”孙思邈好奇地打量她。

“当然，我自小七灾八难的，最知道生病的苦了，所以看到生病的人心就揪起来，要是我也能像真人、像师傅就好了，省的天天无所事事，我也要出去给病人治病。”

孙思邈赞许道：“真不知法玉小师傅还有如此慈悲之心，学医之人首要在于菩萨慈悲悯人胸怀，视他人之痛苦过于己身，这才是能成名医的根本。可叹世上的俗医庸医只把医术当作射利之具，焉能学好医道。”

铁帚大师笑道：“玉儿，真人夸你有名医资质哪。”

法玉赧然道：“玉儿哪有，胡乱说说罢了，这辈子也不敢想当名医呀。”

铁帚大师微笑道：“你不是当不了名医，而是无名师，跟着为师厮混，当然成不了名医，现放着当世第一神医在此，你还等什么？”

法玉愣怔一下，转瞬就明白师傅话中之意，仿佛一下子被师傅扔到云端之上。她把孩子往师傅手上一放，就跪在孙思邈面前，叩头道：“真人，你收玉儿为徒吧，玉儿一定好好跟您学。”

孙思邈万料不到有此一变，一面躲闪避礼，一面又伸手去扶法玉，慌乱道：“使不得，万万使不得。”又向铁帚大师求援乞哀似的说：“大师，这使不得呀。”

药王门择徒綦严，符合其标准的真属凤毛麟角，择徒标准是代代相传，孙思邈也不敢破坏门规。此外药王门历代传人都是青年时行医天下，中年后才择徒传道，而且只有历代掌门才能收徒，其他弟子只能行医而不能授徒，这也是为了保证药王门嫡传医道的纯正。

孙思邈虽为这一代掌门，却年未至而立，尚未萌择徒之念。见法玉跪倒在前，苦苦恳求，哪能不慌。

铁帚大师笑道：“道兄慌什么，贫尼又不是让道兄收玉儿为药王门中弟子，只是道兄既能撰写医书，公之于世，就把这部医书中的医道尽数传授给她，也够她一生受用不尽，不是神医也是名医，强似贫尼多矣。贫尼想，这医书人人看得，人人习得，道兄传之于玉儿也绝不会违背贵门门规。她在贫尼门下也不过是记名弟子，就也跟着道兄作个记名弟子吧。”

法玉也道：“师傅所言极是，玉儿焉敢奢望入药王门门墙，只希望真人能将医道之余绪赐予玉儿，都属分外之想了。”

孙思邈情知推脱不掉，颇为狼狈，自己行医天下，带着个妙龄女弟子算怎样一说。慌乱道：“小师傅请起，你要学医道，只要不属本门秘要，在下自会毫不吝惜，只是别认我作师傅，我真的还不能收徒。”

法玉望着师傅，铁帚大师也知道见好就收，笑眯眯道：“你也起来吧，真人既答应传你医道，这有无师傅名分有甚要紧。”法玉这才笑嘻嘻起来，又躬身一礼：“谢真人。”

回到客房，法玉张罗着烹茶，铁帚大师和孙思邈对坐闲聊，孙思邈便把自己写的书稿送给铁帚大师看。

虽然孙思邈言明这本医书是要让所有人看的，为避嫌，铁帚大师从未看上一眼，这两天法玉为孙思邈磨墨展纸，却也未偷窥一眼。铁帚大师接过来看看首页，上面写着：妇科诸病症诊治方剂撮略。便笑道：“若以此作为书名，可见不出道兄的高才了。”

孙思邈道：“弟子只是随手写个名，大师既欲在丛林诸寺庵用此书，书名还要劳烦大师定。”

“这倒把我难住了。”铁帚大师微闭双目，右手捻动胸前的佛珠，皱眉深思。

法玉烹好茶送上来，给孙思邈和师傅面前各放一盏，见师傅正沉思着，便跪坐在侧，仰脸望着师傅。

茶香袅袅，直冲鼻端，孙思邈道：“大师，好茶助神思，且先喝盏茶吧。书名不急。我还有些日子才能写完。那时慢慢想也不晚。”他端起茶盏，浅饮一口，又赞道：“法玉小师傅的茶艺越发精到了。”

法玉赧然一笑，不敢作声，吐下舌头。

铁帚大师睁开眼，笑道：“道兄，你对她这称呼也得改改了。你和她虽无师徒之名，究有传道之实，小师傅这称呼太生分了，她小时候，你不是还叫她玉儿吗，还是那样叫吧。”

孙思邈道：“那时那样叫是因为她还没有法名哪。”

“不是有无法名的问题。”铁帚大师叹息一声，“没遇到道兄之前，我也不知她能活多久，根本没想过给她起法名。”说完，她扫视一眼躺在床上的孩子，又忙把目光收回来，心下叹息道：这孩子也不知能活多久，难道他真要在先天罡气中无知无觉地活上二三十年甚至终生？那和死又有什么区别？

铁帚大师和法玉走后，孙思邈也没心绪写书了。铁帚大师那一眼中所蕴含的心思他读懂了。他端坐在床前，谛视着孩子的小脸，凝神观察孩子眼睛里和面部表情的变化。

法玉说她能感受到孩子有啼笑悲欢的感情，这虽然有些不可思议，孙思邈却相信，心之为物最为奇妙，眼所不能见、目所不能闻、手所不能触之事物，心常常能清晰地感受到。是以他不是用眼睛看，而是在用心感受。他老僧入定般坐到午饭时，还是什么也没感觉到。他自信对孩子的病情已了如指掌，但对孩子的精神层面却只感受到彻底的虚无，没有丝毫生命的波动。

法玉送午饭进来，他简单吃了些，又和法玉闲聊几句，然后又端坐在床前，希冀能像法玉那样感受到孩子的喜怒哀乐，这对他绝不是可有可无的，也不是要在这孩子身上寻求感激寄托，而是从多年给尚不会说话的孩子治病得出的经验：孩子的情绪变化才是病症的直接反应。在治疗方面他已经撞上了一堵墙，任他有通天本领也无法越过去，手中虽然有先天再造丹的圣方，但这种只成功炼制过一次、十几代祖师都未能成功的神药在自己手中就一定能炼成吗？他对此没有太大的信心了。

这两日他突发奇想，既然祖师爷能想出先天再造丹的神方，他就不能再想出一个办法来治疗先天绝症吗？他相信一定是有的，只是还没找出来。

人都是有依赖性的，只要一个人走通了一条路，后来的人便都会沿着这条路走，即便这条路坍塌了、堵塞了，后来人还是会竭力修复打通这条路，绝少有人想到去重新开辟一条。

先天再造丹这方子的路算是堵塞了，十几代祖师前仆后继，也未能打通。他师傅把最后的希望寄托在他身上，他却因这孩子的绝症给他的打击有些感到绝望了。

药典、秘籍他早已烂熟于胸，对种种先天绝症，所下的判语都是：无治。好像都约定好似的。唯一例外的就是本门的先天再造丹。他也只能跳出药典、秘籍之外，在更上一层上找出办法。

更上一层是什么？他还不知道，应该是先天再造丹这层面吧。

先天再造丹是一剂神方，其药物品类之多之珍之奇自不必说，各种药物的采摘节候、晾晒方法的讲究、蒸煮炼制过程中药物药性所发生之变化，繁复无比，堪称是药物学的一部《易经》。

孙思邈浸淫此方剂十多年，对其中种种精微玄妙辨识甚精，但若让他写出这样一个方剂却也不能。正如他易学精邃，却绝对写不出一部《易经》一样。

孩子躺在床上，除了眼珠偶尔一转，就跟布娃娃无异。孙思邈枯坐到晚上，依然没有任何感受，只好颓然放弃了。

晚饭后，铁帚大师和法玉又来看孩子，苏蕤遗体的防腐要一个月才能完成，孙思邈虽然每天都想看上一眼，却还是忍住了，以免偷技嫌疑。

法玉逗弄孩子玩儿，忽然叫道："真人，快来看，他笑了，他又笑了，真的是在笑。"

孙思邈和铁帚大师忙凑过来俯首察看，却没看出一丝笑容。

"真人，师傅，你们别看他脸上表情，要看到他心的表情。"法玉在师傅和孙思邈跟前素来毫无顾忌，眼下一急，更是大呼小叫地指导起来。

"看心的表情？"孙思邈和铁帚大师都怔了一下，参详着这句话中的禅机。孙思邈脑子里似乎有什么物事相互一撞，擦亮了一点火花，瞬时间脑子里亮堂起来。

他看到了，真的看到了孩子在笑。孩子不是用眼睛、用脸在笑，而是在用心笑，用整个身体在笑，那正是婴儿的笑，天真、自然、全无机心，如同野花开放在原野。

孙思邈看的痴了，泪水夺眶而出，静静地在脸上流淌。

"真人，他叫什么？"法玉问道。

"天罡，上天的天，罡气的罡。"

"天罡，小天罡。继续笑啊。"法玉叫着孩子的名字，逗弄他玩。

至于孩子的来历，孙思邈没说过，铁帚大师等人也就没问过，大家都猜测一定是苏蕤的孩子，但也是猜测而已。没人开口问，更没人窃窃私语，似乎这是天然的忌讳。孩子的名字孙思邈也是第一次说出，至于孩子是不是苏蕤的，他父亲是谁，姓什么？自然都没人敢问。

两人走后，孙思邈继续坐在床前，凝神观察孩子的变化。说来也怪，经法玉一指导，他也真能观察到孩子的喜怒哀乐，这对治疗帮助不大，但却在他和孩子之间建立起一条感情的纽带。

晚上，他给孩子补完真气后，便搂着孩子昏昏睡去。早晨醒来时，忽然觉得有什么不对劲的地方。

他打量着屋中什物，一切和睡前一样，他躺在床上仔细思索着，还是找不出有任何不对劲的地方。

也许是种错觉，他这样想。欲起未起之际，那种“不对劲”的感觉陡然间强烈无比，于是他也找到了这种感觉的来源——不在任何物事上，而是在他的手上。

他做完睡觉时，右手继续留在孩子的肚脐上，保持着给孩子补气的姿态。他并没持续给孩子补益真气，孩子却不知何时停止了口鼻呼吸，通过他的掌心，用肚脐呼吸，如同在母腹中通过肚脐呼吸一样。

惊喜充塞他的胸臆，他还不能完全明白其中所蕴含的意义，但却感到在绝境中看到了希望的光芒。

他给孩子查脉，足足号了半个时辰，更令他心惊：孩子的心脏居然有生长的迹象。当然只是一种迹象，并没真的生长。这种“几微”也只有他这种神医才能号得出来，当世不会有第二人。这种现象令他愈发惊喜，却也糊涂。先天所生成的都是后天无法弥补修复的，这也是所有先天病症无法彻底根治的原因。孩子先天缺损的心脏怎会在后天又继续生长？假如这能成立，会颠覆他所学的医道。

白天，他一边写医书，一边正式开始教法玉其中的医理，脑子里却想着这件无法索解的怪事。这是个突破口，假如他能突破这道先天、后天之间的关口，说不定就能治好孩子的先天绝症。

晚上他给孩子输气时就开始同时查脉，输气毕，右手依旧放在孩子肚脐上，调息入静。孩子却一切如常，以口鼻呼吸，并未能用肚脐呼吸。他正微感失望，孩子却忽然停止口鼻呼吸，转入肚脐呼吸。他欣喜不已，约略计算时刻，其时正是寅时。从他开始输气时算，已过去两个半时辰了。

这一夜，孩子就用肚脐呼吸着，脸色比白天时好很多。他的身子微微动着，让孙思邈想到他号脉时能清晰感觉到的胎儿在母腹中的状态。他的眼泪又流出来了，孩子这是回转到先天状态了。如果他真能回到先天状态，就像继续待在母腹中一样，他的先天绝症就有治好的可能。其实一切先天绝症也都只有在先天状态才能治好。先天再造丹的最大妙用就是把人逆转回先天状态，然后其余的药物发生效用，就跟用一般的药物治疗后天患的病一样。是以这件事和医道并无抵触，反而正是医道的道理。只是把人逆转回胎儿状态委实超出了医道的范畴，这已经不是医治病患，而是操持司命大权了，诚所谓逆天之举。

连续三天夜里，他都保持这种输气状态，孩子在他输气后两个半时辰左右开始由口鼻呼吸转入肚脐呼吸。然而令他失望的却是，孩子缺损的心脏始终只是有生长的"迹象"，而这种迹象只要他一离手，就会停止，回复到原来的状态。如果只是这样，缺损的心脏至少要有二十年的时间才能长成正常的心脏，而且如此缓慢的生长过程中间会不会出问题还很难说。

他又陷入绝望中，但在绝望中又感到一个亮点闪现在心中，这个亮点就是希望。

两天后，这个亮点在他心中扩展成了一个完整的计划，这计划能否成功，他却没有把握。他又仔细推敲了一天，还是没有马上实行的勇气，便去向铁帚大师请教。

"什么？"铁帚大师听后倒吸一口凉气，"你要用先天罡气把孩子逆转回先天状态？这太危险了，而且也未必管用。法玉小时候，我也曾想过用真气治疗，还带她去找来自西竺的神僧。神僧说真气是可以治病，但这类先天病症却不管用。你不是也没动过用真气给法玉治病的念头吗？"

如此一说，孙思邈很惭愧。他也治疗过不少先天病症，都是用药物控制住不使之复发，这已经是神医的境界了，但为什么从没动过用先天罡气治疗的念头？缘何对天罡动了这个念头？难道只是因为他是师妹的孩子，是自己最亲的人？自己平日里总是说对病人要一视同仁，为救病人不惜身命，看来还是没有做到。

铁帚大师不知他心里想什么，还以为他被自己说动了，叹息道："药医不死病，佛渡有缘人。你也尽力了，人毕竟不是神佛，法力无边。"

孙思邈并没打消念头，而是进一步思考，先天罡气既有百毒不侵的妙用，也理应能驱除任何病患，为何本门从无一例用先天罡气为病人治疗的病例？不行还是不敢？他通过这几天的观察，能确定这种方法是有效的，然而真要实施起来或许其中蕴含着莫大的风险，风险在哪里？他在心里仔细推敲着。

铁帚大师道："番僧有一门灌顶大法的神功，可以打通一个人全身经脉，然而稍有不慎，施功者和受功者都会焚身而亡，是以他们等闲不施此功。道兄要施的功法虽比灌顶大法更为高明，但贫尼觉得似乎也有灌顶大法所隐含的危险在其中。"

孙思邈点头道："这一点弟子想过了，危险是有，但弟子想冒险一试。若天绝我药王门，则万事皆休，若药王门命脉不当斩绝，就能够成功。"

铁帚大师惊道："你是要拿自己的性命和贵门的命运来赌？"

孙思邈毅然道："是的。弟子绝不忍心看着这孩子就这样不死不活的活着。"

铁帚大师喟叹一声："那贫尼也就无话可说了。只是最后提醒道兄一句，这是逆天之举，纵然成功，其后是否有灾殃也很难说。"

"有什么灾殃弟子愿意承受，只要能治好这个孩子，让弟子付出怎样的牺牲都成。"

"你既有如此诚心，或许能感动上苍，助你成功。"至少她是被感动了，也不再劝了。

孙思邈找铁帚大师不单是向她请教，更是请求她在自己施功时为自己护法。他的计划是这样的，预备一个大木桶，也就是特大号的浴桶，他抱着孩子进入水中，在孩子转入先天肚脐呼吸后，便把孩子沉入水中，这样孩子就只能始终保持先天肚脐呼吸，以免在他行功时又转回后天口鼻呼吸，那样的话就会前功尽弃。这里也是最费他推敲的：孩子会不会因窒息而亡？

他反复推敲，觉得应该不会，只要断绝孩子后天呼吸的通道，孩子应该就会保持先天呼吸的状态，这是人固有的求生本能。他一旦开始行功，就会进入无知无觉的入定状态，他把出定定为孩子的第一声哭声，也就是说倘若孩子不能治好，不能发出啼哭，他也就无法出定了，在这点上，铁帚大师也帮不上他。他是铁了心要置之死地而后生了。

孙思邈从不为自己卜卦，这次也先入静一个时辰后，起卦占定一个良辰吉日，他占得后天子时是最佳时辰，就把自己的逆天之举定在后天子时了，同时也告诉了铁帚大师。那些预备工作和护法都要铁帚大师来做。

铁帚大师第二天起，就宣布封寺，不到孙思邈出定，不开寺门。全体僧尼除为苏蕤做遗体防腐的外，都开始做起法事，为孙思邈和孩子祈祷上苍。既然是逆天之举，只有祈祷佛祖保佑了。铁帚大师把自己练功的密室腾出来，里面的几榻都撤光，只放了一个特大号的浴桶。窗子也仔细检查了，把缝隙也都用纸条封住，如同制造宦官的蚕室，只是没燃炭火。

第三天子时，孙思邈抱着孩子进了密室，他把孩子身上的衣服都脱掉，自己和衣坐进了浴桶，他先给孩子补气，补气停后两个多时辰，孩子开始转入肚脐呼吸，孙思邈右手不离孩子肚脐，左手则捂住孩子口鼻，以防孩子呛进水，然后就把孩子掩入水中。一切停当后，他就入定了。自此两人的命都悬于一线，是否成功，是否能活下来，只能付之于天。

铁帚大师亲自在门外护法，周围都是她的嫡传弟子，人人眼观六路、耳听八方，如临大敌的模样。这些弟子都训练有素，师傅闭关修炼时就是由她们护法的。铁帚大师更是除每日必需的一个时辰静坐外，其余时间简单料理一下寺里的事务，剩下时间都在屋子周围巡视。

她向来觉得孙思邈身上充满不可思议，孙思邈能做成任何别人不敢想象的事她都不会感到惊奇，然而这次她还是为他担惊受怕，唯恐有意外发生。她对药王们的先天罡气虽然不熟悉，但天下各门各类的功夫从根本上说都差不多，非佛即道，儒家虽说也有养浩然之气的功法，实际练的很少，基本只是口头说说罢了。静修入定最忌的是外界干扰，而在入定中为他人治病，简直就是把命交出去，因为那已经超出施功者的控制范围。

她每天为孙思邈和孩子祈祷两次，寺中则是天天做着道场，却连她自己的心都无法安定下来。她第一次有些怀疑这些道场和法事是否有效。

法玉因不是正式弟子，护法没安排她，道场和法事也没让她参与。她每天除吃饭睡觉外，就坐在密室外面痴痴呆呆地坐着，时而侧耳谛听屋里的声音。密室里却比坟墓还要寂静，这种寂静绞紧了她的心弦。她渴盼着屋子里能发出什么声音，不管是什么，她至少还能猜出里面在做什么，他们是否安全。可她又最怕里面传出不详的声音。到最后，连她自己也不知道自己究竟盼的是什么。

三天过去了，里面死寂一片。法玉已被折磨得脆弱的神经终于忍受不住了，她跑到后殿台阶下，双手捂着脸，嘤嘤啜泣着。不知过了多久，师傅找到她，也没有安慰她，只是把她揽到怀里，抚摸着她的头。

法玉在师傅的怀里慢慢好转过来，看着师傅坚毅的面孔，她相信只要有师傅坐镇，就不会有任何不好的事发生。她又哪里知道，师傅心里比她还要紧张百倍。

铁帚大师功力精深，即便在屋外，当她静心运功时，也能隐约感觉到屋里的状况。孙思邈已进入胎息状态，孩子也是先天呼吸，她听不到两人的呼吸声，但能感觉到孙思邈始终端坐不动，孩子则像水中的鱼一样，间或翻滚几下。

其实孩子在浴桶中和在母腹中并不完全一样，他在水中翻滚时还是有声响发出。只是这间密室专为练功所设，加了许多密封隔音措施，里面微小的声音就传不出来。铁帚大师也听不到，但她能感觉到。只有感觉到孩子的动静她才能安心，孙思邈这次是把性命压在能治好孩子上了。孩子好了，发出啼声，孙思邈就会出定。倘如孩子有个意外，或者始终治不好，孙思邈就只能永远待在定中，无人能唤他出定。铁帚大师最担心的就是这个。她曾劝孙思邈设定别的出定方法，最简单的就是时间设定，或者三十六天，或者七十二天，也就是说不管多久，至少要保障自己的安全。

孙思邈向来对她的话还是很遵从的，这次却是铁了心要把自己置之死地而治好孩子的病。或许一向讲究顺从天道的孙思邈知道自己是逆天而行，从开始就把自己的生死置之度外了。

七天，十天，二十天，一天天慢慢流逝，日出日落，月缺月圆，关闭的寺院已俨然孤悬于世界之外，这间密室又孤立于寺院之间。

担任护法的弟子们并没感到焦虑，她们不知道孙思邈在做什么，还以为他要思考医学上的难题，所以闭关修炼，至于带着孩子进去，也不难理解，孩子离开他就活不了，由他的先天罡气就不再需要别的，他倒像是孩子的奶妈。区区几十天更算不了什么，她们的耐心早就培养出来了，师傅最长的闭关时间是一年。

法玉越来越紧张了，时常感到喘不过气来，实在受不了就紧紧抓着师傅的手，却发现师傅手心里的汗一天比一天多，只是面孔依然坚毅无比。

第一声啼哭是在整整二十九天后的子时发出的。当洪亮的啼声响起时，外面的人都惊呆了。铁帚大师和法玉更是呆若木鸡，听着里面孩子的啼声，仿佛亲眼见到了宇宙的诞生，见到了人间万物的生成……

不多时，门开了，孙思邈水淋淋的抱着光光的孩子站在门口，孩子兀自踢腾着，嘶声哭着。大家都感到世上没有比这哭声更好听的声音了。

孙思邈精神倒好，只是面色苍白，身子却依然挺立着。铁帚大师却感到一阵晕眩，法玉则几欲虚脱。

“他好了。”孙思邈只说出三个字，然后就依靠在门框上。

三天后，孙思邈才恢复元气。这二十九天，他的先天罡气也耗损大半，好在他功力精深，恢复起来也快。

孩子不再需要他补气，却需要吃奶了。铁帚大师曾想去山下的村子里雇个奶娘或者买头奶牛，孙思邈却不同意，他绝不让外人知道寺中有个需要吃奶的孩子。寺里的人以为他是怕给慈恩寺招来不好的名声，孙思邈固然想到了这一点，但更重要的还是不给杨坚留下任何可追索的蛛丝马迹。

寺里的人便给孩子熬米汤喝，孩子倒不挑剔，只喝米汤身子也很健壮，丝毫没有营养不良的迹象。

孙思邈又给孩子仔细查了几次身体，缺损的心脏不仅完全长好，更大出他意外的是孩子的心脏居然七窍全开。这在本门从有记载以来的书籍中从未有过的，纣王说比干心有七窍，也只是要杀比干的借口，并没确认比干是否真的心开七窍。他不禁想到本门的医诀：心开七窍者圣，难道这孩子将来真会是超凡入圣的人物？他为此喜之不禁，总算不负自己拼冒生死一次，或许真是邀天之眷，赐生如此佳儿。

另一个大出他意外的是：孩子体内充盈着他修炼的先天罡气。他开始有些诧异，过后也就释然了。孩子正是在先天罡气中逆转回先天状态，又在先天罡气的涵育下生成完好的心脏，体内自然会充盈先天罡气。但病好后，先天罡气居然并不稍减，倒也是一奇。既有先天罡气在体内，可保孩子百病不生、百毒不侵，难怪他喝米汤和喝乳汁一样健壮。这又是一喜。

铁帚大师找他长谈一次，婉转劝他，侥天之幸成功一次，以后万不可再冒险行此逆天之举。孙思邈赧然道：“弟子侥幸一次已感罪戾殊深，焉敢再试。以后非但不做此类之举，还要广做善事，赎己罪愆。”

铁帚大师忙问此话何意？孙思邈说他不但要在寺里写治疗妇科的医书，以后还要找时间把自己行医所得都写出来，以沾惠世人。他还准备仿收法玉为徒的例子，以后广收弟子，也是仿菩萨化身千万、救拔世间苦难的做法，虽不能真的化身千万，总能多些人手，多治疗些病人。

铁帚大师闻言大喜：“道兄能如此想善莫大焉。此正是贫尼久想求之于道兄而无法出口的事。或许正因道兄有此善心，才邀天盛眷，助成此功。”

其后孙思邈果然写出中国第一部临床百科医书《千金方》、《千金方翼方》等，只因卷帙浩繁，他行医又忙，完成时已经是唐代初期了。他也收了许多弟子，培养出许多名医，这许多名医又广收弟子，布满天下，唐代医学之盛空前绝后，正在于此。

孩子不用他操心了，每天都由寺中的人照顾着。她们也喜欢孩子，轮流抱着他玩，就连尘缘久绝的铁帚大师每天也要抱着他逗弄一会，法玉更是除了跟孙思邈学医，剩下的时间就是抱着孩子玩，孩子也和她最亲近，那种心灵隐隐沟通的感觉更强烈了。

孙思邈把全副心思都放在撰写医书和教法玉学医上，他准备等苏蕤遗体防腐做完后，他的医书基本也写完了，就抱着孩子、带着师妹的遗体回转药王山。

第十一章

这天，孙思邈正在客房中给法玉讲解一个方剂。法音忽然风风火火地闯进来，带着哭腔说道："真人，您快去瞧瞧吧，不得了了，孩子被人抱走了。"

"什么？"孙思邈脑子里嗡的一声，暗思："遮莫是普六茹坚那厮追踪到此，带人来抢孩子？"想到这里，真是怒从心头起，恶向胆边生。起身便向外走，边走边问："他们来了多少人？"

"夫妻两个？"法音答道。

"夫妻俩？"孙思邈怔住了。这普六茹坚夫妇也忒煞大胆，夫妻两人就敢到慈恩寺撒野火？"尊师知道不？"

"师傅也在前面照应着哪。"

听到这里，孙思邈反而糊涂了。铁帚大师武功修为可比她的医道高明多了，她的观音千手掌独步武林，胸前那串长长的佛珠就是她的暗器，一式"满天花雨"施出，方圆二十丈内不会有站着的人。

若说普六茹坚带上两三千人马来寺里抢孩子还有可能，仅凭夫妻两个怕是连寺门都进不来，遑论把孩子抢走了。

法音看出他的疑惑，急忙解释：这夫妻两人是来进香的，说是梦中得菩萨指点，专程到本寺进香。进门就捐了一千两银子的香火钱。夫妻两人男的斯斯文文，像个读书人，女的也像是大家闺秀。两人拜佛上香也极虔诚，大家谁也没起疑心。进香后，夫妻两人说要在寺中四处看看，这也是原来香客常有的事。我师姐正抱着天罡在后殿廊下玩，还有几个师姐也在旁边叫着天罡，逗他笑。那女人一听孩子的笑声就发了疯，跑过来劈手把天罡夺去，死死抱在怀里，硬说是她的儿子，她此番来就是受菩萨指点，来寺里寻儿子的。大家上前抢，她就四处逃，大家怕伤着天罡，又不敢硬抢，跟她说好说歹这孩子不是她的儿子，她就是不听，还口口声声说尼姑庵里没男人，怎会养出孩子。说到这里，法音的脸也涨红了。

孙思邈也微感不安，自己久住寺中，又带着个孩子，此事传扬出去对慈恩寺的清誉有损。转念又想：遮莫是普六茹坚情知硬抢不成，派了两人假扮夫妻来混赖孩子？他心中冷笑：莫说是一对夫妻，就是来三千铁甲军也甭想从他手中抢走孩子。

他快步来到前殿，却见一个女人正抱着天罡，在佛像和众金刚塑像间躲着迷藏，脸上满是急迫哀恳之色。众尼把守四处，以防她抱着孩子逃出去，却也不敢上前硬抢。女人身边站着一个男人，护卫着那女人，神色间甚是踌躇不安。

铁帚大师见他到来，松了口气，大风大浪她经过无数，却没经过这个。以她的武功，本可以轻松把孩子抢回来，可那女人眼中神色却打动了她，令她不忍下手硬夺。

“道兄，这女人的孩子一月前夭折了，她思念成疾，见到天罡就发了疯，她也够可怜的，还是好好劝说她吧。”

孙思邈瞥了一眼那女人，已知她只是母亲护子之情，并未发疯成颠。他给人看病，望其眼睛气色便已知究竟，诊脉只是确认而已。他心里也松口气，若真是疯女人，还真麻烦，天知道一个疯女人会做出什么来。

他上前一步，笑道：“这位大嫂，你莫躲藏，小心伤着孩子。”

那女人正躲在一尊怒目金刚后面，伸出头来道：“这是我的儿，我怎会伤着他。我就算自己死了，也不会伤着我孩儿，你是什么人？是这些尼姑请你来抢孩子吗？”

铁帚大师忍不住叱道：“休得放肆，药王门孙真人在此。”

那女人吓了一跳，又缩回金刚后面。那男人却吃了一惊，迟疑道：“可是药王菩萨孙真人？”

孙思邈道：“在下孙思邈。”

那男人又上下打量孙思邈片刻，再不迟疑，抢上前跪倒叩头："弟子袁玑叩见孙真人。"

孙思邈拉他起来，那男人握着孙思邈的手，满脸仰慕崇敬之色，脸也激动得发红，嗫嚅道："弟子没想到……竟能……见到真人真身。"孙思邈苦笑道："我又不是仙佛菩萨，见到我有甚稀罕的。"

那女人又从金刚后露出头脸，问道："孙真人是哪个？"

那男人道："就是药王菩萨。"

那女人不听犹可，一听之下，不再躲藏了，从金刚后跑出来，跪在孙思邈面前，就叩头哭道："您就是菩萨，就是您指点弟子到这里的。谢谢您赐给弟子儿子，弟子回去一定给您建庙塑金身，弟子叩谢菩萨慈恩。"说着，头叩得砰砰响。

这一来又把孙思邈弄糊涂了，我指点她到这儿？我赐给她儿子？这都从何说起？他可从没见过这对夫妻。他转头看看那男人，那男人神色既似愧疚，又似为难，惶恐不安。

孙思邈且不理这两人，见天罡正在女人怀里望着他，亮晶晶的眼睛似乎在想什么。他张开手，唤道："天罡，到这儿来。"

平时无论谁抱着天罡玩儿，只消看到孙思邈，便会挣脱着叫着让他抱。孰料此时天罡只是看看他，竟似不认得的样儿，转头又扑进女人怀里，嘴脸直往怀里拱。

那女人喜道："我孩儿饿了，我儿要吃奶。"当下也不避讳，拉开胸襟，露出饱胀的乳房喂起奶来。天罡也咕咚咕咚大口吃着，吞咽有声。

孙思邈心中蓦然一阵酸楚，眼泪差点流出来。自己把他从死人堆里救出来，又冒着生命危险行逆天之举才把他的绝症治好，孰料只因一个有奶的妇人，这孩子就不认自己，这不是有奶就是娘吗？

袁玑在旁也羞得要不得，他近前一步，小声道："弟子可否借一步跟真人说几句话？"

"跟我来。"孙思邈也不想再看这既温馨又冷酷的场面，转身向外走。铁帚大师也跟了出来，还小声叮嘱弟子们继续做耐心细致的说服工作。

到了大殿外，那男人见左右无人，才又向孙思邈施礼道："真人明鉴，这事说来有些难以让人相信，可又确是一件奇事。"

"对了，你说你叫袁玑？"

“弟子正是。”

“听你的口音，应该是蜀中成都府人。”

“真人真神人也，弟子世居蜀中成都府。”

孙思邈暗道这有何神？他行医天下，对各地方口音自是一听便知。他又端详一阵袁玑清秀儒雅的面孔，忽然想到一人，问道：“蒲阳太守袁公讳嵩的……”

袁玑兴奋地道：“正是家父，真人认得家父？”

孙思邈道：“有过一面之缘，令尊可好？”

袁玑道：“家父致仕后在家赋闲，悠游林泉，倒也潇然自得。”

孙思邈“嗯”了一声。袁家是成都府世家望族，袁玑的祖父袁达曾是梁国显贵，官拜南阳将军，后来归入北魏。袁玑的父亲是西魏蒲阳太守，他在成都见过一面。虽是泛泛之交，对袁府情形略知一二。

他心中一直认定这夫妻二人是杨坚派来混赖孩子的。既然是袁嵩之子，这种可能性不大。袁家世代书香门第，子孙纵不肖，也绝不会甘为权贵做这种下三滥的勾当。

“你说有事要对我说，请讲。”

“是。是这样。”袁玑略为沉吟一下，“一月前，小儿染病亡化了，拙荆日夜思念，哭泣哀痛，弟子怕她悲伤过度，就带她出来四处游玩，冀以减轻思子之痛。十天前，弟子和拙荆在清水驿中留宿，拙荆忽然得了一梦，说是观音菩萨在梦中告诉她，儿子并没死，只是投胎投错了，是以收回，另赐她一子，现在终南山慈恩寺中，让我们夫妻前来认领。”

一旁的铁帚大师苦笑道：“哪里有菩萨送子这一说，却是民间附会的传说。尊夫人这是思念过深以致成疾，才得此梦。”

袁玑躬身道：“师太所言自是正理，然而此事也有甚奇之处。一是拙荆说在梦中菩萨先指引她来到这里，记住了路径标志，还看到了正在玩耍的孩子，并且告诉她，这就是另赐给她的儿子。弟子夫妻从来未来过这里，来时的路径拙荆一一能道出，无一差错。到了山脚下，又是拙荆领着弟子一路上山来，一下就找到这里。对沿途景物也能预先说出，果然不差。弟子原本不信托梦之说，只是为了安抚她，才陪同她前来。这一路上的奇事却令弟子也不得不深信不疑了。”

孙思邈和铁帚大师对视一眼，均感匪夷所思。梦到神佛的事又不稀奇，可是能在梦中夜行千里，且将从未来过的路径标志景物一一记住，这就未免荒诞不稽了。袁玑说时，两人都凝视他的眼睛，见他眼中清澈，并无一丝作伪之态，不像编说谎话的样儿。但这种事怎样也无法令人信服。

“到这里进香后，”袁玑继续说，“拙荆便拉着弟子，说是要到梦中见到孩子的地方找孩子。到了后面，果然就在梦中出现的地方找到了孩子。这里的师傅们还口口声声叫着‘天纲’，事情至此地步，就连弟子也深信是菩萨赐子无疑。真人您又法驾在此，您不就是药王菩萨吗？”

“难道令公子也起名天罡？”

袁玑从袖中摸出一枚玉牌，双手呈给孙思邈，说道：“这是小儿的记名牌。生下来三日，弟子给他起好名后，便找匠人刻在这枚祖传的玉牌上。”

孙思邈接过后，看到上面用细丝般的笔迹刻着：袁天纲。自是名讳。下面是生辰时刻。看到生辰时刻，孙思邈悚然汗出，真如青天白日里撞见了活鬼，且不说“天罡”与“天纲”只一字之差，这生辰时刻都是和天罡的一样，一刻不差，何况这“天罡”只是他从苏蕤口中听到，自己也不知究竟是“罡”还是“纲”。

他把玉牌递给铁帚大师，仰脸望天，难道冥冥中真有天意？这一切都是上天的安排？

孙思邈虽是达人，却深信仙佛鬼神之说，更相信在仙佛鬼神之上有天意存焉，默默掌控着世间万物。这“天意”才是天地之间真正的主宰，仙佛菩萨与之相比，不过若山岳江河之在大地。无论怎样雄伟浩荡，与天地相比，还是邈焉如一粟。只是仙佛鬼神尚有迹可寻，天意至高至邈，却又无处不在，只是难识其意，难觅其踪。

铁帚大师看后，也是默然不出一语，她对众菩萨化身千万散处人间，指点众人迷津、救拔世人苦难的神迹自是深信不疑。虽然观音菩萨由传法使者变成送子观音，民间附会的也太俗太滥，连她也羞于承认。但她转念一想，民间附会不正是民意诉求吗？焉知观音菩萨不会因苦难民众的呼声而兼份职呢？

此事初起时，她并未在意，两个香客敢在她的寺院里抢孩子，那不是老虎头上捉虱子吗？就是大内高手也没这胆子。她本可以轻而易举夺回孩子，但看到那女人抱着孩子四处躲藏的神态，眼中流露出的恐惧、惊惶、愤怒、拼命、哀恳的神色，正是一个母亲保护孩子不被别人抢走的表现，这一切令她一向铁硬如石的心肠软得跟面条一般。她虽没做过母亲，却也是母亲生养的。她自小多经患难，母亲每当危急时刻也总是紧紧抱着自己，这女人令她想起自己不幸而多难的母亲。是以她只是阻住路，不让她逃走，而留给孙思邈解决这个难题。

“你们从清水驿到这里走了几天？”孙思邈问道。

“整整十天。”袁玑答道。

“途中都在哪里歇宿？”

袁玑便说出每天晚上歇宿的驿馆客栈。孙思邈对这条路很熟，便若有意若无意地问他这些驿馆客栈中的人物以及沿途景物标志，袁玑面对孙思邈就如面对神仙，虽不明其意，还是一一答出。

孙思邈听后，便在心里排除了他们从长安来的可能，也就是说这绝非普六茹坚的安排。正忖思间，殿里又传来哭喊吵闹和孩子的哭叫声。孙思邈和铁帚大师一惊，返身冲进殿里。

原来他们出来后，众人轮番上前劝说那女人交回孩子，那女人只是紧抱孩子，抿紧嘴唇，对这些话充耳不闻。她铁定了心，除非夺去她的命，否则谁也甭想抢走她的孩子。

其他人还能耐住性子，遵照师命，只是和风细雨地劝说，不动硬的。法玉却忍不住了，孩子在寺中和她最为亲热，她又自认和孩子心心相通。她先是用眼睛唤，后又用两手招。孰料天罡吃饱奶水后，对那女人更为依恋，两手勾着她的脖子，小脸紧紧贴在她胸脯上，任谁召唤也是不理不睬。

法玉也跟孙思邈一样，感受到了无法容忍的背叛，不禁怒火中烧，上前劈手夺回孩子。那女人见这些人不再追自己，不再抢孩子，神经已然松弛下来，不防之下被法玉一把夺去。孩子甫离手，那女人就像被激怒的母虎般一头撞上来，正撞在法玉胸口上。法玉自小跟随铁帚大师，武功修为也颇可观，却被撞得倒仰出去，重重跌在地上。她怕跌着孩子，兀自两手高举着。

旁边人自然不能坐视自己人吃亏。法音和另一人从两边架住那女人，那女人拼命挣扎嘶声吼叫着，全然不像人所发出的声音。

孙思邈见状大惊，他是神医，一眼便看出，这女人的神经绷得比绷紧的弓弦还紧，若不把孩子还给她，她马上就会疯掉。他二话不说，把哭喊踢蹬的天罡抱过来，塞在那女人怀里，柔声道：“别怕，孩子在这儿，不会有人抢孩子的，不会的。”

那女人得了孩子，便不再挣扎嘶喊，只是坐在地上死命抱着孩子，用脸去抚慰他。袁玑跪在她身旁，也是满脸泪水，却什么话也说不出。

孙思邈挥手让大家都退出去，这女人的神经需要松弛下来，若再受刺激，真会把命丧了。他也要退出去，那女人却扑通一声跪倒，冲他大喊道："菩萨，是您指引弟子到此，是您赐给弟子儿子，为何又要把他抢走，菩萨说话也不算数吗？"

孙思邈怔怔站立，无言可对。情知此时对她说什么，她都不会信，反而会刺激她。

袁玑心中不忍，妻子丧子后痛不欲生，若非菩萨托梦，恐怕活不到今天。他对菩萨送子本来不信，只是为了安慰妻子才走这一遭。但一步步走来，无事不应验，他便也深信不疑。只是到了此处缘何有如此许多波澜，他就不理解了。他忽然想到在外面孙思邈盘问自己好久，当下急中生智，说道："菩萨这是在考验咱们。"

"考验？"

"是啊，菩萨怎会随随便便把儿子赐给咱们，当然要考验咱们的虔诚。"

他妻子似乎懂了。在民间传说中，佛菩萨为了考验人们信道是否虔诚，所用招数可是五花八门。

孙思邈却站不住脚了，望着相隔咫尺，伸手可夺回来的孩子，他心中百感交集，只说句："你们夫妻在这里住些日子。"转身便走出去。

袁玑妻不解道："菩萨让咱们住些日子，还是要考验咱们？"

袁玑只好答道："是的。"

袁玑妻点点头，只要没人抢走孩子，让她做什么她都愿意。尽管这孩子和她死去的儿子并不相像，但既然是另赐儿子，这点也能理解。她依然把他看成自己怀胎十月生下的骨肉。

孙思邈出来，铁帚大师和法音、法玉等人正在殿外等着。见他空手出来，脸色又不对，谁也没敢开口。孙思邈默然有顷，才开口道："弟子已擅自做主，留他们夫妻在此住些日子。"

铁帚大师点点头，便叫知客尼去安排客房，领袁玑夫妻去住。

孙思邈回到客房，铁帚大师和法玉也跟进来。法玉一进屋就忍不住开口道："真人，您何必把天罡交给那女人？孩子已经抢回来了，把他们赶出去便是，那一千两香火银子也还给他们。"

铁帚大师道："真人这样做自有道理，你个孩子家懂什么。"

孙思邈戚然道：“夺回孩子何难之有，只是这女人的命也就没了。岂不是死在咱们手上？”

法玉不服道：“这跟咱们有什么关系。她死了孩子，就一定要抢走咱们的孩子，否则就活不了，天底下哪有这样的道理？再说天下孩子多得是，她干吗千里迢迢地跑到这儿抢天罡？”说着，嘤嘤啜泣起来。

“她不是跑到这儿来抢天罡，是认为这是菩萨赐她的儿子，这才千里迢迢来这儿认领。”铁帚大师说着便把“菩萨托梦”这桩怪事说一遍。

“骗人，都是骗人的鬼话。我不信。”法玉大叫着。

“不管信不信，这女人是病人。”孙思邈开口了，“玉儿，我教你医道，医道第一条就是慈悲，要有佛祖舍身饲虎的精神，要有孝子割骨疗疾之心，遇到危重病人，就算是割自己的股肉去救他的命，也会毫不犹豫去做。”

法玉挥泪道：“天罡是孩子，不是药。她若需要我割股给她治病，我现在就去割股肉给她，只要她把天罡还回来。”说着便要向外走。

铁帚大师拦住她，气得发笑道：“这孩子越说越不像话，你急，真人就不急？真人比你还急哪，且听真人怎样说。”

孙思邈黯然道：“我也没甚法子，总之不能现在抢回孩子，眼睁睁看着那女人疯掉、丧命。她的病是心病，除非儿子复生，无药可医，也只能先让他们住些日子，看看再说。”

法玉道：“真人，天罡那孩子吃过她的一次奶，便连我都不认了，若天天和她在一起，吃多了她的奶，怕连您都不认了。”

孙思邈凄楚一笑：“不用以后，他现在都不认我了。这倒不打紧，关键是他在那女人怀里，他们三人在一起，倒真像一个圆满的家庭，天罡就像他们的孩子一样。”

铁帚大师叹道：“若非道兄说出这话，贫尼也不敢多嘴，现在说出来也请道兄莫见怪。依贫尼想来，既然他们认定天罡是菩萨赐给他们的亲生儿子，就由他们来抚养天罡更好，孩子总是需要父母的疼爱才能健康成长的。”

法玉瞪大双眼，看着师傅，全然说不出话来。孙思邈点点头：“弟子何尝没有此念，只是难以割舍。”

“你们在说什么呀？”法玉依旧瞪大眼睛，大哭道，“说什么也不能把天罡送给他们，那是个疯女人，天罡会被那疯女人害死的。”

孙思邈道：“那女人没疯，她只是错认天罡是她的亲生儿子，若被抢走才会疯。”

铁帚大师道：“此事向来真奇。天罡先是生来心脏残缺，道兄运神力治好他的绝症，但他毕竟又成了无父无母的孤儿，这事他小时候不会在意，大了时看到别人有父母，有美满的家庭，就会问，也就会知道。这种孤儿或弃儿的心理会跟随他这一生，这世上没有东西可以填补。别人对他再疼爱也弥补不上这种缺憾。而今天赐这样一个机会，让他能重新有父母，有完美的家庭，贫尼觉得此中似有天意存焉。”

“大师也认为这是天意？”孙思邈问道。

铁帚大师道：“千里之外，菩萨托梦，且在梦中指引那女人千里路径，此事已非荒诞或奇异可解释。别的地方不指引她，偏生指引她到本寺来，天底下哪有到尼姑寺里找孩子的事？天罡在这里，除本寺人外，外人一概不知，更不会传扬千里之外。道兄试想，有谁既知道天罡在这里，而能托梦千里之外的人？况且托梦之日又恰好是你治好天罡之后的第二天。”

孙思邈本是绝顶聪明之人，听出了铁帚大师话中微意，不禁毛骨悚然：“大师是指阿蕤？”

铁帚大师道：“除此别无解释。菩萨者，贫尼一向认为，贵门中人都是菩萨转世化身，死后要回归菩萨本位的。”

孙思邈眼中泛着泪花，喃喃道：“阿蕤，阿蕤，这一切真是你在天之意吗？”

法玉也傻了，师傅已经把问题上升到天的高度，又归结为苏蕤在天之灵的安排，哪还有她插嘴乱说的份儿。

此时院子里传来步履杂沓声，三人从半开的窗子望出去，知客尼在前引领着袁玑夫妻，后面还有两名寺中弟子，是防止这夫妻二人抱着孩子逃走。

夫妻二人抱着孩子，沐浴在绚丽如金的夕阳中。天罡在袁玑妻的怀中张舞着白胖的小手，咿呀咿呀地叫着，一幅活生生的天伦图。

看着这幅图画，都是百感交集。法玉掩面痛哭，泪水从指缝间汩汩流出。三人都感到像做了一个噩梦，不过一下午的工夫，孩子就变成了人家的。

孙思邈心中更是不甘，此事若真出于苏蕤之意，他当然只有服从，割舍这段难以割舍之情，但焉能确定这是苏蕤在天之意呢？

菩萨托梦，梦中夜行千里，醒后还能记住梦中所经历的地方景物。这事虽然奇，也并非绝无仅有。常听说有人梦中灵魂出窍，飘行千里之外，醒后也不知去了何处。多年后偶然至一处，才发现就是自己多年前梦中所至的地方，风物景致皆与梦中相符，毫厘不爽。

孙思邈入定功夫未深时，也曾感到自己飘身远处，到过许多奇异的地方，后来虽未曾真的到过，但天下之大，又岂是一人行履所能遍及。功力渐深时，身子不再飘了，眼前却会出现许多奇异景象。他师傅告诉他：这都是入定时的幻象，只能坚忍不动，置之不理。一旦好奇入迷，便有走火入魔之虞。他记住了，对这些只视作翳眼空花。等到功力深厚时，这些果然都消失不见了。

对袁玑妻的“托梦”奇事，孙思邈也怀疑是她思子过切，凝想成痴，梦中灵魂出窍，偶然来到这里。这里也有说不通的地方，一是缘何有菩萨指引？二是缘何不至别处，径至此慈恩寺？三是梦中乃是深夜，缘何能见到白天的事？况且孙思邈记得，众尼抱着天罡到后殿玩儿是这几天才有的事，天罡的病刚好那几日，都是法玉、法音抱着他在院子里玩，缘何梦中能见多日之后的事？

这些不可能的事或许只有归结为苏蕤在天之灵的意旨才能说得通。但孙思邈觉得仅凭这些还不够，还需要更多的佐证，否则他绝不甘心把孩子交出去。

第十二章

第二天上午，孙思邈到袁玑夫妻住的客房里给袁玑妻诊脉。天罡刚洗过澡，只穿着红红的兜肚仰躺在床上，踢蹬着小脚玩儿。袁玑摇着拨浪鼓逗他，袁玑妻则在包裹里给孩子挑选衣裳。她认定这次来是要领回儿子的，衣物用品带了一堆，足够几年用的。

听到知客尼敲门告诉他们“孙真人”来到时，袁玑忙扔下拨浪鼓，跳下床，光着脚开门迎接。袁玑妻则忙乱地给孩子套上衣裳，下床来迎。

双方见礼毕，袁玑亲手端上茶来，请孙思邈坐。孙思邈让袁玑妻坐在对面，手放在桌上，给她号脉。号脉时便问起她菩萨托梦的事。

袁玑妻心想：这是菩萨在考验我。是怕我是假冒的还是怕我不够虔诚？这点她想不明白。也不多想，她便把梦中的事细说一遍。

她说的大体上与袁玑所说一致，只是更详尽，许多地方还绘声绘色，足足讲了半个时辰。

孙思邈搭着她的脉门，细查她心理的波动。他诊脉不单能查出一个人周身内外的病患，更能查知一个人的心地品质，相面、卜筮、星命、八字他也都精通，却远不及诊脉精准。

不管她的梦如何匪夷所思，她的话都是句句真实。一个人若在他诊脉下犹能把假话说的比真话还真，这个人就不是人了，只能是神，连妖精鬼怪都没这本事。

孙思邈放下了心，这夫妻二人都深信孩子就是自己亲生的，只是初时投错了胎，由菩萨收回另赐一子。他们就会待天罡跟亲生儿子一样，甚至因得之艰难，比一般的亲生儿子会更亲。袁玑妻身体底子很壮实，只因先前丧子之痛，失于调养，有些病症，若拖延下去自然了不得，现今着手治却很容易。他开了个方子，写明服药方法及忌讳，交给袁玑。并告诉他，方子交给知客尼就行，方子上的药寺中都有。

三天后，袁玑夫妻抱着孩子离开下山，返回成都。孙思邈在他们启程后一个时辰也动身上路，他尾随在这三人后面，唯恐路上有甚闪失。这些年兵荒马乱，盗贼抢匪处处皆有，大周国号称国泰民安，也不过是粉饰太平的空话。

一路上，他或尾随或前行，袁玑一家三人总在他眼界内。他掩饰行藏的功夫也很高明，袁玑夫妻又忙着照顾孩子，根本没发现他。

一月后，他亲眼看到袁玑夫妻抱着天罡进了袁府大门，才松了口气。他晚上又穿着夜行衣潜入袁府，看到袁玑夫妻还像在慈恩寺中那样抚爱孩子，房中又多了几个丫鬟婆子，这才完全放了心。第二天便返回终南山慈恩寺。

袁玑的父亲袁嵩看到儿子、儿媳和孙子的归来，高兴得一夜没合眼，他已经担了二十多天的心。

孙子降生将近两月，他还未见到一面。按行期，二十多天前就该到家了，谁知迟了二十多天。袁玑告诉父亲，孩子途中得了重病，他们夫妻在庙中为孩子祈愿，抽得一签说需赴终南山药王庙进香，孩子的病才得好。两人便带着孩子远赴终南山，在药王庙中进香后孩子的病果真好了，是以晚了二十多天。

“嗯，药王菩萨是最灵验的。”袁嵩捋着胸前黑白相杂的胡须，呵呵笑着，方始释然。

其实那时候终南山并没有药王庙，各地虽有些药王庙，是祭祀神农的。终南山有药王庙还是后来的事，是为祭祀孙思邈的。后来药王庙遍地开花，几与菩萨庙相埒，也都是孙思邈身后的事，里面的药王菩萨塑的就是孙思邈的真身。

近几十年，药王门在蜀中影响最广，成都府左近已有两座药王庙，当然这是祭祀神农炎帝的。父子两人想当然地认为，各地应该也像蜀中一样，终南山乃寺庙道观的集中地，焉能没有药王庙一席之地？一个无心扯谎，另一个信得笃实。

袁玑夫妻对孙思邈的话奉若佛旨纶音，孙思邈告诫他们不许把菩萨赐子的事外泄一人，他们就连老父也瞒过，更不用说其他人，唯恐有甚“天谴”应在孩子身上。

袁嵩看孙子生得方颐广额，浓眉秀目，鼻梁高挺，颇有凤目隆准之表，益发喜之不禁。心中也微感纳罕：这孩子生得像谁哪？

一月后，袁府大摆筵席，遍请姻亲故旧，为孙子作百日宴。自此，周围几十里的人都知道了，袁府得了长房长孙，起名袁天纲。

袁嵩不过五十多岁，却做了二十多年的蒲阳太守。他年轻时便宦情淡薄，本不求闻达于世，朝廷偏因他的家世，任命他为太守，他无心做官，却也不敢推辞，因他父亲是从梁国归属本朝的，怕朝廷怀疑他心怀异志，便老老实实做官。他这官做的跟隐士一般，二十多年毫无政绩官声，地方倒也平安。他常自嘲有汲黯卧治之能。致仕后，他更是世情也看淡了，整日优游林泉，家务事都懒得打理。自得孙子后，更是大享含饴弄孙之福，似乎人间唯有此乐。

袁玑和弟弟袁守诚也大有父风。袁玑出于和父亲同样的理由，任一小小司仓。这只是文官最低品阶，唐朝以后便是不入流的官了。这司仓是个闲职，并无税赋要收，更无仓库可管理。父亲不管家务，他只好一手打理。他为人专一，恬淡冲虚，不激诡、不矫俗，颇符老子和光同尘之旨。是以亲旧称好人，邻里称善人。

袁守诚没有父亲、哥哥的负担，索性赤条条来去无牵挂，去青城山三羊宫做了道士。袁嵩、袁玑也不禁他。他作道士，学的是斋醮祈禳这一路，对星相卜筮、奇门八卦这些杂学也是贪多务得。

得到哥嫂抱着新生的侄儿回来的消息，他骑快马从青城山回来，看到侄子的面相、骨相，他是左相右相，相了足有一个多时辰，相得袁玑夫妻心里直发毛，最后他直瞪着双眼看着兄嫂说：“你们两个怎生得出这样的孩子？”

袁玑心里发毛，仰怒道：“守诚，你这话是什么意思？”

袁守诚忙道：“哥，你别发火，是我口不择言。我这侄儿面相骨相太稀罕了。我据相书上说的来断，将来必是神仙一流的人物。”

袁玑斥道：“胡说八道，神仙也能相得出来？”袁守诚辩道：“我也不知相得出相不出，相书上是这样写的，你不信我找出来给你看。”袁玑不屑道：

“相书大概也是你这种人胡编乱造的，你拿给我看我也不信。”

袁玑妻打圆场道：“这有什么好吵的。仙佛神仙也是父母生养的，他们的父母都不是仙佛菩萨，怎见得我们这般俗品就生养不出神仙一流的人物。”

她心下也颇诧异，一向以为袁守诚在三羊宫跟着道士胡混，还真学到些本事，儿子是菩萨赐的，将来当然差不了。

袁守诚笑道：“嫂子能说出这种话，就一点都不俗了。”

袁玑夫妻在房中设一神龛，供奉着药王菩萨塑像。这药王菩萨却不是神农炎帝，而是孙思邈。夫妻两人很是虔诚，早晚一炷香，叩拜祈愿，愿他保佑儿子一生平平安安。多亏孙思邈没有感应，否则日日都要心惊肉跳了。

袁天纲五岁起，母亲便领他一起叩拜神像。一天，袁天纲拜后，看着神像若有所思，忽然拍手道：“娘，这人我认识。”

“你认识？”他娘吓了一跳。“我儿怎会认识？”袁天纲想想说：“好像以前见过，在我很小的时候。”袁玑夫妻相视骇然。那时他不到两个月大，怎会懂事而且记事？

袁玑笑道：“乖儿，那你再想想，还记得什么？”

袁天纲皱眉想想，惘然道：“没了，什么都没有，就是觉得这人好面熟。”

袁玑妻握着他的手道：“儿啊，这是神，不是人。你不可能熟识的。你是把他和你二叔宫中的神像弄混了，出去不要乱说，神会怪责的。去玩儿吧。”

去年，袁天纲刚满四岁，袁守诚就把他带到三羊宫去玩了一天，让他瞻拜神像，沾点仙气。袁天纲很喜欢那些神祇，并不畏惮，也不老实瞻拜，在神像上攀上爬下地玩，弄得袁守诚紧张兮兮了一天，唯恐神祇责怪。三羊宫老道长告诉他，孩童天真无邪，神佛只会喜欢，不会怪责的，他方始释然。自此，每隔一两个月，袁天纲就会缠着叔叔去三羊宫玩一天。

袁天纲明知自己没弄混，但见爹娘神色都很郑重，便点头答应，自己出去玩了。自此，袁玑夫妻便不让儿子一起参拜了。

这几年里，袁玑妻又怀了两胎，都是生下后未满月即夭折，因有天纲在身边，夫妻两人也没过度伤心。袁玑妻认为是自己前生罪孽殃及腹中婴儿，也认命了，便劝袁玑纳妾。袁玑伉俪情深，坚决不肯纳妾，说是有子便不算无后，何必多子。况且还有弟弟袁守诚。夫妻两人每次见到袁守诚，都劝他赶快娶妻生子。

袁守诚不是出家做了道士吗？怎能娶妻生子？要知那时道家方规尚未完

备，戒律更没有后日那样谨严甚至苛刻烦琐，出家还俗只是一道门槛，想出家便披上道袍作道士，想还俗脱下道袍即还俗，真个来去自由。道士中谨守三清，不沾人间红尘的固然有，娶妻生子、混同世俗的则更多。富有的道士娶妻纳妾，子女成群，风流女道士有相好、情人，都不稀罕，也无人认为不对。此风一直延及隋唐，唐朝公主多喜出家作道士，也是习风流染所致。

袁守诚是斋醮派，本就不限娶妻生子，他只是向道心切，勤于法事，不愿俗事牵缠，兄嫂催得紧了，他便躲在三羊宫，几月才回来一次。

袁嵩对此倒是淡然，他不信神佛，却信命，认为万事皆命中注定。命中多子，自然会多子。命中无子，强求亦无用。儒家传统是多子多福，可几十年来，有多少“多子多福”的世家大族被一天间斩杀净尽，这种人间惨剧他见得太多了。身当乱世，多子未必多福，全身避害才是福。

袁天纲六岁这年，袁嵩接到京中朋友寄来的急信，他阅后便叹道：“天下怕是要多事了。”

一旁侍立的袁玑忙问是何事。袁嵩便把信给他看，信中只写了一件事：皇上斩杀了冢宰晋国公宇文护，并把宇文护党羽一网打尽。皇上宣布亲政。

他不解道：“皇上诛除权臣，亲执国柄，这不是好事吗？”

袁嵩道：“好事固然是好事，晋国公人虽平庸，却也自知平庸，多年来与邻国相安无事，百姓蒙其福。皇上英武，却也一定自负其英武，不甘局促一隅。亲政后第一件事就是要整军备武，讨伐邻国了。即使胜了，也不知要死多少人，倘若兵事不利，敌国入侵，我等又要遭受战乱之苦了。”

三天后，诏书便贴满大街小巷，诏书煌煌，宣布宇文护及其党羽的罪行及对个人的惩处判决。

皇上宇文邕从杨坚挫败宇文护奸谋这事中得到莫大启迪，也看到莫大希望。但他依然耐着性子坚忍不动，还像以前一样与宇文护虚与委蛇。暗中，他命杨坚要像拉拢于谨、尉迟迥那样把宫中禁军也拉过去，并警告他办事要慎之又慎，密之又密，稍有风声走漏，或让宇文护起了疑心，君臣二人同遭杀身之祸。

皇上和杨坚之间的传声筒便是独孤氏，她常进宫看女儿，皇太后也常召她进宫陪着喝酒，出入虽频，宇文护并未生疑。

杨坚知道此事棘手之至，禁军系统中宇文护的党羽还是很多的，想在兔子窝里薅草还要不惊动兔子，实在是太难了。

他只好耐心地在禁军系统中拉关系，联络感情，却又不敢太着形迹，更不敢露出皇上想要反攻的意思。他知道自己是在刀尖上行走，每迈出一步都要想上许久，揣摩人心，权衡利弊，就像一只爬爬停停的乌龟。

时光在荏苒流逝，他的进展却不大，拉过来的都是禁军中无关紧要的人物，即便这些人，也意尚游移，关键时刻未必会坚决站在他这一边，而是要看风向而定。

五年过去了，皇上耐不住了，托独孤氏传来的话越来越激愤、慷慨、悲哀，说他这边实在指望不上，皇上自己就要在宫中铤而走险、冒死一搏了。

他急忙传话给皇上，请皇上务必再坚忍几日，他一定会想出办法。话传过去了，办法还是一点没有。他只好壮着胆子，移樽求教于唐国公李昞。两人在杨坚府中的密室中饮酒商谈，杨坚对他讲了皇上的话，又说了自己这些年所做的拉拢工作，向他请教该当怎样做。

李昞听了心里直发笑，皇上和杨坚简直是昏了头，依这法子一万年也不会有结果，还不如乖乖地等待宇文护死掉，权柄自然会回来。

他没把心中所想说出来，那样太伤杨坚敏感而又脆弱的自尊心了，对皇上的“天纵睿智”也有不敬之嫌。

他故作沉吟许久，然后正色道：“老兄，依我的意思，你这路子还是太绕远了。你想从外围一点点瓦解冢宰公的势力，最后孤立他，做掉他。着眼点很高，办法也是正招，就是时间会耗太久，只怕皇上等不及。”

杨坚抚掌叹道：“问题就在这儿上了，皇上性子太急了些。”

李昞暗笑道：把你关在宫中二十几年，看你急不急？皇上已是天底下第一能忍、第一慢性子的人。嘴上却说：“皇上既然是这意思，咱们只有按皇上的意思办，你来问我，莫非是想听听我那些野狐禅的招法？”

杨坚也是急了，道：“只要有法子，能成功就行，管他大乘小乘正法邪法的，要是诅咒能咒死他，我找一百个咒师天天咒他。”

两人都笑了，其时“诅咒”这门邪术还是很有势力的。秦法禁“腹诽”，其实就是禁诅咒。后人怨秦朝法律苛暴，自然不错，但在禁“腹诽”这点上却错了，因为历代都禁“腹诽”，只是把“腹诽”改成诅咒，就为后人所理解，显得既不苛也不暴了。一直到唐朝，朝廷犹设“咒禁”科，究竟是诅咒敌国君臣抑或是破解臣子的“腹诽”？不得而知。

两人笑了一会，又喝了几杯酒，李昞正色道：“老兄，你若想听我的法子，我跟你说，我的法子和皇上一样，在宫中动手。”

杨坚怔道：“你是说让皇上和冢宰公单挑？皇上哪儿是他的对手，宫里都是他的人呀。”

李昞道：“当然不是让皇上一个人和他拼命，我是说皇上要夺回权柄，只有杀掉冢宰公。要杀掉冢宰公只有在宫中，正因为宫中都是他的人，他在宫中跟在他自己家中一样，全无戒备，这才有可能一击得手。”

杨坚听得云山雾罩，凝眸看着李昞，怀疑他是不是喝多了。

李昞笑道：“你别瞪着眼睛看我，我没喝多，也不是说胡话。你试想想，皇上要亲政，是不是必须除掉冢宰公，要除掉他是不是只有在宫中？”

杨坚点头道：“你说的全对，可在宫中杀他根本是不可能的。”

李昞道：“没什么不可能的。后汉梁冀岂非比冢宰公还要跋扈，桓帝虽是昏君，除掉梁冀这法子还是很高明的。”

杨坚叹道：“梁冀虽然跋扈，桓帝虽然昏庸，宫中还有一批赤心保皇的宦官，桓帝也是依靠他们除掉了梁冀。而今宫中宦官哪个不是冢宰公的心腹？又能依靠哪个？”

李昞哂笑道：“你是这样看宫中宦官的，宫中宦官岂不也是这样看我们？我们这些柱国、大将军个个手握重兵，尚且甘心俯首于强权之下，有甚资格嘲笑手无寸铁的宦官？”

杨坚正喝进一杯酒，听到这话，险些被一口酒噎死，好容易咽下去后，直感从胃肠到喉管都是火辣辣的，直羞愧得低下头去。

李昞继续道：“怕的是皇上意念不坚，只要皇上坚定此念，先放着我们这些人，除掉冢宰公易如反掌。”

杨坚大喜道：“你有什么高见，快说出来。”

李昞道：“我有什么高见，还是你和皇上商定的那套办法，杀冢宰，夺兵权。”

杨坚不悦道：“你别卖关子了，我那套不是行不通吗？皇上若自己在宫中动手更无胜算，你快把你的办法说出来，别含含混混的。”

李昞把他的胃口吊足了，这才笑道：“是你见事不明，还怪我含含混混的，冢宰公手中有什么？一是皇上这张王牌，二是六万禁军的军权。皇上已经要除掉他，这张王牌没了，我们要做的就是夺取禁军的军权，你那法子没用，坚冰用雪水泡，固然可融化，却太慢。不如直接拿到烈日下晒。”

“烈日下晒？”

“烈日是什么？是皇上，是皇上明确的旨意。要办成此事需要皇上一道诏书。”

“衣带诏？”杨坚不由得想到汉献帝，“这事恐怕难办，皇上不能有一丝把柄落在那人手上，否则性命危矣。”

“未必要明文诏书，皇上的一件信物也成，总之能让人信服，知道我们要办的事委实是皇上自己的意思，而不是我们假传圣旨。”

“你究竟要办什么事？怎样办？就算有了皇上的诏书用在什么地方？怎样用？”杨坚连发几问，他是越听越糊涂。

李昞微微一笑，这才把他的计划和盘托出。杨坚听后大感震惊，仔细推敲李昞的方案，又觉得可行，说道：“这法子好是好，只是冒险了些。”

李昞冷笑道：“你若一点险都不想冒，那就乖乖地坐着什么也别做，等着那人寿终正寝。”

杨坚把这个计划让独孤氏记住，然后入宫对女儿说，女儿又告诉太子，太子又转告皇上。宇文邕其实是有杀伐决断的人，把李昞的计划推敲一过便决定照此施行。

这天风和日丽，李昞邀请于谨、侯莫陈崇、李弼这三大开国柱国和尉迟迥、韦孝宽、小宫伯等十几位将领到郊外别业打猎。

自赵贵、独孤信两柱国被宇文护以霹雳手段诛除，其余四柱国也生了戒心，互相之间联系密切，虽无盟约誓文，却都存有共生共存、同荣同辱之心，绝不能再让人给逐个摘除了。是以这四家除各种婚丧嫁娶的场合，也时常轮流请客打猎，四家聚在一处，加深情谊，互通声气，宇文护始终没能掌握兵权，就因这四家已是铁板一块，无隙可乘。

李昞邀请这些人到别业打猎，因是四家联谊的寻常事，并无一人疑心有异，这四家每次请客打猎，都相应请些将领同乐，每次请的人并不固定，被请的人能跻身这种场合，都感到与有荣焉。尉迟迥因是功臣名将，被请的次数最多，小宫伯则因是宇文护的左膀右臂，又身负宫内警备要职，很少被邀请。他接到李昞的邀请，也很想和这些军主攀攀交情，特意向宇文护告假。宇文护也很高兴，倘能借此与四柱国建立起联络感情的通道，对他大有好处，便准了小宫伯的假。

大清早，四大柱国便各率亲兵卫队在城门集合，然后浩浩荡荡出城而去。尉迟迥等十几位将领各随军主鞍前马后，神情甚是踊跃。李昞的别业距城五十里，两个时辰后便到了。众人先简单用了餐，歇息一阵，便精神抖擞地骑马弯弓来到猎苑。

猎苑是一整座山，四周用高高的栅栏围住，既防外人擅自进入樵牧打猎，也防林中野兽逃逸。林中畜养许多飞禽走兽，打猎时便有仆人圉夫到林中驱赶至山下的空地中，供主人们猎杀。

李昞一声令下，仆人圉夫们便由山脚向内驱赶，霎时间只见兔走鹰飞，狼奔豕突，在空地上的人只有李昞等四大军主和十几位将领打猎，亲兵卫队都在外围，把逃出来的野兽驱赶至核心。最先逃出来的走兽尚未弄清状况，便被雕翎箭射倒在地，其后逃出的野兽越来越多，场面壮观起来，也血腥残酷起来。

每人左右都有十几条猎犬，这些猎犬驯养有术，主人射出箭后，便都目不转睛地盯着，一旦主人的箭矢射中猎物，便如离弦之箭般射出，咬住受伤的猎物，将猎物咬死后便向主人狺狺狂吠，既似请功又似报喜，若是小的猎物便会叼至主人马前。

这场血腥的杀戮一直持续傍晚，众人才恋恋不舍地收兵，回到房子里，准备明日再杀一围。仆夫们把猎物剥皮开膛，便在院子里架起一处处篝火，把猎物整只架在火上烧烤，猎物的下水则抛给猎犬吃，这是它们应得的奖赏。四大军主和十几位将领各自坐在桌案前，仆人们把烤好的野味用银盘托上来，他们便用解手刀切割着，蘸着另一只盘子里的调料吃着，喝着桌上一只银杯里的美酒。

鲜卑贵族在中原建立政权已近二百年，饮食依然保留游牧民族饮酒食酪的习俗，最崇尚的美味就是烤肉，新鲜的似乎犹带血液热气的野味烤熟后愈加鲜美，烤肉的仆人们都是个中高手，选料极精，火候的老嫩也是恰到好处，盘中的调料更是各家秘不外传的配方，人人大快朵颐。

各人的亲兵卫队就无此待遇了，他们自己架火，自己烤肉，好在野味美酒充足，他们自己烤食，倒也自得其乐。

这场晚宴一直吃喝了一个多时辰，最后人人摩着膨胀的肚皮打着饱嗝，食欲并未满足，只是肚子里实在没地方装这些美味了。酒酣肉饱，每人都感到懒洋洋的。恰在此时，杨坚忽然幽灵般出现在十几张桌案之前，没人看到他进来，也没人看到他走过来，就像忽然从地下钻出来似的。

尉迟迥眼尖，先看到他，睁着蒙眬醉眼道："普六茹坚，你怎地才来，好东西都被我们吃光了，你只好吃点头脚下水了。"说完，狂野地笑起来。

此刻大家才看到站在面前的杨坚，也都纷纷说笑着。杨坚却没笑，而是团团一揖，按剑道："给几位前辈请安了。"

于谨擦拭着花白胡子上的油垢，笑道："请的哪门子安，你这浑小子鼻子真灵，从城里就闻到我们的酒肉味儿了，可是瞒着老婆偷偷跑出来的？真是可怜人哪。"

只有小宫伯见杨坚一身戎装，有些诧异。一侧头时看到身后站着两个亲兵，也是戎装结束，面相凶恶。登时出了身冷汗。再仔细看时，每人身边都多了两个按剑而立的亲兵，他认得正是杨坚的手下。只是光线既暗，大家的眼光都盯在杨坚身上，醉眼蒙眬之下其他人竟没注意到。他刚想起身，肩膀却被重重按住，后背已顶上尖细的、冷森森的刀尖，耳边是一人压低的声音："大人少安毋躁。"他明白：自己和这些元老大将被杨坚劫持了。明白过后也不怎样惧怕，先放着各家亲兵卫队足有五千人，杨坚能调动多少人？他心中纳闷的是：杨坚劫持这些人要做什么？这个怕老婆的窝囊废哪儿来的这勇气？

杨坚待众人说笑过，才按剑朗声道："皇上有旨，请各位接旨。"

"皇上有旨？"众人颇感诧异。这时候冢宰公能有何事？大家早已习惯，一听到皇上有旨，就是宇文护借皇上这枚橡皮图章发布自己的命令，"圣旨"因之也失去了庄严神圣的意义。

"冢宰公又有什么事？"于谨不耐烦地说。

李昞也故作糊涂状："整天这个旨那个旨的，打个猎也不让人家尽兴。"

小宫伯见大家犹在醉乡，心中又急又怒，冷笑道："普六茹坚，皇上旨意是谁发出？你从何处得来？是谁派你到这里宣旨？"

他知道宇文护这两天身体不舒服，已说好今日不进宫中办理政务，也就不会有圣旨传出。即便有旨，也是由宫中侍卫陪同宦官前来，绝无杨坚出城宣旨的可能。

杨坚冷笑道："皇上的旨意当然是由皇上亲手发出，由他人手中发出的是伪诏，本将奉皇上旨意，前来宣旨。皇上有旨：奉诏者赏，敢违诏抗诏者斩！"

他这番充满杀气的话说出，众人才意识到问题的严重性，交头接耳之际也都发现身后多了两名执剑的刽子手。

于谨大怒，拍案道：“普六茹坚，你要造反吗？”

杨坚躬身道：“前辈息怒，末将是奉皇上旨意行事，若说末将造反，就是说皇上造反了？”

于谨老脸一红，当年宇文护废杀二帝，用的就是“造反”的罪名，不仅通国耻笑，外国人也笑掉下巴，好在齐国高齐皇室未篡位前也做过这类勾当，倒是半斤八两。于谨沉声道：“好吧，拿皇上旨意来，若不是皇上旨意，老夫我亲手把你开膛破肚，架在火上烤了。”

杨坚从袖中取出一个卷轴，说道：“是皇上密旨，请各位传阅，本将不宣读了。”

于谨打开卷轴，上面写着：众卿协力诛杀权奸宇文护，助朕反政。奉诏讨贼者重赏，抗旨违旨者立斩！下面是画敕及御印。

皇上喜调文墨，常常赐字给众臣，大家对皇上御笔自然熟悉，看得出是皇上亲笔，笔锋间更是杀气毕露。

于谨看后沉吟不语，传给侯莫陈崇，侯莫陈崇看后传给李弼，李弼看后传给李昞，李昞则传给尉迟迥这些将领看。

大家看后都是不发一语，这事太突兀了。皇上与宇文护一直相处甚得，忽然传下一纸诏书命他们诛杀宇文护，皇上有此意并不稀奇，问题是如何诛杀宇文护？他手上可是有六万禁军。众人家属都在城中，在宇文护掌握中。于是将领们看着军主，四大军主则面面相觑，似乎这是道无解的难题。

这也难怪众人不够忠心，皇上深处宫中，形同软禁，这道圣旨还不知怎样传出的，皇上又有什么办法一夜间击败宇文护？军权是在四大军主手上，深夜里又去哪里调兵？更何况他们远在城外，夜里连城里都回不去，又何谈诛杀权奸？

这都是表面原因，其实在四大军主心里，皇室纷争与他们无关，只要不动他们手中的军权，所立天子又是宇文泰子孙，他们便乐得旁观。这也是他们和宇文护心知肚明的界限。

李昞之所以帮皇上筹谋划策，不在于宇文护之跋扈专权，而是因为宇文护杀了他的岳丈，让他感到受了奇耻大辱。

他见众人沉吟不决，便向杨坚使个眼色，杨坚会意，拔出佩剑，满脸悲壮之色：“权臣窃国，君父幽囚，正我辈臣子泣血搏命之时，尔等沉吟不决，首鼠两端，宁不愧对古来忠臣烈士？今日之事决矣，奉诏讨贼者赏，抗诏违诏者诛。”说着利刃一挥，把李昞面前的桌案一劈两半。

李昞的亲兵一拥而上，把杨坚和他的亲兵围住，同时也就在众人和他们的亲兵卫队间竖起一道人墙。这些人的亲兵相距既远，尚不明白这里发生的事，又未得主将召唤，只能眼巴巴看着。

李弼心眼较实，还以为这连襟两人真要火拼起来，忙摆手道：“且莫动手，有话慢慢说。”

杨坚道：“没什么好说的，皇上既发诏旨，诸位若不奉诏，皇上有死而已，君辱臣死，本将也不想活了，愿与诸位毙命于此。”

李昞知道火候到了，他得先表个态打破这层坚冰，便起身对着杨坚手中的圣旨拱手道：“臣李昞遵旨。”

其他人冷眼旁观，已看出这两人是在演双簧，这哪儿是请客打猎，分明是精心设计好的鸿门宴。人人转念又想，助皇上杀宇文护也没甚不好的，毕竟皇上是正主子，不趁此时助皇上反政，建社稷之功，更待何时？

于谨起身拱手道：“老臣于谨遵旨。”侯莫陈崇和李弼也相继站起来表示遵旨。四大军主态度明了，十几位将领自然毫无异议，只是到了小宫伯时，他略有迟疑，事情发生至此亦不过盏茶工夫，他心中之交战极为剧烈。宇文护待他恩厚，他不忍负之，但四大军主已站在皇上一边，宇文护的下场就已注定了。自己是跟随众人助皇上，还是想法逃出去回城报信，凭借禁军之力与这些人拼死一搏？他心中更为顾虑的是，宇文护废杀二帝，他都有份儿，皇上反政后能否饶过他？

于谨见他满头满脸的大汗，嘴唇紧闭，就是不说话，诧异道：“小子，我老人家都奉旨了，你还有甚想的？”

小宫伯道：“世叔，小侄获罪于天，咎大难赎。”于谨不屑道：“放屁，你是跟着那小子做了不少事，那又怎样？那坏小子可是拿圣旨压我们，谁敢抗旨不从？这事你莫多想，皇上日后怪你，我等以身家性命保你，就像上次保普六茹坚这小子一样。”

杨坚笑道：“仁兄过虑了，皇上说了，他亲政后，你还是小宫伯。”

小宫伯大喜道：“当真？”

杨坚道：“有甚不真？别的话我敢乱说，皇上的话我敢伪造？那不是假传圣旨吗？”

小宫伯再不犹豫，起身拱手道：“臣遵旨。愿为皇上效死命。”

杨坚和李昞对视一眼，会意一笑，计划初步告成，加下来的事应该是水到渠成了。杨坚心中后悔不迭，早知此事如此容易，缘何等了这么多年？

所有人原路返回，仅用半个时辰即已驰至城门。小宫伯向城上喊话，说是奉皇上急召要返回城中。

小宫伯是为数不多的可以夜间出入城门的人之一。城上的人就着城下的火把光看清了小宫伯的相貌，却还是放下根绳子，把小宫伯的关防印信吊上去，验察无误方始打开城门。

这一行人进入后，立即把城门的士卒制服，驱赶进城楼里，换上自己的人把守城门。李昞的计划中并无控制城门这一步，于谨、侯莫陈崇这些老将持重，把各种可能都想到了，最坏的可能就是政变失利，宫禁未能控制住。就要打通一条从宫中直达城外的通道，保护皇上和各府家属出城。

李昞对这一步不屑一顾，这些老将还是过高估算了宇文护的能力。在他看来，固然有忠于宇文护的，这类人很少，大多数人还是受他的威权胁迫，只要想办法击杀宇文护。再发布宽大之诏，所有人都会马上效忠皇上。但老将们既如此主张，他也不好出言反对。

一行人没有各自回家，而是来到小宫伯的府上，在这里建立起指挥部。小宫伯明白，这是众人还不放心他，要把他全家扣作人质。他若怀有异心，全府上下就甭想有一人活命。

小宫伯府中存有禁军制服，杨坚和自己的亲兵及从各人亲兵中挑选出的人，换上禁军服装，随小宫伯入宫。于谨等人则在府中调兵遣将，埋伏各处，等待命令，夺取各大城门、控制主要路口街道。

小宫伯领着杨坚一行人进入宫中，他是从浣衣局的角门进入的，走的是一条偏僻的路线。随行随安排人把道路控制起来，作为皇上寝宫向外的一条安全通道。他不敢控制正常进入皇宫直达寝宫的那条路，宇文护生性多疑，一旦发现守卫中有生面孔，就会意识到宫中有变。

到了寝宫外，小宫伯和杨坚立即把寝宫外的警卫和宦官制服，然后两人入内见皇上。

宇文邕焦虑万分，自把诏书传出，他就明白自己的脖子已经伸到锋利的刀刃下，那些将领不奉诏的可能性不大，但贪图荣利的人哪里都有，走漏风声的可能性很大，一旦风声走漏，众将都有自保之能，只有他会顷刻间人头落地。但他二十年练就的涵养功夫比杨坚犹胜一筹，面上如无其事，照旧秉烛读书。

见到小宫伯和杨坚戎装进入，他心里才笃定下来，不管成败，至少性命有了保障，他起身微笑道：“两位辛苦。”

小宫伯投身皇上脚下，痛哭请罪，皇上仰天叹道：“这又焉能怪你，朕两位兄长的血仇至今未报，朕也是有罪之人。今夜，朕与卿等共雪此辱，共赎己罪。”小宫伯心中狂喜，皇上这句话就等于恕去他全部罪过。他起身踊跃道：“皇上，臣今夜要亲手诛杀权奸，以赎己罪。”

皇上点头赞许。杨坚上前把各将的态度和现今在城中所做的安排说了一遍，皇上频频点头称是。随后皇上命小宫伯安排人去请宇文护入宫，带去他的亲笔函。小宫伯安排人交给宫中宇文护的一名亲信去请，这名亲信尚不知小宫伯已返回宫中。

信送出后，皇上才叫杨坚把被制服的宦官和侍卫带进来，这些人都是惶恐若死，满脸无辜地向皇上乞怜。

就中有几名专为宇文护窥伺皇上起居动静、给宇文护通风报信的宦官，皇上知道，小宫伯更清楚，当下一一指出来，点名其罪状，然后拉进一个暗室中绞死。

皇上坐在御床上，看着众人匍匐在地觳觫不已的样子，笑道：“尔等起身，朕恕尔等无罪，只是从现在起，尔等要真心忠诚朕躬，而不是为权奸效力。”

这些人心中好生冤枉，自思我们这些人都是他安排的，这有何罪？皇上您不也是他安排的吗？这等话就不能出口了，只能把头叩得山响，发誓效忠皇上。

皇上深夜急召，宇文护大惊，急忙披衣起床，询问来人宫中出了何事？来人说昨天皇上和太后为饮酒的事大吵起来，母子两人闹得很凶，皇上气得一直没睡，请冢宰入宫大概就为此事。

太后嗜酒，沉湎酒乡，长安城中无人不知。他受托掌管宇文家的家事、国事，却也管不到叔母饮酒上。况且他知道叔母借酒消愁全因他杀了她的两个儿子，又哪儿有脸出言相劝。

他又问来人宫中有何动静。这样茫然想了会儿，回答说一切如故。这人是宇文护的亲信，他信得过，这才放心。嘟囔道：“太后酗酒，我去又有甚用。”

话虽如此说，皇上派人来请就还得去，他毕竟不是曹操、董卓。

他坐在车中，兀自昏昏欲睡，深感自己年纪大了，精力大不如前，却还不知自己已踏上了不归路。

他在车中不知道，他这一行人走过后，后面的街道路口就被于谨派出的人封锁了，真正断绝了他的归路。等他进入皇城，城里各处一起动手，夺取了各大城门和主要街道路口，长安城已在于谨等人掌握中。

宇文护到达寝宫，也未察觉有任何异处。有几个人未露面，有可能是值宿时间的安排或是皇上差他们做别的事。

宇文邕见到他，便皱眉苦笑道："大哥，你总算来了，太后吃酒也吃的忒不成话了。她老人家不顾惜身子，叫我们这些作儿孙的情何以堪，心何以安。我昨日多劝了几句，她老人家就要对我动家法。在家里只有大哥的话有分量，还是你劝劝吧。"

宇文护叹道："我试试看吧，也未必管用。"

两人携手来到长乐宫，通禀后进入。太后果然还手持酒杯，沉酣痛饮，见到两人进来，便指着案上的酒坛子，醉意盎然道："来，来，你们两个陪老娘吃酒，听话才是好孩子。"

宇文护哭笑不得，明知劝说不动，皇上的面子还得给，只得在太后面前的锦垫上跪下来，心中斟酌着词句。

蓦然，脑后一记重击把他击倒。他倒在地上，艰难地转过头，却看到宇文邕杀气腾腾地站在那里，手持一根铁棍，棍头犹沾着鲜血与头发，不消说都是他的。

他脑中意识如海潮般汹涌退去，却也明白了是怎么一回事，只喃喃吐出几个字："负心郎。"

原来皇上早在长乐宫中放置一根铁棍，他要亲手击杀宇文护，以报血仇泄怨愤。他趁宇文护跪倒要向太后说话之际，便悄悄取铁棒在手，拼尽全身力气，猛击宇文护后脑。太后和身边侍女都被这突然变故惊吓得目瞪口呆，发不出声音，一个个仿佛被石化一般。

小宫伯和杨坚闻声而入，见宇文护尚未死绝，身体兀自抽搐不已，皇上转向小宫伯，厉声喝道："你还等什么？"

小宫伯毫不迟疑，上前拔出佩剑，一剑斩下宇文护的首级，抓着宇文护的发髻血淋淋提起，跪在皇上面前道："皇上，臣已诛杀权奸。"

皇上点点头，奔到太后前，抱着吓得呆痴痴的太后，大哭道："娘，儿子复仇了，儿子为您、为两位兄长复仇了！"

太后此刻方始醒悟过来，抱着儿子大放悲声，口口声声只唤："我的儿啊，我苦命的儿啊。"大家都明白，太后哭的是两位惨死的儿子，都不禁泪眼潸潸。太后宫中侍女更是跪在地上，也痛哭起来。这也是她们的职责：主子笑，她们也要笑；主子悲伤，她们就要比主子更悲伤。后一条很有讲究，还有专门的术语：助哀。

杨坚上前躬身道："皇上，而今还不是痛快一哭的时候，应当马上肃清宫禁，以防那贼子余孽作乱。"

皇上闻言，立即返回寝宫，发布一道道命令，先把皇城各殿门由杨坚带来的人控制住，宇文护在宫中的死党亲信并不多，这些人皇上和小宫伯也都知道，派人把他们抓起来，以宫中家法处死。然后集合宫中侍卫、宦官，给他们看了宇文护的首级，宣布权奸已除，除其死党外，其余人等各安其职，既往之事不咎。众侍卫宦官都山呼万岁，矢志效忠皇上。

宫禁肃清后，禁军四出，在全城抓捕宇文护的兄弟党羽，凌晨时分，所有人犯已抓捕到案，静候皇上处分。

大臣们已约略知道些夜间的变故，他们怀着战栗的心情排班上朝时，看到的是御案上放在银盘上的宇文护的首级：血肉模糊、面目狰狞、犹未瞑目。

宇文邕亲政后，终得一展胸中素所蕴蓄的抱负，整军备武。他放下九五之尊的架子，走出皇宫，到军队中与将士同甘共苦，很快就在将士中树立起崇高的威望，重新赢得宇文泰当年在军中的声名。军队整顿训练好后，他连续发动对齐国的战争，前后持续四年，终于在公元578年消灭世仇死敌高齐，与北魏分裂后，再次统一了长江以北的国土。

可惜天不假年，平定齐国后不久，他就染病逝世，庙号武帝。太子宇文赟即位。

或许因为宇文周开国以来，内受权臣宰割，对外武功不竟。宇文赟小时候心灵受到扭曲。他即位为帝后，便由极度自卑转为极度自大，得了所谓大脑袋症。自称天元皇帝，把皇后和三个贵嫔都封为后，仿照天上帝星四座的意思，种种胡作非为狂妄到了无知，在历史上留下许多笑柄。

也许是天心厌之，他在天元帝位上只折腾了不到一年，就年纪轻轻地撒手西归，谥号宣宗。

他临终时，最宠爱的两名奸佞小人为固长保荣宠，便假造遗诏，命杨坚入宫辅政。杨坚尚在襁褓中的外孙即位为帝，杨坚长女为皇太后。

所谓辅政便是执政，如同宇文护当年秉宇文泰之命而辅政一样。这正是杨坚多年前与苏蘷计议夺取胡人政权、恢复汉人河山时就瞄准的目标，只是没想到到手如此之快，如此之易。

皇帝年幼，大臣辅政本是天经地义的事，然而大臣辅政又往往是权臣通向皇位的阶梯。在这方面，两汉之覆辙、魏晋之教训，已经太多太深了。不由大臣辅政，便只能有太后垂帘听政，这却是北魏政权的一大弊端。太后不过是深居宫中的妇人，于国事民生均懵然不知，施政发令还是要靠自己的父兄，权柄还是落到外家手上。舍此两条途径，便只有亲往摄政，然而宇文护的教训又是血淋淋的。权衡之下，杨坚既是手握兵权的重臣，又是皇上外祖，由他辅政乃是不二人选。只是这道遗诏并非大行皇帝本意，而是出自两位奸佞小人之手，其合法性就遭到朝野上下的一致质疑。

最先把质疑化为行动的是宇文皇族的亲王们，他们认为最亲莫过自家人，辅政当由他们兄弟公推一位，而不是杨坚。但遗诏是否合法，他们都无力推翻。只能眼睁睁看着杨坚入宫辅政，稳居端揆，大大方方地把国柄握在手中。

这年，杨坚借千金公主出嫁突厥之机，发出圣旨，命在外掌握兵权的亲王们都回京送行。本意不过是削夺他们手中的兵柄。这些亲王焉肯拱手交出兵柄，便商议出一条计策，请杨坚喝酒，准备在酒席上刺杀杨坚。

这计策几乎成功。只是被杨坚的属下看破，在酒席上强行拉走杨坚。杨坚脱险后大怒，以谋反罪名把这些亲王镇压了。

此举不啻向世人宣布他要夺权篡位了，将领中也开始举兵反抗，先是任相州总管的尉迟迥在邺城起兵，附近十几个州郡相应，杨坚派名将韦孝宽镇压下去。其后又有多名将领起兵，都被一一敉平。

内部稳定后，杨坚再不迟疑，把自己的外孙从帝座上踢下去，自己坐了上去，定国号为隋。被鲜卑贵族统治了近两百年的北方地区终于建立起了汉人政权。

这个“隋”字很有解释的必要。杨坚父子所封的是随国公，随国就是随州。杨坚从随国公晋至随王，最后建立自己的王朝，应当是“随朝”而非“隋朝”。但杨坚手下的术士们认为，“随”字中有走字，岂不是要把国运都流走了，便建议把走字去掉，改成“隋”。杨坚对这些也是很迷信的，自思从秦汉至今，得国如此之易者，只有他一人。他自忖无论智谋勇略均不过中人之资，何能如此？只有“天意”二字可以解释了。所以对术数之类也坚信不疑，便听从建议，改为“隋”。

这一年是公元581年，袁天纲十三岁。

“大隋之国祚不久矣。”发出这感慨的是孙思邈。

改朝换代的诏书颁行天下时，孙思邈正在洛阳。他对朝廷中的权势纷争早已洞若观火，对杨坚夺取政权也不感到意外。

他对杨坚的感受也极为复杂，每当想起惨死的师妹苏蕤，他就恨不得手刃了杨坚。之所以没下手，不过是怕伤了师妹在天之灵。

苏蕤的遗体经慈恩寺铁帚大师以秘法防腐处理后，他便运回药王山神农洞中。药王山是一片广袤森林中的一座无名小山，神农洞便是此山的一处天然洞穴。相传秦末汉初，药王门中人为避世乱，隐居在此山此洞中，后来便成为药王门的祖庭。

孙思邈为能常看到苏蕤的遗容，没采用慈恩寺那种特制的坛子，而是用一大块水晶雕成棺椁，既达到密封防潮防风的效果，水晶更有天然防腐作用，只是费用高昂。苏蕤躺在水晶棺中，遗容一如生前，就像一位被施了魔咒的睡美人。

杨坚得了天下，建立汉人政权，孙思邈恍然悟到师妹当年为何与杨坚搅在一起，心下不免惭愧。师妹年纪比自己小了很多，眼力却比自己高。

“隋之国祚不久矣。”正是他在洛阳神农堂对妻子胡玉婵和十几个门生弟子说的。

当年他把袁玑一家送到成都，回到终南山慈恩寺又住了一个月，把铁帚大师所要的妇科医书写完，便把苏蕤遗体搬运回药王山。从那时起，胡玉婵就和他在一起了，一边随他学医，一边随他行医天下。三年后他们成了亲，除每年回药王山祭祀祖师，小住一月左右，大都居无定所。

胡玉婵因有先天绝症，不能生育，孙思邈并不像一般人那样渴盼儿子。药王门中是法嗣重于子嗣，儿子有没有不要紧，徒弟一定要有，而且要好，是以许多代祖师都终身未婚。

法嗣他也未找到。药王门择嗣条件太高，又毫无变通之处，他只好耐心等待下去。但他从传授胡玉婵医道上找出另一条途径，可以把除药王门嫡传医道的医学拿来授徒，至少能多教些名医。

在他看来标准已放得太宽了，门槛已低得不能再低了，可符合他择徒标准的还是少之又少，这些年不过收了十几个弟子。

药王门的身价何等之高，有幸被他选中弟子的都感到自己是跃过龙门的鲤鱼，化鱼为龙了。均感荣于加九锡。尽管孙思邈每收弟子都告诉他们，是自己收弟子，而不是药王门收弟子。他们学成后只能说是孙思邈的弟子，而不是药王门的弟子。可在这些人眼中，有一孙思邈孙真人为师足够了，是哪个门的没关系。

大隋朝刚建立，孙思邈就发出其国祚不久的感慨，众门生弟子都目瞪口呆，望着堂上高坐的恩师。他们对师傅奉之若神，师傅既然说不久那就长不了。只等师傅说出道理来。

孙思邈只是看到国号，心中忽有所感，随口而发，并没想讲出其中道理。却看到坐在身侧的胡玉婵也睁大眼睛望着他，想一听究竟。便笑道："我这不过是随口说说，大家不必当真。"

堂下右首坐着他的大弟子倪元礼，拱手向堂上道："恩师是看这个'隋'字有感而发吧？"

孙思邈精研术数，闲来无事也常教给弟子们，他并不把这当作正事，权当是师徒间的一种游戏。是以各弟子各随才之高下，也都学到一鳞半爪，得其全貌者却无一人。倪元礼便是弟子中测字八卦造诣最深的。

孙思邈点点头："你看来也是心有所感了，说说看。"

倪元礼望着师傅期许、师弟们期盼的目光，便大胆道："弟子所学浅陋，但却觉得'随'字改成'隋'，委实高明。'隋'字既作国号，便当千秋永固，万古长存，岂可含走字之象？那岂不是说国祚要慢慢流走了？"

孙思邈笑道："你能有此见解，证明你和朝廷中的术士一般高明，他们也一定是这样想的。"

众人都笑了，倪元礼红着脸也笑了，并不觉得尴尬。孙思邈授徒不走世间严师之路，讲授之际常常诙谐百出。倪元礼又拱手道："请恩师开示弟子之愚，且解众师弟之惑。"

孙思邈点点头，笑道："在这方面，为师也未必比你们高明。单从测字解，'随'字中本有十二之意，是说传过十二代后国祚便慢慢流失了。朝廷术士嫌走字不祥，硬行改掉，却没想过十二中的十是与走字连在一起的，去掉走字，十字自然也就流走，只剩二了。是以这是显示二代而终之象。大凡一个朝代的建立、兴衰乃至灭亡都是天意民心推迁流转的结果，非人力所可强为，非人力所能改变。自古无不灭之王朝，更无万岁天子。”

众人仔细拆解“随”字，果然如恩师所言，均不禁悚然，这好比一个孩子刚生下来，就被断定他两岁便夭亡一般。

孙思邈不想在这方面多说，况且测字之法并无一定之规。一个字可以有十几种拆解法，也就有十几种解释，同样的拆解法也可以有几种乃至十几种不同的解释，要判定谁测的最高明，谁人解释最准确是不可能的。

但他心里有种直觉：自己测出的结果是准的。想到北方沦陷于胡人铁蹄下垂二百年，好不容易建立一个汉人政权，难道又是一个短命王朝？难道天心尚未厌胡？

他心里有些乱，也无心授课了，遂令弟子退堂。城里此时一定很热闹，不妨让他们轻松一下，弟子们退出后，果然到街上去看洛阳府和士绅办的各种庆祝活动。

孙思邈本想静下来，然后把大隋的国运好好测一下，这当然不能全靠测字，要用《易经》。可是静坐了一个时辰，只要想到这儿上，心里就乱糟糟的，只得颓然而止。

胡玉婵送上茶来，也陪他静静坐着。她对国祚什么的不关心，谁当皇帝对她也一样。但想到当皇帝的杨坚，不禁想起天罡来。天罡是杨坚的儿子，孙思邈是在婚后才告诉她的。

“天罡不知怎样了？他今年有十三岁了吧？”她自己没生孩子，便对曾经抱过哄过的天罡有母爱之情。

“十三了，他很好。”孙思邈答道。

每年他都要去成都一两次，在袁家附近观察几日，回来后对胡玉婵也总是说句“他很好”。胡玉婵理解他对天罡超乎父爱的感情，也不多问，有这句“他很好”也就足够了。

“若不是当年那场变故，这孩子也是龙子了，怕不要封亲王？”胡玉婵见孙思邈满脸抑郁，便有意与他聊聊轻松的事。

“亲王有何尊贵？”孙思邈鄙夷一笑，“天子也不过创业开国之主有些本事，其他的天子不过生得好。天罡将来成就犹在我之上，岂是天子亲王可比。”

“这么说你是要收他作你的法嗣，好传承药王门绝学？”

“他当然是再好不过的人选，可我对他的期许更高。”孙思邈想了一下，诡谲一笑。

“更高？”比药王门法嗣更高的是什么？胡玉婵有些糊涂了。她问道：“我心里始终有一事不解，你对天罡期许如此之高，却不教他些什么，你不是常说要成就大学问，必须从小学起吗？要有童子功。”

孙思邈只是笑笑，端起茶盏喝了一口，道：“时机未到。”

胡玉婵见他很神秘的样子，也就不再问了。

第十三章

改朝换代的诏书颁行到蜀中，百姓们反应都很淡然。近百年来，朝代变迁就像走马灯一样，早已司空见惯。只要没有大的兵燹战乱，谁坐龙廷都一样。至于政权的胡汉变异，他们更没注意到，杨坚作为胡化的汉人，在百姓眼中早已是胡人的代表人物。

一向淡泊世事，更不问国事的袁玑一家却都很兴奋，连在三羊宫专心修道的袁守诚也赶回来，一家人恭恭敬敬地捧读抄来的诏书。

袁嵩手抚已经雪白的胡须，叹道："看今上的这些施政纲目，是以我汉人自居，倘能如此，我华夏民族复兴有望矣。"

袁玑也兴奋地说："今上的祖先乃是后汉名臣太尉杨震杨伯起，我汉人名臣子孙为中原之主，是我们庶民之福。"

袁嵩对此不以为然，其时无论南朝北朝，都以阀阅自重，需要先朝有和自己同姓的圣贤名臣，就七弯八绕地攀扯上去，甚至厚颜伪造族谱，笑话百出。他又细读一遍诏书，讶异道："这个'隋'字是不是抄错了？今上先前的封爵是随国公，封邑也是随州，定国号也应当是'随'而非'隋'呀？"

袁玑笑道："我也怀疑过，再三看了几遍，国号至重，成都府不会抄错吧？"

袁守诚笑道："你们不懂术数，不知其中关窍，这一定是朝中术士有意改动的。随国虽是今上的封爵，无奈‘随’字中有走字，既定为国号，就关乎国运，国号岂能有走之象，那不是要流走了吗？”

袁嵩和袁玑夫妇都恍然大悟，频频点头，袁嵩叹道：“朝廷中还是有能人啊。”

一旁侍立的袁天纲却冷笑道：“能的过分了就蠢了。”

众人都看着他，不明其意。袁天纲自小随祖父、父亲学习儒家经典，无事时又跟叔叔袁守诚学习道教经典。他聪颖绝伦的天赋，大家领略到了。凡读书过目不忘，读过的书一页页就像印在心版上，随便让人拿起一本书，读出一句，他不但能接着背下去，还能说出这句话在几页几行。下面如有注疏，连注疏也一并背出。

这还不过是记忆力惊人，后汉大儒王充也有此能。他的吸收消化能力更是惊人，常人需要研习三年五载的经典，他少则三月两月，多不过半年，就已完全领悟其中精要，且能常出己意，连袁嵩这样的宿儒也自叹不如，常感叹孙子有生而知之之明。

袁玑夫妻却不意外，而是暗中得意，观音菩萨赐的儿子岂能是凡夫俗子？

袁守诚教他道教经典，吃足了苦头，自己胸中那点道家学问不到半年，便被侄子掏空了。侄子学会后又能更上一层楼，叔侄间研讨道家经典时，叔叔往往被侄子驳得体无完肤，一点面子都没有。袁守诚只好用星相卜筮、天文地理这些杂学来壮脸面，半年过后叔叔在侄子面前又抬不起头了。

这些不过是袁天纲七岁至十二岁之间的事，而今他刚到十三岁，祖父、父亲、叔叔都没什么可教给他的了，他还是一稚子，已卓然有成人的风范，只是和周边孩子玩耍时，还是和孩子一样。

袁守诚听侄子的话，分明又在讥讽自己，硬着头皮问道：“你为何这样说？”

袁天纲昂然道：“‘随’字中本有十二之象，若以测字解，该有十二代的传承。这一去掉走字，自以为国运永远不会流走了，实则已经走了。走了什么？把这十字流走了。只留下一个二，就是说传承至二代而止。”

对侄子这一反驳，袁守诚并不以为然，冷笑道：“皇上身边的术士都是领悟天人之道的高人，还能不如你我？”

袁天纲笑道：“我没说不如你，但可能不如我。”

袁玑佯怒道：“天纲，不得对叔叔无礼。”

袁天纲一吐舌头，扮个鬼脸："儿子和叔叔较的是理，并没较礼。爷爷说了，学问面前无古人今人之分，更无长辈晚辈之分。"

袁嵩点头道："是这个理儿。研习学问一定要有怀疑古人、怀疑前辈的精神，若认为古人、前人所说都是万古不移的真理，学问之道也就废了。不过你们叔侄所较的不过是杂学，哪儿有理可较？"

袁守诚见兄嫂脸上有些挂不住，哈哈笑道："没事，我挨他的顶撞都惯了，几天听不到还想哩。他在你们面前还有点规矩，你们没看到他在宫里的样子哩。人家是教会徒弟饿死师傅，我是教会徒弟气死师傅。"

众人都笑了，袁嵩正色道："国号与社稷同重，咱们家人父子在家中议论无妨，出去后可不要说一句。说好说歹都不适宜，古来多少灭族大祸也不过起于一两句闲话。"

袁守诚、袁天纲听后，悚然点头。袁嵩说是古时，他们都明白，他说的是近时而且是刚发生不久的事，尉迟迥在邺城起兵反抗杨坚被韦孝宽平定，而益州总管王谦也在蜀地起兵反抗杨坚，因尉迟迥当年率兵攻取的，被视为尉迟迥的势力范围，就倒了大霉。朝廷兴大狱肃清尉迟迥和王谦的余党，一时间真是玉石同焚。许多世家大族都被仇家攀扯进"反案"中，所谓证据也不过一两句闲言碎语。这一两句闲言碎语还是被歪曲过的。凡被扯入反案中的无一有澄清的机会，均被抄家灭族。

袁家自祖上便奉行与世无争、与人无争、淡泊处事、谦益待人之旨，一家人在外也都谨言慎行，没被这场轰轰烈烈的"肃反"运动波及。但每一思及，也是余悸犹存。

袁天纲回到自己房中，和衣躺在床上，心里又充满孤寂感。

他自五岁时便不和父母同房住了，十岁起穿衣脱衣、洗漱梳头、叠被铺床这些起居事务便能自己料理。这在穷人家孩子来说，是极寻常的事，而在袁家这样世家大族里的一个众星拱月的孙少爷身上，简直是了不得的奇迹。这倒不是父母刻意从严培养他，而是他天性不喜被人摆弄来摆弄去，凡自己能做的事就不要别人代劳。

他躺在黑暗中，睡不着。他幼时也和其他婴儿一样贪睡，五岁后每夜便只能睡两个时辰。他每天睡得晏，醒得早。醒来便缠着兀自酣睡的父母玩。父母劳累一天，常常摇不醒，醒了也是继续按着他睡觉。他不愿在床上玩，便自己偷偷出去玩，玩够了回来，父母还未睡醒，他便躺在床上装睡。

这小把戏被揭穿正是寒冬腊月，那夜他玩出了格，玩出了他和父母住的庭院，那堵足有一人多高的垣墙，他蹬着几处凸起点，轻轻松松翻了过去，若有人看到一个五岁的孩童翻墙如此快捷轻松，非当场晕过去不可。

他是要玩放在祖父院中的那架小木马。这架小木马是三羊宫老道长送给他的礼物。小木马是仿照诸葛武侯木牛流马遗意制作出来的，腹内藏有机栝，左右马镫是机关控制，右脚踩下，木马就自己走起来，左脚踩下便停住。小木马送来，袁天纲玩了一天犹未尽兴，家人们在旁也都惊叹不可思议。送木马回来的袁守诚则得意地夸赞自己师傅的巧夺天工。

袁嵩与老道长有逾四十年的方外交情，只知他道学精微，不意老友还有此能，对此也是捋须赞叹。

袁天纲在木马上玩了一个时辰才被家人发现，家人忙报告老爷。袁嵩是老年人，觉本来不多，醒后在床上假寐，这是三羊宫老道长教他的养生秘诀。早晨醒后先不要起来，而是在枕上静心数息，待觉气息直抵脚踵后才收功起床，徐步庭除。

袁嵩披衣起床，到庭院中看到孙子只穿着睡觉时穿的夹衣，光着小脚，在木马上玩得欢快。在熹微的晨曦中与马已合为一体，就像舞动的精灵。也怪老道长手艺太高，机栝运动之际竟然全无声息，不然的话家人们也早发现了。

袁嵩吓坏了，忙把孙子抱进屋里，怕他冻坏了。袁玑夫妻闻讯也急忙赶来，都觉得这事像做了一个梦。院门是关着的，儿子是怎样来到外面的？好在儿子连伤风都没得，身上更无伤痕什么的，暂时安了心。

三人在一起参详此事，袁玑夫妻便说出儿子近来总是闹夜，睡一会儿就吵着要起来玩，是不是冲着什么神道了？

三人便去问袁天纲怎样到的外面，袁天纲直言自己是翻墙过去的，却无人信。最后大家认定，孩子不是被什么邪魔附身，就是冲着什么神道，一定是被妖物摄到外面的。

于是袁家便广请僧道来家作法事，铙钹之声盈耳，焚章之烟弥空，闹了个不亦乐乎。

法事闹腾了一个多月，袁天纲虽只五岁，已很能懂些事了，却不明白大人们都是怎么了？究竟是他还是大人们着了邪魔，冲了神道？他觉得自己很正常，觉是睡得少了些，可他也纳闷大人们为什么要睡那么多时间？那堵墙又不是很高，他能翻过去有何稀奇？

但他从大人们的议论中知道：别人家的孩子不是这样的，他们很贪睡，睡一夜犹不足，白天还要睡；他们也不能爬高墙，就算大人把他们举上去，他们也不能自己自己跳下来，否则不摔死也要筋断骨折。

于是他明白自己这些正常之处在大人眼里都是奇怪的，甚至会被视作怪物俯身，一旦被视为怪物附身，大人们就要大作法事，闹得满宅不宁。大人们惶恐不安，他也不能随意玩耍。于是他从五岁起，就学会如何敛藏自己会被视作奇异的行径了。

七岁时，祖父便把他抱在怀里，一字一句地教他《论语》、《孟子》、《道德经》和《庄子》，袁家教授子弟读书与一般童蒙塾师迥然不同，跳过识字这一步，直接教授经典。

魏晋时崇尚玄谈，老庄大行其道，儒家经典几被视作弃物。袁家祖先是东晋名臣颜含的学生，颜家是以儒学传家，代代不辍。袁家也是这样。孔子说：世平则兼济天下，世乱则独善其身。但要独善其身，儒家之学不如老庄之道，袁嵩便旁涉老庄之学，待人接物以黄老之道。

袁玑最得父亲所传精髓，袁守诚则更进一步，直接入道了。袁嵩对两个儿子是满意的，便也想照此方法传授孙子。

袁嵩原拟用三年时间先把《论语》讲深讲透，孙子一生的学问便有了坚实的基础。不意只用了半年时间，袁天纲就能倒背如流，连各家注疏都背得出，一字不差。

袁嵩惊疑不已，还以为儿子或媳妇早已教过了，便去问这两人。两人都摇头说无有此事。袁家传统是孩子七岁前连识字句读都不学的，为的是养成孩子童真天性。

《论语》过后是《孟子》，袁嵩有意考察孙子的才能，加快进度，把字词句读和全篇教授一遍，只用三月时间，然后把书合上，随意提起书中一句，让袁天纲接着往下背。袁天纲便接着背下去，他若不叫停，便能一直背到终篇。他这才相信孙子有过目不忘之能。这种人只在书上读到过，在他一生中，虽阅人千万，却没发现一个。

于是他一口气把《道德经》、《庄子》、《大学》、《中庸》、《礼记》、《诗经》这些经典像读书般教给袁天纲，先让他记住，然后再给他逐字逐句讲解其中的道理。

最后教的是《易经》。之所以把《易经》放在最后，是因为袁嵩自己对

《易经》也领会不深，他并不自责，毕竟至圣先师孔子也没能把《易经》研究透彻，遑论他人。历代注解《易经》的人不少，却都是以己意强解《易经》，怕是连《易经》的皮相尚未得到。他不做此举，只是把《易经》原原本本教给孙子。至于孙子能领会多深，只能看他日后自己的造诣了。

袁天纲在跟祖父学这些经典的同时，叔叔袁守诚也不甘寂寞，把自己那些杂学也一并传给他。袁天纲对祖父所讲的典籍中博大精深的道理还无法领会透，更谈不上融会贯通，对叔叔这些杂学却更有兴趣。星相卜筮、相面摸骨、风水乃至奇门遁术这些旁门左道之学问其实也很高深，他学起来却是兴致盎然，就像孩童玩游戏一样。

他经常去三羊宫玩，在三羊宫又觅得一良师，就是老道长，袁守诚的师傅，袁嵩的方外至交。

老道长一生致力于易学，造诣精深。袁守诚粗得其皮毛。老道长还精于望气、星相、摸骨，袁守诚第一次抱着袁天纲来到三羊宫时，老道长一见就骇异不已，仿佛在一片丛莽榛荒中看到一株千年灵芝。他为袁天纲相面摸骨，叹道："这孩子长大后是天人师啊。"

袁守诚忙问天人师是何等人，可是张良、陈平这等人物？老道长笑说张良、陈平不过是帝王师，是为帝王说法。而天人师更进一层，是为天人说法。仙凡有别，岂可等同论之。袁守诚怔住了，为天人说法？那是什么人物？翻遍儒、释、道三家，只有佛陀是为天人说法的，难道侄子也是这般人物？

老道长便给他解释，自己也不知天人师是何等人物，只是相书《骨相篇》中预置这样一种骨相气质，符合条件者便为天人师，可为天人说法。撰书者也说，终其一生，阅人万万，兼且穷涉古籍，无论帝王将相还是儒、释、道三家领袖人物，均未发现有符合此条件者。而按骨相原理，应该有此最高一层的人物，大约上天亦吝其精华，不肯降生人间以耗天地之气。书上既这样说，也就姑且信之。总之，这孩子的骨相是世间最高贵一格就是。老道长最后郑重叮嘱袁守诚，这事只师徒二人知道便可，切不可再对他人讲。孩子大后亦不必说，此等天机不可泄漏，泄者必遭天谴。

天谴是学道之人最畏惧的，他们端居法宫，虔诚学道，遭遇天灾人祸的可能性不大，天谴就成为学道之人最应趋避的灾祸。袁守诚悚然谨记，对父兄也未道过一字。

袁天纲向老道长讨教易学，老道长最喜欢他，倾囊传授，袁天纲得益匪浅。老道长每看到袁天纲，便想起“木秀于林，风必摧之”这句哲训，奇异之人也往往命运多蹇、坎坷挫折倍于他人，容易遭受命运的摧折。老道长便借教授易学之际，给他讲解这句话，并深深告诫他，聪颖隽拔之人就像鸟儿高飞在空中，虽为众人所瞩目仰视，却也会成为猎人的目标。要学会敛翼息影，无声无迹，才能保全性命于乱世。

如何修身养性、独善其身，袁家几代已有不输于道家的见解与方法。袁嵩便常告诫子孙，这世上最要不得也最沾不得的就是声名，声名固然可以成就一个人，却也是杀身祸府。张良辅佐汉高祖成就帝业，功成而不居，弃官爵富贵而与赤松子游，深得保身三昧。陈平见不及此，高祖亡后几遭大祸，虽卒赖足智多谋以脱身，亦狼狈万端。

袁天纲更从自己五岁时的经历吸取了教训，他自己一些正常之处会被别人视为怪异，甚至视作不祥的怪物附身。小时候大人们请僧道来禳除，大了以后别人大概就会当作妖魔来斩除了。是以他很小时候就已学会让自己的行为和周围人的一样，对老道长的谆谆告诫更是牢记心中。

老道长有一事连对袁守诚都没说，他向徒弟要到袁天纲的生辰八字，枯瘦的手指在宽大的道袍中掐算，却越算越糊涂。这分明是个出生不久即夭亡的命造，何来奇异之相？他反复测算几天，并无差错。只能归之于天意有意为之，不使凡俗之辈识破上天杰作。

袁天纲在床上静躺半个时辰，等外间屋仆人都发出闷雷似的鼾声，才偷偷溜出去，仰望苍穹，观云气，望星座。

袁天纲十岁后获准可以在三羊宫过夜，三羊宫有座观天阁，晚上时，老道长便抱着他登上最高一层，教他识别云气和天上各星宿，并告诉他地上人间万般事物，都是上天在掌管着，世事的变迁流转、各种灾异变化，在云气和星相上都能看得出，也就能预先知道。

袁天纲永远忘不了那使他大开眼界的一天，让他看到了一个更为广阔的新世界，而且所有知识都是闻所未闻、见所未见的。

“预先知道了，就能避免吗？”他以稚嫩的声音问道。

“不能。”老道长耐心解释，“天意所昭示的都是必然要发生的，人力不能扭转，也不能改变。”

“那预先知道了，又有什么用？”

一生浸淫于易学天相的老道长倒被问住了。各种灾异世乱预测到了，又能如何呢？他还没想过这个问题，因为他连云气和星相变化也未能研究透彻，能够预测出天道变化已是他期望的最高目标。他自揣自己这一生已无望臻此境界，只希望袁天纲能接续自己，达此目标。在他的心里，已认定袁天纲才是自己薪尽火传的传人，而不是资质平庸的袁守诚。

老道长不禁想起秦汉之际有许多望气术士，不断向始皇帝报告各地有天子气。始皇帝便不停地巡游天下，以上应天子之气，又掘山填海，以泄各地天子气。最后他又巡游陈楚，以镇厌陈楚地区的天子气，却死在途中，终究未能阻止陈胜的揭竿而起，刘邦的斩蛇龙兴。

“孩子，这问题你不要问，等你真正懂了云气和星相，弄明白天道变化，自然就知道该怎样做了。”

袁天纲点点头，他对这些事都懵懵懂懂，只是觉得舒卷的云气和天上亮晶晶的星相很有趣，若是弄懂了当然更好玩了。

观云望气始于老子，或许更早。终南山楼观台便是这一派的传承。最盛时是在秦汉之际，汉朝时便开始打击术士，防止他们“妖言”惑众。观云望气派逐渐式微。楼观台这一脉虽托庇于老子，未遭打击，一代代弟子身处富贵之中，也如世间富家子弟一样，学问二字一代比一代淡薄，观云望气的绝学早就失传了。三羊宫老道长是世上唯一精擅此学的人，才集三羊宫数代之财富建成观天阁，以便更好地观云望气，研究天相。

袁天纲站在院中，观望天相许久，心思仿佛已飞越到云气中，融汇在星座里，他并没看明白什么，但仅仅是观望，亦足以令其心旷神怡。

“少爷，你又在看星星？”

袁天纲回头看时，见是他的车夫柴叔站在后面，想是夜里出来解手，便点点头。

柴叔睁大惺忪睡眼，看了一阵星星，纳闷道：“这星星天天都一样，有什么好看的？夜里凉，少爷快回屋睡吧，老爷知道了，又要骂我们的。”

袁天纲也怕时候久了，万一给祖父知道，下人们又要挨骂，便回屋上床，脑子里却依然是天上叆叇云气和繁富亮丽的天相。

一晃五年过去了，袁天纲十八岁，已卓然成人。他身量中等偏高，偏瘦些，父母说是贪长。三羊宫老道长则说这就是仙风道骨的体质。行动之际如清风拂柳，常使人浑然不觉。他在家里走动时，只有到人背后，开口说话，别人才能发觉，也常常会吓一跳。

对他的成人，最渴盼的就是袁嵩和袁玑夫妇，袁天纲是家中独苗，自他十五岁上，祖父和父母就要给他定亲完婚。袁天纲不愿意，他给自己卜卦，算定成人后命运会有一大转折，便推说自己还小，成人以后再说不迟。

祖父和父母一向对他百依百顺，不忍拂其心意，也就答应了。袁嵩也怕过早成婚对孙子身体有害。

家中议定要在三羊宫为他办一个隆重的加冠礼，遍请亲友观礼。三羊宫老道长慷慨允诺，要亲自为袁天纲加冠。袁嵩和袁玑夫妻喜出望外。老道长道术精深，早已被视为神仙一流的人物，也有二十年没给人主持加冠礼了，袁嵩和他虽是方外至交，这等事也不好强求。

其实袁天纲这些年早已成为老道长的道术传人，这事莫说家里人不知道，就连三羊宫中老道长的徒子徒孙也不知道。大家只知道老道长最喜爱袁天纲，袁天纲小时候，一进三羊宫，老道长便经常把他抱在怀里，逗他玩耍。大些后便领他去自己住的观天阁玩，至于这一老一小都做些什么，别人并不知道，还以为老道长也有世俗老人的通病，喜欢含饴弄孙的乐趣。

袁天纲生日前十天，在观天阁中，老道长给袁天纲讲完最后一堂课，然后叹道："我苦学一生，精华也就是这些了，你以后成就如何，端看你自己的造化。若无明师指导，成就也就是胜我一筹，入世可为帝王师，出世可为明道之士，再上一层怕是不能。"

袁天纲讶然道："师祖一身道学博大如海，渊深无穷，弟子穷尽一生也不敢望师祖项背，更不敢奢望师祖所期许的目标。"

老道长是袁守诚的师傅，袁天纲自小便称他为师祖，并无法嗣传袭关系。

老道长笑道："我这一生所学只是个杂字，称博大勉强可以，渊深则未必，勉强称得上精华的也都传给你了。你以后自能领悟，世间学问渊博入海，俗谓学海无涯，究极起来实在也不多。一部《道德经》五千言已穷尽天地间变化，只是过于渊深，世人不解其旨。佛陀千说万说，舌绽莲花，更运大神通，使出诸般变化神通，也无非是向世人昭示一个空字，一个无字。是以你要做学问，是学海无涯。你若想明理悟道，归结起来也就是一两个字。我这些年传你的自谓是精华，以此衡之，也还是太博太杂，要由你自己反约提炼了。"

袁天纲稽首道："弟子愚笨，难明祖师法旨。"

老道长笑道："你若是笨，这世上就再无聪明之人了，你之天资，大约只能以宿慧解之，尚不能完全解之。”

“宿慧？”

“就是说一个人积数世甚至数十世的智慧学识而生，老子、佛陀应该就是这样的人，之后便再未见一个。”

对这般赞誉，他只能苦笑接受。他自读书识字起，便被家人视作天才。十岁时，成都府境内无人不知袁家的孙少爷是神童，慕名来访的人每天都有，大多被祖父拒之门外。成都府太守也常率僚属到袁家造访，要领略神童风采。袁嵩不敢得罪官府，袁玑更是成都府治下一个芝麻绿豆大的小官，便只好让袁天纲装的木木讷讷的，出来呆头呆脑背上两篇《论语》，太守等人都颇感失望，这孩子除了记忆力好些，并无其他卓异之处，来了几次就不来了。袁家才免受骚扰之苦。

三羊宫上下也是把他当作太阳月亮一般，交口赞誉不绝。但说他是佛陀、老子之后的第三人，这话纵然出自老道长之口，他也不敢相信。他从小受祖父、父亲影响，耳濡目染，早已视声名为赘物，好的坏的都不要。

“你生日过后，就要远行了，你回去也做些准备。”送他出观天阁时，老道长忽然说了一句。

“弟子要去哪里？”

“这我就不知道了，你命相中驿马星已动，是要出远门远行之象。”

老道长轻易不给人看相卜卦，算则必准，应验如神。他既算定自己要远行，就必然有远行之事。他回去路上却怎样也想不出自己有远行的可能。

袁家以儒学传家，儒家宗旨就是父母在不远游，以免父母悬望思念之苦，除非被朝廷征聘做官，那是官身不由人。祖父、父母是恨不得把他时时刻刻绑在身边，他连亲友家都很少去，最远也不过就是三羊宫，还是因为叔叔袁守诚在三羊宫修道。祖父常给他讲，研习学问，第一要读万卷书，第二要行万里路。万卷书他读的差不多了，万里路则不敢想。他知道祖父、父母对自己的期望就是长守身边，等祖父、父母都过世后，就接续家族，白衣终世。连父亲那样的小官都不必做，倒也逍遥自在。

生日的前几天，家里来的客人明显增多，父母和客人谈话时，也避着自己，神神秘秘的样子，脸上都是喜气洋洋。

袁天纲心中暗笑，他不用起卦卜算也知道，那些客人是来提亲的。他没有家室之想，假如自己不是独苗，也要像二叔那样在三羊宫中修道一生了。但在这件事上，祖父、父母再宠他，也不可能遂他心愿，作为长房长孙，延续宗族就是他最大的责任。

生日这天早上，先是母亲送来新做的成人式样的衣袜鞋子。这套衣袜鞋子母亲已经做了一年多了，袁天纲拿在手里，有些舍不得穿。这些衣服应当挂在墙上当作艺术品，而不是穿在身上。

穿好后，母亲又进来左右上下的打量，这里抻抻，那里扯扯，又问他穿着舒服不。在缝制过程中，母亲已不知量了多少次，比了多少回，最后穿到儿子身上，她还是觉得不够完美。

她一边审量着，拉抻着，一边拉家常似的问他这家的姑娘怎么样？那家的小姐如何？袁天纲明白母亲的意思，只是含含混混地应着。

三羊宫是世家大族为子弟举办成人礼的首选地，费用自然也不菲。袁天纲和别人不同，他自小就在三羊宫中，和观中上下早都打成一片，被视作自家人。袁家送去的绢和银锭，都被原封退回，只留下加冠礼上要用的物品。

一家人分坐三辆马车，仆人们骑马在后，在上午未时到了三羊宫。袁天纲被领进一间静室，两个中年道士为他梳成成人发髻，然后用银簪别住。也是左看看、右相相，既不能有一丝头发零乱，又不能使发髻过松或过紧。过松易被风吹乱，过紧则头发发麻作痛。这个适度也是很考验功力的。至于发髻的形状美感自更不必说。

袁嵩坐在三羊宫正殿廊上，袁玑夫妻侍立左右，陪同袁嵩坐着的正是十余年很少露面的老道长，十几个徒子徒孙在身后雁行排列。

被请来观礼的亲友都坐在两侧廊庑里，兴致也都很高。有人说袁家养这孙子比别人家的千金小姐藏得还要严实，莫说别人，就是他们这些至亲好友，等闲都见不到。又有人感叹岁月流逝太快，还记得袁家为这孙子摆百日宴的情形，真是恍如昨日，怎么一眨眼间就长成十八岁的大小伙子了。

刚到午时，一声礼炮奏响，外间响起笙竽鼓乐，加冠礼开始。

袁天纲在两位司宾的前导下，先来至一个院落。在正中间简易的天坛前谢天，又在后面的地坛前谢地。皇家祭祀，天坛、地坛是在两个地方，三羊宫就没这么讲究了。

然后又在东南、西北、西南、东北四角遍谢天上地上四方诸神，感谢诸神庇佑自己长大成人。

出了这个院落，又来到奉先殿。这里临时供奉着袁家列祖列宗的木主，当中桌案上供奉着袁氏族谱。

袁天纲先是叩头，然后上香。上香时，一位司宾朗朗阅读袁嵩亲笔写的祭告祖先文，祈求列祖列宗庇佑家族兴旺，宗子平安。

祭祖毕，他才在司宾的引导下来到三羊宫正殿前。他一进门，数百双眼睛便聚集在他身上。

他衣服新衣如雪，虽是褒衣博袖，却无一处不熨帖。领口绣着芝兰，袖口绣着玉树，胸襟后背也用各色丝线绣出各种图案，绣工精绝，看上去不像是绣出来的，倒像是织布时织出的纹路。裤服褴膝绣着一对千里驹，脚穿一双厚底云履，云履上绣着祥云托日。

众人见他在日光中，脸上似有一层精魄隐隐流动，精爽溢发，真个是芝兰玉树，器宇轩昂。

袁天纲在司宾的引导和唱赞下，拜祖父、拜父母，又拜谢来宾，众人益发看得目瞪口呆。

袁天纲自能走路时起，就在行走和请安施礼这方面受到最严格的训练。

儒家讲究规行矩步，升高步下，起拜行礼都有严格的标准。儒学博大精深，归至极致也不过一个礼字。经世致用和著述文章倒是下一层次的事。

袁嵩在孙子读书方面无所督促之处，便在“礼”上下足功夫。他怕孙子自负聪明绝顶，长大后也走入南朝王谢子孙跌宕放纵的邪路上，要求孙子走路时既要轻灵又要稳重，绝不可有一丝轻薄气，而要有流云舒卷之致、雍容娴雅的廊庙气象。每一步迈出步伐都要一致，不可忽大忽小。几年下来，袁天纲迈出的每一步，就是用尺子量，也不会有任何误差。

在登高步下时，不可有急迫慌乱像，更不能有前仰后跌这些毛病，要如履平地一般。在跪拜起伏时，既要有虔敬肃穆气象，也要有行云流水的舒缓娴雅。

袁天纲今日也不过如平时一样，却看的观礼的人目眩神驰，如醉如痴。不意一个人走路、上下台阶、跪拜起伏也能具如斯美感，犹如在听一曲天上的仙乐。

这也不奇怪，当年孔子就是靠这套“礼”，令各国权贵竞折腰，争相把弟子送入孔子门下。老夫子那套经世致用的理论反倒无人欣赏。只是魏晋以后，皆以放荡不羁为旷达，儒家的礼讲的就少了，见到的则更少。袁天纲更以绝顶天资，把这套礼演绎得淋漓尽致，就是孔子复生也当叹为观止。

两厢观礼的人不少是要和袁家结亲的，今日欣然来观礼也是要好好考察一下。看过后都坚定信心：就是打破头也要把这门亲事抢到手。

加冠礼的最后就是老道长亲手把代表成人的冠戴在袁天纲头上，加冠礼遂告成。

在跪在老道长前等待加冠时，袁天纲忽然感到一阵悸动，就像有什么大事要发生。他按捺住心中的悸动，直等加冠过后，才站起来向右望去。蓦然间看到一张极为熟悉又不甚清晰的面孔。他定住了，心底深处翻腾起无限往事来，却也都是模糊不清，恍如喷溅着白沫、混杂泥沙枝叶的波涛涌过，却看不清波涛中究竟有什么。

“纲儿，你怎么了？”母亲察觉他有异，扯扯他的衣袖。

袁天纲再定睛看时，却什么也没看到。两厢观礼的亲友已被请去入席吃酒，他笑道：“没什么。”

接下来的半天里，他一直在思索自己看到的那张面孔是谁？缘何如此熟悉、如此亲切却又令他心中悸动如潮？他搜遍脑中记忆，把从小到大见过的人的面孔一一比对，却无一人能对上号。直到晚饭时，他才蓦然对上了：自己看到的那张面孔正是母亲房中供奉的神像。

他不敢相信这个结果，却又坚信自己没有看错，绝不是一时看花眼甚至凭空里生出幻觉。

晚饭后他来到父母房中，问母亲那尊神像是否还供奉着。母亲点点头，却不明白他为何忽然间问起这事。

袁天纲自小到大没生过任何病痛，他父母认为这都是药王孙思邈庇佑的结果，礼拜益虔。每日早晚，香火不绝。袁天纲看到神像，益发肯定这就是自己看到的那张面孔，便悄悄告诉母亲：自己今天在三羊宫看到这位神仙了。

母亲想说他看错了，旋即却又大喜道：“我儿有福，这是神仙显灵，要庇佑我儿一生无灾无难。”说完，便点燃一炷香，拉着儿子一起跪拜叩谢，欢喜无限。

袁天纲又问母亲这是何方神祇，他心中也纳闷：佛、道两家神佛菩萨的塑像他都见过，却没见过这尊。母亲告诉他，这位就是活神仙，当今药王菩萨孙思邈。

“娘，我小时候是不是见过药王菩萨？”袁天纲想起小时候第一次见到这尊神像，便感觉自己见过，却又什么事也想不起来。自己在三羊宫中的感觉也正是这样，只是更为强烈。

母亲颇为踌躇，儿子已经成人了，不可能像儿时那样糊弄过去。半晌才吞吞吐吐道：“你是见过，你生下来一个多月后生了场重病，是药王菩萨治好了你的病，从那以后，你再没生过病，都是药王菩萨的庇佑。”

袁天纲强烈感觉到母亲吞吞吐吐的话语和惶恐不安的表情下，隐藏着许多事。那些事正是自己小时候意识到却又想不起来的。不过母亲既不说，他也不再问，以免让母亲为难。

三天后他又去了三羊宫，希冀能再见到药王菩萨。他在正殿前后转了几圈，香客游人很多，却没看到那张面孔。他想找老道长，请他帮自己解疑，老道长却已闭关了，要半年后才能出关。叔叔袁守诚被一家大户请去做法事，禳解鬼魅。据说这家的小姐夜夜梦到与鬼交，附近的术士禳解无效，这才来找在这方面颇负盛名的袁守诚，要十天后才能回来。

袁天纲大失所望，怏怏不乐地走出三羊宫。他不想马上回家，便在青城山脚下的小镇里信步走着。

小镇不大，却很热闹，香烛店、纸马店、神像店最多，还有饭铺、客栈，两条主街上摆满专卖给游人香客各种杂物的货摊，购物的、闲逛的人也不少，真是摩肩接踵，好不热闹。

走着走着，他忽然感到背上有双眼睛盯着，回头看时，见是一个汉子扛着根竹竿，竿上的白布上写着：神卜能决天下事。这汉子三十多岁，脸上贴着一大块狗皮膏药，左手的小篮子里都是这种狗皮膏药。

袁天纲哑然失笑，真是关王爷庙前也有耍大刀的，三羊宫里的道人以神卜、斋醮最负盛名，宫里的卦签也公认为海内最灵验的。这位不开眼的卜者居然把生意做到这儿来，虽不是盲者，也是睁眼瞎子。再看他手中一篮子狗皮膏药，更弄不明白，这人是兼职卖膏药的卜者，抑或是兼职卖卜的卖狗皮膏药者？

那汉子见袁天纲盯着他看，哈哈一笑道：“公子可要问卜？每卦五十文，不准奉送。”

袁天纲若是心情好，说不定会卜上一卦，等他卜完后，自己再卜给他，也叫他见识一下什么叫神卜，然后再尽情奚落他一番。他常跟叔叔袁守诚玩这种把戏。

不过他今天心情抑郁，不想跟他玩儿，便转回头继续走。

那汉子在他身后嚷道："公子，你心中有事，正当以卜决之。"

袁天纲心中一动，这汉子敢在青城山脚下卖卜，遮莫是真有些道行？可是自己心中不是有事不决，而是混沌不明，这等事怎好问卜？若问卜能解决，自己又何须假手他人。他叹了一声，继续向前走，那汉子却打定主意要做他这单生意，扛着卦竿，锲而不舍地跟在后面。

跟随袁天纲的是两个二十多岁的壮实小伙子，他们鄙视地看着这汉子，只等少爷一发话，便把他远远轰开。

袁天纲本想散散心，不意被人缠上了。他生性平和，袁嵩也一再告诫家人不许在外生事，这才没对这赖皮动硬的。袁天纲吃此一搅，意兴萧索，便想坐车回家。他走出喧闹的主街，向停在外面的马车走去。

两名家人见这汉子还跟着，便不客气了，一左一右按住他肩膀，说道："朋友，你若真一时有难处，我家公子可助你几十文，要是做生意还是找别人吧。"

那汉子笑道："公子，你不是要找人吗？若不卜上一卦，可要后悔的。"

袁天纲心中又是一动，转头看时那汉子正冲他狡黠一笑。他脑中蓦然电光石火般一闪，竟看清了这人遮在狗皮膏药下的面容，他惶恐地大叫一声："不得无礼。"然后飞奔过来，扑通一声跪在那汉子面前，叫道："药王菩萨，弟子可找到您了。"

他的两位家人晕了，药王菩萨是跟玉皇大帝、太上老君一样家喻户晓，无人不知，自己怎地得罪到药王菩萨头上了。两人松开手后竟觉得手指弯不拢，还隐隐作痛。

那汉子正是孙思邈，他倒怔住了，这孩子怎会认出自己？他拉起袁天纲，扯下脸上的膏药，扔进药篮里，哈哈笑道："好孩子，你怎会认出我？"

袁天纲站起后，仍紧紧握着孙思邈的手，唯恐他又凭空消失了，脸上是说不尽的孺慕依恋。"我娘房中供着您的神像哩，早晚两炷香从没断过。弟子第一次见到就觉得好熟识，听我娘说弟子一个多月大时得了重病，是药王菩萨治好了弟子的病，还保佑弟子一直不生病。"说着竟是满眼泪花。

孙思邈更是心潮起伏，眼中含泪，他握着袁天纲的手用力摇摇，"孩子，一个多月大的时候你见过我，大了还能记得？"

袁天纲摇头道："不记得了，看到您的神像我才觉得见过，别的事都记不得了。"

他这一说孙思邈倒放心了，假如这孩子还能记住那些事，还真是个麻烦。他又问：“你知道我的事吗？”

袁天纲道：“您那些为人治病救命的事大家天天都在谈，弟子焉能不知。大家都说您就是活神仙、活菩萨。”

孙思邈笑道：“那你愿不愿意做我的徒弟？”

“当然愿意。”袁天纲毫不犹豫，马上要跪下拜师，全然不去想自己是否愿意学医。

“不忙，”孙思邈拉住他，“这事还要问过令祖大人和你父母才行。”

“那就请菩萨到弟子家中去吧。那天弟子看到菩萨，回去后对我娘说了，弟子父母都欢喜得一夜没睡，还在您神像前多上了一炷香。”

孙思邈哭笑不得，对他说：“我还有事，明天上午去你家。你跟令尊令堂说，把我的像撤了，再不可如此。这不是感谢我，是在折杀我。难怪我这些年心惊肉跳的，原来为此。”说着便要走开。

袁天纲拉住他不放，讷讷道：“您会去吗？不会……不会又见不到您了？您还是现在随弟子一同回家吧。”

孙思邈大笑道：“你是怕我说话不算数吗？”

袁天纲只觉孙思邈眼中射出一道慑人的精芒，不由得松了手，低下头，“弟子不敢。”

孙思邈把药篮往他手上一塞，“这个你拿回去，家人有风湿骨痛，头痛脑热的，剪下一角贴上，还有些作用。”说完，大步走开，几步后就不见人影了。

袁天纲和两个家人都只感眼睛一花，孙思邈便不见了，都望向天上，以为他飞到天上去了。

袁天纲回到家便先对母亲说了，若非那一药篮的膏药，他母亲还真不敢相信这事。她既兴奋又惶恐不安，遮莫是自己夫妇拜的虔诚，感动了菩萨，又来收儿子为徒。可是儿子是菩萨赐的，可别是自己养到时候，菩萨又带走了。她和袁玑说了自己的心事。袁玑心里也是惶恐不安，只能安慰她：“菩萨不会这样做的。”

两个家人回来更是把这事渲染得神乎其神，全家人都传着，孙少爷遇到神仙了，神仙还要收孙少爷为徒，将来也要成仙的，全家人今后也都要沾着仙气。

只有袁嵩较为镇静。不管这些年民间怎样渲染其说，在他眼中，孙思邈就是一国医圣手。他还是在蒲阳太守任上见过孙思邈一次，当时孙思邈不过二十上下，已有药王美誉，自己当年也还算英年，而今却已是残漏将尽的衰朽了。

对于孙思邈要收孙子为徒，他心里并不情愿。他给孙子设计的将来是，自己活着，孙子便长守身边，自己死后，孙子便长守坟墓，再娶个媳妇，生下一大堆子女，繁荣袁氏宗族。然而孙思邈是当代国医圣手，主动要上门来收孙子为徒，这种绝世难逢的好机会又怎能错过？望子孙成龙的念头又在久已成灰的心里萌发出来。

袁天纲更是胡思乱想一夜。他自己测算要有大的转折，果然药王菩萨便来收他为徒。看来老道长说的他要远行的预言也会应验。难道药王菩萨真要带自己远走高飞？去哪儿呢？天涯海角还是南海佛土？

这事他不敢卜卦了。袁守诚和老道长都再三告诫他：卜卦为自己趋吉避凶可以，为他人排忧解难是造福于人，绝不可以为自己谋财谋色，否则天谴立至。也不可以用来测算神佛旨意，那也会遭报应的。

他想得更多的则是自己缘何看到孙思邈比看到娘亲还要激动，还要亲切？在家人中，他感情上最依恋的就是母亲，而后是祖父，再次是父亲和叔叔。每想到这一点，他心中都觉得对父亲有愧。

然而他一见到孙思邈，便把家人都抛在脑后了，眼中、心里只有孙思邈，无论他说什么，自己都愿意听，无论他让自己做什么，自己都会毫不犹豫去做。

这些也还算平常，大约别的人见到活神仙似的孙思邈，反应也是这样吧。可是孙思邈似乎很在意自己对小时候的事能记住多少，他还清楚记得，自己说不记得什么时，孙思邈有种如释重负的表情。这和自己第一次看到神像，对母亲说他见过，母亲的反应也是这样。难道自己小时候，真发生了什么不同寻常的事？

孙思邈握着他的手跟他说话时，那种压抑的亲热里蕴含着无比丰富的情感，他敏锐地感受到了。当时在兴奋之中没觉得怎样，而今仔细反思，却又觉得大不寻常。

胡思乱想之际，一些画面又浮现心中：他躺在一张床上，眼前是一位比娘亲还美丽的女人看着自己，时而欢笑，时而哀戚，那房中的摆设他也还清晰记得。

这是他儿时以来就经常做的梦，他五岁以后，每天只睡两个时辰，基本无梦，但有时醒着时，心里沉静下来，这些画面和场景便会浮现出来。他那时便像魇着一般，周身乏力，已幻化成那个躺在床上的婴儿，就像在做白日梦。

他自己也不知为何，对任何人都没说起过这个梦。对无话不说的娘亲也是只字不提。他太喜欢这个梦了，在梦中他比任何时候都受用，心里充满甜蜜快乐，唯恐一说出来便打破梦境，以后再也做不到了。

翌日上午，孙思邈来访，袁玑夫妻携儿子在大门外恭恭敬敬接着，互道寒暄后便请进大厅，袁嵩则在大厅外拄杖迎接。

孙思邈坚持以晚辈礼拜见袁嵩，慌得袁嵩连称不敢，药王门中人的傲视王侯、敢与天子分庭抗礼可是遐迩皆知。

袁嵩笑道："孙真人法驾莅临，已使寒舍蓬荜生辉。这礼数老朽可受不起，莫折了老朽寿禄。"袁玑夫妻也在旁边拉着，双方才平礼见过。进入大厅分宾主落座，袁玑夫妻和袁天纲侍立袁嵩两边。

孙思邈道："造次来访，委实唐突，尚望见谅。"

袁嵩笑道："这种唐突的事越多越好，我们倒巴望着真人天天造访呢。"

袁府家规严，待客时如果袁嵩在座，袁玑夫妻和袁天纲便不能随便开口说话，只有被问到时才能回答。这时也只有赔笑的份儿。

双方寒暄几句，孙思邈便说出要收袁天纲为弟子的意思。袁嵩和袁玑夫妻早上商量过了，都同意。这时便在大堂上，让袁天纲行了拜师大礼，正式成为孙思邈的弟子。

拜师后，袁天纲便侍立在孙思邈身边。袁嵩叹道："老朽身遭乱世，年轻时本无宦情，却不得不在官场中沉浮二十年，侥幸未获罪戾，这世事人情早看得淡了。穷富贵贱都是浮云，一家人能长相厮守才是福分。老朽这儿子，只应名做个小司仓。至于这孙子，原想让他连司仓也不做，长守身边即可。即便是朝廷征聘他去做官，老朽也不会答应。既是真人收他为徒，那是寻常人家烧十辈子高香也巴望不来的，老朽岂敢不识好歹，这孩子就交给真人了。"

孙思邈笑道："老先生旷达，人所皆知。这孩子天资根骨绝佳，将来之成就当在晚生之上。"

袁嵩抚掌笑道："岂敢望此，他能学到真人的一点皮毛，也就足够了。"

中午袁嵩陪着孙思邈用了饭，饭后便回去歇息了，也是让儿子儿媳和孙思邈说说话的意思，毕竟是他们的儿子。

孙思邈对袁玑夫妇说，要带袁天纲出去学习三年，三年后便可回来在祖父、父母前尽孝承欢。一直扮着笑脸，心底里却忧心忡忡的袁玑夫妇这才放心。他们最怕的便是孙思邈携儿子一去不返。听说只有三年，又大喜过望。

孙思邈给袁天纲三天时间与家人亲友道别，收拾行装。袁天纲最想在走前见叔叔袁守诚一面，便大着胆子提出，孙思邈一笑允诺，索性又多给几天，半月后再启程。

袁玑夫妇苦苦挽留孙思邈在家里住。孙思邈笑说自己是个忙碌命，不是行医便是采药，在哪儿也待不住，说完便飘然告辞而去。

第二天，袁玑夫妇便带着儿子去亲友家作别。消息传出后，送贺礼的、请吃酒的络绎不绝。一向不喜交际应酬的袁家祖孙三代却忙个不停。

第十天上，袁守诚回来了，听说消息后喜得坐立不稳。在他眼中，孙思邈绝不单纯是国医圣手，而是道家学说的泰山北斗。若说世上无愧于真人称号者，梁朝陶弘景之后，便只有孙思邈了。无独有偶，陶弘景在医学上的成就也是无与伦比，而在炼丹学上更是空前绝后。至于他最后是否炼成仙丹，服食后成仙而去，至今还是不解之谜。

袁守诚索性在家住下来，坐等孙思邈上门来接袁天纲时，当面向他讨教道学上的诸多疑难。他师傅老道长正是为了这些疑难才闭关精修，希冀能悟解出来。

孙思邈这次是特地来接袁天纲的，收袁天纲为徒是在他还未离开慈恩寺时就在心里定下的，依孙思邈的心意，原是要让袁天纲作为自己的法嗣，承继药王门的衣钵，他的天资心地都足够。然而孙思邈想的更远，他要让袁天纲在自己的基础上更上一层，把他也未悟出的天道悟出来。

因有这个心思，何时收他为徒，就慎而又慎。他特地以药王门最古老的卜卦方式——结绳为卦卜之于天，得出的都是成人之象，便定下在袁天纲成人生日后。袁天纲自己算出生日后将有重大转折，也可谓心有灵犀一点通了。

他来的路上因事耽搁了几天，紧赶慢赶才在袁天纲生日当天感到了。知道袁家人都在三羊宫后，他又赶到三羊宫，恰好看到袁天纲跪在老道长面前，老道长郑重地给他戴上成人冠这一幕。他的泪水顷刻间流了出来。

对于袁天纲，他始终有种把孩子寄养他人家的感觉。苏蕤不在了，这孩子就和自己的亲生儿子一样，却又不得不被别人抱走抚养，虽然他每年都要来看一两次，却不能相见，益增一份折磨。

袁天纲侧头看他时，他也注意到了，更注意到袁天纲看到他时神情大变。他不知为何，竟像被蜇了一样，急忙走开。三羊宫里的人虽久闻他的大名，都不认识他，还以为他也是观礼的亲友。

孙思邈没敢马上登门拜访，而是在附近观察几日，三天后袁天纲又到三羊宫正殿前后寻寻觅觅，孙思邈心中益慌，知道他是在找自己，难道是袁玑夫妇对他说了身世的事？抑或是他卜卦的学问已通神，自己算出来了？袁天纲随袁守诚和老道长学易经卜卦的事他也知道。袁天纲还喜好偷偷摸摸为人卜卦，这两年已有神算子之名。

他到附近的估衣铺搞来一套行头，扮成一个卜卦者，手中的药篮和膏药却是他带来的，可治风湿骨痛和头痛、牙痛等，是作为拜访袁家的礼物，袁嵩和袁玑夫妇都有风湿骨痛。他知道袁天纲喜欢卜卦，便想借卜卦之名跟他套话，看看他究竟对小时候的事知道多少。

不意行藏还是被袁天纲识破了，弄明白袁天纲究竟知道多少后，他才释然。但还是暗暗惊奇，袁天纲居然能记住一个多月大时见过的人，直感匪夷所思。

收下袁天纲为徒后，他又去峨眉山搜寻一种草药。这几种药材都是在这个季节才会长成。

半个月后，孙思邈带着采摘的药材，背着行囊来袁家接袁天纲。

袁家人对这一刻都是既渴盼又惧怕。孩子能成为孙思邈的徒弟，自然如平地青云一般，那是他一生的福分。然而想到他要离家三年整，又如丢了心一般。

倒是袁守诚给他们不少安慰，劝他们：“孙真人是何等样人，那就是活神仙，天纲跟着他将来不作神仙也做地仙，给个皇上都不换。你们还哀哀戚戚的。孙真人若肯收我为徒，我立马就跟着他走，别说三年，三十年，一辈子都成，若是孙真人见到你们这样，岂不要伤心？”

袁嵩和袁玑夫妇都被他说的开心不少。袁天纲少年心性，对离家远行本是欢欣鼓舞。但想到离别三年，也有依依不舍之情。听叔叔如此说，才又高兴起来。

袁玑夫妻给儿子打点好衣物行李，大包小裹足有十几个。又拿家中的粮食兑换成金银带给儿子用，依袁天纲母亲的意思，还要让平时跟随袁天纲的家人都跟着去，连带他平时坐的马车和车夫也都跟着去。袁嵩知道后忙阻止，说是既拜师学艺，就要听从师傅的安排，切不可自作主张。倒是要封二百两银子、五十两金子、蜀中锦缎四表里，他还送来一对祖传的玉璧，作为拜师的贽见礼。袁玑夫妇一一照办。家里的车辆不让跟着，就让家人出去雇了两辆马车，否则这些行李行装可没法背着走。

孙思邈到时，袁嵩率一家老小在大门外迎接。袁守诚按捺不住，抢先迎上去，要以弟子礼拜见。孙思邈拦住不受，双方还是平礼见过，袁守诚口称真人，执礼甚恭，孙思邈则称他道兄。

来到厅堂上，桌案上摆着四样贽见礼。袁嵩坚执让孙思邈收下。孙思邈笑道："长者赐，不敢辞。晚生本应遵命收下，但晚生行医多年，不是夸口，若想聚敛钱财，富埒王侯也不难。晚生从师第一日即秉师训：要以苍生为重，视银钱之物如粪土。尊府并非富贵人家，重师尊师的心意晚生心领，所赐便不敢受了。"

他既如此说，袁嵩等人便不再坚持了。孙思邈看到为袁天纲准备的行装，不禁失笑。只让带一套行李和几套换洗衣服，余物一概留下。门外的马车也打发掉一辆，留下一辆。

袁守诚一直暗自发笑，他早就对父亲和兄嫂的忙乎不以为然。江湖传闻，孙思邈向来不携一文走天下，需要时却可随时拿出千金。是以都说孙思邈会炼金术，随便拿几块砖石瓦块便可炼化成黄金。

中午是饯行酒，席上袁守诚便把心中悬亘的诸般疑难一一提出，向孙思邈请教。孙思邈虽精于道家学问，却不喜欢袁守诚所学的斋醮符箓这一派，对这些问题也只能以己意答之。袁守诚听得旷若发蒙，满头汗下，醍醐灌顶不足为喻也。其后袁守诚成为三羊宫的道长，俨然为蜀中道家领袖，就发轫于这一席谈。

袁天纲在心里默默回味着，他也不喜欢符箓斋醮，但三羊宫老道长传他道家学问时，也涉猎许多，这些难题他也是不解，只是他没有这方面的身体力行的经验，领悟之深就较叔叔远逊了。

第十四章

当晚，师徒二人在一家驿馆投宿，马车也打发回去，孙思邈又给了一份车脚钱，车夫谢了又谢，赶着马车回去了。

这家驿馆是朝廷设立的，专为过往官员服务，驿馆中应有尽有，按官员品级提供酒席、行李、毛巾、茶水等日用物品，只是朝廷给的经费少，驿馆只有广开财源，过往的客商士绅也可以入住，按银子多少提供相应服务。各地的驿馆都差不多，只是富庶地区的驿馆豪华如王侯府邸，贫穷地区的驿馆便处处透着贫苦二字。

驿馆的马厩里养着十几匹膘肥体壮的驿马，马厩旁还停着几辆驿车，这也是可以花钱雇的。庭院里种着花草树木，时已傍晚，院子里处处高悬灯笼，灯火通明，照得亮如白昼。

孙思邈要了两间客房，一桌酒席。今天是收徒的第一天，他不想草草。房钱和酒席花去他二十两银子，他并不心痛，江湖中传闻他一掷千金的豪举是有不少。但他并不会炼金术，也没有点石成金的金手指，却有数不清的贪官污吏和为富不仁的奸商劣绅，这些人请他治病时，他都要毫不客气地敲上一笔，这些钱他大多用来购买药材，给贫穷的患者施药治病，遇到无以为生的穷人，施药之外还要附送些银两，药王的名头易得，菩萨的名头可是积无数善行阴德才得到的。但说也奇怪，穷人爱戴他，崇拜他自属正常，那些平日视钱如命的官吏商绅，被他狠狠敲上一笔后，不仅不记恨，反而为他歌功颂德，比穷人还起劲，也许这些人只有到阎王点到他们的名时，才能恍然大悟：金银再多也不是命，人世间最可宝贵的还是性命而非金银珠宝。

袁天纲陪着师傅坐在房间里，见驿馆的下人们一拨拨送来行李铺床，送来灯烛、茶水、洗脸水、毛巾，比家中的仆人还要训练有素。每人得到赏钱后，都谢着欢喜而去。

看着床上铺陈的整洁簇新的被褥，袁天纲方始恍然，说道：“师傅，难怪您不带行李，您在外面都住这样的地方。”

孙思邈大笑起来，这孩子虽已成年，却还是没出过家门，没见过世面的稚子。他从行囊中抽出一条折叠好的虎皮。虎皮已磨损破旧，皮毛脱落殆尽，许多地方已磨得发亮。“这就是为师的行李，在前不着村、后不着店的地方，随便找个废弃的寺庙或者草棚子，把这铺在地上就成了。”

袁天纲大惊道：“那冬天岂不要受风寒？”他在家中，阴雨天时，母亲就要察看被褥潮不潮，冬天时，地上生着炭火，被褥都要用汤婆子熨过才让他睡在上面。睡在地上那是想都不敢想的事。就算是干粗活的下人，也都有张床和干爽的被褥。

孙思邈笑道：“为师身子壮，风寒奈何不得。”旋即笑容一敛，正色道：“天纲，你既入为师门墙，第一条就是要准备跟着为师吃苦受累，以后风餐露宿就是家常便饭。”

袁天纲也郑重道：“师傅受得了，徒儿也受得了。”

孙思邈赞许地点点头。袁天纲的身体素质是他亲手铸就的，并不比自己差，以后的诸般苦头不是他身体是否受得了，而是他心里是否受得了，这就需要由浅入深、循序渐进了。

须臾，酒席上来。孙思邈让袁天纲坐在自己身旁。袁天纲不敢，坚持要坐在下首。若按家中的规矩，只要有长辈在，晚辈是不能坐着的。孙思邈拉着他坐在自己身边，说：“你在家中要守家里的规矩，既入我门，就听为师的。不许你做的事我会告诉你，其他的不必拘泥。”说着又给他斟了一盏酒，袁天纲又惶恐地站起道：“徒儿不敢饮酒，在家中也只年节时少饮几杯，平时绝不敢饮酒。”孙思邈道：“你跟着为师，就要过这样的日子，有酒有肉时便喝酒吃肉，到了荒山野岭，就要喝生水吃野菜，这叫随遇而安。”

望着孙思邈慈爱的目光，袁天纲心中滚烫，这种目光只有在祖父、母亲眼中看到，父亲眼中都很少有。他眼中泛着泪花道：“师傅，您为何待徒儿这般好？”

孙思邈微微一怔：“傻孩子，你是我千挑万选才选定的徒弟，怎会对你不好？”

袁天纲道：“徒儿见过不少人家请的塾师和教功夫的教头，个个本事不大，对学生徒弟却整天不是打就是骂。”

孙思邈笑道：“你说的这些倒是比比皆是，这样吧，你也莫把为师当师傅，就当作你的娘亲。”说到这里不禁悠然神往，想起师傅待自己就如亲生父母一般，比对师妹都好。他对师妹比对一母同胞的妹妹还亲，一方面是心中对她有愧，觉得自己夺去了本应属于她的爱，另一方面也是为了报答师傅的恩情。而今他又把对师妹的感情都移注到袁天纲身上。

袁天纲含着热泪点点头，虽只半日工夫，他已觉出师傅待自己委实跟娘亲一样，至于其中的原因，当然是他想破头也想不出的。

两人用过酒饭，下人们来收拾下去。孙思邈见一人微微躬着身，脸色蜡黄，便叫道：“小兄弟，过来一下。”

这人二十一二岁的模样，听见召唤忙过来，右手还是捂着肚子。孙思邈问道：“你肚子痛？”那人腼腆道：“小人有个肚子痛的老毛病，客官眼力真好，一眼就看出来了。”

孙思邈看看他脸色，又扒开他眼皮看看，再看看舌苔，最后搭脉诊了六十息。问道：“没看过大夫？”

那人道：“看过好几个了，都说小人是着凉了，寒大，还有说肾虚的，吃了好多药也不见效，每次痛一阵也就过去了。”

孙思邈苦笑道：“你找的都是什么大夫啊？”

旁边一人也是二十上下，看上去和这人关系不错，一直关心地在旁边看着。这时笑道：“客官您有所不知。这附近偏僻，哪有好大夫，要看好大夫就得去成都府。那里的大夫光诊费就要一两银子，看次病得花一头猪的钱，还不一定能治得好。小人外婆前年生病，家里房子、牛马、田全卖了，也没治好。最后还是死了。”说着眼圈都红了，不知是想念他外婆，还是心痛花掉的钱。

孙思邈不愿在人前说同行坏话，便劝慰他：“药医不死病，佛渡有缘人。不是所有的病肯花钱就能治好的。”

适才肚子痛的那人吓得脸色由蜡黄转成铁灰色了，哆哆嗦嗦问：“客官，小人……小人这是什么病？”

孙思邈道：“一会你自己就能看明白了。”

他让这人领他去间空房，拿一个马桶过来，叫这人脱去裤子坐在马桶上，然后又让他脱去上身衣服，自己拿盒银针，在他背上取穴扎上十二根，又在他胸肋小腹上扎了六针。另一人和袁天纲也都好奇地跟来，在旁边看着。

约有半顿饭工夫，这人腹部刀绞一般剧痛起来，孙思邈握住他的双手，不让他乱动。须臾，下面便扑通扑通便了出来，腹中的剧痛渐渐退去，只是满头满身的汗水。屋中更是臭味四溢，袁天纲和另一人都捂住鼻子，屏住呼吸。孙思邈却浑然不觉，把这人身上银针都拔出来。

这人便净后只觉通体舒泰，身子却虚脱一般，好一会才穿上衣服起来。

孙思邈笑道：“你看看桶里是什么，就知道你得的是什么病了。”

这人向桶里看了一眼，险些又呕吐出来，桶里是成团的尺多长的绦虫，足有几百条之多，白花花的兀自蠕动爬行。

孙思邈道：“恁多虫子在你肚子里，还不把你的肠子都吃光了？要是不打下来，你最多还有一年好活。你把这些虫子找个空地用火烧死再埋起来。”

这人点头应着。孙思邈这才走出去。袁天纲和另一人听后，也就明白是怎么回事，都没勇气看上一眼，逃也似的跟了出来。

回到房中，孙思邈要来水，洗手净面，正要对袁天纲说什么，一直跟着他们的那个小伙子敲门进来，怯生生问道：“您……您老诊费是多少？一两银子够不？”

孙思邈看到他左手死死捏着一个小荷包，生怕被人抢去似的，便笑道：“我现在只是顺便给人瞧瞧病，不收诊费。”

小伙喜道：“那您老能不能给小人号号脉？”

孙思邈仔细看看他的脸色、眼睛，适才也看到他来回走动，听到他说话，有病没病就能诊断出来，“你要瞧病吗？你没病呀？”

小伙脸一红道：“小人娶媳妇三年了，至今也没生下一男半女的，成都府也去了几次，吃了不少药，还是没用。”

孙思邈便让他坐下，给他号了一盏茶时候的脉，然后道：“你没有任何病，没生子女不是你身体的事。”

小伙沮丧道：“那一定是小人婆娘不能生养，小人命苦，娶了个不能生蛋的母鸡。”

孙思邈道："这也未必。不是身体上的毛病，也可能是命中有无的事。你把生辰时刻说一下。"

小伙便把生辰时刻报出来，孙思邈一掐算已有结果，却对袁天纲道："你给他算算。"

孙思邈掐算的时候，袁天纲也早算出来了。并不是预先知道师傅要考他，而是会测算八字的积习，见到个命造就忍不住掐算一下，就如后人见到1+1=的算式，就忍不住填上2一样。他怕自己算得太快有误，又掐算一遍，才迟迟疑疑道："按这命造算，子息在死宫中，是命中注定无子。"说完，满怀歉意地看着那小伙，仿佛这也有自己的错。

那小伙益发沮丧，婆娘不能生养，多赚些钱还能换一个，自己命中无子，这可没法换。只在肚里埋怨爹娘给自己生的时辰不好。

孙思邈劝道："小兄弟，你也莫怨天怨地的，命中如此，就是你爹娘也没法子。你还是过继个侄子作自己的儿子，只要你真心疼他，好好养他，你老了他也会跟亲生儿子一样孝敬你，为你养老送终，承继你的香火。"

这小伙又高兴起来，在他们乡间，自己无子，从兄弟房中过继个儿子也是常见的事，并无人笑话，没人肯过继儿子给你那才惹人笑话。

孙思邈不是神医吗？怎会也搞封建迷信？要知孙思邈可是西魏、北周、隋唐时期的人物，那时候怎会有人不迷信？至圣如孔子，也只是不言怪力乱神，不说是因为不懂不理解也就不乱说，并非不信。那时若有人不迷信，除非是今人穿越回去的。今人就不迷信吗？这也未必。各国科学家不正以无比严谨的科学态度，用最先进的仪器寻找鬼魂吗？所以迷信并非封建时期所特有。只要人类还匍匐在大自然的伟力下，迷信就不可能彻底消除。今人笑古人，不过是五十步笑百步。

然而孙思邈用命造来劝他并非真的相信这小伙命中无子，若鉴定一对夫妻是否真是命中无子，要给夫妻两人都认真号过脉，实在找不到身体的毛病，才测算他们的八字，是否有一人命中无子或者两人命造相冲等等，这里面的说道很多。他而今如此断定，只是不想让这小伙把责任归结到妻子身上，或者休妻，或者天天打骂的。至于以后他们也许生了孩子，顶多不过笑话他的医术不精就是。

这小伙的心理负担去掉，身子轻飘飘的，打躬作揖谢了又谢，把没动过的床铺又整理一遍，又为二人添茶倒水，把灯也拨得更亮些，说二位客官有事，只要招呼一声麻小六，他立时就会过来伺候。

他还没退出，那个拉出几百条绦虫的小伙又满脸泪水地进来，扑倒在地就要给孙思邈叩头，口称：“小人孙二虎给您老人家叩头了。”

孙思邈拉起他，笑道：“你先别高兴，我还得给你看看虫子净了没有。”他又诊了一次脉，要来纸笔，开个方子递给他，说道：“虫子是去净了，可是你的肠子被虫子咬得薄了，要吃些药调养。以后吃东西更要注意，不洁之物、不熟不烂的都不要吃。”

孙二虎疑惑道：“小人也吃过几次打虫药，怎会一条虫子也没打下来？”

孙思邈道：“这可能是你服的药不对，或者分量不足，虫子没打下来，反而越积越多，至于有些大夫没查出你肚中有虫子，只能说是诊脉有误。”

孙二虎从腰间摸出一个小包，双手捧着，包中有二两多银子，还有几十个铜钱，怯生生道：“小人积蓄只有这些，不知够不够，不够小人再去借。”

孙思邈把包塞回他手里，和颜悦色道：“我只是顺便给你瞧瞧病，又没用药，不收你的钱。这些钱你拿去买药好好调养身体吧。”

孙二虎也是谢了又谢，恭恭敬敬退了出去。

袁天纲笑道：“师傅，您常这样给人看病呀？”

孙思邈点点头：“我不论走到哪里，只要看到人脸上有病容，身上有病态，便非察看清楚不可。如果一个病人没能彻底治愈，我就像一件事没能做完，不管怎样总要做完它。”

袁天纲肃然起敬道：“难怪普天下人都称您是菩萨，师傅真是菩萨心地。”

孙思邈摇摇头，反问道：“假如你在街上看到一个两三岁的孩子跌倒了，你会不会扶他起来？他哭了，你会不会哄哄他？他饿了，你会不会给他糕饼吃？他找不到家了，你会不会把他送到家里？”

袁天纲道：“这些徒儿都会做，每个人遇到了也都会做。”

孙思邈道：“对。这就是菩萨心地。我有，你有，每个人都有。在我眼中，每个病人都像是跌倒的两三岁的孩子，在疾病前，无论怎样坚强的人也都无力又无助。给他们查明病情，就是扶他们站起来，给他们针灸用药就是止哭止饿，把他们的病彻底治愈就是把他们送回家。”

袁天纲怔住了，如此深刻的大道理师傅只用几句最浅显的话便说透了。话虽浅显，却让人回味无穷。他细细咀嚼了一会，忽然苦笑道：“师傅，天下间大夫郎中成千盈万，却有几人能具师傅这般心地？”

孙思邈在心里微微叹口气，这是实情。世上多的是庸医和黑心大夫，即便是技艺高超的名医，不爱钱不敛财的也没几个，是以他在洛阳收的弟子，倒有一半时间用在培养他们的医德上，另一半时间才传授医道。但对袁天纲不能这样说，他笑道："天底下研习学问的人也成千盈万，有几个能成大儒的？比丘、比丘尼多如过江之鲫，有几个成佛作祖？斋醮修道的也不计其数，又有几人羽化升仙？"

袁天纲笑了，他没说话，而是思索着师傅话中含意。

孙思邈继续道："要做一件艰难的事，就像爬一座高峰，具此能力的人无数，立志要攀登的人也无数，而最终能登上绝顶的却寥寥无几。能力、信念、毅力、技艺、磨难缺一不可，而且每一项都要坚持至最后始能成功。"

第二天早上，孙思邈和袁天纲就出了驿馆，孙二虎和麻小六帮他们提着行李，还好心告诉他们驿馆的驿马太贵，他们可以去附近的乡间帮他们雇。孙思邈谢过二人的好意，说要自己去雇，便背着行囊，领着背着行李的袁天纲大步走了。

袁天纲初时还不觉怎样，走了五里上下，背上的行李变得沉重起来，孙思邈看他一眼，微微一笑，便在路旁一座倾欹欲倒的小饭铺里歇脚，买来新出锅的炊饼吃了，权作早点。

歇息一会儿，便又上路。孙思邈把袁天纲脚下的行李也背在自己背上。袁天纲忙道："师傅，我背得动。"

孙思邈笑道："你先空身跟我走上五十里，再夸这海口。"

接下来果真一口气走了五十里，用了三个时辰。走出二十里时，袁天纲已感到脚膝酸软，气力不继，微微喘息起来。他心性好强，硬撑着不吱一声，再看师傅，背着他笨重的行李还有行囊，却是气不喘、色不变，挺立如松，心下好生惭愧，便硬着头皮走下去。

又走了约有十里，袁天纲实在难以为继了，两条腿像灌了铅似的，两只脚则虚软得几乎感觉不到，喘息心跳之剧似欲把骨架震开，汗水浸透重衣。

孙思邈看着他佝偻似欲瘫成一团的样子，心中也是心疼，伸出手来想拉住他，到半途却又收回来，只是用慈爱的目光看着他、鼓励他，似乎在说坚持下去。

他心中有数，袁天纲体内有先天罡气，那是累不垮、打不到的，袁天纲自小到大肩不扛、手不提，更没走过远路，先天罡气被置于无用之地，只是护住他不受风寒暑热侵袭，不受疾病袭扰，现今就是要把他体内蕴藏的先天罡气激发运转起来，而今这关口正是最关键的，挺过去就会激发启动先天罡气。

袁天纲看到师傅的目光，似乎从中汲取到了力量，紧咬牙关，又一步步近乎拖着身子走下去。

说也奇怪，又走上百十步，那早已消耗的力量又神奇地渐渐回到体内，身体能挺直了，走出一里许，脚也感到坚实有力，腿里灌的铅似乎都融化了，流入地里。只是气息还有些不匀。又走了五里，气不喘了，心跳也均匀了，身体上下充满了力量。

生平头一遭感受到这神奇的变化，他既觉得好玩，又很兴奋。想到师傅所说的攀登高峰的譬喻，以及信念、毅力、磨难，明白师傅是要借此磨炼自己，打造自己的毅力。

午后未时，他们走进一个镇甸，找了一家饭馆吃了中饭。饭后两人继续赶路，又走了两个时辰，日头已沉西，才找家乡间客栈住了下来。

客栈虽小，倒还整洁干净。糙米饭、腊肉腊鱼，几样时鲜蔬菜也都喷香可口，只是水酒太淡了些。

走了一天，袁天纲胃口大开，端起碗大口吃着，仿佛胃里有个小手把他吃到嘴里的饭菜都搂了进来。他猛然意识到自己吃相不雅，抬头看着师傅。见师傅正以赞许的目光看着他，便又大口吃着。

饭后，天已完全黑下来。孙思邈又要来热水，让袁天纲脱去袜子，让他烫脚。

袁天纲下午并没感到怎样疲劳，只是进了客栈后，才气息有些不匀，心跳也加速些，腿脚也没像上午那样酸痛。但脚一入热水，却感到脚底火辣辣的，不禁叫了一声。

孙思邈扳起他脚掌，他看到每只脚掌上都磨出四五个水泡。孙思邈笑道：“这就是你今天的成绩，明天再走这些路就轻松多了。”

泡了有一刻钟，水已凉了。孙思邈拿出一根银针，挑破水泡，敷上一种药粉，用布条包好扎起来。他边做这些边问道：“今天是你上的第一课，你觉得有何收获？”

袁天纲一怔，走一天路也算上课？他转瞬又明白了，师傅给自己上的就是毅力课，他思考片刻，答道：“徒儿想，师傅是要借走路来磨砺弟子的毅力，古人说行百里者半九十。做事和走路一样，爬山也是一样，开始会很顺利很轻松，后来则阻力渐大，困难渐多，在九十里这个点上便会感到气力耗竭，无法再走下去。其实只要咬牙挺住，还是能走完百里的。”

孙思邈点头道：“很好，咬牙挺住这四字是关键。《易经》说自强不息，佛家说勇猛精进，都必须有恒字在其中。而恒心就是关键时刻要咬牙挺住，人无恒则万事不成。”

袁天纲忽然顽皮一笑：“师傅，您可真能走，今儿个走了恁多的路，您却像散步一样。”

孙思邈失笑道：“这点路程对师傅来说，也就是散步而已。”

袁天纲嘻嘻笑道：“那您一天能走多远？”他是真的很好奇。

孙思邈沉吟一下：“慢行二百里，急行三百里吧。”

袁天纲咋舌道：“那一天一夜不就是四五百里？”

孙思邈道：“若有急事，能走得更多。”

“更多？”袁天纲几乎不敢想象了，他听说朝廷十万火急的军情文书，传送者在各驿站换马不换人，一日一夜也不过是五百里，师傅能比驿马跑的还多?

说着话，孙思邈又拿出一套崭新的银针，显然没用过。袁天纲吓了一跳，说道：“师傅，我没病。”

“没病强身。”

袁天纲对医学虽是外行，却也知道针灸是用来治病的，从没听过有健体强身这一说。师傅既这样说，他也只好乖乖地趴在床上。

孙思邈没急着下针，而是先给他按摩。从头到颈，再到整个后背。在孙思邈灵巧有力的手指下，袁天纲感到自己的身体酥软如绵，已随风飘起，浮到天上。孙思邈还没按到腰部，袁天纲已如婴儿般香甜入梦。

孙思邈是要把他的筋骨彻底放松下来，罡气才能通行无碍，也才能达到濡养五脏六腑、筋骨肤发的最大效果。一直按摩到脚底，孙思邈才收手。拿起一根银针，凝神屏思，针上灌注真气，一针扎下去。

针上所附罡气虽微，进入袁天纲体内却如一块石头砸入池塘，把穴位附近沉凝的真气激活了，循经走络，疾速流注。

孙思邈觑准他罡气流注的方向，一针针扎下去。这手法最难之处在于时机的把握，一定要在袁天纲罡气流注将至未至之时。过早，激发出的罡气会分散开来，无法和流到的罡气融合一处；过迟，则会阻碍罡气的正常流注，而罡气流注极速。这将至未至的时机只是电光石火般的一瞬。孙思邈争的就是这一瞬，运针如飞，凝神专志。

一盒银针用光后，孙思邈盘坐在袁天纲身前，手指搭在他脉门上，屏息细察他体内罡气运转的状况。

袁天纲一个多月大时，因患先天绝症，孙思邈只好行逆天之举，用浑厚无俦的先天罡气把袁天纲逆转回先天状态。此举治好了袁天纲的绝症，更使他成为天下第一聪慧之人。绝症治好后，袁天纲体内却充轫着浑厚的先天罡气，并不较孙思邈修炼多年的先天罡气稍逊，更是他生母苏蕤因不是掌门传人而无缘修炼的。

孙思邈对这状况是既喜又忧，喜的是这世上通常只有两个人有缘得习这门先天罡气，一个是药王门掌门，一个就是选定的下代掌门。其余弟子只能修习先天真气。若非药王门中人，绝无机缘得授先天罡气或先天真气这两门神功。药王门中人是严禁将这两门神功传给外人的。袁天纲是不习而得，与此门规可算擦边而过。

令他担忧的是，袁天纲得此意外之财，会不会有天咎之殃。药王门传袭数百代，也有门人弟子胆大妄为，把功夫外泄给亲人，结果修习者均在修炼过程中惨死，如遭雷劈火焚。门中人相传为天谴。有诸多血淋淋的例子，其后才无人敢再越雷池一步。

袁天纲是在治病过程中被动获得，有如孙思邈强加给他的，这与门规固然无碍，应该也不怕什么天谴云云。孙思邈还是担心一样，这不习而得的先天罡气会不会在他体内作乱。倘若出现神功反噬的状况，就是大罗金仙也无从措手。孙思邈每年都要去看他一两次，也是为此。

最好的办法就是孙思邈收他为徒，且定为一代掌门，再传授他先天罡气的修炼秘诀，一切都名正言顺了。

孙思邈却有更大胆的想法，他认为在资质禀赋上超过他的只有袁天纲一人，所以自己无法悟解的天道，或许只有袁天纲有希望悟解出来。他带袁天纲出来，就是要把自己的学识传授给他，再让他行万里路，了解天下事。人事不解，何以知天道。

然而不收袁天纲为药王门传人，孙思邈就不敢私自传授功法秘诀。这条门规是他绝不敢触犯的，孙思邈也就只能用这种方法帮他激活调适先天罡气。

起针后，孙思邈又手抚他命门处，以己之罡气助他体内罡气通流百脉，最后才导之回归丹田。这在内家修炼上，称之为筑基，而在道家丹元派，称之为筑鼎，是最基本也是最紧要的。

袁天纲一觉醒来，顿感神清气爽，周身充溢着旺盛的精力，浑然不知昨夜竟睡了四个时辰。

他见师傅的房门关着，里面静悄悄的，不敢打扰，自己到院子里舀水洗脸，用青盐擦牙。此时正是卯时，太阳已从远处的高山后升起来，金辉洒满庭院，客栈养的一只雄鸡悠闲地在院子里啄食，还时不时地昂颈鸣叫几声。

听见鸡鸣，袁天纲才意识到自己起晚了。他以前睡觉也总是选定天亮前两个时辰入睡，这样醒来时，就可以出来随意活动，家人也不会见怪。但他清楚记得昨夜师傅给自己按摩时不过是壬时前后，自己不一会就睡着了，这段时间不用屈指算也知道是四个时辰。

自己怎会睡了恁久？遮莫是走了一天的路累的？他蓦然想起师傅说要给自己针灸来强身的事，他当时还不解针灸怎会有强身妙用，而今方知，针灸强身不但有效，简直是神效。

他精力无处宣泄，看院子里无人，便练起一套掌法来。这是三羊宫老道长的压箱底功夫：太乙绵掌。

掌法共三十六路，他练了十二路便微微汗出。掌法外人看上去，轻飘飘浑若毫不着力，只有练的人才知道，每一掌均如逆水行舟，如搬运千钧重物，外表却又不能有丝毫吃力、笨重的形迹，真是把“举重若轻”发挥至极致。

袁天纲天资雄富，无论学什么都极快，且能举一反三、触类旁通，老道长也赞其有宿慧。唯独在两件事上吃足了苦头，一是祖父教他走路、跪拜、登高步下上，另一件就是习练这套太乙掌法。

他看到老道长习练时，还真没瞧起这套掌法，一招一式跟鬼画符似的，还说是什么高深的掌法。当他一招一式按照老道长所传的诀要习练时，那轻飘飘的浑若风中柳絮的招式便像转动塞满泥沙的磨盘一样艰难，在当晚两个时辰里，他一招也未能学会。

这套太乙绵掌他用了五年时间才学全，犹生涩滞重，与老道长那如行云流水、绵绵不绝的仪态相比，不啻天壤之别。

老道长传授他时告诫他，绝不可在人前施展这套掌法，自己习练时要在僻静无人处。他在家中练习也是在深夜，家人们都睡熟后才在自己的屋内练习。

孙思邈早已算好袁天纲何时醒来，昨夜入定时便也设定好与他同时出定。袁天纲在院子里练习掌法，他也从半开的窗子看到了。

他认出这是三羊宫老道长最精擅的太乙绵掌，心下啧啧称奇，老道长连这等绝活都传给袁天纲，看来真是倾囊而授了。

对这套太乙绵掌，他心仪已久，据说三羊宫老道长年轻时曾是川陕名侠，就以这套太乙掌法名震遐迩，只是他等闲不施展本领，见识到这套掌法的人也大多毙命于他掌下，江湖中只闻其名未见其实。

孙思邈想看到这套掌法不过是好奇，这世上能令他好奇的事物也没有几桩了。

袁天纲只练到十八路就停手收功，这套掌法虽说只有三十六路，其实每一路都是一套完整的掌法，也都有相应的身法、步法、心法，要练全一套需两个时辰，练习时完全可以一路路单独练习，只有功力高深时才能一口气练全三十六路。

一口气练了十八路，袁天纲已是大汗淋漓，气息有些不匀。他平时一般每晚只练一两路，最多也不过练上四路便已气力不继，而今竟能练上一个时辰，他也未曾想到。

孙思邈从头看到尾，心下失笑连连。袁天纲已自觉这次练得最好，但在孙思邈眼中无异于狗熊打把式，他也看出了毛病所在。袁天纲体内本有充沛的先天罡气，运使这套太乙绵掌也应驾轻就熟，就像他有过目不忘的禀赋，无论怎样艰涩难懂的书也照样能记住，只是这过目不忘的本事无须使用方法，先天罡气虽妙用无穷，却必须懂得种种运使窍要。袁天纲不懂就只能得到百病不生、寒暑不侵的好处。

袁天纲练习太乙绵掌是按老道长所传诀要，这和先天罡气并无冲突。然而太乙绵掌并非仅仅一套掌法，而是一套功法，借此可练出太乙真气。

三羊宫老道长是怕袁天纲太小，心性不定，耐不得趺坐习静之枯寂，故而教他这套掌法，以动习静，养练出真气来。是以袁天纲练习时便生出一丝丝太乙真气，他体内的先天罡气察觉有异，立起反应，将之压制、驱除，就如遭受寒暑、病毒入侵时的反应一样。太乙掌法的诀要因此和他体内的先天罡气起了冲撞，被彻底克制住。虽然无虞，练起来也就百倍的费力，而且不得要领，自然无法练到位。

早上吃饭时，只有老板娘露面，却没看到老板。孙思邈一问方知，老板去十里外的集市采购些鲜鱼和新宰杀的肉类。孙思邈心里暗笑：这客栈一年到头恐怕也来不了几个客人，采购食品自己吃不成？在这偏僻的地方本就不该有客栈，因为很少有人走到这地方来。这条路他也很熟，二十多年也没人开客栈，这对夫妻不知吃错了什么药，跑到这地方开家客栈。仅靠这家客栈的微薄收入能过活得了吗？

这种事他当然不好问了。琢磨这些也是他的职业病，他每给人看病时，也要估量病人的经济状况，能负担起药费的就正常收药费，如果负担不起的，就免收，太困难的还要赠送银子。时间久了，见到人自然也就像观察这人有病没病一样，估算着这人的经济状况。

早饭只有稀粥、蒸饼和咸菜，老板娘连连道歉，说是没有好吃的，怠慢了客人，这是他们这行的职业套话，不管饭菜好坏都要这样说。孙思邈也用套话回应着，一边坐下吃起来。

饭后，孙思邈和袁天纲收拾好行装准备上路了，老板娘一直送出来，说着欢迎再次光临等客套话。刚走到院子门口，却有一人旋风般冲进来，口中嚷着：“不好了，韩四嫂，你家韩四哥被人绑了，还送来一封信。”

第十五章

孙思邈和袁天纲一时还没反应过来，等明白过来，再看老板娘，如遭晴天霹雳般怔了片刻，然后仰天跌倒。孙思邈眼疾手快，伸手扶住。

来人看到老板娘晕厥过去，也愣住了，手里握着一张纸，不知该怎样好。

孙思邈在老板娘后背灵台穴上点了一指，老板娘悠悠醒来，这才哇地哭出声来，直是哭天抢地，也忘了仔细问个究竟，看看信上写着什么。孙思邈却很纳闷，附近都是偏僻乡村，都是穷苦人家，抢匪一向专打劫过往客商士绅，怎地对本地住户下手了？

他伸手把信拿过来，看到上面歪歪斜斜写着几个大字：三千两银子放人，不交砍脑壳。砍脑壳三字可能不会写，也可能为了增强效果，画上一把刀，一个秃头。落款处也没有名，只是画着一个山头。山头倒是画的很像，旁边还有一些黑点，不知道是乌云还是什么。

“黑风寨？”孙思邈惊诧出声。

“大哥您也知道黑风寨啊？”送信的人惊讶道，“他们可都是杀人不眨眼的魔王，说砍脑壳就砍脑壳的。他们要三千两银子，韩四嫂怎能拿得出啊？”

黑风寨在距此六十多里的一座山峰上，当地人称之为帽儿山，远处看就像一顶草帽。山峰高耸，山势险恶，一百多年来有无数强人看中了这座山，安营扎寨，落草为寇。只是山头旗号变换，匪患从未根绝过。

不过帽儿山方圆百多里都是贫困山村，村民们都是勉强糊口度日，并无财富可供抢劫，是以帽儿山上的土匪都是抢劫前往汉中的商旅或者到外地去劫掠，兔子不吃窝边草，他们也知道这道理。因他们鲜少在附近作案，和官府也没起过大的冲突。官府明知山上有土匪，只要没有上宪命令，也就睁只眼闭只眼。

孙思邈还是十年前和黑风寨打过交道，他从帽儿山下走时，被他们拦住去路，不是抢劫，而是打躬作揖，苦苦哀求他上山给寨主李云彪治病。孙思邈知道李云彪这个人物，他向来只劫财，不劫色，不杀人，虽作案无数起，民愤并不大。他也就跟着他们上山走了一趟。

李云彪是患上极重的伤寒，在床榻沉绵两个多月，他手下的兄弟对他很忠心，把附近有点名气的大夫或恭请或硬请，都弄到了山上，却没人能治好。他们耳目很广，打听到孙思邈从山脚下走，二当家以下的几个头领都下了山，向孙思邈苦求。

治疗伤寒病以南阳张仲景所传一脉最为精擅，张仲景在治疗伤寒病上已是空前绝后，孙思邈虽秉承神农一派嫡传，在治疗伤寒病上还是自愧不如，他曾亲赴南阳，向张仲景传人提出以本门绝艺换取治疗伤寒病的药方，却被无情地拒绝了。孙思邈对此不单引为终生憾事，想起来就恨恨不平。他常骂世上无良名医以医术为射利之具，其实就是骂的南阳这一脉。

他对伤寒病也下足了功夫，虽然不敢媲美于南阳那些名医，对碰到的伤寒病却也没有不能治愈的。他在山上待了十天，把李云彪的伤寒治好了。李云彪感激涕零，设盛宴款待，他下山时，李云彪还拿出十张上好虎皮和二百两黄金酬谢，孙思邈没收，而是和他们商定一个条件，就是永远不骚扰穷苦百姓。李云彪满口答应，这条件遵守起来一点都不难，穷苦百姓那点家当他们还真没看上眼。李云彪还拍胸脯保证：以后孙真人有什么事需要他们效力，只需一张二指宽的条子，就是上刀山下火海他们也不会皱皱眉毛。孙思邈一笑而去。

那壁厢韩四嫂坐在地上，天啊地啊乱叫着，捶胸拍腿哭着。送信来的人也为她发愁：“三千两银子，把我们村子都搜遍了也找不出来，韩四嫂家哪有这家当？”

孙思邈笑道：“是啊，麻烦你去和黑风寨的大王说说，求他们少要点，要个三二十两银子还差不多拿得出来。”

那人赧然道：“我哪儿认识黑风寨的人。”

孙思邈道："你不认识我认识，这样吧，我写一封信，麻烦你交给他们，或许一两银子都不要，他们就放人了。"

"什么？您……认识？"这人张大了嘴，几乎合不拢。

"老爷，求求您救救他，救救我当家的。"坐在地上的韩四嫂跪在孙思邈面前，握着他的手哀求着。

"你放心吧，如果真是黑风寨的人绑架了你当家的，见到我的信就会放人。"

他要来纸笔，写了封信，真只有二指宽，上面写着：放人。下面画着一个小锄头。小锄头就是神农锄，也是他在江湖上的标志，见到这标志就如见到他本人。他相信，黑风寨不管什么人当家，看到这封信，都会立刻放人。另外他也没听到黑风寨易帜的消息，这封勒索的信还是李云彪的标志。

"老爷，这能行吗？"送信的人看着这二指宽的条子，觉得像开玩笑，可是黑风寨的人可是从不开玩笑的。

"你送去试试不就知道了。"

"可是救人如救火啊，万一银子送得晚了，韩四哥的脑壳就被砍了。"那人看上去很焦急。

"那韩四嫂能拿出三千两银子吗？"

"哪里有啊。"韩四嫂又哭起来，"我们这个小店一年也赚不上五十两银子，我家那个死鬼又好赌，一年到头剩点银子也都被他赌光了，家里哪儿还有银子。"

"那还有别的办法吗？"孙思邈没问老板娘，而是问送信来的人。

"这位老爷，你怎么问上我了，是韩四哥被人绑了，又不是我家的人被绑了，我只是看到信好心给送来。"这人被问的有些冒火了。

"话不是这样说，兄弟。"孙思邈拍拍他肩膀，"韩家遭了祸事，连我这个过路的外乡人都想帮帮忙，你和他们是一块土上的人，能不比我还上心？韩四嫂是个妇道人家，这跟抢匪打交道的事她哪里懂，你对他们家的情况应该也熟悉，他们有没有办法你也应该知道，我这才问你，你虽不是他们家的人，可是个男子汉哪。"

这样一说那人心里就舒服了，点头道："老爷，您的话没错。我马上走一趟黑风寨，就看您的条子好用不好用了。"

他拿着孙思邈的条子向外走，忽然想到一事，转头犹豫道："万一我去了，也被他们绑了，要银子赎可怎么办？”

孙思邈有些不耐烦了，浓眉一挑道：“那也没什么，我拿银子赎你们两人。”

“老爷您会有恁多的银子？”

“银子我没有恁多，金子难道他们不要？”

孙思邈打开自己的行囊，拿出几个厚厚的像书本似的盒子，打开后拿出几叠厚厚的金叶子。那人看到金子，两眼放光，喜道：“这我就放心了，金子他们想必也要的。”

这人走后，韩四嫂神情稳定许多，丈夫虽然没回来，总算有希望。她把孙思邈和袁天纲又请回去，刚斟好茶，附近的乡邻知道了，也都过来打听。韩四嫂出去和他们哭着喊着说着。

袁天纲一直没说话，此时才问道：“师傅，您真的认识黑风寨的人？”

孙思邈点点头：“我给黑风寨寨主治过病。”

袁天纲一吐舌头：“那您不怕别人说您私通抢匪呀？”

孙思邈笑了：“齐国未灭时，我也到齐国给人治病，现在也经常去陈国行医，也没人说我私通敌国。”

外面的人听说客栈里住了一位阔老爷，要拿金子赎人，都进来感谢，就中有位老者认识孙思邈，欢喜得叫道：“韩四嫂，有药王菩萨在这里，还怕天塌下来？你家韩四哥有福了，什么事也不会有。”

众人都知道药王菩萨的名，见过孙思邈的人却不多，听说这位老爷就是药王菩萨，纷纷罗拜于前，孙思邈一一扶起。这些人当下忘了绑架的事，都要求药王菩萨给自己瞧瞧病，好不容易见到药王菩萨，这等机会哪舍得放过。

孙思邈只好拿出药枕，就在房间的矮几上为要求瞧病的人号脉，然后开出方子让他们自己到药店去抓药。消息传出后，附近二三十里的人都赶来求医，孙思邈直忙到下午申时，才给这些病人逐个号脉开方完毕。他不收诊费，这些人便回去拿来鸡蛋、水果和一些土产，堆满了客栈的厨房。心神恍惚的韩四嫂都被忘到一边了。

申时一刻，送信去的人骑马回来了，兴奋地说：“老爷，您那张条子还真管用，黑风寨的寨主说了，马上放人，还给您捎来一封信。”说着，从背后的小包里拿出一封信双手递给孙思邈。

众人都簇拥着他，用钦佩的目光看着他，敢单身独闯黑风寨，自然了不得。他似乎也意识到了这一点，头仰得高高的，胸脯也挺起来，俨然像个得胜归来的英雄。韩四嫂问道：“六子，你四哥呢，怎么没跟你一起回来？”

此人叫王小六，父母早亡，又无兄弟姐妹，一个人守着父母留下的几亩薄田过活。他小时候父母宠溺太过，田里的活不在行，也懒得种地干活，田常荒着。倒是左邻右舍看不过去，种田时也帮他侍弄着，还能收些粮食。他喜饮酒浮荡，常去附近的市镇游荡，帮人跑跑腿、送送信，也能得些酬劳。他虽不成人，心地倒良善，看到别人有需要帮忙的地方，马上会冲上去。就因为这点，乡亲们还都喜欢他，却也因为他不成人，没人肯给他做亲，已经二十五六了，还没娶上媳妇。

听韩四嫂问，他答道：“大寨主说了，他们派人送到村头，叫我先回来报信。”

众人都啊了一声，为韩四夫妇悬着的心放下了。韩四嫂虽也放下心，不见到人总是不能完全放下，又问道：“那你在他们山寨看到你四哥没？”

王小六有些支支吾吾道：“这，这个，我倒没看到四哥。人家山寨哪能让我随便溜达，你当是咱们村子哪？”

韩四嫂又觉得有些不妥帖，继续追问道：“那你真的见到他们大寨主了，是大寨主亲口说放人的？”

王小六道：“怎么没见到，我当然见到了，是大寨主亲口对我说的放人，要不然我怎能拿到这封信？”

听他拍着胸脯这样说，韩四嫂又放心了，大家都劝她，黑风寨向来说话做数，既然说放人，就一定会放，何况这是药王菩萨命令他们的，他们胆子再大，也不敢不听菩萨的话不是。

“菩萨？大寨主说是真人哪。”他有些糊涂了。

“真人？还是假人哩。”众人轰然笑起来。

孙思邈在江湖中和宗教界被尊称为真人，普通百姓和他的病人才称他为药王菩萨。王小六并不知道让他送信的就是孙思邈，只是在黑风寨听到的。他其实并没见到黑风寨的大寨主，几寨主都没见到，严格来说，他根本就没进到山寨里。

他壮着胆子到了黑风寨，刚到山脚下，就被山寨把风的小喽啰发现了，他还没走到半山腰，就把埋伏道旁的几个人抓住，问明白后就把他蒙上眼睛带到山寨里。因为黑风寨的人从不祸害乡民，他才敢壮着胆子来。此时却也被吓得不轻，膝盖直发软。不多时，蒙眼的布拿掉了，他被客客气气让进一间小木屋里，抓他来的人招待他吃了一顿酒肉，然后交给他一封信，让他送给孙真人。还转述大寨主的话：既是真人法旨，自当遵从，马上放人，而且派人送到村口，让他先回去报信。最让他兴奋的是，大寨主还赏他五十两银子。

他并不信道，也就不知道真人是对得道之人的尊称，还以为是那位“老爷”的名字。现今听大家说药王菩萨，自然就对不上号了。

孙思邈已经看完了信，信上极道渴慕之意，请孙思邈去山寨盘桓些日子，至于放人的事，马上就办，请他放心。孙思邈看后，却不放心。这件事令他感到有蹊跷的地方，他还想不明白是什么，就是觉得不对劲。他行走江湖三十年了，无论什么事都能嗅出味道来，这件事的味道有些不对。只有等韩四回来问个清楚了。

这一天里，袁天纲也被晾到一边了，不过他也没闲着。师傅无论做事说话，他都在旁边看着，就跟读书一样聚精会神。他跟着师傅出来的前一天，祖父袁嵩特地把他叫到自己屋里，告诉他虽然跟了名师，并不意味着就万事大吉，师傅领进门，修行在各人，学艺是这样，研习学问也是一样，能跟师傅学到多少，就在于自己的勤勉与吸收了。

孙思邈在处理事情时，他就仔细琢磨师傅处理事情的方法，师傅说话时的神态和口吻也都令他着迷，他在心里揣摩着，模仿着，他原先的理想是做三羊宫老道长那样的人，跟了孙思邈虽只有两天，他的理想又改变了，要当师傅这样的人。孙思邈给人号脉开药时，他就在旁边看着，听师傅讲这些人的病症，师傅开方子时，他也记住了药方，虽然不明白药理，但记住药方对他来讲很容易，等以后有时间时再向师傅请教。

等了一个多时辰，还没见到韩四的影儿。附近的住户都散住各处，相近的也有二里多路，根本没有什么村子，只是把方圆几十里的住户都划到一个村子里，便于官府登记造册而已。要说哪里是村头，就连年纪最大的老者也说不出来。一般的村子都有村东头村西头什么的，这个山村却根本不知村头在哪里。所以有几个人就到村子东边最远的住户那边盯着，等着黑风寨的人送韩四回来。

村中的几位老者陪着孙思邈坐着，既是表示尊重孙思邈，也是邻里有事不能舍之而去的意思。他们还叫几名女人陪着韩四嫂，还有女人在厨房忙乎着。孙思邈和这几位长者谈着种庄稼、养牲口的事，他对农家的事也是无所不知，和几位长者谈的颇为投机。晚饭做好后，几位长者陪着孙思邈师徒吃了，女人们则在厨房用饭。

晚饭后一直等到天黑，也没见韩四回来。孙思邈知道事情有些不妙，他站起身说道：“我去黑风寨走一遭，看看究竟是怎么回事。”

大家也都觉得是出了什么意外，从王小六回来已过了两个时辰了，六十里的路不该走这么久。大家和他谈了这么久，觉得就和村中的人一样，已经忘了他药王菩萨的身份，都劝他不要夜里去黑风寨，太危险了。

孙思邈不顾，起身便走，袁天纲不用吩咐，跟随在后。孙思邈借了两匹马，和袁天纲骑上，向黑风寨疾驰而去。

半个多时辰后，两人已到了帽儿山脚下，黑风寨布置在山脚下的眼线发现后，急忙报上山寨。当孙思邈和袁天纲走到半山腰时，从山腰到山顶都亮起火把，从山顶到山腰响起一迭声的喊声：“黑风寨众家兄弟恭迎孙真人法驾。”

孙思邈对袁天纲笑道：“他们倒乖觉。咱们就要进入抢匪窝了，你怕不怕？”

袁天纲看到这阵势，心里还真有些惴惴感，明知跟师傅来，不会有任何麻烦，还是被这片突起的火光和喊声吓了一跳，听师傅问，笑道：“跟着师傅，徒儿有什么怕的，他们又不会抢我绑我杀我的。”

“那是你不知自己的能耐。”孙思邈笑道，“你早上练的那套掌法可惜没练到家，如果练到家了，黑风寨根本不是你的对手。”

“啊！”袁天纲张大了口，既没想到早上练习掌法师傅会看到，更没想到这套掌法有师傅说的那样神奇。

又前走几步，看到路旁几步远处便站立两人，举着火把，都躬身低头，口中唱喏：“小人恭迎真人法驾。”从山顶上旋风般跑下几个人，跪在尘埃中，口称：“小人李云彪恭迎孙真人。”

孙思邈上前扶起他：“无须如此。”又把袁天纲介绍给大家，说是自己新收的徒弟。大家和他平礼见过，恭维他一番。

袁天纲见李云彪并非自己所想的猛张飞那样的相貌，而是短小精悍，两眼炯炯有神，只是眉梢眼角带着一股煞气。后面跟着的五个兄弟也就是二当家以下的当家们，也都是短小精悍型的，倒是两旁侍立的喽啰们有不少高大威猛或五大三粗的。

李云彪六兄弟把孙思邈师徒迎入山寨忠义堂，刚落座孙思邈就问起放人的事，他们放人没有，把人送到哪里了。李云彪大惊道："接到真人法旨，小人马上就把人放了，还命人送他们回去，不过两百里的路程当然不能这么快就送到。"

"两百里？"孙思邈知道问题在哪里了，"你们究竟绑的是什么人？"

"龙岗镇的祝虾米呀。"

祝虾米孙思邈知道，是龙岗镇的一个大户，高高瘦瘦，走起路来跟虾米似的，人称祝虾米。为人最是为富不仁，李云彪把他绑了倒是大快人心的事。

"徐家坳开客栈的韩四不是你绑的了？"

"韩四？"

李云彪愣怔一下，显然没听说过这个人。他向手下几个兄弟看看。四当家站起来笑道："大哥，韩四是徐家坳的人，开家小客栈。这活不是咱们干的。大哥不是吩咐过，一百五十里内不许弟兄们下手嘛。"李云彪点头道："我是这样交代的，不会是哪个黑心的家伙在私底下干私活吧？你去查查。"

四当家起身要走，孙思邈道："且慢，你看看这个。"说着，把那封绑票勒索银子的信递给李云彪。

李云彪看后，腾地站起，眼中杀气毕露，哼道："好啊，冒充老子来了。龟孙子，别让老子找到你。"

几个当家都看看信，也都惊异不已。二当家对李云彪说："大哥，不用在山寨查了，这事不是咱们弟兄干的。"

李云彪怒道："那你说是谁干的？"

二当家知道他是在孙思邈面前觉得脸面挂不住了，便对孙思邈拱手道："真人，干我们这行的，也不是随便出手的，要下手抢一笔货时，总要先跟上几天，查清有多少银子货物可抢才能下手。绑票的活我们也没少干，也是这个道理。总要先踩上几天盘子，把对方的底细摸个差不多才干。比如说这个祝虾米，大家说他有百万两银子的家产，他自己总是哭穷，说是现银子不过几百两，我们却查清了他有五十万两银子的家产，现银子也有三四万，绑他也才要了一万两银子。这个韩四既是徐家坳的人，又是开个小客栈的，能有多大家当？充其量几百两银子罢了。莫说在我们身边，就是一百五十里开外，这样的人家也不是我们要下手的。山寨虽有几百弟兄吃饭，却也没穷到这份上。"

孙思邈点点头："我昨晚就住在韩四的客栈，他的家当不会超过一百两银子。"

几个当家都轰然笑了，四当家说：“这样的人家莫说我们不会动他，发了财还会帮他些哩。”

李云彪对孙思邈道：“真人请安坐，这事就交给小人兄弟们办了，一定会查出是哪个王八蛋干的，小人要掏他的心，扒他的皮。也一定要把那个韩四救出来，送回家去。”说完，他又回身看着几个兄弟，冷哼道：“有人假冒咱们名义作案，摆明了是要黑咱们，你们说怎么办？”

“就按大哥吩咐的办，找出他来。”五个兄弟齐声答道。

孙思邈心里后悔，当初怎么没在信上写清楚，多写个韩四两字，就不会闹这误会了。之所以会这样，是因为他十年前在这里住过十天，对李云彪兄弟们的性情行为都很了解，不相信他们会做出这样的事。那张纸条也有试探、查清的意思，孰料他们这里真绑了一个人，就李代桃僵了。

他起身告辞，李云彪他们都苦苦挽留，孙思邈情知村里的人都在等着他的消息，哪里坐得住，坚持要下山。李云彪兄弟一直送到山脚下，看到他们上马走远了才回去。

师徒两人不顾夜路崎岖凶险，以最快速度回到村里。远远就看见有人高举火把等在那里，见他们只有两人回来，忙问看到韩四没有。孙思邈只好告诉他们这事是个误会，韩四不是黑风寨绑的。韩四嫂又瘫了，原来至少还知道丈夫在谁的手里，总算还有想办法的余地。而今连丈夫是被谁绑的都弄不清了，更没有办法可想。孙思邈给她用了些压惊安神的药，请两个三十多岁的女人陪着她，以防出意外。他既一脚蹚进了浑水，只有善始善终，把这件事彻底了结了。

他和袁天纲又回到昨天住的房间里，袁天纲见师傅愁眉不展，笑道：“师傅，您别担心。我昨天看到那个老板，面相上没有凶险之相，不会出事的。”

孙思邈憬然道：“你是用相术来判断这件事？”

袁天纲赧然道：“徒儿也知这做不得准，不过他要是真的会出意外，面相上总该有点征兆才是。”

孙思邈豁然道：“我都忘了，你可是神算子呀。”

袁天纲的脸红的跟大姑娘似的，不好意思地低下头。这话若是别人说，他还很得意，师傅在这方面可是顶尖高手，当世不做第二人想，自己在师傅面前提相术，真是关公面前耍大刀了。

孙思邈并无嘲讽之意，而是他从未想过从相术这点上来判断。他虽说精通术数，在别人是终生难以达到的境界，在他却是游戏而已。正如他给人看病，从脸色、眼睛、步态、声音甚至笔迹上都能看出是否有病，似乎和相术一样，其实是两种道理，他用的纯粹是医术而非相术，在这点上他总是泾渭分明。在别的事上，他也总是凭借多年闯荡江湖、世事洞明的经验来判断，绝不借助术数。他自己都没意识到自己在心底里对术数是非常轻视的。

袁天纲的术数传自他叔叔袁守诚，只是青出于蓝而胜于蓝。老道长传他的是正宗的道家易，走的是魏伯阳、陶弘景的路子，和术数易学、儒家义理易学截然不同。他喜欢给人算命，也只是少年好玩的心性使然，没把这当作正经事。他只是想宽慰师傅的心，可在这件事上，他却看不出一点端倪，只好用上相术。

孙思邈脑中浮出韩四的相貌，只是平平常常，委实没有代表凶险不测的黑暗气色，但他不想用相术来决疑。他用相术有个大前提，就是心中有悸动时，这种悸动仿佛一种神灵启示，只有感到这种悸动，他才会动用术数来解惑决疑。

他叹了口气：“但愿你相的对，我可没这么乐观。这件事很不简单，很难说里面藏着什么。那封勒索信太不正常了，没人会疯到向这家小客栈勒索三千两银子，除非……”

“除非怎样？”袁天纲问道。

“除非他不是被人绑架的，而是被人杀了。”孙思邈压低声音说，“杀他的人也许想拖时间逃走，或者想转嫁到黑风寨头上，这才开出根本无法满足的条件。”

袁天纲“啊”了一声，他还没想过这种可能，可转念间想到黑风寨二当家说的，绑匪都是要估量下手对象的家产而后才开出赎还条件，这种漫天要价的勒索确实太不正常了。最可能的倒是师傅说的这种。但他对自己的相术很自信，不相信一个人死了，头一天的面相上丝毫没有征兆。他坚信《易经》上的话：履霜坚冰至。什么事都是逐渐发生的，晴天霹雳也一定有征兆，只看人能否提早发现而已。看到那张勒索信时，他更坚定这点。他记得很清楚，信上画的刀在秃头上，他当时就有种感应：刀在头上，有惊无险。这种感应不是测算出来的，但是很强烈，只是这种无凭无据的感应还不如相面有些道理，他当然不敢跟师傅说了。

第二天早上，更奇怪的事发生了：韩四嫂失踪了。

最早发现她不见了的是夜里陪伴她的两个女人，早上醒来她们就没看到她，唯恐她一时想不开寻了短见，忙四处寻找，方圆几里内都找遍了，却是活不见人、死不见尸。邻里知道后，也都帮着找，扩大搜寻范围，把附近的山林都搜遍了，还是没有丝毫踪迹。韩四嫂就像凭空消失了一般。

孙思邈感到被人摆了一道，韩四嫂不见了，无非是三种可能，第一是她寻短见了，第二是被人夜间绑走了，第三就是她自己神不知鬼不觉地出走了。第一种不大可能，毕竟韩四只是被绑走，还有回来的可能，她也不必急着殉情，况且世上甘为丈夫殉情的女人并不多，即便有也是被逼的。第二种可能性也不大，有人敢在他眼皮底下把一个大活人绑走，他还真不敢相信。韩四被绑走不是在客栈，而是在别处，绑他的人也不知道他就在客栈里。他亮出字号后居然还有人敢在他眼皮底下作案，那就真是视他为无物了，这样的人他还真未见过。最后一种最有可能，但韩四嫂为何要出走？其中的道理他就不知道了，假如韩四嫂是自己出走，那么韩四是否是被人绑票也就很难说了。

袁天纲看着师傅似笑非笑的神情，也猜出了师傅的心思，笑道：“师傅，我看这女人是自己溜了，她可能有不愿被师傅知道的事，怕师傅继续追查，所以自己夜里溜走了。”

孙思邈笑着看着他：“咱们和她互不相识，她会有什么怕我们追查的事？”

袁天纲笑道：“这徒儿就不知道了。徒儿是从那张勒索信上揣摩出来的，徒儿想来，那不是张勒索信，而是一张告急书。”

“告急书？”孙思邈怔了一下，“你是说韩四向韩四嫂告急？”这种可能性他倒没想过。

“刀在头上，徒儿就是从这儿上得到启发的。”袁天纲见师傅示意自己继续说下去，就鼓足勇气要班门弄斧了，“这是在警告韩四嫂，他们遇到了危险，就像脑袋被放到刀下了。至于交三千两银子，应该不是交银子赎人的意思，而是告诉韩四嫂带着什么要紧物事去和他会合。”

“三千两银子是物事？会不会是他们会合的地点？”孙思邈想了一下。

“也有可能，但最有可能的还是物事。假如是地点，信上应该就写交银子的地点了。当然，无论是物事还是地点，都是用只有他们之间才会懂的隐语写的，也只有他们两人才知道。”

“这又告急又用隐语的，依你的说法他们还不是一般人物哩。”

袁天纲赧然道：“师傅，徒儿只是瞎猜的，也许全不是这回事。”

孙思邈笑道："你猜的很有道理，是不是这回事以后可以证实。现在最好是猜出他们用的隐语，就能明白他们究竟是什么人，究竟想做什么。"他霍然想到韩四嫂接待他们时的那套娴熟而又优雅的礼节，他先前还认为既是开客栈的，讲究礼节也很正常。而今忽然悟到：那不是一般开客栈的礼节，而是一种大家贵族里才会培养出来的。韩四一直在厨房里忙乎，他没太注意韩四。他心里对此事已经有了一个模糊的轮廓，需要的就是进一步澄清了。

"这个？"袁天纲感到师傅交代的任务太难了，隐语既是两人间相互约定好的，别人当然不知道。古书也有用隐语写的，他往往能破解出来，那是因为里面文字多，能找到其规律。可这封信上只有寥寥几字，要找出规律破解出来几乎不可能。

孙思邈见他为难的表情，提示他一句："你试着用用射覆的法子。"

射覆袁天纲也学过，是跟叔叔袁守诚学的，袁守诚这些杂学也都是自学的，真可谓杂而不精。袁天罡虽每每能青出于蓝，在射覆这门杂学上却也没出袁守诚之上多少。古来最精于射覆的是汉武帝时的东方朔，其后精于此道的人就寥寥无几了。

世间物种繁多，能放进盒子里或箱子里的物事太多了，什么提示也没有，就让你猜里面的物事，真好比让你去猜一个水池里一共游着多少条鱼。射覆不同于卜筮、阴阳、推步、相面、摸骨，这些相对而言都有一个完整精密的系统，里面又有一整套规律和法则，虽然易学而难工，但总能算出个结果来。射覆就没这么简单了，靠的就是猜测者的悟性和灵心。

孙思邈见他还是摸不着门路的样子，笑道："这三千两银子就是箱子，你就猜猜这箱子里藏着什么。"

三千两银子就是箱子，这是什么样的箱子？袁天纲不管这个，他一下子找到了标的物。他仿佛看到眼前就有一个箱子，他用现在的时辰、方位、所值的星煞，依据射覆的原理算了一下，然后又把结果做了研判，才道："是账簿。"

"和我测算的一样。"孙思邈笑了，举凡世上各种学问，他无不精通，但他最精通的还是医学，别的本领就轻易不动用，就像他用惯了神农锄，就不屑于使用刀枪剑戟这些兵刃一样。要破解这句隐语，最好的手段就是射覆。他先测算了一下，算出是纸质类，书本状，再加上银子的参照，自然就是记载金钱账目的账簿了。

出外搜索的乡民们都回来了，一无所获。村里的几位长者对孙思邈说：“药王，您是大忙人，天底下等着您诊治的病人多着哩，这件事您就别费心了。我们乡里乡亲的不会袖手不管，不管谁绑了他们两口子，我们总能想出办法把人救回来。”

孙思邈笑道：“他们不是被人绑架了，而是自己逃了。他们现在在六里外的一个山洞里，山洞上面有个刀剑类的物事。”

几位长者都目瞪口呆地看着孙思邈，真不愧是活神仙哪，能掐会算。须臾，一个人想起来，六里外有个关帝庙，关帝的塑像旁是提着青龙偃月刀的周仓。关帝的塑像下果然有个地洞，是乡民们为避战乱挖掘的，一旦有战乱、匪乱，就躲进去，不管是军队还是土匪，敢到关帝庙中动刀动枪的还真没有。

袁天纲也惊讶万分，他只测算出账簿，后面的他就测算不出了。听完师傅的话，他恍然大悟，明白了师傅是怎样测算出来的。明白了自然不难，但要让他自己测算，就难上加难了。

几个村民怒冲冲地要去找人，孙思邈告诉他们如果找到了不要吓着他们，要告诉他们马上回来，不管他们夫妻遇到怎样的危险，有他为他们做主。

半个时辰后，韩四夫妻被十几个村民押送回来，两人都愧疚得抬不起头，膝盖还在不停地抖着，显然吓得要死。两人跪在孙思邈面前，哆哆嗦嗦地还没说出话来，院门口忽然闯进十几个人，人人持刀握杖，面相凶恶。当先一个四十多岁的人冲进人群中，喝道：“乔志，你这个混蛋，看你还能躲到哪里？”又骂韩四嫂：“美月，你这个贱婢，主母待你何等之好，就像亲生女儿一般，你和人私奔也就算了，还偷了主母的物事，简直猪狗不如，还有何脸面活在世上？”

村里人一听也明白些了，韩四年轻时出去了十多年，他回来时还带了个媳妇，说是在外给一个大户人家帮佣，主人喜欢他，就给他娶了媳妇。韩四媳妇虽说不是本地人，学本地话却很快，半年后就没人能听出她是外乡人了。而且她为人善解人意，待人又很有礼节，无论老幼都很喜欢她，夸韩四有福，娶了这么好的媳妇。而今方知这个媳妇竟然是从主人家拐带出来的，而且还偷了人家的东西。

那时候主仆关系一旦确立，除非拿钱赎身，或者主人慷慨，解除这层关系，否则逃离主人家，就是逃犯，不但主人家有抓捕回去的权力，还可以请官府帮助抓捕。有藏匿或帮助他们逃走的人也都有罪。

那人上前就要抓韩四两人，一抬头看到孙思邈，惊得倒退一步，似乎不敢相信自己的眼睛，张口结舌道：“姑老爷，您怎么在这儿？”

孙思邈冷笑道：“我上哪儿还要先向你报告一声吗？”

“不敢，不敢，小人见过姑老爷。”他急忙上前跪倒行礼。他身后的人也都是眼睛盯在韩四夫妻身上，此时才看到孙思邈，也都纷纷上前参拜。

孙思邈和胡玉婵婚后，和胡家来往也不密切，胡玉婵的父亲虽然尽改前辙，家中儿子和豪仆还是仗着家里的势力，在外面嚣张得很。岳丈家的事，他也不愿多管，也就很少来往，眼不见为净。胡家上下还是很尊敬他的，这些豪仆怕他过于主人。虽不明白他为何在这里，但既然姑老爷在这里，他们就不敢擅做主张。

这位仆人头领叫胡万财，是胡家第一得力管家。他起身赔笑道：“姑老爷，小人有话说。”

孙思邈领他来到自己住的房间，胡万财便向他禀报了此事始末缘由。

原来十几年前，韩四也就是胡万财所说的乔志，原在胡家帮佣，因他为人勤快，人又乖巧，府里的人都很喜欢他。谁知他竟勾搭上了主母最宠爱的婢女美月。因美月被主人许配给家仆，乔志竟偷着把美月拐走了。拐走了人也就罢了，美月还偷了主母房中不少金银器皿，这也还罢了。最要命的是，她竟偷走了主母保管的一本账簿，那本账簿上记着主人早年往陈国和齐国贩运禁运物质的账目，这要是被官府知道了，可就是叛国重罪。这件事除他们外，没几个人知道，十几年来他们一直没停止寻找这两人的下落，就是为找回这本账簿，当然这两人也要抓回去惩处。

“那你们就把账簿收回去，人就放过吧。”孙思邈听后说道。

“姑老爷，您宅心仁厚，可这两个人轻饶不得。”胡万财急忙道。

“有我在这里，断不容你们伤人害人。”孙思邈厉声喝道。

胡万财踌躇道：“小人不是敢不听您老人家的，可这是主人亲口交代小人的，要把账簿和人一起带回去。”

“我给你一封信带回去，人是我放过的，若是不满意可以找我说话。”孙思邈脸色柔和些，语气依然是没有商量的余地。

“好吧，”胡万财只好服从，“可是很难说这对奸夫淫妇没有把账簿又抄一本。”

“这点我负责。”

孙思邈让胡万财出去，然后把韩四夫妻叫进来，这两人也把事情说了一遍。在胡家的事和胡万财说得差不多，就是因为韩四是帮佣而不是家中的奴仆，主人主母又喜欢美月，不想让她离开。如果许配给韩四，韩四离开时，美月也就得跟着离开。美月又真心喜欢韩四，情愿和他私奔，两人知道胡家势力庞大，唯恐被抓回来，美月得另配家中小子，韩四的小命可就没了。两人商量几天，竟想出一个办法，就是把主母一直珍藏的一本账簿偷出来，作自己的护身符。他们也不知道账簿上记着什么，只是知道主母一直藏在最秘密的地方，唯恐被人发现。两人手中都没有多少积蓄，美月也是喜欢韩四喜欢得昏了头，就把主母房中的几件金银器皿偷走，准备路上变卖了作盘缠。

孰料他们弄巧成拙，如果不偷那本账簿，胡家也许找几天找不到也就算了。可是账簿被偷，全家人的命可就悬于一线了，非把人和账簿找回来不可。他们两人在外面躲了三年，四处逃亡，韩四为人乖巧，逃命功夫倒是一流。他到胡府之前到过很多地方，对地面上的事熟，居然躲过了胡家干仆的追击。三年后，他们才回到韩四的老家，两人都不喜欢作田里的活计，便开了这家小客栈。

几天前，韩四就听到有人说附近的市镇上来了一伙外乡人，要找一个叫乔四的。他就明白是胡家的人找来了。两人商量好万一事急来不及通知，就各自分头逃命，到六里外关帝庙里的地洞里藏身，躲个三月两月的再出来。韩四听到风声时就已经在地洞里藏了许多食物和水。

昨天孙思邈和袁天纲的到来把韩四夫妻吓得要命，以为孙思邈是来帮岳丈家找他们算账的，见孙思邈并不认识他们，才略微安心。早上，韩四坐不住了，天刚亮就到附近的市镇上去打探消息，却被胡家的人发现了，他仗着地形熟，逃掉了，却不敢回家，唯恐把胡家人引到家里去，他急中生智，写了那封勒索信，一是让人们误以为他被黑风寨绑架了，这样胡家的人便会找黑风寨要人，两家说不定会火拼起来，二是通知韩四嫂逃命。韩四嫂因被好心的邻居陪着，绑住了手脚，只能趁夜里人们睡熟时偷偷走掉。

韩四伪造那封勒索信，刀和秃头既表示很危险，也是表示他已经逃到关帝庙的洞里，脑袋当然在青龙偃月刀之下，青龙偃月刀就是关帝庙的标志。白银三千两是账簿的隐语，当初美月起意要偷账簿时，韩四曾问过一句：“那账簿能值多少？”美月那时在太太房中，银钱天天经手的都有成千上万，但她自己从不用钱，对银钱就没有具体概念，便随口说句：“怎么也值三千两银子。”

以后他们怕无意中说漏，被人知道自己手中藏着账簿，每当提到账簿时，便说三千两银子，听到的人也以为是笑语。其他逃命时的事项早已商量好了。

孙思邈和袁天纲对这些事浑然无知，却把信中这些隐语破解出来，一桩桩都对得上，最后还算出他们藏身何处，缘何能如此，这就是说不清道不明的事了，只能说天意使然，任何人做任何事都有天意存焉。

孙思邈把账簿要出来，却没有给胡万财，而是给他看过后，当着胡万财和众多仆人的面把账簿烧了，他是怕这些人里再出个叛主的人，不免又要生出事端。又给岳丈写了封信，说是此事自己擅自处理了，账簿已焚毁，不会有后患，韩四两人就不要追究了。

胡万财等人只得遵从，拿着信返回去交差。村民们知道事情原委后，也都一哄而散。孙思邈不顾韩四夫妻的感激和挽留，带着袁天纲上路了。其后，韩四夫妻在村子里也站不住脚，乡民淳朴，对偷人偷钱的人很是鄙视，两人只好迁到二百里外一个没人知道他们底细的市镇上又开家客栈，倒也安然度过下半生。

第十六章

孙思邈和袁天纲连走几天，来到剑门关镇，前面就是巍峨耸立的剑门关。

“要出关了。”孙思邈说道。

“这就是剑门关？”望着关口，袁天纲感到一阵兴奋。秦王灭蜀、刘秀灭公孙述、钟会邓艾伐蜀乃至近些年的尉迟迥伐蜀，这些事或载在史书，或播之人口，其中最具标志性的词汇就是剑门关、金牛道、子午谷、褒斜谷。他是成都府人，距剑门关也不远，却从来没到过这里。此时他才真正感到万里之行始于足下了，却还不知道他要踏上的不是万里之行而是数万里之行。

“这就是剑门关。”孙思邈说，“进入关口，你才算是离开家了。等你回来时从关口出来，也就是回到家了。”

袁天纲现在还没这感觉，等他体会到这感觉时，已经是三年之后的事了。

这几天他们走的不快，孙思邈在路上一边领着他走，一边教他怎样走路。走路也要学？虽说每个小孩子都有蹒跚学步的时期，但走路实实在在是人生而知之的事，不用学也一样会走。袁天纲却知道走路是需要学的，他在祖父手下就接受过严格正统的训练，而今师傅又一次从头教他怎样走路了。是以当孙思邈说要教他走路时，他并没有吃惊。

祖父教他走路本着一个“礼”字，要做到颠沛造次也绝不失于礼，是以子路在性命关头犹不忘结缨，就是要死得有尊严，死得符合礼。孙思邈教他走路是本着一个“意”字，练气者所讲究的意要比儒家讲究的礼还要繁复，其中细微乃至几微之处更非言语所能说明，只能在修炼中慢慢体会了。

孙思邈要教袁天纲走路是因为那天早上看到袁天纲练太乙绵掌的笨拙吃力，他不懂太乙绵掌的功法，却能完全用先天罡气的诀要驾驭这套掌法，要比太乙绵掌的功法更上一路。限于门规，他不能教袁天纲先天罡气的诀要，便只能把这些融合在他自创的走路的功法中，让袁天纲自己去找到。在决定这样做之后，他羞愧万分，自己真是在瞒天过海，因为自己如此作为就是想要瞒过高高在上的天意。除了天意，并没人限制他这样做。而人能瞒过天吗？他又感到自己的幼稚和好笑。

袁天纲并不知道师傅的用意，但孙思邈教他什么，他就用心去学。几天下来，他把师傅教的走路的功法已经练熟了，也立即体会到这套功法的妙处。走路时脚仿佛不是踏在地上，而是踩在一层薄薄的气上，走路也无须迈步，体内似乎有一股气体流转，带动两腿和身体不停向前走着，这让他想到被水中激流带动的轮子，轮子无须费力，飞速转动只是因为水流冲击的缘故。而今他的身体就像那个轮子，体内流转的气流就是激流。至于这股气体从何而来，他也问过师傅，师傅告诉他，这就是通过特殊方法练习走路练出来的。他如今跟着师傅走路，不但能完全跟上师傅的步伐，而且一天走下来，丝毫不觉得疲乏，真如散步一般。

每天晚上，孙思邈继续给他用针灸调适体内的先天罡气，要三年时间才能完全调适好，等调适完成后袁天纲虽然不知道自己体内有先天罡气，更不知道运用，却也能如同人生而俱来的本事一样来运用。他言明要带袁天纲出来学习三年，就是因为这项工作需要三年，至于把自己一身学识传给袁天纲，那就不仅仅是三年的事了。

当晚，两人宿在剑门镇的一家客舍里，孙思邈让袁天纲给家里写封信。他和客舍的主人很熟，可以找到去往成都的客人送信。当时，南北朝都建立起比较完善的驿递系统，但那是为朝廷传递公文的，即便朝廷官员也没有权力使用驿递传递私人书信，还是托熟人传递。孙思邈因行医天下，自己有一套完整的传递信件的系统，但他等闲也不使用，只是有十万火急的事时才启用。

第二天，两人便踏入剑门关。在关口，有戍卒检查过往行人的行李和身份证明。两人行李都很简单，更没有违禁物品，只是搜查时袁天纲忽然想起来，师傅行囊中有两大包金叶子，戍卒可都是雁过拔毛的，见到黄澄澄的金子还有不想法揩油的，如果不让他们揩油，就会多生事端。他想提醒师傅一下，却已晚了，戍卒已经打开了师傅的行囊。可是戍卒仔细检查时这两包金叶子却变成了两本厚厚的书。他能断定，那就是金叶子，可怎么变成了书本了？难道师傅不但能点石成金，还能把书本也点化成金叶子，而且在需要时还能点化成原形？他转念一想便明白了，师傅用的类似于奇门遁甲术中的遮眼法，只是更为高明，连学过奇门遁甲的他也没法看穿。

孙思邈看他的眼神紧紧盯在那两本书上，已明白他的意思，微微一笑，背在后面的手指比划两下。袁天纲明白了，蹲下身假装提鞋。果然从下面坎宫发现，那就是两包金叶子，只是金叶子旁边摆着十几个半旧的象牙书签。这书签的摆法很杂乱，他一时也看不出门道来，但能确定不是他跟叔叔袁守诚学的奇门遁甲。

过了关口，孙思邈望着前面，很随便地说道："乾坤浩荡荡，坎中金满满。"

袁天纲豁然大悟，明白了这委实是奇门遁甲的阵法，采用的是乾坤两大中，坎井居其庸的布局，这犹如把物事藏进深山的腹中，外面的人当然看不到了。但凡是阵法都留有一个活门，否则就是死阵了，而从活门中，就可以窥见其中的奥秘。他思索着那十几个牙签的摆放方位，还是知其然而不知其所以然。他猜测在金叶子的下面应该还有机关布置，否则单凭这十几个牙签不可能构成一个完整的阵法。

孙思邈在姜维驻兵处停留良久，想当年姜维率军在沓中被邓艾击败，听到钟会率晋军主力从金牛道入蜀后，急忙迂回蜀中，与张翼合兵一处，抢占剑门，把守入蜀的险要，终于在最后关头堵住了钟会的大军。孰料邓艾从阴平攀山越岭，逢山开路、遇水搭桥，竟从无路处强行翻越，绕过剑阁天险，直捣成都，刘禅面缚出降。

这段史实袁天纲也知道，久闻姜维屯兵处，却从未来过这里，亲眼见到遗迹，不免徘徊久之。想起李特入剑阁后，看到剑阁如此之险，感慨地说："刘氏有如此地，而面缚于人，岂不奴才也！"然而天险足可恃乎？自先秦时，蜀中政权就保有剑阁天险，可历代建立的政权都被外部力量所摧毁，岂非险不如德之证。然而，那些摧毁蜀中政权的外部政权真是有德之君吗？蜀中流传的被外部力量攻破后，蜀中百姓备受摧残的事迹远比正史记载多得多，也真实得多。对所谓德也充满怀疑。然则政权倏起倏灭，或许与险与德都没有关系，或许正如先秦时一样，是唯力是视。

这些话他不敢对师傅讲，师傅是有名的仁人心怀。只是他不知道，孙思邈从青年时期对君主的所谓德治就看穿了，他粪土王侯，视权贵蔑如也。这些想法袁天纲后来知道后，也是骇然不已。

前行四里多路，就是著名的钟会垒了，当地人称空冢戍。当年钟会率魏军主力穿过子午谷踏上金牛道，又穿越重重天险，越过最险要的剑阁，来到这里，却发现被蜀军主力堵在这里。前无进路，自然也没有后路，千里行军赶到这里，倘若向后撤军，在狭窄的栈道上很可能被追击的蜀军全部消灭。史载：会至此，既度剑阁居死地，遂倒粮掘冢，为死战焉。

两军并未发生激战，两军主力交锋的后面，刘禅已经投降邓艾了，姜维只好率大军向钟会投降。钟会挖的准备掩埋尸体的大坑就没派上用场，成了名副其实的空冢。

孙思邈把这段故事讲给袁天纲听，袁天纲对钟会伐蜀的史实很熟，这一段还是第一次听到，听得津津有味。他想了一下道："师傅，钟会才智绝顶，他是不是骤然得到姜维这支大军，自己率领的又是魏国的主力，以为合两国主力于一处，足可恃剑阁之险，割据一方，才起了反叛司马懿的念头？"

"钟会不是要割据自立，而是想要反司马昭复兴魏室。曹公当年待钟会的父亲钟繇比司马昭待钟会尤为恩重，钟家世受魏帝厚恩，虽与司马昭虚与委蛇，真正忠诚的还是魏主。"

钟会是为了反司马昭复兴魏室？这种说法各种史书上可从未听过。但他又想想《三国志》、《后汉书》以及当时的许多史料，倒也说得通。魏室虽已衰微，心系魏室的人还不少。司马懿的弟弟司马孚在司马炎篡魏自立后，犹自称大魏之纯臣。若说君王对百姓的君德很少有，对自己信任的朝廷显要倒委实是隆恩浩荡。

走过钟会垒，他们沿着一条山道而行，下面能听到江水的奔流声。孙思邈告诉他，下面就是嘉陵江，他们要沿着嘉陵江走一段路了。袁天纲忽然想起来，说道："师傅，咱们不是应该走剑阁吗？怎么走的是山道？"

"这就是张仪伐蜀的石牛道。"孙思邈说，"剑阁是诸葛武侯相蜀时凿石悬空架设的阁道，武侯此举也是因为这条石牛道年久失修，早已毁弃，只好另辟他道。今上，"一说到杨坚，孙思邈就不由自主地露出嘲讽的笑容，"今上因改朝换代时，王谦据益州造反，他认为就是有了剑阁天险，蜀中的地方大吏才经常想割据自立，为了消灭后患，就毁掉剑阁，另外修了这条道。他倒不是为了咱们出蜀方便，而是以后如果益州有叛逆者，他就少了一道天险要对付。当然，咱们现在走的也未必就是张仪伐蜀的道路，只是路线差不多。我还以为你知道呢？”他有些奇怪地看看袁天纲。

袁天纲这才想起来，蜀中平定后，祖父和父亲似乎说过剑阁被毁的事，他那时还小，对世事漠不关心，也没着在意里。而今入了剑门关，就认为一定要走三十里的剑阁，忘了这事了。

“走吧，我们去看看。”孙思邈说。

剑阁在大剑山、小剑山之间，两座山峰峰峦如聚，延亘如城，却绝无道路可通。诸葛武侯凿石架梁，建起一座阁道，当真有一夫拥关，万夫莫敌之势。历来守蜀者均把剑阁作为第一防守要点。从外攻入者最头痛的也就是剑阁。杨坚平定蜀中反叛后，就把剑阁视作眼中钉，唯恐有后来者仿效，便把剑阁毁掉，在张仪伐蜀的原址上修建一条道路，平坦宽阔很多。

看着被毁弃的剑阁，袁天纲心中竟有些遗憾，也有些伤感。遗憾的是不能再领略剑阁之险了，而诸葛武侯遗爱在蜀人心中根深蒂固，凡是他的遗迹蜀人都着意保存，剑阁被毁，他自然不能不有些伤感。

金牛道上行人如织，有挑担的，有用牛马驮的，有用小车拉的，大都是蜀中的茶叶和丝织品，这两项都是大隋朝的战略物资，用来向塞外的突厥交换马匹，后来的朝代也都奉行这政策，是以金牛道后来被称为茶马古道。

“太史公说，‘天下熙熙，皆为利来，天下攘攘，皆为利往。’你看看这些人，就能真正明白太史公的话了。”孙思邈对袁天纲笑着说。

袁天纲对利字并无认识，家中人都是口不言利，平素往来的亲戚好友也都是富裕人家，蜀中富庶，只要是升平之世，温饱不难，这也就养成川人闲散的生活习俗，不像其他地区的人那样疯狂逐利。祖父袁嵩曾说过，在蜀中建立的政权从古至今没有一个能逐鹿中原取得成功，虽各有很多原因，也不尽相同，但川人悠闲懒散的生活习俗却是最主要的。见惯了成都府民众的生活，看到眼前的场面，他还是感到很震撼。

师傅说到利字，他没回答。从小祖父就告诉他，无论做什么事，不要考虑利字，就是说不要利字当头，而是要看其中有没有仁字在。“奚言利，仁而已。”第二是做事不要患得患失，仁字当头，就要勇往直前。他也就养成了不言利，不谈钱的习惯。想到那个口不言阿堵物，却贪婪无比、疯狂聚敛的王衍，不免对这种做法感到怀疑。君子坦荡荡，小人常戚戚，既然人活着就离不开利字，又何须讳言。

“师傅，太史公很少谈仁，却也很推崇利字，还专门做了货殖列传。难道说太史公的境界没有孟子的高？”他曾经问过祖父这个问题，祖父说孟子是亚圣，太史公学识修养虽高，毕竟没达到圣人的境界，但他有些怀疑。

孙思邈朗然笑道：“孟子口不言利而专道一个仁字，实则是逐利。”

“孟子逐利？”袁天纲讶异出声。

“仁字就是利字，仁爱就是普惠世人，使每个人都能得到利，这是天下间最大的利。是以孔子并不讳言利，甚至也不讳言个人的利，只是说君子爱财，取之有道。孟子不言利是因为当时的人把逐利的招数都想绝了，他若再谈利无法打动各国君主，便反其道而行之，不谈利专谈仁，究其实，也不过是逐利的招数。庄子说大盗不操矛弧，就是嘲笑儒家这种行为，曰仁逐利。”

“那么道家是真正不逐利的了？”

“人只要活在世上，就无法离开利。那些口不言利的人不过是追逐更大的利，儒家门徒想成为圣人，道家门徒想羽化升仙，佛家门徒则想成佛作祖，这都是多大的利啊，是一般人根本不敢想望的利。是以不言利者必是追逐更大的利字。”

“那么师傅追逐什么利呢？”袁天纲听他一句话打倒儒、释、道三家，调皮地问道。世上无非这三家，难道医道能自成一道独立于三道之外不成？

“我也逐利，就大利而言，是追求世上患病的人都能治好；就小利而言，只要不是真正贫困的人，我还是收取诊费、药费的，遇到那些钱财来路不正的人，还要敲上一笔。焉能不言利？”

前行不远，就踏上一条狭窄的栈道。栈道宽不过能容两人通行，一辆小车也勉强能通过。栈道架设在悬空的绝壁上，一面是万丈绝壁，如刀削斧劈一般，一面却是悬空着，下面是滔滔奔流的江水。走在椽木上，有行空蹈虚之感，只能向前看，若是向下看，则不免头晕目眩、心胆俱颤。

袁天纲养气镇静的功夫也算不错了，还是吓得紧贴着绝壁走，两条腿虚飘飘的，浑似踏不着实地。

栈道之险他不仅在书上看到过，周围人们谈论的更多，实际踏上才能真正领略到栈道究竟有多险。他一边提心吊胆地走在栈道的椽木上，一边纳闷：栈道是怎样悬空建造起来的，绝壁上下根本没有立足点。

好在这条栈道不长，走了一刻钟就走过去了，脚踏在坚实的路面上，虽然崎岖不平，心却落到了实地，不再忽上忽下的了。

“师傅，这栈道是怎么修的？”他回头看着那条如同一线宽的栈道，心里充满疑问。

“是在绝壁上打洞，然后下面的洞塞进一条椽木，就是斜梁，也就是支撑横梁的。上面的洞再塞进一条椽木，就是横梁。斜梁和横梁固定好后，再在上面铺上木板，这就是栈道了。左面设围栏是怕人不慎掉下去。有的栈道上面还有棚子，像个阁子，就是栈阁了。剑阁就是这样的。”孙思邈解释道。

袁天纲“哦”了一声，又问道：“可是岩石坚硬如铁，怎么能打出洞来？”

“你不知道吗？”孙思邈感到很奇怪，蜀中人应该都知道啊，这可是蜀人的一个绝技。“若用一般的方法当然无法在坚硬的岩石上打出洞来。可是你们蜀中的人绝顶聪明，早就想出办法了。就是先用火烧。”

“烧？烧石头？”

“是的，是用火烧石头。把石头烧到炽热发红时，再用加了醋的水或是草木灰浸的水泼上去，坚硬的石头就会变得酥脆，很容易打出洞来。若没有这技术，栈道根本修建不了。”

袁天纲又“啊”了一声，很是惊讶。这种知识在史书上还真无法得到。

其实这种方法在山区修路时已广为使用，有时还用这个办法清除阻路的巨大顽石，也是四周架火烧，烧到一定温度时，泼上醋水或草木灰水，即便是花岗岩石也会变得酥脆，很容易砸成碎块。更有人用这法子清除江里的礁石，也很具神效，只是操作难度更大些就是。

晚上，两人找到一家山间客栈投宿。这一天或行陡峭的山道，或行险绝的栈道，也经过一段孙思邈所说的栈阁。袁天纲充分领略到道路之艰险和山势之雄浑奇险。

这间客栈只是用原木搭建的房舍，就像猎人在山里搭建的小屋。附近有一家驿站，也和这客栈一样，荒山野岭间自然无法讲究许多了。天气还不算太冷，许多行人为了省钱，干脆就在旁边选个避风的地方露宿。

“师傅，咱们也在外面住吧。”袁天纲看着那些三三两两的行人聚在一起，啃着带的干粮和咸菜果腹，喝着从客栈买来的水酒解渴驱寒，觉得很好玩。

“这地方很凶险，住在外面不安全。”孙思邈摇摇头，看着那些人，似乎还想说什么，却没说出来。

凶险？这地方虽然荒凉，山势却很纡缓，和走过的那些山相比，真算是平坦了，看不出有甚凶险之处。但他坚信，师傅这样说一定有道理，也就没再问。

客栈里只有自酿的水酒和各种山菜野味，两人随便买些，吃饱后就回到简陋的房间里休息。

客栈不提供卧具，袁天纲带的行李第一次派上用场。他把行李打开，在木板床上铺好，孙思邈则拿出那张半旧的虎皮铺在木板上，然后坐在上面。

屋子里点着松明，窗子半开着，屋里还是弥漫着浓郁的松油味。

袁天纲坐在床上，等着师傅来给他针灸。孙思邈却只是坐着，望着窗外，似乎在担心什么。有顷，孙思邈起身把松油熄灭，然后把窗子打开，等屋里的松油烟气放净后，又拿出一根香点上，对袁天纲道："咱们今晚练这个。"他让袁天纲在床上盘膝坐好，两手搭膝，然后双目微开，紧盯着那一点香火。

"师傅，咱们这是练的什么功？"

"相术。"

袁天纲心下疑惑，没听说相术还需要练什么功法的。他依言照做，静心、调息，然后就把全部心思都凝注在发亮的香头上。

坐了一炷香的工夫，香头熄灭了。袁天纲睁开眼睛，望着半明的窗外，只是眼睛有些酸痛，没别的感觉。

"师傅，您这是教我练什么功？纪昌练暗中视物，最后视虱如轮，成为百步穿杨的神箭手，您……"

"你说对了。"孙思邈也盘坐在床上，笑了，"功法差不多，可纪昌练眼力是为了射箭，我让你练眼力是为了相面摸骨。"

"相面摸骨也用练眼力吗？"袁天纲心下嘀咕，不少摸骨的高手都是瞎子。他相面的书也看了很多，还没听说相面需要超凡的眼力。

"你先说说你学了哪些相面摸骨的学问？"

袁天纲把自己这些年跟随叔叔所学和看的各种相面摸骨的书，综合起来说了一遍。孙思邈道："你学的这些都不差，可还止于皮相。如果只是要在江湖上混口饭吃，也足够了。但要学真正的相面摸骨学，这些非但远远不够，连门还没进呢。我让你练眼力正是领你进这个门。"

"难道相面摸骨还有更高深的学问？"

孙思邈又笑了，“相面摸骨虽是小术，其精深处也非一般人所能想望，无名师引领，更是不得其门而入。坊面流行的这些书不过是些人编出来混饭吃的，说解梦就是周公，说摸骨相面就是许负。许负犹可说，周公何曾解过梦。即便世上所传许负之学，也都是伪造。人都自负也自吝其技，非其人不传，岂能写在纸上供千人万人传阅。许负的传人现今也还有，他们自祖辈开始，便是口口相传，传授之际更是单独传授，所谓法不传六耳。”

袁天纲笑了，孙思邈道：“你是觉得他们小题大做吗？”袁天纲忙收敛笑容：“师傅，徒儿错了。”孙思邈笑道：“你没错，你认为这是小道杂学，我心里也是这样认为的。但既要学，就要学得精，学得深，否则学过也是无学。可笑有些人自谓学究天人，上通天文，下知地理，兼通三教，精于阴阳术数，其实哪方面都只得些皮毛，比不学还要误人。不学虽然无知，却不会自欺欺人。”

袁天纲直感脊背冷汗直流。孙思邈并非说他，在孙思邈眼中，他还只是一个刚入门墙的学生，可他自己却对上号了。自己不也是自以为世上的学问都学过了，也都研究通了吗?

孙思邈正要继续说下去，忽听外面远处传来一阵虎啸声。旋即一股猛烈的山风席卷过来，孙思邈大喝一声：“不好，山上的畜生又下来吃人。”马上下地冲了出去。

袁天纲听到那声令他惊悸失神的啸声，并不知是老虎，但凭这一啸的威势也约略猜得到。老虎在当时还是过于正式的称谓，一般人不用。本地人称之为“披鬃文”，一般人称之为大虫，虎又素来是山中之王，更普通的叫法就是山王。

孙思邈冲出去时，只看到几十个吓得浑身筛糠的行人，他们大多是刚从梦中醒来，并未见到老虎伤人的情景，只是后怕成这样。两个亲眼见到的人已瘫在地上，好半天才说出从山上突然冲下一头披鬃文，把他们的同伴叼走了，地上是一摊摊、一缕缕的血迹。

一人喊道：“快报官府，让利州府的打虎将进山去杀了这个畜生。”

旁边一人苦笑道：“深更半夜的，官府的人会为你兴师动众的？这就是山王的税，它收去了这两天就不会再来收了。”

袁天纲此时已站到孙思邈身边，悄声问道：“师傅，打虎将是什么人？”

孙思邈道：“就是官府委派的专门杀虎的将领。”

“那他们说的山王收税又是怎么回事？”

孙思邈冲出来，是希冀能在虎口下救出人，可人与虎踪迹俱杳，情知无用，也不再做此无用功。他携着袁天纲的手回到屋里，叹息道：“这里是山王时常出没的地方，本地人称视人伤。”

“视人伤？”

“就是说那大虫挑拣着过往的行人伤害，更多人则称这地方为税人场，就是拿人给大虫上税之意，如同官府对过往商旅逢百抽二，好在那大虫并无恁大的胃口。”

“这条路如此凶险，怎地还有这么多人走？”

“只此一条路。若坐船走巫峡、瞿塘峡，葬身鱼腹的可能比被大虫吃掉更大。何况大虫一次只吃一个人，船若翻覆，无人能活命。”孙思邈说着，脸上满是无奈与哀伤。

同伴被叼走的两人被客栈掌柜请进里面安歇，其余人则继续蒙头大睡，偌大的风波似乎就此平息了。

从窗子里向外望的袁天纲看到，不解地问：“师傅，这些人还敢待在外面，还有心思继续睡觉，他们不怕被大虫吃掉？”

“那大虫吃了一个人后会饱三天，至少三天之内不会再出来害人了。是以这些人在大虫伤人之前还担心恐慌，它吃过人后反而都安心了。”

袁天纲摇摇头，坐在家里真是想不到世上还有这种事，老虎都收税。他没想到的是，这种事跟他以后遇到的各种事相比，简直不堪一提。

两人用了一个月的时间才走过子午路，来到汉中平原。从奇险无比的栈道来到广阔的平原，心胸陡然间开朗起来，就像钻过漫长漆黑的山洞后重见天日一般。

这条路孙思邈经常走，早已没了这种感觉。看着袁天纲两手高高上举，头向后仰着，似乎要拥抱整个天空的样子，他微微一笑，这感觉他也有过，也是第一次走这条路的感觉，第二次就平淡许多，走过几次后就稀松平常了。

“师傅，我从书上看过不少记载，描写蜀路的艰险，走过之后才知道究竟有多艰险，好像自己一直生活在一个乌龟壳中似的。”袁天纲兴奋地说。

“差不多吧，”孙思邈笑道，“蜀中就是在天险之中，山路有子午之险，水路有三峡之险，说起来还是水路更危险。毕竟栈道虽难走，慢慢走总是能走过的，三峡之险可就是灭顶之灾。所以自古以来，蜀中就是易守难攻，但蜀中想向外发展也同样受这些天险阻碍，并不容易。以诸葛武侯之雄才大略，经营蜀中多年，五次北伐均未成功，也是因这些天险的缘故，大军虽然驻在汉中，可是后续兵员和粮草都要从蜀中运来。可谓成也天险，败也天险。”

袁天纲脑子里闪过诸葛武侯五次北伐的记载，想到十几万甚至几十万大军还有这些大军需要的粮草都要通过如同一线的栈道来，真是不敢想象。万一敌军重兵堵住关口，进亦不得，退亦不得，就会像钟会顿兵剑阁被姜维大军堵住一样，只好掘大坑准备把自己埋了。

自此，袁天纲才真正走出家门，随后和师傅展开漫长的三年之旅。西至龟兹，北至朔漠，东至苦寒辽东，南至交广，还去瞻仰了一番后汉伏波将军马援立在交趾的铜柱。

孙思邈也开始对他进行正式的强化训练，从走路、跑步、爬山、攀岩，这些本事袁天纲本身就已经具备，孙思邈只是用这法子把他身体内的先天罡气彻底激活，并能调用自如。

那套太乙绵掌，孙思邈也巧妙地改动过了，原本是修炼道家内气的，被他修改成调用袁天纲体内先天罡气的绝妙法门。这一切袁天纲都蒙在鼓里，不过只要是师傅教的，他都会尽心尽力地去学。

在朔漠深处一个奇怪的族群里，他大开眼界，没想到世上还有如此原始的族群，他们好像避过了时间的洗礼，也没有开始文明的进化，还停留在原始先民的状态。这些人还没有成熟的语言，更没有文字，没有酋长，也没有世俗间的官长，只有一个大巫师统领着这个族群。他诧异师傅怎能和他们交流得毫无滞碍？这些人把孙思邈当作神一样膜拜，尤其是那个大巫师，看到孙思邈就像看到天上的神祇走下来一样。

孙思邈带他来这里不是为了显示自己在这些人心目中神一般的地位，而是让他观摩巫术。只有这样的族群里还保留着最原始的巫术。

他不明白师傅为何让自己观摩这种人类混沌蒙昧中产生的东西，孙思邈却告诉他人类的一切文化其实都来自巫术。在商朝，巫术还占据统治地位，商朝的国相都是巫教的领袖，伊尹废帝，三废三立，而帝不敢有怨言，就是因为权柄实际上掌握在伊尹手里。你看后世废帝者，无论本意如何，有人能得到好的结局吗？都是被灭门灭族。他甚至怀疑纣王之所以失天下，就是因为纣王失去了当时执掌巫教的领袖的支持。至于三皇五帝时期，应该也都是这种政教合一的形式，在史书中很难找到巫教统治的影子，是因为这些事被周朝以后的史官阉割了。

自周朝后，巫术就从政权中分离出来，并被从政治中心排挤出去，这其中究竟出了什么事，已经很难知道了。应该和周朝文武二王，尤其是周公有关系。周公制作周礼，正是用来代替巫术的，然而周礼同样是从巫术中来的。中国历史在周朝是一个大的转折点，周朝以前中国是神话文化，周以后就改为史官文化了。儒学正是史官文化中最具特色的代表。

孙思邈讲了很多，不啻是一篇完整的人类文明进化史。史书袁天纲早都背熟了，记在脑子里，此时才发觉，纸上的知识是多么贫乏，尤其是他从小就视作权威的典籍里也有种种迷案和骗局。孙思邈给他讲这些是告诉他，易学、医学、道教、儒家，这些看似不相干的流派，其实源流都是一个：巫术。儒家来自周礼，周礼也还是从巫术中来。至于道教在孙思邈看来，就是披了一张老子、庄子的皮，骨子里就是巫术那些东西，比如符箓、斋醮这些，在巫术中还可以直接看到。

袁天纲真是旷若发蒙，深感读书万卷，都不抵师傅这番话有分量。

师徒两人一路走，一路讲，倒是两不耽误。

孙思邈教他一种特殊的相术，相术其实很普遍，不只相人，相马有著名的伯乐，自不用说，后汉马援还有专门相马的著作，并铸了一匹最标准的马的塑像，立在宫门前，作为相马的标准。其余相驴、相狗这些相术在民间非常普遍。只是相人就难了许多，比相马还难。因为相人是要测算一个人一生的命运，相马、相狗不过是相马和狗是否健壮、是否有病，是否能跑得快，等等。

孙思邈教他的相术很独特，先要每晚在暗室中对着一个香火头瞪视着，直到这香火头如火把一般明亮才算入门。这其实才是真正的相术，这种练眼法练出的就是相术眼。后世以相术得享大名者，也都是练成了这种相术眼，才能相人无误，而且能相他人所不能。袁天纲开始时还以为师傅在教他箭术，据说养由基跟随后羿学习射箭就是这种方法。

相术眼练成后，就能直接观察到人体内的骨相和气色，这些才是相术真正要观察的对象，而人的皮毛相是根本不作准的。

袁天纲学了这种方法后，不但真正掌握了相术，对他一直酷爱的望气也大有裨益。

阴阳风角、测字、推步这几门术数，袁天纲跟着老道长学习已经有相当的火候，在孙思邈看来，这种小道旁门根本不难学，他都是稍涉猎即精通，这也是因为他医道太高明，已近于得道的缘故。世间万般学问，能和易学相媲美的也就是医道了。孙思邈以其医道之高明，学这些东西自然如高屋建瓴，若大宰烹小鲜然。他还是精心教了袁天纲几天，袁天纲在他的调教下，这几门术数可谓炉火纯青了。

随后就是占星术和八字命理学，学占星术又涉及到音律和历法，孙思邈把这些自然也都是倾囊而授。袁天纲除音律外，对这些都有牢固的根基，学起来自然事半功倍。只是占星术过于复杂，加上音律和历法，孙思邈足足讲了一年，袁天纲大半都能理解，也还有一些只能暂时记住，留待以后再加以融会贯通。

从开始，孙思邈也一直在穿插着给他讲易学，从未停止过，只是易学博大精深，涉及到万事万物生成毁灭和发生发展，绝不是几个月甚至一年之功。孙思邈每到人多的地方，就开始行医，他给病人诊脉时也要袁天纲跟着他学，把医学也一并传给他。

孙思邈并不想让他学医，只是医学上的许多原理和方法都和易学相通，医术高明，学起易学来也是事倍功半。孙思邈在三十岁前几乎就把世上的各门学问都精通了，就在于他医道太高明，所谓一法通，万法通。

袁天纲学习后也是深有感触，诊脉的方法和卦象中判断阴阳五行相生相克的火候深浅实在太有借鉴意义了。人体内同样是脏腑之气、经络之气相生相克，和易学卦象中几乎一模一样。易学以六十四卦演变尽世上万事万物的变化，医学则以浮、芤、洪、滑、数、促、弦、紧、沉、伏、革、实、微、涩、细、濡、弱、虚、散、缓、迟、结、代、动等二十四脉象（后世又加上长、短、牢、疾四种脉象）把上万种病症精确诊断出来，都是以至简驭至繁的圣道。而医学上最难判定准确的就是这些脉象的火候深浅，卦象里也同样，卦象解读得准确与否，判断阴阳五行相克相生的火候深浅是最微妙、最复杂也最重要的。

三年的时间里，袁天纲把孙思邈的医道也学的差不多了，当然火候境界还差得远，他自信如果去外面行医，有个十年八年的历练，不成神医也成名医。不过孙思邈教他医学的时候就告诉过他，以后不许行医，只能钻研易学，医学只能当作攻玉的他山之石。他也明白师傅这是怕自己行医后分心，占用太多精力，在易学上无法攀登最高峰。

一年半以后，孙思邈传授他射覆，这门技艺看起来是孩子把戏，却堪称易学王冠上的明珠，说易至易，不过是猜一个箱子里藏着什么，说难至难，没有雄厚的易学根基和对世上事物的博通，根本无法学会。历史上也仅有几人精擅这门技艺，最出名的自然就是避世金马门的东方朔。

这一项袁天纲最喜欢学了，可是学起来却也最为痛苦，开始怎么也射不中，师傅则是无一失误。每做一次这样的游戏，孙思邈就给他仔细讲解，最后当他学会时，才感觉到自己的易学不知不觉间提升了好几个境界。这门技艺就算没有太大的实用，用来作为提高易学的训练手段也是最佳选择，只是孙思邈这样的名师太难得了。

猜完箱子里、帽子里，甚至身上藏的东西后，孙思邈又把难度提高了，常常指着路边一个房子，和他赌射里面都有几个人、屋里有什么家什。等两人都算完后，就敲门进去讨水喝，借机验证结果。

这种射覆也过于离谱，就算把东方朔请来也没法算准，袁天纲不但常常失误，就连孙思邈也经常漏算、误算。

孙思邈笑道：“技无止境，只要不至道的境界，技永远是技，也就不会没有错误的时候。”

袁天纲忽有所悟，师傅这话的意思是说以前讲的都是技，以后可能要讲道了。但孙思邈并没马上传他什么道，而是又把两位西汉易学大师焦延寿和京房的预测体系传授给他。

焦延寿和京房是师徒，都是西汉著名的易学预测大师，后世无人可比。这两套体系自然都属易学范畴，却也都有各自特色。焦延寿那套体系主要用来测算一个地方即将会发生的事，这当然要划定一个范围，比如一个村子、一个县城等等。若是地域太大了，难度也就太大了，难以驾驭，就像一定要射一座堆积上万种杂物的仓库里都有什么物品一样，几乎不可能做到了。

京房体系则比这一点更为雄心勃勃，他用一套纳音纳甲方法要把整个世界都纳入这个体系中，从而用这个体系测算出世上万般事物的变化。袁天纲已经接触过京房体系，也很喜欢，就是觉得近于空想，把宇宙万物纳入一个体系中，这太疯狂了，根本不是人力所能达到的，神也未必能做到，只有万能的造物者能把自己造的宇宙浓缩到一个体系中吧。

孙思邈却在向他传授这两套体系上花的时间和精力最多。后来的一年半的时间，几乎都花在这两套体系上，尤其是京房体系。

京房体系庞大而又显得芜杂，这也是因为京房生前并没能完成这一体系，只是构建起一个粗疏的框架，里面有待完善的地方太多了。其原理倒是简单，就是把天文、人事、地理的每个点、每个变化、每种人事都用纳音纳甲法纳入这套体系中，这样就可以融合天地人三才之学推算出这世上任何变化，当然草木虫鱼、飞禽走兽也都必须纳入进去。说起来简单，做起来却比精卫填海的难度还要难上无数倍。

好在即便没有完全完善，用这套体系推算卦象也比一般的方法容易而且准确度高。袁天纲原来对这套体系只是泛泛接触过，经孙思邈精心传授后也爱上这套体系了。

“这就是你要花尽毕生精力来攀登的高峰，也是世上所有学问里的最高峰，任何学问和它比起来，都如小溪之比大海。完全掌握了这套体系，就能完全贯通天地人三才之学。你知道王字何意吗？”

袁天纲怔住了，不解师傅何以这样问，谁不知王字是什么含义？

孙思邈笑道：“只有贯穿融汇天地人三才之学的人，才配得上这个王字，这是天爵，绝非世上这些王侯甚至天子可比。贯穿三才之学，顶天立地，这才是真正的王者风范，我就是让你做这样的王者。天子王侯在他脚下都是粪土。”

袁天纲悚然汗流，头都低下去，深感师傅期望过高，这只能是自己想望的境界，根本做不到。

“怕难吗？有人已经做到了，就是老子，就是佛陀，世上也只有这两人才是真正的王者。孔夫子号称素王，还远未达此境界。下一个就是你。你也不要妄自菲薄，举世滔滔，也只有你一个人有可能做到。”

袁天纲迟迟疑疑道：“师傅都不行吗？”在他眼里，从古至今，师傅已罕有人比，就算比不上老子、佛陀，至少是神仙、菩萨一流的人物。这也是世人所公认的。

“我也不行，天资不够。”孙思邈叹息道。到了最高境界，能否攀上最高峰，不在于苦学勤学，天资是决定性的。一匹平常的马怎样拼命，一天也跑不出千里。

袁天纲更惶恐了，师傅怎会这样说。他当然不知道，他的天资委实要比孙思邈高许多，这是因为孙思邈不仅为他贯注一身先天罡气，还使他心生七窍。他能过目不忘，孙思邈就不能，一本书要读上几遍才能记牢。

他们三年之旅的最后一站是在金陵，在这里，孙思邈又以一手绝活让他目瞪口呆、叹为观止。他们住的地方恰好有两位国手对弈。两个国手后面都有不少权贵和富豪下重金赌注，赌自己支持的国手赢，其实两位国手就是他们赌博的工具。

棋局开始前半个时辰，孙思邈回到屋里，开始在一张纸上写写画画的，完事后就把那张纸折好交到他手里，两人就去观棋。两个时辰后，棋局终了，孙思邈这才让他打开那张纸看，那上面居然记录着这局棋的每一步，而且无一着算错。

他吓得魂飞天外，他现在易学已经有很高的境界了，可这种事连想都不敢想，这比射一个仓库里的东西还要难上无数倍，仓库里的东西就算多，毕竟是物品，不会移动。棋局中的每一步都是棋手在下棋过程中苦思冥想出的，每一步都有无限的可能性，这怎么能预测出来？而且整个棋局有六百多手，要预测准六百多手招数，听上去和京房那套体系的构想一样疯狂。

“师傅，这怎么可能？就连棋手在落子的前一刻都不能决定该下在哪里，怎么能测算出来？”

此时，他们已经在玄武湖中心一个小岛上的亭子里坐着，品茶论道。

“这个我也不知道，我只能预测，不知道为什么能预测出来，准不准也要对比后才知道。”孙思邈微笑道。

“这是什么道理哪？”

孙思邈接着就把自己怎样推算的原理和每一步都仔细讲解给他听，他原以为射覆就是最难的，这比射覆还要难上无数倍。就算他明白了原理、方法和步骤，如果让他去预测一局棋，顶多也就是十手八手的，还不敢保证全算对。孙思邈通过讲解这盘棋，几乎把他以前传授给袁天纲的所有东西都提纯凝练一番，更是一次大检阅。

“世事如棋，变幻更多，测算棋局是难，怎么也比不上测算世事变幻之难。”孙思邈呵呵笑道，“至于为什么我说不准，可能是万事万物之中都有天意存焉，所以能算出来吧。”

袁天纲只能点点头，师傅都说不明白的事，他更是只能茫然了。

“再比如说八字命理学，可以查出一个人一生的所有事，可是许多时候也不准。比如说白起在长平坑杀赵国降卒四十万，也许没这么多，就算四万吧，那么这四万人生不可能同年同月同日同时，怎么可能一齐毙命于一个地方，时辰也差不多？这些在人的八字命理里就无法查出了，另外还有被盗贼劫杀、染上瘟疫而亡，等等。有的可以预测出，大多数都预测不出，天相也同样有许多既无法预测也无法理解的异象，这些都因为什么？我反观历史，许多大事件和重大历史进程都很难用情理判断，都不具备任何合理性，当时史学家总能牵强附会地找出其中的合理性，那只是在纸面上立得住。所以我很早就感觉到，许多重大事件和重大历史的进程都受一股莫名的力量掌控、驾驭着，不以人的意志为转移，人力也根本无法抗衡，所以历史充满了各种无解的谜题。人一生中也和历史一样，都受某种力量的影响和掌控，我想这应该就是超出天地人三道之上的天道了。说是天道也不准确，应该就是老子所说的道。所谓道非道，名非名，无以名之，强名之为道的道。我收你为徒，传授你这些，就是希望你用一生的精力去寻找、去感悟，最终寻找到这个道。”

袁天纲再次感到不堪负荷之重，这不是背上压了一座山，简直是要求他挟泰山以超北海了。不过师傅既然交给自己这任务，自己只有不计成败地去做。成事在天，谋事在人，力尽人事就是了。

“别有畏难情绪，我说过，如果世上还有人能做到，就是你，你如果不能，别人也不能。你能不能做到，最后也要看天机与天缘，但我预感到你能成功。”孙思邈在他肩上重重拍了一下。

开皇八年的深秋，他们两人坐船返回北方，在渡船上，孙思邈回头望着烟雨迷蒙中的金陵城，忽然叹息一声：“金陵王气黯矣，看来南北方一统的日子就在眼前了。”

上岸后，孙思邈把袁天纲一直送回成都家里，逗留几日后就告别出川，回洛阳了。

开皇九年（公元589年）正月，隋国对江南的陈国发动了历史上冷兵器时期规模最大的渡江战役。

这一战隋国摆出超豪华阵容，可谓底蕴尽出，以晋王杨广为主帅，秦王杨俊和清河公杨素（平陈后改封越国公）为副帅，宰相高颎为记室参军（总参谋长），麾下共九十个总管（统兵总督），兵力共五十一万八千人，在绵延千里的江面上分八个主攻方向对江南同时发起攻击，最主要的主攻方向自然是金陵城，在这个主攻方向上，杨坚任命名将贺若弼为主将，主攻金陵，韩擒虎为辅，从庐江渡江，夹击金陵城。

贺若弼为独竟全功，竟在总攻的前一天率八千精锐誓师渡江，提前打响了这一役。他在蒋山遭到陈军四万多精兵的攻击，双方激战不休。韩擒虎得以趁金陵空虚，率五百壮士疾取金陵，金陵守将任蛮奴不战而降，韩擒虎进城后攻占皇宫，陈叔宝在马前乞降。韩擒虎拔得这次战役的头筹。

围攻贺若弼的陈军，听到京城失守、国主投降的消息后，或逃或降，化作鸟兽散。

杨素坐着新打造的战舰，率领水师顺江南下，在荆门与陈国水师激战，击败陈国水师后登陆上岸，开始摧枯拉朽般扫荡着江南大片地域。其余方向出击的陈军也都进展顺利，各自攻向自己的目标，不到一年，江南地域悉数平定，隋军振旅班师回京城。分裂对峙了近两百年的南北方重归一统。

江南陷入血与火的时候，袁天纲正在和家人尽享天伦之乐，给家人讲着一路上各种奇闻趣事。江南的事，他既不知道也不关心。

第十七章

开皇九年春三月的最后一天，袁天纲经过一路跋涉，从成都来到长安，此时的长安却已经不是国都，仅仅是长安城。

自西汉建长安立为国都以来，这片土地历经战乱兵燹，每一块土地都浸透了鲜血，然而，它依然是人们心目中世界的中心，似乎一切都从这里发源，然后沿着车轮状的大道辐射向全国乃至世界各地。

然而隋文帝杨坚并不这样看，他对这座古都毫无眷恋不舍之情，而是充满了痛恨，原因简单得可笑，不是因为他痛恨这里曾被异族人统治了二百年，而是因为长安城地势卑下，水井里汲上的水也苦涩难咽。

还有种说法，杨坚称帝后一天夜里梦到大水淹没了都城，醒来后心绪甚恶，所以决定迁都。又说李渊名字中的渊就是这场大水的来源，所以后来还是李渊消灭了隋，建立了唐，这就未免牵强附会了。

所以他称帝后，马上着手迁都。他的迁都计划也简单得不能再简单了，不是迁到别的城市去，而是在长安旁边再造一座都城。

帝王的意旨等同上天的旨意，朝臣们大概也都喝够了长安城里苦涩的带有浓重盐碱味的水，都同意皇上的英明决定。于是杨坚身边的几个术士和风水师奉他的命令去踏勘选址，他们一致看好了距长安城二十里远的龙首川。杨坚和朝中重臣也一起去踏勘一次，都很满意，认为长安一带是一条盘踞的龙，龙首正是龙头所在，这些人都很奇怪如此简明的事怎么历代没人注意到，一个国家的首都自然应该建在龙头上。

杨坚甚至很欣慰地在心里想：自西汉以来国家所发生的种种祸乱，或许正是因为都城选址偏了，才会有西汉末赤眉之乱、东汉末董卓之乱和西晋八王之乱，最后才有胡人入主长安二百年的惨剧发生（自他称帝后，在心里就跟鲜卑族彻底划清了界限，认为自己是正宗得不能再正宗的汉人了）。天降大任于他，才能近乎兵不血刃地取得政权，正是要他拨乱反正，使华夏一归正统，包括京城的迁移都是上天的意旨。

选址定好后，杨坚的宠臣左仆射（宰相）高颎领衔新都大监，也就是都城建设总指挥，以当时最著名的巧匠太子左庶子宇文恺为首，聚集了全国的能工巧匠，集全国的人力物力，以不亚于始皇帝修长城和阿房宫的力度，仅仅一年时间就建造了一座崭新的都城，这速度足令始皇帝在地下蒙羞。他当年若能如此快捷、干脆利落，而不是拖拖拉拉、连年不休，中国历史上也就不会有陈胜、吴广这两个显赫的名字了。

京城建好后，杨坚并没有沿用长安这个名字，而是把新的都城命名为大兴城，大兴二字究竟寓意什么，已经很难知道了，可以推断的是这一定是杨坚身边的术士费无穷之力推求出来的，以求国祚兴隆，国运永存。所以杨坚在宣布在龙首川兴建都城的诏书中说：龙首山川原秀丽，卉物滋阜，卜食相土，宜建都邑。定鼎之基永固，无穷之业在斯。

到了唐朝，历史的积淀在人们心中重新占据上风，于是又把大兴城改为长安，以后一直沿用下去，最后改为西安，真正的长安城就被冠以古长安或汉长安的名称了。

袁天纲来到长安，并非因为这些原因，他甚至自己也不知道是为了什么。当初他师傅孙思邈问他以后要到什么地方生活时，他明白了，师傅不喜欢他一辈子都待在锦官城里，而是让他去别的地方。他心里想的是要去洛阳，和师傅在一起。然而当他说出来时，却变成了长安。

他自己也诧异，不知舌头为什么改变了心里所想的，然而当他说出长安后，他心里却感到一阵没来由的悸动，从那一刻起，长安似乎有什么东西和他的心灵连接上了，在吸引着他，诱惑着他。

他也注意到，当他说出长安这名字时，师傅也很诧异，似乎想说什么却只是苦笑一下。他急忙问：“师傅如认为不当，弟子去别的地方也成。”

孙思邈淡淡一笑，把眼光投向长安方向，心里暗叹一句：“天意。”嘴上却说：“你去长安也很好，再告诉你个好的地方，长安清化坊不错。”

于是袁天纲来到长安后，径奔清化坊，并如愿租到了一座好房子。或许一切真有天意，他租到的正是他生母苏蕤以前住的房子。二十年前，他在这座房子里出生，又在襁褓中被母亲抱着出逃；二十年后，他又风尘仆仆单身一人回来了。恰如苍蝇在空中不断盘旋，画着大大小小的圈子，最后还是落回原点。只是这一圈就是二十年！

这座房子自苏蕤出逃后，就被杨坚重金买下，转到自己名下，室内仍保持原来的样子，连室内的摆设都一仍其旧。杨坚还让苏蕤生前服侍她的丫鬟婆子继续住在这里，按月发给她们银子。正室供奉着苏蕤的神位。杨坚每年都要来十几次，祭奠苏蕤，他坚信苏蕤的亡灵依然凝聚在这间屋子里。至于那个儿子，既然在孙思邈手中，他也就不去想了。

他以国丈的身份辅政后，政务繁忙，来的就少了。称帝后的第七天，他晚上率几名仆从来到这里，他本想用供奉太庙的太牢礼来祭告苏蕤，后来觉得被屠宰的牲灵会亵渎苏蕤，便还是用鲜花、鲜果和苏蕤生前爱吃的几样佳肴。这一晚上，附近的住户都听到一个男人压低了声音的哭声和笑声，却没人敢出来看看是从哪家发出的，因为这声音令人肌肤生栗，心弦发颤，听到的人都躲在被窝里，用被子堵住耳朵，第二天才能偷偷摸摸地谈论这事，最后谁也没能弄明白。杨坚仿佛完成了某种心愿似的，从这天后再没来过这里。

后来那个婆子年老死了，丫鬟也和同坊的一个小伙子相好了，结婚后住到小伙子家里，这座房子就空了。不过这丫鬟还是每天到这里来打扫，因为每月都能领到工钱。她把苏蕤出逃前留给她的那包金叶子也埋在这座房子的台阶旁，准备救急时挖出来用。至于她每月从主人那里领来的工钱，都让不成器的丈夫在赌场输掉了，一家人的吃穿还要她另外想办法。

她也真有办法弄到钱，而且很容易。苏蕤死后，在长安城中却被哄传成了神，她的住处也成了圣地。杨坚经常来祭拜时，这里是禁地，有想要靠近这座房子的人都被轰走了。杨坚绝足不来后，大胆而又有心计的丫鬟就擅自把这座房子开放了，许多被她医治好的病人都来瞻仰她的故居，每个人除了用鲜花和鲜果供奉、在神位前上香，还要给这名丫鬟一个门包。为了表示自己的诚心，这门包里的银子都很重。还有许多慕仙而来的人，出手更是大方。她仅门包一项就已经发了大财，还把那些供奉的鲜花和鲜果转手卖出去，获利不菲。

这场谢神拜神运动是偷偷摸摸进行的，那位聪明的丫鬟明知主人不会允许这种做法，竟能把一场近似轰轰烈烈的事搞得很低调，但三年后还是被杨坚知道了，也马上制止了。知情的人都为这丫鬟担着心，杨坚可是翻脸就不认人的，近年来变得更加冷酷无情。然而杨坚只是叫停了这种做法，对这位丫鬟没做任何惩罚。众人都大惑不解，只有这位丫鬟知道主人对主母的感情，也才敢在主母的亡灵庇佑下胡作非为。

尽管只有三年，她也赚足了，当时她还没嫁人，这笔钱没有用的地方，就放到一家当铺生银子，当铺是杨坚手下一个管家开的，很可靠，给的利钱也很丰厚。但她跟随主人多年，明白了一个道理，这世上没一个人是靠得住的，所以那包金叶子她没有放到当铺里，而是埋在了房子的台阶下。

婚前她就知道未婚夫有赌博的恶习，这在当时也很常见，她也就没在意，还在心里认为他至少没有酗酒的毛病，酗酒在当时是许多人都有的毛病，至于赌博，他没钱了自然就不赌了，想赌，赌场也不会让他进门。她爱上了未婚夫堂堂男子汉的相貌仪表和他虽已式微但曾经显赫的家庭，也就一厢情愿地嫁了过去。

婚后她才知道自己错了，赌场不但让没钱的人进场赌，而且借给他钱赌，只是等你还不上时，就要你的胳膊腿了，舍不得胳膊腿，就得舍出老婆孩子。丈夫赌钱输了后，就开始酗酒了，而且也和那些酗酒成性的男人一样，开始打老婆打孩子。当他被赌场逼债时，就又变成凶神恶煞了，如强盗一般毒打她，逼她拿出钱来救命。此时她才知道自己跳进了火坑，一切都已晚了。每月的工钱就在丈夫的毒打下流进了赌场，她还得偷偷摸摸取出当铺的利钱来养活一家老小。她并不怨恨丈夫，而是认为自己不该借苏神医的名头大肆敛钱，这都是上天在惩罚她。等罪孽赎清了，丈夫也就变好了。她每天都在苏蕤的神位前上香祈祷，忏悔自己的过错，希冀天上的主母能原宥自己，宽恕自己的罪孽。

她姓董，没有正式的名字，小时候别人叫她小丫，结婚后也还是这样叫，等她有了些岁数后，就都叫她董老丫了。袁天纲来到长安时，正是人们称她为董老丫的第二年。袁天纲不是从她，而是从她那个赌鬼丈夫手里租的房子。

三月的最后一个阳光灿烂的下午，袁天纲雇的马车，拉着他和行李走进清化坊，看守坊门的老王听说他要租房子，就告诉他坊里没房子可租，要租去别的地方，还热心地告诉他去哪里一定能租到空房。

其时，杨坚已经率领朝廷显贵们率先迁进了新都大兴城，政府机关也都迁了过去，许多富户为求办事方便，也都在新都购置了房产，搬了过去，众多的商铺自然也向新都迁移，长安城便有许多房屋闲置下来，向来昂贵到天上的房租降下了五成还少人问津，着实是外来人租房的好时机。然而清化坊都是一般的平头百姓，既不愿舍弃祖宅或者辛辛苦苦买下的房子，迁到新都对他们也没什么诱惑力，是以坊中真没有房子空出来。

袁天纲却恋栈着不肯离开，他对清化坊并没有什么感情，这名字都是从师傅口中仅仅听说过一次，然而师傅既然叫来他清化坊住，就不应该租不到房子，因为如果这里真的没有空房可租，师傅就不会让他来这里。在他想来，师傅是无所不知的，清化坊有没有空房出租一定能算得出，叫他来这里住也是有深意的，所以他不准备去别的地方。

老王去别的地方转了一圈，回来后发现袁天纲还站在那里，而且连雇的马车都走了，地上放着十口藤条编制的箱子，还有几大包用黄油布包裹的行李状的物品，看来是打定在这里落户了。他不禁恼怒起来，以为这个外来的小伙子不相信自己的话，而他的话在坊里是有相当大的权威性的，别人说点什么，怕对方不相信，都会补上一句：这是老王说的。他向来以此自豪，如今这种权威却遭到了蔑视，他心里的火气直冲顶门，大声道："你还赖在这里做甚？我的话你还不相信吗？不信你自己到里面问问，看看谁愿意把房子租给你，自己住到露天地去？"

他话音犹未落，从坊门外走来董老丫的丈夫董详。四十多岁的人依然仪表堂堂，衣着讲究，从外表上绝对看不出是一个酗酒赌博的浪荡子。董详正被赌场逼债逼得直跳脚，而今不比从前了，他的两个儿子也已经长大了，大儿子的个头几乎和他一边高，拳头比他还硬。两个月前，他也是赌输了钱还不上，回家后还是像以前那样毒打老婆逼她拿出钱，却被闻声进来的两个儿子撞倒在地上，大儿子骑在他身上抡拳猛打，差点没把他打死，他能从儿子落在他脸上、头上的拳头上感觉出儿子对他蓄积多年的仇恨。在那一刻他没感到疼痛，而是被这仇恨吓呆了。这是他的儿子啊，他从小养大的儿子，对他居然像不共戴天的仇人一般。

还是老丫救了他，哭着喊着连打带骂把儿子从丈夫身上拉下来，又抽了两个儿子几个耳光，训斥他们，老子再有错，也没有儿子忤逆犯上的份儿。大儿子捂着被母亲打痛的脸，指着满脸是血、躺在地上的父亲说："你以后再敢动我娘一根指头，我就不是你儿子，是你的仇人，就是犯忤逆罪也不怕。"

被老婆从地上拉起来后，他就明白了，经常在外对人炫耀的打老婆的历史结束了。老丫似乎要替儿子补偿“忤逆犯上”的过错，主动拿出钱给丈夫。董详受了这次教训后，以后真没敢再打过老婆，不是怕儿子揍他，而是不敢看儿子那充满仇恨的眼睛。他还上钱后，发誓戒赌，也真戒了一个多月。前天，赌瘾犯了，心里并没想，两只脚却把他带到了赌场门前，随后被人拉进去，又大输一场。还是照常签了借据，怎么还却一点办法也没有。

看到袁天纲，又听说他要租房子，他灵机一动，立即想到老婆天天打扫却又年年空置的房子了，他明知自己没权力往外出租，但一想到唾手可得的租金恰好可以解燃眉之急，就什么都不顾了。

“小兄弟，你要租房子？”他一副关切的模样走到近前。

老王得了帮手似的，对董详说：“你跟这小子说说，我跟他说咱们这坊里没空房子，他愣是不信，你给他开开窍。”

董详笑道：“有啊，怎么没有。就是价钱贵了些。”

袁天纲顿时觉得有了希望，笑道：“价钱高点没关系。”

“你不怕贵就好办了，来，跟我进去看房子。”他拉着袁天纲就走。袁天纲看着自己那堆东西，有些犯难。董详看出他的心思，笑道：“你甭担心，东西在这丢不了，这是什么地方？天子脚下，首善之区，都是夜不闭户、路不拾遗的，老王，麻烦你给看一下，这事成了我请你喝酒。”

老王心眼实，反应慢，听董详说有空房子，一时还反应不过来，他一家家想着，确实没有空房子，随后才明白董详是在打苏神医那套房子的主意，其实就是在骗，因为那套房子根本不是他的。他租出去后，房主就会把房客赶走。他本想叫住走远的袁天纲，提醒他一下，可心里的气又阻止了他：“傻小子，叫你不相信我的话，就叫你上次当，也让你明白明白什么是天子脚下。首善之区，呸。”他又想到董详许诺的那顿酒，已经醉眼蒙眬了。

董详并不是想骗袁天纲，只是被人逼债逼急了，想弄到钱。他的想法是：把苏神医的房子租给袁天纲，自己拿到钱就去还赌债。老婆知道了，拿他也没办法，只好自己掏出私房钱退给房客，然后把房客赶走。还在他们结婚前，他就知道老婆有许多私房钱，究竟有多少不知道，但一定不会少，门包的事他也是知道一些的。说实话，他也正是冲着这一点才肯娶这个干瘦得像脱毛鸡、地位又卑下的丫鬟，然而，娶过来后，这些钱都不见了，怎么问也问不出，他能到手的只有她那点工钱。他只好审贼似的使用非常手段逼她拿出钱来。而今这招用不得了，她的两个儿子已经能为老娘做主了，他这个丈夫只好避让三分。正道不行就玩邪的，于是他就想出骗这个招数。

这套房子因为天天都要打扫，为图方便，只有正房的门锁着，院门只是挂上门闩，没有上锁。长安米珠薪桂，地价房价都高到天上，只有朝中显贵和巨富才能跨街占巷地修建府邸，一般平民家庭绝不能像外省那样三进、四进地盖房子，大多都只有一进。也就是进去正面是正房，左右是厢房，角落地方盖仓房、耳房，倒也一应俱全。

董老丫住在这里时，住的是左厢房，她住得久了，自然也就有了感情，虽然这以后不在这里住了，还是天天打扫得跟在这里住时一样干净。董详就把这套房子租给他，假说正房的钥匙忘带了，明天给他拿来，今天先让他安顿在左厢房里。

袁天纲看过房子后很满意，虽说他家的仆人住的都比这里好，却也知道这是长安，能有一席栖身之地就该满足了。董详写下一份租房三年的契约，两人签字画押，董详拍着胸脯说自己是堂堂正正的人，就住在这里，绝不会骗一个外乡人，这担保中人就别找了，也省一笔中人费。袁天纲也未起疑心，还在庆幸自己如愿以偿地租到了房子，就把三年的房租一起付给了董详。

董详得了钱一溜烟走掉了，看他急匆匆离去的样子，袁天纲才意识到自己可能被骗了。心里却也不慌，从董详和看坊门的人的对话中，他确认董详就是本坊人，现放着他亲笔写的租房契约，看他究竟怎样骗自己。

第二天上午，董老丫照旧来打扫，却发现一个年轻人已经在扫院子了。她的肺儿欲气炸，二十年来，打扫照料这座房子已经不是一般的工作，而是在侍奉神祇。谁要抢她这份差事，简直就是要她的命。她上前一把夺过袁天纲手中的扫帚，恼怒道："谁让你干的？"

袁天纲摸不着头脑，看着眼前这位凶狠的婆娘，愣怔道："这是我租的房子，我扫扫院子还用谁让吗？"

"什么？"董老丫气得险些晕厥，"你租的房子，谁租给你的？"

袁天纲明白了，昨天那位真是骗子，正主出现了。他不慌不忙地回屋拿来那份契约，董老丫看后也就明白了。这是丈夫又赌输了钱，用这法子变相地骗她的钱。她的第一反应就是自己拿钱退给房客，然后把他轰走。

她又仔细打量袁天纲几眼，却蓦地被什么攫住了似的，感觉这青年很熟悉、很亲切，那种亲切感比在儿子身上体验到的尤为深切。但她心并没软，因为这房子她真的没权力出租。然而意外的事却发生了。她心里想的是：这房子不能租，我把钱退给你，你另找房子吧。说出来却成了："哦，是我家那个死鬼租给你的，那你就住着吧。"

袁天纲这才放下心，心下犹在惭愧自己多疑，看来长安人真都是厚道人啊，他点点头。

话一出口，董老丫就知道事情砸了，不是砸在丈夫手里，而是砸在自己手里了，她急忙想改正过来，心里还没想好怎么说，嘴上却说："正房我还得拾掇拾掇，你先住厢房吧，等我收拾好了你再住进去。"说完后自己都被吓着了，这是怎么了？跟梦魇似的，好像有另一股力量在控制着她的嘴，说出的话总是和她心里想的相反。言不由衷，却又脱口而出，根本无力控制。

袁天纲笑道："不忙，住在这里就挺好。"

"那怎么行？你也二十多了吧？娶媳妇了吧？娶了媳妇就要生孩子，将来媳妇孩子的也是一大家子，总住厢房怎么成。"董老丫脱口继续说着她也不知从那里冒出的话，这些话她想都未曾想过，更没想说。说完后她急忙捂住嘴，唯恐再冒出什么不可收拾的话来。她也不敢再在这儿待下去了，连日常打扫也忘了，回头逃也似的跑出去。

袁天纲刚想回答她的话，对方却一溜烟没影了。他又愣怔住了，长安人怎么都这样？说话跟连珠箭似的，说完后又像逃跑似的，无论是书上记载还是师傅孙思邈，都没提过长安有这种奇怪的风俗啊。

董老丫一路跑回家里，身上一阵冷一阵热的，像是患了疟疾。她爬上床用被子把自己从头到脚捂上。捂了整整一个时辰后，又喝了两大碗姜汤，这才好转过来。她感到这是苏神医在她身上显灵了，此事不怪自己的丈夫，也不怪自己，那年轻人要住在苏神医的房子里正是苏神医的旨意。确定了这一点，她也就不怕将来被主子知道的后患了，毕竟神仙比主子大多了，哪怕主子是当今皇上。

第二天，她又来了，把正房的神位撤了，把所有的物事都归置到几个箱子里，小心储藏。她对这屋中的每种物事也都像对待神祇一样恭敬。撤掉苏蕤神位时，她委实犯了半天难，就跟要亲手毁掉一座神庙一般。若非坚信这是已成神仙的苏蕤的意旨，就是拿刀逼着她，她也不敢如此做。

把正房收拾整洁后，她又以令袁天纲惊讶不已的恭敬态度请他入住正房，口口声声称他小少爷。还帮着袁天纲把带来的东西都布置好，床铺也都铺好。

袁天纲本来不想麻烦别人，可他真让这两口子闹糊涂了，以为这也是长安租房的风俗，只好入乡随俗了。中午，董老丫还特地去酒楼叫了一席酒菜送到房里来，说是住进新房的暖房酒，这是此地的风俗。袁天纲也没敢拒绝。其实暖房酒是住进新建造的房子才有的风俗，许多地方都有，租房哪有这讲究。

到了晚上，袁天纲正式睡在自己出生后就躺着的床上了。他并无特殊感觉，只是感到心里特别平静安详，很快就睡着了。他哪里会知道，这位董老丫就是当年天天给自己换洗尿布、还经常抱着自己玩的丫鬟。

董详骗到钱就不知躲到哪里去了，两天没敢回家，也没在坊里露面。董老丫没心思想他，知道他在外面把骗来的这些钱折腾光了自然就回来了。她满脑子里想的都是袁天纲，这年轻人可能不是一般人物，怎么一见到他，自己就满口说胡话，完全不由自主？还有他给自己的感觉，既像亲人一般亲切，又像主人一样令她也是不由自主地对他恭敬有加，她蓦然想到一人，这不正是自己当年对待主母的感觉吗？难道主母在他身上显灵了？这还真有可能，她心里念叨着。

帮着袁天纲忙乎一天，她的神经又一直很紧张，晚上已经很累很困了，可就是睡不着。她迷迷糊糊想了一夜，半睡半醒着，到了凌晨时忽然被一个念头吓得清醒了：袁天纲很像一个人——自己的主人，也就是皇上。

她被这猝然而至的念头吓得激灵一下坐起来，细细想来，这年轻人的面貌五官和皇上并不是很像，身材更是迥异，然而说不出有什么地方，两人竟惊人地相像。她冒出一身冷汗，又用被子捂住了头，不敢再想下去了，心里的直觉告诉她：不能再想这事，否则会送命的！

袁天纲并不急于出去占卜赚钱，从家里带来的钱足够他用几年的。他先去终南山玩了几天，观赏终南山里的名胜古迹。可惜终南山琳宫梵宇无数，想要一一观赏一遍怕要几年，他对这个兴趣也不大，倒是在号称天下第一观的楼观台玩了整整一天，当年尹喜就是天天在这里望气，一天望到紫气东来，结果拦住了西出函谷关的老子，请他讲学，老子就留下了一部《道》经，一部《德》经，后来合成《道德》真经，成为道教的终极圣典。

袁天纲喜欢望气学，还是跟随三羊宫老道长学的，也望了十几年的气了，后来又跟随师傅继续精研，遂登堂入室，深入这门学问的堂奥。故而对楼观台徘徊瞻仰，久久不忍离去，如太史公司马迁之瞻仰孔庙。

他又去大兴城里转了几天，城里的街道宽阔，整齐划一，房子也都造得高大坚实，整个城市更是隐含先天阵势，只是为了配合城市的建筑，阵势显得扭曲。这一点倒也能理解，怎么也不能把都城真建成一座大型的先天八卦阵什么的。

不过他还是喜欢长安城，崭新漂亮的大兴城与长安相比就缺乏太多的历史沉淀，仿佛是一个暴发户发迹后摆阔建的房子，不像长安城这般承载着近千年的历史，记录了数个王朝的兴衰。他尤其喜欢在一些残垣废址前驻足，这里面还有着秦砖汉瓦，砖瓦上还残留着血与火的痕迹，仿佛是数百年王朝兴衰、人间血雨腥风的掠影。

他一直转了二十多天，去的远了晚上回不来，就随便找个旅舍住下，第二天接着转，在近处时晚上就回来。董老丫现在看到他亲热得不得了，口口声声称他“小少爷”，问他都去了哪里，看了什么，饭都吃了没有等等。他对“小少爷”这称呼感到别扭，委婉说过几次，董老丫却依然故我，他也只好听之任之了。

他又在附近转了几天，熟悉自己要展开生活的环境，也寻找一个合适的地点来开张，还要做一些准备。用了三天的时间，这些基本也就完妥。

早上起来，他把准备的东西都拿出来，有一张矮桌、一领坐席，一个盒子里装着文房四宝，还有一个竹竿，竹竿上绑着一面白布。

他两手并用，把这些东西手提臂夹，向坊外走去，看到的人都吃了一惊，不知他拿这些东西去做什么。

刚要走出清化坊，迎头碰见董老丫从外面进来，惊讶地笑道：“袁少爷，您这是做什么去呀？”

他笑道：“我今天买卖开张。”

“您要做什么买卖？”董老丫看了一会，全然猜不出他拿着这些东西能开什么买卖，再说也没见他去找铺面。

“占卜。”

占卜？董老丫听他说过一次，还以为他是开玩笑，这样的大家公子怎会以卖卜为生。难不成他这个大家公子是假的？

长安城中文人卖卜卖字的也不乏其人，都是来京城谋官不成，盘缠尽了，只好用这法子度日。可他才来了几天，不至于这么快就囊中羞涩了。

董老丫兀自想着，袁天纲早已走出老远了。

地方他早就看好了，距清化坊三个坊区，有个很热闹的市场，和东市西市自然不是一个等量级的，却也很是兴旺，附近十多个坊的人都在里面买东西，毕竟不能想买点什么家常物品就去东西两市。况且东西两市要午时击鼓后才能开市，到太阳落山时就要收市了。所以人们只有在大批量购买或者购买稀缺物品时才会去两市。

不过这个市场里面的房子没有闲的，连大街两旁的铺位都插不进一只脚。

他既然要把三把火烧得旺些，当然要把声势做得大些，只有这种人气攒聚的地方才行。既然里面插不进去，他就在外面找地方。外面都是民房，也没有出租的。假如在街角随便支个卦摊也不是不行，不过那样就和蹲街角算命的没区别了。

转来转去，他选定了一个地方，就是市场外面一百步远的地方，有个醉仙居旅馆。醉仙居听上去像是酒楼的名儿，却是京城第一流的旅馆，外面是雪白的高墙，墙头铺的都是琉璃瓦，墙下是玉石板铺就的路，里面则是树木参天，蓊郁之气浓浓欲滴，有几座飞檐雕栋的亭阁掩映其中，仿佛是一座王公的府邸。

“在这里一定有人能注意到。”他心里琢磨着，因为他观察了好几天，发现这里不时有装饰豪华的车辆进进出出，人气十足。却没去想这样好的地方为什么没人摆摊卖货。他虽然走的地方多，见识的场面也多，人情世故这堂课还是阙如。

他来到旅馆门前左首百步远的地方，把桌子放下，坐席铺好，然后把文房四宝都摆在矮桌上，那根竹竿斜依在雪白的高墙上，上面的白布也展开了，上书一副对子：易经八卦，囊括天下万物；掌演乾坤，算尽世间玄机。对子中间是一幅八卦图。这都是他的手笔。其实他如果不占卜，光靠卖字画也能在长安混得很不错。长安居，大不易，也是因人而异。

这对子做得太深奥了，他也知道来算命的大多还是仅识几个大字的平民，未必能弄懂他写在上面的话，所以这面旗子只是壮门面的，就如一座房子必须有个好门脸一样。他又弄张白布铺在矮桌前，这上面他就老老实实写上服务项目：八字，测字，婚姻，子息，官运，财运，寻物，寻人。

把这些弄好，他就跪坐在坐席上，等着客人来了。

第十八章

此时正是卯时三刻，来市场做买卖的商贩、购物的市民汇成一道人流涌来，走过的人都向袁天纲投来惊异甚至惊骇的目光，人人惊讶中都生出同样的疑问：这是什么人啊，敢在这地方支摊？这不是太岁头上动土吗？

有老成且心善的人就想上前提醒他一句，免得他被人打得遍体鳞伤，乃至横尸街头。但又看他的衣服风度也不是一般人，这样的人断断不会干卖卜这一行，都搞不清这里的名堂，只好抱着多一事不如少一事的念头，叹息着走过去。

更有好事的人已经在打赌：赌他能在这里坐住多久，就算把长安城里胆子最大的赌徒找来，也不敢赌他能在这里待上半个时辰。所以这些人里胆子最大的也不过赌他能在这里挺住一刻钟，还要求赌注必须是十赔一的。即便如此，也有二十多人下注赌他挺不过一刻钟，倘若输了，甘愿赔上十倍赌注。这些人心里认定自己赢定了，因为他们知道醉仙居的底细，袁天纲此举已经不是摸老虎屁股，而是赤裸裸地打老虎的脸了。

醉仙居的两个伙计出来打扫路面，看见袁天纲坐在那里，明晃晃的旗帜支着，都以为自己是白日里撞见鬼了，拼命揉揉眼睛，看了半晌，忽然把扫帚扔下，跑回里面去了。

袁天纲在那两人看过来的时候，就站起来，还满面笑容地对视着，想等这两人过来时说些好话，毕竟是在人家矮檐下讨生活。孰料这两人竟而惊骇狂奔，他心下还纳闷不已，打量一会自己的衣着，百思不解自己什么地方让这两人如同看见鬼一样，心里不禁有了气。他哪里知道，在那两人眼里，他充满魅力的微笑比吐着血红长舌的吊死鬼还恐怖。

不多时，里面冲出两个凶神般的伙计，袖子高卷，迈步如登山，显然是蓄势欲发，身后还跟着四个小伙计，手里拿着哨棒。

袁天纲人情世故再不练达，也明白麻烦来了，他倒是不怕，跟着师傅这三年，什么强梁人物也都见识过了，天子脚下毕竟还是讲王法的地方。心里还是纳闷：这些人恁地小气，自己不过借这地方支个卦摊，又没碍着他们什么，何至于打打杀杀的。

那两人走到十步远处，看袁天纲也是蓄势以待，没有丝毫惧色，心里不禁有些发虚。再看对方的衣着气度，心里更是没底。暗自思忖：人家既然来打你的脸，总是有底蕴的，敢一个人来打脸，就说明这人要么不简单，要么就是背后有大人物支持。

袁天纲冷冷道："你们有事吗？"对方气势汹汹的，他当然也没好脸色，眼中冷芒更是能把人洞穿。

领头两人都不禁打个寒噤，什么话都没说，转头又回去了。虽不像前面那两人惊骇狂奔，走的也颇急促，而且脚步都有些发虚。

袁天纲晃晃头，不知这几人因何气势汹汹而来，又灰溜溜而去。领头这两人分明就是豪门恶仆的派头，他不怕并不是认为自己能在拳脚上胜过这两人，他还不知道自己身具世上最上乘的神功，不要说和这两人打，就是任这两人打，都能把他们震死，而是自恃身份高贵，有一种与生俱来的居高临下感。

其实也正是这种气势把那两人吓跑了。这两人在醉仙居里见过无数大人物，其中不乏跺跺脚就能引发长安地震的权贵，他们的主人更是提起名来能令众生惧、能止众儿啼的煞星，然而，这两人从袁天纲身上感受到不亚于主子的无上威压，仿佛心脏都被人攥在手心里，随时都能把自己捏死。

人虽然退走了，袁天纲心中却生惕意，情知此事不能善了。这几人回去了，一定还有更厉害的人出面。他心里打定主意，不管对方使出什么招式，自己都要周旋到底，绝不能退缩。

多年以后，他想起这件事心里就暗笑，笑自己的不谙世事，险些在第一天就把事情闹得不可开交。假如不是对方生出许多顾忌，假如没有董老丫，也许在这天，他真的会横尸长安街头，毕竟对方来头太大了。

他又坐下，此时街上已经清静很多，行人不多，大都是进出市场购物的市民，看到他就急忙转头疾趋，好像他是瘟神，看一眼都能染上疫疠。避之唯恐不及，哪里还会上前来照顾他的生意。

袁天纲心里已不再想生意的事，而是琢磨着醉仙居里会出来什么人，会怎样对付他，自己又怎样应付。他心念疾转，霎时间已做了无数个预案，孰料竟然全盘落空，一直到中午，里面再没见有醉仙居的人出来，两个原本在门口迎客的小厮也都躲进去，倒像是怕了他。

整个上午，也有不少骑马的，坐犊牛车、坐肩舆的客人进出，都是怪异地看看他，就过去了。袁天纲倒是心始终放不下来，心里更是疑窦满腹。

他当然想不到，他在外面稳坐，却把醉仙居里闹了个不小的地震。

醉仙居的老板洪仁发是个中年胖子，还是个跛子。他早年曾是江湖上著名人物，在大江南北都闯出不小的万儿，是江湖上令人闻风丧胆的辣手人物。一次遭多名高手围攻，他虽然尽歼强敌，却也断了一条腿，更受了重伤，自此在江湖上销声匿迹。很少有人知道，他是被现在的主子救下后收服了，来到长安后改名换姓，当上醉仙居的掌柜，专为主子打理些见不得光的生意。

十几年下来，他为主子立下不少功劳，益发得到重用，主子就把更多的事都放在醉仙居里办，他肩上的担子重了，报酬当然也是极为丰厚，较之朝廷大员不差丝毫。他也因此在长安闯出比在江湖更大的名头，提起醉仙居的洪老板，长安城里有头有脸的人物无人不知，也都敬畏三分，就是长安府尹都得给几分面子，因为大家都知道他后面的主子是谁。

自从他执掌醉仙居以来，仰仗主子神威，从没人敢欺负到他头上，左近一些不知底细的人看到醉仙居的架势和他那副仪表，也都敬而远之。可以说在附近十几个街坊内，他就是名副其实的霸主。

早饭过后，他正逗弄着妾生的儿子玩，就见手下那两个伙计慌里慌张地进来禀报。他听后只是觉得奇怪，醉仙居的背景长安城里尽人皆知，居然有人敢来砸场子，这分明是向他主子挑衅？怎么会有这种事？这事绝对不会发生的。

“你真的看清了？不是眼花看错了？”

“洪爷，明晃晃的旗子就立在咱们外面墙上，人也大模大样地坐在那儿，小的就是眼睛再花，也不会看错，何况小的们是走到近前看了的。”

“有人找事，乱棒打下去就是，还来问什么，你还怕咱们摊上什么人命官司摆不平吗？”他嘴里这样说着，心里却也知道不是这么简单，对方既然敢明着来门前叫阵，就不会简单。所谓来者不善，善者不来。他这样说也只是习惯罢了。

“我的爷呀，那人看上去就不简单，怎么个不简单，小的也说不上来，您老人家亲自去看看吧。您看过后说要打，小的们二话不说。”

洪仁发点点头，拄个拐杖就踱出去。这把拐杖里藏着他当年拿手的兵器：蜂尾杖。杖头淬有剧毒，入血封喉，无药可救。

他走出大门后，倚在门柱上，望着正襟危坐的袁天纲。袁天纲也感觉到里面出来人了，而且正看着他。这次他没站起来，也没向这面看。心里打定主意：兵来将挡，水来土掩。他此时有些明白了，自己在这里支摊一定是犯了忌讳，不然路人不会那样怪异地看着自己，他只是不明白醉仙居伙计们的反应，如果不想让自己在这儿支摊，明白说话就是，何以都欲前又止，最后都吓跑了？

洪仁发一眼看过去，虽只是看到袁天纲的侧面，却感到莫名的震动。看了半晌，一句话不说，又慢慢踱回去，两个伙计紧跟着他。走到醉仙居甲字楼，他回头问道：“可有人知道这人的来路？”

“没有，”两名伙计互看一眼说，“就是今儿个早上才看到他，以前在这一片没见过，好像突然从地里钻出来似的。”

“胡说，他又不是鬼，真能从地里钻出来不成，你们出去访听一下。他既然在咱们面前支摊，住的也不会远。在没查清他的来路前，不要招惹这人，把这话告诉咱们这儿的所有人。”

两名伙计应诺着转身走开，他回到自己的家，坐在胡床上却陷入沉思。闯荡江湖二十年，又在长安混迹十年，无论朝野上下、官场商场还是三教九流，他都见识遍了。他的眼睛最毒，无论什么人，只要看上一眼，就能知道这人是做什么的，甚至能看出这人做了多少年、做得怎么样，从来没走过眼。可今天他却看不出来了，也不是看不出来，而是这样的人根本就不该出现在围墙外支什么卦摊，而是应该出现在醉仙居最豪华的房间里，身边粉黛环绕，奴仆成群。他曾在很少的几个人身上感受到那种说不清的气质，比如晋王殿下。

他蓦然身子挺直，这才想起来让自己感到震动的原因，这人的侧面跟晋王殿下有些相像。但不会是晋王，这他很清楚，晋王也曾到过这里几次，就算隔着一条街，看见一个背影，他也认得出来。但确实有相像甚至是神似的地方，究竟是哪些地方，他又说不出。

此事很突兀，更加诡异，让他有一种被鬼附身的感觉，就像在做一场无法醒来的噩梦。

一刻钟后，一个伙计回来了，告诉他，打听到一些消息，外面那个人是外乡人，刚来长安没几天，听到这里，洪仁发心里轻松了，原来是个初来乍到还不知长安水深水浅的愣头青。可是接下来一句话又让他毛骨悚然，伙计告诉他，此人现在是董老丫的房客，租下了原来苏神医的房子住。

“苏神医的房子？你没打听错？”他惊得险些单腿跳起来。附近谁人不知，自从苏神医仙去以后，那座宅子就成了仙居，那可是名副其实的仙居，况且房子又不是董老丫的，她只是个看房子的，怎敢把这套房子租出去？这就像一个和尚把庙里的大雄宝殿租给别人一样。

“洪爷，这事小的怎敢不仔细，我问了五六个人，都是一样的说法，他们也不明白董老丫怎敢把房子租出去？”

洪仁发通过他主子的关系，知道不少秘闻，别人不知道，也不敢问，他却知道那套房子其实是皇上的，而且也不会租给任何人，就算他主子也绝不敢打那套房子的主意。难道是皇上的安排？

他脑子里嗡的一声，眼前登时金星乱舞，人险些从胡床上跌下来。

“洪爷，洪爷，您怎么了？”那伙计急忙扶住他。

“噤声，我没事。”洪仁发缓过一口气，觉得好一些，他拿起身旁的酒壶，猛地喝了一口。“你赶紧去把董老丫请来。”

他心里畏惧是做贼心虚，这些年来，他主子那些见不得光的事大部分都是在这里做的，虽说不是杀人放火这些勾当，却比这些勾当更严重，万一被皇上知道了，他一个蝼蚁无足数，就算他的主子也是绝难逃过。他隐隐有种恐惧：那人是不是皇上派来调查他的，当然不是查他这个人，而是查他帮主子做的那些勾当。若不然，这等尊贵的人物怎会在街头卖卜，又怎会恰好选了他的醉仙居门前？他越想越像这么回事，身上的肉都恐惧得颤抖起来。

喝下去的一大口酒都化作冷汗出了，他又猛喝几大口，想靠酒来克制这种令他心惊肉跳的恐惧。

一刻钟后，那伙计把董老丫请来了。董老丫走到大门时就看到了袁天纲，噗嗤笑了，心里暗想：“我的小主子哎，你怎么跑这儿来支摊了？”转念却又生出一种自豪感，这才是小主子应有的个性，想干什么就干什么，想怎么干就怎么干。想当年主母在长安行医时，蔑视权贵，就是亲王国公想治病也得自己走着来，还得老老实实排队。

袁天纲也看到她了，向她笑了一下，对自己不开张并不以为意，毕竟第一天，头三脚难踢。

看见董老丫进来，洪仁发急忙起身让座，又亲手给董老丫倒了碗酒，董老丫平时好喝几口。

“老丫，咱们算起来也做了十年的街坊邻居了，我洪仁发自问可没什么得罪你的地方。”他开口说道。

董老丫刚喝了一口酒，差点喷出来：“洪老大，你什么意思，你没得罪过我，那意思就是我得罪你了。”她登时眉毛竖起来。在家里她被丈夫欺负，到了外面可没人能欺负她。这一片虽说谁都怕洪仁发，她却不怕，她清楚洪仁发后面的主子是谁，洪仁发也知道她的底细，大不了两人比比谁的主子更大。要比这个，她可谁都不怕。

洪仁发明白这一点，更明白董老丫不是一般的仆人，退一步讲，只要和皇上拉上点关系，就算是皇上宫里走出来的一条狗，也不是他能惹得起的。

“老丫，你别急，我不是这意思。”他急忙头摇得跟拨浪鼓相似。“我是说……”

“有什么话你就直接说，少跟老娘绕来绕去的。”董老丫不客气地盘坐在胡床上，端起酒碗喝了一大口，慢慢品味酒入肠胃那种热乎乎麻酥酥的感觉。“好酒。”

“那是，一般的酒能拿出来招待你吗？”他见董老丫又现出不耐烦的神情，急忙转入正题，“这个，我门口那位公子爷是你的房客吧？”

“是啊，他碍着你什么了？”董老丫眼睛一翻，语气很冲。她是故意发飙，明知袁天纲这次确实是犯了忌讳，可是她却另有一番计较：小主子是什么人，只有他给别人立规矩、讲忌讳的道理，别人哪有这资格？别说洪仁发，就是他背后的主子也不够看。所以今天这事就得耍横，绝不能退让半步。

碍着我什么了？听到这话洪仁发气得脑门子里火星乱蹦，却还不敢发作。心里想：你有本事去皇宫门前支摊，再跟皇上发飙，问问皇上碍着他什么事了。这话他就不敢说了，况且如果真跟皇上有关系，或许还真有这特权。再者说了，那小子是支摊算卦吗？瞧那架势，不知道的人还以为他犯了什么事，长安府在他门前现场办案呢。

他现在已不考虑面子的事，而是袁天纲究竟是干什么的，如果真是来他门前占卜的，管他为什么，和自己就没关系了。有董老丫作保这层关系，他就算面子有失也认了，至少没有性命之忧。

“这个，倒没碍着我什么。我就是有些好奇，看样子也是一个大家公子，怎么沦落街头算命了？你也知道我这人古道热肠……”

董老丫扑的一口酒喷出来，溅了洪仁发一身，忙道：“你看这怎么说的，不过别怪我，是你逗我笑的。”

“没关系，我换一件就是。”他把袍子脱下来，伙计接着，进了里面，又给他拿来一件换上。“老丫，你别笑，咱们打交道少，你还不太了解我，或者听了街面上那些黑心烂肺嚼舌根子的人的闲话，以为我洪仁发怎样心狠手辣。”

“得，得，打住，我家里还烧着饭哪，一会糊了。你就直说吧，究竟啥意思。”董老丫把碗里的酒一口喝下去，起身就要走的架势。

“好，我直接说吧，就是同情这位公子，假如他另有来头，或者在我这门前支摊另有意图，就算我多问。要是他真的没什么路子，想靠着这个讨生活，就未免浪费人才了，我可以帮他找路子。支摊卖卜一天能弄几个钱，够吃的还是够穿的，还不如在我这里写写算算赚得多。他要真是个人才，想当什么官，我可以帮他找人举荐。”

“我替他谢了。不过人家只是我的房客，想干什么不用跟我说，我也管不着。这位公子也不像是缺钱的主儿，也不缺门路，你的好心都收收吧。顺便说一句，不管碍没碍着你，你要想动他，可有人出来跟你说话，到时候你主子都得吃不了兜着走。”说完，大脚迈开，两三步就迈出门外，扬长而去。

洪仁发和他的伙计面面相觑，好容易请来董老丫，结果什么也没探听出来。洪仁发被董老丫最后两句话砸得有些发晕，连他主子都得吃不了兜着走，这不等于明说皇上是靠山了。难道此人真是皇上派来的？

他蓦然间有种大祸临头的感觉，瘫坐在胡床上半天没起来。

闹得醉仙居扰扰不安的袁天纲，还在外面悠闲地看着风景——附近平民的生活。

他在家里时，很少有机会接触平民生活，不是身居自家宅院内，就是在三羊宫里，倒是道士生活他了解得最多。此番跟随师傅游历三年，寰宇内几乎都踏遍，算是领略一番地道，各地人的生活自然也都见识一番，却是走马观花，领悟不深。所以孙思邈才让他找个地方，以卖卜为契机深入体会一下人道。当然也没说他一定要深入平民甚至贫民生活中，但他觉得，上层不过是个名利场，要真正领悟人道，还是要在平民中亲身体会才行。

第十九章

一连三天没有开张，袁天纲不由得纳闷起来，在成都，求他算命的人可是排成长队，难道长安人都是安天知命的达人，不屑于求神问卜？那么许多街头巷尾的占卜者又该如何生活？

其实他忽略了一个问题，就是人们惯常的心理。除了占卜者，所有人都认为，占卜这行当应该是由盲人做的，就算你不是全盲，至少也应该是独眼，眼睛要是没毛病，两腿残疾也可以理解。此其一，这一行当的从业者应该是又穷又老，至少二者要占一样。可是袁天纲哪样都不占，首先他不但两眼不盲，而且双眸有神，即便在白天看上去都像放光一样，有人甚至断定他晚上走路都不用点灯笼。他身体健康，这不用说了，那时人们生活困苦，即便天子脚下的良民也都营养不够充足，可是袁天纲一眼看上去就是从小到大从没缺过营养的人，倒像是那些喜欢户外运动的大家公子哥。他身上的衣服都是他母亲亲手缝制的，衣服的料子都是上等的，缝制上的精工细作和街上那些成衣店卖的相比，明显是两个档次，那也是长安市民们看惯的，只有京城显宦富贵人家专有的巧手裁缝才能做得出来。所以大家都认为他是官宦世家的公子哥，他应该不是骑马就是坐轿，后面跟着书童和仆人，摇着折扇进出高档酒楼或者艺馆，绝不应该坐在街头给人占卜。

那时还没有行为艺术这一说，否则大家会认为他是一个行为艺术家，是在街头玩行为艺术。尽管两晋的贵族们早就把行为艺术推向最高峰，但在民间，人们还是很朴实淳厚。所以大家都纳闷他究竟要干什么，没人认为他真的是个卖卜者，自然不会上前照顾他的生意。

这还只是从形貌、服装、气质特点而言，几天的工夫，周围的人也都知道了，这位小先生就是那位住在苏神医房子里的人，而今又强横地霸占了醉仙居的门前来做生意，而向来在街上横着走的洪爷却连声都不敢吭，这几天更是门都不敢出。眼高于顶的伙计们出入时也都踮起脚跟，只以脚尖走路，两眼也盯着脚尖，不敢做左右顾。是以也有不少人认为他不仅大有来头，而且是冲着洪爷来的。敢和洪爷较劲的人，就他们所知，长安城里还没有。这些人自然也就对袁天纲油然而生敬畏之心。

这一切袁天纲即便能掐会算，也懵然不知，他毕竟不能凡事都算上一卦。他要租房子，人家也就租给他；他在这里摆摊，也没人轰他，他当然不会觉得有什么不对头的。假如董老丫不租给他那套房子，他也只好另外找房子；假如醉仙居的人出来轰他，他也会找别的地方摆摊，不会因此事跟人较劲。他随师傅游历天下三年，阅历虽然浅，所见识到的却比一般人一生中见识到的还要多。

每日来醉仙居的客人很多，且大多是达官显宦，看到门前多了这样一位人物，很是诧异，进来后都问那位洪爷：“洪老大，你门前那人是谁啊？”洪爷支支吾吾，紫黑的脸膛都涨红了，也没说出什么。大家以为他有难言之隐，也就不究根刨底了。他们哪里知道，洪爷心里不是有难言之隐，而是有说不出的恐惧。

第四天中午，袁天纲终于坐不住了，决定主动出击，没人来算卦，他就送卦。

中午时，他又走进市场里面，这里的泰和兴酒楼，是生意最兴旺的地方。他走进酒楼，门口的小伙计哈腰小跑着跟着他，向他介绍自己酒楼的特色菜肴。

走进门口，小伙计才问他：“这位爷是坐大厅里还是包间，包间里有静坐。”

“我就坐大厅吧。先来一大壶酒。”

他说着拣了靠窗的桌子坐下，这才环视大厅里。酒楼有两层，一层就是大厅，约摸有四十多张桌子，上面都是隔成一间间的包间，就是所谓的静座。喜欢中午边喝酒边谈生意的人就会上楼包个包间，安静又显得有身份。

大厅里此时几乎坐满了，都是这里店铺比较大的商人轮流请客，或是大家凑份子吃中饭。他来得晚了些，只剩下这张靠窗的小桌子没人坐。

他一走进来，本来热闹的大厅慢慢安静下来，好像闯进一个不和谐的外来者，许多人交头接耳谈着什么。他不用听也知道，这些人是在谈论自己，自己租住苏神医房子，又在醉仙居门前支摊，无意间竟成了这一带的风云人物。

也有人肆无忌惮地盯着他看，既好奇又感到不解，大家的心思都一样，不明白他究竟是什么来路，究竟想干什么？

“这就是敢在醉仙居门前开张的大英雄吗？头次光临敝处，这壶酒就算本酒楼的一点小意思，敬请笑纳。”

一个身穿正式汉服的姑娘用木盘端着一大壶酒，莲步轻移走了过来。先把酒放在桌上，然后又很正式地鞠躬行礼。

袁天纲知道这是一些大的酒楼对有望成为自己常客的客人的一种笼络手段，先不断给你一些好处，就像鱼饵一样，等你成为常客了，再痛宰你。他起身还礼收下：“敝人初来贵方宝地，以后还望多多关照。”

隔着几张桌子的一个粗豪汉子大笑道：“小子，吴妞看上你了，以后肯定会照顾你，不过你要小心她把你照顾到肚子里。”

众人哄然大笑。这姑娘淡然一笑：“公子，这些人狗嘴里吐不出象牙，你见多了就习惯了，不用理会他们。”

和那汉子同桌的一人笑道：“是啊，你们两个郎情妾意，不用理会我们，想干什么就干什么吧。”

袁天纲也淡然一笑，看得出来，这位姑娘也是这些客人的一盘下酒菜。说不定客人里有不少就是冲着她来的。当时许多店铺都会招些美貌的女子来当招牌，招徕人气。汉家女子重礼法，又为人所常见，充当招牌的多是胡女，歌女舞伎也基本都是胡家女子，这在长安等地早已成为时尚。

这位姑娘看样子应该是西域女子，皮肤白皙，眼深鼻高，身段婀娜。裸着半条手臂，皓白如雪，左腕带一只镀金镯子，一笑之下，颇具异域风情。

“吴妞，我们不知在你这儿花了多少银子，你怎么不送我一壶酒？”又一张桌子的一个中年人大叫道。

“送你，行啊，送你一壶马尿，你喝不喝？”姑娘头都不回，大声答道。显然这人常吃她的豆腐，她才敢如此熟不拘礼。

“朱七老板吃醋了，”不知哪张桌子的客人大叫着，“吴妞，朱老板可是冲着你才天天来这儿的，你和那小子不要太近乎，也得照顾照顾朱老板的面子。”

又一人叫道：“吴妞，你送他马尿他喝不下去，要是你的尿朱老板一定喝。”

这些人酒也喝得有几分了，好容易得了乐子，一个个喧嚷叫喊着，借酒盖脸，什么下流的话都说了出来。大厅里气氛热烈得似乎能把头上的楼板顶开。

那姑娘毫不理会，提着托盘回到长长的暗红色柜台里面，给要酒的客人压酒，任这些人随意宣泄。不只是她，所有招牌女其实都是客人们肆意开玩笑吃豆腐的对象，老板雇她们也正是为了这个。客人们闹够了，就要为这个掏银子了。

其时，酿酒时有清酒和浊酒两种。清酒就是分离出酒糟的酒，基本都是名牌产品，价格很高，少有人问津。浊酒就是酒和酒糟不分开，要喝时需要先压出来。一般酒楼里都是自酿的酒，这样成本低，利润高，还颇具古风。各酒楼里也都专门有压酒的人，一般都是雇的胡女。当时有许多风流文人吟咏这些压酒胡姬的篇什，可惜或者因作者无名，或者因有色情之嫌，都没流传下来，过后只有李白一句“风吹柳花满店香，胡姬压酒劝客尝”为这些辛酸女子在文化史上留下一行位置。

压酒这行当由来已久，汉时卓文君和司马相如私奔，生计无着，两人开个酒店，卓文君亲自“当垆”。所谓“当垆”，也就是给客人压酒。晋时名士阮籍日游醉乡，经常去一酒店喝酒，酒店里压酒的女子就是老板娘。阮籍喝醉了就躺在这位貌美的老板娘身边酣眠，别人都以为这两人有私情，过后才知两人间清清白白，也算是一段佳话。

酒楼的菜肴花色很多，都写在一面墙上，供客人点菜。长安的饮食风格还是拓跋族的家风，以牛羊肉为主，辅以各种野味，吃法也以炙烤为主，蒸炖次之。主食基本都是面食，米、粥次之。

袁天纲原本吃惯了稻米和鱼、蔬菜水果，口味比较清淡，来到这里，自然要入乡随俗。好在他和师傅游历三年，什么都吃过了，口味也变得南北皆适，不以改变口味为苦。

袁天纲点了一盘炭炙牛肉吃着，看着窗外那些摆摊的小贩们都随便吃点胡饼、蒸饼、馕之类的果腹，也有人进来只为买碗酒喝，就站在柜台前慢慢喝着，还不忘和那吴妞调笑几句。

那吴妞是纯正的胡人，反而穿着正式的汉服，酒楼里大都是汉人，却几乎都穿着胡服，倒是鲜明的反差。其时皇上倡议恢复汉服已久，大家却都喜欢胡服穿着方便，况且早成传统，很少有人响应皇上恢复汉家衣冠的号召。

“喂，那小子，听说你是算命的，还听说你三天没开张了，是不是酒钱都付不出了，仗着脸白跑这儿蹭酒喝。我照顾照顾你的生意，请你算一卦，要是算得准，老子赏你俩酒钱。”那个叫朱七的老板因受了吴妞的奚落和众人的嘲笑，脸上有些挂不住，竟恨起袁天纲来，他酒喝得有些多了，一股火都发到袁天纲头上。

袁天纲陡然火起，把切肉的刀子往桌上一插，冷笑道：“小子是你该叫的，一把年纪活到狗身上了？过来赔礼，不然咱们出去解决。”

那时的人讲礼貌，你我相称都很少见，只有极为熟悉的人之间才你我相称。至于小子只是称呼小厮的叫法，若是用在一般人身上，就有轻蔑的意味。

他声音不大，乱哄哄的大厅里却每个人都清晰地听到了，感受到这声音里冰冷的意味，每人的酒意也都醒了大半，纷纷向这面看来。也有人幸灾乐祸起来，准备看一场好戏。

压酒的吴妞也向这里看来，眼神中既紧张又兴奋，她明白朱七是因为忌妒而发邪火，她虽然讨厌朱七，但男人为她大打出手却能让她感到刺激和满足。唯一感到惶恐不安的是老板，这两人若是打闹起来，他可就遭殃了，桌椅杯碗的难免没有损失，就算过后有人赔偿，官府也一定会借这由头讹诈他。他急忙走过来，躬身笑道：“这是怎么说的，这位公子，朱老板是酒喝多了，一时失言，您别见怪。改天让他给您赔礼。”

朱七旁边一个中年人也走过来，躬身赔笑道：“这位就是袁先生吧，久仰久仰，小弟是朱七的好兄弟，我们两人就跟一个人似的，我替他给您赔礼就是。改天小弟做东，让他给您赔罪则个。”

此人真是朱七的莫逆之交，名叫许敬亭。他是开布号的，朱七是开米号的，两人自小在一个巷子里长大，现在又在相邻的铺子里做生意，两家也如同一家般往来。他酒喝得不多，见朱七对袁天纲口出不逊，吓出一身冷汗，心里暗想：老七啊，你真是一把年岁活到狗身上了，一点眉眼高低都看不出来，人家是什么人，你还不知道吗？苏神医的房子谁敢起租住的念头？满长安城里也没人敢有这念头，人家就堂而皇之地住进去了。醉仙居是什么地方？附近十几个街坊的人，没人敢在醉仙居门前扔根草，更不用说在门前支摊了，人家一来就在醉仙居门前支上摊了，醉仙居的人连个屁都不敢放。这样的人你敢招惹，不是活的不耐烦了？想明白这些，他道歉的诚意比老板还要虔诚十倍。

袁天纲初来乍到也不愿多事，见这两人道歉之意甚诚，那朱七虽然硬撑着不肯过来道歉，也不过是煮熟的鸭子就剩嘴巴硬了，当下也就顺着台阶下来，笑道："两位莫怪，若不是他说话太难听，在下也不会多事。"

许敬亭赔笑道："那是，是非曲直大家都看着了，自然明白。"他是生意人，和气生财这道理理解得最透彻，至于面子上矮一些，本来就是商家本分。

"他不是要找我算卦吗？我送他一卦。"袁天纲笑着说。

掌柜的和许敬亭都吓一跳，以为他还记恨在心，不依不饶的，袁天纲接着说："两位放心，我没别的意思，就是想让大家知道，我就是个占卜算卦的，今天送出几卦，让大家看看准不准。"

"好啊，你给我算算，我倒是想看看你究竟是干什么的。"朱七好容易有开口的机会，强撑着架子冷冷道。

"你上午没开张吧，还跟人吵了一架。"

许敬亭"咦"了一声，心下暗道：有点意思。朱七上午正是跟人吵了一架，憋了一肚子的火，他适才大发邪火和上午的事也有关系。他跟人吵架的事市场里也有几人知道，袁天纲或许能从别人嘴里知道，但朱七一上午没开张的事却只有他知道。毕竟商人最忌讳的就是不开张，赔点赚点倒是小事。这种事朱七绝不会对人讲。

"这些都是发生过的事，别人都知道，哪个用你算，你就这点本事吗？"朱七拉长了声音说。

"那就算算谁都不知道的事，你想知道下午的事吗？"

"好呀，你就算算我下午能有什么事，能赚多少钱，算准了算你有两下子，算不准的话，也别用别人砸你的摊子，你自己痛快走人了事，别装模作样支个摊子骗人。"朱七怒犹不泄，既然袁天纲主动提出要送卦，还要让大家看看准不准，他当然乐得明面叫板。

众人听了都直摇头，你赚多少钱谁能知道，就算对了你也可以说不对，这是无法证实的事。不过大家谁也没说出来，毕竟一个是外来人，一个是本地乡里乡亲的人，自然都偏着朱七这面。

“朱掌柜，你这样说就没道理了，你下午赚多少钱，只有你自己知道，别人谁能到你钱袋里去数，算对了你也可以说不对，反正没人能知道。你这不是找人算命，而是故意刁难。”吴妞忽然大声说道。

“不是我要故意刁难他，是他故意来显摆的。我朱七是什么人，不诚不信的事我干过吗？”朱七直着脖子嚷道，他见吴妞居然为袁天纲说话，益发愤懑。

众人都窃笑不已，一个整日价往米里掺沙子、往面里掺观音土的人，居然也敢讲诚信。大家都盯着袁天纲，看他如何接招。

许敬亭胆小谨慎，唯恐两人再因此事起了冲突，闹得不可开交，就笑道：“话也不能这样说，谁也不是活神仙，哪能事事都算得准。”

酒楼掌柜也附和道：“正是，就如兄弟我开这个小店，一天下来赚多少赔多少，也要算到半夜才能算出来，别人哪里能算得出。真要能算得出，那就是活神仙了。”

袁天纲等的就是这话，笑道：“兄弟虽然不才，但既要吃这碗饭，这等区区小事还是算得出的。请掌柜的拿纸笔来。”

吴妞以为他要在纸上推算，忙去取来纸笔，袁天纲背对大家，就在纸上疾书，须臾写就，然后又要来一个信封封好，这才对许敬亭和酒楼掌柜说：“请两位在这上面签个画押，做个见证。”

两人不知他葫芦里卖的什么药，也就依言在信封封好的地方签了画押。这样，有人私自打开信封，就会被发现，毕竟要伪造两个人的画押几乎是不可能的。

众人早都停杯放筷，饶有兴致地看着这场好戏。

袁天纲把那个信封高高举起，大声道：“大家看好，我今天送出三卦，算是给父老乡亲的一个见面礼。”

众人闻言一怔，不是给朱七算卦吗？怎么是三卦？

袁天纲又对酒楼掌柜和许敬亭说：“今日蒙两位盛情，在下也送两位一卦，我在里面的纸上写了三个数字，就是你们两位今天一天的买卖收入，还有朱老板一下午的收入，当然他上午没开张，这数字也就算是他一天的收入了。”

众人哄然大笑，朱七脸上又有些挂不住了，面红耳赤道：“你随便写个数字当然容易，如果算得不准怎么办？先说出个章程来。”

袁天纲微笑道：“那依你说怎么办？莫非想赌上一赌？”

朱七一拍桌子："赌就赌，如果你真的蒙对了，我这一天算白干，卖出多少都给你，本钱都不要，若是不对哪？"

袁天纲摇头笑道："要赌就赌大点，朱老板这样说，赌注未免太小了。"

众人又都是一阵发笑，都听出来袁天纲之意是说朱七这一下午卖不出多少钱。这些商人里好赌的有很多，一听说打赌都兴致倍增。

"那你说赌多少，老……我奉陪到底。"朱七总算及时知觉，没说出那个老子来。其时"老子"不是父亲的意思，而是为望高或年齿尊的人对下属及晚辈的自称，南朝人尤其喜欢这样用。

袁天纲从腰囊中摸出一块银元宝，一看就是二十两重的，说道："我若是算得不准，这锭银子就是阁下的了。"

"好，"朱七当然不肯示弱，对方预先把数字写在纸上，这不是找死吗？明天等他把纸拿出来，看看上面的数字，就算是他蒙对了自己也可以抵赖。"不过我今天没带银子，明天中午带来。"

袁天纲冷冷道："赌场无父子，赌场无赊欠，道什么明天的梦话？"

"好，我马上派人回去取。如你所言，赌就赌大点，二十两不够刺激，我赌五十两，你敢不敢赌？"

"随你下注，就算一百两我也奉陪。"说着，袁天纲又拿出一块五十两重的银元宝。

这里附带说一下隋时的度量衡和币制，隋时的一斤约等于660克，一升约等于600毫升，一尺约等于30厘米。以前因南北对峙，度量衡和货币制度极其紊乱，杨坚称帝后就开始着手重新统一度量衡和币制，他下令禁绝市场上流行的各种劣币，重新铸造发行新的铜钱，就是开皇五铢钱。百文成陌，千文为贯。后来人们常说的一吊钱就是一贯钱。

当时金银还只是贵重金属，人们用来打造首饰和器皿，由于数量太少，无法成为货币在市场流通，当时的法定货币就是铜钱和绢帛，白银成为货币流通还是唐朝后期的事了，但铜钱和帛也还依然是重要的货币。即便在宋朝，也还是钱帛同行，金银一般只在大宗交易和朝廷赏赐功臣时使用。

隋初在铸造发行铜钱时，还是有意识地参照白银的价值，一贯铜钱相当于一两白银。但在市面上，想用一贯钱买到一两白银却很难，白银的价格在当时也是日日浮动，大约在一千三百文到一千五百文之间。

绢虽然是法定货币，价格却不固定，当时许多地方都产绢，按照产地、原料和织造工艺来划定，每匹（四丈一匹）从八百文到二百文不等。所以南方的权贵富商喜好储铜钱，有储存几仓库上好铜钱的，北方的权贵富商喜好储存绢，杨贵妃的哥哥杨国忠竟储绢百多万匹。至于大量储存金银，就算是权贵富商也还没奢侈到这地步。无他，金银产量太低，大多数还是从交广和西域流进来的。当时长安洛阳最富有的就是胡贾，就因为这些胡人富商手里有大量的金银。

唐穆宗时，曾责成浙西进贡一批器皿妆具，当时任浙西观察使的李德裕向皇上上书说，浙西当时储备的白银不过二三百两，造第一批器皿用银九千四百多两，还是从各地买来银子后才能制造，后面的妆具二十件共需要白银一万三千两、黄金一百三十两，却无着落，需要一面向下面征调，一面派人去淮南购买，要买到后才能制造。

这批贡物不过白银两万多两、金子一百三十两，却把一方封疆大吏难的跟没头苍蝇一般乱撞，当时金银的稀缺可见一斑。这还是唐穆宗长庆元年（公元821年）的事，距隋文帝杨坚开皇元年（公元581年）已过去二百四十年了，隋文帝开皇年间金银的价值更可想而知。现实生活绝不是武侠小说，大侠们开口就是黄金几千万两，说少了都不好意思开口，也不知他们喊的是黄金还是黄土。

袁天纲此次来长安，家里人都知道长安是个“米珠薪桂”的地方，唯恐他缺钱受了委屈，给他带上二百两白银、三百匹上好的蜀锦。上好的蜀锦不是一般的绢，每匹和一两银子价值相当。所以袁天纲现在的身家有六七百贯，这笔钱在长安买房置地固然不够，若只是生活，足够他舒舒服服生活五六年了。

长安号称物价奇高，也是因为当时不仅金银少，连铜钱也不充足，时常闹钱荒，所以钱贵物贱。以袁天纲来说，就算他租一套比现在还好的房子，带着三四个仆人，日日诗酒，赏玩风景，一年也就百贯钱左右，约合现在六七万元而已。这样说来或许又有疑问，当时长安物价不是奇高，而是奇低了，现在住在北上广的人，要是一年收入六七万元，还要租房住，就只能是果腹而已，跟舒服隔了十万八千里。这只能说经济发展了一千多年后，已经是天翻地覆的变化，金钱的价值和购买指数之间根本无法得出一个正确的比率，有不少人喜欢研究古时一贯钱、一两银子能值现在多少钱，总是陷入无解，就因为此。

比如说当时斗米（粟）不过十五文左右，产粮区甚至只值五文，一斗米约合现在十二斤，若以此为参照物，自然可以得出一文钱值现在多少钱，不过假如再以布帛、房屋这些作参照物时，比率却又不同了。

袁天纲今天是有备而来，先是送卦，假如有人不服，就赌卦。他把两百两银子都带在身上，赌本足，底气自然足，当然他可不是送财童子，他是对自己占卜术有绝对的信心。

众人看到两块白花花的银子，眼睛都放光了。他们当然不至于没见过金银，但这东西谁见着谁喜欢啊。见袁天纲一下子拿出七十两银子，浑若无事一般，心中都惊叹：这位爷真不是缺钱的主儿，何以要在街上支摊卖卜呢？这些商人每年养妻妾孩子，养仆人，养车，生活费用也不过这个数目。

这念头都是一闪即过，众人的心思都放在赌局上了。

朱七见袁天纲这架势，心里也有些没底了，觉得自己怕是要输。然而他怎样也无法相信，一个人能在现在算出他下午能卖出多少钱，况且事到如今无法反悔，只能硬着头皮赌了。

袁天纲不再看他那张有些发青的脸，而是转向许敬亭，笑道："许老板，我给你算的卦假如不准，这二十两银子就归你了。"

许敬亭心中一沉，对方话说的大气，却明显暗含赌战之意，自己若是认了，岂不是明着占人便宜，就笑道："袁先生好兴致，在下自然不敢扫了兴头，只要先生这卦算准了，在下奉送二十两银子做卦资就是。"说完也派人回去取银子了。

袁天纲又转向酒楼老板，这老板是个豪爽人物，不待他发话，就笑着说："袁先生既给兄弟也算了卦，假如准了，兄弟也奉送白银二十两就是，帮先生开个利市。"

袁天纲点头道："好，假如不准，在下愿输二十两。"说完，又拿出一锭二十两的银元宝。

众人都看得呆了，不知他身上究竟带着多少银子。当时一斤是十六两，一两约合41克，袁天纲带了二百两银子，也不过820克左右，体积并不大，所以他带在身上也不显眼。大宗交易喜欢用金银，正是因为金银价高、体积小，易携带而且只增值不贬值。此时一卦变成了三卦，一个赌局变成了三个，大家都感到脑袋发热，心跳加速。

须臾，一个伙计从里面拿出二十两银子，那吴妞亲手捧过来，递给掌柜。掌柜就把银子放在桌上。他对此次输赢倒不是很在意，假如袁天纲输了，那也没什么，自己白得二十两银子。假如他真的能算对，不说是活神仙也是神算子了，这样的人自己赔上二十两银子赚来交情，这反而不是赔，而是大赚了。他随手把银子放在桌上。

许敬亭的心思和他差不多，他也是为自己这个性子毛躁的兄弟铺后路，两人眼见已斗上气了，过后没有芥蒂是不可能的。万一袁天纲真是位了不得的人物，自己至少还能从中转圜，二十两银子就当预先买交情了。

不多时，朱七和许敬亭的银子都取来了，也放在桌上，六个白晶晶的元宝两两相对，恰如两军对垒一般，煞是好看。

大家的眼睛都盯在六个元宝上，眼睛里的目光恨不得变成钩子把银子钩回来。这当然只是想想而已，没人真的会这样做。吴妞的眼睛盯在那两锭五十两的元宝上，心中一酸，蓦然间险些落泪，急忙挥袖掩住。

众人都没注意到，袁天纲却看到了，心中一动，左手在袖中掐算一下，已起了一卦，也就算得差不多了。

吴妞倒不是贪财，而是感慨、辛酸。她小时候父母带她来到长安经商，父亲本钱并不充裕，又不善经营，苦撑八九年也没发迹，最后又上当受骗，倾尽所有却买了个假货，急火攻心，染病身亡。她母亲先一年就去世了，无依无靠的她被无良的叔叔以五十两银子的身价卖了，用这笔钱当路费回转西域。

所幸老板心地还善，待她还不错，并不像一般的主人那样虐使下人。但她也想早日赎出自己身子，不为别的，就为了不再像货品似的被人买来买去的。朱七看上她有几年了，几次向掌柜的提出要买她回去作妾，出的价格就是五十两银子。掌柜的一是不愿意放她走，二来也是觉得给朱七那样的人作妾未免糟蹋了她，就问她的意见，每次都被她回绝了。现在她一想起这事，就好像吃了只苍蝇，就更急于赎身，做个能决定自己命运的自由人。

要赎身并不容易，老板每年只给她两贯钱的脂粉衣服钱，这些钱莫说攒下，每年都不够。她还要靠客人高兴时给的一些小费来填补。毕竟每天都要抛头露面，破衣烂衫、素面朝天的，莫说客人会少，也有违她爱美的天性。赎身只能是美好的梦境。

此时，一人忽然走过来说道："袁先生，你既然好兴致，许不许我们加注啊？"

袁天纲笑道："当然，大家有兴致的都可以加注。只要我算的这三卦中有一卦不准，大家下多少注我赔多少。"

朱七冷笑道："你的银子都押在这儿了，还有赌本吗？"

袁天纲从钱囊中把银子都拿出来，放在桌上，一个五十两的、三个二十两的，“这些够不够，如果不够，我回去取。”

许敬亭忙笑道：“够了，够了，大家就是图个一乐，何必这么认真。喜欢下注的尽管下吧。”同时给朱七使个眼色，朱七明白这是不让他多事的意思，见袁天纲开出这条件，他心中笃定，这小子完了，能蒙对一个就了不起了，哪有三个都蒙对的道理？也不知从哪儿跑来这么个不知死活的家伙，就等着输光了沦落街头要饭吧。

想明白此节，他肚子里的气也消了，反而感到一阵快意，跟着附和道：“对，大家都来凑凑热闹，算是给这位袁先生捧个钱场了。”

他这一说，气氛更热烈，又有一人凑过来说道：“袁先生，我们用制钱下注成不成，你不会只收银子吧？”

旁边一个高高瘦瘦的中年人说道：“不要紧，你们尽管下，要是袁先生不愿意收制钱，我可以给你们换成银子。”说着他走过来，在桌上压了十两银子。

大家一看，原来是开银器店的封棠。有他作保，自然不愁换银子困难。当下大家纷纷走过来，有下一贯的，有下两贯的，都以为捡到了便宜。

大家一下注，袁天纲喝酒的这张桌子就显得太小了，大家换了一张大桌面，十一锭银元宝居中，旁边都是一贯贯红绳串起来的簇新的开皇五铢钱，堆满了整张桌子。此时不像是两军对垒了，倒像是袁天纲的银元宝陷入重围。吴妞不禁替袁天纲担心，有些忧虑地看他一眼，袁天纲却只是轻松一笑，一副智珠在握的架势。

众人一边下注，酒楼掌柜一边在纸上写着个人的赌注。最后大家都下完注了，合起来一算，铜钱按市价换算一共是八十五两，加上封棠的十两，一共九十五两。

封棠笑着说：“袁先生，你的赌本多了十五两，这整银切开有些糟蹋了，不如我再加十五两的注。”说着又掏出一锭十五两的银子扔到桌上。

众人一听，心中都是叹服：这才是奸商，吃人不吐骨头，一点银屑都不肯给袁天纲留。真个叫斩尽杀绝，难怪能开偌大的银器店。

袁天纲双手抱拳：“多谢封老板捧场。”他刚才扫了几眼赌注单，也就把下注的人的名字都记住了。

当下，酒楼掌柜搬出一个钱箱来，把袁天纲封好的纸条和双方赌注都放进去。他怕大家不放心，又拿来一堆纸条，让每人在纸条上写上名字，然后糊在钱柜上作封条，七十多个封条把钱箱左右交叉、里外重叠，糊得花里胡哨的，都看不清本来面目了。只要没有隔墙取物的神技，任何人都无法不破坏封条拿出里面的东西。

饭后，袁天纲依然潇潇洒洒地回到卦摊前，下午还是一个顾客都没有。他依旧在脑子里想着，在纸上演算着，如蚂蚁啃食大树一般不断完善着那套京房体系，这是一项浩大的工程，先不说哪年哪月能完成，能否完成都是未知数。

至于顾客问题，他已经不放在心上。算完这三卦，头三脚就算踢出去了，只是三脚并作一脚踢罢了。明天赌局结果揭晓后，找他算卦的顾客就要排队了。

第二天中午，他又来到泰和兴酒楼，一进门，近百双眼睛就盯着他，眼中充满热望。

吴妞从柜台后特地绕出来，行了一礼，笑道：“袁爷来了，都等着您哪。”

袁天纲回礼一笑，坐在中间桌子上的朱七看着他浑若无事的样子，心里就动怒，暗道：“小子，让你再猖狂一会，等输光了银子，让你哭都找不着调门。”

和他同桌的许敬亭挥手道：“袁先生，这边来，今天在下做个东道。”

袁天纲走过来说道：“多谢许老板，不过今天这个东道要让给兄弟了。”他左右望望，一楼大厅里坐着的都是昨天下注的人，居然一个闲杂人员都没有，不知那些没下注的人怎会放过这热闹不看。转念一想也就明白了，那些没下注的人不会不来吃饭，一定是被请到二楼了。

他向四周抱拳行礼道：“今儿个大家放开吃喝，都算在我的账上。”

朱七冷笑道：“等你赢了钱再说这话不迟。”

袁天纲也不和他赌气，淡淡一笑道：“就算输了钱，在下也请得起这东道。”

“好，大气，豪爽。”

“袁先生真有侠气。”

“吴妞，把你们店里的好酒都拿出来吧，我们今天要一醉方休。”

众人都纷纷叫好，有人请喝酒当然是好事，最好再有钱拿就更美了。不过看到袁天纲的神情，大家都隐隐觉得这钱可是不大容易到手。好在每人下的注不多，就算输了也没什么，权当一乐。

昨天下注最多的封棠心中暗自思惟：这位不会是江湖豪侠，专门来京城扬名立万来了吧？要是这样想，两百两银子买个名动京城，倒是划算。他设了个必输无疑的赌局难道真是为了扬名？这样倒也说得通，这些年也有人在通衢大众中砸古董，摔名琴，为的就是名动公卿。不过这人身上没有江湖气，也没有那种汲汲于功名而不得激成的狂傲偏执气。他摇摇头，不管怎样说，一会就见分晓了。

酒楼掌柜席玉清从二楼下来，笑道："袁先生来了，大家可是等你来才喝酒的。"他听到下面的动静了，只是要在上面安置那些没下注的客人，为怕这些客人不满，自然要说些赔礼的话。他为人仔细，不管一会谁输谁赢，他都不想这些局外人从旁推波助澜，万一激出意外变故，他也要受牵连。

朱七开口道："你把那宝贝钱箱拿来吧，我们就等着用里面的钱付账了。"

袁天纲也笑道："正是，在下今日未携分文，也是等着用那笔钱付账哪。"

朱七冷笑道："你可是许下偌大东道，要是输了，拿什么付账？你不是说就是输了也付得起账吗？"

"当然，假如输了，在下可以挂账。"

来这里的客人基本都是常年老顾客，都是先挂账，然后几月一结账。大家都笑吟吟看着袁天纲和朱七，这两人真的针尖对上麦芒了。

吴妞心里既是兴奋又是感激，朱七针对袁天纲自然是因为她，她可不敢去想袁天纲斗朱七也是为了她，不管怎样，能斗赢朱七就让她出口恶气。

许敬亭心里叹口气，他昨天劝了朱七半个晚上，劝他不要再为吴妞和别人争风吃醋的，这种事已经发生过两次了。吴妞人虽长得美，但强扭的瓜不甜。他还许诺以后慢慢为他物色一房美妾。孰料朱七钻进牛犄角不肯拔出来，认定了吴妞不肯放手，他就算得不到也不能让别人得到。

"那个袁天纲对吴妞并没什么意思，都是你找人家撒的野火。"

"那也不行，你没看吴妞对那小子的热乎劲，就差贴在那小子身上以身相许了，我就受不了这个。"朱七直着脖子嚷道。

许敬亭知道他性子执拗，得慢慢劝转他，况且吴妞对待袁天纲委实和平常迥然有异，别人不觉怎样，朱七已认定吴妞早晚是他的女人，哪受得了这刺激。

“你挂账？你拿什么挂？”朱七气势汹汹地问，“我们在这儿挂账，可都是有店铺有保人的，你有什么？”

袁天纲眉毛微挑：“我是既无店铺又无保人，可就是想挂账，席掌柜你说怎样？”

席玉清还未答话，封棠笑道：“我给袁先生作保人，有我那个银器店足够担保吧？”

朱七对封棠怒目以视，没想到他此时反水，居然向着一个外人说话。封棠佯佯不睬，别人怕朱七胡搅蛮缠，他可不怕。他也看不上朱七的作风，既贪恋吴妞的美色，又不肯多花银子买下。他当然明白，所谓吴妞不肯，都是席玉清的搪塞话，一个为奴作婢的人，买卖由主人做主，什么时候由着奴婢的性了？再者说，不肯多花钱也就罢了，还强横把持着，但凡吴妞对哪个客人好些，他就跟自己的老婆偷人似的，妒火能把这酒楼烧光。封棠最看不上的就是这点。

至于他出言为袁天纲担保，是看明白了袁天纲不会自讨没趣来挂什么账，或者只是话赶话儿，或者身上带着银子，甚至算准了今天一定会赢，用赢的钱立户头，他何不趁机送个空人情。多条朋友多条路，袁天纲一直到此时仍是高深莫测，早点攀上交情有赚无赔。至于多个冤家多堵墙，他也明白，只是多了朱七这堵烂泥墙，他根本不放在心上。

席玉清原本就想答应，他开了多年酒楼，别的本事没有，眼光最是独到了，绝不怕袁天纲赖他的酒钱。可是他开口晚了，被封棠抢先送出人情，他当然不认可这个，笑道：“不必封兄作保人了，袁先生我信得过，尽可挂账。不付账在下都认了。”

朱七低下头，虽然恨得牙根痒，他还不愿意开罪席玉清，以后毕竟要从他手上买吴妞哪。他心里更恨的是：怎么这小子一来，大家就都对他好了，把自己视作烂泥一般。对袁天纲自然恨上加恨，心里发誓：“小子，让你跟老子作对，早晚有你倒霉的一天，你就等着。”

封棠见席玉清不理会自己送出的空人情，暗暗骂道：“老狐狸。”但也不在意，毕竟自己送出了，袁天纲会记着，他大声道：“席兄，赶紧把钱箱拿出来吧，我看大家都等急了，定了输赢好痛快喝酒。”

“正是。”

“快点把钱箱搬出来，老子嗓子都冒烟了，等着喝酒哪。”

“席掌柜，你不会把钱箱吞到肚子里拿不出来了吧。”

霎时间，人声鼎沸，最后也听不出个数来。席玉清淡淡一笑，吩咐伙计进去捧钱箱。不多时，一个伙计捧着钱箱出来，放在席玉清面前的桌子上。

席玉清把钱箱高高捧起，转动几圈，大声道：“大家看清了，上面的封条没有破损的，谁想上来查看都行。”

真有几个人上来仔细查看了，然后大声说：“箱子没人动过。”“封条都是好的，一个指甲印都没有。”

席玉清又对袁天纲说：“袁先生，你是庄家，上来查验一下吧。”

袁天纲笑道：“不必了，在下看清了，钱箱没人动过手脚。”

他虽如此说，席玉清还是捧着钱箱到他桌前请他看了一眼，然后在大厅里转了一圈，请每个桌上的人都验过，这才回到原先那张桌子旁，笑道：“袁先生，现在打开吗？”

“席掌柜开玩笑吗？现在怎么能打开？”袁天纲正色道，“开箱之前，先要三位把自己昨天卖出的钱数写在纸上，然后开箱，看我昨天写在纸上的数字，如果对上就是我赢了，如果对不上就算我输，不应该这样吗？”

“对，对，应该是这样，兄弟失言。”席玉清虽不是赌徒，也明白这赌局应该是怎样，他不过是试探袁天纲，要是先把箱子打开，他们三人看到袁天纲写在纸上的数字，每人都可以否认，就算算对了也没用，毕竟他们卖出多少钱，既没人知道也没人可以做证。

袁天纲刚说完，吴妞不待吩咐，已经把纸笔拿来，放在桌子上。朱七看到，心中妒火愈增，两手握得紧紧的。

席玉清不再要花招，老老实实在一张纸上写下数字：十二贯四陌八十二文。写完后掷笔笑道：“大家都知道，我们就算卖出一碗酒也是记在账上的，我把昨天的账目也带来了，绝对诚实无欺。哪位不信可以自己核对。”说完，把一个账簿放在那张纸旁边。

许敬亭也在一张纸上写下数字：四十八贯五陌二十五文。然后笑道：“在下和席兄心思一样，也把账簿带来了。”随后也拿出一个账簿放在桌上。

两人都写完了，大家都看着朱七。朱七看着纸笔，却迟迟不下笔。封棠笑道：“七兄，大家都等着你哪，莫非是昨天发了大财，银钱进的太多，一晚上还没把账算出来？”

朱七不理会他的冷嘲热讽，忽然看着袁天纲说道：“我卖出多少钱你怎么知道，你怎么能算出来？就算我随便说个数字，你怎么能知道是错的，谁能做证？”

袁天纲微微一笑：“不必这么麻烦，你写真的账目也好，写假的也好，只要你写个数字，随便写都行，然后对照我写在纸上的数字，对了就算我赢，错了就算我输。”

“我随便说数字就行？”朱七以为自己听错了。

“当然，你随便写就是。”袁天纲加重语气重复道。

众人都面面相觑，一片哗然，要说昨天预测这三人一天的买卖收入虽属不可思议，道行高的人或者还真有百万分之一的可能算对，但要算对朱七此时随便说出的一个数字，绝不可能。就算是活神仙也没这么神的，可能朱七现在自己都不知道要说出一个什么数字，毕竟可以随便写，根本不用琢磨，信口开河就是。

席玉清和许敬亭都摇摇头，这孩子还太年轻，还是有些嫩，这样的条件怎么能开出，就算算对一个人的账目已经够惊人的了，也足够在附近扬名。要算对三个人的账目是百万分之一的可能，还有那么一丝希望，要说算对朱七此时随便说的一个数字，就是绝无可能了。这两人也都下了注，却都暗暗替袁天纲感到可惜。一个人太骄狂了不是什么好事。

朱七心里狞笑道：“小子，你自己找死，我就让你死个干净。”他提起笔，先在纸上写：七千二百九十两银，三千九百五十二贯七陌十三文。

封棠在他旁边看着，笑道：“七兄，你不会是把咱们市场里所有店铺十年的账目都写上了吧？”

朱七冷冷道：“你管我，人家可是说好了，随便我写。”

大家都有些替袁天纲抱不平，这也太不公平了，虽然大家都下注袁天纲会输，此时却都觉得朱七做得太过了，愿赌服输，至少要赌个公平。大家都看着袁天纲，不知他什么反应。

袁天纲淡淡道：“没关系，朱老板尽管随便写。”

朱七道：“我写完了。”

袁天纲道：“你确认是这个数字吗？”

朱七又看看自己写下的数字，要说有人能猜对他写下的这一堆数字绝不可能。但他看袁天纲智珠在握的样子，心里不禁有些发虚，又提笔写上：绢五百二十八匹七尺半。

封棠随着他写，随着念出来，大家都哄然爆笑，心里都认定，袁天纲肯定是输了。这堆数字莫说在昨天算出来，就算现在让朱七自己重复一遍，都未必能全对。

袁天纲看他停下笔，又问一句："你确认吗？我再说一遍，你最后确认后就不能再改了。"

朱七犹豫片刻，想再添一笔什么的，可又放弃了，就算这样也没人能猜对，他自己在前一刻也不知道自己要写什么，袁天纲怎能在昨天算出来。他扔下笔，把身子一挺："我确认，就是这个数。"

"好，再请三位把自己的名写在自己的纸上。"

三人都笑着把名字签好。袁天纲对一旁观看的吴妞说道："吴姑娘，麻烦你把这三张纸收好，一会好核对。"吴妞走过来，把三张纸收在手里。

袁天纲看她收好了纸，才大声说道："开箱。"

第二十章

众人的眼睛霎时间都盯在钱箱上，人人的心都提到嗓子眼儿了，只感热血沸腾，能让人如此兴奋、如此激动的事一生中都难得遇到一次。

席玉清先叫来两个伙计把箱子上的封条撕下来，然后掏出钥匙打开锁，把钱箱打开后，他先把袁天纲昨天封好的信封拿出来，问道："袁先生，这个还得请你验一下。"

袁天纲走过来看了一眼，点头道："没人动过。"

席玉清又给朱七和许敬亭看过，两人也都是装样子看了一下，既然钱箱封条没有破损，装在里面的信封当然没人能私自打开。

"袁先生，你拆开吧。"席玉清把信封递给袁天纲。

袁天纲却不接，大声道："今天这事在下为求公平，也为求避嫌，我不能拆这信封，还是请个局外人来吧。就请这个小兄弟来拆。"他指着旁边一个十七八岁的小伙计说。

众人都点头，这样果然公平，如果是袁天纲自己打开，或许真有人怀疑他动手脚。

那小伙计接过信封，撕开后取出里面的纸，又看着袁天纲。袁天纲笑着说："把上面写的念出来，大声些，让所有人都能听到。"

小伙计就把那张纸举在面前，大声念道："酒楼掌柜。"他真的是扯直了嗓门喊，比平时报菜单还要响亮几分。

席玉清看看大家，笑道："这是兄弟我了，念后面的数字。"

"十二贯四陌八十二文。"

袁天纲说道："吴姑娘，请你念一下你手里席掌柜的账目。"

吴妞从三张纸上找出一张，大声念道："席玉清，十二贯四陌八十二文。"

席玉清不用吴妞念也知道袁天纲真的算对了，愣怔片刻后，却带头鼓起掌来，向袁天纲一翘大拇指："袁先生，神技，神技。"

众人也都鼓起掌来，不少人一边鼓掌，一边跺脚，还有人打呼哨，顿时乱成一团。二楼的人也都惊动了，纷纷俯在栏杆上看着，有些人还不知道怎么回事，纷纷交头接耳，打听着，议论着。

席玉清走到袁天纲面前，躬身道："袁先生，兄弟服了，输得心服口服。就算下面两卦不对，兄弟都服气。毕竟不是活神仙，谁能事事都算准。"

封棠大声道："席兄，快让你伙计念下面的吧。或许，好戏在后面哪。"他此时心中蓦然有种预感，袁天纲这三卦一定全对，顿时急不可耐起来。

小伙计又念："许老板。"

许敬亭也起身向左右笑笑："这是在下了。"

"四十八贯五陌二十五文。"小伙计接着念出来。

这次不用袁天纲吩咐，吴妞拿着许敬亭写的账纸，大声念道："许敬亭，四十八贯五陌二十五文。"

许敬亭待她声音落下，也带头鼓掌，高声道："刺激，过瘾，这样的事输银子都值。袁先生，没说的。"

众人又一次掌声雷鸣，比刚才还要激动热烈，早把自己下的赌注丢到脑后了。正像许敬亭说的，一生中能遇到这样的事，输银子都值得。二楼上有不少人知道怎么回事了，也跟着鼓掌跺脚呐喊，他们都是喝了酒的人，再加上事不关己，叫嚷得更欢。

朱七脸色有些铁青，心里却还存一丝希冀，那两人是真实账目，或许真有办法预测出来，自己可是随口瞎编的，神仙也算不到。

袁天纲起身向四周挥挥手，大家慢慢静下来，这时才有人想起还有最后一个压轴卦哪。

小伙计等大家静下来，就开始念最后一个，连他这个局外人也受了感染，声音有些发颤："朱七老板。"

朱七坐着没动，嘶声叫道："念后面的数字。"

小伙计接着念："七千二百九十两银，三千九百五十二贯七陌十三文，绢五百二十八匹七尺半。"

这组数目经小伙计念出来，就如魔咒一般慑住了众人，大家都仿佛一下子陷入梦境中，神情恍惚起来。大厅中一下子静得能听见众人咚咚的心跳声。

楼上的人不知怎么回事，个个目瞪口呆，互相望着，心中有些发毛，遮莫是有人施了妖法，把下面的人都魇住了不成。

不但这些下注的人如此，就连吴妞和那几个伙计也都神情迷离，大家都感到这不是真实发生的事，而是身处梦境。

袁天纲看着这些人的反应，也有点意外。不意他牛刀小试，居然能有如此完美的效果。这点本事他还自惭形秽哪，和师傅比起来，连小巫都算不上。难怪师傅到处被人当作活神仙供奉。

"楼下的，你们在玩什么把戏，吓人不是这样吓的？"楼上一人终于壮着胆子喊了一句，声音好像把狂风吹成了几道弯儿。

席玉清首先惊醒过来，犹望着四处喃喃道："谁能告诉我，我是不是在做梦？你们也都在这儿，我们大家是不是一起做一个梦？"

袁天纲笑道："席掌柜，你没在做梦，有这么多人一起做梦的吗？"

他一说话，众人纷纷都清醒过来，一个个还是有朦胧迷离之感，刚才的事对大家刺激太强了。

"不对，有人捣鬼，这是不可能的。"朱七嗷的一声叫起来，扑上去抢过小伙计手里那张纸，看着上面写得清清楚楚的字迹，还在失神地叫着，"不可能，不可能。"

封棠走过去，把纸抢回来，也好奇地看了一遍，小伙计没念错，一个字都没错，袁天纲算的也不错，和朱七信口开河说出的数目一模一样。他口中也是念念有词："这怎么可能，这怎么可能。"

袁天纲向四周抱拳笑道："不好意思，承蒙大家捧钱场，箱子里的银子和钱都是在下的了。多谢大家，一会大家尽管吃喝，在下请客。"

大家此时才想起来自己下的注，袁天纲三卦皆准，所有人当然都是输家，不过今天却是输得痛快，输得过瘾，每人脸上都笑呵呵的，比赢钱还高兴。

一人大叫道："好，喝袁先生的酒，我也沾沾赌运，晚上找个赌场赢回来。"

席玉清把钱箱捧到袁天纲的桌子上："袁先生，都是您的了。请查点。"

袁天纲笑道："不必。"

他先从里面掏出几贯钱，给旁边的伙计，念他纸条的给了两贯，附近几个跑堂的伙计每人一贯。几个伙计都跑过来打躬作揖："谢袁爷赏。"

吴妞见没有自己的，两道弯眉微蹙，不知袁天纲何意，毕竟自己也该得两贯的。难道袁天纲怕了朱七，不敢给自己赏钱？

正想着，袁天纲却从里面掏出一个五十两的银元宝，不是朱七那锭，而是他自己的，若是拿朱七那锭，他怕有人会当场吐血。他走过来把银子递给吴妞。吴妞不知他何意，本能地退了一步："袁先生，你这是什么意思？"

"你昨天送我一杯酒，我今天送你这锭银。"

"不，不，这使不得。"吴妞急忙摆手。她虽然日夜盼望着有人能用五十两银子给她赎身，却没想过有人会平白无故地送她五十两银子，"酒是老板送的，不是我的。"

"我知道是老板的，可是你送到我桌上的，我领你这个情，拿着。"说着，袁天纲抓住她的手，把银子塞在她手里，然后又把她另一只手盖在上面。

"好，"封棠拍手笑道，"吴妞你就收下吧，袁先生是何等样人，有这等神技，要弄银子那不是探囊取物一般，五十两银子算什么。"

"正是这话。"席玉清笑道，"袁先生有这神技，还用算卦作甚，干脆开赌场，怕不日进万金。"

"在下对赌并无兴趣，这次也不过是赌个东道，大家乐一乐就是。"袁天纲笑道。

"袁先生对开赌场没兴趣，干脆到兄弟店里来吧，你作朝奉，不，你就是老板，我给你当伙计，咱们五五分账，四六都成。"封棠过来抓住袁天纲的手臂，急切地说，唯恐被别人抢去似的。

"多谢封老板瞧得起，在下只会占卜，也只愿意干占卜这行。诸位想占卜算卦尽管找在下，别的就敬谢不敏了。"袁天纲拍拍封棠的手说。

封棠微感失望，但想到袁天纲既然卦算得这样准，自己以后也有大的用场，就笑道："好，以后我只找袁先生算卦，不知卦金多少？"

"每卦一匹绢。"

楼上的人一听，都纷纷摇头，有人暗自腹诽：每卦一匹绢？你怎么不去抢劫啊？

楼下的人却都觉得值，想想袁天纲昨天不过算了三卦，却赢了二百两银子，一卦要值多少钱？这虽然是赌卦，平时不能这样算，但只要卦算的准，自己有疑难事时花上一匹绢也值。

吴妞两手捂着银子，就像捂着一只张开手就会自己飞走的小鸟，说什么也不敢张开，又一次感到是恍如梦境。这天大的好事怎么就能落到自己头上，这不是做梦是什么？

旁边人的喧嚷她此时都没听到，旁边一个小伙计悄悄捅捅她："吴妞，你怎么了？"

她鼓足勇气张开手，银子还在，亮莹莹白胖胖的，"这银子真是给我的？"

小伙计小声笑道："吴妞，你是高兴傻了怎地，当然是给你的，我还得了两贯哪。"说完，看着吴妞手上那锭元宝，心里也生忌妒：效同样的劳，这男女差别怎么恁地大啊？

"这么说，这就是我的了？"吴妞还有些不敢相信，又问了一句。

"是你的，当然是你的，别人不会抢。"小伙计有些不耐烦了。

吴妞的几句轻语落到朱七耳中，却如钢刀剜心一般，他霎时间有种要吐血的感觉，蓦然站起来向外面冲了出去。他现在悔逾折骨，早知今日，当初何不多花五十两银子把吴妞买下，那样的话也不会有今天的事了。自己舍不得银子，今天不但赌输了银子，还丢光了脸面。

许敬亭也急忙站起来，想对袁天纲说什么，却又担心朱七，只一跺脚，也冲了出去。

"这人哪，起码讲究个愿赌服输，就是输也要输的有风度，输不起就别赌。"封棠看着朱七的背影，冷嘲热讽道。

"他是伤心人别有怀抱，并非输不起这点银子。"席玉清叹息一声。

众人输赢定了，刺激也过了，畅快之余，都感到嗓子冒烟，就纷纷要起酒来。一人大声嚷着："吴妞，别盯着银子看了，银子没长腿，不会自己飞走，赶紧给我们压酒。"

吴妞这时才完全清醒过来，她走到袁天纲面前，深鞠一躬，想说什么，忽然哽咽住了，泪水如断线的珠子簌簌而落，她用袖子蒙住脸，哭泣着跑回里面去，连酒也不压了。

席玉清看着她的背影，若有所思，随后吩咐两个伙计过去压酒。

封棠笑道："席兄，看来你得另找个压酒的了。"

席玉清笑道："小事一桩，不说这个，"又高声说，"大家喜欢吃什么，尽管点，袁先生请客，这吃大户的机会咱们也别放过。"

他一说，大家一边哄笑着，一边七嘴八舌点起菜来，两个伙计压酒，四个伙计端酒，一碗碗送到各桌，随后厨房里送出大块的熏肉、果品，让大家先吃着。

席玉清满脸压抑不住的兴奋，他输了二十两银子，却比赢了二百两还高兴。这也有道理，今天这事不用十天，整个长安城就会传遍，他这泰和兴的招牌等于镀了一层金。以后宾客满座，财源旺盛是不用说的。

袁天纲从钱箱里拿出的二百两银子，里面连制钱带银子还有一百五十两银子之多，他把钱箱向席玉清这面一推："席掌柜，这些银子和钱存柜上，算我的酒钱，用完了你再和我说。"

席玉清摆手道："这不用，本店也没这个规矩，袁先生瞧得起本店，那是本店脸上有光，您尽管来就是，或三月或半年一结，随您方便。"

"这些钱我现在也没用场，就先充当酒钱吧，等这些用光了再按您的章程。"

席玉清听他这样说，也就把钱箱收回，里面银子和钱的数目他知道，也不用再查，他拿来账簿，在上面一页上写下袁天纲的名字，后面写上：一百五十两足色纹银存柜。然后让袁天纲也签上名。

袁天纲在泰和兴演了这场好戏，早有耳报神传到日日如坐针毡的洪仁发那里。

洪仁发听后倒是一喜，满脸的阴霾都驱除了，笑道："看来这位还真是算卦的。"

他手下那伙计道："当然是算卦的，都是神卦啊，小的在旁边看着，现在还觉得跟做梦似的。"

"算得真这么神？"洪仁发听后也觉得有些不真实。

"要不是小的亲眼所见，任谁说也不敢相信。亲眼所见，都有些不敢相信自己的眼睛。"

"清化坊倒真是风水宝地，二十年前出了一个活神仙，现在难道又要出一个。"

"也有可能，不是活神仙谁敢住那套房子，还不活活折杀死。"

提起那套房子，正中洪仁发的心病，他最要紧的就是要探听出袁天纲怎样从董老丫手里租到房子的，这样才能摸清袁天纲的底细。

长安城人都知道这所房子，但也只是知道这里出过活神仙，后来一度成为香火胜地。知道这套房子是属于皇上的，整个长安城不会超过二十个，这二十个里还大半是皇上最亲近的心腹。他主子偏巧知道一些，而且知道这所房子在皇上心中的位置比太庙还重要。

当时他主子告诉他这些，是提醒他不要招惹看守那所房子的董老丫，才说了一些内幕，只是他主子也知道的不多，还不敢探究。只是告诉他和那所房子有牵连的事或人，他都不要沾，不要惹。

主子的话他自是牢牢记在心上，所以袁天纲出现在他门前，而且还是租住那所房子的人，他就感到天塌下来一般，至今惶惶不可终日。

“洪爷，您老人家可以把心放到肚子里了，此人就是算卦的，可能初来乍到的不懂规矩，就跑咱们这儿来支摊了，或者还有可能是想借咱们醉仙居的人气招徕顾客。毕竟从咱们门进出的可都是贵人，和市场那些奸商天差地似的。”

这人倒是旁观者清，洪仁发却不敢做此想，叹道：“若真是这样，咱们就算烧高香了。不过我还是不放心，你这些天多去找董老丫那死鬼丈夫喝酒赌钱，输给他些钱，趁他酒醉高兴时再想办法从他嘴里套出点东西。”

那伙计面现难色：“洪爷，董老丫那死鬼丈夫就是个银样镴枪头，长得人模狗样的，肚子里一包草，我向他探听多次了，说的话都差不多。他本来是骗那人的，是赌输了钱没办法，想用这办法从董老丫手里骗过钱来，他也没想到董老丫真会把房子租出去。”

“这不还是个问题吗？董老丫怎么敢擅自把房子租出去，除非那人是带着皇上的手谕。”

“若是皇上身边的人，又何必非得租那套房子？这城里深宅大院空闲的多得是，随便找一套就成了。”

“这里面当然有道理，我也是想不明白此人为何非要租这所房子，难道……”他忽然想到一个可能，此人难道和当年的苏神医有关？既和苏神医有关，还和皇上有关，那会是什么人？他顿时头冒冷汗，又陷入无底深渊中。

“再查，一定要查清楚，不管用多少钱都行。”他大吼着，把伙计轰了出去。

袁天纲从酒楼出来，也无心在卦摊前枯坐了，他收拾摊子回家。

家里一把铁将军把门，院子里和屋子里自是空空荡荡，董老丫没像往日那样来各处打扫擦拭。董老丫天天做时，他感到有些过意不去，好像自己占了便宜，董老丫不在，他倒觉得缺点什么似的。整座宅子太静了，太空旷了。

也许他有酒意了，也许他想家了，向来喜静的他此时倒觉得住宅里还是有些声响的好，他想起家里的景象，院子里仆妇们忙来忙去，仆人的孩子们在院子里嬉笑玩耍，想着想着他竟呆怔住了。

好半天他才清醒过来，摇摇头自嘲道："真没出息，这才离开家几天。"他想想也觉好笑，自己跟师傅出外游历三年，却很少想家。想到这里，他又有些想师傅了，不知师傅是否还在洛阳。等他在这里站稳脚跟后，一定要找机会去洛阳看望师傅。

他把那套家什放进一个厢房里，然后回到堂屋开始演算。这一算就忘了时间，忘了外面的世界，全副身心都沉浸到京房那套庞大而又略显芜杂的体系里。

偶尔想到中午的事，他没有丝毫的成就感，这种事在他而言很简单，要说有难度的还是在朱七那一卦上，他算时就感到变数太多，比那两卦加在一起还要多耗费十倍的精力，当时他也就算计到朱七不会说真实的账目，而是临时信口开河。还好不像某些事完全被迷雾所笼罩，根本算不出来。

这种事说来神秘玄奥，其实就是以一个基本卦象为基础，然后算尽这卦象的所有变化，得出最终的结果，这也是说起来容易，做起来其难无比。首先，基本卦象不能错，否则全盘都错。其次，每一步的卦象变化都要正确，这里面就有玄奥了，一个卦象变化成另一个卦象，变还是不变，变成什么卦，都需要很深的功力才能判断正确，一步错也就是步步错。每个卦象间还存在着繁复无比的关系，需要精密推算。而且，还需要考量各种关系间的主次、火候的深浅，等等。一般人不要说推算，想想脑子都要炸开。

和这几卦相比，京房体系不知要庞大多少倍了。假如说平时每算一卦，就像一个世界中的一粒沙，京房体系就是一个完整的世界。把一个完整世界都囊括进一个体系里，这种事光想想都太疯狂了，更不要说去做。其间不单需要处理的数据量是现在最超级的计算机都无法吞吐的，需要设置的参数更是太多，而设置每一个参数都需要更精密的判断，这更是计算机无能为力的地方。

袁天纲现在预测、判断、演算的功力已经登堂入室了，唯其如此，他才能着手完善京房体系，仅仅是完善，而不是重新建构，他就感到穷尽一生岁月都未必能做完。每次沉浸到京房体系中，他都对这位先贤感到无比的敬仰。

密集的演算过于耗费脑子，以他无比旺盛的精力，一个时辰后也感到脑子里有些发空。他放下笔，在院子里转了转，活动一下筋骨，然后演练一套“太乙绵掌”，脑子发空、身体发僵的感觉消失了。

他取来炭，生起炭火烧水烹茶。刚把茶烹好，外面传来一阵轻微的剥啄声，随后是一个微细的女声：“袁先生在家吗？”

袁天纲左右看看，怀疑自己听错了，他住到这里来后，除了董老丫天天来，没人到家里找过他。他也不认识任何人。他起身出去开门，打开门却呆住了。

门口站着一位俏丽佳人，上穿淡黄衫，下着及胸曳地紫罗裙，发髻高挽，戴顶帷帽，薄纱遮面，愈发衬得唇红齿白，眉如远山，笑靥如花。

“吴姑娘，怎么是你？”

“看来我不受欢迎啊。”来人正是泰和兴的吴妞。

“不，不，只是没想到而已，有些意外，快请进。”袁天纲看吴妞左手提着一个食盒，心里也明白一些。

两人来到正房中堂，脱鞋进屋，相对席地跪坐，中间隔了丈许。

吴妞一进大门，就左张右望，仿佛观赏名胜。来到正房前，她神态端庄起来，进屋后竟有些紧张。

“袁先生，我还是第一次进来，在门外可是烧过许多次香的。我这样进来不要紧吧。”

“没事的，”话说完，袁天纲才意识到吴妞说的是这样神是否会见怪。“你就像在自己家里一样，别拘束。”

“我是给先生送饭来的，先生怎么没去吃晚饭，你可是存了大笔银子的。”听他这样说，吴妞神情活泛些。

“哦，我下午一忙就忘了。不用这么麻烦的，附近就有饭铺，我随便吃点就是了。”

两人都感到有些尴尬，被她感染，袁天纲的声音都有些紧张。他感到吴妞是为别的事来的，不只送饭这么简单。

“其实，我……”吴妞想说什么，却太紧张了，声音就像断了线似的在空中飘荡，她忽然下了决心似的，向左边挪一下，好想避席一般，然后改盘为跪，双手拄地拜了下去，“我是来听先生安排的，先生为我赎了身，我就是先生的人了，为婢为妾我都愿意。”

“别，吴姑娘，你千万别这样。”袁天纲最见不得的就是这个，急忙跪倒还礼，声音也恐慌起来，“吴姑娘，快请起，我不过是举手之劳，你千万别放在心上。”

“先生是不是因为我天天在人前抛头露面的，是个酒楼女，所以瞧不起我。”吴妞双手依然拄着地，头抬起来，直视着袁天纲说。她的脸已烧得绯红，两眼也蓄满泪水。她的声音紧张得嘶哑、发颤，让袁天纲感到心中微痛。

“不是，我真的不是这意思。”袁天纲不知该怎样说，他当时不过是算到了吴妞渴望五十两银子的赎身钱，赢钱后也就送给她，不过是助她完成一个心愿，没有任何别的想法。

吴妞其实也没多想，她得到了五十两银子，赎身有望，当时激动得难以自制，跑回屋子里哭了半天，一下午都没出来。到了晚上，掌柜席玉清找到她，先向她恭喜，她不知喜从何来。席玉清问她是否想赎身，她点点头。席玉清又问她赎身后准备怎么办？她倒是答不出来了。

她想赎身只是想能掌握自己的终身大事，不至于被朱七那样的恶心人买回家作妾，掌柜对她虽然不错，毕竟是商人，只要朱七出到价，掌柜不会不卖，掌柜如果要卖，当然由不得她同意不同意。一想到有可能被朱七买回去做妾，她就恨不得一头撞死。

席玉清误以为袁天纲看上吴妞，也想买回去做妾，他对袁天纲的神技佩服得五体投地，有意结纳，就想撮合这事。在他想来，袁天纲是一定事先打听过了，或者用他那神技算出吴妞的身价，不然不会出手不多不少，恰好五十两。拿五十两银子赏一个下人，这怎么说也有些不合情理。所以他认为袁天纲不直接花银子买下吴妞，乃是高明之举，毕竟朱七曾出这个价没买到。他先让吴妞自己赎出身来，然后再派个媒人来要纳她做妾，吴妞用他的银子赎了身，自然感他的恩，也不会不愿意。这样不单人得到了，还能让吴妞领他一辈子的情。他这是把袁天纲估计过高了。袁天纲在《周易》推算上固然迥出凡尘，在人情世故上还是白纸一张。莫说无法和席玉清这等成了精的老江湖比，就是比之吴妞也大大不如。

席玉清就给她一一剖白：她就算赎出身，在长安举目无亲，连个落脚处都没有，还得委屈着在他这里做事，以后也无非两条路，一是嫁给个贫寒人家做媳妇，一生穷苦，二是给富人做妾。总之赎了身，也不过能决定自己以后的嫁与不嫁，别的并无改变。

说完这些，他才进入正题，说袁天纲既然给了这笔银子，一定有深意，就是看上她了，想纳她做妾。或者是年轻人脸皮子薄，不好意思说出口，或者是不想马上这样做，先做个铺垫。虽然不知袁先生的底细，但看他的仪表风度和做派，就是大家世族子弟，又身负这等神技，给这样的人做妾不但不辱没了她，反而是她求之不得的造化。与其等着过后袁先生派媒人来提，还不如自己主动上门挑明想要委身于他，这样既可早日把终身定下来，还能让袁先生觉得她善解人意。

吴妞涨红着脸听着，心跳的几欲窒息。这事她不是没想，而是根本没敢想。袁天纲来长安的日子虽不多，却因租住这套房子的原因，成了附近新闻人物，大家都想见识见识这位是怎样的人，能堂而皇之地住进神仙居。随后他在醉仙居门前支摊，更把大家的好奇心推到了顶点。大家都纷纷猜测他的来历，到这里的用意，谁也不相信他就是要在街上摆摊算命的。在街头巷尾摆摊算命的是怎样一类人，大家都知道。

吴妞也曾偷着跑去看过，远远一看，风神俊朗，宛若天人一般，她捂着怦怦跳的心，都没敢到近前去，就红着脸跑回来了。所以当袁天纲那天去泰和兴时，她眼中恍惚，觉得袁天纲不是从门外进来，简直是天上直接走下来一般。正因如此，她那天的神情才太特别了，竟引得朱七醋意大发，向袁天纲发难，引出这场赌战。

她和袁天纲，这怎么可能？就算是做妾她也不配啊。她心中想着，口中喃喃出来："我怎么配得上袁先生，这不行的。"

席玉清笑道："萝卜白菜各有所爱，也许你正对袁先生口味哪。再者说娶妻娶德，其实是讲个门当户对，你当然想都别想。纳妾纳色，这点你不比别人差。袁先生要是不喜欢你，何必给你赎身的银子，那几个小厮可都只得了一两贯钱，这还是袁先生出手豪阔哪。你也干了四五年了，有袁先生这么大方的吗？但就算再大方，赏你的不也太多了？你自己想想是不是这个理儿。该怎样做你自己拿主意，依我看这是你鸿运临头，天大的造化来了。"

经他一说，吴妞好像眼前出现一个新天地般，尽管她觉得不可能，想了半天，还是鼓足天大的勇气来了。就算不行也不过白来一趟，她天天在酒楼被客人呼来唤去、百般调笑，脸面云云看的不像一般女孩子那样重。至于送饭，不过是个由头。

袁天纲虽早过了少年情窦初开、知好色而慕少艾的时期，可他自小接受的是儒家礼法灌输，又经常去道观中玩，半个道士似的，男女情事上比一般人淡薄得多，这三年又开始钻研易学，更没心思想这些事。家里自他十六岁开始就给他张罗婚事，每次他都仗着祖父的宠爱推挡躲避，此次回家，父母又提出这事，说是他也不小了，也该成个亲，以慰祖父、父母之心，他又拿出师傅作挡箭牌，硬是推到三年之后，家里人也拿他没法子。

袁天纲娶妻之念尚无，哪里谈得上要纳妾，听吴妞说出来，他不但觉得匪夷所思，更是比吴妞还羞，心里也是小鹿般乱撞，仿佛吴妞捅破了一张被加了禁忌封印的纸。

这种事按说应该席玉清出面，或者他自己，或者他请个媒人来跟袁天纲说。可是他不想出面，那样得罪朱七太深，他固然想结纳袁天纲，也不愿意开罪老顾客。如果吴妞自己去说，朱七就挑不出什么毛病了，吴妞讨厌他，整个市场的人都知道。

“吴姑娘，在下……”袁天纲也紧张得说不出话来了，他思绪纷乱，也不知该怎样说好，他毕竟什么都没想，只是一时高兴送出一锭银子而已，哪曾想对方会主动上门来要求做他的妾。纳妾的念头他没有，自然不能答应，可是不答应的话又恐坐实了吴妞的话，好像自己真的因她是酒楼女而瞧不起她，这念头他当然更没有。他家也是畜养奴婢的，知道为人奴婢，主人让你洗衣烧饭还是作酒楼招牌女，奴婢都是身不由己。况且一个女孩子家自己主动上门说这事，需要鼓足多大的勇气，更是豁出了自己的脸面，他既不忍伤她的心，更不能打她的脸面。可也不能就因此而答应下来，这太荒唐了。

他左思右想，竟难住了，怎样答都不对。一时间急得额头上的青筋都凸出来，脸上浸出一层冷汗。

吴妞看他急成这样，嘴唇抖动几下就是说不出话，既感心疼也觉得好笑，哧的一声笑出来：“先生，你也别急啊，都怪我话说得重了，我知道先生没有瞧不起我、贱视我的意思，不然也不会赏给我银子了不是。可是先生家教严，不敢在外私自纳妾？”

“是。”虽然不是这么回事，袁天纲总算能说出一个字了。他家里家教委实不是一般地严，祖父和父母对他百般宠溺，但在礼法上却不容他错一点。不过他要是在长安自己纳妾，家里不但不会责怪他，反而会为他高兴，毕竟有照料他起居生活的人了，家里人最为他担心头疼的就是这个。

“是不是尊夫人也特别凶，不许你纳妾？”见袁天纲窘成这样，吴妞反而不那么紧张了，她从腰间掏出汗巾，俯身过来给他擦脸上的汗，

袁天纲却本能地向后躲闪着，闪到中途又觉得不对，急忙说：“我不是……”

吴妞笑道：“我知道先生不是嫌我，是害羞不是？真没想到先生还会害羞，跟小孩子似的。”她心里又高兴几分，这说明袁天纲至少不是那种浮浪子弟。虽说袁天纲看上去就不是那种人，但能亲自证实更觉得高兴。

“在下还没娶妻。”

“先生还没娶妻？”吴妞有些不敢相信，“老夫人难道不急着抱孙子？还是先生人品太高、眼光也太高，找不到般配的人？”

“这当然更不是了。”袁天纲摇摇头，“咱们还是坐着说话吧。”

吴妞这才发现两人说了半天话，居然还都是双手拄地的跪姿，这哪儿像说话，倒像是斗鸡。她坐直身子，却又向前挪了一些，离袁天纲更近了。

第二十一章

此时更鼓敲响了，从顺天门鼓楼敲响的更鼓经各鼓楼的竞相传递响遍全城，意味着晚上宵禁的开始，先是各处城门关闭，然后是各坊门关闭，城里的人们只能待在各自住的坊中，如果还在街上，就会因犯夜被巡卒抓起来。

不过各坊里并不限制人们出行，在这个封闭的圈子里，人们还可以出去吃饭喝酒、三五相聚地拉闲话。

“姑娘，坊门要关了，你该回去了。”袁天纲看着窗外，果然已是暮色降临。

听到更鼓，吴妞蓦然身子一缩，好像挨了一击，随后低声道：“我给你热酒热菜，酒菜可能都凉了。”

“姑娘，我自己热就行，再不走就来不及了。”听着更鼓一声声敲起，仿佛催命一般，袁天纲心里很是焦急。

更鼓共敲三百下，既是催促，也是提醒大家赶紧回到各自的坊里，敲击三百下的时间里，也够走很远的路了，就是给尚在路途的行人留足回坊的时间。

“我来热菜，这炭火正好，先热酒还是先热菜？”吴妞似乎没听到他的话，起身就要去拿食盒。

“姑娘，再不走，你真的就赶不回去了。”袁天纲听着鼓声，心急如焚，声音中也满是焦虑。

“先生是真的讨厌我，非要赶我回去？还是怕别人说什么，有累你的清誉？”吴妞又坐回去，咬着嘴唇，声音发颤地说，两滴泪水从面纱后流下来。

“我有什么可怕的，就是怕对姑娘不利。”

“我更不怕。随他们想说什么。不过是说我不要脸，主动送上门做了你的女人，我正是这样想的。”吴妞抬起头，直视着袁天纲说。

袁天纲看着她满眼的泪水，心中叹息一声，明知不妥，催她回去的话却说不出口了。心想：也罢，一会去找董姨，让董姨过来陪她就是。此时回去会遇到很多人，或许更有闲话，还不如明天上午神不知鬼不觉地回去。

“那就先热酒吧，我来帮你。”袁天纲起身去拿食盒。

吴妞喜极而泣，泪水流的更快了。她拿汗巾擦拭着，看袁天纲笨手笨脚开食盒的样儿，噗嗤笑了，说道：“还是我来吧，你哪能干惯这个。”

她麻手利脚地打开食盒，里面是四样菜和一壶酒，食盒造得甚是精巧，体积不大，却很能装东西。袁天纲本来也是手巧的人，三羊宫老道长制造木牛流马的技术都传给他了。只是从没弄过这个，一时间竟没打开。

吴妞索性把帽子也摘了，脸上被泪水一冲，精心化好的妆也都没了，素面朝天，倒别有一番清纯童贞的美。她挽起袖子，拿着酒壶在炭火上热着。

袁天纲则端详着那具食盒，一会儿的工夫就研究明白了，还找出几处可以改进的地方。这也是他的癖好，见到结构精巧的物事就要研究明白。

“先生，咱们在哪儿吃啊？”吴妞热好了酒，身子靠过来小声问道。

“就在这儿吧，这里宽敞。”袁天纲去他住的屋子拿过一张矮几来，把酒壶放在上面。

袁天纲毕竟是少年心性，无拘无束，胆大妄为，只因初到京师，未免有些谨小慎微，惧人言之可畏，也是为吴妞考虑。见吴妞率性而行，正合他的脾胃，心中顾虑全无。

两人热好酒菜放在桌上，吴妞手执酒壶，斟了两杯，一杯捧给袁天纲，一杯端在手中，一副要安席的架势。袁天纲端着杯子，正襟危坐，看她说些什么。

“先生给了我赎身的银子，恩同再造，大恩不言谢……”

未等她说完，袁天纲止住她说：“且慢，这点咱们真要说清楚。些微小事根本谈不上什么恩情，在我心里，那五十两银子和赏给小厮的一贯钱没有任何区别。你若是存了知恩图报、以身相许的念头，那就不是感谢我，而是骂我了，就是骂我是施恩图报的小人市侩。我知道你不是这意思，这话以后再也别提了。”

“先生见谅，是我说错话了。”她俯身行礼赔罪，心里却更加高兴，她本来也不是为五十两银子就肯以身相许的人，那样的话早成了朱七的妾室了。若不是她真心相爱的人，就是千金能买她的身，也绝买不到她的心。

袁天纲还了一礼，又道：“还有，你这礼数也太多了。咱们这么你行我还的，话没说几句，酒没喝几杯，天都亮了。”

吴妞笑了，转念间皱皱鼻子道：“可是您是主子，是少爷，我是侍妾，这礼数也不能全省啊。”见袁天纲又要说话，就继续说，“就这一晚上，您做主子少爷，我做您的侍妾，只要一晚上，我就心满意足了，求您了。”

袁天纲看着她闪烁泪花、充满哀恳的秀眸，心中又是一痛，当初吴妞看着五十两银子的神情曾让他有种心痛的感觉，他才卜算一卦，只是没算出后来这些事，若是算出了，他当时未必敢这样做了。“就算这样，也不必这么多礼，屋里又没别人。”

“好的，妾身知道了。”吴妞娇笑着说。

两人说了几句话，又都无话可说，默默吃完饭后，吴妞把碗筷杯盘都收拾下去，然后两人都颇尴尬地不知怎么办了。

坊门早关了，想出去也不是完全不行，不过风言风语就是无法避免的，袁天纲甚至也不想去找董老丫了。

两人默默对视一会，还是吴妞鼓起勇气，坐在袁天纲身旁，把头靠在他肩上，握着他的一只手。

袁天纲并不知道，吴妞想留下的念头还是踏进这屋子的时候萌生的。她以前多次来这里烧香许愿，就像无数给人作丫环的姑娘所做的同一个梦想：有一个英俊富有的公子看到了她，爱上了她，给她赎了身，娶回家作妾（作正室是想都不敢想的），以后过着幸福生活。

当她走进来时，她忽然感觉到，她以前祈祷的应验了，她感谢神灵，这样的日子哪怕过一天都满足了，所以她才坚持要在他身旁待上一个晚上，至于明天的事她根本不去想了。

袁天纲身子有些发僵，任她握着自己的手，他也感到身体有些异样，却好像另有一股强大的力量压制着他，使他无法对吴妞大胆的热情做出相应的反应，尽管那也是他渴望的。

两人就这样坐了一个晚上，后半夜时，吴妞伏在他肩头睡着了，袁天纲则眼睛瞪着房顶瞪了一夜。

第二天早上，两人都感到尴尬、羞涩，急急忙忙洗漱后，吴妞先走了。她把头巾捂得严严的，估计也没人能认出来，趁着早上人流最多的时候混出了坊门。

袁天纲等她走了良久，心才平定下来，还是觉得这荒唐如一梦。他也拿着自己那些东西去街上支摊了。

袁天纲没想到他的第一个顾客竟是醉仙居的老板。

他刚把摊子支好，醉仙居大门里就走出一个伙计，左臂夹着一匹绢，走到他卦摊前，旁边已经有几个人想要上来算卦，见醉仙居的人出来，以为他要借机生事，就赶紧让开，站在一边作壁上观。

袁天纲心中也生惕意：该来的总要来的。又见对方拿着一匹绢，肯定是来难为自己的，这他倒是不怕，在算卦解卦上，他任凭对方出招。

“你要算卦？”

“是，算卦。”这伙计心里嘀咕着，“不算卦找你做什么？”

“想算什么？”袁天纲盘膝坐下，拿出笔盒纸张和蓍草盒。蓍草只是摆摆样子，他起卦解卦只在心里就能完成。

“我家掌柜的心中有件难事，想请你算算。”

“那你说说是什么难事？”一具体到算卦上，袁天纲就会摒除杂念，再简单的事，他也会全力以赴。

“他心里疑着什么，具体是什么他自己也不知道，所以才请你算。”伙计带着一丝挑衅的神情看着袁天纲。

袁天纲淡然一笑，不再说话，他虽没见过那位掌柜的，董老丫却对他说了不少，对这位隐身不出的掌柜的心态也了解一些，不用算也知道那位掌柜心里疑着什么，怕着什么。他打开笔盒，拿出笔，蘸墨后在纸上写下：凤凰非梧桐不栖，非练实不食。然后把这张纸递给那位伙计，“这就是卦辞。”

伙计接过来看了一遍，也就认识“非、不”二字，别的都不认得。他只好讪讪地拿着这张纸回去复命。

洪仁发拿着纸看了半天，他认得的字也不比伙计多，“他就给你写这么几个字，什么也没说？”

“没有，对了，他说这就是卦辞。就是这几个字。”

“你去把老吕找来。”

老吕是洪仁发聘请的西席，旅馆中所有的文书和信件都是老吕来写。不多时，一个五十多岁、颏下一把灰色老鼠须的人走进来，拱手道：“东家找我？”

“嗯，老吕，你看看这张纸上写的是什么？”洪仁发把纸给他看。

“凤凰非梧桐不栖，非练实不食，好字啊好字，东家这是打哪儿得来的？”老吕看了一眼，就盯住纸上的书法，眼光再不移开。

“打哪儿得来的？你说得轻巧，这是一匹绢换来的。”那伙计没好气地说。

“一匹绢？东家可是得了大便宜了，这字至少一个字就值一匹绢。这是十二个字，最少值十二匹绢哪？”

“一个字值一匹绢？”洪仁发和那伙计对视一眼，他们对字的好坏当然不懂，更不知书法为何物。但文人的字值钱他们倒是知道，主子在洛阳建了一座府邸，请大名士薛道衡题写了额匾，又写了首诗在墙上，就送去一车金银和一车绢帛。算起来一个字何止一匹绢，简直是一两黄金都不止。

“你说说这字好在哪里，信口开河。”伙计不服气地问道。

“好在哪里？这字既有右军之飘逸如龙，又有汉隶之稳重浑厚，方寸之间具足丘壑万象，好字。”老吕说了会儿，看到两人如鸭子听雷的神情，知道自己白说了，叹了口气。

“先别管这字的好坏，你给我说说这是什么意思？”洪仁发不耐烦起来。

“就是这意思啊，很简单。”他把这则《庄子》上的典故说了一遍。

“洪爷，他这是小瞧您啊。他自比凤凰，把你比作吃腐烂耗子的怪鸟，还笑你以小人之心度君子之腹。要不要给他点颜色瞧瞧。”那伙计虽不识几个字，心思却很灵活，一副跃跃欲试的架势。这是做给老板看的，表示自己的忠诚。

“胡说，我说过了，没我的吩咐，谁也不许招惹这人。”洪仁发瞪他一眼，但对此人的忠心显然很满意，“好，这匹绢真值了，解了我的心疑。我不怕他小瞧我，他是贵家公子，我是个下人，谈不上小瞧，我倒真怕他高看我，那我真要吃不消了。老吕，你断定他的意思是说在我这儿只是暂留，也对我没丝毫兴趣？”

“按字面意思只能这样解释。”老吕怔怔地看着东家，不知他疑着什么，怕着什么。

“那好，你不是说他这字值钱吗，送给你了。”

“当真？”

“这有什么真不真的，给你就是，我留它何用？”洪仁发开心地大笑着，几天来堆积在心头的阴霾与恐惧尽去，他只感说不出的轻松。那种感觉自己时刻被盯着、随时可能大祸临头的滋味比置身十八层地狱还难受，他总算又回到阳光灿烂的人间了。

“这人道行真高，我什么都没说，人家就算到我心里想什么了。”

这点他还真料错了，袁天纲不是算出来的，而是猜出来的。他是从董老丫对他说过的话和周围人的一些议论中猜出来的，这并不难。其实许多街头的占卜者也是靠对来算卦的人的询问，观察其表情，然后揣摩其心理，对应做出解释，倒也能骗得许多人的信任和钱。

老吕喜滋滋捧着那张纸回去了，下午就找家熟识的字画店，真的按一个字一匹绢的价格卖出去了。店家还可惜地说，若是有书家的落款和篆印就更值钱了。几天后，这店家把那张纸处理一下，当作陶弘景的真迹卖给了一个收藏家，一个字一两金子。当时陶弘景的真迹流传下来的比右军的还少，也更值钱。袁天纲自小就练习陶弘景的书法，颇得其精髓，这几年在外游历，见识增广，笔下更具陶书气象。

醉仙居的人开了个头，其他观望的人再无顾虑，纷纷上前算卦。虽都感觉一匹绢一卦太贵了些，为了解心中之疑，也只好花这大价钱了。谁知上来后，袁天纲问算什么事，一般的小事不要一匹绢，而是看着随便给，手头不便不给也行。只有大事才要一匹绢。大家都感叹这价格定得太公道了，聚上来的人更多了。

上午，袁天纲就得了五匹绢，主要是市场里面的人来测算今天能不能多赚钱。袁天纲也是分等定价，如果测算出生意平平，就随便往一个竹筒里扔几个钱；如果是赔钱，就不收钱；只有算出大赚特赚的，才收一匹绢。

中午时，聚在摊前的人慢慢散去，各自去吃午饭。他想去泰和兴，不仅是在那儿存了一大笔钱，更主要的是想看看吴妞。快走到市场门前时，他却停下脚步，犹豫着要不要进去，他的脚仍是向前走的姿势，似乎身体有种渴望要进去，可是心里有什么捆缚住了他的身体，使他无法再向泰和兴走去。

“见了她说什么？怎么说？别的人是不是也知道这件事了，他们会怎样说？这事我究竟应该怎么办？”

他犹豫许久，还是踅到旁边一个饭铺里随便吃些东西了事。

一连几天，他都在这种犹豫徘徊的心情下度过，吴妞再没来，也没有动静。他很想去看看她，却又总是到中途就回来了。

这天，他刚给几个人算完卦，席玉清来了，老远就哈哈笑道：“先生，发财发财。”

他也笑道：“席掌柜，你算卦？我送你一卦。”

“我不是来请你算卦的，而是有别的事情。”席玉清满脸愁云的样子。

“有什么事？请说。”袁天纲心里预感到有什么事发生了。

“我是来寻人的。”

“寻人？哦，可是有人不见了，要算算在哪里能找到？这也能算。”

“那就请先生算算吧，给我压酒的吴丫头哪里去了？”

“什么？吴姑娘不见了？”袁天纲的心陡然向下沉，仿佛被一块千钧重石坠向无底深渊。

“可不是。”席玉清低下头，“那天她去给你送饭，然后就没见她的影儿。”

袁天纲头上冷汗直冒，脑子里却是飞转着，“你骗我？”

席玉清再也忍不住，哈哈笑起来，“先生莫怪，我是有意试试你的。没想到真的骗不过你。”

袁天纲掏出汗巾擦把汗水，这一惊真是非同小可，若是吴妞真的从他那儿出去后就没了踪影，他说什么也逃不了干系。

“人没丢，不过那孩子不在我那做了，你这几天也不去吃饭，我不知道你们之间究竟怎么回事，所以来问问，先生别怪我多事！”

“她不在你那做，那会去哪里？”袁天纲知道吴妞在长安可是没亲没友的。

“先生不是会算吗？自己算算吧。”席玉清笑眯眯的，满脸得意之色，能把袁天纲吓成这样，也算是过了把瘾。

“还要打赌吗？”袁天纲心里已约略有了底，脸上也是笑眯眯的神情。

“算了，跟你打赌有输无赢。”席玉清急忙摆手。“要是跟你赌上瘾，我那酒楼都得易主。”跟袁天纲打赌的事他这辈子绝不会再做了。

“那究竟是怎么回事，你老兄就说说吧，我不可能什么事都能算得到。”

“好吧，我来就是说这事的。那天她去给你送饭，一夜未归，第二天回来后就说她是你的人了。”说着，席玉清意味深长地一笑。

袁天纲脸一红，也不否认，他虽然未经人事，也知道他和吴妞之间真的没发生什么，这事他也懒得澄清，也没法澄清，说出来也没人信。

“那孩子说你一时半会的还不能娶她过门，她再在我那做压酒的差事，会让人笑话，是丢你的脸，所以就收拾东西走了。”

“走了？你没拦住她？”

“拦住她？怎么拦？她现在可不是我买下的使女了，她用你给的银子赎了身，就是自由人了，就算走到天边也没人能拦她。”

“好了，老兄，我承你的情，你就别卖关子了，告诉我她去哪儿了？”

“好吧，我不逗你了，她去至阳观了，说是在那里等你，如果你不娶她，她就索性在至阳观出家作道士。”

“是她让你来告诉我？”

“没有，她没求我帮她做什么。是我自己纳闷，过来问一下，先生可是因在客地，纳妾有何难处不成？我们也算是朋友了，如果有什么难处我或许可以帮忙。”

席玉清是这种人，他能在人群中敏感地直觉谁是将来大有用处的人，然后就会竭力结纳，对这种朋友，他会显得很豪爽仗义，所以在朋友圈子中，他也是出名的仗义人物。可是对那些他直觉没什么用处的人，他理都不会理。

袁天纲就是他觉得有大用处的人，所以才极力撺掇吴妞去上门委身于袁天纲，他自忖自从买下吴妞后对她还不错，假如吴妞成了袁天纲枕边人，他和袁天纲的关系就是铁打成的。不料吴妞从袁天纲那里回来后，就收拾东西，说什么也不在他那做了。说她已经是袁天纲的人了，再在这儿做会丢袁天纲的脸面，她要去至阳观等袁天纲，如果袁天纲不能娶她，她就在至阳观出家。

席玉清敏感地觉出这里面有问题，绝不像吴妞说的那样，袁天纲这几天又没去酒楼吃饭，他这才过来问问。

“难处倒没什么。”袁天纲还在琢磨吴妞的事，“就是这事得准备准备，需要时间。”

“准备？准备什么？”席玉清觉得自己没听清。

“总得先跟家里说声，然后房子也要收拾一下，置办些头面首饰衣服什么的，是不是还需要文定聘礼什么的我都不懂，还……还需要媒人吧？”袁天纲沉吟着说。

“你……”席玉清身子向后仰着，笑着，看着袁天纲仿佛在看一个怪物，“兄弟，你这是要娶妻还是纳妾啊？要这么麻烦，没人敢纳妾了。”

“这些都不需要吗？”袁天纲还真的不懂。毕竟家里没人纳妾，娶妻他倒是听得多，见的得多，饶是大户人家也都忙得鸡飞狗跳的。他也知道纳妾不像娶妻，但也不会差太多吧。

“看来你是真不懂。”席玉清不笑了，“我跟你这样说吧，纳妾就跟买个丫环回来伺候你一样，就是妾的地位高些，讲究的人家还给妾买几个丫环使唤，这都在各自的情况。你看来没纳过妾，贵府总有丫环吧？”

袁天纲点点头，岂止有，数量还不少哪。

“这不结了，你怎么使唤丫环就怎么对待妾，说到底，这个妾也就是高级丫环，和妻不一样，妻有敌体之意，也是正儿八经的主子。”

袁天纲又点点头，妻有敌体之意这道理他懂。对于妾的定位他还真的不知道，毕竟家里没人纳妾。亲戚家纳妾的当然比比皆是，他又素来和亲戚往来不多，这些事也不知道。他隐隐感到席玉清说的也许正是这么回事，市场里这些商人家里可都纳着妾，多的有好几位。但他还是无法理解这种事。

席玉清又给他说了一通妻妾的大道理，然后哈哈笑着走了。

他一走后，袁天纲也无法再算卦了，收拾起摊子回家，带上些礼物和钱就去至阳观。

至阳观距清化坊有十个街区的距离，原是一个富家女舍宅为观，所以至阳观和那些建在山上的道观并不相同，依旧是富家宅邸的风格。

原来的中堂改成了正殿，几处厢房改成偏殿，后堂就是后殿，其他亭台楼阁也依旧保持原貌。

道观对袁天纲而言几乎就和自己的家一样，青城山的三羊观就是他的第二个家。所以进入这里真有宾至如归的感觉。

庭院里有几个年轻貌美的女道士，个个描眉画鬓，穿的虽是道服，却剪裁入时，酥胸半露，纤腰袅娜，行动之间曼妙风流。见他进来，目光都如磁吸铁一般盯在他身上，然后嗤嗤笑着，有几人还小声嘀咕着什么，随后便打闹起来。

袁天纲见此，倒不好上前了。

他在一所偏殿见到了道观主持沁阳道长，拜见如仪后，奉上两匹蜀锦和二十两纹银，然后说明来意。

道长是四十多岁的女冠，容色庄重，很有仙风道骨的神韵，她道谢后让一名小道士收下绢和银两，又让人上茶，这才笑道："原来那丫头就是为了等待公子？我原还不信，以为是她要出家的借口，不想真是这样，这丫头倒是有福气。"

"她是要在这里等我？"

"她是这样讲的，说是她爱上一位神仙般的公子，可是公子家教太严，不敢私自纳她作妾，所以她就到我这里等着，等那位公子禀明家里后再来接她回去。"

"她就是这样说的？"

"可不是嘛，我们原还不信，这世上哪有神仙般的公子，今日一见，果然不假。"旁边一个女道士哧哧笑着看着他说，媚眼如钩，似欲直接看入他心里，然后把他魂魄勾走。

"我说公子也不必来接她了。"有一个女道士笑道。

"此话怎讲？"袁天纲已习惯了她们的调笑，顺嘴问了一句。

"你也来我们这里当道士算了，你们一样可以长相厮守。"

"胡闹，袁公子第一次来，你们也别太放肆了。"沁阳道长假意训斥道，看得出来她对座下弟子的轻浮很是纵容。"那丫头还说，要是公子家里不同意，她就做我的弟子，在这里出家了。"

道长情知他急于见到吴妞，当下也不多说，派一个弟子领他去后殿见吴妞。原来吴妞还不算正式弟子，白吃白住在这里，就要做些打扫庭院、擦窗子、洗衣服这些粗活。道长收下她，倒是得了个不要工钱的女佣。

给他引路的就是那个让他也在这里当道士的女冠，一路上叽叽喳喳有的没的说个不停，还不住地偷眼瞧他，面颊涨红如桃花。

吴妞正在后面扫院子，看见袁天纲，先还不敢相信自己的眼睛，随后扔下扫帚跑过来，也不顾有人在前，拉住袁天纲的手臂说："公子，怎么是你啊？"

"不是我还会是谁？"袁天纲看她虽穿着肥大的粗布道袍，精神倒很饱满，心总算放下了。

"就是，妹妹莫不是还有要等的人？"那女冠也笑着调侃道，"好了，你们两个好好亲热亲热吧，我不碍你们的眼了。"说着，转身袅袅亭亭地走了。

两人四目相对，都没注意到她离开。袁天纲握着她的手，良久才说：“你怎么不和我说一声？”

“我不是不想给你增添负担嘛。再说我真的已经心满意足了，没想到您还能记着我，还能来看我。”吴妞握着他的手，哽咽着说。

“你放心，我绝不负你，可是……我需要些时间。”袁天纲歉意地望着她。

“没事的，多久我都能等，只要您有这心我就满足了。要是您家里不同意，您也别为难，出家也不错。”吴妞又用力握握他的手，“少爷，你知道吗？不管怎样我都感激你，也都心满意足了。我不用再担心被恶心的人买去糟蹋，还成了自己最爱的人的女人，就算一夜我也像成仙一样，满足了。”

“我有什么好，值得你这样说？”袁天纲愧疚地说。

“你有什么好你不知道吗？你没看我那位师姐看你的眼神。这地方你以后别多来，不然非让那几个师姐吃了不可。”

“那你还敢在这地方当道士？”袁天纲想着那几个女冠的神情也笑了。但也不认为自己对女性有多大的魅力，这些女冠就是专门用来勾引富贵子弟的，可能认为自己也是那类人。

“我就算当道士也不会像她们那样，你放心。咱们去那儿的亭子坐坐吧。”

两人携手走过青石板路，走上一座小巧的弯月形小桥，来到荷花池中的六角飞檐亭子中。两人在玉石条凳上坐下，吴妞看四面无人，就偎到他怀里，头靠着他的肩头，满脸陶醉的神情，仿佛只要如此，一生之愿足矣。

袁天纲揽着她温软的躯体，闻着她身上传来的淡淡的馨香，心中也有些动情，然而却有什么东西在阻遏着他的欲望和激情。

吴妞虽在陶醉中，也能从他略显僵硬的身体中感觉出什么，就抬头小声道：“少爷，您要是怕家里嗔怪，就别和家里说了。我们如果能始终这样也不错，我就在这里待着，你想起我时就来看看我，我们就像这样坐一会，我就心满意足了。”

“我要是经常来，你不怕你那几个师姐把我吃了？”

“她们总能给我剩点吧。”

两人都笑了，吴妞是发自内心的欢颜，袁天纲却是强作欢笑。他知道自己应该对吴妞亲热些，哪怕应应景也罢，心里也未尝不想，可是却有什么绑住了他的身体，压抑住他青春的热望。所幸吴妞希冀不多，只求能见到他，在他怀里偎依一会儿就满足了。

两人又说了会儿话，袁天纲就起身要走，他不顾吴妞的反对，硬给她留下二十贯钱作零用，然后离开。

出了至阳观，他慢慢走回去，心里却不轻松。

此事的难点不是家里同意与否，而是他自己。纳妾不比娶妻，不向家里请示也不会有专擅之过。况且此次来长安，因为他坚持不带仆人，家里担了很大的心。父母都叮嘱他既然不带家里的人，就在长安或雇或买几个仆人丫环，照料他的生活。别怕费钱，如果钱不够，家里会通过钱庄给他飞钱。

飞钱就相当于现在的银行汇款，在一个地方的钱庄或衙门里存上钱，得一张凭据，就可以在另一个地方的钱庄或衙门里取出钱来。

他带的钱已经足够了，就算再添几口人，也足够三年的费用。他相信凭自己的本事，想赚到足够的钱还是一件轻松事。家里带来的钱他不想动用。

随孙思邈游历三年，他喜好天马行空、无拘无束的天性被彻底激发出来，他也想一辈子像师傅那样，一个人独往独来，赤条条来去无牵挂，至于对家庭的责任他也想过，实在逃不过时，就遵父母之命，娶妻生子，但他不想太早，最好也像师傅那样，而立之后再想这事。

孰料他来长安不到一个月，就发生了这种事，就像被人打了个措手不及。这种事怎么会发生？又怎么会这样？他心里现在还恍恍惚惚的。在别人看来是飞来的艳福，在他却有种不堪负荷之重。

在家里时，服侍他的仆人丫环也有七八个之多，他却从来没感觉到有负担，那是因为他只是少爷，不是一家之主，什么事都是别人为他操心，他从不用为任何人操心。现在不同了，什么事都要自己来做。最主要的是，他不想把自己无拘无束的单身生活这么快就结束了，而且这事他一点心理准备都没有。

一路走回住处，他也没想明白该怎么办。

大门没锁，他就知道一定是董老丫正在里面收拾哪。

“少爷怎么这时候回来了？”正在厢房收拾什么的董老丫见他这时候回来，就问了一句。

“我今天收摊早。”

“哦，也是，你又不为了赚钱，何必天天吃那辛苦。”董老丫蓦然抬头看他满面愁容的样子，吃了一惊，“少爷，可是遇到什么难处了？”

“没有，我没事，就是出去转了转。”

“少爷，你可别瞒我，你在这儿就一个人，有什么难处也没人说说，你要是瞧得起我这老婆子，就跟我说说，我啥能耐没有，但也说不定能帮你出出主意什么的。”

袁天纲心里一热，自他来后，董老丫对他又像娘一样关心，又像老妈子一样照顾他，就跟自己的奶娘一般，“董姨，您这是什么话，您这么热心待我，我不把您当近人还有良心吗？”他也就把这事说了。

董老丫一听，两手一拍，笑道：“少爷，这是好事啊，你发的哪门子愁啊。我早就说了，你需要个人来伺候你，别的不说，吃饭你能在外面对付，可家里这洗洗涮涮、擦擦抹抹的，没个女人哪行，别说你一个大少爷，就是我们这平常人家的男人也支应不来。再说外面的东西怎么说也不干净，常年在外面吃，钱多花不说，小心吃坏了肠胃，有个人在家里给你煮饭烧菜多好。少爷不情愿，可是因那丫头是酒楼女，怕别人有闲言碎语的？”

“不，我没这意思。”他真没这意思，当时人的道德意识很淡薄，娶女冠为妻，纳娼女作妾，不但没人讥笑，反而传为艳谈，更何况吴妞还是一童贞女。

“那是少爷家教严，不让少爷纳妾？”董老丫也想到这节了，“要是这样也没什么，不妨先娶过门来，以后得便再和家里说，如果家里不同意，或者就在外面养着，或者转卖给别人都没关系。少爷你要知道，纳妾就是这么回事，说的直接些，妾和丫环一样，就是你屋里的物件，顺你的意就留着用，不顺意就扔到一边，或者送人或者卖掉。”

袁天纲感到诧异，董老丫和席玉清说的居然差不多，席玉清一唯利商人，这样说很正常，不意董老丫也这样讲。若论大户人家的事，席玉清见的还不及董老丫万分之一哪。

董老丫帮他出着主意，嘴里说着他的家里，心里想的却是皇上。皇上要是知道了会怎样想？他想到皇上一生受悍妇的气，因女人的事惹出无穷风波，断不会想让他的儿子也受这份罪。至于吴妞是胡女，更没有什么，皇后也是胡女，还母仪天下，手握坤纲哪。

她也是看袁天纲孤零零一个人，跟个流浪汉似的，也没个人照顾，既可怜心疼他，也替他着急，恨不得他马上就娶进一个女人尽心尽力照料他。她虽然尽心，毕竟有个限度，若是太热心了，莫说他会起疑心，也根本不会接受。

袁天纲虽然不敢苟同她这套关于“妾”的高论，心里还是感觉舒畅些，也觉得自己未免把事情看得太重了。

“少爷，你在家还没娶亲纳妾什么的吧？”

“没有。”

“那样的话这还是少爷第一次人生大事，虽说在客地，也不能太草草了，我看这房子也要收拾收拾才是。中堂和两个堂屋是贴墙纸还是挂墙帷？窗帘、床帷都要换新的。这地平子也得好好弄弄。”

袁天纲听着，满脸茫然。他心里其实也是犯愁这收拾屋子的事，他也隐隐觉得这事是逃不过去了，人是说什么都要娶进来，就是早点晚点的事，若是真的就这样把人撂在至阳观不管了，他心里也过不去，甚至觉得自己有始乱终弃之嫌。虽说两人清清白白，并未及于乱。但孤男寡女在一间房子里待了一夜，让人相信他们之间什么事都没发生，也是不可能的。

可是这套房子可不是平常房子，而是神庙一般的存在，自己能租下来都是意外之幸事，怎么好开口说自己要收拾房子准备纳妾？不想董老丫倒先提出来，只是说到该怎样收拾装饰房子，他就完全茫然了。

董老丫看他的神情，还以为他怕花钱太多，就又笑道：“少爷，这里还有一说，这房子是我替房主租给你的，这收拾房子的费用都不用你出，自然是我房主出。”她心里暗想：皇上的儿子纳妾，这钱皇上不出谁出？

“不，那怎么行，这是我自己的事，钱当然我出，就是我什么都不懂，凡事还需要您老多费心。”

“这你就甭操心了，钱的事你也别跟我争，房主南下时就说了，收拾房子该花多少都没关系。你交了房租只管住房子就是，哪有让你花钱收拾的道理。”

“这个且再说，我还是先给家里写封信说一下。”

“那也好，你定了日子告诉我就行，有十天八天也够收拾房子的了。”

董老丫收拾完东西走后，袁天纲就坐下来写信，他原想写给家里，落到纸面上却是写给了师傅。他虽然觉得家里不会反对这事，却还是羞于出口。对师傅他就毫无顾忌了。想到这里，他甚至有些愧疚，不知怎地，在心里深处，他总觉得师傅比父母还亲。自己什么话都对师傅讲，就连对父母都不能说的也不会瞒着师傅。

他给师傅写信还有一层用意，就是请师傅来决定这事，师傅若是反对，自己就放弃；师傅若是赞成，自己只好奉命。

随后他又给家里写封请安报平安的信，对此事只字不提。写完信他心里平静下来，似乎所有问题都解决了。

十天后，孙思邈的回信到了，信上孙思邈并没说赞同与否，而是写了这样一段话："子曰：'吾无可无不可。'儒家多礼多忌，余素所不喜，虽以夫子之贤，可赞可叹者不多，余所服膺者唯此一句，能臻此境方是超凡之门径。"

看到这里，他露出会心的微笑，想到师傅每次跟他谈到儒家时，嘴角总是挂着一丝嘲讽的微笑。他可是从头到脚都是用最纯粹的儒家经典浸泡多年的，可以说深入到骨髓里，融化到血液中。所以每次看到师傅的微笑，总感到师傅在嘲讽自己。

师傅这是同意了？他摸摸鼻子，感觉既惊喜又轻松，还有些难为情，师傅这是嘲讽自己无法脱去儒家礼法的桎梏，桎梏在身就无法上升到无可无不可的境界。师傅把儒家最高境界说成超凡的门径，也就是入门，看来对自己还是期许过高。

"师傅同意了，这事也只好办了。师傅的话总没错。"他在心里对自己说，也明白这是给自己的优柔寡断开脱。师傅话中既是期望也是指点，却也隐含一丝责备，责备他的犹疑不决。

"无可无不可。"这是他从小就虽不能至而心向往之的境界，和庄子的扶摇乎青天之上，独与天地精神相往来的境界可谓殊途同归。他又想起孙思邈以前说过的话，说是儒家最高境界，儒家后代子孙无一人能达到，只有一个人达到了，却是平生最讨厌儒生，经常往儒生帽子里撒尿的汉高祖刘邦，堪称最大的反讽。

这事他也感到好笑和不可思议，师傅关于儒道两家的笑话很多，比如嘲讽道士步罡驱鬼不是驱鬼，而是扮鬼，难怪有驱鬼的效应，因为比恶鬼还恐怖。他也知道师傅只是嘲弄这两教不肖弟子的形式主义，对两教的精髓还是很敬重的。至于对医生，就不是嘲讽，而是怒斥了，总是说天下庸医杀人比最残暴的将领杀的还多。以师傅的地位当然有资格说这些话，他就不敢作此想了。

接着看下去，他却看的面红耳赤，心跳发热，更感不可思议，师傅居然写的是篇房中术。教他怎样御女而不致有元阳走失之虞。

这个也要学吗？他心中大惑不解。但凡人出生后就具有的能力他似乎都要重新学一遍，小时候在家学习走路，行礼，吃饭，跟着师傅后又重新学走路，现在连这个都要学了。

感到害羞也罢，感到不可思议也罢，师傅教的总要学的，这也是他从小养成的习惯，已经牢固不拔了，凡是教给他的，不要问有没有必要，只要记牢、学好。

记牢很容易，看一遍就行了。学好就不是一时半会的事了，走路跑步简单至极，本来不用学，他前前后后跟着祖父和师傅学了四年多。既然走路跑步都要学，夫妇之道也许还是有学的必要吧。

他脸红心跳，仿佛在干着偷看春宫淫画这类丢人事似的在脑中复读师傅写的东西，心底蓦然闪过一丝亮光，照亮心底一片阴霾，让他看清了什么。

“还是师傅懂我。”他恍然大悟，也明白了那阻碍自己对女性产生浓烈情爱的是什么，并不是因为对目前这种无拘无束的生活的留恋，那只是表面上的理由，根本原因还是修道人修道多年养成的禁忌：对元阳走失的禁忌。修道人修道一生孜孜以求的就是修成纯阳体，继而成仙。走失元阳就意味着成仙之望永绝。他虽不是正式的道人，但以他的天赋和才学，在三羊宫混了多年，较之一心虔诚学道的叔叔也不遑多让，更别说一般的道人了。道家的精髓固然学到了，禁忌也不知不觉中深入心底。想到叔叔每逢听到要他娶妻生子，就会像躲瘟疫一般逃之夭夭，他又开心地笑了。叔侄两人心底还是有共通之处，可谓难叔难侄。

“无可无不可”应该也是指这个禁忌而言吧，不然师傅不会正儿八经地给他写了篇房中术了。他又明白了师傅的一层深意，心底里充满感激。

其实孙思邈写这篇房中术的真正用意他还没领悟到，孙思邈也无法和他明说。袁天纲小时候被孙思邈以无上道术解救过，结果体内运转的就是神农门只传掌门弟子、不传一般弟子的上乘功法：先天罡气。这世上体内有这种先天罡气的只有孙思邈和他两个人。孙思邈是靠绝世天赋练成的，他却是被强行灌注的。

人练成先天罡气后，固然有寒暑不侵、百毒不侵之神效，却也有一个大麻烦，就是很难生育。一般人能获绝世仙缘得授这样一套神功，又要凭借绝大的机缘和毅力练成先天罡气后，就近乎纯阳之体，再上一步就是道家所说的真仙了。到了这一步的人都是栖息山岩绝谷，屏绝人欲物欲，专务修炼，好早日成仙，谁还把子嗣后代放在心上。

孙思邈原来也不知这回事，他和妻子结婚多年却无子息，他身体如不坏金刚，自然不会有问题，他也给妻子仔细查过，也没问题，是以百思不得其解，后来深入研究一番才明白，是先天罡气把体内产生的精液都升华为先天罡气了。他就想出这样一套功法：就是每月在女人排卵期内释放精子一次，以便生儿育女。

这功法实际早就有，只是每代掌门都是在掌门弟子要结婚时才口口相传，孙思邈的师傅去世时，他还没结婚，他师傅也就没传给他这功法，不过以孙思邈的才智和功力，从原功法中找出这样一条生儿育女的路子并不难。

董老丫仿佛重新焕发了青春般，以一股燃烧般的激情收拾装饰房子，人从房子里飞进飞出，一批批工匠、一批批货物络绎来到。坊中人都不知道她要做什么，慑于她泼辣的性格，也没人敢问。

当年苏蕤住这套房子时，她喜欢洁净，最好茅檐土阶，全无修饰。所以房子和坊中别的房子差不多，基本没有装饰。既然袁天纲没有这话，董老丫就把她全部本领都用上了。她也没有装饰房子的经验，但权贵人家的房屋修饰就是最好的样板。

当年杨坚让她看守打扫这套房子时曾经说过，她维修这套房子需要花多少钱、用多少东西都不用请示，过后写张单子做账就行了。这些年来都是如此。

维修房子并不需要花多少钱，只是这套房子也闲了二十年了，年久失修就是最好的借口，她向皇庄的庄头说了一声，就把这笔钱要到手了。钱并不多，许多东西都是从皇庄的店铺里拿的，各种工匠也都是皇庄里的。

皇庄的头儿不知道她要这许多墙帷、窗帏、床帷的干什么，而且都要最上等货色。再想想也释然了，神居嘛，总要装饰得富丽堂皇的，原来是过于简素了。可是单子里连马桶、痰盂、蝇拂都列上了，他就觉得蹊跷了，神居也用不到这个啊。单子里让他感到诧异的不止这些，看完单子，他有种感觉，这不是供神用的，而是给一家人生活用的，一家人生活起居需要的一切单子里都有，连齑菜坛子这种微物都列在单子的末尾。

“难道主子要安排人住进那套房子？”

他想想这不可能，主子对那套房子就像看待眼珠子一样，怎会让人进去住，打扰苏神医在天之灵。对于当年主子和苏神医的事，他约略知道一些，毕竟董老丫当年就是从这个皇庄调去的。但他知道的没有董老丫多，他不但不敢向主子多问一句，这么多年来，连对董老丫也不敢多问一个字，他明白，多知道一个字，就是多了一分掉脑袋的风险，还是不知道为好。所以他心中只是猜疑，没多问一个字，就开始调集工匠和物质。

工匠回来后，告诉他那套房子里真住进一个人，听说是董老丫的房客，在醉仙居门前占卜卖卦的。庄头摇摇头，告诉这些人只管干活，不许随便议论这套房子的事。心里却疑上加疑，主子真的安排人住那套房子了？至于董老丫租给房客，他说什么也不信，董老丫没这胆子，一定是主子安排的，他现在只是猜疑这房客的身份。毕竟因他的特殊身份，主子身边的人没有他不清楚的。再就是主子安排人住这套房子有什么用意?

他也只是在心里随便想想，主子的用意是不能猜测的，他只是个下人，吩咐他做什么就把什么做好就是。

第五天，要运送一匹贵重物品，他唯恐有失，亲自押运。从清化坊出来后，他有意从醉仙居经过，当看到袁天纲时，车夫转过头小声告诉他，这就是董老丫的房客。

他第一眼看到袁天纲时，蓦然一个激灵：这不是晋王殿下吗？这怎么可能？再多看几眼，才发现不是晋王杨广，只是侧影很像，脸型迥然不同，比晋王更为英俊清爽。

“这人是谁？他怎能住进那套房子里？他怎会和晋王殿下很像？”

他脑子里转着这些，蓦然又是一个激灵：是小主子，是主子失散二十年的小主子！一定是他，再没任何一个人有资格住进那套房子里。是小主子回来了，董老丫是为他装饰房子的。不可能还有别的可能。

想明白这点后，他竟不知不觉间涕泪沾膺，他是为主子哭的，别人不知道，他却知道主子为了这位失散在外的小主子，二十年来从未展过欢颜。

第二十二章

袁天纲每天晚上回来都感到不妥，董老丫虽不是大兴土木，工程量也不小。他已被暂时移到一间厢房里，中堂和两间正房都在重新粉刷装修，庭院里重新铺上整齐的青石板，还精心围出一个小花池。

他感到不妥的是：他越来越感到董老丫这一切都是为他做的，单单维护房子绝对不必这样。他说过要为这些付账，可是看着一天天运进来布置在中堂和正房的东西，他开始掂量自己的钱是不是够付账的了。他和董老丫说了几次，董老丫总是那一句：“你付了房租，只管住就是，别的甭管。只要别嫌我闹腾就行。”

袁天纲只好摇头苦笑，心里也是疑窦丛生：董老丫为什么对自己这么好？就算是亲娘也不过如此吧。二者，房主人究竟是什么人，难道真的就任凭董老丫这么折腾？房主既在南方，董老丫从何处支这笔巨款？

他向席玉清打听过房主人，席玉清也不清楚，毕竟是二十多年前的事了，后来席玉清帮他问了几个老人，老人们都说这房子原来的主人二十多年前就去了江南，那时江南还是陈国，这里还是北周，好在那时两国关系不错，去江南也不算潜逃叛国。自那以后，再没人见过那位房主，至于董老丫帮房主维护房子这事也是有的，但大家都说并不是受那位房主的委托。那位房主也不是什么富豪，二十多年的维修费和董老丫二十年的工钱肯定是拿不出的，这些钱加起来比这套房子值钱得多。

席玉清跟他说了这些后，又说：“兄弟，这事水太深，我能帮你打听的就这些了，还是别再打听了。我有种不好的感觉，再打听下去有掉脑袋的危险，而且也什么都打听不到。京城里这类水深的事太多了。你还是听董老丫的，甭管她为什么，也甭管她怎么做，你交了房租，就有权住房子，尽管住就是。”

看着席玉清有些毛骨悚然的样子，袁天纲想到那句圣则：窥见渊中鱼，不祥。或许这件事的深渊里真的有条能给人带来祸患的鱼。

他再三谢过席玉清后，也不再琢磨这事了。既然弄不明白，也猜测不出，就任其发展，静观其变。不管怎样，董老丫是为他好，绝无害他之意，这点他还是能确定的，受人恩惠，以后想法报答就是。

他现在可谓是生意兴隆，财源广进，每天都有十几匹绢的进账，照此下去，只消一两年，不成富翁，也可以凭自己的能力轻松迈入小康。

看过吴妞回来后，他又天天去泰和兴吃饭了。头一天，泰和兴的伙计们见到他不免挤眉弄眼，做出点怪相。后来市场也有人知道这事了，就说他是神仙，生生把一个压酒的丫头给渡化成尼了。他听了只是一笑。

这天他午饭后回到卦摊前，却见静悄悄的醉仙居里出来人了，神情不禁一凛。

醉仙居的老板洪仁发拄个龙头拐杖，一跛一跛地慢慢踱出来，据说他年轻时走南闯北，不知在哪里因何事弄折了左腿，又在哪里发了财开了这家旅舍，他为人四海，无论是官场中人还是城里黑白两道都来往密切，人人都称他洪爷，是这一片最有面子的人，更是没人敢得罪的人。醉仙居里也经常有官员入住，那些不是奉诏返京述职而是来京城运动关系的人都住在他这里，据说醉仙居里有几条路可以直达朝廷大佬甚至宫中。也有不少满脸英气侠气的豪客住进旅舍，每日出出进进，这些都为醉仙居平添许多神秘。

袁天纲见洪仁发慢慢踱到自己面前，便站起来行礼，按江湖规矩叫声：“洪爷。”

洪仁发呵呵笑道：“小兄弟，你别客气，不必多礼，我这个废物回不了礼，你休怪。”袁天纲笑着道声：“岂敢。”

后面跟着的伙计拿来一个杌子，放在袁天纲对面，洪仁发慢悠悠坐下，也请袁天纲坐。两人坐下后，又有一个伙计捧来一壶酒、两个杯子，放在两人面前，然后斟上酒。

袁天纲连声道："不敢生受。"

洪仁发笑道："小兄弟不要外道，江湖相逢即是朋友，一杯水酒算得什么，你在这儿做了这些日子的生意，咱们也算是最近的街坊了，不过还是愿意把你当作朋友。"

洪爷的大名袁天纲这几天早已灌满双耳，倒没想到他会对自己如此垂青。他忽然想起一事，起身一礼道："洪爷，小可一外乡人，来此谋食，托庇于洪爷檐下已久，一直无缘拜见，也没机会给洪爷孝敬一份见面礼，真真失礼。"

"小兄弟，你若这样看我就错了，我可没有向你索要份子钱的意思。"洪仁发自己先笑起来，"小兄弟来我这儿多日了，今日我才聊向你尽尽地主之谊，说失礼的应该是我。可这里有个缘故，你知道吗？"

"小可不知。"

"人在江湖啊，不管你交多少朋友，朋友从来没有多的时候。"洪仁发叹了口气，似乎把话头岔开了，"可是你撞上一个冤家，就足够多了。老哥哥我朋友是不少，可是不够多，永远不够多，可是冤家也结下不少，人在江湖就是这么回事啊。"

袁天纲点点头，虽只一句话，他也听得出面前这位显赫的洪爷所经历过的沧桑。

"小兄弟，你懂的。"洪仁发哈哈笑着，"你算卦都算的恁地准，听话还能听不出音？"

"听得出，洪爷是把我当作对头派来的细作探子了。"

"我跟你们怎么说来着？"洪仁发向站在他身后的两名管家模样的人得意笑着，"我就说他听得出，好鼓不用重锤敲。"他又转向袁天纲，"来，兄弟，就为你的善解人意干一杯。"

两人端起酒杯喝了下去，远处有几个看到的人都感到很惊讶，远远瞧着，被洪仁发的管家横了两眼，赶紧溜走了。

"兄弟，"洪仁发索性把那个小字省略了，"我观察了你半年。你休怪老哥哥我多疑，你这样的人哪是在街头占卜混饭吃的样子？若说是探子也不像，你这样子更不像作探子的，我那些冤家根本给你提鞋都不够格，哪能请得到你来做探子？你应该在官府中，至少在大户人家教个书什么的。但我看兄弟眉梢眼角透着勃勃英气，就算入我道中，将来也是一方霸主，今日我们就算相识了，以后就是朋友，你跟老哥哥我说句实话，你是不是来长安求取功名不遂，盘缠用光了，暂时干这个混口饭吃？”

“都不是，小可天天为人算命，也早已给自己算好命了，我这辈子就是个占卜的命，别的什么也做不成。洪爷谬赞太过。”这个他倒真没算过，不过师傅既然这样说了，那就比他算得还准。

“这……这怎么可能？”洪仁发吃了一惊，“兄弟，老哥哥我一生百事无成，就是经的事多，看的人多，我这双招子再不会看错人，兄弟你绝不是池中鱼，而是天上龙凤，只是没到时候。我不会占卜算命，可这句话若有错，我把自己这双招子抠出来扔在大街上让人当泡踩。”

“洪爷错爱太过，人生有命，富贵在天，靠什么谋食也都是上天注定，丝毫勉强不得。小可倒是觉得占卜也不坏。”

“这样说倒是不错，皇上身边也有占卜的高人，兄弟你还是没路子啊，等老哥哥帮你运动运动，或许能到皇上或太子身边当个占卜的高人，也不辱没了兄弟这份堂堂相貌。”

“洪爷，千万别这样。”袁天纲不知他是不是说着玩儿的，倒真被他吓着了，他可不愿意跟朝廷和皇族拉上关系，他连给洪仁发做了三个揖。

“这倒是人各有志了，我见过人无数，还没人不喜欢富贵的。”洪仁发叹息一声，“兄弟，不管怎样，你将来要飞黄腾达的，运气要来了，城墙都挡不住，你想不要都不成。你若真的在街头干上一辈子这个，那还有天理，不是拿着黄金美玉扔在街上任人踩吗？我就不信这世上没一个识货的。”

“托洪爷的福，倒是没人踩我。”

“哪个敢？”洪仁发一瞪眼睛，“谁敢在你的摊前闹事，那不是往我眼里揉沙子，在太岁头上动土吗？”

说着，两人都笑了，洪仁发后面的管家也笑了起来。

正说着，来了两个黑衣皂帽、手持水火棍的衙役，先向洪仁发施礼唱喏，然后恭立一旁。

“你们两位有何公干？”洪仁发乜斜着眼睛问道。

“这个，不是来找洪爷您的，是想请这位小先生走一趟。”

“什么？”洪仁发瞪起眼睛，“我兄弟在我这儿本本分分做点小生意，犯了什么事，你们来抓他？他要真犯了什么事，你们找我说话。”

“这个，那个，不是，”衙役慌得连连摆手摇头，“不是这位小先生犯了事，是我家老爷请他过府，给四夫人算一卦。”

“哦，我说嘛，就是犯了事也轮不到你们万年县来管，这里是长安县的地盘。”洪仁发转颜为笑，“哎，你们四夫人不是病了吗？这两天不正忙着请大夫吗？这生病找人算什么卦？”

两名衙役解释了半天才说明白。原来万年县的县令前年又娶了一房小妾，因是第四房，府里人称四夫人。这位四夫人几月前肚腹开始隆起，家里人都认为是怀了孕，这可把一直为子嗣发愁的县令乐得快上天了。孰料不久四夫人就开始肚子疼，也都认为是妊娠反应，可是痛得越来越厉害，常常在床上打滚，痛得要死要活的。万年县县令唯恐好不容易怀上的儿子掉了，忙请来太医院的太医诊治。太医也认为是有喜了，开些止痛保胎的方剂。这些药不吃还好，吃下去后更是痛得晕厥过去几次。

太医束手，县令只好又请来城里松柏堂的名医王半仙。王半仙诊断后却认为不是有喜，而是肚子里有了凝结的血块，若不赶紧活血通络，把这些血块打掉，就有性命之虞。

县令慌了手脚，不知该信谁的，又去问太医。太医尽管止不了痛，还是坚持有喜，告诉他如果用王半仙的虎狼之药，不但会把胎儿打下来，人也会大流血而死。王半仙则坚称他用药有把握，只会把血块清除，人没有危险，若不及时用药，真要出人命了。

他不知该听谁的了，但也不忍袖手看着花儿般娇媚的四夫人活活痛死，可万一真是胎儿，打下来自己就有断香火的危险。他公事也无心理，在四夫人惨叫声中，忽然急中生智，想到占卜。他也常去醉仙居，听到周围的人都说门前的小先生的卦是长安最准的，不是半仙而是全仙、真仙。既然半仙不成，就到真仙那问问卜吧。他要算算他的四夫人是否真有躲不过去的血光之灾，还是一时的凶险，肚子里究竟是胎儿还是血块？

这万年县的辖区并不在长安城里，县衙却设在长安。是以长安城里不但有朝廷各大衙门，还有长安府、长安县、万年县三个地方衙门。

洪仁发和万年县令也有来往，听说是请去占卜，也不好拦着，就说：“兄弟，既然衙门请你，你就走一遭吧，不用怕，他们不会难为你。”

万年县的衙役倒是很客气，用顶轿子把袁天纲抬进县衙，直进二堂。万年县的县令亲自出来接着，让进屋去。

二堂上还坐着一位五十多岁、相貌奇古的人，袁天纲虽没见过，从相貌上估计这就是人们常说的王半仙了。

县令也是急了，把那些客套寒暄都免了，袁天纲虽然是平民，但不在他的治下，他也不好端县太爷的架子，急急道：“小先生，久闻你卜卦如神，没有算不出来的。你给算算，我这房小妾究竟是有喜还是患了病？”

那位相貌奇古的人冷笑道：“信医不信巫，信巫不信医。有病乱投医也不是这个投法。”

袁天纲不想和官场上的人搅和在一起，忙应声道：“这位先生言之有理，不管是有喜还是患病，还是大夫看得最准。这事不好卜卦的。”

那人听他这样一说，原本斜睨望天的眼睛倒放下来，正眼看了袁天纲两眼，以示赞许地点点高傲的头：“你这样说，足证有自知之明。”

县令气急败坏地说：“我不管什么医什么巫，只要能弄明白这事就行。我也不管是太医还是民医，能治好小妾的病就行。”

王半仙一听这不是冲着他来的吗？当下一拍胸膛：“令狐大人，我王半仙这个半仙是白叫的？大人请我来诊病，我诊过了，信不信本与我无关。可是一个极重的病人你们硬要当有喜来调养，这是要活活把人拖死的。我今日就把自己的命压在这事上了，大人按我的方剂用药，若是打下的不是血块，而是胎儿，你把我脑袋摘下去。”

万年县县令令狐行也明白他是好意，大夫就是这样，看过病下了方子，拿钱走人，你用不用他的方子与他无关。王半仙在这事上较劲，一是相信自己的医术，要和太医院的太医较劲，却也未尝不是为病人负责。可万一是好好的胎儿被打下来呢？他又不想冒这个险。他已经是四十多岁的人了，至今无一男半女的，这可能就是最后的希望了。

“王大夫，我知道你的心意，心领，心领，可太医的话我也不能一点不信，这不就用这个法儿，让这位小先生给卜上一卦，说不定就能算出来。”

王半仙恼怒地扭过头去，在县衙里他不敢太放肆，若是在他的松柏堂，他就要拍桌子骂人了。

“小先生，都说你的卦最准的，你把小妾的八字掐算一下，命里是不是犯着什么？她肚子里究竟是血块还是胎儿？”

袁天纲真是哭笑不得，掐算八字算富贵休咎还有个谱儿，这有无大病虽有时也能算出来，毕竟是不准的。师傅孙思邈给人号脉后，一般都能确定他以前得过什么病，以后什么时候会得什么病，但这也要号脉后才知道。不管怎样，先把八字掐算了再说。

“尊夫人八字倒无大碍，”袁天纲道，“她少年贫穷，遭了不少磨难，十七岁上交上好运。”

“是啊，我娶她进来时她正好十七岁。”令狐县令点头插话。

“尊夫人十九岁时会有一场难，若是过了这一难，后面倒是无惊无险，中年后还有诰命的份儿。”

“准啊，真准啊。”令狐县令一拍大腿，“她今年可不恰好是十九岁。先生，你给算算她肚子里到底是不是孩子？”

袁天纲思索片刻，“这个倒不敢确定，从卦象上看尊夫人有子息，应该是在二十三岁上，今年既然才十九岁，就有些对不上了。”

“准，掐算得真准。”这次却是王半仙在旁边也一拍大腿赞道。既算出她今年不该有子，肚子里的自然就是血块了。

“这也不一定，卦象也不是什么都能看得出来的，”袁天纲急忙解释，“命造的卦象只能算出子息的有无，至于到底有几个并不能准确显示出来。”

“那还是无法确定啊。”令狐县令又头痛了，“先生，那还有什么法能确定一下？”

“那就只有结合相面摸骨了。”

“大胆。”侍立县令后面的管家怒喝道。心想，相面还则罢了，还要摸骨？老爷花重金买来的千娇百媚的夫人岂能由着他浑身上下随便乱摸乱捏的？

袁天纲也知道失言了，他其实不是要由摸骨相面来确定病情，而是要号脉。他和孙思邈学了三年，虽不行医，医道还是蛮高的。但他不能说自己要号脉，孙思邈不许他行医，他也就不敢说自己懂医术。一时间光想着怎样确定病症了，却忘了病人是女人。他惶恐站起道：“是，是，治下失言。”

“这有什么，”王半仙佯佯不睬的样子，“令狐大人，你既然请人家来确定病症，这位先生就不是一般算命的阴阳先生了，而是和我一样的大夫。病不讳医，也不忌医。在大夫眼里，只有病人，没有男女。”

他在长安城里凭借医术骄横惯了，纵然王公显贵也都奉承他恭敬他，还真没把万年县衙当回事儿。从袁天纲说可能不是有喜，他就对袁天纲由蔑视转为喜欢，也有点佩服，没想到真能从一个人的命造中看出一个女人某年有子，这就说明袁天纲真不是那种专靠奉承人或吓唬人骗钱的。他这次是铁了心要和太医院那群不学无术的家伙别别苗头，要让他们出次大丑，更能好好扬扬自己的名气，这才锐意说服令狐行用自己的方子，他都想好了，等四夫人肚子里的血块打下来好，他要提到太医院，让那几个太医好好看看。

令狐县令犹豫片刻，虽说疾不忌医，可是女人家毕竟不能让个男人摸来捏去的，可他实在无法下定决心是听太医的还是听王半仙的，此时又听到内宅里传出的撕心裂肺的哭叫声，便咬咬牙问道："先生这个摸骨是怎样摸法？"

"这倒简单，就是捏捏手骨。"袁天纲想要的其实只是有号脉的机会，又不能让人看出自己是在号脉。

"只是捏捏手？那不和号脉差不多吗？"

"是差不多，可大夫是号脉，治下却是要凭手的骨相来确定尊夫人是有喜还是有病。"

"那有什么。"令狐县令松口气，"来人，把这位先生请到里面给夫人相面摸骨。"

管家先打发一个人去里面安排一下，然后亲自把袁天纲领到内宅门口，交给两个丫环。两个丫环领着袁天纲到了四夫人的房间。

一路走来，听着四夫人凄惨的叫声，袁天纲已基本能断定这不是有喜，而是有病，有喜的人反应再剧烈也不会痛成这样。

床上幕帷低垂，只露出病人的一张脸和一只手，这张脸蜡黄得像张黄表纸，憔悴得不成样子，手也是枯瘦得凸筋暴骨。

袁天纲来到床前，坐在一个小杌子上，低头握住那只手，食指却搭在脉门上。他医术虽得孙思邈真传，毕竟临床经验少，不敢专凭脉诀来断病，而是用孙思邈教他的用心的方法来诊断，其实就是用体内的真气来试探检查病人体内的症状。只是他并不知自己体内有先天罡气，也就以为心真能无微不至地观察到别人身体内的状况。

号脉再加用真气检查，他已经清楚地看到了病人肚子里的情形，那根本不是什么胎儿，而是凝结成的一个大血块，王半仙虽然狂傲，诊断的并不差。

他的先天罡气一进入，病人体内血脉畅通起来，立时不痛了，在枕上大口喘息着。

他低头垂目退了出来，到了二堂上，对令狐县令说："大人，尊夫人委实不是有喜，而是凝结的血块。"

"高，实在是高啊。"王半仙从椅子上跳起来，竖起大拇指。

令狐行下定决心，让管家马上拿王半仙的方子抓药，县衙门前左面不远就是广生大药铺。管家找出方子刚要走，里面却转出一个丫环，屈膝行礼，然后说：“老爷，您请来的捏骨大夫真是高明，经他一捏，奶奶的病好了不少，现在不痛了，奶奶说了，老爷谁也不要信，就请这个大夫给奶奶治病。”

“什么？”二堂里的人都愣住了，眼睛也都盯在袁天纲身上。王半仙更是恶狠狠的，像要把他活剥生吞进去。

“先生这个摸骨能治病？”令狐县令率先打破沉默。

袁天纲自己也是莫名其妙，先天罡气有治病神效，他却不知道，更不知道自己有这能力。只得苦笑道：“治下对医术一窍不通，哪里能治病。也许恰好赶上尊夫人不痛的时候了。”

众人都“哦”了一声，也只有这个解释能说得通了。

管家愣怔的当口，把那张王半仙开的药方放在桌子上了，袁天纲恰好看到了，上面虽开了二十几味药，他却扫过一眼就已看完，看完后倒抽一口冷气。王半仙诊断的很准，可是这方子却有问题，而且是大问题。王半仙只想着要活血通络，把病人肚子里的血块清除，可若真按这方子下药，血块根本无法清除，因为王半仙没查出血块有多大，病人肚子里的血块有几斤重，难怪太医会诊断是胎儿。病人却也会因大流血而丧命。那个太医的话就要应验了。

管家拿起方子又要走，袁天纲急忙叫住他。管家不解地看着他，令狐县令也忙问道：“先生还有何吩咐？”

袁天纲情知不能说破，否则王半仙面子上下不来，也根本不会承认药方有问题。再说自己已经说了对医术一窍不通，怎能看出名医方子中的问题？他脑中灵光一闪，笑道：“是这样，尊夫人此次遭难也是命中魔星作祟，若不消除魔星，用药效果也不好。”

“这魔星怎样消除啊？”令狐行又紧张上来，唯恐袁天纲再给他出个难题，比摸骨还难的。

“准备一间空屋，笔墨纸张，一碗酒，再有一柄拂尘就行了。”

令狐行满口应允，叫管家马上去办。袁天纲又对王半仙拱手道：“先生，不敬得很，您这方子也得作作法事。”

王半仙想说什么，却又咽回去了，极蔑视地看了袁天纲一眼，心道：“这是跟我分功来了，治好了病人，他的法事要占一半的功劳。”他本想拒绝，又怕袁天纲说魔星未退，药用了无效，那个已经昏了头的令狐行又要变主意了。何况他也不是要争这个功，而是要和太医院那群废物别苗头，就气哼哼挥挥手。

须臾，一切都准备停当，管家领袁天纲来到一个空屋里，自己退了出去。

袁天纲先拿起浮尘，绕着桌子转了两圈，时而向天、时而向外念动咒语，戟指怒喝，一副斥退妖魔的样子，这可不是他的急就章，在三羊宫别的学不会，这做法事的套路看都看会了。为显得他没偷懒，这套法事足足做了半个时辰。然后来到桌前，在一张白纸上写下一些只有他自己能看懂的字符，又在另一张白纸上大书一个敕字。这敕字龙飞凤舞，似乎真有驱退三界妖魔的法力。最后他端起酒碗，喝了一大口，噗的一声喷出来，室内立时酒香氤氲，雾气沼沼。

在迷蒙酒气中，他迅速改动了药方，添加几味药，又把王半仙的几味药的分量改动了。他用自己写字的两张纸做成一个封套，把改好的药方放进去，然后封固，拿着走出来。

令狐行和管家都在门外等着，袁天纲嘱咐管家，封套绝不能私自打开，否则魔星就退不了，一定要到药店，交给抓药的伙计，由伙计打开才行。方子用完后就要焚烧掉，不要留底。

管家不明所以，只能唯唯应诺，双手接过厚厚的封套走了。他两手捧着，脸上也满是惶恐之意，仿佛封套中真有什么魔星。

一刻钟后，药抓来了，马上拿到厨房里去熬，熬好后，就拿到内宅去给四夫人服用。

王半仙骤然紧张起来。他行医二十多年，治了无数病人，从没紧张过，治好了是他医术通神，治不好那也就是该死的病。而今因有太医院的人和他诊断有别，这付药下去就决定了他松柏堂的招牌是能再镀层金还是毁于一旦，假若真的打下个死胎，纵然令狐行不追究，他的松柏堂也得关门大吉。此时他甚至有些后悔，何必赌这个气，若是任由令狐行自己选择，不管结果怎样，也影响不到他。

里面传出更加惨厉的叫声，原来叫声传到二堂只是隐隐约约，此时却听得清清楚楚。令狐行假借陪客，其实是真的没勇气面对四夫人的痛苦，他双手紧握着，脸部也有些扭曲变形，说不出一句话。王半仙比他还紧张，他侧耳谛听着，病人反应如此强烈显然出乎他的意料。他预感到可能是有意外的事发生了，一想到万一里面出来人禀告说打下的是死胎，他都不知道自己怎样出这个大门。冷汗已从额角顺着双颊流淌下来。

袁天纲平静如常，病人的反应很正常，要把一个几斤重的血块粉碎后打下来，要比生头胎孩子还要痛苦。

过了两刻钟，里面一个粗使丫鬟端着一个大盆出来，盆里是血肉模糊的东西，“老爷，打下来了。”

听到“打下来了”，王半仙险些没晕过去，他真怕盆里是个死胎。

“是什么？”令狐行急忙问道。

“是血块。”丫鬟屈膝答道。

“哦，”令狐行松了口气，万一真是个胎儿，他还真会后悔。“夫人怎么样？”

“回老爷，四奶奶没事，就是身子太虚了。”

“那是当然。”王半仙仿佛从僵死中活过来一样，“病人失血过多，当然会虚弱，补一补就好了。”登即踌躇满志，站起身走了两步，一副旁若无人的样子。

袁天纲见自己事了，就起身告辞，令狐行口中谢着，亲自送出来，仆人用托盘送出五十两银子的酬金，另外还有五十匹绢，如果不算泰和兴那次赌卦，这次就是收入最高的一卦了。

两个衙役用车子把他送回清化坊，两个衙役又代表老爷再三致谢后离去，袁天纲送了两个衙役每人一两银子、车夫五百文。

这些人走后，他也无心回卦摊了，东西洪仁发会帮他收拾好，他明天早上去就是。

第二十三章

第二天他来到醉仙居，醉仙居的伙计已经把他的卦摊支好了，还派一个人在这里看着。

他谢了这人，给了五百文的酒钱。早晨的顾客差不多都是市场里的，来算算今天的生意，他也对他们说过，生意不用天天算，算是这样，不算也是这样，没必要花这卦金。那些人却别有一番道理，说他是住在苏神医神居里的，身上有仙气，每天来算一卦，也等于求神问卜了，生意一定兴隆。

有人执意上门送钱，他当然也不能硬向外推，他每天的收入里这些商人就占了近七成。久而久之，他和这些顾客都成了朋友，当然卦金还是收，不收的话倒伤感情了，就像他去买他们的货也一定要付钱一样。在商言商的规矩吧。

早晨这拨顾客都去了后，洪仁发又踱出来，问他昨天的情况，听说后也放了心，“兄弟，这些衙门里的狗奴才惯会狗仗人势了，他们要是欺你是外乡人，找你的麻烦，你不用管。我来打发他们。”他又慷慨激昂地拍胸脯说。

袁天纲点头道谢，他听人说这位洪爷背后的主子乃是当朝权贵，越国公杨素。刚刚在平陈之役中立下丰功，势头更盛。洪仁发仰仗主子的威权，不把衙门放在眼里倒是情理中事。

然后洪仁发就问他要不要租店面，袁天纲会意笑道：“洪爷嫌我碍眼了？”

洪仁发急忙摇头否认：“兄弟，你要这样想可是屈了我的心了。若说你刚来时在我这儿支摊还能这样说，现在你也是名人了，以后会更有名，你在我这儿支摊就不是碍我的眼，是给我脸上贴金哪，这是真心话。你要是愿意，在这儿一百年都没问题。我只是想，这天儿好的时候还好说，等到刮风下雨，冬天又是大雪大风的，你在这儿怎么干哪？”

袁天纲点点头，这倒是实情，他叹道：“我也急着找店面，可附近就是找不到。”

洪仁发笑道：“我在市场里有间库房，堆了些杂货，昨天我就想，你要是不嫌位置不太好，我就把货挪到别的地方，那间库房租给你，里面地方够大，就是位置有些偏。”

袁天纲大喜，位置根本不重要，只要能有店面就行。两人当下商定，租金就按市场里的价格来算。

下午他早早收摊，就去一家成衣店和一家金银首饰店去看给吴妞定制的衣服和头面首饰，这些只是在这里定，衣服都是由大兴城里的总店缝制的，饶是如此，他看过样品后还嫌衣服缝制得不够好，料子是自己选定的，倒没得说。

成衣店的人看了他身上穿的衣服，叹气道：“先生，你要是想要你身上穿的衣服这种水平，大兴城里找不出一家，只有公侯大族里的缝衣匠才能缝制出来，人家又不接外面的活，我们也没办法。”

袁天纲的衣服都是家里缝制的，成都一带制衣手艺本来就远高于京城，他母亲的女工便在成都府也是第一流的。他只好将就了。他还没领吴妞来试过，只是说了大概尺寸，所以先讲好，哪里不合适，回头再找他们修。成衣店的人见他不还价，钱也给的痛快，自然满口答应，这本来也是他们的分内事，那时候缝制衣服都是先打样子，然后再制成成衣，还要反复修改，也是一件衣服要穿多少年，才如此不惜工本。

衣服和首饰他也不知道好坏，就是拣着自己喜欢的和价钱贵的买。

从成衣店回来，他直接回了家，却见门口停着一辆犊牛车，有两个仆人模样的人正在门前候着，看他回来，就上来拱手施礼问道：“借问一声，可是袁先生？”

“正是在下。”

“先生可让老朽久等了。”说着话，车上走下一人，袁天纲认得，正是昨天的那位名医。

“老先生在等晚生？请进。”

袁天纲不知这位趾高气扬的名医等自己做什么，难道也要算卦不成？不会，这种人不会找自己算卦的。

“老朽是特地来感谢先生大德的。”王半仙看出袁天纲的疑虑，笑着说道。

“老先生言重了，晚生有何德能，敢当老先生感谢二字。”

一进门，王半仙的面色肃然起来，头微低着，仿佛在向冥冥中的神祇致敬。

四处都在整修，只有袁天纲现在住的厢房没动，是等他搬进原来的正房后再装饰的。袁天纲把王半仙请进这间窄仄的厢房，请他坐下，笑道：“房主正在收拾房子，只好在这里招待老先生了，全然不成个礼数，老先生莫怪。”袁天纲忙着要去生火烹茶。

“先生别客气了，你我之间何须讲这些俗礼。”王半仙止住他，又吩咐仆人：“把礼物拿过来。”

两个仆人出去捧回来两口箱子，打开后放在一张桌子上，却是两箱子绢和一百两银子。

“老先生这是何意，你我初识，晚生尚未去贵府驱谒，反劳老先生登门，已是失礼，这等重礼断不敢收。”袁天纲大惊道。

“你先别急，听我说出道理来。”他挥挥手，让两个仆人退出去，“这也不是礼物，老朽不才，在都下行医也有几十年了，除亲戚间庆吊往来，还没给人送过礼，今天也不是给先生送礼，而是这些东西理应归先生所有。”

袁天纲看着他，一脸不懂的神情，心里已经隐约感到：这可能和昨天的事有关。

“这是昨天万年县令送我的礼物，我没脸收，只有先生才有资格收这份重礼，我就给先生送来了。另外，我还要多谢先生救了我一次。”说着，他站起离座就要大礼谢过。

袁天纲忙扶住他，惶恐道：“老先生，断断使不得，晚生当不起。”心里已然明了，昨天自己做的手脚“东窗事发”了。

“老朽有眼无珠，昨天竟不知先生乃当世奇才神医，言语上多有得罪，尚望先生恕罪则个。”王半仙又要大礼拜下去，还是被袁天纲硬生生扶住了。

“老先生这话晚生听不懂。”袁天纲脑子发麻，没想到这事会被发现，至于自己懂医术的事绝不能承认。

“你不懂？先生真是真人不露相，老朽今日是诚心过来赔罪，也诚心求教来着，先生就别打马虎眼了。”

“晚生真的不懂先生说的什么意思。”袁天纲语态无比诚恳。

“这是什么？先生可别说这真是神灵附体做的。”王半仙从袖中取出一张纸，正是昨天他写的、经袁天纲改动过的药方。

袁天纲看到药方，心里一沉，这可叫人赃俱获，想抵赖都难了。他没想到这药方会落在王半仙手上。

“这是先生的药方啊，跟晚生有什么关系？”他还是抵赖着。

王半仙倒诧异了，心里百思不解，笑道：“先生何苦瞒在下，这上面有先生的手迹，先生若是不认，咱们去万年县衙做个鉴定如何？”

“是晚生的手迹也不说明什么问题，昨天晚生做法请神来着，可能真有神灵附体，假晚生之手做了什么，晚生不能任其咎。”

王半仙看他有些狼狈的样子，哈哈大笑起来：“先生真是怪人，好吧，先生既不愿露真相，老朽也不点破了。既是神灵附体，这些礼物就当是敬神的，先生替神灵收下吧。”

“且不说这个，茶没有，我请老先生吃酒吧。”袁天纲急着要岔过这话题，忙到屋角取来一坛酒，又拿来几盘子果品，这都是他为了感谢董老丫，特地为她买的。

“也好。”王半仙看着袁天纲，还是不解，他怎么无法相信，袁天纲如此年青就能有如此神技，有此神技又为何甘于在街上卖卜，若是行医，岂不是千金易得，万金亦可坐而致之。若说是那等世外高人游戏风尘、混迹人间，袁天纲还太年轻了。但他此时对袁天纲已生敬重，既然袁天纲坚持不说破，他也不好再刨根究底了。

“老先生请吃酒，这酒是西市春，不算什么好酒，老先生将就润润喉吧。晚生家乡的名酒剑川春才是好酒，等什么时候请老先生品尝。”他并不喜酒，也不懂酒，只是逼到此处，和王半仙侃起酒经来。好在当时有名的酒也不过十几种，就算没喝过也都听说过。西市春是京城西市产的清酒，在各种名牌酒中屈居末等，只是价钱低，容易买到，一般人家家里预备的都是这种酒。他所说的剑川春是成都名酒，好是好，可是一升就要一贯钱，也不是一般人消费得起的。

“先生何不请神灵附体，赐下两瓶仙酒，老朽也跟着沾沾光。”王半仙笑着说。

两人都笑了，袁天纲也知道这神灵附体瞒一般人还可以，想瞒过王半仙这等名医是不可能的。

“可能这神灵就是苏神医吧，据说苏神医是不吃酒的。”王半仙看他尴尬，又出言笑道，为他解围。

“也许吧。”袁天纲尴尬一笑。

两人端着酒碗喝了一会，王半仙突然问道：“不知先生和苏神医是什么关系？”

“晚生和苏神医没关系啊，晚生一介凡夫，哪里能和神仙攀上关系。”袁天纲一怔。

“那如何能让神灵附体？”王半仙反问道。

袁天纲挠挠头，尴尬一笑：“晚生懂点旁门左道，有时侥幸能请神灵附体，有时又不行，为什么就不知道了。”

“先生若和苏神医没关系，怎能住进这里？”王半仙没看他，而是自言自语，在想着什么，“除非……”

“除非怎样？”

“除非……先生是苏神医师门中人，对了，前几年听人说药王孙思邈新收一个弟子，还带他游历四海，莫不是先生？”

听到孙思邈的名讳，袁天纲如对恩师，腾地起身，恭谨站立，这下就露馅了。这也没办法，当时人听到自己祖父母和师尊的名讳都要如此，没人敢大剌剌坐着无动于衷。

“先生真是药王的高第？”王半仙倒大吃一惊，急忙起身，既是药王高第在此站着，他也不敢坐着不动了。

“正是晚生的恩师。只是这个秘密还请先生保密。”袁天纲苦笑道。

“这是为何？”

孙思邈并未吩咐袁天纲要保密这件事，只是袁天纲自己琢磨，师傅不让自己行医，怕分了心，无法在占卜上取得突破。若是自己公然宣称是师傅的弟子，怕是求医的人就要踏破他门槛了。所以对外人从不说自己是药王的弟子。

“晚生虽是恩师的弟子，学的却不是医道，而是占卜，恩师以医名世，所以晚生不想让人知道。”袁天纲老老实实地说。

“原来先生占卜乃是奉师命而行。”王半仙心中的诸多不解之谜瞬间冰释，孙思邈不仅是神医，而且精通儒、释、道三教，星相卜筮、阴阳风角无所不精，在二十多岁时已被视为天人，袁天纲跟他学占卜也不是什么奇事。至于药王为何让弟子以占卜为业而不是行医，他就不敢多问了。

“先生既是药王高足，缘何说和苏神医没关系？”他心中忽然又感不解。

“这……”袁天纲没明白他这话什么意思。

“苏神医是药王的师妹，就是先生的师叔啊。”

“什么？苏神医是恩师的师妹？”袁天纲陡然间脑子里恍如钻进一道轰雷掣电。

“这谁都知道啊，药王他老人家没跟你说吗？”

轰雷炸开，一道道炽热的银蛇闪耀，袁天纲脑子里仿佛要炸开了，他明显感觉到有什么东西很重要、非常重要，是什么他却抓不住，感觉不到，他已经失去思维能力了。

苏神医的事他零零星星也听到一些，他来的时日短，接触的人也不多，只知道苏神医当年在长安行过医，在此显现神迹，又广受民众爱戴，成仙后依然被民众思慕歌吟，至今不绝。

王半仙益发不解了，袁天纲既是药王弟子，对自己门中尊长的事如何能不知道？难道药王故意瞒着这位弟子？对袁天纲是药王弟子他已经毫不怀疑，就冲那张改过的药方，除了神农门，再没人有此道行。

“您给我说说苏神医的事。”他拉着王半仙的袖子，让他坐下，又给他倒碗酒，自己拉过凳子，也不顾礼节了，坐在王半仙身边。

王半仙就把当年的事凡是自己知道的都说了一遍，他是名医，说法中自然少了传诵于众人口中种种近乎玄幻的神迹，也更加接近事实。至于苏神医成仙而去，他也只是听人这样说，究竟如何就不知道了。

袁天纲站起身，一躬到地，“多谢老先生告知，晚生日日在本门尊长的庇护下而不自知，真是罪过。”

“先生也无须这样想，尊师既然不告诉你，自然有尊师的道理。此事不妨向药王他老人家问个明白。”

“这是当然，这是当然。”袁天纲连声说着，浑身都被汗水浸透了，他长这么大，还是头一遭出这么多的汗，既有冷汗也有热汗，仿佛置身冰火两重天。他的占卜术已有相当的火候，在感应上也比常人高了不知多少，他本能地觉得师傅瞒着自己这件事并非忘了，毕竟师傅虽然不是收他为神农门弟子，神农门的事也都对他讲过，单独略过此事，其中必有玄机。

“这有什么好谢的，先生随便找个人问问就行，苏神医的事这都下有点年岁的人都知道。”

袁天纲脑子里混乱一片，王半仙看出他神态有异，就知趣告别，袁天纲恍恍惚惚地送出门外，礼物也想不到拒收了。

王半仙走后，他一个人坐在厢房里努力整理着思路，却什么也想不了，脑子里依然是奔雷的轰鸣。

“少爷，你一个人发什么呆哪？”

袁天纲闻声转过头，却是董老丫正站在门口跟他说话。他忙把董老丫请进来，董老丫看着两箱子绢和银子，笑道：“少爷今天发财了，赚这么多，又是哪个贵官请你算卦了？”

“不是，”袁天纲不想说这事，“董姨，苏神医是神农门的人，您怎么没跟我说过？”

“这个谁都知道啊。”董老丫心里咯噔一下，脸色也有些慌乱，她也本能地感到有什么意外的事发生了。

袁天纲看她的样子，以为自己语气太重了，把她吓着了，忙赔笑道：“董姨，是这样，苏神医既出自神农门，就是我的师叔，我天天住在这里，却从没给她老人家行礼上香，岂非天大的罪过？”

“少爷是神农门的人？你也从没跟我说过呀。”董老丫诧异万分。

袁天纲不禁语塞，若说董老丫没说过这个是因为这是人所皆知的事，他没说则是故意隐瞒的。他情知现在瞒不住了，倒不是怕王半仙会说出去，而是自己住在这套房子里，有本门尊长的灵位在，若是每天礼不行、香不烧，岂非大不敬。反正王半仙都知道了，董老丫对自己这么好，多她一个人知道也不要紧，让她保密就是。

“董姨，我是没告诉您，药王是我的恩师，苏神医既是我恩师的师妹，就是我的师叔了。”

“哦，少爷原来是药王菩萨的徒弟。”董老丫心中的震动较他尤甚，她还真没想到袁天纲居然是药王的弟子。苏神医是药王的师妹，这谁都知道，当年就有一则秘闻，说是苏神医仙去后，她的孩子就由药王带走了，自此不知去向。这则秘闻只有宫中皇后身边的几个女官知情，她恰好有一天去皇后宫中办事，无意中听到这几个女官议论。

如果说董老丫以前只是感觉袁天纲是当年的小少爷，而且越感觉越像，现在则确定无疑了，若不是小少爷，若不是药王看在主母的份上，怎会收他为弟子？难怪他一来就直奔这里，一定是药王指点他回到自己出生的地方来。况且，就以他是主母的师侄这身份都有资格住在这里。想到这里，她心里最大的一块心病也去除了。要是早知道这件事，她何必担了这些天的惊吓，常常从梦中惊醒过来？

“神医的神位在哪里？”

“哦，在厢房里。”

“这可不敬的很了。赶紧把神位请到上房去。”袁天纲拉着董老丫的手就向外走。

左厢房第一间就是董老丫安置神位的地方，有一个小神龛，里面供奉着苏蕤的玉容。供桌上供奉着鲜花、果品，香烛已经熄灭，屋里似乎依然缭绕着袅袅的香烟。

袁天纲在神位前肃容整衣，点燃一炷香插在香炉里，然后退后几步，在蒲团上五体投地，三跪九叩，就如入门拜谒师门祖宗牌位一般。口中喃喃有词，叩谢自己失敬之罪。

董老丫站在旁边，两腿都有些站不住了，两手捧胸，压抑着眼中的泪水，在心中祷祝：“主母，您开眼看看吧，小少爷回来了，是药王菩萨送小少爷回来侍奉您的。”

袁天纲拜过后，站起身说道：“董姨，还是把神位移到中堂吧，我住在厢房就行。”

“这也不必，原来就是供奉在东屋的，还是在东屋供奉吧。少爷住西屋，中堂还是留着待客。”董老丫说，心里想，就算是主母也会希望儿子住的近些吧。再者说中堂和两间正房可是花了大价钱装饰出来的，袁天纲若是都不住岂不浪费了。

“也好，这样住着亲近。”袁天纲想想也同意了。“既是本门师长，和父母差不多，父母住东，儿女住西倒是正理。”

“可不是嘛，就是这个理儿。”董老丫两手一拍，心中一热，泪水流了满脸，急忙举起袖子擦拭。

袁天纲倒没多想，仆妇们上了年岁，想起逝去的对自己好的主母往往如此。他此时才注意看着那张神像，眼睛却一下子被吸住了。

画像上衣袂飘举，脚下云雾缭绕，右手高举，正是羽化飞升的姿态。只是脸依然看着下方，似乎在俯视世间，悲悯世人的痛苦和不幸。

正是这种眼神吸引住他，这眼神中混杂着悲悯、痛苦、关爱和慈祥，他分明在哪里见过，可一时想不起来了。

“在哪里？我在哪里见过这眼神？”他绞尽脑汁想着，忽然想了起来，“梦里，对，以前我经常做那个梦，在梦中，一个美丽的女人俯身在自己头上看着自己，正是这种眼神。”

他心中又是一阵悸动，这怎么可能。这位师叔仙去时，自己才出生一个月，怎么可能见过她？也许真有神灵附体这一说？这位师叔成仙后进入过自己的梦境？

饶是他相信这世上任何神奇的事都有可能，对自己这想法还是觉得过于荒诞不稽了，他晃晃头，努力把这种想法驱出脑外。

“少爷怎么了？你在想什么？”董老丫看着他的表情，心里扑通扑通的，转瞬也在心里笑了：那时候他才一个月大，一个月大的小孩子哪能记住亲娘的面孔。少爷也是命苦的人，要不是那件事，现在也是亲王殿下了，哪里还会住在这里，要住在天宫般的王府里，有上千的奴仆伺候着。想着这些，她心里又叹了口气。

“没什么。”袁天纲出去后去了上房，想筹划一下如何安置神龛神像。一踏进门却惊呆了，以为自己走错了地方或出了幻觉，这哪里是自己原先住的地方，分明是王宫一般。四周墙壁挂着的不是精美的西域挂毯，就是精工织绣的墙帷，完全看不见原来的墙壁，倒像是一座幄殿。窗帏和墙帷是同样的绣锦，金龙盘旋，彩凤昂天，五彩辉映，壮丽堂皇。

地上铺的是贵重的波斯地毯，其余床、几、椅子、绣墩不是楠木的就是花梨木的。

董老丫装饰房子可是不惜本钱了，恨不得金子铺地，锦绣糊墙，要的东西都是皇庄里最好的、最贵重的，反正是用皇上的钱给他儿子用，怎么花都不会心疼手软。

“董姨，这也太奢华了。”他感叹着对随后进来的董老丫说。

“这要看怎么说，若是为少爷嘛，是奢华了些。”她心里想的恰好相反，这算什么啊，和亲王的银銮殿比起来，这里就是狗窝。“不过，这座房子是敬神的，怎么着都不过，谁家有金子银子不往神脸上贴，好图个好财运、好运道什么的，你说是不是。你没看兴善寺里，哪个佛菩萨身上不都是金子贴的。少爷，您可别多心，这都是为了敬神，您就借光住住。”

袁天纲再缺乏人生经验，也不会相信她这话，且由她这样说，心中却在猜疑：“这房主是什么人？为什么要对我这般好？难道这是有毒的香饵，可是我有什么值得他花如此大本钱来钓哪？”

他仔细端详着这些物品，那些楠木家什让他心中一惊，脱口道：“这些好像都是贡品？”

“这我就不知道了。”董老丫装糊涂，“这些都是房主库房里堆的，吩咐说要装饰房子就用这些，我也就拿来用了。”

袁天纲淡淡一笑，这些话他一个字也不相信，这些天他通过别人的议论也弄清了一个基本事实：这套房子本来是谁也不能租住的，自己不知因为什么缘故成了唯一一个可以住进来的人，自己就因为租住这套房子，在附近显得很神秘、很高深莫测，这同时也说明房主人更为神秘、更为高深莫测。席玉清甚至不敢多打听，害怕掉脑袋。这究竟是哪位神秘人物？

这房主究竟是谁？为什么要对自己这样好？这些他就无法用占卜术来推算了。

他说的没错，这些物品其实都是贡品，皇庄每年都要采买织造御用贡品，然后把单子进呈御览，皇上一般也就从中选几样，其余的就放在库房里。

皇上和宫中用品本来都是由尚方督造，只是这个皇庄从杨坚还是国公时就专门负责采买织造主人的一切用品，这也成了惯例。皇上既然不说停，下面自然照办，至于皇上用不用就不是他们想的事了。

晚上他给师傅写了一封信，先写了自己听到的苏神医的事，向师傅求证，然后又写了房主的种种安排，请师傅帮忙查一下这房主究竟是谁。他知道师傅交游广阔，要想查清什么事不难，再说师傅推算能力比自己高了几重天，就算是推算也能算个大概。

十天后，孙思邈的信到了，信上写道：二十年前往事，恍焉如梦。偶一忆及，心焉如割。

这是说的苏神医的事，虽寥寥几句，袁天纲也能感受到师傅心中那种锥心刺骨的痛，这是怎么回事？苏神医不是成仙了吗？他心中陡然憬悟：实际情况可能恰好相反，可能不是成仙，而是出了极为惨痛的事。既然师傅不愿提起，自己也就别问了，免得触痛师傅伤怀。

下面又写着：贵房东可信可靠，无须猜疑，其好意顺而受之可也，不必推拒。

袁天纲能感觉出师傅不仅认识，而且了解这位房主，不然不可能这样说，既然师傅说他可信可靠，自己也就不必疑神疑鬼的，按师傅说的顺而受之，尽管享用就是。虽然如此，他心里还是隐隐感到有些不妥，师傅为什么不告诉自己房主究竟是谁？这事就像师傅从来没说过苏神医的事一样，也同样透着股神秘的味道。

皇庄的庄头有一天进宫见到皇上，见左右无人，就把装饰那套房子的事说了。他原以为这都是皇上知道的事，他也不过例行报告一下而已。孰料杨坚大怒，追问他究竟。他立时心里七上八下的，不知哪里出了问题，他也想不到董老丫胆子会大到天上去，私自把房子租出去不说，还如此大张旗鼓地给这人装饰房子。他战战兢兢地把事情说了一遍，杨坚脸色变得铁青，一个下人胆子居然大到如此地步。上次的事他没有处罚她，只是怕伤了苏蕤在天之灵。她竟因宠生骄，无法无天了。他刚想发令，把那个丫头（而今已经是四十多岁的妇人）用家规处置了，那个房客也偷偷处理掉，以惩罚他侵犯仙灵的罪孽。

就在他行将铸下大错时，他的脑子里忽然浮上一个问号，他叫住了已经要走出门槛的原来外宅的管家，心里兀自想着这事，越想越觉得其中一定有隐情，那小丫头如果不是有什么特殊的缘故，绝不会如此大胆。是以他收回了命令，叫管家先把她带到他的庄园里，他要亲自过问。

第二天，他找个时机，只带了两个心腹宦官，在十几名卫士的护卫下，微服出行，来到了庄园。

昨天就被招来的董老丫在庄园里心惊胆战地过了整整一天，她并不怪自己的孟浪，而是担心行将到来的惩罚，单单只是惩罚她倒也不怕，她最担心殃及两个儿子，主子一旦动怒，是不讲任何慈悲的。

一见到杨坚，她就五体投地在主子面前，痛哭流涕，却一句话也说不出来。杨坚冷冷看她一眼，厌恶地从她身上跨过去。从这个动作上，那个管家心里认定，这丫头死定了。也该死，谁叫她这种遭天谴的事都做得出来。

杨坚来到中堂坐定，董老丫再次伏身在他脚下，还是一句话也说不出来。管家也不敢插言。等了片刻，还是杨坚发话了：“说吧，说出个好理由，或许我还能饶你一次。”

董老丫看着主子的神色，知道乞求宽恕是没用的，痛哭流涕更没用，也就抬起头，把那天的“怪事”照实说了。

杨坚冷冷一笑：“就因为你一时糊涂，一时说胡话，就做下这等事体？你自己明白你做的是什么事吗？”

董老丫忙叩头道：“奴婢明白，奴婢觉得正是主母在天上的旨意才使得奴婢做出这种事来。”

杨坚勃然大怒，站了起来：“狗奴才，自己做了这等荒唐事，还要推到别人身上，愈发该死了。”说完，就向外走。

这一刻，董老丫浑身几乎散架了，她积聚最后的力量大声道：“奴婢还有话说，只能跟主子一个人说。”

杨坚回头看看她，便用眼神示意其他人退出去，在他心里，只要有一点可宽恕的情由，他是不忍心在苏蕤的婢女身上动刑法的，便又回到椅子上坐下。

宦官、卫士还有庄园的下人都退出去后，管家还把两扇大门关上了，然后所有人退出二十丈外。这是杨坚的规矩，他在宫中和高颎等重臣密谈时，宦官和宫女们也都是如此做。

董老丫左右看看，没有一个人在跟前，这才匍匐到杨坚脚下，小声道：“主子，奴婢觉得那年轻人就是小少爷，当年的小少爷回来了。”

说完她紧张地看着主子，情知这句话如果不能发挥作用，自己就要在庄园里五马分尸后喂狗了。

“什么？”杨坚仿佛被在耳边炸响的巨雷震聋了，脑袋里嗡嗡直响，其实他清清楚楚听到了董老丫的话，就是无法反应过来。

“如果奴婢错了，情愿领死，可是奴婢真的觉得是小少爷回来了，这一切都是天上的主母的旨意，是主母显灵了。”

董老丫还真不是情急之下乱说的，那一夜她半睡半醒地琢磨了一晚上，凌晨时一个感觉就清晰地出现了：这个年轻人就是当年的小少爷。难怪自己说胡话、说错话，把不该租的房子租给他，他就是这房子的主人啊。

她把这些也说了，然后又补上一句：“他是药王菩萨的弟子。”

杨坚瘫软在椅子上，全身连手指头都动不了，面如死灰，只有胸膛在剧烈起伏着。脑子里依然是嗡嗡作响，仿佛一千匹马在里面肆意践踏。

好半晌，他才缓过一些，低头冷然道：“你确定？”

董老丫只是一种强烈的感觉，但现在不能说丝毫模糊的话，她的身家性命就压在这儿上了，她咬牙道：“奴婢确定。”

“好，这事不管真假，只能我一个人知道，再有一人知道，你全家都要死无葬身之地。”杨坚恶狠狠地说，然后起身走了。

杨坚昏头涨脑地走出去，管家急忙走上来，想听他吩咐怎样处理此事。杨坚却直走过去，险些把他撞倒。两个贴身服侍他的宦官也上来想请示是否起驾回宫，杨坚也是不理，只是直着向外走去。宦官急忙吩咐安排马车，卫士们也都簇拥过来。

在马车的颠簸中，杨坚才逐渐清醒些，他是被董老丫的话打晕了，就像一匹猝然受到打击受了重伤的孤狼，只知道沿着一条直线逃跑。

“小少爷回来了。”这句话一遍遍在他脑子里回荡着。

可能吗？难道苏蕤在天之灵真的显灵了？

杨坚不相信这个消息，但这句话点燃了杨坚心中早已灭绝的愿望，也是他有生之年的唯一愿望——重新见到失落在外的儿子。

儿子如果长到二十岁，应该是什么样子？他在心里默默地揣想着，嘴角露出苦涩的笑。这个儿子在他脑海里始终还是他未满月时的样子，自儿子失去踪迹后，这形象就在他脑海中定了格，不再改变。他当然也知道，儿子在民间也是要一天天一年年长大的，现在长成什么样了？他想了半天也想不出个所以然来。

于是他更断定董老丫说的是假话，她怎能断定那个青年就是他失落在外的儿子，尽管她服侍过这个儿子一个月，但也无法认出二十年后的他？忽然，一个念头从脑子里蹦出来：遮莫是这孩子长的特别像我，这丫头一眼就认出来了？二十年了，这孩子怎么还能找到自己出生的地方，难道是孙思邈告诉他的？

他心思纷乱如麻，有些坐不住了，想要折返回去再好好问问董老丫，可是这样太费时间，出来久了，宫中找不到他就会乱成一锅粥，独孤氏也会起疑心。心念及此，他只好强忍着，回到宫中。

董老丫回来后昏昏沉沉躺了两天，魂魄才陆续回到体内。她也没多想，也想不了什么，事到如今想什么都没用，她脑子里已经认定袁天纲就是小少爷、小主子，不可能是别的。

稍好些，她又来到袁天纲的房子里打扫，然后在苏蕤画像前祈祷，看太阳已偏西，正琢磨着要不要回家先把晚饭烧好，院门突然开了，走进一个人来。董老丫一时没看清，手搭在前额上挡着阳光，看清后，扑通一声跪倒了，砰砰叩着头，“主子万福。”

来人身穿一件布袍，脚穿一双破旧的布鞋，布袍上还打着几块补丁，脸上抹了一把黄土，发髻也有些散乱，看上去就是个潦倒落魄的人。此人却正是当今天子杨坚。

他当年来这里密会苏蕤时，经常这样乔装打扮，二十年了，没想到自己还会荒唐一回，但这次不是要密会心上人，而是要看看自己的儿子。

“起来，不许声张。”他低声说道，反手把院门的门闩插上。

“主子，您……”董老丫从地上爬起，也不敢掸膝盖上的泥土。

“他在哪里？”

“哦，”董老丫明白了，“您是说小少爷？听人说他在前面醉仙居前给人算卦。”

“什么？”杨坚觉得荒唐可笑，自己的儿子怎会沦落到在街头卖卜？但这也就是说他不是自己的儿子，一定是冒牌货，还说什么是药王菩萨的弟子。他冷眼看着董老丫，真不知该怎样处置她才好。以她的罪过，就是把他们全家都凌迟处死也不为过，只是苏蕤当年身边的人只剩她一个了，处置她又怕伤了苏蕤在天之灵。

“主子，奴婢带您去看小少爷。”

“噤声，”杨坚左右看看，冷冷道，“不管他是真的假的，以后不许说起小少爷这三字。”

“奴婢遵旨。”

杨坚想了想，不管真假，既然费尽周折来了，总要见上一面。其实他不抱任何希望，他回宫后想了许久，假如自己的几个儿子有一个失落在外二十年，而且是刚满月时离开了，自己真的能从他们现在的相貌上断定他就是自己的儿子吗？他还真的不敢肯定能做到。那么，就算这个年轻人真的是自己和苏蕤的儿子，有什么办法能确定呢？

办法是有的，就是动用自己的权力，彻查他的身世。然而，他不能这样做，也不敢这样做。这样一来，这件事想不让独孤氏知道是不可能的，万一查出真是自己和苏蕤的儿子，自己就是贵为天子，也难保他不遭独孤氏的毒手。就算这年轻人不是，独孤氏也会因多疑而杀掉他，自己反而害了他。这件事是坚决不能做的。

对那个儿子，他始终有份椎心的愧疚。可是有时又想，自己的儿子既然被孙思邈救走，一定会健康地长大成人，他生活得也许没有自己身边这几个儿子那样富贵骄人，可是孙真人是何等人，那是任何富贵都无可比拟的，儿子在他膝下长大，更胜于自己养育他。每想至此，心里才有些安慰。

董老丫把他领到醉仙居的街角，把正给人算卦的袁天纲指给他看，他继续装着落魄的样子，歪歪斜斜地走过去，没让董老丫跟着。

他一路走着，一路盯着袁天纲看，心里已经有了很好的印象。一眼看上去就是良家子，有学识、有修养，气质高华，矫矫不群，坐在这里，就像一头凤凰落在了野鸡群里。但他还没找出有和自己相像的地方，相反，他觉得这孩子哪里都不像自己。

他此时心里已经打定了主意，就算这孩子不是自己的儿子，此事也就算了，有这样好的孩子住在那套房子里，又是孙思邈的弟子，也就是苏蕤的师侄，苏蕤应该也会高兴的。他只是纳闷，这般优秀的青年怎会在街头卖卜，难不成没门路可钻营，走不上仕途，假如是这样，自己倒可以玉成他。

这般想着，已经走到卦摊前，摊前几个人算完后走了。袁天纲见又有人来，一眼望去就有一股森严的气象，不似凡人，便站起来，向他深深一躬唱喏。

杨坚自以为已经假装得很像了，还是被袁天纲看透了。他无事时也不闲着，袖手观察来往行人，心里却在推算他们是什么人，命运如何，正是孙思邈教他的相人术——不只是相面那么简单。杨坚歪斜的步子，潦倒的形象，他一眼就看穿了，这人是装出来的，这是他的第一感觉。随后的感觉就让他吃惊了，他感到一股慑人之气袭向自己，那是久执权柄、司生杀大权的王公或者久经沙场、杀敌无数的战将身上才有的，即便他们藏在人群中，像他这样经过高人调教出来的相术师也会凭感觉找出来。等杨坚走到跟前，他仔细看了杨坚的相貌，更是一惊。这倒不是说杨坚的相貌有明显的天子特征，假如那样的话，他也活不到今天了。但他的相貌和气质能给人一种奇怪的感觉，他以前的君主们总感到一种威胁感，似乎杨坚总有一天会把自己的位子夺走，同僚们更是感到被他压了一头。

正是这种震惊感使得他站了起来，这也是他自小受的家教使然。

“您请坐。”袁天纲伸手指着对面的小杌子。

杨坚坐下来，眼睛还是盯着袁天纲，忽然想到董老丫说的面对袁天纲时，会不由自主地说出并不是心里想的话，他相信董老丫不敢对自己说谎。他此时也渴盼能是这样，假如自己亲历一次，就足以相信这是苏蕤在天之灵的作用。

“给某家算算命。”杨坚故意装出江湖人的口吻，大咧咧地说道。

“好的。”袁天纲也坐下来，用疑惑的目光看着杨坚。这人不是江湖中人，他能断定这一点，有些江湖豪侠身上也有一股迈往凌今的气势，但和这不同。那些只知打打杀杀的江湖草莽就更不用说了。

杨坚报出自己真实的生辰时刻，袁天纲很快就在脑子里换算成天干地支表示的年月日时，算出几岁开始行运，以及大运、小运、流年等。这点基础功夫即便街头最低等的占卜者也都能做到。这些都无须写在纸上，但为了向顾客证明自己不是满口胡说，而是有依有据，他还是拿起毛笔在纸上一一写出来。但这八字之间复杂的相生相克的关系他就不写了。

“正宗王体，你不会是王家子弟吧？”杨坚被袁天纲一手飘逸俊秀的字体吸引住了，那正是原本在江南盛行、而今在北方也人人模仿的右军笔法，只是能写到如此境界，应该是得到了真传。其实袁天纲学的是陶弘景的陶体，只是两种书法风格差不多，其中味道、境界之差别就不是杨坚所能看出的了。

“鄙人姓袁，字是祖父所传。”袁天纲随口说着，心思却全在八字上，解读了八字所包含的信息后，他大为迷惑起来。这不过是个富贵平庸的命。富贵如何还能平庸？不但能，而且很多，袁天纲见过许多这样的命造，出身富贵，一生平平，既无能力，也做不出什么事业，但也能终生保有富贵。这样的命造在帝王、公侯、高官富贾的后代里比比皆是。

然而，眼前这人绝不会是这样的平庸人物。袁天纲心里这样断定，这就与对方给的生辰八字不符了。一时间，他怀疑对方给的生辰时刻是假的。他并没遇到过这样的事，但听说过有人故意和占卜者别苗头，给个假的生辰时刻，这样自然算不准。

“姓袁？听你的口音是成都人吧？”

“正是。您去过成都？”

“没有，但我朋友里有你的同乡，口音能听出来。”杨坚想想成都姓袁的有头有脸的人物，自然就想到了致仕多年的袁嵩，“你是袁嵩的族人吗？”

听到祖父的名讳，袁天纲弹跳似的站起来，垂手低头，就像站在祖父面前一样，恭声道：“正是家祖父。”

杨坚又吃了一惊，也起身拱手道："失敬失敬，原来是袁老公祖的嫡孙。"

袁嵩官职并不高，袁家却是江南有名的家族，和金陵颜家并称两大儒宗。杨坚虽和袁嵩从无往来，却也久闻其名。

袁天纲从没对人说过自己的身世，然而对方说出祖父名讳，他绝不能无动于衷，假装和自己无关，那样做就是不孝，是忤逆。

两人重新落座，杨坚此时心中笃定：此人断断不会是自己和苏蕤的儿子。儒家门庭最重血统，不会让别人的孩子做自己的胤嗣。他心里没有受骗的感觉，他虽然认为袁天纲不可能是自己的儿子，但给自己的印象太好了。

"好孩子，你既然是袁老公祖的嫡孙，怎会在这里干这个？"杨坚指指卦摊，"是不是想到长安博取功名，却没有门路，带来的盘费又用尽了？"

依杨坚想来，事情一定是这样的：这孩子心气高傲，既不愿意享受祖父的荫袭，又不愿意在成都一隅发展，想到都城来大展拳脚。可是没门路的人想钻进比战场还残酷的官场比登天还难。这孩子一定是带来的钱用光了，没办法才在这里卖卜，赚点生活费用。

官场积弊，杨坚了如指掌，却无力改变。臣民们都说凡事都是皇上说了算，他心里最清楚了，什么事皇上说了都不算，只有那些重臣和官员们都愿意做的事，皇上说的话才管用。他有时也会对此感到悲哀，可是遍观史籍，似乎从有官场以来就是如此，强势天子不少，却没人能改变得了。

此时的杨坚不仅语气和蔼，面容也很慈祥，就像一个谆谆长者面对自己的侄辈。袁天纲心中也顿生暖意，"晚生不是要博取功名，晚生不想走仕途，只想当一个占卜者。"

"你就算不想走仕途，也应该像令祖那样，当一个大儒，你来长安干这个，不嫌辱没门庭吗？"杨坚心生怒气，仿佛看到一个不孝的子弟做出有辱家风的事，脱口训斥起来。

"这个……"袁天纲从没想过占卜会不会辱没自己的儒家门庭，相反，他在成都给人占卜，赢得了"神算子"的名声。祖父虽然反对，也是不愿意他声名在外，对占卜这行当并无微词。他要到长安来当一个占卜者，家里人也没人反对。而今，他倒真有些惶恐了，好像真做出什么有辱门风的事，"是家师让晚生做这行当的。"说完后，他也有些纳闷，为何面对一个既乔装又给他假生辰的人，自己会说出心里话？

"尊师是哪位？"杨坚摆足了长辈的威风，语气依然很重，好像要找那个误人子弟的师傅算账似的。

“家师姓孙，讳思邈。”袁天纲又站起来，拱手对着洛阳的方向说。

“孙……孙真人？”杨坚怔住了，脑子里却如轰雷掣电般。孙思邈……自己的儿子被孙思邈救走……这孩子是孙思邈的弟子……

他没做太多的联想和推理，脑子里嗡嗡作响，一个念头在心底浮上来：这孩子真有可能是自己的儿子！

“是孙真人的安排，那就对了，是我说错了，休怪。”杨坚颇感狼狈地说着，额头是冒出汗来。

袁天纲豁然懔醒，生起自己气来。孙思邈并没说过不让他提自己是他的师傅，但袁天纲知道师傅不会喜欢他拿师傅的旗号在外招摇。他也不愿意跟不熟悉的人提起自己的家庭门第。然而，这个人坐在自己面前，片刻工夫就把这些底细都套去了。他回想适才的情形，自己好像被对方控制住似的。难道这人是“毒眼”高手？抑或巫教高人？

毒眼，其实就是后来人所说的催眠法。它不是要让人睡着，而是让人的思维能力进入睡眠或半睡眠状态，就失去了自我保护和反抗能力。无论别人问他什么，他都会如实回答。

这种传说袁天纲小时候就听长辈们提起过，觉得很神奇。民间还有一种拍花的传说，是说有一类人贩子有一种特殊的药抹在手上，在小孩子身上一拍，小孩就被迷住了，乖乖地跟着人贩子走。袁天纲后来问过师傅，这些有没有可能。孙思邈告诉他，毒眼是有的，也不算多神奇的功夫，许多功力深厚的人都能用自己超强的意志力控制住别人，至于催眠术就等而下之了。没有内家功夫的人都能做到，只是要经过艰苦的训练。拍花就是无稽之谈了。他就是世上一等一的药物学专家，举凡用毒、解毒的方法没有不知道的，这种拍花药绝对做不出。倒是一些边陲地区还很流行的巫教有许多邪门的功夫，他们善毒咒、善放蛊，据说有几门邪术可以把活人变成僵尸，虽不是拍花，比拍花还邪门。虽是据说，但说这话的人都是江湖中德高望重、平生从无半字虚言的长者，孙思邈虽然从药理学感到不可思议，但还是相信这种说法。

这些想法在脑中只是一闪而过，他自己也在心里暗笑。面前这人绝不是这几种人。一个人在一个行当干久了，身上自然就带有这个行当的气息和印记，这是任何伪装都改变不了的。就像狐狸有骚气，狼有狼的气息，给它们披上什么皮，也变不成另一种动物。人的乔装有一定的掩饰作用，但在有经验的相术师面前，这种乔装不比一张纸的作用大多少。袁天纲还是相信自己的第一感觉：此人是战将，是高官，是那种掌握无数人性命的掌权者。此人没练过内功，不管是道家各支派还是佛家各支派，甚至是许多种人们自己创造出来的内家功法之一，只要是练过内功的人坐在他面前，他就能感应到那种或毛发洒然或如坐春风的感觉。此人更不是传说中的巫教中人，身上没有那种邪气。

“好孩子，你是从小就跟孙真人学艺吧？”杨坚又问道。

袁天纲迟疑不答，他跟师傅学艺，他的身世，所有的一切都没有保密的必要，但也没必要对一个素昧平生的人和盘托出。可是对方慈祥的面容，眼中不绝流出的种种暖意让他很难拒绝，但他还是反抗了，冷笑道：“这些我为何对你说呢？你来找我占卜，不但做了种种伪装，还给了我一个假的生辰。”

“好孩子，你都看出来了，好样的。”杨坚哈哈笑了，然后又充满歉意地看着他，“相信我，我这样伪装是不得已的，不是要骗你，是要骗别的人，不然我就没法来这里。你怎么断定我给你的生辰是假的？”

提到八字，袁天纲精神又来了，“按你给我的生辰算，只是一个富贵平庸命，也就是一个花花公子。可你不是，你是很有权势的人。”

“算得好，算得真准。”杨坚又哈哈笑了，自己感到已经二十年没如此畅快地笑过了。“那你甭管我，给我算算那个生辰吧。卦金我照付。”

“好吧。”袁天纲又低头仔细研究已写在纸上的八字，这只是一种姿态，他想的还是早就存在脑中的那些天干地支。但他总结出一般人的心理是这样的：写在纸上的就具有权威性，不落在纸面上就难以让人心服。如果你告诉他自己都记在脑子里，没有用，白纸黑字才是真格的。

“算了，先搁在那儿吧，你以后慢慢算，我可以告诉你，你算的不对。我给你的生辰是真的。当然你已经很了不得了，能看破我是伪装的，还能看出我是有权势者，这就相当了不起。孩子，什么行当都是慢慢来的，别着急。”

袁天纲脸红了，这是他今天的第一份生意，没想到搞砸了。如果对方给的生辰是真的，他的确算错了。就如同明明面对一条狗，他却偏偏算出是只鸡。他嗫嚅道：“好吧，我可能算错了，不收你的钱。”

“好孩子，别沮丧。”杨坚神色郑重起来，“其实你算的可能没错。但人事天定，如果我没有遇到……她，我可能就是你算出的那个命，打猎跑马、玩鹰走狗，平平庸庸地过一辈子。可是，后来我遇到了她……她是上天派来的，我的命也就彻底改变了。”杨坚说着，神色迷茫起来，眼中也闪着泪光。

袁天纲感动了，情知对方说的是真话，至情至性，不用是相术师也能感觉出来。他脱口问道：“她是谁？”

“好孩子，还是说说你吧，你是从小就跟孙真人学艺的吗？”杨坚避而不答，反问道。

袁天纲意识到对方已经问两遍了，既然他说真话，自己也没必要说假话，“不是，三年前，师傅突然找到我，让我当他的徒弟。”

“你以前不认识他？”

“不认识。”袁天纲看着杨坚，这事看上去对他很重要似的，可自己何时拜师，何时认识师傅关他何事？此人身上有太多的谜团。

杨坚略显失望，但也觉得这里面有太多的文章。孙思邈择徒之苛海内皆知，多少人愿不惜任何代价拜他为师都不能如愿，怎会突然找到一个孩子做自己的弟子。

“那是因为袁老公祖和孙真人有深厚的交情？”

“不是，我祖父和师傅也是神交已久，但平生只见过一次。”

“那一定就是令尊大人的缘故了。”

“哦，是这样，我想起来了。”袁天纲看到对方眼中焦急渴盼的神情，恨不得从眼睛中伸出一只手，到自己心里掏出答案，这事看来对他非常重要，虽不明其故，还是老老实实回答，“我满月的时候，得了一场大病，是师傅救了我。我父母那时和师傅有过交往，过后也没有往来。”

“你满月的时候被孙真人救过？”杨坚激动地说。

“是这样。”袁天纲点点头，还是莫名其妙。

“你的生日是哪天，还记得吗？”

占卜师若是忘了自己的生辰，就是天大的笑话了。袁天纲不假思索地说出自己的生辰。

杨坚身躯微微发颤，他强自震慑住自己，还是感到全身发软发麻，不由自主向前一倾。袁天纲急忙伸手扶住，“您怎么了？”

“没什么，老了，常常这样。”杨坚苦笑着，不可能错，面前的人真的是自己的儿子，无须再多想，太多的巧合合在一起就是必然。可这怎么可能？难道又是梦幻？

杨坚的确很多次梦到自己和失散的儿子重逢，儿子虽然长大了，却还是他离开时的面容，他抱着儿子哭泣，然后把自己的爵位和财富都给了他，随后，独孤氏就披头散发，脸上满是鲜血，口中吐出长长的舌头，提着马刀来杀他们父子，梦就醒了。

“您不老啊，正当壮年。”

“老了，不服老不行啊，你都这么大了……”

袁天纲愕然看着他，杨坚这才意识到失言，忙笑道：“我说错了，我是说，你们这些孩子都已经长大成人了，我们这代人还能不老吗？”袁天纲没敢说话，这人看来还有些疯疯癫癫的，可他对自己的一些事很熟，他会是谁呢？整件事都让他感到云里雾里的。

“好孩子，你真是好孩子，你很好……”杨坚喃喃地说着，泪水已涨满眼眶。他低下头，紧紧握着袁天纲扶着他的手。

“您究竟是谁？”袁天纲加重语气问道。

“你问你师傅吧，他会知道。要不你可以好好算算我给你的那个生辰，有可能算出来，就看你的本事了。”杨坚说着，觉得再也坚持不住了，若是再聊下去，难说会出什么事，他站起来，摇摇晃晃走出去。

袁天纲丈二和尚摸不着头脑，直感这人就是个疯子，可又觉得没这么简单。在他看到此人离去的一刹那，一个感觉却清晰浮现心头：其背贵不可言。

这还是刘项相争时，辩士蒯彻假装给韩信相面时说的话，说韩信面相固然富贵，也只是一般的富贵相，“其背贵不可言”，是想打动他反叛刘邦，形成鼎足之势。

袁天纲也不明白为什么会产生这种感觉，但他的确一直在给这人看相，结果在此人转身离去时，得出这么个结论。难道此人也是淮阴侯一类的人物？可是如今天下一统，不该有这种人哪？

他想了一会也没想明白，索性不想了。卦不准也没什么，如果算卦的人没诚意，故意装神弄鬼，或者提供假信息，这卦当然没法算准。

他收工回来后，董老丫还待在房子里，整个人失魂落魄地坐着。袁天纲问她怎么了，她没说，只是问他今天怎么样。袁天纲想起那个可笑的老人，就说遇到一个疯疯癫癫的老人，说的话让人全然听不懂，他也没收卦钱。

“那人怎么个疯癫法儿？”董老丫急切地问道。

袁天纲也就把事情说了。董老丫心中狂喜，主子这是认可这是自己的儿子了，本来就是嘛，不是小少爷还能是别人？顿时喜笑颜开的，连头发丝都飞舞起来。

“你认识那人？”袁天纲感觉出她好像认识那个人。

“不不不，”董老丫头摇得拨浪鼓似的，“从没见过这样一个人，附近根本没这样的人，你不是也没见过吗？”

袁天纲点点头，他来这里这么长时间，附近几个坊里的人的确都见过，即便不熟也都有印象，这个老人的确是第一次见到。他当然想不到，再见到这老人已经是十几年后的事了，他的生活也发生了天翻地覆的变化。

杨坚回去的路上，在座车里捂着脸哭了一路，“我的儿子，真是我的儿子，他回来找我了。是阿蕤在天之灵指引他回来的，阿蕤是让他守在我身边，让我来关照他。阿蕤，你放心，我虽然无法把皇位给他了，但我还是有无数的东西可以给我们的儿子的。”

第二天，他就派人把庄头召进宫，做了一番指示。

第二十四章

第三天，皇庄的庄头就把董老丫接到庄里，说是主子有旨意。

董老丫心里已有了谱儿，既然皇上已经认下小主人，自己可保无虞了。她跪在地上听庄头口传杨坚的旨意。

“主子说了，”庄头昂首挺立，双手背后，尽力模仿着主子的神态，“念你二十年来忠心侍主敬神，以后每个月的工钱提高三倍。”

“奴婢谢主子恩典。”董老丫忙叩头谢恩，增加工钱固然是美事，一颗心完全落地更为重要。没有皇上正式旨意，一切还都是有可能发生的。

“董老丫，主子恩典可是够厚的，你现在工钱和我差不多了。”庄头笑着对她说。

“这是主子仁慈宽厚。”她笑着向上说。

两人都笑了，主子的性格与仁慈宽厚恰好相反，但话就得这样说。

庄头面色一肃，又说道：“主子说了，你那个死鬼丈夫是烂泥糊不上墙，纵然想提拔他也是没用，看你大儿倒像能成人的样儿，让他进庄学习，以后给他个庄子管管，你就靠此儿养老送终吧。”

“谢主子恩典。”董老丫忙又叩头，喜出望外。她情知当年自己任性，嫁了这么个丈夫，惹得主子很不高兴，若不是看在主母的份上，怕是现在这份差事都保不住，而今皇上居然要提拔她儿子，显然是因为自己侍奉小主子的事。

“主子说了，你现在做的事比任何事都重要，需要花多少钱都不必在意。但要小心谨慎，谨防祸从口出。”

“奴婢明白。”董老丫向上说道。

“你起来吧。老丫，主子交代你什么事我不知道，你也别跟我说一个字。主子交代了，你以后需要用多少钱，用多少物，还是用多少人力，只管跟我说一声就是，还是老规则，打个单子，你按个手印就行了。”

庄头其实已经明白她要做的事了，但只能装糊涂，若是让人知道他也参与此事，以后难保不会有奇祸，现在他只是奉命行事，就可保无虞了。

“奴婢明白。”董老丫又说一句，然后站起来，心里暗道：“跟你说，想得美，你算老几。”她地位比庄头低很多，只是这些年仰仗主子对主母的特殊感情，除了那些正牌主子，别人还真不放在眼里。

“老丫，先恭喜你了。你回去后就叫你大儿来，先让他跟我学几年，等他能管庄子了，主子自会给他个庄子管，你以后可以享你大儿的福了。”庄头笑着对她说，这次恩典是过于丰厚了，他却一点都不羡慕。董老丫这是把脑袋伸进老虎嘴里，天知道哪天主母知道此事会闹成什么样子？他想都不敢想，唯一想做的就是尽量让自己置身事外。

董老丫心里也不轻松，这次豪赌是赢了，她却感到后怕，她可是把全家性命都压上了，若是输了，全家老小都得粉身碎骨。即便现在也很难说，若是哪天皇后知道了会怎么样？当年她只是国公夫人，就闹得险些把京城整个翻过来，现在她可是皇后了……

她感到头疼，也不再去想，不管怎样，让她见到小主子而不认、不去照顾侍奉，就是杀了她也不能，否则主母在天之灵先就放她不过。

“兄弟，听说你在装修房子，真准备大操大办哪。”

中午，他来泰和兴吃饭，见客厅人太多，就上了二楼。酒楼的人因他要纳吴妞为妾，也觉得他是自家人一般，待他格外亲切。

酒菜刚上来，席玉清人也跟着来了，端着一杯酒，隔老远就笑着大声说。

袁天纲笑了笑，若说只是房主自己收拾房子，和他纳妾根本没关系，他先就不信，更别说想让别人信了。

“也好，对了，你知道吗？”席玉清在他对面坐下，小声地说。

“什么？”

“朱七明天纳妾，听说他在家病了一场，然后不知去哪儿花五十两银子买个柴火妞，非要赌这口气不可。”

袁天纲心里叹口气，这都何必。他可没在这方面和谁赌斗。

“我这里他绝足不来了，你说我哪儿得罪他了，人家姑娘不愿意，我能牛不饮水强按头？这等缺德事我还真干不出来。”

袁天纲点点头：“席兄，真是抱歉，因为我让你失去一个常年顾客。”

“这也没什么，他去了，你兄弟不是来了吗？再者说，我这酒楼迎的是八方客，又不是靠他每年那几个酒钱养着，他是太拿自己当回事了。”

两人又说会儿闲话，席玉清就起身去忙自己的事了，走出一步又转回头问道：“对了，你大喜的日子定了没有？”

“定了。”袁天纲把自己定的日子说了。

“是不是得摆几桌？”

“那是当然，还在你这儿，你帮我张罗客人，凡是愿意捧场的我都发请柬，都请。”

席玉清答应着走了，其实他是专为这句话来的，按说纳妾不必摆酒请客，何况袁天纲在这里无亲无友的，他故意说出朱七的事，就是要激袁天纲摆酒，他好揽笔大生意。果然一说就着。

袁天纲倒不是想和谁赌口气，只是这些天受人安排惯了。董老丫为他收拾屋子，他只好接受；席玉清说得摆几桌，那就摆好了。

饭后他回到卦摊，早有一人在等着他，却是董老丫的丈夫董详。

“董叔，您也来算卦？”

“我是得算算，先生，您给我算算我明天会不会被人打死。”董详哭丧着脸说。

“您又赌输了。”袁天纲心里叹了口气。

“我本来手气特别旺，上半夜我赢了二十多贯，可是后半夜……”

“输了多少？”

“五十贯，”董详声音低下来，几乎听不见，“明天要是给不上他们钱，他们要断我的手。先生，您给我算算，有什么办法能过这一关，钱我是一文都没有了。”

“这个不用算，欠钱还钱。我身上没带这么多，晚上您到我家，我拿给您。”

“先生，我不是跟您要钱，就是想请您给算算。”董详急忙辩解。

“我算了，这笔钱就该我出，您就别多想了。”袁天纲很愿意出这笔钱，董老丫为自己做了那么多，自己帮她解决点家庭的繁难也是应该的。董详也正是看准这一点才来的。

“那怎么好意思，不，这钱坚决不能让您出。”董详脸上一阵红一阵白的，犹作抗辩状。

“您要能在别的地方弄到钱也行。”

“那您给我算算，我能在什么地方弄到这笔救命钱。”

“我算了，只能在我这儿。”

“这……这怎么好意思，这怎么好意思。”董详抓耳挠腮地说着，涨红了脸看着别处。

“您还没吃中饭吧，我这儿有半贯钱，您先去吃酒，就当我请您的，晚上去我家取钱就是。”

董详迟疑半天，伸出颤抖的手接过钱，脸色青白。袁天纲看得出来，他心中也是天人交战甚剧，在这一刻，他只是觉得他可怜，而不是可恨。

董详接过钱，看着袁天纲，嗫嚅道：“先生，这事……别让我老婆知道……行吗，我以后会还您。”

“我也正想说哪，别让董姨知道，这是咱们之间的事，何必让董姨操心。”

“就是，咱们男子汉间的事，哪能让娘们掺和。”董详不知从哪里又借来力气，身子一下子挺得笔直，人也威武起来，把钱塞到空瘪的钱袋里，气昂昂走了。

他刚走，洪仁发从里面慢慢走出来，走到袁天纲面前说道：“董详这败家子招惹不得，你让他尝到甜头，以后就有你的苦头吃了。”他虽没听到二人说什么，但从两人说话的光景也猜出八九来。

“他没吃饭，来我这儿借点酒钱。”

“你别瞒我，他昨晚输了四十多贯钱，他能从哪儿弄到，上次他就是从你手里骗了笔钱还赌债，得了甜头，现在又想这法子了。”

袁天纲诧异地看着他，不是诧异他能看出来董详找自己借钱，而是诧异他如何知道董详输钱了，还知道具体数目，不会是输给他了吧。

“你纳闷我怎么知道这事，对吧？”洪仁发问完却不说话了。

“他的借据在你手里？”袁天纲忽然说道。

“咦，这你怎么知道？你真能算出来？”洪仁发大惊，从靴筒中拿出一张借据，递给袁天纲。

袁天纲不是算出来的，而是忽然心中有感，马上顿悟一般明白了。这可能就是师傅所说的“感而遂通，通而知天下之事”吧。他心中一阵喜悦，他学习占卜以来，还是第一次有了这种体验，无须起卦，无须推算，而是凭感觉感知。

这事很玄妙，想要说出道理来是不可能的。这种事本来就超出道理、义理、逻辑这些人类正常的认知范畴，属于那冥冥中不可知的道。

这并不是说他已经探索到天道了，那还很远，远在可能终生无法到达的天边，这不过是偶尔的灵光闪现。但毕竟是天道之光，虽然仅漏泄一丝后就关闭了那冥漠中的大门，他还是体验到了这种奇妙的感觉。

这笔钱并不是洪仁发赢的，他只是听说这事后把借据买回来，他原想借此跟董老丫做笔交易，让她说出把房子租给袁天纲的真实原因，他这笔钱也就不要了。不弄清这原委，他心里总是不踏实，就像卧榻旁蹲伏着一只老虎。他看到董详在卦摊前等袁天纲，就明白他又要从袁天纲这里弄钱了。他也料到袁天纲看在这些日子董老丫为他日夜忙碌的份上，会给董详这笔钱，但袁天纲身上不会带这么多钱，一定要晚上回去给他。

他不会掐算，但人情世故却练达无比，这些事还是不难推算得出，所以他出来就是想劝袁天纲不要给董详钱，这样他才能和董老丫周旋。孰料袁天纲居然算出借据在他手中，他仿佛全副心事一下子被看穿了，只好讪讪地拿出借据。

“这东西给我吧，明天我把钱给您送来，能信着我吧。”袁天纲笑着伸出手。

“这个……不急，不急，哪天都行。”洪仁发有些慌乱地说，把借据给了袁天纲。虽说借据应该是还钱时才给，袁天纲既出言讨要，他也就不论这规矩了。

他还想说些什么，里面急匆匆走出一个小伙计，把他叫进去了。袁天纲看着借据，上面的数目是四十六贯，看来董详还打了些埋伏，想再弄几贯赌本吧。

晚上他去泰和兴吃了晚饭，又在街上转了转，坊门要关时才回家，董详已在门前等候他半天了。他打开门请董详进去，坐定后给他倒碗酒，这才把那张借据给他。

“这……怎么到您手里了？”董详看着他亲手签的借据，几乎不敢相信。

“这您就甭问了，就是这张吧。”

“对，就是这张。”想到自己多说了四贯钱，他的脸又涨红了，嗫嚅着说。

“这笔钱算我的了，这还有点钱，您拿去吃酒，别再赌了。”袁天纲又拿出四贯钱放到他手边。

“这……这钱我不能再要了。”董详把钱向桌子中间推推。

“收下吧。”袁天纲还想再劝他几句，忽听门外有脚步声，急忙把钱推给他，“快收起来，董姨来了。”

董详身子一哆嗦，急忙把钱塞进钱袋里，然后惶惶出门而去，迎面正撞上董老丫，董老丫喊他一声，他却已去得远了。

“少爷，我家那死鬼来找您做什么，不会又是想来骗您钱吧。”她感觉到什么，顾不得追丈夫，急忙进屋问袁天纲。

“没有，我是在门口看到董叔，就请他进来喝一杯，董叔说您不让他进这里，还推了半天哪，可能怕您说他，这碗酒一口没喝就走了。”

“哦，真是这样？少爷，您可别哄我。”董老丫半信半疑，昨晚丈夫一夜未归，她就知道他又是赌钱去了，直到下午才见到他的人影，她也懒得问他，见他神态很是安然，不像以前赌输了钱回来就闹这闹那，变着法地跟她要钱，就以为他昨晚可能不是赌钱，而是吃了一夜酒，这也是常有的事。吃酒吃的晚了，坊门关闭，回不了家，只能作长夜饮了。自从上次董详骗了袁天纲一次，董老丫就警告他，要是再有下一次，她就跟他离门断户，自己领孩子出去过。至于这套房子，更是从不许他进来，这还是早年就定下的规矩。所以听袁天纲这话倒也对上了榫头，由不得她不信。只是董详那鬼鬼祟祟的样子令她生疑。

“我怎会哄您啊。董姨，这酒董叔没吃，还是您吃了吧。”

“少爷，不是我多心，我家那死鬼您还是少搭理，他是死不改性，滥赌好酒，这些年也不知赌输了多少钱进去，搞不好又想从您这儿骗钱。”说着董老丫又垂下泪来。

“董姨，您也别多想了。董叔年纪大些就会好些。”袁天纲端酒给她，又劝她一阵。

董老丫吃着酒，对着袁天纲哭了一场，就像跟亲人吐出委屈，心中倒畅快一些，说着说着，忽然两手一拍，说道：“看我这记性，都是那死鬼闹的，我是来说正事的。”

“什么事，您说。”

“我这两天听说你要租洪老大的房子？有这事吗？”

“有，他还是特地腾出一间库房要租给我。”袁天纲点点头。

“少爷，依我老婆子的话，洪老大的边儿您也别沾，他不是什么好人，每天鬼鬼祟祟的，不知干些什么伤天害理的事儿。”

袁天纲又点点头，倒不是认为洪仁发有什么不好，相反，洪仁发这些天对他好得出奇，亲热中不失恭谨，自己伤了他脸面，他非但不计较，还要为自己腾房子做店面。就是这样，他才不愿意，觉得自己无形中欠了笔人情。至于洪仁发是不是背地里干些见不得人的事，他丝毫兴趣没有，毕竟盗贼、响马、山大王他也都跟着师傅打过交道。

“可是市场里真的没有店面了，附近又没有那么好的地方。”他沉吟着说。

“我就是来说这事的，您说我这上岁数的人就是不行，也是年头太多了就忘了。”董老丫把碗中酒喝了个见底，袁天纲忙又给她倒上。

“少爷，您看看这个，还是当年主母留下的，一直存在我手里，存着存着就忘了，听说您要找店面这才想起来，您说咱自家就有，还去找什么啊。”说着，把一份契据从袖中拿出来。

袁天纲接过来，见是一份房屋买卖契约，买房人是苏蕤，上面还有卖房人和两名中证人的签名和指印。

“这是苏神医当年买的房子？”

“可不是。主母成仙后，这房子也就没主了，一直闲在那，少爷不是主母的师侄吗？那就是主母最近的人了，这房子正应您来继承。”

袁天纲精神一振，没想到苏神医在长安还有产业，他只知道这些年师傅在洛阳置了不少产业，主要是授徒行医用的。既然是师叔的房产，师叔又没有继承人，自己继承下来也无不可，当然这事还要跟师傅请示一下，但结果他也知道不会有别的。

董老丫现在每天挖空心思就是想办法多往袁天纲手里塞东西，无论房产、物品还是金钱，有了杨坚的旨意，她现在可谓权力无边，她又以父母爱子女共通的心理明白，她能给袁天纲的越多，主子就会越高兴、越满意，她恨不得把皇庄的库房整个搬来给袁天纲。可惜，要做到太不容易，既要能让袁天纲接受，还不能让他起疑心，这简直太难了。

她知道袁天纲一直愁着找店面，毕竟不能总是在大街上摆摊，突然想到小主子是药王菩萨的徒弟，从这层关系上继承主母的遗产应该能说得通。她就去皇庄把这份房契要来，庄头现在是万事不问，只要她张口要，他就只管给。莫说要这间房产，就算要整个皇庄都没意见。

这处房产还真是苏蕤当年买下的，她原本也想把住的房子买下。她当时手中金银之物很多，置几处房产自是容易，可是杨坚嫌这套房子太小，没让她买，本想等事情公开后，或者接他们母子进国公府，或者另造新邸。苏蕤仙去后，这套房子才在杨坚眼中变得神圣无比，找到房主花重金买了过来。至于苏蕤买下行医的房子，房契就一直放在皇庄，这事只有几个人知道。这处房产每年都要维修一次，董老丫也隔几天去打扫一次，虽闲置二十年，倒是没有荒凉气象。

送走董老丫后，袁天纲沐手焚香，跪在神像前拜祭如仪。他也迷信，认为自己下午之所以灵光闪现，瞥见一丝天机，正是因为自己把神像请到了这里，而且早晚一炷香的敬拜。神就是保佑、启发凡人的，何况这神还是自己的本门尊长。

拜过后，他跪坐在蒲团上，让自己的心彻底静下来，空下来，然后仿照当时如果给董详算卦的情境，起了一卦，然后开始推算，结果他倒是算出来董详要输钱和输钱的数目，但是债主换人、债主是谁，他怎样也推算不出。

尽管如此，他还是很高兴，第一，这证明自己的推算能力还是符合道的；第二，这说明人算不如天算，人，无论怎样穷尽智力，也无法和天道相抗衡。

他在占卜上越是精进越是心惊，在冥冥漠漠的天道下，人都是瞎子，都是聋子，都是毫无感应的木头人，天地不仁，以万物为刍狗。不是天道真的把万物当作刍狗，而是在天道之下，万物就是刍狗。天道无处不在，可是人看不到摸不着，听不见也感应不到。就像在漆黑无边的旷野里踽踽独行，到处又充满陷阱和风险。难怪算卦者大多是盲人，在预测未知事物上，明眼人和盲人相比，没有任何优势。

对，音律。他猛然想起来，离开师傅这么多天，他几乎把师傅教的音律忘了，要了解天道，不单要用易理推算，更要用心去听，用心去感应。以此而言，音律的重要性不亚于易学。

他心中既是羞愧又是紧张，好像一个忘记写塾师布置的窗课的童生，赶紧在脑子里把师傅教的音律重新过一遍，然后正心澄虑，不是用耳朵，而是用全部心灵倾听周围的声音。这一听就是一夜，在静寂的夜里，用澄净空灵的心倾听，果然听到了许多平时听不到的声音，慢慢随着声音，心里出现一些模糊而又有些扭曲且不断变化的图像。他只是倾听着，感应着，不去有意识去想那是什么，这是这门功法最重要的，绝不能加丝毫个人意识于其上，否则就会造成无可逆转的扭曲，只能让这些声音、这些图像自动在心里成形。

早上，公鸡报晓声惊醒了他，虽然一夜没睡，他却精神饱满，仿佛那些声音和图像都化作了精力储藏在他体内。

上午他没出摊，去把董详欠的钱还给洪仁发，并告诉他那间库房不用腾了，他又找到别的房子了，然后就和董老丫去看那套房产。

看着袁天纲远去的背影，洪仁发瞠目结舌，这人究竟是什么来头，连苏神医的神农堂都敢租用？他有种感觉：这人不但和皇上有关，还跟苏神医有关系，皇上身边得宠的人他也知道些，绝对没人敢打这两处房产的主意。

这套房子基本还是原来苏蕤行医时的样子，虽然二十年过去了，里面依然有淡淡的药香，袁天纲能闻得出都是哪种草药发出的。里面布局也不用怎么改动，他可以坐在抓药的柜台后面给人算卦，顾客也可以坐在柜台前的凳子上等着。

“少爷，我一会儿找人把这药柜搬出去。”

“不必，药柜不碍事，不用搬。”他打开药柜的一个个抽屉，里面当然清空了，只是药香还是淡淡地散发出来，他倒是挺喜欢这种草药的香气。

“这药味让人觉得进了药铺。”董老丫笑着说。

这套房产并不仅是外面一个店面，从后门进去，里面居然是一套住宅，没有他住得那么大，倒也是正房、厢房齐全，连仓房、马厩都有。

“这里也得收拾收拾，您累了可以在这儿休息，中午可以在这儿吃饭，晚上要是晚了住在这儿也行。”

袁天纲点点头，虽然他不认为有住在这里的必要。其实他现在完全可以把租的那套房子退掉，搬到这里来住，可是他对那套房子不知不觉间已经滋生了感情，根本不作此想。

两人筹划了一上午，袁天纲想的是该如何收拾，董老丫想的却是如何把皇庄的东西再搬些到这里来。她也明白，现在没有房主这借口了，再大张旗鼓地收拾，袁天纲肯定不能答应。好在这套房子也不用花大力气收拾，毕竟每年维修时都收拾过。

“对了，主母当年还有许多家什，我都收拾起来寄存在当铺了，哪天我雇车搬回来。”她忽然灵机一动，想出这个主意。

“苏神医还有东西？”

“少爷你不知道，主母当年可富了，她给人看病可比您给人算卦赚的多，那些富人都拉着成车的金银来瞧病。”她这话是夸张些，不过苏蕤当年行医委实比袁天纲赚的多得太多。只是苏蕤当年行医的收入都换成金子和珠宝，临走时除了给她，还有另外一个仆人一些金叶子外，其余都带走了，现在保存在孙思邈手中。孙思邈这些年也正琢磨着如何把这笔财产转给袁天纲哪，不仅这些，孙思邈的师傅也有一笔遗产，这些也该由袁天纲继承。神农门的门规是这样的，有子女后代的，财产归子女继承，没有的，充作本门公产。袁天纲既是师傅的外孙，这些财产自然由他继承。

袁天纲对这话倒是相信，他知道神农门历代传人几乎都富可敌国，一个师傅那样的神医行医几十年，绝对敢和石崇斗富，苏神医既然是师傅的师妹，想必也不会差多少。

“寄存在哪里？我雇车去搬回来就是，别麻烦您了。”既然是本门财产，当然不能弃置在外。

“你哪里找得到，再说是我寄存的，您也取不了。少爷，你别怕麻烦我，多买几坛好酒给我吃就是了，这里您也交给我就是，我保证收拾得让您满意。到时跟您算钱就是。”

袁天纲点头答应，收拾屋子他还真不在行。他找了一间制作牌匾的店铺，定制一个匾额，然后把自己写的那副对子制成楹联，他能做的也就是这些了。

董老丫雇车去了皇庄，下午，又是几车物品拉进了那套房子，晚上，董老丫带过一张单子和一张钱庄的收据给他看，单子展开后足有几尺长，上面列着下午送过来的物品，每一样都写在上面。

这次董老丫专门挑库房中那些积年的家什和物品，而且都不是供御用的，充作二十年前旧物也看不出破绽。

袁天纲果然没看出什么，还以为这些东西二十年前就摆放在房子里，现在只是物归原处罢了，可是看到钱庄的收据时，他惊骇住了：金锭及金饼共五千零二十两，银两万八千四百两，绢五万六千匹。

“怎么会这么多？”他摸摸脑袋，又看了几遍。

“我不是说了嘛，主母很富，其实这也不算什么，我听说药王菩萨根本不稀罕这些，他老人家会点金术，随便找块石头，手指点一下就成金子了。你说要是冲着一座山点几下，不就成金山了。”

袁天纲笑了，师傅点石成金绝对不会，但以师傅炼制丹药的技艺，炼金应该能炼出来，可也没必要。要炼也得炼制传说中的不死仙丹。

“少爷，这些东西还是主母当年就存放在钱庄的，当时还是主母跟店家商量好的，不要他们的利息，但随时提取他们都得能拿出来。我看少爷要是不急着用，也不用取，还是放在他们那里保险。”

“嗯，还是先不动，这笔钱我也不能要，要跟师傅说一下，应该转到师傅名下。”

“那是应该的。”董老丫心中很坦然，以药王菩萨的神机妙算，自然明白这是怎么回事，肯定会让袁天纲接受这些财产。

袁天纲晚上又写信给师傅，把这些都写上了，连那个单子都抄了一份，请示师傅应该怎样办。

孙思邈在洛阳接到信后就明白这一定是杨坚搞的鬼，按他的本愿是要和杨坚彻底划清界限，金银之物莫说苏蕤当年留下的就不少，他能给予的也更多，何须杨坚多此一举。可是他不敢点破此事，如果不让袁天纲收，他只好收下，他更不想跟杨坚沾上一点边儿，否则整件事就有可能揭开盖子。

转念想到不管怎样说，袁天纲和杨坚都是亲父子，这种父子血缘是他也掐不断的。父亲给儿子些财产，他若是硬不许收，也未免不近人情，况且那套房子既然是师妹买的，只有袁天纲有权继承，只能让袁天纲收下这些。

可这也给他出了道难题，他知道袁天纲的性子，只要不揭破他是苏蕤的儿子，想让他收下这些很难。何况袁天纲也不是一般的孩子，若是让他起了疑心，以他占卜、推步的技艺，有可能真会算出真相。

饶是他生平智计百出，也苦思一夜，早上才给袁天纲回信。信上说师妹当年所留财产委实数目不小，他只因视金钱如赘物，也没去费心去找，既然落到袁天纲手里，说明他和这笔财产有缘，举凡房产、物品、金钱留之用之可也。自己这等赘物已多，无须再增，反成尘俗之累。

然后又告诫他：为人当俭而不吝，富而不骄，终身行此八字才是君子本色。

袁天纲发出信后第三天就在收拾好的房子里开张了，因为不在这里住，不用太多装饰，只用三天就全部完工。董老丫只向他讨要了四贯四十文的车脚钱和雇工钱。

店面里基本还是原来的样子，柜台和凳子都是以前的，可是后面房子里的家什整个都换了，一应生活用品俱全，仓房里还有一些暂时用不上、将来可能用上的物品，这是董老丫觉得机会难得，多拉一些过来是一些。

袁天纲看过后，只是惊讶东西之多。那年代造的东西都结实耐用，家具都能用上一两百年，这些东西也大多在库房封存多年，只是没用过，拿出来自然还是新的。董老丫对此解释说，当年主母在这里没开火，这些东西只是置办了，却没用过，所以还跟新的一样。袁天纲对此倒没生疑心。

倒是第七天上午收到的孙思邈的信让他很感惊讶，他原想把这事告诉师傅，自己也就是借用这店面一段时间，至于那笔钱他根本没想占为己有。不意师傅倒是爽爽快快都给自己了。

师傅处事豪爽，视金钱如粪土，这样做倒也合情合理，可是他还是从师傅的字里行间里感觉出什么地方不对劲。他能感觉出师傅回这封信是踌躇再三才下的笔，里面隐隐透出一股含意：就是这些物产和金钱本来就应该归他所有。孙思邈字面意思当然不是这样，可是他和师傅相处三年，只消一个眼色、脸上的一丝表情，他就能明白师傅心里想的是什么，更何况这白纸黑字。

他感觉自己不是在做梦，就是一头钻进了厚厚的云雾中，这些事怎么也解释不清，自他到长安来，好运就像轰然垮塌的城墙般把他埋了起来。本来谁也租不到的房子他却租到了；谁也不敢在醉仙居门前做买卖，他贸贸然支上摊，里面的人出来问问的勇气都没有，过后还很明显地巴结他；不知在哪里的房主（他已彻底不信房主南下这说法了），不惜本钱地为他收拾装饰屋子；现在凭空又多出一处房产、一大堆物品、一大笔金钱，好像财神爷罩定他了，不想要都硬往他手里塞，非得用金钱把他埋起来不可。

这究竟是怎么回事？

“少爷，您也别多想了，这不都是好事吗？”吴妞看着愁眉不展的袁天纲，颇为不解地看着他，这都是别人求之不得的好事，少爷还愁什么？

“若是一件也就罢了，可是太多的好事，又赶到一块来了，我总觉得不真实，好像做梦一般。”袁天纲坐在吴妞对面，茫然地看着吴妞，真好像梦语似的说出这番话。

他下午早早就关门，来至阳观看吴妞。这段时间里他每两三天来一次，那些美貌女冠开始时还逗弄他、勾引他，放出千种风情、万般手段，可惜这些全然无用。袁天纲也和她们调笑几句，可即便这些无伤大雅的调笑中也有种拒人千里的味道，他那彬彬有礼的风仪中似乎有一层无法攻破的屏障。那些女冠试了几次，就明白他不是她们想要的那种人，也就不多在他身上费心思了。他每次来，总是带来一些果品、酒还有一些小礼物给这几位女冠，这些人也就知趣让他们单独在一起，不再打扰。

“人生有时就像是做梦，我这些天还在觉得做梦哪。每天压酒压惯了，以为就是不做上一辈子，至少也要压个十几年，可是忽然间解脱了、清净了，反而有些不适应了。”吴妞也梦幻般地说着。

“咱们这是对着做梦哪？”袁天纲说。

两人都笑了。吴妞握着袁天纲的手笑道：“少爷不该这样，我恐怕一时间没法从这梦里醒来了。您不知道，自从那天您去泰和兴，从我第一眼看到您，我就开始做梦了，一直做到现在。人家不都说嘛，好运来了，城墙都挡不住，少爷的好运太强了，不但城墙挡不住，而且给压垮了，少爷也被好运砸晕了。”

袁天纲又笑了，笑得很开心，心里也轻松不少。他承认自己是被好运砸晕了。假如是坏事接二连三地来，疑心这里面有阴谋还情有可原。

“少爷，这都是您该得的，您不是住在神住过的房子里嘛，一定是沾了仙气，才有这么多的好事。”

“也许吧。”袁天纲只是无人诉说，这才和吴妞说，也没指望吴妞能帮她解疑释惑，不过说出来就好受多了。他感觉吴妞说的没错，这一切都跟自己那位没见过的师叔苏神医有关，除了吴妞这事。难道自己真的跟这位师叔有缘？

他又想起自己当年脱口而出要来长安时，心里就莫名地有种感觉，长安，不知是这地名还是长安里面有什么东西强烈吸引着自己。其实他那时本该挑选洛阳，跟师傅住在一个城市。而当自己说出长安后，师傅也脱口说出一个地名：清化坊。他还能记得师傅的表情，那是师傅唯一一次露出失言后有些后悔的表情，仿佛不该说这个地名似的，但也没有任何解释。

他多年后才明白，自己之所以感到长安有巨大的莫名的吸引力，是因为自己心底最深处的寻根意识的作用，这种意识在引导他回到自己的出生地，找到自己的根。每一个人生下来，就开始了奔向最后归宿的旅途，而在这其间，无数智者也在苦苦思索寻根。

我从何处来，又向何处去？这是困扰人类的永恒命题。

他当初像一头野牛般闯进长安，根本不知去什么地方好，也就来到了清化坊，还真就神差鬼使地租到了这房子，无巧不巧正是苏神医的房子。他还是知道这位苏神医是师傅的师妹后才明白师傅当年为何会脱口说出清化坊这地名。但师傅当初为何那种表情？他就算不住在清化坊，也会听到苏神医的事，也会知道苏神医就是自己的师叔，师傅为何好像不愿意让自己知道？

他脑子里又浮现出这些念头，马上醒悟过来，伸手打自己一下，暗自责怪自己：怎么连师傅都敢怀疑了，欺师灭道。

“少爷，您又怎么了？”吴妞吓了一跳，自己做梦似的找到一位神仙般的郎君，可别真的被好运砸晕了，砸疯了，玩上自残了。

“我真是混蛋，居然敢在心里怀疑自己的恩师。”袁天纲也不隐瞒。

“哦，少爷是太过分了，我虽不认识少爷的师傅，可谁不知道药王菩萨，他老人家还能害自己的弟子？”

“我不是猜疑师傅，也没怀疑董姨还有那位神秘的房主有害我的意思，就是觉得这里面隐藏了什么重要的事。”

“少爷不是会算吗？您好好算算看。”

“我算了无数遍了，什么都算不出来。”他真的为此事算了很多次了。自从董老丫开始为他收拾装饰房子，他心里就浮上疑云，越来越浓，他也想把藏在里面的谜底算出来，可是什么都算不出。按易学的道理讲，许多重大人物和重大事件都有意被蒙蔽了，不让人用占卜相术算出来。袁天纲自忖凡夫俗子一个，怎么自己的许多事都无法算出，难道自己也是什么重大人物不成？他有时就会自嘲地这样想。

“少爷还有算不出来的事？那怎么可能，您连那些人第二天卖多少钱都能算出来呀。”

“有些事看起来难，实际上很容易算；有些事看起来容易，反而算不出。”袁天纲随口解释几句，知道她无法听懂。

吴妞摇摇头，果然没听懂，什么是看起来容易的，什么是看起来简单的？

在她看来，只要是还没发生的，都是无法预先算出来的。

对袁天纲来说，数字是比较容易推算出来的。比如他推算席玉清、许敬亭三人的营业收入，再大的如孙思邈推算出一局棋的每一步，看上去玄幻神奇，也都是推算数字。难一些的是推算事情，就需要用丰富的人生阅历、人生智慧，甚至超乎其上的超感来揣摩、感应、判断，这里就有太多的变数，不像数字那样简单直接。

第二十五章

一周后，他娶了吴妞回家，纳妾的仪式和程序他当然不懂，不过有董老丫和席玉清这些人帮忙，倒也没什么。尤其是席玉清这些市场里的商人，每年的生意好一些就会纳个妾来犒赏自己，纳妾可谓家常便饭。

这天，他在泰和兴摆了二十多桌，宴请市场里给他送礼贺喜的人。他每桌都陪着喝了几杯，然后就在席玉清的安排下，从后门逃席而去。

这一夜，他压抑已久的激情爆发出来，一泻无余。

婚后的生活甜蜜而又温馨，袁天纲心中的不适感已经消失，倒是吴妞很长时间适应不了，她总感到这一切太不真实，自己是活在自己的梦幻中。她一个人在家时，就会感到自己还是在做梦。所以干脆早上跟着袁天纲去卦室，晚上跟他一起回来。

每天晚上，袁天纲都要忙到很晚，不停地演算，完善着那套京房体系。吴妞就在一旁陪着他，为他烹茶。等困了，自己就先去休息了。

蜜月过后的一天晚上，他和吴妞正喝茶，董老丫的小儿子董乐一阵风似的跑来，上气不接下气地说："少爷，您快去看看吧，阿爷又打阿娘了。"

袁天纲急忙起身，穿上鞋就向门外跑，一路疾奔跑到董老丫的房前，推门时门却是从里面上的闩，显然董详有关门打老婆的习惯。他情知门是叫不开的，腾身越过矮墙，这点高度对他一点难度都没有。

正房里面传来厮打声、叫喊声，袁天纲来到正房门口，不敢贸然往里闯，高声喊道："董叔，是我。"

听到袁天纲的声音，里面的厮打声、叫喊声戛然而止，仿佛被利刃斩断一般。

"董叔，我找您有事，是我进去还是您出来。"他又高声喊了一句。

须臾，里面传来低泣声，房门开了，赤膊的董详开门露出半个身子："是先生啊，等我一会。"一会的工夫，董详就冠带整齐地出来，后面披头散发、半边脸高高肿起一块、一只眼睛像浓墨泼过一般的董老丫忽然冲过来，哭着喊道："少爷，您别给他钱，我宁可让他打死，绝不给他还赌债了。"

"你还想找揍是不？"董详又做出撸袖子的架势。

"别，你们老两口先都消消气。"这时，外边又传来吴妞的喊门声。

袁天纲唯恐再出变故，推着董详向外走，董老丫还想追上来，袁天纲忙用眼神制止她。董老丫没追上来，却还是哭道："少爷，您千万别给他钱，这没有个头儿啊。"

此时袁天纲已经拉着董详走到门口了，他打开门闩，让吴妞和董乐进来，两人也不看董详，直奔董老丫而去。

出了门，董详恨恨地道："先生，您别听那婆娘的话，我哪里输钱来？您说她涨了三倍的工钱却不告诉我，眼中还有我这一家之主吗？钱也不知藏在哪里，问她还不说，这不该打？"

董老丫涨工钱的事袁天纲也不知道，还以为是董详要钱打老婆的借口，他也不管这些，从小他就被再三告诫，这世上什么事都可以管，就是别管夫妻间的事。街坊邻居显然都明白这道理，两人在屋里快打出人命了，都没人过来问一句。

"董叔，我找您不是说这些事，来，到我那儿边喝酒边说。"

听说有酒喝，他嗓子就像冒烟一般，不再说话了。他对袁天纲还是心存畏惧，莫说袁天纲平日里就显得高深莫测，神机妙算，还是药王菩萨的弟子，也是半个神仙一般。刚才袁天纲翻墙而过，他也看到了，真如小鸟一般轻盈，更让他敬畏。

袁天纲拉着他回到自己家，给他倒酒喝，对夫妻俩打架的事一句不问，董详心里放松不小。袁天纲心里已滋生一个想法，这想法是在听到他们两口子厮打的声音蓦然萌生的，此时已经成熟。

董详连喝了两碗酒，觉得神清气爽，身子都轻了许多，连呼好酒。袁天纲陪着他喝了几口，然后笑道："董叔，您这些日子不去赌场了，我倒是有些手痒了。"

"怎么，你也想赌钱？"董详眼睛立马亮了，真有他乡遇知己的感觉。

"男人嘛，哪有不喜好赌钱的。"袁天纲故作豪爽地说。

"就是，来，先生，我敬您。您说男人家要是不赌钱、不吃酒，那还叫什么男人？"他端起酒碗敬袁天纲。

袁天纲心里暗暗恨道："你还应该加上一条，打老婆。"但他还是笑道："可不是嘛，董叔说的有道理。不过我自从在泰和兴赌了一场，赢了不少银子，这事您也知道。"

"这事谁不知道呀，"董详一拍大腿，又竖起大拇指，"您那才是真正的赌，是神赌啊，各赌场里每天都有人说这事哪。"

"就这样把我害苦了，这以后没人肯跟我赌，我也去过几家赌场，把门的人认出我，恨不得给我叩头，就是不让我进去。"袁天纲皱眉苦脸地说。

"那是啊，谁敢跟您赌啊，那不是有多少输多少。先生，您不会要跟我赌吧？"

"咱们爷们自家人似的赌什么，输赢都没意思。我的意思是您下场替我赌。"

"我下场，替您赌？"董详一时间反应不过来。

"对，您下场，但要严格按我说的去下注。实际就是我在赌。本钱都是我出，赢了咱俩一人一半，输了全算我的。"

"可您不进场，我怎么按您说的赌？"还有这等好事？这可是只赢不输啊。董详的眼睛都放出电光，旋即又感到迷惑。

"是这样，"袁天纲凑到他面前，"您要去我定的赌场，我预先算出当晚的每一注，然后您按我告诉您的下注，记住，一定要按我说的下注，不然输了就算您的了。"

"可是一个晚上那么多注，您能算出来？"董详有些不信，这事说出去怕是整个长安加上大兴城的人都不会相信。

"您别管，董叔，您记性好不好？"

"记性？当然好，您就是问我去年赌的每一场、每一注我都能记起来。"

他这倒不是吹牛。

“那就好，我预先把每一场、每一注都给您写在纸上，您一定要记熟了，这张纸不能带进去。”

“好。”董详虽然不敢相信，但袁天纲说了，赌本由他出，输了全是他的，自己既过了赌瘾，还能赢到钱，至少不会输钱，省得天天跟老婆闹饥荒，他也怕哪天失手把老婆打坏了，全家老少都得喝西北风去。

袁天纲先问了他几家他常去的赌场，然后又问他：“万一您赢多了，开赌场的那些人会让您带着钱离开吗？”

“这您就不知道了。”董详摆出资深人士的架子，“赌场就是这样，愿赌服输，这些年我不知扔了多少钱在里面，就算赌赢几次，他们好意思不让我走？再说这些开赌场的我都认识，都是很讲规矩的，要是他们只许人输，不许人赢，鬼都不会去他们那赌。”

袁天纲最担心的就是这个，听他这样说也就放心了。他先说了一家赌场，他知道这家赌场，但没像他说的那样真的要进去尝试一下，他让董详晚上就去这家。然后就问他赌台的位置，赌钱时庄家面向方位、他应该在的面向方位，拿出纸笔，先算了一阵，然后在上面写着第一注押大还是押小，下多少注，第二注押什么，下多少注，一直写了长长的一条纸，加起来一共四十多注。

当时赌场里都赌骰子，三粒六面骰子，每粒六个数字，加在一起却有太多的数目组合，也就翻出无数名目，赌徒们就是赌这些数字名目。比如三个六点是什么名目，三个一点是什么名目，等等。

“好，您把这个一定要牢牢记住，最重要的是顺序不能错。要是顺序错了，就别想赢钱了。还有，要去赌时千万别喝酒，等赢了钱回来我请您喝。”

董详点头应着。拿过单子，先熟读几遍，然后开始背，用了小半个时辰就背熟了，袁天纲考问他几次，都无错讹，笑道：“好，董叔，咱爷俩合作一番，保证让那些赌场人仰马翻。”

“这我信。”在董详眼中，因为袁天纲在泰和兴的那场豪赌，袁天纲就是赌王菩萨的化身。

袁天纲回到卧室，从钱箱里拿出一百两银子，回来问董详：“赌场能换钱吧？”

董详看见白花花的银子，眼中更是放光，“不用换，他们最喜欢银子了。”

袁天纲把银子交到他手上，“董叔，您以前还有二十多贯的赌债是吧，这些银子至少能值一百三十贯，还掉您的赌债还剩百贯有余，足够作本钱了。记住了，一定要按我给您写的那样赌，千万别错了。”

“您就放心吧。”董详小心翼翼把银子放进钱袋里，喜滋滋走了。他也不回家，直奔赌场而去。头一次手中有这么多的赌本，还不用担心输钱，真是说不出的畅快。

他走后不久，吴妞回来了，没看到董详，不禁担心，还以为袁天纲把他怎么着了。袁天纲对董老丫的感情她可是知道的。

“那个……”她眼睛四处看着，也向袁天纲询问着。她从来不像袁天纲那样亲亲热热地叫董详董叔，她最恨的就是赌徒了，当年她叔叔就是赌光了本钱，才把她卖了。她一看到赌徒，就恨不得掐死。

“你别找了，我给他本钱，让他去赌钱了。”袁天纲笑着说。

吴妞睁大了蓝汪汪的眼睛，不明白袁天纲什么意思。心里想：“救火还没法子哪，您怎么火上浇油啊？”

“不明白吧。”袁天纲就把刚才的事说了一遍。

“少爷，您不会是真想通过那个赌鬼赢钱吧？说不定还能赢一个我这样的傻妞。”吴妞明白袁天纲这样做必有深意。

“我哪里会想赢钱。”袁天纲也笑了，随即脸色一冷，“我这是以毒攻毒。”

“以毒攻毒？”

“对，他不是喜欢赌吗？我就让他赌，大赌而特赌，最后他就没的赌了。要戒他的赌瘾没别的法子了。”

吴妞还是不明白让他赌而且是大赌怎能达到让他戒赌的目的，索性不再问了，反正少爷做事一定有他的道理就是。

“董姨怎么样？”

“倒没什么事，还多亏少爷去得及时，您说那个……他哪是人哪，董姨说以前骨头都被他打断过，这次只是皮肉伤，还好。”说着，吴妞眼中涌出泪来。

袁天纲没说董详的坏话，夫妻没有隔夜仇，打过闹过后还是夫妻两人最亲近。董老丫怎么说自己丈夫都行，别人说董详的坏话她也不会高兴，甚至可能会记恨。言念及此，他觉得自己在人情世故上练达许多了。

对于董详，他倒是始终记得他一样好处，就是自己初到时，董详骗了自己一次，若不是他骗了自己，自己也就租不到这房子，自己在长安的生活可能就是别的样子了。

“对了，董姨还让我问哪，问您给了他多少钱，明天董姨要还给您。她问起我时怎么说？”她身子微倾，眼睛向上看着他问道。两人一起生活这么长时间了，袁天纲在她心里依然是天人，依然是她时刻要仰视的人。

“明天我跟董姨说吧，董姨家里有药吗？”

“有，董姨挨打都挨出经验了，家里治疗外伤红伤的药可不少，我给她上过了。”说到董老丫的伤，她心里又愤恨起来。

当天晚上，以烂赌闻名的董详可是出尽风头，整个晚上，他输了几笔小注，其余的大注都赢了，可谓满载而归。一个晚上，他就赢了六百八十多贯钱。赌场里的赌徒几乎都熟识他，也都惊得眼珠子差点掉到地上。

开赌场的魏三也倍感诧异，笑道：“董烂赌烂了二十多年，也有赌运高照的时候，真是难得啊。”他并不担心，多少赌徒赢了大钱离开，不是第二天就是第三天就又都输在赌场上，历来只有日进斗金的赌场，没有常赢不输的赌客，除非赌客出老千。董详赌技虽奇烂无比，赌品却好得没得说，出老千是断断不会的。

一夜没睡的董详却是精神高涨，来到袁天纲的卦室，把鼓囊囊的钱袋往柜台上重重一放，一屁股坐在一张凳子上，对袁天纲身旁的吴妞说：“少奶奶，渴死了，赏碗酒喝吧。”

吴妞虽不待见他，也不好给他脸子看，只好回到里面倒碗酒给他。

“怎么不给少爷倒一碗，”董详还是第一次管袁天纲叫少爷，一直以来都是董老丫叫少爷，他叫先生，“少奶奶，给少爷也倒一碗，您也来一碗，今儿个咱们要大碗喝酒，大块吃肉，大秤分金银喽。”

袁天纲用眼光示意吴妞照办，吴妞听着董详不伦不类的话心里也自发笑，索性进里面把酒坛子捧出来，又倒了两碗。

“来，少爷，我敬您。您就是赌王菩萨，我今儿个算是服了。”他端起酒碗，忽然间热泪盈眶，“少爷，我赌钱赌了二十多年，输了二十多年，总算尝到大赢特赢的滋味了，我董烂赌也有今天，死都值了。谢谢您。”他哽咽着把酒都干了。

“董叔，您这是什么话？这才是开始，赢大钱的日子在后头哪。只要赌场肯放你进，赌场里的钱就跟是你的没什么区别。”袁天纲说着也把酒喝干了。吴妞只是喝了一小口，心里还暗笑：哪有大早上就喝酒的道理。她心里也很高兴，董详赢了，就说明袁天纲都算对了，钱倒不值一提。

“好，少爷，我董详以后就是您的伙计，您的手下，跟着少爷把那些赌场都扫平了。赌场肯放我进，他们凭什么不放我进？只许我进去输钱，不许我进去赢钱？天底下哪有这样的道理？”董详又意气轩昂起来，自己提起酒坛，先给袁天纲然后给自己倒满酒。

“这个不敢当，董叔是我的长辈。咱们就照现在这样干，把您这些年输的钱连本带利都赢回来。干。”

两人又干了一碗。董详脸上泛起酒意，把钱袋打开，提着底一倒，里面的钱滚了一柜台，“少爷，您点点，都在这儿哪，我可没少一文哪。”

“不用点，我还信不着董叔吗？”袁天纲拍拍他的肩，又给他倒满酒。

说是不用点也得点，不然怎么知道赢了多少？袁天纲给他作本钱的两锭大银没动，赌场的人见他拿出两锭大银，倒不急着让他还钱了，本想把这些银子也赢去，再让他欠一笔，没想到他一晚上大赢特赢，还上以前欠的二十多贯赌债，还剩下六百五十八贯。五十八贯是现钱，六百贯是六张钱庄的钱票，每张一百贯。

袁天纲把两锭大银收起来，又把那些钱平分，把董详那部分推给他：“董叔，这些就是您的了，今天您回去好好歇歇手，明天再去这家赌场赌。明天下午您来这里找我，我告诉您该怎么赌，再给您拿本钱。”

董详点头答应，现在袁天纲无论叫他怎样做，他都会毫不犹豫地去做。

袁天纲把董详送出去，笑道：“董叔，董姨还在家歇着，您去买些好酒好肉回去好好哄哄她。老婆不能光是打，该哄时也得哄。”

董详脸腾地涨红了，眼睛里涌上泪水，哽咽道：“我知道，我……我知道，您放心，我以后再不打她了。”

袁天纲回去后把柜台上那三百二十九贯钱交给吴妞：“找个钱箱装起来，以后攒多了一起给董姨。”

吴妞笑道：“我就知道少爷绝不会碰这钱。不过这法子管用吗？我看他赌瘾更大了。”

“那是药效还没完全发作，到时候你就知道了。”他脸上笑容顿敛，反而有一丝沉重，心里思忖着：我这法子是不是有些冷酷了。

半个月里，董详穿梭在十多个赌场中，每晚都斩获颇丰，算下来也赢了一万多贯了。长安城里的赌徒都惊呼："了不得了，董烂赌成仙了，成赌王了。"

董详每天好像生活在天上，走路都轻飘飘的，浑似踩不到实地。每天走在街上听着大家对他的奉承，钱袋里是叮当作响的簇新的铜钱，真尝到成仙的滋味了。不论遇到谁，也不管是大姑娘还是小媳妇，就笑眯眯地说："赌两把？"

如果说董老丫对袁天纲是对小主子的爱和忠诚，董详现在对袁天纲就完全是对神的崇拜和敬畏，他现在站在袁天纲面前，膝盖都发软，恨不得拜伏在地上。他对老婆也从未这样好过，每天都曲意奉承，恨不得弄个神龛，把老婆也供起来。至于打老婆，他想都不敢想了。他明白，袁天纲照顾他就是为了他们夫妻不再打架。袁天纲就是赌王菩萨啊，哪个赌徒敢和赌王菩萨过不去？

董老丫也感到无法适应，二十多年来她已经习惯了固定不变的生活模式，每隔几天丈夫就会出去赌，赌输了回家就酗酒发疯，借着酒劲往死里打她，逼她拿钱还赌债。现在丈夫也赌，赌得更凶了，可每天回来不但专拣她喜欢吃的喝的给她买，还大把的钱往她手里塞。每天跟个小媳妇似的围着她转，对孩子也更亲热了。

这当然都是好事，是她做梦也想不到的好事，可是有时静下心来想想，又感到太不真实，更不知道以后会怎样。她有时痴想出神，然后忽然一拍巴掌对吴妞说："这样下去怎么得了，以后可怎么了局啊。"她自己也不明白自己的话是什么意思，只是惊喜陶醉中总有种隐隐的忧虑。

吴妞可没感到有什么高兴的，对袁天纲这剂猛药还是看不到应有的药效，在她看来，这以毒攻毒不但没能解毒，反而是毒上加毒了。董详哪里是赌王，简直成了毒王了。她不敢把心中的想法说出来，有时只是委婉地说董姨很担心。

袁天纲倒是能理解董老丫的感觉，他也是被一连串的好运砸得晕头转向，到现在也没能明白是怎么回事，但董老丫的担心显然是没必要的。现在的每一步都在他的精心算计中，他唯一担心的倒是董详的过于张扬，他告诉董详多次，让他不要每天拎着沉甸甸的钱袋到处乱逛，小心被人劫了。

董详不以为意，笑道："少爷，这街头上那几头蒜我哪个不认得？平时总在一起喝酒的，他们要是缺钱，我会给他们几贯钱买酒吃，他们好意思抢我？"

袁天纲听他这样说也就放心了，董详是长安土生土长的人，本来就是赌徒加酒鬼的双料人物，和街上那些痞子混得熟也在情理之中。不过，他每天还是为董详测算，卦象中稍有不利的迹象就让董详歇手，在家里好生待着。

半月过后，长安城里开赌场的人见到董详就眼睛发绿，嘴里发苦，却又不好把他拒之门外；可是一个月过后，所有赌场都再也忍受不了，一致给董详吃了闭门羹，说什么也不让他进门了。这一个月里，他战绩非凡，一共赢了两万多贯钱，把二十年来输的钱连本带利翻上十倍赢回来了。

董详回来喝酒使气，骂了半天，却也无可奈何，和袁天纲商量后，就又转战新都大兴城。

孰料大兴城开赌场的不但和老城长安同行互通声气，有不少其实都是一个人开的，肯让他进门的也不多。

就在董详满大兴城钻头觅缝地找寻还不认得他、还不知道他赌王名声的赌场时，吴妞看出门道来，笑着说：“少爷，我总算看明白了，您这以毒攻毒术见效了，等大兴城里也没人肯让他进门后，他的赌也就不得不戒了。”

袁天纲点点头，董详的赌徒生涯不久矣，等他没地方也找不到人赌时会是怎样的感受？他觉得自己是一手把董详送上了高楼，然后却把梯子撤了。可是除了这方法却也没别的办法能让他戒赌。俗话说：“劝嫖不劝赌。”一个人只要成了赌徒，就终身是赌徒，只有死能改变这一点。他心里叹了口气：以毒攻毒总是有副作用的。

一个月后，大兴城所有的赌场也都对董详关上了大门，那些他没去过的赌场门口也都高悬他的画像，好像官府通缉逃犯的海捕公告，守门的壮汉们只要见到他，二话不说，恭敬而又客气地请他离开。

人们现在不叫他赌王了，而是称他为赌神。各大赌场的头头脑脑们聚在一起，研究了半天，都觉得问题是出在袁天纲身上，可是董详下场时，袁天纲不但没下场，方圆几里都没有袁天纲的影子。最后议定：反正赌王菩萨是罩定他了，坚决不许他进场赌就是。

袁天纲觉得事情告一段落了，就让吴妞把那只钱箱拿出来，连同里面的钱一起交给董老丫，董老丫坚决不要：“我怎么能拿少爷的钱？”

“这可不是我的钱，都是董叔赢来的。”里面的钱已经有一万五千多贯了，几十贯铜钱，一叠钱庄的钱票。也就是说这两个月里，董详一共赢了三万多贯钱。若是跟权贵之间的豪赌相比，固然是小巫见大巫，但在一般赌场，也就算是大数目了，难怪赌场都不肯再接纳他。

“可是，当初不是说好了一半归少爷吗？再说了，他能赢什么钱，还不都是少爷赢的，借他的手就是，他就是再赌两辈子也甭想赢一文钱。他凭空得了一半，已经太多了，这些钱我不能要。”

“董姨，您就收下吧，少爷怎么能要这钱，当初就是让我给您攒着的。少爷就是为了帮他戒赌，哪里会想赢钱。”吴妞也在旁劝道。

“对，我就是想帮董叔戒赌，可就算是我师傅也没有戒赌的药。我那时只是想，如果这世上没有赌场、没有赌徒，董叔自然就不赌了。我没办法让赌场都关门，也没法把赌徒都关进牢里，只能以毒攻毒，让所有的赌场都不让他进，所有的赌徒都不跟他赌，他自然就不赌了。”

董老丫这才明白袁天纲这些日子帮董详赌钱的真正用意，笑道：“少爷这法子真见效，他现在真的没人跟他赌了，天天在家用副骰子跟自己赌哪。”

袁天纲和吴妞都笑了，又劝她半天，才劝动她把钱收下。董老丫并非不爱钱，就是觉得太多了。家有千贯就是中产了，家有万贯就是富户，就是人们常说的腰缠万贯。那时的人夸谁家富，也不过就是说家有万贯家财。现在她有三个万贯了，陡然间得到这笔横财，难怪她心里不踏实。

董详彻底失落了，真正尝到了英雄寂寞的滋味：高处不胜寒。有时闷得难受，赌瘾发作，就像孤魂游鬼般飘荡在长安、大兴的大街小巷里，望着一处处赌场，听着里面传来的骰子的声响、吆五喝六的声音，心中如百鼠挠肝，却又无计可施。不但门进不去，边儿都靠不上。

不但这些赌场不让他进了，熟识的赌徒不跟他赌了，就是街头专门摆赌局骗钱的骗子见到他都望风而逃。以前总恨自己赌运差，赌的烂，他现在才知道，就是输钱都是一种幸福啊。

袁天纲婚后的生活甜蜜而美满，两人的世界充满温情和激情。

婚后第二天，吴妞就从一个泼辣甚至有些粗野的女孩变成秀雅迷人的少妇，这种角色转变很快，却不显得突兀。仿佛人生的溪流只是轻巧地转了一个弯儿，就进入另一个人风光无限的区域。

袁天纲清楚地看到了这种转变，他并不觉得惊讶。他认为这并不是转变，而是人生的自然进程，似乎人一生下来，就为这一生的进程和各种变化蓄积了足够的能量，等待的只是那个进程和变化节点的到来，然后就自然而然把这种蓄积的能量释放出来，如同蛹化为蝶一般，只是鲜少有人能觉察出这一点。

他自己的变化更为巨大，由专心清修的人变成了迷恋美色、迷恋床底间销魂激情的人，他甚至理解自己先前的恐惧了，这种事委实太令人痴迷，很容易陷溺进去而不可自拔。几乎每天他都能在吴妞身上发现新的美丽、新的迷人的风情，在床笫间，更是每天都能发现不同的更为汹涌澎湃的激情。

在他身上并没显示出这种狂热生活的影响，倒是吴妞像是一件被磨平粗糙、打磨掉棱角的玉器，其内蕴的温润的光泽散发出来，显得玉润珠圆。

董老丫看到吴妞身上的变化，也是惊异在心，在心里赞道："真是人要衣装，佛要金装。"她以为是吴妞穿上好衣服又戴上金银首饰才有这些变化。至于婚姻对女人简直就是地狱，要受婆婆的虐待，要挨丈夫的毒打，还要过生产这道鬼门关。

新婚的甜蜜她从来没品尝到，婚后第二天，她丈夫就毒打她一顿，不为什么，就是给她个下马威，告诉她要明白谁才是一家之主。以后就三天一小打，五天一大打地过到现在。

两人唯一感到不适应的就是新房的布置太豪华了，睡在里面分不清自己是在人间还是在天上，有种梦游天宫的恍惚感。白天的时候，吴妞尽量不在新房里待着，而是在给仆人预备的厢房里，这样心里还踏实些。

第四天的夜里，袁天纲也受不了了，跟吴妞提议两人搬到厢房去睡。吴妞笑他："我天生是丫环命，享不了这富贵，你怎么也这样？"

两人晚上就悄悄把铺盖拿到厢房睡，早上再把铺盖拿回新房，以防董老丫看了不高兴。董老丫在装饰新房上可是投入了全部的激情，布置得美轮美奂。里面贵重的地毯、挂毯，墙帷、窗帏都堪称一件件艺术珍品，在袁天纲看来，这些应该是富贵人家买来收藏的，时时拿出来欣赏一番，而不是挂在墙上，铺在地上，有暴殄天物之感。

吴妞不会煮饭烧菜，也不会针黹女红。在袁天纲看来这都算不上事，坊里就有饭铺，早饭可以在饭铺吃，午饭和晚饭或者去泰和兴，或者让他们送来；至于缝衣补衣的，外面有专门的缝衣店，这点钱他们负担得起，没必要自己都做。吴妞倒觉得愧疚，每天趁董老丫来打扫房间时就偷着跟她学煮饭烧菜、学针黹女红。

董老丫看她学得辛苦，就悄悄跟袁天纲说，他应该雇个煮饭烧菜的老妈子，再雇个丫环伺候吴妞，毕竟她是妾不是丫环。

袁天纲对后一条建议倒是同意，妾毕竟是妾，和丫环还是有区别的。本来纳吴妞为妾，袁天纲就觉得有些委屈她，现在再让她每日里擦擦洗洗的，心里过意不去，晚上就跟吴妞商量，吴妞却第一次反对起袁天纲来，说道："买什么丫环，我就是丫环。家里又没什么活，白养一个人做什么？我就是丫环命，享不了呼奴使婢的福。"袁天纲听她如此说，也就罢了。吴妞反对买丫环并不是心疼钱，而是不想有任何外人闯入两人甜蜜美满的世界。

她也知道，袁天纲将来还是要娶正室的，甚至再纳一两房妾侍都有可能，将来也还是要有大一堆丫环婆子仆人，但那是以后的事，在那时之前，她就要独自完整地拥有袁天纲，不和任何人分享。这段时间不管是一年还是两年，她都满足了。

过了几天，董老丫找他去钱庄，说是要把那笔财产转入他的名下，毕竟苏神医仙去已久，这笔钱成了无主之物。

袁天纲跟她去了位于大兴城新城区最繁华的一条街上的金鼎轩钱庄，这里聚集着大兴城的富商豪贾，钱庄开在这里倒是恰当。大兴城从朱雀大街分开，东面是朝廷权贵住的地方，西面就是商业区，有东贵西富之称。

金鼎轩店面轩敞，装饰极尽奢华，袁天纲不禁怀疑这多年来有多少无主的财产被这家钱庄私吞了，才能有这等排场。

接待他们的是金鼎轩的少掌柜金容，也有四十多岁了，倒是仪容端凝，风采甚都。他把两人让到一间贵宾室，拿出一个账簿，上面记载的苏神医当年存入金银绢帛的账目。这账簿当然是伪造的，账簿用的是二十年前的旧物，造好账目后又把墨迹处理过，倒真像是二十年前就做好的账簿。上面苏蕤的签名不消说也都是伪造的。

"这笔无主之物总算有主了，在下心里也算放下一段心事。"金容把账簿给袁天纲看过后，一副如释重负的样子。

"贵店真是诚实不欺，这等无主之物居然保存了二十年。"袁天纲口中赞道，心中却是存疑。

"本店别的不敢说，这诚实无欺却是刻刻谨守的。前些年战乱频仍，不少顾客都在战乱中罹难，本店这些年一直致力于找寻他们的家人亲属，把钱财还给他们。本店老老实实做生意，黑心钱绝不拿一文。"

袁天纲心中犹有疑虑，都说无商不奸，难道金鼎轩真是例外中的例外？他总觉得此事透着蹊跷。倘若是笔小钱还罢了，这笔金银绢帛共值十多万贯，任何人得到了，立时就会成为巨富。金鼎轩能私吞而不私吞，真的具如此侠风？

再者说财产本该由血缘亲属继承，自己充其量算是苏神医的师侄，无血缘关系，金鼎轩完全可以以这个理由拒绝给他这笔财产，师叔没有血缘亲属，金鼎轩可以名正言顺地吞下这笔钱。可看金容的神态，倒像是巴不得把这笔财产塞到自己手上，好像这笔财产很烫手似的。

金容似乎看出他心中的疑虑，又笑道："公子可是觉得本店太轻率了？这笔财产就如此轻易转给您？跟您说吧，本店有个规矩，凡是在本店存钱的客人，本店都要让客人留下亲人的名字和住址，说起来有些不吉利，可是人命危脆如朝露，谁也难保没个三长两短，遇到这种事，本店就会找到账簿上客人留下的亲人的名字，把财产转过去。"

"我师叔的账簿上不会有我的名字吧？"袁天纲笑着反问道。

若是外人看到这情形，一定觉得匪夷所思，一笔巨额财产，一方急着要付出去，另一方却扭扭捏捏地不愿意接受，送钱比讨债还难。

"这当然没有，但留下的是尊师的名字。"金容笑容一敛，他也听出袁天纲话中的讥讽和怀疑。心中感叹：这戏真难演啊，在一个神算子面前装神弄鬼，简直就是关夫子庙前耍大刀。再难演他也得演好，皇庄庄头找到他，告诉他此事是最上面的旨意，不许多问，不许外传，办好了有好处，办砸了金鼎轩等着关门大吉吧。

最上面是谁？他一清二楚，更清楚这差事的分量。接到最高指示后，他在心里已经演练无数次了，设想各种可能的变数，唯恐出了差错。

"我师傅？"

"您看看这个吧。"金容递给他一张纸。

袁天纲看后大惊，这真是师傅的亲笔，下面还有他最熟悉的签名画押。上面证实袁天纲就是他的弟子，苏蕤财产的唯一继承人，这笔财产要转入袁天纲的名下。

袁天纲心中的疑虑消失了，这世上任何事、任何人都可以怀疑，就是不能怀疑师傅。他前两天怀疑过一次，后来在神像前、在心中忏悔了好几天。

这纸证明文书可不是伪造的，而是金容派人去洛阳请孙思邈写的。孙思邈听来人说明这件事后，也毫不犹豫写下这份证明。写时他感到心中有愧，不仅愧疚自己欺骗弟子，更感到这是在和自己鄙视痛恨的杨坚沆瀣一气。但也没办法，戏既然开场了，还有他的角色，他也只能尽力配合，捂住那个坚决不能打开的盖子。

“本店不单要找到客人的继承人，也会保证客人财产的安全，没有可靠的证明文书，本店也绝不会把任何一笔钱财贸然转出去。”金容看袁天纲完全相信的神情，心中松了一口气，他知道不是因为自己能言善辩，而是药王的证明太有权威性了。便又敲钉转脚加上一句，把这事彻底搞定。

袁天纲心中再无怀疑，看来这金鼎轩不仅诚实不欺，而且侠风可敬，百年老店的确名下无虚。

过账的文书早就预备好了，饶是袁天纲不重视钱财，蓦然得到这笔巨款，签名时手还是有些发颤。家里祖父和父母从来不在他面前谈钱的事，他也不知道家里有多少财产，但估计连这笔财产的一半都不到，而在成都也算是富裕大户了，田园连陌，奴仆成群。

董老丫倒是神态泰然，心里在想：这点钱算什么？这就是个开头，只要能想到办法让少爷接受，就算是座金山她也能给小主子搬来。看看那几个王爷哪儿还考虑钱财的事？皇上干脆赏赐他们每人一座铜山，每人几口造钱的炉子，想要多少钱自己造。

这倒是实情，杨坚发行开皇五铢钱后，苦于铜钱太少，不仅在各地设置专门铸造铜钱的机构，晋王杨广以下的几个亲王也都每人赏赐铜山和铸币炉，让他们自行铸币。不过这几个亲王都是统率大军的，他们铸造的铜钱也要拿出大部分来充实军费，不是全部收入个人腰包。但这几大亲王不愁钱花倒是真的。不像明朝中后期的王爷们，也和编户小民一样为钱发愁。

袁天纲在一式两份的文书上签好字后，金容珍重收起，然后问道：“公子这笔钱是要全部提出还是继续存在本店？”

“还是存着吧。”

“听说公子要纳妾，看来是想在这儿长住了？”

“应该是长住。”袁天纲脸一红，想想说道。

“公子若是长住，就听在下一个建议，这笔钱让本店放出去，本店按一分行利，每年也是不小的收入。只是这样的话，就不能随时都能提走了，要提的话得到一年年末。如果提前要提也不是不可出，不过要提前通知，本店好筹措，这一年的利钱也就没了，这些规矩先说一下。”

“好的。”袁天纲又在另一份文书上签了字。这钱他虽然得到了，却不打算用。他忽然看到一直没说话的董老丫，心中一动，就又让金容开了一张凭票即付的一千两银子的银票。

金容开出银票后，笑呵呵道："公子，拿着本店的银票，不要说在本地随时都能提，就是在西域龟兹国都能提出来。这笔钱也不算在本金里，在年末的利银中扣除吧。"

金容和董老丫以为他是要纳妾，有些额外花费，也没在意。

袁天纲和董老丫又坐车回到长安清化坊的住处，袁天纲请董老丫坐下，请她吃酒，然后把那张银票取出来，放到董老丫手上，小心赔笑说："董姨，您保管这笔钱二十多年了，这点银钱送给您作养老钱吧。"

董老丫真仿佛被银票烫着了似的，从凳子上跳起来，把银票甩开，脸色变得煞白："少爷，这可不行，万万使不得，这钱我要是收了，得天打雷劈。少爷，我知道您的好心，这不行，您这样做不是赏我、照顾我，是在折杀我。"

袁天纲听她这样说，倒不好意思起来，再看她吓得魂不附体的样子，虽不明细故，也不好再勉强了。暗自思维：以后再想个她不会拒绝的法子吧，再说这点钱也太少。

董老丫心里明镜似的，她不管给袁天纲要多少钱财都没问题，要的越多皇上越高兴，但绝不能有丝毫用在自己身上。皇上最恨奴仆欺骗了，平时待奴仆还是很厚道，差事办的好了有重赏，但要是哪个奴仆敢欺骗他丝毫，地狱的大门就为他敞开了。

更何况自己的工钱涨了三倍，大儿子也到庄上去了，将来再管个皇庄，皇上这笔赏赐也不小，她真的很知足。只要伺候好少爷，将来赏赐会源源不断而来。

这笔钱按一分行利，每年的利钱就是一万三千多贯，而当时一品宰相如高颎、苏威，每年的年俸和各种朝廷给的衣装费、车马费、仆隶费，再加上各种配额的酒、肉、鱼、米、面等实物种种加起来，也不过九千贯左右，这还是历史上宰相年薪最高的时期。当然杨素、贺若弼这样的功臣，家中钱财就不计其数了。现在袁天纲每年能拿到的这笔利钱倒真够得上王爷的等级了。

第二十六章

袁天纲来长安前，祖父就跟他交代，让他到长安后去拜访几家姻亲，也是图个有事好有个照应，还让他带来各种成都的土产作礼物。

他来到长安后，先是各处游玩了二十多天，心里想不急，反正在长安长住了，时间多的是。其实他是害怕拜访过这些姻亲后，万一这些姻亲又很认亲，真的天天照应他，他反而不自在了。

随后一个月里，意外的惊喜与疑窦一件件一桩桩接踵而来，他也就把这事忘了。都快半年了，一天，吴妞收拾东西，在一间厢房的角落里发现几大箱子绢帛、茶叶、竹席等东西，唯恐这些东西堆在角落里发霉了，就拿出来晒晒，袁天纲看到东西，才一拍脑袋，骂自己忙糊涂了。

第二天，他就雇车开始拜访几家姻亲，第一家是他姨表姐蓝瑛家。姨家也是成都世族，表姐更是成都出了名的美女，两家来往最为密切。当时成都人都知道，本城有个神童，还有个西施般的美女，神童说的是他，美女说的就是他表姐。他十多岁时，母亲还常惋惜似的说，可惜他表姐比他大了几岁，不然一定要讨来做媳妇。

表姐六年前嫁到长安，夫家是功臣之后，她公公梁厚泽是禁军的一个将领，袭了一个县公的爵位，丈夫梁继祖任宫门守卫，也算是大内侍卫了。

他恍惚中听家人说，本来这门亲事是门不当户不对的，表姐夫家在世族眼中不过是个暴发户，依仗军功聚敛起一笔财富，父子两人的官职也是承袭父荫。只是姨家似乎家道中落，贪图重聘才嫁的女儿。他也因此对表姐的夫家没了好印象，其余要拜访的都是平时很少走动的亲戚，这也是他不急于拜访的原因之一。

梁家在大兴城的亲仁坊，这附近住的都是权贵和高贵。梁家的府邸若在外省也算是豪华壮丽，可夹在一处处拔地而起的权贵的豪宅中，就显得黯然失色。

门前是一对卧狮，卧狮后竖着两杆长戟，这是有爵位的武将和够品级的官员才有的特权，府门可以成为戟门了。

袁天纲下了车，走到门前把拜帖交给梁府几个家人，几个家人本来腆胸挺肚，看他并无仆从，又没有自己的车，以为是上门打抽丰的穷亲戚。待他走到面前，家人们见后也不敢小觑，看到拜帖后更是恭谨有加。原来袁天纲的表姐已经收到家里的信，说袁天纲要到长安来，会来拜访她，每天派人来大门口询问。

“原来是表少爷到了，小人这就去通报少夫人。”一个家人捂着帽子，飞奔进去。袁天纲回去把车钱付了，然后拿下两个沉重的箱子，门口几个家人急忙上来帮他拿，对他的轻车无从还是感到不解。

不多时，一个年老家人跟着进去的那家人出来，看穿着和神态即知是地位较高的家人。他来到面前，一躬到地，欢喜道：“表少爷，您可来了，”

“何伯？”

“表少爷还记得老奴？”老家人惊喜地说道。

袁天纲心中一阵惭愧，他见人一面后无论多久都会记得，只是这何伯前些年见到时还是身体硬朗的中年人，这才几年不见，怎么成了衰朽老人？他还是听声音才认出来。

何伯是蓝府的老家人，小时候表姐去他家，都是何伯率几个家人陪着。

“表姐还好？”看到何伯的变化，他蓦然有些担心起表姐来。不会是梁府欺负表姐吧，家人们才憔悴如斯？如果这样，他可有事做了。

“小姐很好，就是天天念着表少爷要来，一直等着哪。”

袁天纲跟着何伯穿过中堂来到内宅，蓝瑛正领着一群丫环侍妾在内宅门口等他。

“你个小坏蛋，怎么恁晚才来，不是早该到了吗？”蓝瑛见到他，惊喜交加。

“表姐好。”袁天纲上前笑嘻嘻见礼，两人从小就常在一起嬉笑打闹，看到蓝瑛，他便又成了孩子。

“我好，我很好。”蓝瑛定睛看他一会，“你看来也很好，比以前壮实多了。姨母怎么舍得放你来长安？是不是你害得成都各家的闺女们都彻夜不眠，成了成都公敌，被驱逐到长安来了？”

袁天纲有些发窘，没想到表姐出嫁后变得泼辣了，这么多人面前也开他的玩笑。那些丫环侍妾都掩口窃笑，眼睛都眨也不眨地盯着袁天纲。

“你们大家开开眼吧，这就是我姨母家的神童，依我看倒是个害人精。你们不知道，从他十六岁起，不知多少大家秀女为他害上相思病，他倒好，没事人似的，一门亲事也不定，害得那些秀女心都悬着，眼巴巴望着。他祸害完成都，又来这儿了，你们等着瞧吧，用不上三两年，长安大兴城的闺女们晚上都别想睡觉了。”蓝瑛继续炒豆子一般说着。

袁天纲也不答话，看表姐这神态，在梁府非但不受气，而且很强势，他倒是放下心了。

那些丫环侍妾年青脸皮薄儿，不敢接话，只是脸红红的痴痴笑着，旁边一个五十多岁的婆子两手一拍，笑道：“少奶奶说的再对没有了，京城那些俊俏公子我不敢说都见过也差不多，哪曾见过这么俊的人，跟画上人似的。”

大家又说笑一阵，来到中堂，两人坐下后，那些丫环侍妾围在蓝瑛身旁，几个老年婆子侍立周围。袁天纲没敢说自己忘了，只推说路上耽搁了，才在长安安顿下来。

蓝瑛听说他落脚在长安，笑道：“你怎么去那儿了，应该到大兴城来。要是找不到合适的房子，就在我这儿，空房多的是。”她以为袁天纲来京城是家里要他来谋个一官半职，权贵们都迁到新都了，在长安能活动什么？

“不劳表姐操心，我已经租到房子了，就在清化坊。”袁天纲说了自己的住址。

“那套房子？”蓝瑛惊讶起来，“不是苏神医的房子吗？你怎么租得到？”

他最头疼的就是提自己的住址，一提起来别人就问他这问题，“表姐也知道啊？”

“这事谁不知道？我嫁过来的那一年还去烧的香，这两年倒是没去了。”

“也许这两年没人烧香了，房子空着也是空着，就租给我了。”

说话间，家人们把袁天纲的礼物拿上来，这些礼物倒不值太多钱，只是土产难得。蓝瑛看到后果然高兴起来，也不再追问他租房子的事。蓝瑛拿着蜀锦给大家展示着，看到茶叶更是喜欢，叹道："原来还托家人年年给捎茶来，这几年嫌麻烦也就省了，倒真有些想了。"便吩咐一个婆子马上烧水烹茶待客。

袁天纲坐了一顿饭工夫就告辞，蓝瑛说什么也不放，要留他吃饭。他推说还有几家亲戚要一一拜访，既然来到长安，以后时间多的是。蓝瑛听他这样说，才放他走了。

"好吧，哪天我去看你，顺便再烧炷香。"

袁天纲没去其他人家拜访，而是坐车回家。坐在车里，他忽然有种失落的感觉，大家都大了，不能再像小时候那样毫无顾忌地嬉笑打闹，甚至挤在一张床上说悄悄话。这当然是不可免的，他还是有些伤感。

"怎么回来得这么快？没见到人？"见他回来的如此快，吴妞有些意外，她以为他第一次登门拜访，表姐一定要留他吃饭，吃酒晚了出不了城，明天再回来都有可能。

"见到了。"他只淡淡说了一句。

"少爷，你不是不舒服吧？"吴妞仔细看着他的脸色。

"我没事。"他就把拜访的事简单说一遍。

"表姐哪天要来这里，咱们这儿可怎么待客呀？"吴妞有些发慌了，想到大户人家宴客摆的排场，家里却连个应门的仆人都没有。

"那有什么，在泰和兴定几桌酒菜，让他们送来就是。"

"表姐现在是贵夫人，会不会嫌弃我？"想到要见婆家人了，她就像见到猫的老鼠般有些身子发麻。

"不会，你放心吧。"

他以后每隔一两天，就去拜访一家亲戚，都是快去快回，人家留饭，他就找借口推托。这些亲戚大都是平时不很走动的，有的人家他留下住址，有的索性连地址都不留。这些亲戚们也都没问他做什么，都觉得不言自明，一个外省士子来京城，自然是求托权贵之门，好谋个官职。和他说话时都闪闪烁烁，唯恐他出言相求。

袁天纲自然看出这些人的心思，心中一笑置之。拜访完最后一家，他心里松口气，总算完成任务了。

半个月后，蓝瑛回访。她乘坐一辆犊牛车，前后都有几名仆人骑马导从，她丈夫梁继祖骑一匹白色骏马，走在犊牛车旁，他着一身软绵盔甲，头戴大内武官翎帽，倒是威武不凡，坊内卫铺的铺卒见到，慌忙施礼不迭。

这地方他们以前来烧过香、拜过神，不用打听直接来到门前，因是神宅，虽是小门小户，他们倒不敢小觑。

袁天纲为这次接待也做足准备，酒菜都是从泰和兴定的，酒点名要剑川春，菜品也极尽丰饶。倒不是摆阔，而是为了给表姐壮脸面，免得被梁家主仆瞧不起。席玉清知道后，调拨来四名伙计、四个丫环，董老丫又从外面替他雇了两个仆人、两个上了年岁的婆子，这支临时拼凑的杂牌军在董老丫的指挥下倒也军容齐整，井井有条，房宅虽小了些，却也有了大家气象。

董老丫一边交代这些人做这做那，客人来时该怎样做，一边跟袁天纲说：“少爷，这才像个家样，你以后也要这样才行。”

吴妞在一旁两手扎撒着，不知该做些什么，只好跟着董老丫进进出出，董老丫嫌她跟着碍事，就告诉她：“您哪，啥也不用做，就陪着少爷做您的少奶奶吧。”

袁天纲和梁继祖初次见面，自然少不了一番寒暄客套。梁继祖见到袁天纲，心里也不禁赞叹：好个风流人物，我若是有这相貌还当什么守门侍卫，至少也能当上御前侍卫。

蓝瑛见到这么多仆妇，也没着在意里，姨母家本来就仆妇众多，知道吴妞的身份后倒是意外的惊喜，握着吴妞的手，笑道：“这小道士总算生凡心了，妹妹功劳可是不小。”

袁天纲从小到大经常在三羊宫厮混，在亲戚中也有小道士的诨名，他又总是推托婚事，大家都怕他也步他叔叔的后尘，在三羊宫出家了。

吴妞也有美人之誉，见到蓝瑛才知道人和人是不能比的，不单是相貌的妍媸，蓝瑛那种高贵的气质更令她自惭形秽。蓝瑛倒不这样想，吴妞相貌气质别具异域的美，更重要的是她能让袁天纲娶了她，这就是非常了不起的事，她不知道吴妞是怎样做到的。

夫妻两人先沐手焚香，在东屋神像前拜过神，这才回到中堂坐定。仆人们也都有人请到厢房去吃酒。

蓝瑛夫妻看着中堂豪华的装饰也惊呆了，蓝瑛笑道：“你这是发大财了还是抢了金铺？”姨母家虽比自己家富裕许多，却也绝摆不出这排场。中堂虽不大，每一样东西都是价值不凡。梁继祖更是心惊：这不是把太子的幄殿搬来了吗？皇上都没恁地奢侈。

杨坚夫妻生活节俭，虽贵为天子皇后，太奢华的东西都不用，饮食也都平平常常。诸王们在他们夫妻的管教下，也都不敢过于骄奢，只有太子杨勇自恃太子身份，奢华无度。梁继祖还是有一次太子出行时见过一次太子的幄殿，跟这间中堂的布置相差仿佛。

布置中堂的这些物事正是一套完整的幄殿。当初是为杨坚打造的，杨坚不喜奢华之物，没有征用，就一直保存在库房里。皇帝出行的幄殿大小恰好和这间中堂差不多，董老丫也就全搬来了，至于正房不过是小一号的幄殿而已。难怪袁天纲两人在里面睡不着觉。

“我哪有闲钱置办这些，我只管租房子住，房子是房主布置的。”袁天纲笑着解释。

“房主？”蓝瑛夫妻两人交换一下眼色，都觉得这里面有文章。一般人来到这里，也不过是觉得难以形容的奢华而已，而梁继祖出入大内，自能认出这些物品的规格，绝非简单的奢华可言。看到满屋子的御用物品，就知道这件事水太深，不敢轻易出言。对袁天纲这话两人更是不敢相信，莫说京城寻不出多少有此财力的房主，就算是有，也不会在出租给别人的房子里不惜本钱地装饰。除非……除非是，两人心中同时闪过一个词：接驾。但想想又太不靠谱了。

过几天蓝瑛又来了，看到仆人们一个不见了，正房里那些昂贵的家什倒是一件没少，笑道：“我还以为这些也是你租来的哪。”她委实是不放心袁天纲，不知道他怎会突然这么有钱，情形过于诡异。

袁天纲老老实实把自己来长安后这些怪事说了，蓝瑛听了也是参悟不出，不过她能感觉出这位神秘的房主对袁天纲绝无恶意，倒放下心来，笑道：“也许这人想跟你师傅学成仙术吧，预先在你身上下足功夫。”

这天上午，洪仁发来到卦室，趁无人时告诉袁天纲，他主子杨素要见袁天纲。袁天纲大为诧异，不知这位当朝权贵怎地忽然想要见自己，本想推掉。洪仁发又告诉他，还有一人同来，是太常卿牛弘牛大人。袁天纲知道这位权贵当年曾是祖父的学生，他要见自己倒是推不掉，也就点头同意了。

杨素要见袁天纲可不是心血来潮，袁天纲的名气他早听到了，却不以为意，洪仁发向他推荐，他也并不热心。在他看来，朝廷官员们大多是饭桶，京城中有名气的也大多是欺世盗名之辈。让他对袁天纲突然间如此重视的是另外一个人，就是他最佩服的牛弘。

那天他在府中请牛弘喝酒，席间牛弘忽然提起来，说是曾在醉仙居门前摆卦摊的青年与自己颇有渊源。

杨素还不知道他说的就是袁天纲，便问是哪个，牛弘便提到袁天纲，说这青年就是当代儒宗袁嵩的长孙公子。说起来，牛弘当年还曾向袁嵩执经叩问，算是半个弟子了。牛弘说这话是以为袁天纲既然曾经在杨素的地盘——醉仙居门前算卦，一定是被杨素收为门客了，醉仙居是什么地方，和杨素没有过硬的关系，谁敢在太岁头上动土？他是怕杨素把袁天纲当作一般的门客，想让他照顾一二的意思。

原来是袁家一个远亲来长安，听说袁天纲的事后，以为这孩子在长安没得到发展，困顿如此，他恰好知道牛弘和袁嵩当年的交情，就请牛弘照拂。牛弘也很认交情，可要是已经成了杨素的门客，他就不好插手，只能替袁天纲美言几句。

牛弘字里仁，身躯伟岸，美须髯，腹阔腰圆，真应了弥勒佛那句话：大肚能容，容天下之事。平时待人接物，无论横来的，逆来的，他都能坦然顺受。杨素尊敬他也是为此，并非单单因为同学的关系。

他在史上最有名的一件事并不是创建了隋朝的礼仪制度，而是他的肚量。他弟弟牛弼和他性情恰好相反，性情粗暴，酗酒无德，牛弘的人格魅力能感服桀骜不驯的杨素，却不能对弟弟产生丝毫影响。一天，他下朝回家，牛弼喝醉了，开弓射箭，把他的座车的牛杀了。或许是对飞黄腾达的哥哥恨之入骨，把牛当作哥哥的替代物了。

一家人都怕这个牛弼，牛弘妻子以为这次牛弘不能容忍了，一定会好好管教这个弟弟。就告诉他弟弟射杀了他的座驾，牛弘却一言不发，好像没听到。他妻子隔一会又说一次，他只是淡淡地说：“做牛肉汤吧。”脸上神色丝毫不变。

其实这件小事与他在隋朝所建立的文化方面的功绩根本不能相提并论。杨坚登基之初，牛弘就上书，向天下征集图书版籍，有献书者赐以金银绢帛，甚至官职。北朝连年战争，图书多毁于战火中，流落民间的也大多残缺不全，亟待收集整理。杨坚对此也很重视，既然要恢复大汉正统，没有了汉文化怎么成，那可是汉民族的灵魂。于是便下诏征集图书，任命牛弘为散骑常侍，秘书监，封奇章郡公。牛弘既做皇上的侍从，地位显要，又专门负责整理校勘书籍的工作，在恢复保存民族文化上厥功甚伟。

杨素对牛弘的话都很注意听，心中一怔，这个袁天纲不但听过，而且自己的门客还向自己推荐过，他当时没在意，挥挥手就把门客打发了。

“里仁，你是想让我照顾照顾这个年轻人吧。没问题，袁老公祖我也知道，虽未向他请益过，却也敬其文章品德。既然是他的孙公子，道德文章想必也是一等一的，我正缺这种人才。只是他怎么沦落到街头卖卜了？”

“可能是求取功名不遂，带来的钱花光了，只好如此吧。”牛弘叹息一声。长安米珠薪桂，简直是吃人的地方。这些武将功臣，都发了战争财，个个富可埒国，家中奴仆数千，衣绮罗、厌膏粱的仆人就足有一千多，主人们有多豪奢就可想而知了，真是生民何如豪门犬啊。这些话牛弘就不能说了。

“那你何必跟我说？你在皇上面前说上一句，什么官职求取不到。”

“他在你的地盘卖卜，不是你的门客吗？这事该你管。”

“我的门客？”杨素哈哈笑起来，旋即意识到自己犯了错误，这等人才自己早应该抓到手，将来可能是自己的一大臂助，就像皇上和高颎的关系一样。看高颎对皇上那片死忠的劲头，连他都自惭不如。“不是，里仁，你弄错了。这青年只是借我的地盘混衣食罢了，不过，你既然提起了，我可真要收他作门客了。不对，要请他作我府中的客卿。”

说到门客，他马上改口，意识到牛弘和袁天纲的祖父有半师之谊，说来袁天纲就是牛弘的世侄了，自己收袁天纲作门客，对牛弘面子上不好看，索性大方一次，请他作客卿。

杨素做事雷厉风行，马上派人去找洪仁发，恰好洪仁发在府中和总管家对账目，须臾就进来了。杨素再次询问袁天纲的事，洪仁发就把自己知道的都说了一遍。

听到袁天纲来长安并非求取功名富贵，就是要卖卜为生，杨素和牛弘都怔住了。

半晌，牛弘才缓缓说道：“老公祖淡薄世情，虽为宦二十多年，就如隐居一样。他的长公子也当个芝麻大的小官，二公子索性出家做了道士。而今这孙公子也是要箕绍家风了。”

杨素心里哼了一声，这些南朝降官并不是什么淡薄世情，不喜做官，真能视功名富贵如浮云，不过是因为自己是降顺的，唯恐当朝显贵一个不顺眼，安上个思念故主、图谋不轨的罪名，就会大祸临头，淡薄什么的不过是保身要诀而已。南朝儒宗后代颜之推而今也住在长安，和袁家一样的门风，说起来颜家比袁家还要有名哪。杨素胆量最雄，一辈子没怕过什么，当年为了向朝廷争执父亲的军功，他和武帝宇文邕争执起来。武帝大怒，当场命人把他退出去斩了，他凛然不惧，慷慨陈词，最终说的武帝转怒为喜，时人服其胆色。他在武宗朝真没怕过，而今在杨坚手下，倒真的怕了，不仅怕皇上，更怕皇后，这对夫妻一个比一个狠。天下人都说他心狠手辣，那是没见识过皇上两口子的手段。

“老洪，你去好生跟袁公子说，我明天要见他，请他来这里对他不恭，就在你那里见吧。”杨素摆出一副和蔼的面孔对洪仁发说。他是怕洪仁发狐假虎威，用上江湖手段来硬请袁天纲。

“你既然做东，我也借光一起见见他。”牛弘在旁说。

“好啊，是你起的头，当然少不了你。”杨素哈哈笑起来。

“还有一句要紧话，你请他作客卿的事还是慢慢来，别见面就说白了。”

“我明白，你是怕我为难你老师的孙子。你放心，这泼天的富贵天下人都抢着要，就是没一个能入我眼的。现放着你天大的面子在此，不管怎样，我都不会欺负他就是。”

牛弘这才放心，为了创建本朝礼仪的事，他曾多次去拜访过颜之推，能深深地体会到颜之推既不愿意做官又不敢不做官，既真心想隐退，又不敢隐退，左右为难，步步惊心的心境。袁家虽说已经过了三代，这种心态想必还有吧。

翌日午后，杨素和牛弘轻车简从来到醉仙居。

洪仁发早率人把门前门里打扫得一尘不染，连石板路面都用清水洗过，足可当镜子用。然后就派出伙计前去打探。听说主子的车马已经到了两条街的路口，就率手下几个管事的站在大门前鹄候着。

从车里看到旅馆门可罗雀，里面也肃静无声，牛弘笑道：“你这家旅馆怕是赔钱的买卖。”他只是随口说笑，情知杨素开这家客栈是有别的勾当，绝不是为了赚钱。

“那你就不懂了，今天是为了迎接你牛大人，歇业一天，平时这里根本住不进来。”杨素笑着说。他的座车是马车，随行的是马队，牛弘的是牛车，跟不上他们。两人就同车而行，把牛弘的牛车留在家里了。

中国历史上曾经有近千年的马荒期，西汉初年，丞相就只能坐牛车，汉武帝时马匹繁殖曾经达到高峰，可惜大都损失在西域了。到了东汉，三公还是只能坐牛车，西晋、东晋莫不如是，文官坐牛车，只有武官才能骑马，这是非常严格的硬性规定。王羲之等东晋贵族就不能玩赛马什么的，只能玩赛牛，所谓八百里快牛是也。马荒一直到大唐鼎盛时期才得到缓解。

洪仁发把两人迎接进主厅里，自己亲手奉上美酒，其他伙计们端着一个个漆盘，上面是各种果品。

杨素摆手道："你别张罗了，我们不吃也不喝，你这里没什么能吃能喝的。"

牛弘有些渴了，他和杨素也不外道，端起一杯酒喝下去，笑道："这酒不错啊，比你昨天请我喝的还好。"他又招呼一个伙计，"孩子，把你手里的放我这儿，你们主子不吃，我替他代劳。"

杨素笑道："好，你就全代劳吧。"他挥手示意，这些伙计真的把盘子都摆到牛弘面前的桌子上。牛弘也不客气，每样吃着，然后点评着。伙计们都在腹中窃笑。

洪仁发得了杨素一个眼色，便去请袁天纲。不多时，袁天纲进来，向坐着的两位躬身行礼。

两人都站起来，杨素还没说话，牛弘就招手说："袁世侄，来，到老夫这里来。"

袁天纲微怔，这位身材高大肥胖、满面红光的大人怎么称呼自己世侄？从未见过啊，自己家的世交没有自己不知道的。他见到牛弘满脸真挚的热情，只好走过来，又施一礼。

牛弘拉着他的手，就如长辈见到喜欢的晚辈一样，先打躬问了袁嵩的近况，说起当年自己向老公祖执经请教的往事，还不胜唏嘘。然后又问到袁天纲的父亲和家里一些情况，着实亲热。袁天纲这才知道这位大人曾经是祖父的半个学生，祖父当年一代儒宗，这种门生太多了，难怪自己不认识，也没听祖父说过。但祖父的门生中像牛弘这样重师生情分的也不多，心下着实感动。只是牛弘一直不介绍自己，袁天纲也不知他是何人。

杨素从袁天纲一进来，就觉得眼前一亮，仿佛窗子全打开，阳光全射进来一般。他的眼睛盯在袁天纲身上，始终没移开过，心中先暗叹一声：好个人物。

待见袁天纲行步之间，既如行云流水，又不失渊渟岳峙的气势，心中又叹一声：庙堂重器也。这种风度他在牛弘身上看到一些，但牛弘却又显得重而不清。薛道衡文章妙绝一世，风度仪表就逊得远了。

他看到袁天纲脸上一丝迷茫，已然明白，笑道：“里仁兄，你也不介绍下自己，袁公子知道你是什么人？袁公子，好教你知道，这个胖大人就是牛弘牛大人，你听过这名字吧。”

京城四贵的名头袁天纲当然知道，其实朝廷上有头有脸的他也都知道，只是没见过，就对不上号。

“原来是奇章公，失敬，失敬。”袁天纲再施一礼。

牛弘扶着他的手，笑道：“老夫日日研究礼，无时不想起当年随老师习礼的情景，真是恍如隔世啊，不想在世侄身上又见到了。世侄一定是自小随老师习礼吧，胜老夫多矣。”转脸对杨素笑道：“你整天价夸口说四海之大，你就没看到个像样人物，今儿个看到了吧。还天天在你眼皮子底下，你看不到，还敢诬天下无人？世侄，我给你介绍介绍，这位就是目空四海的越国公杨素。”

袁天纲一见杨素就认出来了，目如鹰隼，体具虎豹之威，正是嗜血嗜杀、从千万死人堆中爬出来的猛将身上才有的气势。转过身来，躬身施礼。

杨素还礼毕，正色道：“是在下之过，早闻袁公子大名，只是在下穷忙，一直没能见上一面。这次还是你这位世叔提起，才决心把那些烦心的事都推开，来见上一见。果然是国士无双。”

洪仁发在旁看到，喜的眉毛都抖动起来，袁天纲果然中主公的意了，自己荐贤有功，少不了受重赏。他这才叫人再抬进一张桌子，准备给袁天纲安置席位，牛弘道：“不必了，我这世侄就和我同席吧。”拉着袁天纲坐在身旁。

三人坐定，杨素已经下了决心，一定要把袁天纲笼络到自己身边，至于官职，随他喜欢挑就是。他先挑起话头：“袁公子，令祖一代儒宗，你又是人中龙凤，将来雏凤清于老凤声是一定的，缘何甘心于街头卖卜，可是有难言之隐？我与你这世叔情同手足一般，你当着我们二人尽可畅言。不是我发狂言，在长安城里，还没有我们办不了的事。要钱有钱，要官有官，你开口就是。”

袁天纲还没回答，牛弘觉得杨素这话有些太直白了，怕伤了袁天纲的面子，忙道：“处道（杨素的字），你当年不是有句名言嘛，臣但恐富贵来逼臣，臣不图富贵。如我这世侄，又何愁富贵不来，又何图富贵，但恐富贵相逼耳。”

杨素大笑起来，这句话是他一生中最得意的名言，相信即便古人能说出这种话的也不多。牛弘此时提起，正挠着他的痒处，虽知他是为袁天纲壮脸面，还是很受用，“是我失言，袁公子国士无双，何愁富贵，何图富贵，以后真是要怕富贵相逼了。来人，上酒，上最好的酒。”

洪仁发一听，头都大了，哪里还有最好的酒啊，刚刚上的酒和果品都是上午从国公府中运过来的，都是最好的，而且是主子最喜欢吃、最喜欢喝的。

他壮着胆子把酒和果品上来，为三人斟满酒盏，然后退到一边。

牛弘又喝了一盏，抓了几颗樱桃放在嘴里吃了，慢慢品味其滋味。那时候最珍贵的果品就是樱桃了，比黄金还贵，一般贵族家里也就是做糕点时在最上面点缀一颗，或者煲汤时放上一两粒，已足以令座客耸动，杨素这里却是一盘子一盘子的上。

杨素喝了一盏，抓着几样果脯吃，看都不看那红透的樱桃，显然是吃腻了。他直勾勾看着袁天纲，显然在等他的回答。

袁天纲慢慢饮尽，这才说道：“家祖、家父都厌倦仕途，是以不想让晚生踏入。晚生秉承祖志，甘心于占卜，决意以此为业了。”

杨素摇头道：“小世兄，这话就难解了。贵府乃儒家宗学门庭之一，小世兄纵然不想做官，尽可继承儒学，授徒自给，也可继承家声。你别怪我直言，你这样一块纯金美玉，就甘愿埋没于尘土瓦砾之中，我都替你不值，更是坠了贵府的家声。”

牛弘缓缓开口：“处道，自古奇人硕士，不是在朝廷中出将入相，如你这般，就是为僧、道、医、卜，这四种人中往往有奇才。”他怕袁天纲发窘，便出言为他解脱。

“有才为何不出来做官？如果没路子倒也罢了，那四种人无非是命运淹蹇，无路通天，又不甘心于平庸，只好去做那四种人。小世兄脚下可是天下人都没有的坦途，直通青云，就等小世兄迈出这一脚了。令祖、令尊的心事我也知道，当你世叔的面也不妨直言，无非就是个怕字。我今天给小世兄一句明白话：只要我不倒，长安城里、朝廷上下，没人能动得了你。”

杨素是决意要收纳袁天纲了，说的都是掏心窝子的话，讲明了只要跟着他，非仅可以平步青云，而且稳如泰山，当然前提是他这棵大树不倒。

在一旁站着的洪仁发急得直向袁天纲递眼色，主子如此热衷连他也没想到，袁天纲只要一吐口答应，泼天的富贵唾手可得，还等什么？

“处道，这事不妨再议，今日初会，咱们说些别的。”牛弘也一直看着袁天纲，见他只是不发话，便提醒杨素不要太心急。

“也罢，小世兄不妨慢慢想，以后想做官说一声就行。就算不想做官，有别的为难事，就对老洪讲，小事的话，他就帮你办了。”杨素也知道自己太心急了，就退了一步，心里还在嘀咕：“这些南朝过来的人就是死不开窍，功名富贵放在手边了，还不敢取，总是怕，怕什么，西汉时主父偃说过，‘生不五鼎食，死即五鼎烹。’为人处世，就要有这种狠劲才行。”

杨素话已说白，不再多说了。牛弘拉着袁天纲的手，和他谈着易学。易学为百家之源，只要讲求学问，易学是无法略过的，只是牛弘所讲求的儒家易学义理和袁天纲着力研究的术数并非一回事，对儒家易学义理他当然也精通。

袁天纲不敢逞能显露自己的本事，只是顺着牛弘的话敷衍，饶是如此，牛弘也是大惊。小小年纪，学问已然如此，自己居然问不倒他，家学渊源果然非同一般，心下更加钦敬。杨素不喜易经，却精擅风角术，便随便问了袁天纲几句，袁天纲也是敷衍作答。风角术，三羊宫的老道长研习最精，也倾囊传授给他。杨素不停地捋须点头，他也是美髯公，那时候有一副好胡须就是最好的脸面。

洪仁发在旁凑趣，说道：“主子，袁公子还有一项绝技，他最会猜东西了。”

“猜东西？打灯谜吗？”杨素一时没明白过来。

“不是，就是把东西藏在盒子里或箱子里，他就能猜出是什么，可神了。”

“那是射覆啊。”牛弘道，“世侄还精于射覆吗？”

“不敢说精，略懂一些而已。”

杨素道：“西汉东方朔最精此术，史书记载甚详，其后遂成绝响。”

牛弘道：“也不然，三国时管恪也精于此术。”

杨素兴致上来了，早听说有射覆这门技艺，还从未亲眼见过，他对洪仁发道：“你去找个盒子，随便藏一件物事。”

洪仁发依言笑着下去。牛弘却不禁有些担心，算卦什么的准不准，验不验都在以后，这射覆可是当场见真章啊，不知袁天纲真的有这本事吗？他虽然不精于易学，却也知道射覆乃易学之最高峰，不但要精研易经，融会贯通，还要博学、博物，如果里面藏的是自己闻所未闻、见所未见之物，就算占到了也说不出来。所以每一代精擅卜筮的不少，精于射覆的却绝少。但见袁天纲神色自若，心才略略放宽。

洪仁发不多时捧上一个木盒子进来，放到杨素桌上，又笑眯眯地看着袁天纲，心道："兄弟，别藏着了，把你真本事露出来吧。"

杨素心中一动，不知洪仁发里面藏了什么，别是很好猜的。他把盒子藏到桌子下面，转过身，从怀中掏出一物，藏到盒子里，然后放到桌上，对袁天纲说："小世兄，就看你的了。"

"这个，"牛弘插嘴说，"如果是我世侄不认识的物事，没射中也不算输。"

袁天纲看着盒子，微笑不语，在袖中掐指起卦，算了一会，说道："有了，里面是两件物事。第一物：内外方圆，五色成章，含宝守信，出则成章。这是印囊。"说完，他看着众人的反应。

杨素心中一震，这真能算出来啊，还是自己拿出来时被他利眼觑见了？他偷偷放进去的正是他随身佩戴的越国公印信的印囊。但他面上若无其事，还有一物，连他也不知道是什么，看他能不能射中？

洪仁发则暗暗着急，他不知道主子放进什么，但自己放进去的却没能猜出来，他心中暗暗向菩萨祈祷，可别搞砸了。

牛弘看着两人的表情，以为没射中，也不甚着意，心中忖道："你随便放件物事在盒子里就让人猜，这不是难为人吗？"心里盘算着如何为袁天纲开脱。

"高岳岩岩，有鸟朱身，羽翼玄黄，鸣不失晨，这第二件物事是山鸡翎。"袁天纲继续说。

杨素看着洪仁发，以示询问，洪仁发若不是腿瘸，能一下子跳到半空中，他也不顾在主子面前应有的礼节，大声嚷嚷："中了，猜中了。"杨素打开木盒子，里面果然躺着一根山鸡翎。

"奇了。"他捋着胡须笑道，脸上还是难以置信的神色。

"全射中了？"牛弘向杨素问道。

"全射中了，可这怎么能算出来哪？空帽子里能变出兔子来，那是变戏法，可这是实打实的啊。"杨素满面迷茫。

牛弘叫人把盒子拿到自己面前，看到里面一个是盛装印信的五色斑斓的印囊，一个是根色彩鲜艳的山鸡翎，抚掌大笑："神了，今天真是开了眼了，我看史书，每见到前人射覆之事，以为是前代文人故意张皇其事，谁知真有此术啊。世侄，对我们讲讲，你怎么射中的？"

"这没什么难的，就和算卦一样。"袁天纲看着两人的神情倒是不解，孩子们都喜欢玩猜谜游戏，他小时候也不例外。他祖父从小就教他玩射覆游戏，后来三羊宫的老道长把射覆当一门技艺正式教他，但他射覆的本事却没有算卦那么高。最后还是孙思邈在三年时间里，领他云游天下，见识了天下高山大川和天下万般事物。和孙思邈所教相比，祖父的那点射覆本事只能是小孩子的把戏，三羊宫老道长所教也仅是入门级的。在这三年里，袁天纲射覆的技艺才算是真的登堂入室。

技艺就是难了不会，会了不难，学会后袁天纲也没觉得这门技艺有什么用处，至少没人天天花钱请你猜他藏了什么物事。反而是算卦测八字的对一般人更实用些，可以解疑释惑，可以趋吉避凶。

“世侄，说说看，你怎么算出来的，从头到尾给我们讲讲。”牛弘向来稳重如山，如今居然像个孩子似的。杨素也满脸渴望地看着他。洪仁发则兴致不大，他明白袁天纲就是掰开包子说馅，他也还是鸭子听雷。

袁天纲只好耐心讲解：“我先起了一卦是地天泰，上坤下乾，天圆而地方，天在内卦，地在外卦，故曰内外方圆。坤为文章，为黄、为黑，乾为赤，而震为玄黄，故曰五色成章。乾为宝，坤为囊，而乾内坤外，故曰函宝。乾为直、为信，故曰守。又震为动，故曰出而有章。此物既然是宝之函，而宝上有文有色有信，故决此物为印囊也。”

牛弘和杨素虽然一个是儒家，一个是兵家法家，也都研习过易经，听袁天纲这么一解释，明白是明白了，可要是让自己来射覆，还是不行。这里面的弯弯绕也太多了，费了九牛二虎之力才勉强听明白。

“那第二物哪。”牛弘好学不倦的劲头又上来了。

“第二物我得到的卦象是火山旅，”袁天纲继续说，“内卦为艮，故曰高岳岩岩，外卦为离，离为鸟为雉为朱，故曰有鸟朱身。而艮之倒体为震，震为玄黄，又二至四互巽，巽为羽翼为鸡，故曰羽翼玄黄。三至五互兑，兑为口舌为鸣，故曰鸣不失晨。此物既然是带羽毛的、能鸣叫的，卦中又有山像、雉像、鸡像，故决此物事为山鸡翎也。”

杨素和牛弘都击节叹赏，杨素笑道：“里仁兄，我原以为皇上养着的那些术士，也都和秦皇汉武手下的术士一样，都是欺世盗名之徒，没想到卜筮里也真有大学问啊。但像小世兄这般神于术的，怕是也没有。”

谈到皇上身边的人和事，牛弘就不说话了。他不像杨素那样嚣张，喜欢品评天下的人和事，浑无顾忌。但他对那些术士的看法和杨素一样。他以儒家正宗自居，从不屑和那些人掺和到一起。他话头一转，笑道：“处道，这射覆虽是游戏，可是有彩头的。你把印囊放进去，可是要把你的国公印信做彩头？”

杨素一拍腿：“我倒疏忽了，今日和小世兄相见，一见如故，也应该有个见面礼。送什么好哪？”他家中重宝甚多，却没带在身上，让随从回去取又嫌太慢。他从怀中解下一物，乃是一面玉璧，递给袁天纲道：“这是我平陈之役后，皇上赏我的，乃是陈后主怀中之物。就送给小世兄为见面礼和射覆的彩头吧。”

袁天纲一眼看去，就知道是价值连城的重宝，忙推辞道：“此物太贵重了，晚生命薄，无福消受。大人还是收回吧。”

牛弘也道：“使不得，此物委实太贵重了，还是换个别的物事吧。”

杨素不屑道：“贵重？里仁兄，在我眼中，天下就没什么贵重的物事。小世兄，你若不收就是嫌礼薄了。”他虽然贪冒财物，东西两京所立店铺上千，良田美宅无数，却不吝啬，出手就是大手笔。行军打仗时，手下将士立了功，不拘什么重宝，随手挥赏。倘若犯了他的军规，也不管是什么人，立斩不待。

袁天纲焉肯受他如此贵重之物，那岂不等于收礼受聘一般，杨素也的确有此意。他不惜用最贵重的玉璧为礼物，正是暗用了古代帝王玉璧束帛征聘贤臣的礼仪。他认为袁天纲既然能从卦象中类推出盒子中暗藏的物事，这层用意他自然能领悟得到，只要他肯收下，就是接受了自己的征聘。

牛弘倒只是觉得过于贵重，没想别的。洪仁发看着那块玉璧，头都晕了。他当年做过大盗，宝贝珍玩还都认得，就算没见过，一看质地也能知道其价值。

袁天纲顺手拈出那根山鸡翎，笑道：“晚生就拿此物为彩头吧，不知大人意下如何？”

杨素刚露出不屑的微笑，忽然怔住了，山鸡翎虽然为物甚微，却含有令的意味。老百姓常说，拿着鸡毛当令箭。然而在军中，山鸡毛确实有命令的含义，另一层则是十万火急。他看着袁天纲若有深意的眼神，当下笑道：“好样的，我同意。”他拿出解手刀在那根山鸡翎上刻上一个素字，然后两人伸出手轻轻击了一下。牛弘和洪仁发都看得莫名其妙。

袁天纲要的这彩头真是不小，他拿这根山鸡翎就是反击杨素的玉璧征聘的含意，而且生出另一层含义，就是将来自己拿着这根山鸡翎找到杨素，杨素必须答应自己一个请求，山鸡翎就含有命令之意。这样一来就反客为主了。

杨素还是第一次有了找到对手的感觉，尽管袁天纲没收下他的玉璧，也就是委婉拒绝了他的礼聘，他还是很兴奋。多年来，无论在朝堂中，还是在征战中，他都深感没有对手的寂寞。征服合格的对手才是最大的快乐与享受，这样，袁天纲才能死心塌地成为自己不二忠臣。

杨素回到府里，兴奋之情难以抑制，马上把弟弟杨约找来商量。

杨约官拜大理少卿，也是因杨素军功得官的。他面白无须，有类宦官。他儿时上树掏雀窝，不小心摔下来，被树杈伤到要害，真成了阉宦一类的人。男女之欲不生，就比常人多生出许多阴险歹毒的计谋。杨素最信任他，倚之为心腹智囊，凡事都要预先和他商量，可以说杨素干的每件事里都有杨约的影子。

"太子东宫有章仇太翼先生，我现在也找到这样一个奇人，比章仇先生更胜一筹。"一见杨约，他就挥舞着拳头大声说。

"你说的是哪档子事呀？慢慢说不好吗？没人跟你争，没人跟你吵。"杨约女人气地慢声细语说。

"天助我也。"杨素就把这事说了，"你说谁敢在我那醉仙居门前支摊？这位先生敢。你说老洪那个奴才怕过谁来？怕他。这不是天意是什么？"

"是天意，也许。"杨约摸摸光滑的下巴，"可你真认为这是好事？真想把他重金聘进府里？"

"那当然，不是好事还能是坏事？坏事怕什么，我有把坏事变成好事的本事。"杨素看着阴阳怪气的弟弟，还以为他怕自己请进袁天纲来，会夺他的谋主的位子。

"他住在苏神医的房子里，你知道吗？"杨约问道。

"知道，这谁不知道？"

"谁敢住进那套房子里？你敢吗？贺若弼、韩擒虎敢打那套房子的主意吗？皇上、皇后跟前的第一红人高颎敢跟皇上说，租那套房子住吗？"

"这……"杨素语塞了，"我们这些人要那套房子干什么，够我们住的还是够仆人住的，还没我的马厩大哪。"

"咱先不说大小的问题，也不谈住得下住不下，你就说京城里有没有一个人敢打那套房子的主意的？"

"这个……"杨素有点明白问题的严重性了，"那你的意思？"

"跟你说吧，能住进那套房子需要两个必要条件：一，和当年的苏神医有关系；二，和皇上有关系，你觉得有这样的人吗？"

“不，不，你别吓我，你不会是说他是……”杨素冷汗冒出来了。

“他如果不是，能稳稳当当住进去吗？在皇上心里，那不是房子，是神殿，皇上往外轰人了吗？若是别人，别说住不进去，住进去也得拖出来斩成乱泥。”

“可是……可他要真是……皇上……”杨素话都说不全了。

“皇上怎会不管他，怎会不把他封为亲王？怎会不给他造王府？皇上未必不想，可是你别忘了，还有皇后哪。二十年前那案子别人不知道，你最清楚的，怎么忘得一干二净？我看你这些年女人玩得太多了，脑子快向猪进化了。”

杨素气得无可无不可，只有他这个弟弟敢尽情贬损他，他还得老实听着。二十年前苏神医那案子发生时，他正当着冢宰宇文护的记室参军，卷宗都看过，事情经过更是比任何人都清楚，过去这么多年，也真忘得差不多了。就算不忘，他也不会往这上想。

“真是皇上跟苏神医的那个孩子？二十年后又回到原来的宅子里住？这怎么可能？”

“哎哟，”他猛地一拍大腿，“你这一说还好像真是这么回事。老洪那奴才说，当初没敢轰人就是因为从侧影看，跟晋王一模一样，他才吓得做了一个多月的缩头乌龟。我也想起来了，今天他坐在我右边，我也看过他的侧影，真跟晋王一模一样。我真是猪脑袋，怎么就没把这事联系到一块哪？”

“你现在想到也不晚，你也不想想，你把这样一个妙人请进府里来，皇上或许念你的好，万一哪天皇后知道了，你自己有多惨就好好想吧。”

“我已经想明白了，哪里还会请他进府，以后也绝不来往就是。”杨素又是丧气又是后怕地坐下。

“那也不好，夫子曰，‘敬鬼神而远之。’这就是咱们招惹不起的鬼神，但要敬，万一不小心得罪了，皇上先要你的脑袋。但也不能绝足不相往来，那不还是得罪人家了，所以要不远不近，不温不火，处理这样的关系你最在行了。”

“对，你说得对，就这么办。”

第二天，杨素紧急把洪仁发召进府来，告诉他“敬鬼神而远之”、关系要“不远不近、不温不火”这两大方针。洪仁发不知中间起了什么变故，但对主子的话自然是一丝不苟地照办。

这以后，洪仁发也经常去袁天纲那里坐坐，经常也算算卦什么的，算是捧个场，只是态度自然有了改变。袁天纲也发现了，虽不明其故，也不以为意。他原来最担心杨素会缠个不休，那样的话只能上门求牛弘作自己的挡箭牌，现在倒是不用了。

随后几年，杨素也和他有来往，请他入府的话当然不提了。牛弘本来就不善交际，见袁天纲并没什么求自己的事，也无心仕途，渐渐也只是寻常往来了。

第二十七章

董详噩耗传来时，袁天纲蓦然从梦中醒来了，他是被一阵突突的心跳惊醒的。

他感觉一定是有什么事发生，不然不会这样。随即外面传来坊门开启、坊内人马喧腾的声音，依稀听到：“董详家在哪里？”“董家在哪里？”

“董叔出事了。”他蓦然坐起，飞快地穿上衣服。

“怎么了？”吴妞也从睡梦中醒来，迷迷糊糊地问。

“好像是董姨家出什么事了，我去看看。”

夜里坊门开启只能是这样几件事，预定好时刻的婚丧嫁娶；有人生了急病重病，要出外就医或者去请医生。现在是外面的人打开坊门进来，那就只能有一种可能：董详在外面出了事或者他犯了什么事，捕快上门来捉他。

他打开院门时，人马喧腾声已经在董家那个方位了，蓦然间一阵惨厉的尖叫哭喊划破夜空，这是董老丫的声音，瞬间他明白了：董详死了。

一股晕眩无力感从脚底升上头顶，他靠在门柱上，竟有一种虚脱的感觉。

“怎么了？”吴妞也穿好衣服走了出来。

“董姨家。”只一刹那的工夫，力气又回来了。“你也来吧。”说完飞快地向董家走去。

董家门口聚着两个骑马的逻卒、三个坊内的铺卒，两边邻居也有几个人过来询问着什么，只听到一连串的问答："是他吗？""肯定是他吗？""是他。""我们认得他。"

"袁先生来了。"一个铺卒看到袁天纲，喊了一声。

"董详出事了，好像被人杀了。"另一个铺卒说。

里面传来一阵阵撕心裂肺的哭喊声，或高或低，声声泣血，还夹杂着几名妇人的劝慰声。

"在哪里？"他问了一句。

"在西城区的城角。"一个逻卒看到袁天纲眼中森寒的光芒，竟而有些结巴。

"带我去看看。"他的声音也有些嘶哑。

"这样不好吧，"另一个逻卒不情愿地说，"认尸是要家属来认的。"

"董叔和我一家人似的，我就是家属。"他心中一股怒气勃然升起，声音高亢起来。那个逻卒竟被吓得退了一步。他也不知怒气因何而生，要冲谁而发。

袁天纲和董老丫夫妻的关系坊内的人都知道，委实亲密如一家人。一个铺卒拉着那不情愿的逻卒的袖子说："董大嫂听到消息就没了半条命，再要让她去认尸，恐怕就没命了。袁先生去也好，反正就是确认罢了。"深更半夜地来报信，也是图几个钱。

那逻卒点点头，袁天纲的名气他也知道，刚才不过是逻卒平时欺压良民的习惯性反应，凡事都要刁难一下，好刁难出点钱来。

里面的董老丫听到袁天纲的声音，趺趺跄跄地跑出来，呼天抢地地哭喊着："少爷，我可活不了了。"后面跟着哭哭啼啼的董乐。

此时吴妞也到了，抱住董老丫，陪着她一同哭起来。袁天纲心中并无悲痛，只有怒，一股勃然几欲冲顶而出的怒气。

袁天纲向铺卒借了匹马，跟着两个逻卒在大街上疾行，不多时来到出事的地点。几个人提着灯笼照着地面，还有几个人在忙乎着什么，只是没人说话。这是西城区城墙的一个拐角处，周围里许都没有人住，若不是逻卒巡街偶尔发现了，不知到什么时候才能被人发现。

看到出事地点，他心里明白了：董详是中了人家的圈套，被引到陷阱里杀害的。为什么？不用说，一定是为了钱。暴得横财者不祥，这句话又浮现心中。而始作俑者就是他。这就是他怒气的由来，不是冲别人，而是冲他自己。

随即他心中一动，浮出坎卦来，他在心里开始推算着。领他来的两个逻卒到前面跟一个人说了句什么，人群中一个捕快头领模样的中年人走过来，说道：“是袁先生吧，久仰了。你既来了，就辛苦一下，过来认一认。”

他心里一边推算着，一边走过去，就看到了地面的景象：董详脸向上躺着，神态很是安然，倒像是睡着了。

“被人从后面一刀捅入心脏，死得很快，也没流多少血。”那个捕快头儿解释着。

“是他。”就着灯笼的光，他只看了一眼就确认无疑。不可能是别人，就是那个他刚来时笑眯眯骗他一次的董详。就是那个酗酒打老婆出名的烂赌徒。就是那个在他关照下成了赌神，然后整日价因无处可赌失神落魄的董详。

“您确认了就没您的事了，您可以回家了。”捕快头儿说了一句，又对周围人喊道，“把这地方围起来，留两个人看着，大人上午还要来勘验的。”他们是长安府的捕快，说的大人自然就是京兆尹。

“且慢。”袁天纲喊了一声。

“您还有什么事？”捕快头儿声音显得不耐烦了。

“凶手还没有逃出城去。”他心里一直推算着，而且尽全力感应着周围，倾听周围的声音，试图重塑案发时的情景。占卜向来是预测尚未发生的事，至少是现在的事，很少有人用占卜术来推测以前发生的事。在人们的思维中，既然发生过的事自然大家都有办法知道，其实也有许多已经发生的事却无人能知晓，也可以归入未知事项中。

“那是当然。”捕快头儿不忿地哼了一声。他已经初步勘验过了，案子是晚上才做的，那时城门早已关闭，凶手当然不可能飞出城去，可那又怎么样？没有一点线索，想在几十万居民中找出凶手，无异于大海捞针。

“一定要在城门开启前抓到他们，他们逃出城去就很难抓到了。”袁天纲眼睛微闭着，心里一幅幅卦象不断推衍着，和周围的气息声音融合在一起，他似乎感应到了什么、嗅到了什么。

“我们也想啊，就是做不到。”捕快头儿有气无力地说一句。大半夜的被属下从被窝里拉出来，又勘验了半天，他又困又累，只想回家再补上一觉。他勘验完现场后就感觉这又将是一个无头悬案，凶手下手干净利落，一刀毙命，没有任何打斗迹象。唯一能算得上线索的就是他的另一种感觉：凶手是死者的熟人，甚至可能是平常很亲密的朋友，死者这才没有丝毫警觉性。他能想象出当时的场景：死者安然地走在前面，不但没有丝毫的疑心和警觉，甚至还在想着什么得意的事，凶手就趁他不备，从后面捅入心脏一刀，死者非但当即毙命，而且没感到什么痛苦，这一刀简直够得上荆轲、聂政级了。

动机也很简单，死者身上一文钱都没有，自然是被凶手拿走了，所以动机就是谋财害命。

有这些没用，按惯例明天开始就要从死者生前的好友中挨个过筛子，但不可能找到凶手，凶手岂肯待在城里等他们抓，早就出城了。最后不是不了了之，就是抓个冤死鬼顶缸。

“凶手有两个，都是男的，一个人三十六岁，关中人，不是长安住户。另一个人二十八岁，是长安人。”

那捕快头儿目瞪口呆地看着袁天纲，有些毛骨悚然，不知他是念咒还是在干什么。旁边一个捕快悄声说：“他是神算子袁先生，也许真能算出凶手来。”捕快头儿瞪他一眼，京城有名的神算子谁不知道？可没听说算命的还能破案。要是这样，他们干脆下岗好了，官府请几个算命的来办案。

“二十八岁，长安人？不是说的王二癞子吧。他常和董详一起混的。”有一个捕快忽然想起来。

“有点门道儿。”捕快头儿两手一拍，他正愁正案子无处入手，袁天纲既然算出一个疑似嫌犯，就好从这里下手了。就算他不是，抓来问问又有什么。要破这案子也只有从董详生前那些赌友酒友中下手。

“此人上有寡母，无兄弟姐妹，无妻无子女。”袁天纲继续没有表情地说，知道的明白他是在推算，不知道的还以为他在回想往事哪。

“正是他，王二癞子。他老娘生下他后，他父亲就死了，他老娘好容易把他拉扯大，竟是不成个人，只知到处鬼混，连个老婆也娶不上。”

“他娶不上老婆不只因为不成人，就他那头癞子，哪个女人肯嫁给他，不嫌恶心吗？”

“袁先生，你见过王二癞子？”捕快头儿问道，他以为袁天纲是猜出来的。

“没见过，我只是从卦象中算出来的。”袁天纲真没见过王二癞子，也没见过董详那些狐朋狗友中的任何一人。他从来到这里就开始推算，逐渐已经算出很多信息。这就是京房纳甲体系的优势，万事万物都可以纳入进去，也就可以算出来。比如说长安、关中、汉中这些地名也都分配了固定的纳甲和卦象，每一卦及每一爻都对应一定的数字，这就可以算出年龄什么的，至于从卦象中算出一个人的亲属关系反而是最简单的。

卦象中唯一算不出的是人的名字，占卜学根本没给人的名字留下一角位置。因为人的名字是后天起的，跟天机天道一点关系都没有。

“那就一定是他。”捕快头儿并不明白占卜卦爻这类，但袁天纲的卦堪称神卦他还是知道的，既然在卦象上显示出来，就八九不离十。“留两个人守着这里，找张席子把他盖上。其他人跟着我。”

几个人上了马，一个捕快领路，众人向王二癞子住的地方驰去。那两个逻卒见没有自己的事了，就又去巡街了。路上还在嘀咕着这趟算是白跑了，一文酒钱都没弄到。

捕快头儿见袁天纲坐在马上还在苦苦推算，就笑着说：“袁先生，您不用再算了，抓到王二癞子一问就明白了。您这就帮了大忙了。”

袁天纲只是点点头，没有停止推算，他只是从卦象中浩繁的信息中组合成这点可用的，他还要继续推算，把当时的情景全部推算出来。这就需要有足够的信息量，才够拼成一幅完整的拼图。

“先生，这算卦还能破案哪？今儿个这卦要是准了，以后再有事，我可要麻烦您了。在下长安府总捕快周家诚。”

袁天纲又是点点头，他不是有意怠慢，而是正在推算的紧要关头，实在无暇分神和他说话。周家诚见此光景，也就知趣不再说话，心里却半是疑虑半是惊喜。京城高明的术士也不少，他基本都见过，从相面摸骨、八字测字、算命解卦到看阴阳宅的不一而足，却没听有谁说过还能算卦破案的，自古以来就没听说有算命先生成了神算捕快。但假如真能算准了，今后要借力的地方可是不少啊。

这也是他不读书之过，占卜者中不但有神捕级的高人，而且是比神捕还要神很多，可以预先防范犯罪行为。京房的老师焦延寿就是这样的神人，他任县令时每天早上起一卦，就把县城里可能发生的犯罪活动占卜出来，然后派人预先防范，把犯罪扼杀在萌芽中，史称他任县令时一境肃然，完全杜绝了犯罪，成为一时奇迹。

杨坚创立大隋王朝后，就致力于把首都治理成首善之区，打造一个万国瞻仰的模板，锐志于杜绝京城的一切犯罪活动，在这上面下足了力道，长安府、长安县和万年县这三个衙门的官吏捕快们就顿感压力如山了。

京城本来就是鱼龙混杂、罪案发生最多也最频繁的地方，无他，京城汇集了全国最多的权、钱、色，犯罪行为中的绝大多数都是由这三者而来。历朝历代也都注重京城治理，却成效不显。京城里偷抢拐骗、强奸杀人的案件哪天不出个几起十几起的，这些案件只要当时没抓到罪犯，基本也就都悬起来，只有等以后这些罪犯恶贯满盈时撞到捕快的刀口上时，一顿严刑拷打，就把先前的案子也查明了、了结了。

一般而言，这类刑事案件不但皇上不会过问，就是朝中大佬也没闲心管，他们尽可以从容办案，就算是颟顸些也能敷衍塞责。而今情形变了，皇上居然不顾九五之尊，亲自过问起京城的治安来，即便是普通的盗窃案，皇上都很有兴趣地研究卷宗，抓到罪犯时皇上有时高兴还会亲自审问一番，然后亲自定案。史称杨坚为政烦苛细碎，好以察察为明，主要就是指这方面。

也正因杨坚重视京城治安，这些公差才大半夜的不辞辛苦出来办案，若是以前，这样的事也不过现场看一下，然后什么事等到白天再办，也不过找来里正、坊丞、街坊邻居查问一遍，最后找到一个差不多的嫌疑人，一顿酷刑加上去，得到一份供词，案子也就结了。

现在这套行不通了，皇上不但治理国家很有一套，办案也很有研究，案子必须要捉到真凶、要有真凭实据才能过关。

他想着想着，已经来到王二癞子家住的坊了。捕快上前叫开坊门，一径来到王二癞子家，是一座已经倾圮欲倒的三间破房子。

“袁先生，您就别进去了，我们进去拿人。”周家诚对袁天纲说道，还留了一个捕快保护他。要抓杀人凶手，自然可能有一场恶战。

袁天纲点点头，他再想抓到真凶，也不想掺和到抓捕中去。他一直还在脑子里推算着，他不仅运用周易，把相面、摸骨、射覆都用上了，不过是逆向的，他用卦象中的信息来逆向推算凶手的骨骼、面相，这就能推算一个人的基本形貌来。在他也是第一次这样做，推算起来也就显得有些吃力。

到了这里，他脑子里已经推算出两个凶手的大致模样，只要有足够的时间，他还能将之逐步完善，最后推算出跟真人差不多的形体相貌。

周家诚领着几个捕快踹开看上去一阵风就能吹开的破门，冲了进去，里面自然是一阵喧嚣声、喝问声、恐惧的叫声、翻东西和砸东西的砰砰声。

不多时，几个人又垂头丧气地出来，屋里只传来一个老妇人低低的叫骂声和哭声。

“二癞子三天没回家了，我们都搜过了，没人。”一个捕快汇报似的对袁天纲说。

“这些痞子十天八天不着家是常事，要想找到他们看来不容易了。”周家诚有些泄气地说。

袁天纲忽然嗅到一股微弱的气息，他心中一动，这股气息和他赶到出事地点所嗅到的一股气息完全一样，这既证实了王二癞子确实是两名凶手中的一个，同时王二癞子那部分的卦象也更清晰了。

“找几个邻居问问，二癞子平时都和什么人来往，可能躲在哪里？他离开家时和谁一起走的。”周家诚对几个捕快吩咐着。在皇上的亲自督率下，长安府的捕快们可谓是不辞辛苦、雷厉风行，足可为天下同行的表率。

“不用了。跟我来，我知道他在哪里了。”袁天纲忽然算出了什么，拨转马头，当先一马冲出。周家诚等人急忙跟上。

“袁先生，您真的算出来了？”周家诚赶上袁天纲的马头问道。

“差不多，不过他可能凶多吉少了。”王二癞子的卦象变化戛然而止了，而且是大凶之兆。袁天纲只盼去得及时，王二癞子还能说话，至少能说出害他也就是害董详的人是谁。

他们还是去晚了，当他们来到城墙的东南拐角时，看到一个和董详出事地点差不多的地方，王二癞子就躺在那里，和董详死状一样，一刀从后面捅入心脏，一刀毙命。他手中还紧紧攥着一根红线，大家都认得，这红线就是串五铢钱的绳子，地上还散落着几十枚开皇五铢钱。

“看来是分赃不均，起了内讧。”周家诚看看现场说。

“我看不是，”袁天纲掰开王二癞子的手，里面还有两枚铜钱。“凶手早就设计好了，先让王二癞子把董详骗到那个地方，然后杀死了董详，然后再把此人引到这里，表面上是要和他分赃，却趁他数钱时从后面下了毒手。”

“先生真应该入我公门，周某人让贤。”周家诚笑着说。

“是啊，袁先生来当头，我们跟着袁先生办案，那一定是铁罐里捉蚱蜢，一捉一个准。”一个捕快也跟着凑趣。

这些捕快至此对袁天纲算是彻底信服了。案子办到这一步，也算是卓有成效了。原本一个无头悬案，现在已找到一个凶手，尽管是一个死凶手，这里面大有文章可做，就算是找不到最后那个凶手，现在也有充足的材料可写，甚至可以完美结案。

周家诚的心里已经有了一份完整的结案报告：王二癞子见财起意，把董详引到案发地点用利刃捅死，他们如何通过种种蛛丝马迹查出真凶，最后在这里发现凶手，一番激斗后把负隅顽抗的罪犯击毙。完美的案件，完美的结案。只是钱没找到是个破绽，不过也可以说王二癞子不知把抢来的钱藏到哪儿去了。如此结案不但能得到府尹大人的赞赏，说不定皇上都会夸奖几句。至于找到那个不知名姓来历更不知相貌如何的真凶，他们已不作幻想了。

袁天纲当然不这样想，他要抓到真凶为董详报仇，王二癞子充其量不过是个钓董详上钩的诱饵，连凶手都够不上。他脑子里还在算着，同时也在倾听着、感应着，嗅着现场微弱的气息。希望能突然间灵光闪现，达到所乞求的那种感而遂通的境界。

“袁先生，您也累了大半夜了，这事就这样吧，既然是外来人流窜作案，想马上抓到太难了。以后慢慢抓就是。”周家诚说。

大家都松了口气，都想马上回家，先喝上一大碗好酒，然后上床补一觉。明天等府尹大人勘验过后，结案就是。这个现场找来附近的坊丞、铺卒守着就行。

“你们有谁知道这样一个人：三十六岁，高个子，骨骼粗壮，额头有一块黑痣，左脸有条刀疤。”袁天纲忽然抬头问道。

“这不是说的李青龙吗？”一个捕快失笑道，“谁不知道，光他的海捕文书就贴过十多次了。”

“难道真凶是李青龙？”周家诚心中一惊。他忽然想到董详和王二癞子的刀口，一刀毙命，可不正是独脚大盗李青龙的作案手法，李青龙的年岁也正是三十六岁，籍贯关中。

“我不知道真凶是不是李青龙，只是算出来真凶就是我说的那些相貌特征。”

“那就是李青龙了。他在长安就做过两次案，在各地更多，身负几十条人命血案，各地都在抓他，可惜十多年来从没人知道他在哪儿，连他的毛都没抓到一根。”周家诚说。

他想了一会，抬头看看天空，天边已经露出一丝晨曦，城门快要开启了。

既然是李青龙作的案，此人生性狡猾，又滑溜无比，只要城门一开，一定是带着抢来的钱逃之夭夭了。

“老总，干脆今天全城关闭，在城里掘地三尺，非把李青龙挖出来不可。”一个捕快建议道。

“不开城门要皇上批准才行，抓李青龙当然是很好的理由，可是来不及了。”周家诚叹道。这事需要先请示京兆尹，然后给皇上上奏折，要皇上批准才行。关闭全城抓一个血案累累的独脚大盗，皇上会批准，可是时间不够了。再有半个时辰，顺天门鼓楼的大鼓就会敲响，各城门和坊门就依次开启，各坊的人会涌入街道，出城进城的人更是不知有多少，一个人夹杂在人流中想混出城去简直是太容易了。

“跟我来。”袁天纲忽然上马，策马疾行。他也知道时间不多了，但他已经算出这名真凶的藏身之处。

周家诚几人就跟他的属下一般紧跟着他，只留下一个人守着这里。几个人横穿东西大街，一刻钟后来到西城门。周家诚等人看着关闭的城门和把守城门的士卒都疑惑不解，袁天纲难道是带他们来这里等着李青龙出城时好抓捕？那一定是算准了李青龙从这个城门出城。

袁天纲下马后问一个守城门的兵卒：“上面有人吗？”他指指城门楼。

那兵卒认识周家诚几人，却不知道袁天纲是干什么的，但见到周家诚对袁天纲的态度，也不敢怠慢，回头看看城楼，有些脸红地嗫嚅道：“就是几个兄弟在休息。”

“有外人没有？”袁天纲低声厉喝道。

“有，有一个布贩子，在这儿等着出城。”

周家诚等人一听明白了，什么布贩子，肯定是李青龙。几个人不待袁天纲吩咐，噔噔噔从台阶跑上去，有的拔腰刀，有的拿出绑人的铁链子。

城门上面的城楼里，四个兵卒正和一个人兴高采烈地喝酒，旁边已经有四个空空的酒坛子，周家诚进去后先大喝一声：“李青龙。”

正喝酒的那人转过头来，蓦然变色，腾地站起来就向门口冲，此时门口已经被五个捕快堵住了，腰刀飞舞，铁链子横飞，那人冲了一下又退回去。

四个兵卒喝得有些醉了，见这阵势纷纷嚷道：“什么人敢来这儿闹事，想造反吗？”也都醉意蒙眬地操起长枪来。

“长安府在此办案，缉拿杀人凶手。”周家诚又大喝一声。

“杀人凶手，你是说他？”四个兵卒酒意醒了大半，也都认出周家诚来。

“上，这次绝不能让他跑了。”周家诚一挥手，四个手下挥舞着腰刀铁链子扑上来。四个兵卒虽然还不明就里，却也马上分清了敌我，四杆长枪也向那人身上招呼。

袁天纲此时也上来了，他倚靠在一处雉堞上，现在真的没他什么事了，他再满腔怒火，也不至于要去和罪犯肉搏，这种事还是由捕快们来做的好。他看着这间门楼，和自己推算出的差不多。他正是用逆转射覆的法子推算出这里的，他把李青龙当作藏在一个器皿里的东西，只是这次和一般的射覆不同，一般的射覆是要推算藏在器皿中的物事，他则是要推算这器皿及器皿所在地方。他推算出的“器皿”正是城门楼，方位在正西，距离也推算出来了。正是西城门上面的城门楼。

脑子里整整大半夜的高速运转，他感到里面仿佛空了，一时间竟有虚乏感。

听着里面激烈的搏斗声，他几可想见其惨烈，里面却比他能想到的尤为惨烈。李青龙自知身负血案无数，又杀过不少公差，落到这些捕快手里真要生不如死了，只能做困兽之斗。他一拼起命来也真是了得，一柄锋利的短刀舞得风雨不透，里面十个人居然近他不得。只是城楼里面地方狭窄，他左冲右突，四面不是长枪就是腰刀等着他。

四名兵卒想到自己居然稀里糊涂地跟罪犯喝了半夜的酒，还差点放走他，都抱定赎罪的信念，和李青龙做殊死斗。捕快们更是拼命，李青龙的赏格已经是五千匹绢了，抓到他，人人都可发一笔财，升职更是不在话下，这可是千载难逢的良机。

双方缠斗良久，一个捕快趁李青龙全力招架两柄长枪时扑地抢进，用手中的铁链一扫，把李青龙一只脚踝缠上，然后用力一收，大喝一声：“倒。”

李青龙扎稳桩步，身体兀立如山，只是这样一来一条腿却被固定住了。其他人见此更是苍蝇见血一般，拼命攻上，李青龙失去了一半的灵活，顿时左支右绌，身上挨了几下，虽不是致命伤却血流不止。

“缠住他游斗，再过一会他血就流得差不多了。”周家诚看出便宜，大声喊着。

李青龙心中一紧，自知今天恐怕是要命丧此处了，凶悍之性大发，被缠住的腿用力一抖，就把拉着铁链的捕快硬生生拉过来，一刀刺入，当即了结此人性命。周围人看得心惊胆战，也更亡命般攻击，均知一旦被他扳转局面，在场的人每一个人都不能逃出活命。片刻间血花四溅，李青龙两肋两腿又中了两处枪伤、两处刀伤。

另一个手持铁链的捕快趁乱再次把铁链缠上李青龙的一条腿，用力后拉，这次李青龙没能稳住，那一拉之势牵动了他的伤口，他大声惨叫着，被拉过去的同时，右手短刀犹不停刺出，又被他杀了一个兵卒、伤了一个捕快，但随即就被拉倒在地上。

众人哪敢给他喘息之机，一拥而上，又在他背上补了两枪、腿上补了一刀，其余人把他按得死死的，随后用两条铁链把只剩小半条命的他捆得粽子一般。

“到手了。”一直指挥并未参斗的周家诚心中松一口气，真是得来不易。不过想想能抓住一个负案累累、亡命十多年、各地州府都在通缉的要犯，就算付出的代价再惨重些也值得。这一战可以把他的声望推向最高峰，使他长安府总捕头的地位牢固不可撼动，至于花红赏格升职他倒是没去想。

捆住李青龙后，从他身上找到一个钱袋，正是董详的，上面还有金线绣的他的名字，里面是几贯铜线和一叠钱票，周家诚点了一下，心中大惊，这一叠钱票居然是五千贯。他也明白此案的缘由了，董详到处找人赌钱找不到，一定是李青龙和王二癞子骗他说有外地赌王来找他大赌，董详才带了五千贯的赌本，没想到正是这五千贯钱葬送了他的命。

按惯例，犯人身上的钱财留一些做证据，其余的这些办案捕快就都私分了。这一次这些人却没动这脑筋，不是因为赏格优厚，而是畏惧外面的袁天纲，知道这位爷儿什么都能算出来。

两个捕快找来一张门板，把紧闭眼睛、血流不止的李青龙牢牢绑在门板上抬出来，周家诚拿着钱袋走到袁天纲身边，请他点一下，然后要作为呈堂证据的。

袁天纲没去看钱袋，而是看着躺在门板上成了血人的李青龙，其余人的身上也都溅上斑斑血迹，走进城楼里，更是触目惊心，里面已经变成修罗场了。他出来后打开董详的钱袋，拿出钱票来，找了张二百贯的钱票给一个兵卒：“这个转给那位兄弟的家人吧。”他没说谁，兵卒知道他说的是被李青龙杀死的那人。随后他又拿了张一百贯的钱票给那兵卒：“这个大家分分吧。”

兵卒默默地接过，也没道谢，刚才的打斗太激烈了，现在还没缓过神来。

袁天纲又拿出两张两百贯的钱票，一张给了那个受伤的捕快，一张给了周家诚，也只说声：“给那位大哥的家人吧。”随后又拿出张两百贯的钱票给大家分。

周家诚把最后那张钱票推开，说道：“这个不必了，这案子赏格很厚的。”

“拿着吧，算是家属的一点心意。”袁天纲忽然转过头去，眼中忽然满是泪水。从听到消息到看见董详尸体，他只感到不可抑制的怒火，现在才感到潮水般汹涌而来的悲痛。既是为董详，也是为地上这两位死去的人，甚至也为那个可怜又可恨的王二癞子。

他也不再去点钱袋里的钱票，里面不管有多少钱，在他眼里都是废纸，假如钱能买回命来，他宁愿以十倍的价钱把今天夜里死去的人的命都买回来。他快步下了城楼，找到自己的马，骑上后回去，此时顺天门鼓楼传来了咚咚的鼓声。

董老丫哭了半夜，晕厥过去几次，最后精力耗尽，不再哭喊了，只是两眼空洞地望着外面。吴妞和几个妇人在旁一步不离地看护着她。董乐已经在一张席子上睡着了。

大家原本还把一线希望放在去认尸的袁天纲身上，或许逻卒弄错了，不是董详。董老丫却没抱这种希望，从董详开始大赢而特赢时，她心里就有一种不好的预感，到后来董详天天失魂落魄地到处找人赌钱，这种不好的感觉就变成不祥了。没想到最后还是遭此横祸。

吴妞等着等着，心又悬起来，她是担心袁天纲。认个尸体怎么会去了这么久，难道那地方很远还是出了什么事？不久先前来报信的两个逻卒又来了，他们没弄到酒钱，越想越生气，就假装袁天纲让他们来报信，说是袁天纲跟着长安府捕快们抓凶手去了。

吴妞得到信儿果然大喜，也明白这两人的意思，痛痛快快拿出两贯钱谢他们。两个逻卒这才欢喜地走了。袁天纲对这两人也不是刻薄，而是出来的急，身上分文没带。吴妞出来时就想到既是公差来报信，不管是什么，都需要钱来打发，特地带了一些在身上。

听说袁天纲跟着捕快们去抓凶手，她并不感到意外。董家的人在袁天纲眼中就是亲人，出了这等事他当然不会置身事外，一定要用占卜术来找寻凶手。

天大亮了，袁天纲才骑着马回来，他走进来后跪在董老丫面前，握着她的手说：“董姨，害董叔的凶手抓到了，董叔在天之灵可以瞑目了。”

第二十八章

京兆尹上午升堂，马上审理这桩大案，杀人案本来就够耸动的，再加上抓捕了一个大盗，足可惊动朝野，尤其是手下捕快们神速破案、神速擒凶，他也感到面上有光。至于捕快一死一伤，更见出长安府上下尽心王事不惜身家性命的忠诚。

周家诚并没隐瞒袁天纲的功绩，把事情经过都禀告了京兆尹，两人也都心知肚明，这些事一个字都不能写到纸上，就像大兴城也是按术士的设计建造的，却只能写上高颎、宇文恺这些督工建造的人。术士只能隐藏在幕后，这是朝廷的尊严和体面所决定的。

经仵作验尸，审问犯人，一上午的工夫案子就审完了，刀伤很容易验明，李青龙对一切也都供认不讳。不但交代了这次杀人的完整过程，连同以前的案件也都一五一十地交代了，人死留名，反正是一死，何必带着秘密去地下。他这一交代，又有好几桩悬案可以结案了。

下午，长安府就把董详的尸体送回董家，当然少不了一笔厚厚的赏钱。董详的钱袋也送回来了，是一个捕快亲自送来的，里面的钱空前绝后地没有少一文。袁天纲又拿出上次要送给董老丫没送出去的那张一千两银子的银票塞进去，然后交还给董老丫。

袁天纲回来后没休息，他把董老丫和董乐接到自己家，然后就去购买寿材、寿衣和丧葬用品，他别的事务不太懂，这丧葬的仪式、所需物品可是再熟悉没有了，道士、和尚本来就靠给人家办丧事发大财。他也定了一班和尚来念经荐福，定了一班道士来作法事。雇人扎席棚，摆灵位，接待来吊唁的人。这些事说来繁杂，他做起来倒是井井有条。

第二天一大早，城门一开，董老丫大儿子就从皇庄上回来了，皇庄的庄头领着几个管家、十几个仆妇过来帮忙料理丧事。袁天纲轻松许多，

三天后就出殡了，葬在郊外董家祖坟里。袁天纲和吴妞送葬回来的路上见到了专门等候他的周家诚。

“大人想见您。”周家诚说。

“见我？是这案子还需要我做什么吗？”

“不是，大人就是想见见您。”周家诚此时满脸压抑不住的满脸喜色，想必是丰厚的赏格中他的份额很多。

“让我去府里拜见吗？”袁天纲很头疼跟官场中人打交道，更别说是京城头号大吏了。

“不，大人说了，那样不恭，大人要亲自来府上拜见先生。”

“这怎么敢当。”袁天纲笑着说，想了想，“那我就在卦室恭候大人大驾吧。”能不进衙门就不进，这是他的原则。上次在家招待了表姐夫妻后，他明白家里的一些装饰可能有犯忌的地方，至少过于让人生疑，这以后接待客人都改在装饰很平常的卦室。

袁天纲来到卦室时，京兆尹韦衮已经在门外等着他了。倒是轻车简从，两辆车，随身只带着四个黑帽子的衙役。袁天纲上前见礼，韦衮握着他的手笑道：“久仰先生大名，本官忙于冗务，今日才得相识。”

袁天纲笑道：“治下久仰大人盛名，只是无缘拜识。”

进到里面坐地，袁天纲忙着要去烹茶，一个衙役笑道：“先生，还是我们以客代主，我们招待吧。”袁天纲听了也笑，就去陪韦衮坐着。

韦衮进到里面，却是神情整肃，正正衣冠，左右瞻望须臾才笑道：“来到这里不禁让人怀想苏神医当年种种神迹遗爱，令人追思无穷啊。”

周家诚笑道：“先生住在苏神医的房子里，又在她这神农堂开张，一定和苏神医大有渊源？”

袁天纲道：“在下是她老人家的师侄。”他索性说了出来，以免大家都疑神疑鬼的。

“师侄？那药王菩萨？”韦衮一惊。

“正是治下恩师。”袁天纲身子微躬，如对师尊。

“原来是药王的高足，失敬。难怪年纪轻轻就有神人之姿。”他倒不是很感意外，袁天纲既住在苏神医生前住的房子里，现在又在她当年的神农堂开张，自然都断定他一定和神农门有关系，神农门只有孙思邈一人，他当然不是苏神医的子侄就是孙思邈的弟子。

韦衮又问起袁天纲的家族，这也是当时的习俗，见面就要询问邦族，邦族地望的重要性犹在人的官爵之上。袁天纲也实话实说，韦衮对周家诚笑道：“我猜的不差吧，一定是成都袁家的人。当年袁老公祖活人无数，积下无数功德，才得有此人瑞。”

“那是，大人向来神机妙算。”周家诚赔笑道。

“神机妙算？这词以后别在袁先生面前提，否则就是骂我了。”

袁天纲倒不知他所说的祖父活人无数是指哪件事，祖父当年在知府任上学的是汲黯卧治，活人无数应该谈不上，应该是指祖父当年归顺北周免去一方生灵遭北周大军屠灭的事吧。此事他也只是猜想，祖父从来不提当年的事，亲戚往来也没人谈论此事。

祖父倒是因归顺的早，朝廷赏赐丰厚，虽为官清廉，家道也还殷实。兼且是南朝知名大儒，回到川蜀后依旧不失士族地位。虽然比不上崔、郑等五姓望族，在川蜀还是一等士族。

闲聊一阵，韦衮才说到这案子上，说是上报刑部后，刑部拟议斩立决，皇上御览后也批准了，择日即将行刑。皇上对这次长安府神速破案且缉拿大盗非常满意，赏格是长安府定的，马上兑现不说，皇上对办案人员也有丰厚的赏赐。

说到这里，韦衮歉意地对袁天纲一笑：“这个还请先生见谅，先生的事太过神奇玄奥，若是笔之于文牍中未免惊骇视听，这也是世俗鄙陋之见，是以先生的事本官在报告中也未敢着一字。”

袁天纲笑道：“求之不得。治下无心求名，也无心于利，不过是尽本分而已。”

“先生高人雅致，令人钦佩，不过这赏格花红还是不敢少了先生的。”说着冲周家诚点头示意。

周家诚从靴鞠中取出一张钱票，笑道：“这是张两千贯的钱票，先生笑纳。”

“这个也太多了吧。”袁天纲本不想要这钱，转念一想，那晚能抓住李青龙，自己可是消耗心力甚巨，才送给周家诚和长安府一件大功，在这功劳中，自己可以说是指踪发迹的功人，周家诚等人不过是功狗而已，拿些赏金也是应该的。不过五千匹绢最多也就值四千贯，这还是上等贡绢的价格，两千贯就是一半了。

“太多？依我看是太少了，先生也是挥金如土的豪客，这些我还真有些拿不出手哪。”韦衮笑了起来。

袁天纲当晚给大家分了九百贯的事他也知道了，周家诚和捕快们都夸他仁义、豪爽、很体恤人。韦衮也很是佩服，九百贯不算少了，他这个京兆尹一月的月薪也没这么多。

袁天纲听他这样说也就收下，放入钱袋中。这张钱票是长安府开出的，当时从朝廷各部门到各地督府衙门都兼具钱庄功能，吸储后放出，收取高利贷以补官员俸禄和办公经费之不足，也算是后来国有银行的雏形吧。

韦衮见他收下，这才转入正题，说是以后遇到繁难要案大案时，还是要向他求助，如果能帮助破案，有赏格的案子分一半，没赏格的也会有谢礼。袁天纲知道这才是二人此行的目的，那天周家诚曾经说过让自己以后帮他查案，自己当时忙着推算，没理会，看来是周家诚以为自己人微言轻，特地把京兆尹搬来了。

茶早已烹好了，袁天纲品着茶，沉思须臾也就同意了，他倒不看重赏格谢礼，而是觉得这对自己也是个锻炼提高占卜术的机会，甚至是一种颇具刺激性的挑战。

他有些犹豫的原因是怕自己哪里算错了，这也不是不可能的事，占卜本来就是非常微妙的事，一种卦象可以有一千种解释，卦象的变化和排比也不是固定不变的，这些都会导致结果的不同。万一自己弄错了，就可能冤枉好人。他知道，官府可不讲证据什么的，就算是比颜回品德还高尚的人，他们也有办法让他招认犯了杀父、杀祖甚至谋反的大罪。

所以他先约定好：凡是请他来算的案子，如果证据不够就要无条件放人，绝不能严刑拷打取得口供。否则他要替犯人去告御状，这当然是开玩笑。

韦衮和周家诚都满口答应，且说自己也不是西汉的酷吏，办案当然讲究证据。袁天纲自然信不过他们的口头保证，但他从这次抓李青龙的事中体会到，只要在卦象中清晰出现，没有模糊不清的，应该不会出差错。

这以后袁天纲的主顾中又添了一种人：长安府的捕快衙役。长安县和万年县两个衙门知道后，两个县令也都率衙役捕快上门求助，开出的条件和长安府一样，这三个衙门在皇上的高压下都感到喘息为艰，现放着一个活神仙在此，哪有不来烧香拜神之理。

二人走后，袁天纲又想起董详来，想起董详安详地躺在地上，可能还不知道自己已遭了毒手。他可能死去时还在心里幻想着一种盼望已久的豪赌。袁天纲心底里又有一股怒气上升，是生他自己的气。这种横祸他怎么能没觉出丝毫蛛丝马迹？预测一个人的吉凶是占卜术最基本的要义，如果连一个人的大吉大凶都测算不出，要占卜术何用？从听到董详出事的消息，他脑子里就嗡的一声，觉得自己失职，这种事应该预先有所感觉的。只是这些天一直忙着给董详办丧事，没能静下心好好推算一下，究竟是哪里出了问题。

他回想最后看到董详时的情景，虽然是在事发前四天，可是董详身上并没有那种遭横祸的黑气或者横纹。董详额内有股晦气，从见到他第一天就发现了，不过那只是损耗家财的晦气，不会让他遭受横祸。袁天纲判定，这种晦气可能盘踞在董详额内许多年了，他逢赌必输就因此晦气而致，或者是因他逢赌必输而滋生了这种晦气。

从骨相看，董详也没有遭横祸的迹象。他帮董详赌钱时，也把董详的八字仔细研究过，没有任何出现这种横祸的迹象。

他枯坐如入定老僧，用相面、摸骨、八字三种方法仔细推算着，直到吴妞来喊他吃饭才醒过神来。

“官府的人找您干什么？不是要找您的麻烦吧？”吴妞担心地问。

“不是，他们是上门来求我。”

“求您？”

袁天纲就把事情经过说了，“两千贯？这么多？”吴妞惊得叫起来，马上又担心了，“官府的钱不是好拿的，这钱真的收下吗？”

“干吗不收，这也是我辛苦一夜赚来的。”他开业这些天，基本上还是赚的市场里那些商人的钱，平时这些街坊邻居找他算卦，他都是或不收钱，或者象征性收上几文，一匹绢对一般的住户还是太贵了。竹筒里的铜钱积满后，他就拿出去送给街头的乞丐，或者送给坊里的小孩买糖吃。所以顾客虽多，赚得也不少，但收钱的顾客其实并不多。

“说到钱，董姨还要还您钱哪，说您偷偷往她丈夫的钱袋里塞了一千两银票。”

“哦，这事回头我跟董姨说，是我那天夜里从董叔的钱袋里拿了九百贯用了。银票是还那笔钱的。”他把那天夜里发出去九百贯钱的事说了。

“九百贯？您真大方。也难怪官府这次大方起来，也是你的大方换回来的。”

两人并肩在街上走着，此时已是深秋，落叶满地，夕阳残晖照射在落叶上，散射着残金碎玉的光芒。

路上行人匆匆，都是要在坊门关闭前赶回家里。看到他们这对玉人，都投来羡慕赞美的目光，有的问好，有的打声招呼，有的只是以目示意，然后匆匆走过，开业的这些日子，这些街坊邻居基本也都熟了。

吴妞陶醉在这种目光中，更陶醉于走在心爱的郎君身旁，她不自禁地靠得更紧了。

“今天的景色好美，真想就这么走下去。”她小声呢喃着。

“好啊，我陪你，你想走多久都行。”

“那怎么行，一会坊门就关了。”

“坊门关了，醉仙居不会关，咱们可以去那里住一晚。”

醉仙居占了半个坊区，醉仙居的大门就是这面的坊门，彻夜不关。坊内的住户都从别的坊门出入。

“那倒是好。”吴妞的兴致也上来了，转头想想又摇摇头，“还是算了，董姨在家等着哪，咱们要是一夜不回去，董姨就要报官了。”

袁天纲点点头，他今天并无兴致观赏景致，而是急于回去继续推算。

“少爷，您别总这样宠我，以后您要是娶了夫人，看您这样宠我，会被气疯的。”吴妞忽然仰脸看着袁天纲说，眼里有两滴晶莹的泪光。

袁天纲心里叹息一声，没有答话。其实早在他纳吴妞为妾时就想过干脆娶她为正妻，自己有一个正妻就足够了，还要什么妾室，但想到吴妞的身世，家里那关是注定过不去的。家里再宠他，他再敢干，也绝不敢做出在外私娶正室的事。他对吴妞的宠爱既是浓浓的情爱，却也包含着心中莫大的歉疚。

两人都不再说话，在已经空荡荡的街道上走着，在咚咚的鼓声中走进坊门，回到家。董老丫果然还在房子里等着他们。

“少爷您可回来了，官府人没找您麻烦吧。”这段时间里她也是担足了心，平民百姓只要和件官司沾上边，就有无穷的麻烦，有理没理都没用。她心里还想着，要是长安府吃了熊心豹胆，敢找小主子的麻烦，她就算闯宫，也要去见皇上。这一番牵挂倒是把她心里的悲伤驱散不少，想到了自己的责任。

“没有，他们是有事来求我。”袁天纲把事情又说了一遍。

“哦，那就好。对了，这是少爷的银票，上次我没收，这次也不会收。”她拿出那张一千两的银票要还给袁天纲，袁天纲只好再跟他解释自己那天夜里给那些人发了九百贯钱，这张银票是顶那九百贯的。

“董姨，您不会还跟我算细账吧？”

“那也是应该我出啊，您给的也对，那些人为了抓凶手死的死，伤的伤，没受伤的也都冒着性命危险，给他们赏钱是对的，可还是该我出啊。”

“您就别争了，这钱只该我出。”袁天纲加重语气说道。

“少爷，我知道您心里是怎么想的，就怕您这样想。”董老丫说着又有些哽咽，“少爷，老董的死跟您没关系，没一点关系。他前些日子还天天跟我念叨，说是您让他能尝到当一个赌王、当一个赌神的滋味，就跟成仙了一样，那样的日子有一天都够了，死都值了。我敢说他死的时候都没有挂念了。”

“董叔走得很安详。”袁天纲回想着说道。但这只是因为凶手下手太快，凶器太锋利，董详根本没感受到痛苦和恐惧就死了。

“我知道少爷是觉得你应该能算出来，可哪有什么事都能算计到的，老天爷的事就算是神仙也不能全算到啊。您要是因为此事自己责怪自己，老董在地下都不会心安的。”

“少爷，董姨说的对。”吴妞在旁附和道。

袁天纲这些天心中深深的歉疚感连吴妞都清晰地感受到了，更不用说最擅长察言观色、揣摩他心理的董老丫了。只是她不敢这样直接挑开，唯恐触痛他伤怀。

“我常常想……”袁天纲缓缓说。

“您是想要是您不帮他赌钱，他就不会遭这祸事了，对不？”董老丫接过他的话头说，“您要这样想也错了。他一辈子烂赌，这样的结局我早就预料到了。看看街上那些赌徒，有哪个能有个好死的。”

“我答应您不再想这事了，这钱您也别跟我争。”袁天纲把那张银票又塞到她手里。

“那也好，您答应我就行。”她主要是为这件事在这儿等着的，还银票倒是次要。一千两银子对别人来说自然是大数目，对袁天纲而言就不值一提了，她不想收下的原因还是跟上次一样。既然这次是顶那九百贯的账，她收下也不算是借给小主子办事中饱私囊了。她最怕的就是这个罪名。

董老丫走后，二人在西厢房吃饭，饭菜还是泰和兴送的，袁天纲说自己吃惯了泰和兴的口味，不让吴妞学着做，其实是不忍心让她身上沾染油烟气。再者说泰和兴做出的菜委实不是一般家庭的小厨房能烧出来的，厨具和炭火都没法比，厨艺更不用说，除非是那些大家的厨房和重金聘用的大厨。

吃完后，吴妞收拾干净，把碗筷酒具都放回食盒里，明天中午伙计来送饭时会取回去。袁天纲坐在一张矮几前，铺开纸笔，摆出一副要大算特算的架势。

吴妞烹好茶，用精美的漆盘端上来，董老丫为他们置办的各种高档家什中，他们动用的只有这套茶具，餐具只是上次招待蓝瑛夫妻时用了一次，随后再未用过。

“少爷，还要算哪？”

袁天纲点点头：“你一会自己先休息，我可能要很晚。”其实他是想干个通宵，不弄明白问题出在哪里，他就寝食不安。

“您也要早些休息，这几天也把你累坏了。对了，我还是不明白，您那天只是到现场看看，根本没看到凶手，怎么能算出来有两个凶手，凶手都有多大、长什么样子，甚至他家里有什么人都知道？最后连他藏在哪里都知道了。”吴妞其实并不是真的想知道，只是想把他的念头从董详这件事上岔开。

“这个当然靠算，我算给你看。”

提到这件事，袁天纲兴奋起来，这是他艺成以来最辉煌的一战，他指导董详去赌钱时，大家都惊得说不出话来，其实和这个比，根本不是一个等量级的。他指导董详去赌场赌钱时，算出来的也不是赌场里真实发生的赌钱过程，而是一连串的数字，他告诉董详一定要按他定的顺序赌，就是对应上这些数字，这些数字就是当晚赌场开出的一个个结果：是大是小，还是各种名目。预先算出结果，押注自然是只赢不输。这和当年孙思邈预先算出一盘棋几百手的每一手相差仿佛，只是相对而言要简单些，毕竟变化没有那样多而且密集。

推算凶案现场就不单单是数字的推算了，而是要复活当时的情景。假如有人花钱来请他这样做，他多半会觉得太荒诞，然后敬谢不敏。他也没想到自己真能做到，当时只是在一股勃然而兴的怒气驱使下，非这样做不可，非做到不可，也就完成了。

他就像一个国手下出了自己最得意的一盘棋后，不可抑制地要复盘给别人看，给别人欣赏，不是想要别人的夸奖和赞叹，而是复盘本身就能给他带来莫大的满足与自豪。

他演示给吴妞看，他先画出了坎卦，然后告诉她这种卦象既像陷阱，也像盒子，他运用坎卦的变化没算出什么，就用上了射覆，把坎卦当作器皿，来射其中藏的物事。他又向吴妞解释射覆的意思。

“就是猜宝大赛。”吴妞很明白地说。

“对，就是猜宝。”他握着一只手，得意地笑着，“猜猜我手里有什么？”

“还用猜？空的。”吴妞捂着嘴笑，心里很是欢畅，袁天纲很少这样跟她孩子似的嬉戏。

“不对。”他摊开手掌，掌心里托着一粒葡萄干。

“怎么会？”吴妞惊讶得大叫，茶几上是有几碟果品，可她始终盯着他，他什么时候拿的葡萄干？

“你输了，不许耍赖，输我什么？”袁天纲笑眯眯地说

“我输了，”吴妞大大方方地认输，“我什么也没有，随你要吧。”

“那就要这个。”他说着，俯过身去，在她嘴唇上啄了一下。

吴妞不由得闭上眼睛，感到胸中一股春潮般汹涌的激情涌了上来，她的身体就像干透的木材，只消他一个轻吻、一记抚摸，甚至一个充满激情或暧昧暗示的眼神，都能把她熊熊点燃。她的心怦怦跳着，较思春少女尤甚。

或许是她知道这样幸福的日子不会太久，虽然成为袁天纲的妾室几个月了，每次和他温柔缱绻时，她都投入全部的激情与情感，而且是一种近乎绝望的激情。她没受过儒家礼法灌输，在释放自己的情爱上也没有丝毫顾忌。

“该你藏了，我来猜。”

“好，你先闭上眼睛。”吴妞等他闭上眼睛后，从桌上拿了一粒杏干藏在手心，“好了，你猜吧。”

袁天纲心中发笑，他并没使诈偷偷睁开眼睛或是留条缝隙，可是他的听力太好了，即便是用手拿果品这种细微不可闻的声音他也听得分明，就跟用眼睛

看到一样。

“杏干。”他拿起一粒杏干扔进嘴里。

“你赖皮，一定是偷看了，你输了。”吴妞不依不饶起来。

“好，好，我认输。”袁天纲举手投降。“你要什么，说吧。”

“和你一样。”吴妞也俯过身来，在他唇上一吻，然后突然间身子如蛇般缠到了他身上，双手抱紧他的脖颈，用力亲着他的唇，噙着他的舌头，因突然爆发的激情而变得有些嘶哑和颤抖的声音在他耳边说：“我要你，现在就要。”

这声音就像世上最好的融化剂，袁天纲的身子忽然间也软了，躺在了席子上。

静夜流光，烛影摇曳，蒸腾而起的热气散入墙里，又散入外面清凉的秋风中。低微而喘息的呻吟和远处池塘的蛙鸣共奏一曲。

后半夜丑时，袁天纲才起来，他轻手轻脚地穿好衣服，拿来被子把酣睡的吴妞盖好。他跪坐在她面前，看着她娇美的容颜，心中微微一痛。忽然想到，是不是该请师傅出面，让家里同意扶她为正室？家里不过是急着让他娶妻生子，他已经娶了一个，也完全说得过去。但他心中早有一种预感，而且越来越强烈，他将来还是要娶正妻的，那已经设定好的宿命在等待着他，不管好不好都改变不了，他愿不愿意也改变不了，甚至连师傅也无能为力。

伟大而不可逆的宿命，比任何神祇更伟大，世人只能匍匐在它无声碾过的轮子下，无人可以逃过。

他又坐在桌子前，看到他画在纸上的坎卦，神思又回到给吴妞讲解的时候，吴妞虽然睡熟了，不能欣赏他的杰作，他还是一个人不能自已地复盘。

他回想着，当时用射覆的方式得到了三个卦，一个是对应董详的，另外两个对应两个人，自然可以得出凶手有两人的结论。然后分别从这两卦算出两人的年龄、籍贯，然后又算出王二癞子的家人状况，从而敲定一个嫌疑对象。

他还清晰地记得，当时在现场听到许多声音，还有一种奇怪的感觉，也嗅到了三种不同的气味，这些声音、感觉和气味都强化了卦象的清晰度，对他以后判定卦象的变化助力非常大。因为当时的卦象还是很模糊，且不断变化着。

推算李青龙耗费了他许多心力，还是在杀死王二癞子的现场才交替用相面和骨相术算出他的体征和面貌特征，最后则是用射覆法算出他的藏身之处。

把整个过程复盘一次后，他还是惊讶自己能在半个夜里完成，按他平时的能力，这些需要十天半个月的推算才能做完。而且所有这一切都是在心里推算出来，没有借助纸笔，看来人的潜力真是无穷。

然则他为何没能预先感觉到董详的祸事？他的心又剧烈跳了一下。

他把董详的八字写在纸上，然后又写上起运、大运、流年，命中各种吉星和凶煞，开始从起运逐年推算，长长展开的纸上仿佛流淌着一条生命的河流，从源头直到结尾。

履霜冰雪至，或许这场横祸的迹象就潜藏在董详早年的岁月里，自己忽略了或者没有算出来吧。他心里这样想着。

当然即便算明白了也无裨于事，他毕竟没有改天换命的神通，也不能让时光倒流，无法让董详避过这场祸事继续活在世上，可是不弄明白，他就会对自己占卜的技艺产生根本性的怀疑。

他一直推算着，在八字学上加上易学。他平时也给人看相、测八字，但从心里还是有些瞧不起这些，认为只有《易经》才是天人之学，可以囊括万物，演示出一个完整的世界。八字、相面、摸骨不过是在一个人的身上做文章，而且准确性比《易经》的测算低很多。他平时用只是要省些心力，再就是顾客指明要这些做。如果只是测测财运、官运、婚姻、子息这些，八字学用起来倒真是省力省时，准确性也还令人满意。

一直推算两个时辰，还是没能发现任何不寻常的迹象。他又回想董家住宅的风水和祖坟的风水，都很平常，没有任何犯忌的地方，更不会给董详招来此祸。究竟是哪里的问题？

算了，还是等以后有机会见到师傅时向他老人家请教吧。他想象着假如师傅看到一个天天在面前活蹦乱跳的人突然得暴病死了，他却查不出死因或者致病缘由，会是怎样的心态？怕是和自己一样吧。不过师傅不像自己这样无能，没有师傅查不出来的病和缘由。不然也不会被人称为药王菩萨了。

此时晨曦透入窗帏，照射在凌乱的席子上。他吹熄蜡烛，起来后来到外面，开始每天早晨必行的望气。望气后回来起每日的值日卦。当年京房的老师、西汉易学大师焦延寿就是用早上这一卦来预测每天城里可能会发生的案件，然后派人加以防范。京房继承这种方法后，却没用来预测刑事案件，而是预测朝廷上是君子得位还是小人得势。袁天纲原先对这两点都没兴趣，他用这种方法是预测灾异变化，比如有没有大旱洪水，哪里会不会有大的火灾等。

他看着值日卦，没什么特别值得关注的，然后又尝试着从刑事案件这方面来察看，却没能看出什么。卦象是一定的，就像一个圆球，可以从各个角度来察看、来解读，但每种做法其实都需要一个完整体系来支撑，绝不是想怎样就怎样。每种体系都需要长期积累经验和感觉才能成形。

他目前对灾异变化最擅长，决定以后再补上刑事案件这一块。至于朝中君子小人之争，还是留给皇上和四海贤达操心吧，不在其位，不谋其政。

第二十九章

一进冬子月，袁天纲就开始忙碌起来，到处给家里人买礼物。他带着吴妞在冬子月十五启程，经过一个月的跋涉，于腊月十六回到成都。一路上吴妞算是领略了山川江河之险绝，但在这险绝中也蕴含着一种惊心动魄的美。

一入锦官城，袁天纲感受到那股熟悉的气息扑面而来，和身体中自小就浸染的气息相互呼应着，喜悦、舒适、惬意荡漾在胸中。还是家乡好啊，他在心里感叹道。

吴妞此时坐在车里，已经无心观赏锦官城的美丽景致，而是心中慌成一团，明知这天一定要到来，也做了充足的心理准备，袁天纲更是天天给他打气，告诉她父母和祖父都是再慈祥不过的人，一定会喜欢她，家中仆妇更不会为难她，她还是感到莫名的恐慌，身子都有些发抖。

袁天纲握着她的手，笑道："别慌，马上就到了。"他不说还好，这一说吴妞简直要瘫在他身上了。她在平时可是天不怕地不怕，她在泰和兴时，市场里那些奸猾成性、恶嘴恶舌的商人她都能应付裕如，可是要见到公婆尤其还是士族大家的公婆，她怎么也镇定不下来。

一到门前，袁天纲还没下车，车子就被几个家人围住了，从车窗看到他，就大喊："少爷回来了。少爷跟少奶奶回来了。"

这几个家人都是袁天纲在家时服侍他的，两个小厮是四喜和满贵，现在也是大小伙子了。知道少爷这几天要回来，天天在门口眼巴巴盯着，有车向这面来，就要上前去看。好容易盼到少爷了，都像天上掉下活龙般，牵马的牵马，开车门的开车门，跑进里面报信的报信，袁天纲还没等走下车，就被几个人抱了下去，倒把吴妞扔在车上。

“让我站着，让我站着，车钱还没给哪，车上还有人哪。”袁天纲大叫。

几个家人这才放他站在地上，又望着车里，等袁天纲把吴妞扶下来，就都跪在地上叩头，然后一骨碌爬起来伸手要赏钱。

“这么大了也不长点出息，就知道要钱，你们是想我还是想我的钱了。”袁天纲笑骂一句，从车上搬下一口箱子，“你们自己拿吧，然后给家中每个人都发一吊钱，算是少奶奶给大家的见面礼。”

“每人一吊钱？”四喜呆住了，旋即喜笑颜开，“少爷这是阔了，发大财回来了。”家中仆妇有百多人，每人一贯就是一百多贯。

“小孩子算不算？”满贵问道，他弟弟才五岁，所以关心这个。

“按人头算。”袁天纲慨然一挥手。他在家时也常赏给他们钱，用的都是父母给的零用钱，如今用自己赚的钱给家人打赏，自是别有一番豪情。

“谢少爷，谢少奶奶赏。”几个家人又跪在地上叩头，把吴妞羞得脸红一阵、白一阵，手脚都没放的地方，更说不出话。

袁天纲又给了车夫车钱赏钱，让家人把上面几口箱子搬下来，里面都是他在长安置办的礼物。然后就握着吴妞的手向里走。

刚进门口，一群仆妇就迎上来跪在地上请安问好，袁天纲回应一声，就看到正站在中堂门口的父母。他不由得松开握着吴妞的手，奔跑过去。

看到儿子的面容，袁玑夫妻心中都是热浪翻滚，袁玑还把持得住，站在台阶上没动。袁天纲母亲却是跑过来，抱住儿子，哽咽道：“我的儿，我的儿，你可想死娘了。”

袁天纲也说不出话，哆嗦着要跪下行礼，他母亲却抱着他就是不撒手，仿佛怕他又飞走了。袁玑看到在后面走也不是、站着也不是、尴尬羞涩的吴妞，就走过来咳嗽一声：“还有人哪。”

袁母这才想起来，忙过去要招呼，吴妞见她走过来，急忙跪在地上叩头：“拜见太太。”

“起来，快起来，这一路上可辛苦了，讲这礼道干什么。”袁母拉着她起来，上下左右端详一阵，“果然是个美人，难怪我儿看中了。”然后又骂旁边的丫环仆妇："我糊涂了，你们也糊涂了，都不知道招呼少奶奶。"

丫环仆妇们都笑着过来赔礼，围在两人左右。吴妞还是羞得说不出话，头都低到胸口。仆妇们都哧哧地笑，没想到少爷带回一个胡人美女，也都好奇地打量着。

袁天纲这才规规矩矩跪在地上给父亲请安问好，袁玑拉他起来，笑道："好了，你回来就好，家里可都担心着哪，一路上还好？"

"好。"袁天纲回头看着吴妞，又愧疚起来，跪下请罪，"儿子不孝，请父亲大人责罚。"

"起来吧，怎能说不孝，你这事做得最合孝道了。快起来，老祖宗还等着你哪，快带新人进去吧。"

袁母领着吴妞过来，给袁玑行了礼，然后大家簇拥着两人进内宅，来到袁嵩住的正房前，袁嵩也知道了，正拄着一根龙头拐杖站在门前等着，

袁天纲两人快步疾趋，来到跟前跪倒行礼。最讲究儒家礼法的袁嵩却矜持不住了，他丢下拐杖，抱着孙儿的头，还像孙子小时候那样满头满脸地摩挲着，老泪一滴滴落到孙子头上。袁玑夫妻和仆妇们见了也都暗暗心酸不已。

"好了，好了，我这是怎么了？真是老了。"袁嵩又对还在地上跪着的吴妞笑道，"好孩子，你也起来，别笑我这老糊涂。"

"老祖宗是疼孙子，少爷也天天念叨您哪。"吴妞此时倒适应过来一些，公婆而后祖公公果然都是再慈祥不过的，而且也没有挑她嫌她的意思，倒是很喜爱她，她能感觉出来。

大家进屋后，仆妇们端上茶，袁嵩握着袁天纲的手不放，让他坐在自己身边，先问他一路上的情况，然后又问他在长安这一年的事。

袁母怕冷落了吴妞，握着她的手，让她跟自己坐在一张榻上说着闲话，耳朵里却听着儿子说的每句话。

袁天纲把在外面这多半年来的事都简单说一遍，只有两件事没说，一是那神秘的房主为他做的事，二是他得到那笔巨额财产的事。

正说着，袁母房里一个丫环进来，在袁母耳边说了几句话。袁母有些嗔怪地看了儿子一眼，想说什么却没说。她是嗔怪儿子太大方了，都是家里人，给这么多赏钱做什么，其实赏钱她都给预备好了，毕竟新人进门，也是件大喜事，不给家人打赏也说不过去，每人多则几陌、少则几十文或者几尺绢也就

够了。

袁嵩感到了什么，看着袁母以示询问，袁母忙站起来躬身笑着把这事说了。袁嵩点点头，心里也觉得多了些，不过他是最疼孙子的人，再说此事也真是从袁天纲十几岁时家人就盼着的一件大喜事，虽说比不上娶正式夫人那样，赏钱多些就多些，左右都是花在自己家里。

“这个钱别让他们出了，从我这里拿吧。”他转头示意一个仆人去拿钱。他自己还有不少私房钱和体已物品，都是为袁天纲留着的。

“老祖宗，这钱要孙子自己赚的才有脸面，您不能替我出。”袁天纲起身笑着说。

“你自己赚的？”袁嵩以为孙子用的还是家里带去的钱，估算一下亲事和大半年在长安的费用，再加上这笔赏钱，差不多花光了，还琢磨着从自己私房钱里拿出一笔补上哪。

“老祖宗不是常说，家有千金，不如一技在身吗？孙儿现在也有技在身了，赚钱并不难。”

“哪个要你辛辛苦苦去赚钱，家里不是给你带足了钱吗？”袁母又心疼起来。

“娘，儿子并不辛苦，很容易的。”袁天纲笑嘻嘻地说。

“太太，您不知道，少爷赚钱真是很容易的，动动脑子，跟人家说一说，绢就一匹匹进来了。”吴妞站在袁母身旁笑着说。“少爷有一次帮长安府抓了一个坏人，长安府一下子就给了两千贯钱的赏钱。”

“两千贯？”家人均感诧异，一次就能赚这么多，简直不敢相信。

“抓坏人，这多危险哪？你这孩子真是的。”袁母又担心起来，若不是众人都在这儿，就要数落他一顿了。

袁天纲赶紧把这事说了一遍，不过只是说董详是跟他很要好的邻居，帮董详赌钱的事可一个字都不敢露。

“嗯，男儿在外做人做事就是要有担当。”袁嵩倒是很赞赏，想到自己年轻时也是颇具侠气，只是归顺本朝后，处境艰危，举措稍有不慎就会被扣上思念故主、私通外邦的罪名，家族有遭夷灭之患，多少年下来，侠气豪情也就消磨尽了。至于袁天纲能算出凶手，他们虽然吃惊，也都能理解，跟药王菩萨学了三年，没点本事怎么说得过去。

“你这价格定的也太高了，一卦一匹绢，有几个人肯找你算？”袁玑笑着说。

“阿爷不知，最开始人是不多，现在都排队哪。”在祖父、父母跟前，他又恢复了孩子气，笑嘻嘻地没个正经。

袁嵩和袁玑夫妻却都感觉到，他真是长大成人了，身上的变化比他跟孙思邈出外游历三年还大得多，不知是自己单独一人在长安闯荡的关系还是有了妾室的关系，应该是后者吧。想到这儿，三人又都多看吴妞儿眼，眼中多是怜爱。对她的胡人身份，大家并不在意，毕竟是妾室，不是正室，无损家族门楣。

袁母对身旁等着的丫环说：“你去和外面的人说，少爷、少奶奶陪老祖宗说话哪，再说也都累了，要谢赏的话改天吧。”

丫环笑着退了出去，远处传来一阵阵欢声笑语。

第三天，袁天纲就去三羊宫去看叔叔袁守诚和老道长。

老道长这些年基本都在闭关中，很少露面，道观中的事都由袁守诚主持。叔侄两人自然是相见甚欢，聊了些京城见闻，然后就笑道：“当家的出关了，可能专为你回来出关的，你去见见吧。”

袁天纲大喜，他还真怕老道长又在闭关，上次从外面回来就没见到。叔侄两人来到后山的观星楼，正在楼前洒扫的两个小道士看到袁天纲都急忙过来行礼问好，没说上几句，老道长已从楼里走了出来。

袁天纲上前大礼叩拜，老道长笑着拉起他，携着他的手走进去，对袁守诚都没说一句话。袁守诚望着师傅的背影，忽然有一种感觉：师傅好像是要和侄儿道别。至于道观中的事，师傅几年前就全部交给他了。

两人登上顶楼，老道长虽已年九十，腿脚之矫健不减少年，清癯的面容也丝毫不见龙钟老态，只是眼眸更深了，深得仿佛望不到底。

云房内还跟以前一样，一张竹席，两个蒲团，中间一张矮几。矮几上放着一壶刚刚煮好的茶。

袁天纲看着这房间，心中感慨殊深，还记得自己小时候，老道长常常抱着他来到这里，给他果子吃，然后教他怎样看星图，给他讲解星占术，晚上会抱着他看天上的星图，一颗星一颗星地教他认识，于是他睡着时就带着满天闪烁的群星入梦。说起来自己能有今天的成果，起点就在这里。

老道长跟他相对而坐，给他倒了碗茶，简略问了问他在外面的情况，听他说着，脸上却波澜不惊，似乎对这一切都了如指掌。

袁天纲说了自己的情况后，就把存储心中已久的一些问题提出来。这些多数是星占术方面的。孙思邈虽然天下之学无不精通，但在精通中也有高下之别，境界最高的自然就是医术，这方面可谓已入道，然后就是道家的道术，在这方面要比老道长还高明许多，毕竟道术和医术本来就是一体而生的两个果子，而且是靠的最近的。在儒、释两方面当然也是宗师级的，放眼四海少有人比，但较之医术、道术还是稍逊一筹。

星占术孙思邈也精通，不比老道长差，他把自己的天文历法星占这一套全都灌输给袁天纲，袁天纲现在能理解消化的还不多，心中自然有许多凝滞挂碍之处，正好向老道长请教。

老道长一辈子浸淫星占术，毕竟有许多独得之秘，尤其是袁天纲喜欢听老道长给他讲解星占术，喜欢听他的语气、看他的神态，这些似乎比内容更引人入胜。

“你居然能提出这些问题？守诚不如你。”老道长微感吃惊，再凝神谛视他片刻，赞道：“好，神华内蕴，温润如玉，你已经臻此化境了，了不得。”他看得出来，这是比道家所谓的三花聚顶、五气朝元的大成境界更胜一筹的境界，再向上一步是什么境界他也不知道。掐指算来和袁天纲分别不过四年，他修炼了什么功夫进境如此之速、境界如此之高？见面时他并没感觉出来，只是在袁天纲凝神沉思然后发问时，他才察觉出袁天纲超凡的内力境界。

“太师傅，您老人家教我的那套掌法，我可一天都没敢停过，天天早上都练几遍。”他想了想，自己要说练过的只有这套掌法了。至于和师傅学的走路、登上、攀岩总不能算是修炼吧。

“你是说那套太乙绵掌？”老道长失笑道，“你就算练上一千年也到不了这境界。”他笑了笑不再说了，孙真人神人一般，一定有他神人似的调教弟子的功法，自己也不好多打听。

袁天纲自己倒没觉得什么，其实他在内力进境上已无法再提高了，孙思邈也不过是借种种方法把他体内的功力激活，正常运转起来，包括那套经孙思邈改良过的太乙绵掌都只是让内力运转得更无窒碍。

“你这些问题还都是我几年前才有的，可见你现在入道之深。”老道长浅饮一口茶，娓娓道来，“我还是这几年闭关悟出些东西，这次也是想对你说一说，或许对你有裨益也未可知。”他并没专门回答袁天纲的问题，而是慢慢说着，这一番平淡而又浅易的话却是老道长一生修道的结晶，袁天纲如贪婪的饕餮般全吸进去，有些当时就明白了，心里许多疑问涣然冰释，更多的不明白，却也牢牢印在脑子里。

这一番长谈持续了整整一个时辰，在袁天纲脑子里展开了一个瑰丽神奇却又笼罩着层层迷雾轻纱的世界，他知道，这就是老道长所悟得的道，那无以名之、冥冥漠漠的道。

晤谈完毕，老道长也不留他，送他到楼下，他走出观星楼时，忽然听到老道长说了一句：“蟠龙峰很好。”

他回头望着老道长，以为老道长还有要交代的，老道长却眼睛望着别处，又说一句：“观星望气的好地方。”说完转身上楼了。

袁天纲一头雾水，情知老道长不会无缘无故说这话，一时间却理解不了。他到了前殿，找到叔叔袁守诚，两人又聊了很久，说到他纳了妾的事，袁守诚意味深长地笑道：“你终于躲不过去了？”然后深具同情地拍拍他的肩，意思是说明白他的难处，身为家中长孙，不娶妻生子是不行的。他以为袁天纲纳妾而不是娶妻不过是对父母的敷衍塞责。

袁天纲红着脸苦笑一下，在这方面他原来是和叔叔一个心理，都视娶妻为畏途，但现在他已不觉得娶妻纳妾是怎样痛苦不堪的事了，但这种心情不能对叔叔说，说了他也不理解。

两人谈着，陆续有人进来请示这个、问那个的，看得出来，袁守诚很忙，毕竟身为道观代主持，管理一千多人的事务。他想到叔叔从来都是最嫌麻烦的人，如今也不得不然，不禁心中窃笑。

过了几天，他又来看望老道长，袁守诚告诉他，老道长又坐死关了，一直到他走，也没出关。半年后，他在长安收到叔叔的信，知道了老道长坐化的消息。他才明白，上次见面，老道长就是为了把自己一生修道所悟所得传给他，才特地出关的。他悲伤了好多日子，找了几座道观为老道长作法事，然后又困惑了好多年：老道长是大限来临，坐化了，还是得道成仙了？这个问题他永远都没能找到答案。

十多年后，他才明白了老道长那句“蟠龙峰很好”的意思。

没几天的工夫，吴妞不但适应了这个家，还和上上下下的人打成一片。

仆妇们喜欢她是因为她没有一点架子，从来也意识不到自己少奶奶的身份，看着下人们干活，她就忍不住去帮着做，不会做的也跃跃欲试。别人叫她少奶奶时，她就羞涩得像个做错事的小孩子。仆妇们都喜欢看她做事时既笨拙又充满兴趣的样子，她那别具异域风情的相貌也更具吸引力。

袁天纲祖父和父母喜欢她是因为她打破了一个魔咒。多少年来，三人都担着心，唯恐袁天纲也像他叔叔一样，守诚不娶妻还罢了，要是袁天纲也这样，袁家真的无望了，这事又强迫不来。他们不知道孩子怎地突然开了窍，居然在外自己纳了妾，应该是吴妞身上有打破这个魔咒的能力吧，尽管他们看不出来是什么。

袁母知道她身世后，也更加怜爱她，每天领着她在宅内各处走，有时还带着她去各地的店铺看看。她也常常为她感到惋惜，这孩子要是生在士家大族，就可以名正言顺地娶为正妻了，何必委屈着做个妾室。

袁天纲在家里的大部分时间都是在祖父房里，和祖父谈着自己在长安的事，也问祖父当年当知府时怎样治民、怎样理财、怎样审案断案这些事。袁嵩没想到孙子对这些还有兴趣，也就当讲故事一般讲给他听。袁天纲对做官当然没兴趣，他是最近在研究用卦象预测一个城市的治安，才要了解这些，恰好祖父当了二十多年的知府，对治民断案这些事当然了如指掌。

袁天纲忽然想起来那天杨坚找自己算卦的种种奇怪蹊跷之处，就问祖父有没有这样一个世交。袁嵩想了半天，摇头道："没有，莫说世交，就算是平生一面之交的人中也没有你说的这个人。也或许是早年在江南时的事吧。"说着叹息一声。

袁天纲知道祖父不愿意提当年的事，也就不再问了。况且他有种感觉，那人真不是祖父的相识，他缘何非得说是祖父的至交，一定别有缘故，反正这人再没来找过自己，也无须理会了。

家里人都没问过他年后是否还要走，似乎怕触及这个话题。本来家里还决定，趁他这次回来给他定一门亲事，可见两人情好弥笃、两情无间的样儿，又都不忍心开口了。父母都想他能留在家里，袁嵩年岁大了，最疼的就是他，他能在祖父面前承欢的日子也不多了。

快到春节了，袁玑才问他一句："年后还要走吗？"

袁天纲心里咯噔一下，他明白父亲的意思："你还没野够疯够吗？该在家好好孝顺祖父了。"

他有时也想，自己就算在成都也一样可以占卜，一样能够赚到钱，就算没有长安那样多也没关系，毕竟他不是为了赚钱。看到祖父日渐衰老，他也想过是不是在家好好待几年，等祖父过世后再出去。可是长安对他的那股吸力越来越大了，他能感觉到那股吸力每天都在增强，仿佛最后能增强到把他凭空摄回长安的程度。他明白，自己如果不回到长安是不会安心的。

他硬着头皮说："还是得走。"

袁玑不悦地皱皱眉，不再说话了，以后也没再提过。倒是袁嵩一次在饭桌上也问过他是否还要走，他也是愧疚地点点头，袁嵩笑道："我知道你心里为难，既想在外面闯出一片天来，又想在我跟前尽孝。你要不是被孙真人收作弟子，我也希望你待在家里，连你阿爷那样的小官都不必做，毕竟天下一统了，咱们也不必像以前那样韬晦。可是能被孙真人收为弟子那是何等幸运的事，真人不辞辛苦，带着你游历天下，把一身本事都教给你，你不做出点样子怎么能对得起人家，对得起自己这番际遇。我身子还硬朗，还有几年好活，你只管放心在外面闯，一切都听你师傅的话，不用挂念着我。"

袁天纲大喜，急忙给祖父斟酒，吴妞也忙给祖父布菜。袁玑夫妻看了苦笑，父亲本来就疼孙子疼得心尖似的，再加上这个善解人意、人见人爱的媳妇，老人哪还会为自己着想。不过袁嵩也跟他们夫妻说过多次，既然把孩子交给孙真人作弟子了，以后就由真人来调教，他们做父母的就不必多操心了。

春节后他们又在家里待到了二月末，才启程回长安，父母没有拦他，只是让他带几个仆人和丫环伺候他们两个。袁天纲推说租的房子，太窄仄了，人多住不下，等以后自己买了房子再带仆人过去。吴妞也不喜欢有仆人介入他们的生活，帮衬着说谎。家里也就罢了。一路跋涉，他们在三月末回到了清化坊。

"又回来了，真好。"吴妞呼吸一口长安的空气陶醉似的说。

袁天纲怪怪地看她一眼，吴妞忙笑道："我不是说家里不好，可我就是喜欢咱们两个人在这里无拘无束的日子，要是能一辈子这样多好。不行，我太贪心了，要下地狱的。阿弥陀佛。"

"还无量寿佛哪。"袁天纲也笑了。他不怪吴妞，他也一样，回到从前在家里当大少爷，什么事都有仆人丫环伺候的日子，他也不习惯起来。

董老丫看到他们自然欢喜，市场里几个要好的商人知道后，也请他们吃接风酒。在家里安顿一天，第二天他就开业了。

早上，两人刚走到店铺所在的街上，周家诚已经在店铺前等着他了，可能在门前等得不耐烦，就在街上来回踱着，看到他们，老远就迎过来。

“我的大少爷，您可回来了。”

“总座大人有何指教？”袁天纲心情甚是舒畅。

“我的小祖宗，您就别开玩笑了。我就等着您回来救命哪。”周家诚急得直搓手。

袁天纲见他急成这样，倒不好说笑了，打开门请周家诚进去，吴妞就去烹茶。

两人刚坐定，周家诚一脸黑气地说：“又出大案子了，还是无头悬案。皇上立限催迫，我和大人算是掉在火坑里啊。”

袁天纲没说话，已隐约感到这案子不一般了。周家诚接着说下去，原来是京城头号功臣贺若弼家闹起了猫妖，巨万财富被凭空摄走，他夫人也闹起病来，百般医治无效。

“猫妖？”袁天纲大吃一惊。

“你也知道？”周家诚脸上露出喜色。

“知道，可是京城怎么会闹猫妖？这事一般都是边远蛮夷地方才有的。”他听师傅说过，蛮夷地区有些人有异术，事鬼事妖，或者养蛊。猫妖的事就是从师傅口中听说的。

“难就难在这儿了，”周家诚抚膝叹道，“要真是猫妖的案子，怎么查啊，作案的人可能根本不在京城，在洛阳，在晋阳，甚至在交广都有可能。”

“那就跟皇上说啊，这案子查不了。”

“谁敢跟皇上说这话呀？”他又叹息一声，“其实皇上也是被贺大将军闹的，唯恐他再借此事闹个不休，就想让长安府尽快破案，不给他闹的借口。”

周家诚知道袁天纲对朝廷政务不关心，就解释给他听，其实贺若弼大闹朝廷的事京城无人不知，街头巷尾都哄传开了，袁天纲是在老家待着，才不知此事首尾。

原来对江南开战之始，贺若弼急于立功，提前一天发动了渡江作战，结果他所率的八千精兵被陈国四万多精兵围困在蒋山，陷入苦战。可也正因他吸引了金陵城所有的精兵，韩擒虎才得以率五百壮士轻取金陵，生擒陈叔宝，拔得此战头筹。

贺若弼得知韩擒虎借自己苦战之机攻下京城，占据皇宫，气得七窍生烟，当时就率兵闯入金陵，要和韩擒虎火拼。班师回京后，朝廷评功论赏，贺若弼功劳之大谁都承认，但是攻下金陵城、生擒陈叔宝这件首功怎样也归不到他头上，贺若弼因此气不过，天天找韩擒虎理论，吓得韩擒虎根本不敢跟他照面，两人在庙堂上相遇时，也是口角不断，甚至不顾朝廷礼仪，拔剑相向。

杨坚对此事也极为头疼，他不想落下薄待功臣的名，此次对贺若弼、韩擒虎、杨素等功臣的奖赏可谓丰厚之极，人人都是富可埒国。但他再想照顾贺若弼的情绪，也无法把韩擒虎的功劳记在贺若弼头上。何况这事是要名垂青史的，韩擒虎再大方，也不会把自己在史书上的位置让出来。说起来贺若弼是有些冤，韩擒虎是有讨巧之嫌，但不管怎样说也改变不了事实。

贺若弼闹起来就不可收拾，不但和韩擒虎争功，还和高颎、杨素争功，更莫说别人了。高颎、杨素也是见到他能躲则躲，躲不过则逃，朝野上下都被他闹得鸡飞狗跳。

贺若弼虽未抢到头功，所受赏赐却不可纪极。可是他近来发现，家中库房中巨万财物不翼而飞，查不出丝毫迹象。他夫人又生了怪病，名医束手。不但治不了，根本查不出病因。最近贺若弼也觉得身上到处不舒服，好像也得了夫人的病。巡夜的家兵和健妇都说夜里常常能看到一缕淡淡的猫的影子，恰好符合猫妖的传说。

贺若弼更是大闹起来，说是他的政敌暗害他，假猫妖来害他的命，矛头直指韩擒虎，甚至激愤之余还说出“高鸟尽，良弓藏”的话来，矛头更是直指皇上了。

原来贺若弼渡江作战前，找高颎做了一番长谈，说是自己不担心战不能胜，最恐惧的就是功成后“高鸟尽，良弓藏”。高颎明白他找自己谈，是因为自己是皇上的心腹，这话等于直接向皇上要保证。他再三拍胸脯代皇上向他保证，绝不会有此事。

杨坚也委实没有此心，相反他最怕的就是背上这骂名。贺若弼财物被盗没关系，他可以双倍赏赐，甚至他夫人真的染病而亡也算不上太大的事，贺若弼后房姬妾数千，他最怕的是真有猫妖这等事，万一真要了贺若弼的命，他可就说不清了，没法对天下后世交代。莫说传出去不好听，就是韩擒虎、杨素这些功臣也会心疑，以为他要假手猫妖清除功臣。可他就算混一宇内，成为天下之主，也指挥不了猫妖啊。所以严令长安府限期破案，查明是否是猫妖作的案，如果是，必须找出事猫妖害人的主犯。

“期限几何？”袁天纲问道。

“三个月，已经过去十天了。”

“如果过期破不了会怎样？”袁天纲又问道。

“会怎样？”周家诚脸上黑气更浓了，“那就别想了，我和大人商量好了，到了期限还不能破案，我们两人只好自杀向皇上跟贺大将军请罪了。这是我们最好的结局，至少不会牵连家人。我们两人的命可就在您手上了。”

“如果真是猫妖案，我也破不了。”袁天纲老实承认，猫妖是妖，不是人，而且是民间传说的事，在黑夜中来无影去无踪，瞬息千里，哪里能算出来，更别说捉住了。

“那就先查查是不是猫妖作的案？大人说了，这次赏格提到万贯，都归您。”周家诚急忙说道，唯恐袁天纲封口。

“这不是赏钱多少的问题，而是根本破不了。”袁天纲苦笑着说。牵涉到这等玄虚的事只是其一，对方是皇上都头疼、京城四贵都惹不起的大功臣，他可不想让自己卷进这等是非中。

“我的小爷，”周家诚急了，“您不能不管啊，我跪下求您行不行，我要是不够分量，我和大人一起来跪着求您行不行。”说着，他起身真要跪下。

“你这不是逼我吗？”袁天纲急忙扶住他，吴妞煮好茶端出来，看到这情景不知唱的是哪出戏，竟不敢走过来。

“小爷，我和大人才是被逼的，您就是帮帮我们，就算算不出来，破不了案，也有我和大人的脑袋顶着，您不会有任何麻烦。”

“没麻烦才见鬼哪。”袁天纲心里哼了一声，说道：“好吧，我答应你尽力试一试就是，不过我需要什么条件你们必须满足我，如果不能，我就撒手不管。”

“您放心，您提什么条件都行。”周家诚大喜，满口答应。

两人回座后，吴妞才走过来，把茶放在桌上，给两人各倒一碗。周家诚谢了，端起来一口喝干，他真是急得喉咙里都冒烟了。

“这事要去大将军府实地踏勘，他夫人和他的病也要仔细察看过。”袁天纲想了想说。

“实地踏勘没问题，大将军说了，需要怎么查，他们会全力配合，至于查他夫人的病应该也没问题吧。不查怎么破案，他们应该明白这道理。”

“还有，这件事无论事前事后，不能让任何一个人知道我参与其中。只有你和韦大人知道就行。”

“这也好说，你就委屈些装扮成我的手下，我出头去交涉，你去查、去算。”

“好吧，暂时我就想到这些，以后想到什么再跟你说吧。”

两人商量好，明天起早去大将军府实地踏勘现场。周家诚喜之不尽地走了，他也有些不信袁天纲能算出来此案的真相，这种事根本没人能查出来。但见过袁天纲那一晚寻找凶手的神迹后，给了他最后一线希望，他相信，如果袁天纲还不行，就是他和韦衮命里该绝了。

袁天纲一个人陷入沉思中，他要把脑子里所有关于猫妖的资料汇总一起。

“少爷，太危险的话您就别管了，您又不是捕快，咱也不要他们的钱。”吴妞看着他皱眉沉思的样子，心疼地说。

“这不是钱的事。开始我是想推开不管的，倒真不忍心老周遭此大祸。现在倒是有些感觉了，试一试吧，反正到时候破不了案，掉脑袋的是他们两个。”

“那您不会有危险或麻烦吧？”

“不会，我会小心的。”袁天纲很坚定地说。这是哄骗吴妞安心的。在周家诚说完案子后，他就嗅到一股危险的味道，这种直觉很怪，各种行业的人其实都有，精明的商人能从不起眼的事里嗅到钱味，色鬼能隔着屋子嗅到美女的味道等等，这些都不能用常理度之，却又都很准。袁天纲也很相信自己的直觉，但这种危险的味道似乎又有种刺激性和挑战性，激起了他的斗志。在京城这个藏龙卧虎也是龙蛇混杂的地方，想要闯出一片自己的天空，怕危险和麻烦是不行的，那样还不如躲在成都老家。

事猫妖这事虽然玄虚，其实和事狐仙、黄仙（黄鼠狼）也都差不多，一般人事狐仙、黄仙为主，不过是保护一家平安和财运旺盛，就是民间所谓的保家仙。天天上香，以鲜花果品甚至肉类祭拜。不仅偏远地区，即便内地事狐仙、黄仙的也很普通，而且源远流长。

事猫妖为主的就少了，而且也很特别。事猫妖的人和养蛊放蛊差不多，都是用来害人和掠夺财物。养蛊以苗人为多，种类也很多，有虫蛊、蛇蛊、虱蛊等，原理就是取几百只毒虫放在一个罐子里，让它们自相残杀，最后只剩下一只，就当作蛊来养。蛊虫要用自己的精血来养，这样才能和自己通灵，自己就可以把蛊虫偷偷放入要害的人的饮食中，误服下去后，这人的精血就会被蛊虫吸干，人也就死了，他的财物也都转移到放蛊人手里。蛇蛊、虱蛊等蛊类和虫蛊都差不多。

猫妖只是在害人和能无形中为主人偷盗财物这两者上和蛊虫相似，事奉祭拜的方式却又和事狐仙、黄仙类似，不过据说事猫妖的人必须在半夜子时祭拜猫妖，子为鼠，可能因为猫妖比较懒惰，只有捕鼠的时间才会出动吧。

驱使猫妖也很容易，据说只要天天祭拜，就可以对猫妖祈祷：你要去谁家府上，要去害谁，把仓库中的财物转到我家里这类，猫妖就会看在他天天祭拜奉献血食的份上，去害人和偷盗财物。

他脑子里有的也就是这些了，还都是听师傅说的。师傅说他见过有人事猫妖的，却从没见过猫妖害人的事；至于养蛊的人更多，却也没看到有人真的是被蛊虫害死的，他曾经碰到过肉体里甚至血液里有异虫的病例，却也都无法断定是不是蛊虫。

想到这里，他又有些头疼了，还不如是蛊虫案哪，最起码能在病人身上查出蛊虫的踪迹。猫妖是怎样害人的，根本没人知道，据说病人也是慢慢精血耗竭而亡，但只是据说而已。

他刚回来，以前那些顾客还都不知道，一上午倒是难得的清净。他悠然品着茶，脑子里却在急速转着，考虑应该怎样确定是不是猫妖的案子，却没入手处。要以《易经》解，也必须首先得到个准确的基本卦象才行。

正想着，街上传来暴雨般的蹄声，他心中一惊，“出了什么事？”京城有规定，严禁在城内跑马，就算是武将，在街上也得按辔徐行。

吴妞到窗前一看，惊声道：“来了几个当兵的，好像是要来咱们这里。”

袁天纲急忙到窗前观望，四个骑马的，还有四匹马拉着一辆宽敞的车正向他们前来。

“你躲到里面去。”他吩咐吴妞。

“他们会是什么人？”

“来了就知道了，你不用怕，躲进去，我来应付。”

吴妞急忙跑进内宅，却从门缝里看着外面。此时车马已经到了门前，一人抬头看看，笑道："袁记。就是这里吧？"

"没错，我打听了好几个人的，都说的这地址。"另一人笑道。

袁天纲听着两人的话，心里安稳些，原来是上门找他算卦的，可摆出这阵势也太吓人了。他断定这一定是哪个跋扈不法的功臣家，旋即心中一沉：说曹操，可能曹操到了。

第三十章

马和车都停住，马上跳下来四个穿将领服色的人，车上下来一人，四十上下，锦袍玉带，气度不凡。袁天纲心内安然，平陈之后，大封功臣，这爵位就赏的有些滥了，京城可谓：将军满街走，都督多如狗。倒是车上下来那人让他多看了几眼。

当先一个三十多岁的将领走进来，把马鞭子在空中甩了一下，发出一声脆响，然后审囚犯似的问道："你就是袁先生？"

"算是吧。"

"是还是不是，怎么能算是？"那将领又大喝一声。

"那要看你找的是哪个袁先生了，京城里姓袁的多了。"

"老子找的是袁记的袁先生。"

"老子就是袁记的袁先生。"袁天纲真被此人的傲慢无理激怒了。

"是就好，"那人脸上也是怒气闪现，却又压住了，"跟我们走一趟吧。"

"我犯了什么事，犯了哪条王法？就算犯了也该长安府来抓人，还轮不到你们来抓。"

"不是抓你，是请你。"那人似乎很惊讶他这样说，浑然没觉出自己的样子和捕快抓人一模一样，"国公爷请你走一趟。"

“请你回禀国公爷，我没空。”袁天纲佯佯不睬道。

“你……”此人真的被激怒了，就算是京兆尹，他也敢呼来喝去的，居然唤不动一个算命先生。

“有本事你把我绑回去。”袁天纲说着，回到桌前，倒了一碗茶喝着。

“你……你当我不敢，别敬酒不吃吃罚酒。”那人做势便要上前。

“你敢。”袁天纲陡然喝了一声，双眉竖立，眼中怒气迸发。

那人脚刚要迈出，又收回去了，心中被这一喝真的有些慌乱。此时，那个锦袍玉带的人才走进来，见状佯作惊讶道：“这是怎么了？徐国尉，国公爷派咱们来时可再三言明要礼聘的。礼，你懂吗？”

“礼咱们不是带了吗，在车上放着哪，一会拿给他就是。”这位徐国尉还真没明白这个礼字。

“那是礼物，不是我说的待人请人的礼，礼节你懂吗？”

“礼节？那我懂。可我没失礼啊，我叫他袁先生，都没叫他的名字，这不就是礼节吗？我还说了是请他去，不是强迫他去。”

“你先一边站着，我告诉你什么是礼节。”

袁天纲看着这二人，一文一武，一唱一和，一个黑脸一个白脸，不知是事先编好的，还是临时串演的，看得出来两人这种剧目没少演练过。

“袁先生，在下宋运昌，忝任宋国公公国令，特奉国公爷旨意来礼聘先生大驾。宋某这厢有礼了。”

袁天纲起身还礼，不管怎样说，礼数还是要讲的，他笑道：“在下才疏德浅，何劳国公礼聘，不敢当。”心下却在思惟：好像不对，这是哪个国公要聘自己做西席的样子。宋国公，这不就是贺若弼新封的爵位吗？他要聘自己作什么？

公国令就是一个公国的总管，国尉自然就是负责公国武装力量的，就像西汉诸侯王国的国相和国尉，但隋时的公国不过是个名号，贺若弼虽然得到实封三千户，已属特殊赏赐，也建立不起公国来。国令就是他府里的总管，国尉就是亲兵护卫的统领，和西汉的国相、国尉相比，天差地别，就是名号上好听而已。

“嗯，是这样，说来话长，我可以坐下说话吗？”

“请坐。”

“是这样，”宋国令重复一句，又想了一会，很难启齿似的，“我家夫人病了两个多月了，太医院那些太医都请遍了，结果证明他们都是废材，别说治好病，连是什么病都查不出来。”

他停下看看袁天纲，见他不动声色，微感惊讶，只好继续说：“国公爷伉俪情深，对夫人的病很是焦急，千方百计想办法。万年县令推荐了先生，说先生最善于算出病人是什么病。所以……”

袁天纲这才恍然，这些人来到这儿请自己原来是万年县令推荐的，自己当初给他小妾查病情，看来他是记忆犹新。他推荐自己当然是为了减轻长安府的压力，他也能想象出来，假如京兆尹和周家诚挺不过去，长安县和万年县两个衙门的日子也不会好过到哪里去。

“接着说。”

“嗯，对了，不光这个，还有国公爷最近也不舒服了，症状和夫人差不多，所以才急啊。”他左右看看，忽然附身过来，在袁天纲耳边问道：“您说这病会不会传染？”

袁天纲笑道：“我还不知道是什么病，哪能知道传染不传染。”

“嗯，还有啊，是这样，”宋国令有些支支吾吾的，最后下定决心似的，“不瞒您说，有人说这都是猫妖闹的。猫妖，您知道吗？”

“略有耳闻。”

“那就好，还有啊，府里的库里也不见了许多财宝，更有人说都是猫妖偷走的，您说可能吗？”他又凑近来，鬼鬼祟祟地说，不像是求证，倒像是恶意传播小道消息。

“按猫妖的传说是这样，是否真的如此就不知道了，毕竟没人真正见过猫妖。”

“嗯，听您这一说，我心里就有底了，看来您能算明白这件蹊跷事。”

“我不能，我只是听过一些传说，要是人的事你尽可找我算卦，猫妖的事我不行，您另请高明。”

“您看，您看，这刚才还说得好好的，怎么又变卦了？”

“什么叫变卦？我只会算卦，不会变卦，我几曾说过要受你的礼聘了。再说，你只是请我一次，顶多是雇请或礼请，谈不上聘，除非是你们想聘我当记室参军什么的，那才叫聘。”

“做梦。”退到一边的徐国尉冷哼一声。

“我没做梦，你们就算聘我作记室参军，我也不会答应，你们请回吧。”

“等等，等等。”宋国令摆摆手，好像糊涂了，他是被袁天纲的“礼请”“礼聘”之别闹的，“好吧，您说礼请就是礼请。礼聘您不去，礼请您会去吧？”

“不去。”他斩钉截铁地说。扮作长安府的捕快，偷偷进，偷偷出，或许能做到神不知鬼不觉，即便这样他都预感到会有种种难以意料的风险。如果接受贺若弼的邀请，就不用预感了，那是让自己陷入由贺若弼与韩擒虎、高颎、杨素这些功臣权贵、贺若弼与皇上之间种种复杂关系构成的绞肉机中了，不被撕成碎片才怪。

“把礼物呈上来。”宋国令挥挥手，外面阵雷也似两声应诺，马上有两人进来，一人捧着厚厚一叠彩缎，另一人捧着一个漆盘，盘子里是一百两银子。

袁天纲真佩服此人的锲而不舍，不管你怎样说，怎样逐客，他只管说自己的，做自己的。

“听说您一卦一匹绢，这是五十匹彩缎，一百两白银，能请动您的大驾吧。”宋国令得意地说，似乎为自己出手豪阔而自豪。

“你只知其一，我收卦金是按事情的轻重简繁而定，一匹绢只是起步价，小事我还有不收钱的哪。”

“那您说要多少钱？”宋国令盯着他问，铁定了心要把他请回去。

“一万两银子。”袁天纲伸出一个手指头。

“一万两银子？你怎么不到街上去抢呀？”徐国尉气得炸了，“老子跟着国公爷在蒋山大小数百战、在死人堆里爬出爬进的，得的赏赐还没这么多哪。”

“你在蒋山做的去跟皇上说，跟朝廷邀功请赏去，跟我没半点关系。”袁天纲冷冷地顶了回去。他是狮子大开口，而且打定主意不能坐地还价，就是出个他们不可能出的价钱。

“你们二位这是怎么了，上辈子的冤家今儿个遇上了，见面就对掐。”宋国令笑了起来，“好，一万两白银，在下不才，蒙国公爷信任，这一万两银子的价还能做主。”

他看到桌上有纸笔，就拿笔在一张纸上写起来，然后拿起来吹干，递给袁天纲，袁天纲看上面写的是：白银一万两，见字即付。

“拿这张纸，在国公府的账房里就能提了。”

“在国公府的账房提？”袁天纲眼睛又瞪起来，“你们若是不想付，我还能进得去你们国公府吗？”

“哦，也是，我倒是没想到这点。这样吧，大兴城金鼎轩，您知道吧？”

“知道。”

“信得过他们吧？”

“信得过。”

“那就好。”宋国令掏出一个锦囊，打开后取出几张银票，点点然后交给他，“这是一万两银子的银票，金鼎轩的。”

袁天纲没想到他真随身带着这么多银票，银票的确是金鼎轩开出的，那个小金鼎是别人仿造不来的。

他有些计穷了，只想开出个对方不会接受的价码，让对方知难而退，孰料对方什么条件都答应。这可是自己扔出的绳子套在自己脖子上，反悔都不行。

“我倒是有些不明白了，”袁天纲把银票放在桌上，“你们愿意出如此高的价码，什么高人请不到，非要请我，朝廷能人异士所在多多，皇上身边的术士更是本领通天，以皇上对大将军的重视，就算不花钱都能请得到。”

“这您就不懂了吧。”宋国令得意一笑，又看看左右，“这里没外人，我跟您实话实说吧。国公爷在朝廷树敌太多，信不着这些术士，怕他们受人指使，暗害国公爷。您的底细我们也打听清楚了，和朝中那些人没一文钱的关系，国公爷这才决心请您。还有，您刚才的价码开少了。”说完，他哈哈大笑起来，好像占了天大的便宜。

袁天纲真的技尽词穷了，价码多少他根本不去想，莫说他不缺钱，就是缺钱也不会在油锅里捞钱花。他脑子里灵光一闪，又说道：“大将军政敌这么多，你们请我去不怕那些政敌造大将军的谣言，说是大将军请术士禳星祭天，图谋不轨？”

“这您就甭操心了，大将军敢请自然敢担当。”

袁天纲没辙了，笑道：“好，我佩服你，这礼请我接受了，不过今天不行，我还要做些准备，明天再去府上。”

“您不用作准备，需要什么我们提供什么，还没有国公府拿不出来的东西。”

“我要准备的这个，国公府还真没有。”袁天纲故弄玄虚地竖起指头指指天。

宋国令顺着他手指看了半天也没看明白，以为他真要在家禳星祭天什么的，有些毛骨悚然，“好，明天早上我们来接您的大驾。”

二人留下礼物和银票，骑上马、坐上车又奔雷掣电一般走了。

袁天纲长长吐出一口气，情知自己陷进麻烦里了。二人一走，吴妞就从里面出来，担心地问：“少爷，怎么办？真接受他们的礼请吗？”

“我去。”袁天纲只吐出两个字。心中有些恨那个万年县令了，这是完美的嫁祸东吴的计策，把他填进去，把长安府和他们两个衙门解套。他虽然不怕，也恨人在背后算计他。

“会有危险吧？”

“不会。”趋吉避凶是易学的最基本要义，他相信只要自己小心应付，再危险的境地也能全身而退。

吴妞叹息一声，她也明白事到如今，想逃避是不成了。

上午也有几个人闻讯而来算卦，看到门前的车马和武士都吓走了。不多时，周家诚又来了，他是知道国公府的人来了，急忙过来打听消息。

“你们解套了，钱也不用出了。”袁天纲把事情简单说一下，然后冷笑着说。

周家诚也颇是尴尬，暗叹万年县令这条计策太毒了，这节骨眼上荐人不是把人扔进油锅里炸吗？他摘下帽子，挠挠头皮，“您吉人自有天相，说不定真能破了这悬案。不管怎样，我和大人那一万贯都会付给您，现在要也行。”

“算了，你们那钱我本来就没想拿，又不是官府出的，是你和韦大人宦囊所积，我好意思在你们的钱袋里搜刮钱用？你帮我做件事吧。”

“好，随您吩咐，大人说过，只要您肯帮忙，长安府上下都归您指挥。”

“不必，这事不难，但是要绝对准确。你把这三个月来每天早上日出时的天气给我写下来，要准确要详细，不能出错。天晴天阴，是雨是雪，雾气浓薄，光气如何。记住，一定要日头刚出时的天气，多找几个人打听，务必要准确。”

周家诚没听懂，请他又说一遍，然后记在纸上，他不明白袁天纲要这些做什么，也不敢问，这些还真要去找人打听，每天日出时他都在睡梦中哪。

吴妞也是不解，等周家诚走后就问道：“少爷，您让他打听这些干什么？对了，您每天早上日出时都在外面四处望，原来是看天气，这有什么用吗？”

“有大用。”袁天纲神秘地一笑，“这次能否查清这事，天气很重要。”

吴妞如坠五里雾中，天气和猫妖案有什么关联？

第二天上午，宋国令和徐国尉两人来接他，还是四匹马、一辆车，宋国令陪他坐在宽敞舒适的车里，他才知道这是贺若弼的专车。

车队驰出长安，驰入大兴，一路畅通，路人见到都老远地就躲避开，一个时辰后就来到大兴东区贺若弼的府邸。

贺若弼的府邸占了整整一个坊区，恢宏壮丽有过于皇宫。杨坚夫妇提倡节俭，身体力行，也要求全国臣民们奉行节俭，却不禁止功臣们，反而纵容他们奢侈，也许是想在史上留下厚待功臣的美名吧。虽说后来这些功臣们也差不多被他屠戮净尽，却也有各种原因，非杨坚本意如此。

车队在大门没停，直入府内，来到一处大殿似的正厅前才停下，宋国令先下车，然后请他下去，笑道："您跟我进去吧，国公爷在里面等着您哪。"

两人登上高高的台阶，早有人拉开大门，躬身让他们进去。到了门槛处，宋国令大声道："国公爷，袁先生请到了。"

一个国字脸、络腮胡、相貌威武、身躯粗壮的人走过来，抱拳施礼："有劳先生，在下未能远迎，失礼之处尚望海涵。"

"不敢。"袁天纲也抱拳还礼。

此次请袁天纲是以请医生的名义，那时请医生的习俗很矫情，如果是给父母请医生，做子女的不管官爵多高，医生地位多卑微，都要对医生跪接跪送，还要叩头哭泣，大声喊"苦"，表示对父母的孝心。贺若弼算是给夫人请医生，按礼不跪接跪送，也要在大门处迎接的，不然别人就会笑话他伉俪情薄。不过他觉得自己也有病在身，医生也算是给自己请的，给自己请医生就不用那么麻烦了。

朝臣中杨素负才倨傲是出了名的，但还敬重牛弘，赏识薛道衡，对高颎也表面上还过得去。贺若弼之倨傲较他尤甚，眼中除了皇上再无余子。常说高颎、杨素两个宰相只是会吃饭的吃货，杨素不过是猛将，韩擒虎不过是斗将，史万岁只是一个骑将，称不上大将。言中之意自是说，满朝勋贵大臣中文武兼备、十项全能的只有他了。

平陈战役后，他虽没得到头功，功劳最大却是公认的，眼见比自己功劳小的高颎、杨素担任正副宰相，自己还是个大将，心中怏怏不平，认定这些功臣集体挤对自己，皇上也有意压制自己。功高震主嘛。

"袁先生，久仰了，能住在苏神医的房子里，敢在神农堂开业，道行一定不浅，佩服，这一点你比我强。"两人分宾主落座后，贺若弼说道。

袁天纲没想到他说出这样的话，竟无语以答。

“听说先生是药王菩萨的弟子？”

袁天纲点点头，估计这位贺大将军就是冲着这名头才不惜重金请他的，那个宋国令也才会忍受自己的百般刁难。

“看来我和我夫人的病有救了，药王诚神人也，可惜缘吝一面。先生身为他的弟子，真正是天之骄子，令人羡慕啊。”

袁天纲不知他是说场面话还是说真心话，都没法回答，只是凝神观望他的气色，感觉他不像有什么病，虽然抑郁寡欢，却中气十足。

在旁侍立的宋国令躬身笑道：“国公爷，就让先生先给您瞧瞧吧。”

“对了，先生既是药王的高足，怎么不行医而是算卦？瞧病还要算卦来算？”贺若弼大为不解。

“孔门四科，弟子分途，恩师门下何止四科。”袁天纲只能这样含混以对。

“也是，药王懂的可比孔夫子还多，道行也高。猫妖这种玄虚的鬼物诊脉也诊不出，只能用卦象测算了。”贺若弼倒是明白了。

“还是先诊脉吧。”既然亮出了药王弟子这身份，他也不藏拙了。

“也对，还不能确定是不是猫妖干的哪。”

袁天纲给他诊了足足有两刻钟的脉象，他诊脉技术自然远远没有师傅高明，所以就用一种特殊诊脉法，把意念从脉门渗入对方体内，循经导脉，游走全身所有的经络和器官，就像植入一个交感探头，虽然看不清清楚的图像，却能感觉出对方身体是否正常。这其实就是把他体内的先天罡气在病人体内游走一遍，本身就具有清除体内垃圾、除病治患的功效，他只是不自知而已。

贺若弼舒服得直哼哼，仿佛醺然坐在春风中，又仿佛吃了一颗传说中的人参果，全身毛孔都舒张开来。

“好，真有道行，这诊脉手法就高明得很，不像那些太医院的废材，手冷得跟鬼似的。”

“那是啊，万年县令那个小妾要不是袁先生诊脉诊得准，小命早就没了。”宋国令在旁谄笑道。

“嗯，以后我贱内的病还劳先生诊一下。”贺若弼唧唧哼哼地说。

袁天纲很少给人诊脉，也不知道自己诊脉还有这等特殊效果，心内倒是不解。他诊脉完毕坐起来，笑道：“大将军这病我察看明白了。”

“哦，那是什么病？”贺若弼坐直身子，神色间真正敬重起来。

“有酒吗？”

“有，当然有，你看我这人。”转头骂宋国令，“我忘了，你也不想着给先生上酒。”他以为袁天纲想吃酒了。

不等宋国令应声，早有仆人端上酒来，一个装酒的特号的大锡壶，两个金杯。酒刚倒出，一股浓烈的酒香就弥漫整个房间。

“先生喜欢吧？我也最爱吃这种酒了。宋五，你记着，先生在咱们这儿做客时，就给先生上这种酒。”

宋国令恭谨答应着。袁天纲笑道：“我不是要吃酒，而是要告诉先生的病症。”说着，他站起来，到墙壁上摘下一张弓。武将的中堂里自然少不了戈矛弓箭。他把弓和酒杯放在一起，笑了笑。

“你是说我是杯弓蛇影？”贺若弼恍然明白。

“大将军也不能说一点毛病没有，抑郁过度，思虑过甚，想来对夫人的病情也是心神交瘁，积劳而成这种疑虑病。疑神神至，疑鬼鬼来，若是总疑心自己得了什么病，时日久了还真会得这种病。”

“哦，有道理，有道理。先生请吃酒。”他端起一个金杯敬袁天纲，旋即又放下了，“这么说猫妖没缠上我？”

“有没有猫妖还不敢断定，大将军身上绝对没有被妖物鬼物侵扰过的迹象。”

“我就说嘛，”贺若弼面容又刚毅起来，“本大将军一生为人至刚至正，至阳至坚，何等妖物敢来侵扰本大将军。不过，”他停顿一下，“本府内宅妇女太多，未免有些阴盛阳衰，招来妖物的可能性还是不小的，一会还要劳烦先生好好查查。”

“自当效劳。”袁天纲一笑。人称贺若弼倨傲，跟皇上都敢闹得不可开交，而今看来，也不是很难打交道的人。看来还是利益害人哪。他昨天特地打听一下才知道，贺若弼和高颎小时候是同学，跟杨素更是姑舅表兄弟，本来关系都不错，闹成这样无非是为了争功争权。

贺若弼传上酒菜，亲自陪袁天纲吃饭。虽只一桌菜，却是海陆空毕集，大厨的手艺更不是外面的酒楼餐馆可比。袁天纲虽不是饕餮客，却也吃喝得大快朵颐。

席间都是贺若弼在说话，无非是他这些年戎马生涯的血与火，斩将搴旗的荣光，攻城野战的勋伐。提到韩擒虎，就瞋目欲裂，提起高颎、杨素就是满脸的鄙薄不屑，倒是没说皇上的坏话。

饭后，宋国令送他到一间精舍休息，约定午后到内宅给夫人诊病，还拨了四个年青的家人供他使唤。

他虽然不累，也需要静下心来整理一下思路。自入府以来，他就在不断地感应周围环境，丝毫察觉不到有妖物邪祟的迹象。只是有一丝危险的味道飘逸在空中，他却无法确定来自何处。

他想过财物可能被外人盗走，夫人的病可能只是一般的疑难病，可是看到庭院里到处擐甲执戈的武士，这种可能性几乎不存在。大将军府简直是一座森严壁垒，再胆大的飞天大盗也不敢在这里动手，那是自投罗网。

他坐在胡床上，静下心后起了一卦，看了半天却什么都查看不出。

午后，贺若弼亲自领着他进入内宅，除他以外，别的男人也不许进来，除非是十岁以下的小厮。如果说外宅威武森严，内宅却是奢华绮靡。假山、花池、亭台楼榭无不毕具，倒像是一座缩小的园林。四处走动着罗衣曳地、满头珠翠的美女，几个地方还弹奏着悦耳的丝竹，脂粉气更是浓得化不开，袁天纲估计京城最好的胭脂大概有一半消耗在这里了，真是名副其实的脂粉堆。

正走着，十多个丽人走过来，看到二人都躬身行礼，袁天纲急忙闪到一旁，以免有受礼之嫌。当先一个丽人问道："您这是要去看望夫人吗？"浓浓的江南口音，柔懦动听。

"不是，是给她请个大夫瞧瞧病，我先领大夫去，随后就去你那里。"贺若弼急忙辩解。

"夫人病了，您当然应该去守着，不用去妾身那里了，免得夫人着恼，不是又添病了吗？"那丽人说完，一径走了，只是瞥了袁天纲一眼，其余的丽人也都随在她身后。

"这个……"贺若弼似乎有些焦急，他朝远处挥挥手，叫来两个丫环，穿的衣服却较一般富人家的主妇还要体面。"你们领这位袁先生去夫人房里，夫人知道这事。袁先生，失礼了。"说完，急急忙忙向那十多个丽人走的方向追去了。

"您就是要来给夫人瞧病的袁先生？"一个丫环问道。

"在下就是。"

"刚才过去的您不认识吧？"袁天纲没问，那丫环倒主动解释起来，"就是陈国公主。国公爷打下江南后，万岁爷赏给国公爷作妾室的，得宠着哪，将来怕不要作国公夫人。”

袁天纲心里“哦”了一声，此次平定江南，所得美女都被杨坚和几个功臣瓜分了，杨坚留下的是陈宣帝的女儿，就是赫赫有名的宣华夫人。陈叔宝的妹妹被杨坚赐给了贺若弼，原来就是刚才过去的这位美女。据说，杨素也分到一个公主。

“小环，别多嘴多舌的，被人听到又要有是非口舌，倒给夫人添堵。”另一个丫环眼睛一边盯着袁天纲看，一边说。

“我怕什么，我说的是实话，又没乱嚼舌头。”小环望着那些人消失的方向，犹恨恨不已。

“两位妹妹是夫人房里的吧？”

“哎哟，您怎么知道？”那位不知名姓的丫环惊喜地问。

“猜的。”听到那位叫小环的话，再看看她的表情，这事都不用猜。

“对了，您就是那个能掐会算还会算人得了什么病的袁先生吧？”小环忽然想起来似的说，眼睛这才盯在袁天纲脸上，眼神也发热了。

看过贺若弼夫人卧房的装饰后，他不再感觉自己那套房子装饰豪华的不堪忍受了，如果那些东西拿到贺府来，可能还不配放在这里，只配拿去装饰低等姬妾的房间。置身这里，你真的可以想见真正的天宫是什么样子的，应该也不过如此吧。

卧室宽敞有如大殿，里面放着一架架屏风把空间隔开，免得显得太空旷。袁天纲踩着柔软的波斯地毯，仿佛踩在缥缈的云端，屋子里胭粉气味、檀香气味还有一股淡淡的药味融合一起，却令人很不舒服。

“夫人，袁先生来了。”

两名丫环领他到这里的门外后，就交给一个服饰级别更高的丫环，然后走开了。看来这两个俏丽姑娘不过是粗使丫环，连进夫人房里的权力都没有。

领他进来的这位姑娘倒不是很年轻了，估摸有二十上下，这在当时就算老姑娘了。如果在这个年龄还没升为妾室或者许配人家，就只能是一辈子丫环的命了。

这位姑娘没有多话，而是领他径直穿过一道道屏风组成的迷宫，来到里面，在一个云母石大屏风后悄声说。

“请人家进来吧。不用挂帷幔，我什么男人没见过，还怕一个后生。”里面传来很苍老的声音。

袁天纲心下一惊，难道里面就是贺若弼的夫人？不应该啊，据说他夫人比他还小着几岁，也不过四十上下的人，声音怎么像六七十岁的老妪？

待他转过屏风后，就在一张铺满锦绣的大床上，看到一副包裹在锦绣中的支离病骨，长长的头发披散在枕上，枯脆无则，已经白了一些，瘦削的脸颊塌进两个坑，使得嘴巴像一个大洞。

“这是夫人，上前拜见吧。”那个姑娘冷冷道。

“见过夫人。”袁天纲上前躬身施礼。那姑娘很倨傲他也不意外，可能这是贺氏家风吧。对一个病榻上的人施礼，他也不觉得委屈自己，他不知怎么的，竟有些同情起这位夫人了，看到她的身体和容颜，就知道她遭受了多少痛苦，简直就是被千军万马践踏蹂躏过，又被战火焚烧过的废墟。

“别多礼，我是起不来了，小先生，你请近前坐，麻烦你了。”夫人倒是很客气，眼中虽然无神，说话间依然有大家主妇的风姿。

她话音刚落地，又有一个丫环搬过一个锦杌子放在床前，然后退下。袁天纲这才发现，这里面也很大，比得上他那套房子的中堂了。床榻靠着一面墙，四周都是曳地帷幕，床前站着一溜儿十多个丫环，还有两个上年岁的婆子，地上生着一盘炭火，也许是太热的关系，那些丫环的俏脸都红红的，领他进来的那位也不例外。

袁天纲只扫了一眼，就坐在锦杌子上，凝神给夫人诊脉。他原以为夫人也和贺若弼差不多，是一种疑神疑鬼生出的病，见到这副病容着实吓了一跳，据说发病开始到现在不过两个多月，怎能病成这样？如果是急症，应该早就好了，或者早就过世了；如果是慢性病症，不应该这么快。是急性转成恶性的？如果是这样，太医们怎会诊治不出？他知道，太医院的太医或者够不上神医，但绝不是庸医，更不是贺若弼所说的废材。每个走出京城，都是名动一方的名医。

他诊脉过后更是惊心，正如他看到她时的感觉一样，她的体内仿佛也遭受过巨大的摧残，已是满目疮痍，当然，这是感觉，他还没到孙思邈那等能看到病人体内的境界。难怪都说名医束手，这是什么病：他也有些束手了。

他感觉到这位夫人体内所有脏腑器官功能都衰减到危险地步，许多经脉已经萎缩堵塞，卫气营气也都稀薄，尤其危险的是元气已近枯竭。按此病情，如果没有好的治疗方案，这位夫人最多能活三个月。

他猛然想到皇上给长安府的期限，是不是因为太医们告诉他贺夫人只有这些日子好活，皇上才急于破案？不然贺夫人一死，能想见贺若弼会怎样借这事大闹庙堂。

丫环婆子们都眼巴巴盯着他，希望他能说出个子午卯酉，然后再说怎样治。那些太医们看后，都是一言不发就出去，开个方子就走人，好像怕被什么缠上似的，气得贺府人天天在家大骂太医院。

“夫人这病是两月前才得的？”他试探着问道。

名医有两种，一种是孙思邈这类神医，医术愈是通神，态度愈是谦恭，明明看气色听声音就能断定是什么病，还要诊足脉，并且询问病人病况感受，越详细越好，唯恐哪里出现一点问题。这也是年轻时刚出道时养成的习惯。另一种名医则截然相反，不问病人病状，也不许病人说，诊脉过后，就开方子抓药，病人问什么病情也不告诉。他听说苏神医就是这种方式，其实他不知道，神农堂历代传人都是这种风格，因为他们相信，自己的医术完全可以准确诊断病情，病人诉说病状未必准确，听病人讲多了会影响对病状的判断。至今苏神医被称为神，她这种诊病方式也被人传得神乎其神。其实许多庸医也是这样骗人的。

袁天纲这套诊脉方式虽是跟着孙思邈学的，风格却趋近苏神医一路，也许是遗传所致吧。不过他着实有些诊不明白了，才出言发问。

“两个月零十五天。”领他进来的那姑娘躬身回答。袁天纲正给夫人诊病，她也就态度恭敬起来。

“开始发病时是什么症状？”

“热，就是热。”一直瞑目的夫人颤巍巍吐出几个字。

“热？这不像是热病呀？”袁天纲心内思惟着。他在脑子迅速把那三年来跟着师傅诊治的几千个病人的几千种病状回想一遍，也没发现这样一种病状。

“冷，有时还冷。”夫人又有气无力地说。

“冷热相搏。”袁天纲心里想着，导致这种感觉的病有很多，但都不会在体内造成如此凄惨的景象。

“小先生，我这病是好不了了，我知道。”夫人又道。

“夫人放心，您这病一定会好的。”他一点把握没有，此时却只能这样说，医生就是这样，哪怕你一个时辰后就死掉，他还是会握着你的手告诉你，你的病没什么，很快就会好的。袁天纲当然不是这种心理，他手中还有一张王牌，实在不行就请师傅来一趟，只要还有口气，师傅没有治不好的，除非是那种命中该绝的病，所谓治病不治命。不过只要有一线可能，他还是不准备麻烦师傅。

他知道此案的关键就在于贺夫人绝不能死，她如果死了，各种矛盾就会更加激化，不但长安府解不了套，他更是站在风口浪尖上。只要贺夫人的病情能维持住，贺若弼就不会大闹，压力就会减轻，别的事尽可从容。

“能不能把屋子弄暗一些。”他忽然又想到一种方法。

“好。”丫环婆子们齐声答应，迅速分向各处，把窗子上的窗帏都拉上，厚厚的窗帏把阳光挡在外面，里面顿时漆黑一片。好在这些人对房内布置了如指掌，闭着眼睛也不会撞上东西。

袁天纲先静一下，然后微闭双目，凝运神光，用上相术。看了一阵后，他果然又有了新的发现，然后让把窗帏拉开。

“骨痨。”他微感惊讶，这番相术总算没白用，他在贺夫人体内查出几处骨痨的迹象。“难道这就是致病之由？”

“先生，夫人这是什么病？能不能治好，求求您了一定把夫人治好，老婆子给您叩头了。”一个老婆子上前，满眼含泪地说，说着就跪在地上叩头，其余人也都跪在地上叩头求乞，哭声四起。

“快起来，快起来，能治好。”袁天纲手脚无措，慌乱地说。

“我还没死哪，你们嚎什么丧？”夫人忽然激怒了，尖声颤抖地叫起来。“我死了更好，活着有什么趣？”

五劳七伤最是疑难杂症，骨痨又是其中最难治的。不过贺夫人骨痨迹象还很轻，应该不难治好，他只是忽然对贺夫人的致病之由还是不解。骨痨（就是骨结核）一般都是因潮湿、跌打所致，贺夫人应该不会；还有一个原因，就是纵欲过度，可是想想更荒唐了。莫说贺若弼不是在外征讨，就是在外莅任，回来后姬妾数百，怎么也不会使得夫人纵欲过度，难道夫人养着面首不成？可要到患上骨痨的地步，面首也得多达十几个，这样的话，京城早就传开了。权贵人家别的不出门，丑闻没有能遮掩住的。

那就只有一种可能了。他忽然想到一点，虽然也很荒唐，却能对上。他对床上的夫人说道：“夫人，能否要您几根头发查病。”

夫人点点头，伸手想拔头发，手却举不上去，恨得嘶声道：“我死了算了。”

一个婆子忙上前，她不敢拔头发，只是从中掐断了几根。袁天纲拿起一根就着阳光仔细察看半天，然后放在火上烧着，烧成灰后放在手上嗅着，心内已经明白几分，却也更糊涂了，但至少病状是查明白了。

“再查一遍。”他又搭上贺夫人脉门，想要确认一下。

他适才没用上意念渗透法，贺夫人体内症状太明显了，他手指搭在脉门上，贺夫人体内的症状就像失去了门窗的屋子一样，里面的症状一览无余。现在既然查出有骨痨迹象，就有必要用这方法再度细查一遍。

他没想到的是，他用意念渗透贺夫人体内不久，奇怪的事发生了。贺夫人的身体就像久旱枯瘁的花草得到雨露滋润一般，居然有了几丝新的气象。贺夫人更是舒服得直哼哼，这他倒没太觉得奇怪，给贺若弼这样诊脉时也是这样，尽管他不明白何以至此。

“好，小先生真有本事，你这是什么法子，好舒服，好舒服。”贺夫人不是哼哼，而是呻吟出声。

满屋子的婆子丫环都涨红了脸，有过男女之情的自然明白是怎么回事，就算未经人道的也朦胧中明白了什么，更是羞不可抑，都低着头、捂着嘴，窃笑着相互觑视。一个老婆子还特地过来看看，以为袁天纲对夫人做了什么勾当。当然谁都明白，怎样的色中饿鬼也不会对一具骷髅般的病人有什么异念。

袁天纲也慌了，急忙缩手，贺夫人却大叫：“别停，小先生，求你，别停下，好舒服。”袁天纲满头满身的大汗，这是怎么回事？他用这法子只给万年县的小妾和贺若弼诊过，万年县的小妾也是呻吟连连，可她当时痛得死去活来，就算是呻吟也没人以为什么。贺若弼只是感觉舒服，并无其他异状。贺夫人看来不单纯是舒服，而是快乐得上了天了。

“小先生。”贺夫人忽然直坐起来，抓住袁天纲的手。

屋子的人又都捂着嘴，如果人的眼珠子真能瞪出来，现在就满地都是了。贺夫人已经沉绵床榻一个多月了，早已坐不起来，而今却活像诈尸般直挺挺坐起来，也难怪她们恐慌惊异。

“夫人，您好了？”一个婆子惊喜道。

“我好多了，真的好多了。”贺夫人也是梦呓般说着，自己也不相信这种变化。她能感觉到身体内各处都充满一股力量，更像是泡在温泉里。

“难道师傅教我的真是一种特殊的治疗法门？”袁天纲还是糊涂，他更是看清了贺夫人的变化，在这一盏茶的工夫里，她的病情已经有所好转。他倒是不介意用这方法治疗，就是病人的反应太令人难堪了。在屋里的还明白怎么回事，外面的人听见，怕是早就闯进来捉奸了。

“小先生，你就用这法子给我治，好吗，要多少钱我都会给你。金子、银子、珠宝都行，多少都行。”贺夫人死死抓住他的手不放，就像抓住救星一般，一迭声地说着。

“诊金大将军已经付了，夫人不劳费心，您就安心养病就是。”

“别，这病您得给我治才能好，不是能养好的。求您了。”贺夫人以为他要撒手，把他的手攥得更紧了。单从这力道就能看出她的病情的好转。

“好，我一定给您治好就是。”袁天纲硬着头皮答应。反正病不讳医，再说自己的治疗手法满屋子的人都看见了，也不怕会有误会。他猛然间想到自己练了十几年太乙绵掌，这套掌法就是修炼内力的，对，一定是自己无意中用内力给贺夫人治病了。至于内家高手用内力给人治病的事，他听得多了。他这样想倒也合情合理，只是不知道那套九宫太乙绵掌就算练上一万年，也练不出先天罡气来。

屋里立时欢声笑语，都上来给袁天纲躬身行礼。贺夫人此时有了一些精神，看袁天纲身边什么都没有，就又申斥道：“怎么没人给先生上酒？这个家我病着没管，你们就都放羊了。”

丫环们连声向外传唤，不多时，外面抬进一张大方桌来，上面放着酒具和十几个碟子的果品，领他进来的那姑娘亲手给他斟上酒。袁天纲心事不在这儿上，刚才贺夫人的反应倒是证实了他先前的一种猜测。

“请拿纸笔来。”袁天纲对那姑娘说。

“我不要吃药，吃药没用，您就用刚才的法子给我治。”贺夫人以为他要开方子，嚷了起来。

“我不是开方子，是有些话不好问，要写在纸上，夫人只要回答我是还是不是就行。”袁天纲耐心解释。对病人要耐心，要充满爱心，绝不能嫌弃，不能厌烦，这是孙思邈告诉他的最首要的医德。

“您要问什么就问，没什么不好问的，屋里的人都是我身边人。”

“我还是写在纸上吧。”袁天纲想想坚持道。

贺夫人只好松开一直握着的袁天纲的手。这只手在她眼里简直就是神手，能让她舒服甚至带来极大的满足，还能治疗她的绝症。

传来纸笔后，袁天纲在一张桌案上写着，大家都识趣，没人凑过来。他写好后举到贺夫人面前问：“夫人，是这样还是不是。”

贺夫人看到纸上写着：“夫人是否两月来一直在梦中与一英俊强壮的男人交合？”她这才明白袁天纲坚持要写在纸上的原因，竟少女似的羞红了脸，点点头，小声道：“是，都是猫妖闹的。”她的头低到胸前，好像真做了什么见不得人的事。

袁天纲把纸折起，然后放在炭火上烧了。现在可以确定了，只是他还不明白怎么会这样。

“这病会治好吧？”贺夫人小声扭捏道。

“您放心，一定能治好。”

“那猫妖……没人能拦住呀。”

“我画张符，贴在这张屏风上，什么妖物鬼物就都进不来了。”

“您还会画符？”

袁天纲真个在纸上画了一张符，还不是随便乱画的，而是正宗的道家驱妖镇祟的符箓。写好后让人贴在屏风上，他倒不是真相信这是猫妖作祟，而是安病人的心，病人的病因他现在还不能说，以后能不能说也得看能不能彻底查清此事。

贺夫人看到满桌子的酒食，眼中现出贪馋的目光，“我倒是饿了，小先生，我能吃些吗？失礼了。”

“夫人请用就是。”

立时有人拿上了一个小几放在她面前，然后有人斟酒，有人拿各种果品胙肉，人人心中直念阿弥陀佛，夫人这些日子酒食不进，每日稀粥不过半碗，有时还会吐出来，倒是那些没用的苦药吃了不少。

“先生，您也用。你们别光照顾我，伺候伺候先生。”贺夫人一边不好意思吃喝着，一边吩咐。

马上又有四五人围在袁天纲身边，等着看他喜欢吃什么。袁天纲每样都吃了些，然后在嘴里细细品着，不是品滋味，而是品尝这些食物里面有没有问题。每样都尝过后，没发现什么。

贺夫人一顿猛吃猛喝，畅快无比，好像挨了一辈子饿似的。

“夫人的药全部停了。”袁天纲想想吩咐说，丫环都答应。“还有，以后夫人吃的喝的，都少留一部分拿给我检查。”

“我吃的喝的有问题？”贺夫人吓了一跳。

“不是，”真是这么回事，但他不能这样说，不然整个内宅怕要鸡飞狗跳了，而且无助于解决问题。“我是觉得夫人这病需要在饮食上好好调理，等我看过夫人的饮食后再定个适于夫人用的食谱。”

那些丫环婆子刚才脸都黄了，袁天纲要是说夫人饮食中被人下了毒，屋子里的人怕是都要受家法酷刑拷问了，当然不只她们，凡是厨房里以及经手过夫人饮食的都避不了嫌疑。若是拷问不出个名堂，怕是个个都要处死。

袁天纲说明天上午再来给夫人瞧病，然后起身告辞。贺夫人还真有些困了，就道了谢，让丫环们好好送出去。那个冷面姑娘一直送他出内宅，一路上她不说话，总是偷眼看着袁天纲，还想着什么，脸就红起来。袁天纲偶尔和她四目交接，她就羞不可抑。袁天纲觉得气氛太尴尬，就和她随便说些话，谁知这姑娘喉咙好像哽住了，什么也说不出来，只是低着头，饱满的胸脯剧烈起伏着。

袁天纲摇摇头，夫人得的病怪，贺府的人也都个个奇怪。

他来到外宅，早有人去禀报宋国令，宋国令便来陪他吃酒。

“袁先生，国公爷的病您硬给瞧好了，不知夫人的病如何？”

“夫人着实病得不轻，不是那么容易能好的。”

“能治好吧？”宋国令貌似感同身受地问。

“有点把握。”

“那就好，真要能把夫人的病治好了，您就能在京城横着走路了．钱财什么的更不在话下。”

“我又不是螃蟹，横着走路作甚？钱财我从来也没放在心上。”袁天纲淡淡说道。

宋国令赔着笑脸，心里暗骂：“你不放在心上，张口就一万两，还是银子。要是放在心上，还想要多少？”贺若弼为了显示自己对夫人的关心，也许是因为自己太冷落夫人了要做些补偿，让他去请袁天纲时曾说，五万贯以下他可以做主。他才答应了袁天纲一万两银子的出价。至今想想还肉痛，好像这钱要从他腰包里掏似的。

正说着，一个家将来报，说是国公爷有请袁先生，请去中堂。

第三十一章

贺若弼在中堂台阶下迎他，一见他就一躬到地，笑道：“先生诚神人也。佩服，佩服。”

袁天纲笑着还礼：“不敢当。”

“我可不是虚语。夫人刚才派人传话给我，说是先生诊治一次后身子已见大好，先生这真是神技，难怪敢住在苏神医的房子里。”贺若弼和他谦让着，并肩走上台阶，走进中堂，“夫人说了，让我多求求先生，务必治好她的病再走。不管多少钱都行。先生的开价是少了些，这样吧，只要先生治好夫人的病，我再付五万贯如何？”

“不必，我拿的钱足够了，大将军放心，我既然接手了，一定治好夫人的病就是。”

“那怎么行？太少了，这且再说。夫人得的究竟是什么病，是猫妖闹得吗？”

“也像也不像，不过不管怎样能治好就是。”

“那我就放心了。为了夫人的病我可是焦虑得觉睡不着，饭吃不香。”他叹了口气。

这话袁天纲只信一半，他寝食不安未必是为了夫人的病，而是怕猫妖找上他。他想想也觉得奇怪，缘何猫妖——假如真存在的话——只邪祟一家的女主人，从没听说猫妖邪祟男主人的事。难道这猫妖是雄性不成？

“对了，还有一事要求先生，不知当讲不？”

“大将军只管吩咐。”

“夫人说了，先生给画了一张符，她看着那张符，心里就安稳了。夫人身边的人也说，有先生的符后，都觉得好像有神保佑似的，有了主心骨。还要劳烦先生大笔，再给画一些，免得猫妖窜到别的房里。需要多少润资，尽管讲。”

“茶一斤足矣。”他在夫人房里喝了碗茶，觉得还不错。

“先生喜欢吃茶，好说，我府里很少人吃茶，库房里多的是，先生走时我用车子给先生都送去。”每年各地上贡的贡品，皇上和宫里留一些后，就分赏给功臣权贵们了，茶在贡品中是大宗，份额自然不小。贺若弼府上多数是北方人，喜欢吃酒，平时喝的也是乳酪类，还是北方习俗，茶领来后也就扔在库里，无人问津。夫人还是生病后，医生不让饮酒，才改喝茶，也是借茶来做药引子，这茶自然是贡品中的极品。

茶叶本来就是草药的一种，用来作为饮品还是禅宗和尚为了解困提神兴起的。南方崇信佛教，茶文化也就蓬勃兴起，至今也不到百年的历史。北方还残留着游牧民族的习性，自然喝不惯茶。至于后来游牧民族非茶不欢，往往因茶受制于中原，不得不以马换茶，从而有了茶马古道，也是茶文化的逐步发展传播所致。

“不必，一斤就够。”袁天纲不是想要茶，只是不想贺若弼总是提钱的事。他现在才见到一丝曙光，整件事依然一团乱麻，哪里会去想酬金的事，只求能顺顺当当解开这件事，潇潇洒洒地走人足矣。

袁天纲又画了几十张符，贺若弼后房姬妾数百，这几十张还是分贴要害各处，不能每房都分一张，若是每房都贴一张，袁天纲怕是要画上一夜。

画完符箓后，贺若弼命人送入内宅张贴，然后传膳，又陪着袁天纲吃饭，坚邀袁天纲在府内留些日子，等夫人的病治好了再走。袁天纲沉吟须臾也就同意了，他来时就预料要停留几天，先跟吴妞说好了。家里有董老丫照顾，他也放心。他要把这件事彻底查清，不然前脚走了，后脚不知还会闹出什么事来。

贺若弼见他同意留下，大喜，陪他喝了很多酒，席间无非是发些“功高盖世者诛灭，吮痈舐痔者受上赏，自古皆然”这些牢骚，自比西晋灭掉东吴的大将王浚，慨叹天道不公。

袁天纲只好洗耳恭听，默不作声，就他所知，皇上虽然刻薄寡情，对待功臣着实不薄，高颎、杨素也都不是王浑那样妒贤嫉能的小人，贺若弼功劳可比王浚，境遇却要好得多。他这是患上了受迫害恐惧症。

“国公府里有苗人吗？”他忽然问道。

“有啊，我这府里什么人都有。”贺若弼的家兵家将里民族成分繁多，鲜卑人、高丽人、苗人都有，甚至还有高大黑粗的昆仑奴，汉人并不占主要成分，当时军队的构成也差不多是这样。

“内宅哪？”

“内宅？我就不清楚了，我常年在外，内宅的事都是由夫人掌管，这个要问夫人才知道。先生何以问这些？”

“好奇，看到府内各色人才济济，想弄个明白。”

贺若弼知道他必有玄机，既然不说也就不问了。

“府内这次丢失了大批财物，没有丝毫线索？”袁天纲又问道。

“损失点财物就算了，我也没放在心上，先生也不必挂虑。只要能把夫人的病治好，镇住猫妖不作乱，我也就心满意足了。这些奸佞小人，居然连猫妖这等邪祟手段都用上了，不怕断子绝孙。”贺若弼恨得牙痒痒地说。

“我明天倒想去库房仔细察看一下，如果是猫妖盗走的，一定留有痕迹。要镇住妖物，就要先把妖物的来历弄清楚。”

“本来嘛，”贺若弼叹了口气，“请先生来就是想请先生算算那批财物的去向，查明白是何人指使猫妖作祟，都没敢奢望先生真能有神技治好夫人的病。既然有望治好夫人的病，我都不好意思提这事了，不然真是得陇望蜀了。”说着，他哈哈笑起来。

袁天纲也陪着他笑笑，想想也是碰巧，假如不是这种奇怪的诊脉法能治夫人的病，要用药物的话费时费力不说，能否彻底治愈还是个问题，骨痨基本就是不治之症。

“先生既有办法查清猫妖的来历，那就尽管查，要查哪里，要用人用物用钱都尽管说，我回头跟宋五交代一下，跟内宅也说一下，让他们都听您的。如果真查清了，我还有重谢。不管指使人是什么来头，你都不用怕，只要查到了，我让他一家跟着猫妖一起下地狱。”说罢，他大拳一挥，重重砸在桌上，幸好这桌子是楠木造的，纹丝不动。

饭后，贺若弼果然当着袁天纲的面，把宋国令叫来，吩咐他一切听袁天纲的安排，查这件猫妖的案子，内宅他会进去时吩咐。

宋国令送他回精舍时笑着说：“您可真有金刚钻啊，这瓷器活也敢揽？”

袁天纲冷冷道：“我可是坚决不来的，是被你硬缠着来的，来了就尽尽力呗。”

“那是，您要真能把这批失窃的财物找回来，酬金还能翻一倍。”

“你甭总跟我提钱好不好，好像我就是冲着你们那点银子来的。我有那么没出息吗？”袁天纲真有些不耐烦了。

宋国令苦笑着咧咧嘴，不说话了，心想：“您清高，那别要钱呀，一万两银子还回来呀。”

袁天纲忽然感到有些心浮气躁，这是很少有过的，回到精舍后没让宋国令进门，关上门后就在床上静坐，“怎么回事，真有猫妖不成？”

他震慑心神，竭力感应着周围，倾听着四周的声响。这种感觉很不好，是有什么大事发生。

门外传来一阵脚步声，接着一个姑娘的声音：“先生睡下了吗？”

“是甄姑娘，您怎么来了？”

“奉夫人和老爷之命，来见先生。”

袁天纲一听便知这正是夫人房里那个送他出来的姑娘，看样子很得夫人宠，他忙大声说道：“请进来吧，我没睡下。”

门开了，那姑娘提着一只食盒进来，后面还有两个姑娘，费力地提着一个更大的食盒。

她秀眸一睃，笑道：“先生果然还没休息，就是休息了，也得把先生叫起来。”

“有事吗？”

“先生真健忘，您不是吩咐把夫人吃喝过的都拿来给您检查吗？我们这些下人可有活干了。”她似嗔非嗔地说。

“哦。”袁天纲不是忘了，而是以为夫人下午吃喝那么多，晚上不会再吃饭了。

“都在这儿。”她把食盒里的东西一样样拿出来，放在桌案上，“夫人晚上吃得少，就是一碗粥、几样酱菜。”

袁天纲拿个调羹每样都尝一些，细细品着，都没有什么问题。

“这个是送给先生做消夜的。”说着，她把桌上那几样装回食盒里，然后从那个大食盒里一样样拿着，酒壶、酒杯、各种糕饼、各色果品、胙肉，摆满一桌。

“替我谢过夫人，麻烦三位跑一趟，真不好意思。”

“这点事就不好意思了，下面的您不是更要不好意思？”姑娘抿着嘴笑。

“还有什么事？”袁天纲诧异地看着三人，马上意识到不对，三人进来后只有这姑娘说话，这也没什么，这样的大家话语权本来就是特定的人才有的。可是后面两个丫环低头埋在胸前，好像脖子出了问题，挺不起来。他认得，这两人也是夫人房里的，白天都见过。他只是认为少女害羞是常情，没着在意里。听她这一说，就意识到有问题了。

“夫人说了，先生年轻，血气方刚，可能不耐独眠。夫人说了，这两个丫头还干净，就送给先生了，先生在的这段日子就由她们陪您，走时带走就是。”

她说完后，两个丫环不堪重荷似的，身子都弯了，不过比她们还想找地缝钻进去的是袁天纲。他双手合十放在胸前，鞠躬如仪道：“多谢夫人美意，只是在下家教严，断不敢行此事。此事万万不可。”

他一拒绝，两个丫环就像被他打了一记耳光又踢了一脚似的，转身出去，出门的瞬间，他看到两个丫环哭了，脸都成青紫色了，既苦恼又内疚：“造孽，这是我在造孽还是谁？贺若弼广田自荒，我岂能代作农夫？”他想想内宅的景象，姬妾数百，丫环数千，贺若弼这是享福还是找罪遭？他光想想都感到头皮发麻。

那姑娘却抿着嘴笑了，很得意的样子。她上前一步，忽然小声问道：“先生，您给我透个实底，夫人的饮食里是不是有古怪？”

“没有，我说过只是要为夫人制定适合的食谱。”袁天纲坚决否认。

“先生，您不仅是神人，还是大善人。”那姑娘站在他面前，胸膛挺直，俏脸仰着，吐气如兰，喷在他耳边上，声音里更有一种说不出的磁性，“您这样的人可真少，处处为他人考虑，就是刚才太不体贴那两个妹妹了，其实收下她们也没什么的。”

袁天纲知道没什么，贺若弼都肯主动提出付他五万贯的高价，两个丫环能值几何？可在他却是说什么都不能接受的事。这不是价值多少的问题。

“先生如果真的查出夫人饮食有问题，也请先不要对老爷夫人讲，先对我说一声好吗？”她哀恳地说。

袁天纲愕然，不解她何以说出这话？她猜测到这一点倒不奇怪，自己要查夫人的饮食，就算真是要制定食谱，她们也会往这方面想，但缘何要瞒着主人？

“您先告诉我，我知会管家婆悄悄就处理了，不然的话，内宅不知要有多少人头落地了。先生只要答应我，条件尽管开，我一身之外没有什么东西，可是我有的都愿意给您。”她说着，胸膛挺得更直，饱满的胸脯似乎更膨胀了些，紧贴着袁天纲的肋部。

袁天纲退后一步，冷冷道：“姑娘想多了，根本没这问题。夜深了，请回去休息吧。”

甄姑娘倒是落落大方，不以为忤，反而冲着他嫣然一笑，那一笑中既饱含风情，还有一种意思，就是：您的心思我全明白。

她把大食盒留下，转身走出去，临出门时忽然回头说：“对了，我让他们给您送炉子和炭来，您可以取暖也可以烹茶，茶一会也送来。还有，我叫甄敏，您叫我敏儿就行了。”

袁天纲点点头，巴望着她赶紧走，唯恐她再闹出什么节目。

她走后，袁天纲却陷入沉思，感觉这姑娘不简单，却又不像有什么问题。她这种地位的人害别人还说得过去，或许是妻妾之间争风吃醋，下人受主人指使。可是害自己的主子有什么好处？没娘的孩子没人疼，死去了主子的丫环比丧家犬也好不到哪里去。她认为自己查夫人饮食是因为有问题，究竟是猜测还是真的知道一些内情？

直到有仆人来送炉子他才醒过神来，仆人送来精致的陶泥炉子，精炭，还有一瓮泉水、一斤茶叶和一套茶具。

他没用仆役动手，自己生上火，把泉水注入茶壶里，烧起来。他自许烹茶的技艺比易学造诣还高，茶还是要自己动手烹才有味道。

他在屋里烹茶，外面值夜的四个仆役还在小声嘀咕：“这位先生真怪，放着甜酒不喝，偏偏喝苦水子，我们想喝酒还喝不到。”

袁天纲耳力何等精敏，听到后一笑，把那壶酒拿出去送给仆役喝，仆役还不敢接，说是被国公爷知道会被军法从事的。袁天纲笑道：“你们尽管喝，有我哪。”仆人们才欢天喜地地接了，谢了再谢。

他烹好茶，倒入小漆杯中喝着，果然还是白天在夫人房里喝的那种，自己烹出来味道更佳。这一番忙乱，心中那种心浮气躁感倒是消失了，却代之以另一种感觉：有双眼睛在盯着他。门窗紧闭，窗帏低垂，就算有人在外面也看不到他，不应该有人监视，可他就是有这种感觉。

他不准备睡了，只是一杯杯品着茶，随手拿着桌上的糕饼、果品吃着，胙肉他不喜欢，一点没动。

正吃着喝着，他忽然停住了，蓦感小腹一团火热的气体蒸腾而起，迅即流转周身，身体立时火热，口干舌燥，更有一种不可抑制的欲望在肉里、皮肤里膨胀着。

“真来了。”他压制着这种感觉，心里却笑了，“真等不及了，这么快就对我下手了，这种药对任何人都或许有效，用在我身上可是枉费心机了。这倒好，正证实了我的猜测。”他捧起那瓮清凉的泉水，痛饮一番，身上清凉许多，那种令人狂暴的欲念虽未尽去，他已经不在意了。

他回头看看桌上食物，确定是一种脆皮芝麻糕饼有问题，就拿了一块，正要仔细察看，忽然心中警兆又动，他蓦地拉开窗帏，外面只有清冷的月光，没有人。他看到飞檐角上一头蹲鸱兽头，突然打个寒战，一个卦象毫无征兆地浮现心中。

“不好。”他转身向外跑，四个仆役看着他都惊呆了，以为他发了什么狂躁症。

“去内宅，叫卫队，去夫人房。”他大喊着向外跑出去。他刚跑出门，就有两个巡逻的武士过来问道：“什么事。”他大声吩咐：“去内宅，去夫人房，鸣锣示警。”

两个武士不明所以，但宋国令已经交代，在府中如果袁天纲有什么吩咐，也就和国公爷的话一样有效，任何人必须遵从。一个人跟着袁天纲跑起来，另一个人则跑去另一边，敲响一面铜锣。当当的锣声一起，外宅顿时慌乱起来，不停地有人跑出来问：“怎么了？出了什么事？”

这武士也不明白怎么回事，只好重复袁天纲的话。

袁天纲早已来到通向内宅的大门，这里也有两个顶盔掼甲的家兵把守，这两人认识袁天纲，见他飞跑过来，都不知出了何事，再听着当当响起的锣声，心里直打鼓。

“出了什么事？”两人大声发问。

“去内宅夫人房，夫人有危险。”袁天纲喊了一声，直冲那扇大门。大门是锁上的，可在他疾冲之势下好像纸糊的一般，两扇门板飞了出去，袁天纲冲进去一闪就不见了。

外宅人是严禁进入内宅的，可谓是脚入剁脚，头入砍头，但只要示警的锣声想起，外宅卫队就必须进入内宅保护夫人和一大堆姨太太们。这两个家兵还正犹豫着该不该进去，十多个家兵已经手执戈矛跑了过来，一个将领模样的人吼道："你们两个蠢猪还看什么，还不进去保护夫人。"说着，已经从两人中间跑过去，直入那道禁门。

内宅和外宅一样，也有巡夜的人，都是壮健的中年妇女，也手执刀枪棍棒，只是没穿盔甲。看到袁天纲进来，都过来拦截，大声斥道："什么人敢闯国公府内宅？"

袁天纲喊道："快去夫人房，夫人有危险。去叫国公爷。"说着，人影已不见了。

贺若弼晚饭后进入内宅，先例行公事般去看望一下夫人，然后叫来管家婆，吩咐以后袁先生有什么吩咐，就和他和夫人的话一样，不得违拗。

不过内宅里的人大多不认识袁天纲，认识他的只有夫人房里的，上夜的这几个妇女就不认识。只是听他这话，也猜到几分，再听到外宅的金锣声，立时心跳腿软，心里都想：这一定是杀千刀的猫妖来了。

袁天纲身法太快，他心里焦急如焚，身法更快如流星，他还是第一次把孙思邈教他的轻身功夫使至极致，却不知道这就是江湖中有名的轻功。

他白天来过，认识路，也不用别人领路，他一路吆喝，本想拉上几个人跟他一起，身后却没跟上一人，他自己根本没意识到自己身法有多快，还以为那些人没搞清状况哪。

来到夫人正房前，大门紧闭，他此时才犹豫一下，考虑是敲门叫人还是什么，可是心里一直在快速推算的卦象更加清楚了，他伸手摘下门上悬挂的灯笼，肩头一撞，大门应声而开，这种防君子不防小人的门当然挡不住他的神力。

他提着灯笼冲进去，大声喊："夫人，夫人在哪里？"

屋内阒寂无声，忽然响起一记微响，却是窗棂上发出的，似乎有一道淡淡的影子射向窗外，然后传来一声猫的喵声，只是这喵声很凄厉，好像一只被人踩了尾巴的猫发出的。

"猫妖。"

他心里微一闪念，本想追出去，还是放弃了，举着灯笼一照，四处躺着人，东一个西一个，不知是死了还是睡了。他跳跃着来到白天来的大床前，却看到夫人正躺在床上，头却被一条白绫吊在床顶的一个挂环上，这挂环是夏天也来挂蚊帐的。

他把灯笼放在地上，扑上去把白绫解开，然后查看夫人脉息，还好，总算气息尚未断绝，不过已经昏过去了。他一面大声喊着："来人。"一面在夫人后面肩背几处揉捏着，然后用力一拍，夫人悠悠醒来，看到微光中的他，忽然凄厉大哭道："猫妖来了，猫妖要勒死我。先生，是你救了我。"又紧紧抓住了他的手不放。

此时门外进来两个人，见屋里暗，都心慌慌的不敢进，有人回去拿了灯笼，这才敢进来，看到屋内的景象都惊吓得捂着胸口说不出话。

随后进来的人更多了，屋里四处也点起蜡烛，照得亮如白昼。那些躺在地上的人还没醒过来，也没人理会她们，都跑过来看望夫人。

贺夫人还是一声接一声地哭喊着，她实在是吓得不轻，要是袁天纲晚来片刻，她也就一命呜呼了。看到进来的人多，紧抓着袁天纲的手倒是松开了。

"怎么了？"

随着声音，贺若弼大步奔跑过来，他晚上是在陈国公主房里歇息，听到锣声示警，慌乱穿上衣服跑出来，再看到慌里慌张跑进来的家兵，急忙问出了什么事？家兵们只好把袁天纲的吩咐说了一遍。贺若弼急忙向夫人这里跑来，刚跑两步就听到那声凄厉的猫叫，当下跑得更快了。

"老爷，你可要为我做主啊，猫妖要勒死我，要不是袁先生赶来，我就没命了。你只顾那个小妖精，就真不把我这发妻放在心上吗？"夫人看到贺若弼，顿时找到了发泄的对象，捶打着枕头、被子大声哭号着。

"这，这，这……"贺若弼又急又怒，看到满地躺的都是夫人房里的丫环和婆子，也找到出气对象了，在一个丫环身上踢了一脚，怒骂道："你们这些该死的废材，叫你们挺尸，我叫你们挺上一辈子，来人，都拉出去砍了。"

外面此时已经被家兵围住了，闻声进来，袁天纲急忙拦住："大将军，使不得，这些人不能杀，我还要问她们话哪。她们是被迷晕了。"

"你堂堂一个大将军，连个猫妖都制不住，就知道拿我房里的人出气，你还有什么能耐？你在外面树敌，人家就祸害你老婆，这些还不都是你招来的？"贺夫人又连哭带骂起来。

贺若弼脸一阵红一阵白，心想："我再有能耐也制不住这来无影去无踪的猫妖啊。”他猛然问道：“先生不是画了符箓吗？这符箓怎么没挡住猫妖？”

他来夫人房里探视时，夫人对袁天纲可是推崇备至，他听了心里都有些不舒服。不是拈酸吃醋，就是大男子主义作祟，尤其是他这种目空四海的人，听不得有人在他面前夸别的男人。他说出这话就是不想夫人总是把自己当靶子，心想：“你最信赖的袁先生也没能挡住猫妖呀。”

他也很推崇袁天纲，但听人把袁天纲夸得天上仅有、地上绝无就是另外一回事了。

他不说还没人注意到，他一说夫人就看向贴符箓的屏风，又尖声叫起来：“符箓怎么不见了？谁把符箓揭走了？”

袁天纲也是此时才发现，屏风上没有符箓，只有贴过的痕迹还留在上面。他心里又在琢磨：“谁把符揭走了，是何用意？”

“我说猫妖怎么来了，符不见了，是哪个杀千刀的把符偷走了。”夫人又闹起来。

“大将军，您来了就好了，夫人没什么事，脖子上有轻伤，不用上药，明天就好了，就是受了太大的惊吓，您安抚安抚吧。”袁天纲走到贺若弼身边，说了一句，就向外走。

“袁先生，您不能走，您一走，猫妖又来害我了。”贺夫人见袁天纲要走，大声嚷着。

“我在这儿你还有什么不放心的，袁先生还能总守在你房里保护你不成？”贺若弼斥道。

“为什么不能？只有你那个小妖精的命是命，我的命就不值钱，我知道你心里怎么想的，巴不得我死了，好把那小妖精扶正，别做你的春秋大梦了。袁先生在我房里保护我怎么了，他才多大，那么大的人我生都生得出来，你还怕什么、防什么？”

屋里的姬妾、丫环婆子都忍不住笑，却又不敢笑，只好捂着嘴转身面墙。

“你这……这都说的是什么话呀？”贺若弼急得直跺脚，“袁先生，您千万别往心里去。”他情知自己这夫人贤惠是没说的，真要闹起来可也比他能闹的多，绝不是他跟皇上闹那个等量级。

“没事的，夫人受惊吓过度，情绪失控，很正常。夫人，猫妖闹了一次，今天晚上不会来了，您安心就是，我明天上午来给您诊病。”袁天纲说完，急忙溜走了。

来到院子，凉风袭来，他才发觉自己出了一身冷汗。他很少出汗，再热的夏天身上也不出一滴汗珠，熟悉他的人对此都惊异不已。可是来到府中不过一天多，他已经出过几次冷汗了。他也此时才有余暇想，总算这次卦象没错，假如卦象有误，夫人根本无恙，正在房中安睡，他这般大闹内外宅，深夜直闯国公夫人的房间，该当怎样收场？真是万死不足以自赎。想想真是后怕极了。

可在当时，他根本没去想这些，他从卦象上看出夫人大难临头，更悟出糕饼中的药是有人要绊住他，好在内宅动手。假如他收下两个侍女，再吃了那糕饼，恐怕要在狂暴欲念驱使下纵欲一夜了。想明白这点更增强他的信念，才不顾一切地直闯进来。当时只有一个念头，尽快赶到，救下夫人。总算还及时。

他感觉自己是踩在刀尖上，这次是对了，可是还有下次，下下次，只消有一次算错，可能就会像今天假如算错自己必然要有的结局一样悲惨。他心里罕见地萌生一丝恐惧，又恨起那个万年县县令了，想到周家诚，也更能体会他和京兆尹韦衮的处境。

此时，屋里那些被迷晕过去的丫环婆子都被抬出来放在院子里一张张短榻上，等待凉风把她们吹醒。袁天纲走过去逐个诊脉，诊到那个甄敏姑娘时，他特意多瞧了几眼，不得不承认，这姑娘长得很美，怎会没嫁出去或者许配给家里的小子？是贺若弼对她有意思还是夫人舍不得？

“先生，她们能醒过来吧？”一个不知是哪个房里的丫环担心地问。

“能，再有一刻钟就能醒过来了。”

他回到精舍后，房间里一切如故，四个仆役只剩两个，另外两个不知哪里去了，他在内宅也没见着。

他没躺下睡，而是又升起炭火，烹了一壶茶，他有种预感：贺若弼会来找自己。

半个时辰后，另外两个仆役回来了，知道他回来了，就进来问需要什么不，他回答没有后，就让他们休息去了。

天快亮时贺若弼果然来了，他看房内亮着灯，就推开门自己进来，笑道：“先生没睡觉？”

“在等你。”袁天纲起身相迎，笑着说。

“你知道我要来？”

“出了这么大的事大将军一定有想问我的。”

“嗯，先生猜对了。”贺若弼有些尴尬地笑了，坐在一张椅子上，“今晚可是多亏先生了，只是不知先生人在外宅，怎么会知道？”

“您不会怀疑我什么吧？”袁天纲笑着看着他。

“不，不，”贺若弼急忙摇头辩解，“我不是不相信，就是想不明白，先生要是不好说就算了。”

“有什么不好说的，大将军为什么会花重金请我来？”袁天纲反问一句。

“对了，先生会算。可这事真能算出来？”

“侥幸算对而已。”袁天纲侥幸叹了口气，“我还后怕哪。”

“先生怕什么？”

“今天我算出夫人有大难，所以风风火火什么都不顾地闯进去，假如我算错了怎么办？我怎么收场，大将军和别人怎样看我？”

贺若弼倒没想过这问题，想想笑道：“那也没什么，先生都是为我和我夫人，算错了也是会有的事，我能理解。”

“我要的就是大将军这话，以后许多事我也还是要算，我自信不会算错，可是万一算错了，事情砸了，闹出什么不好的事体来，还要先请大将军和夫人见谅。”说完，他站起身向贺若弼深施一礼。

“没事，没事。就冲先生今晚救我夫人一命这件事上，你就算算错了、事情砸锅了都没事，千万别怕什么缩手缩脚的，耽误了事可了不得。”他这一说，贺若弼倒后怕起来，深恐袁天纲怕担责任，什么事思前想后的，耽误了事，就像今夜，袁天纲晚到片刻，他此时就得准备给夫人办丧事了。

“有大将军这话就行了。”袁天纲心里轻松些，这后路一定要给自己留足。

“您说这猫妖会不会窜到别的房里？”贺若弼忽然无意似的问了一句。

袁天纲情知他这是担心陈国公主的安全，就笑道：“应该不会，猫妖向来都是邪祟主妇的，从没听说过猫妖邪祟姬妾的，除非这个猫妖改了性。”

“哦，”贺若弼宽心地吁出一口气，“有先生在我就放心了，这事还麻烦先生多费心。”

“对了，您不是想知道我怎么会算得那么准吗？就是这块糕饼告诉我的。”袁天纲心头忽然孩子气地涌上一个念头，不可抑制，“您吃下去就明白怎么回事了。”

“这不就是普通的糕饼吗？”贺若弼不解，也就吃了下去。吃完后突然吓了一跳，“糕饼里不会有毒吧？”

“没有，不过有别的东西。”

须臾，贺若弼就脸红气胀，脖子上的筋都梗了起来，他也明白是怎么回事了，急忙站起身："在下告辞。"

"慢走不送，您去夫人房吧，夫人正需要。"

贺若弼不及回答，已走了出去，到了门外忽然喊了一声："先生，那糕饼给我留着。"

"全给您留着。"袁天纲忍着笑答道。

听着贺若弼腾腾腾跑回内宅，是去夫人房还是去陈国公主那卖力不得而知。等听不到他的脚步声，袁天纲才哈哈大笑起来。

第三十二章

第二天上午，他刚刚吃过早饭，还没去内宅，周家诚领着两个捕快来了，而且要找他。见到他后把一张纸给他，袁天纲看到上面是三个月里每天日出时的气象，点点头。

“这有用吧？我可是问了好多人，再三求证过，应该是准的。”周家诚问。

“有用。”袁天纲笑了笑，他也没抱太大希望，看气象听上去简单，是需要功力火候的，他也是学了十几年，坚持不懈地观看了十几年才摸到些门路，一般人是看不准的。好在上面对阴晴雨雪、雾气浓薄、日照情况都有很详细的描述，自己努力去伪存真吧。

他把夜里的事简单说了一下，把周家诚吓得遍体筛糠，哆嗦道：“好险，要是夫人真的……”

“如果真的没救下来会怎样？”

“那我和大人就……”周家诚脸蜡黄着做个砍头的手势。“这案子也甭查了。”

“真有这么严重？”这倒是证实他的预感，此案的关键就是保住夫人的安全。“猫妖”昨晚一反常态，对夫人下毒手，看来也是迫不及待。因为自己的介入，这游戏已经没法按以前的套路从容玩儿了。这样也好，他最怕的是“猫妖”按兵不动或者销声匿迹了，他没办法在国公府里常驻。

“严重性怎么说都不过分。”周家诚叹息一声，转而又为袁天纲担心，昨晚要是袁天纲测算有误，那般打砸抢似的冲进内宅、冲进夫人卧房，那可没法收场了。“先生，真不好意思把您搅进这事来了，我们是公务在身，没办法，您说您图个什么。”

“都走到这一步了还说这些有什么用。”他叹息一声。这事充满危险和不确定性，他来时早已充分估算到了，只是没想到比他估算的还要严重。

“夫人的病查的怎样？能治好吧？”周家诚又问道。

“能。”他没说夫人染的是什么病，只是说自己恰好会治这种病。“对了，你来做什么？不会是专为我送这个来了吧？”

“案子还是我们在查，总得走走过场，已经查过多次了，这次也查不出什么来。装装样子吧，不然皇上那里没法交差。”

正说着，一个家将过来说，夫人请袁先生到内宅去。袁天纲笑道：“你忙吧，我也得忙去了。”转身跟着家将走了。

周家诚看着他的背影，心中一动，眼泪差点流出来，他深深躬下身去，此时，在他心里，袁天纲就是救苦救难、以身喂虎狼的活菩萨。

袁天纲跟着家将走着，左右望望，笑道：“怎么没看到国令大人？”

“国令大人跟着国公爷去衙门了。”家将恭谨回答。

贺若弼现在的官职是左卫侯大将军，是武将中最高级别了，当然每天要去衙门处理军务。袁天纲想到贺若弼，不知他跑回内宅是何景象，心里忍不住发笑。他从小到大很少捉弄人，昨天不知怎么了，就是想捉弄一下这位大将军。

站在内宅门口等他的正是甄敏。袁天纲笑道：“睡醒了？”

甄敏忸怩笑道：“您还说哪，真是哪壶不开提哪壶。对了，还要谢谢您在国公爷跟前讲情，把我们这些人的小命保下来了。”说着，深施一礼。

“别谢我，是夫人保住你们的。”袁天纲回了礼。

“夫人说了，没您的话，夫人说了也不管用。您昨晚其实是救了我们两次命，如果夫人真的没了，我们一个都活不下去。要是您不给我们讲情，我们怕是也难活，这两次救命之恩，想让我用什么来报答？您尽管说好啦。”她侧着半边脸，羞涩地说。

“先记在账上，等我想起来时再说。”

“那您快点，别等你想起来，我已经没法还这个债，报这个恩，您就吃亏大了。”

“好，尽快。”袁天纲说笑着，也不用她在前面领引，自己径直向前走。

“您说这猫妖真的恁地厉害吗？我们这些人昨晚都是忽悠一下子就什么都不知道了。”甄敏捂着胸口，似乎犹心有余悸。

“应该是吧，不然怎么能叫妖哪。凡是称为妖的都不是人所能抗拒的。”袁天纲眼睛看着前面的路说。

“可惜，昨晚不知哪个该杀的把您那张符给偷着揭走了，不然猫妖可能进不来。对了，会不会是猫妖干的？”

“有可能，猫妖可能怕那符篆，就先迷惑住一个人把符篆揭走了，然后进来的。”袁天纲顺着她的思路说。

“昨晚您怎么到的那么及时？”甄敏忽然问道。

“你这话何意？不会怀疑我是猫妖变的吧？”袁天纲站住了，转向甄敏。

“这您说哪儿去了，我就是后怕，您要是晚来刹那工夫，就全完了，您可真有神机妙算。”甄敏赔着笑脸说。

“我没有神机妙算，真有的话，昨晚就能先一步在房里等着，捉住那猫妖了，何必搞得那么惊险。”

“也是，您要真那么神就好了。不过，这也够神的了。”甄敏好像感觉自己说错了话，赔礼似的冲他媚笑一下。

“猫妖要像你长得这么美就好了。”袁天纲说着继续走起来。

甄敏不知想到了什么，忽然爆笑起来，笑得眼泪迸出，娇躯直打跌，等她再看袁天纲时，袁天纲已经走到门口了。

昨晚他撞飞的门不知是修好了还是另安一个，跟以前一模一样，他走进去，丫环婆子都上来谢他昨晚讲情，弄得他谦谢不遑。

夫人看到他，就拍手笑着，让他坐在自己床前，对一个站在床前正服侍他的老婆子说：“你说小先生才多大，不是我卖老，就跟我自己的儿子差不多，到我房里还有什么可避嫌的。”

老婆子笑道：“夫人说的可不是嘛。其实老爷昨天也不是那意思，是不好意思总麻烦这位小先生，夫人您就别多想了。”

“那老东西什么花花肠子我会不知道，你不用替他讲话。”贺夫人手一挥，不让她说下去了。

“夫人精神倒是健旺，身子好多了。”袁天纲见贺夫人昨天还跟一副骷髅相似，今日竟然有说有笑起来，虽然还是枯瘦，眼神中却已焕发生机，他也有些意外。毕竟，他也不知道自己的“内力”治病效果如何。

“这还不都是你的功劳，是你这双妙手治的。”贺夫人忽然间竟像十八岁风情少女般腻声说。

屋里的丫环们听了先是诧异，随后忍着笑，夫人这是怎么了，从没听她用这种声音说过话。

“这是夫人福禄所钟，也是大将军威灵所致。”袁天纲坐在一个丫环搬来的锦杌子上说。

“他威灵个什么，”贺夫人冷哼道，“打仗杀人他还行，别的就不中用了。”随即又换回刚才的腻腔：“小先生，咱们还是昨天那样治疗吧？”

“也只有这个办法。”袁天纲没觉出什么，还以为贺夫人平时就是这种腔调说话，有的贵夫人年到四十上下，感到老之将至，就拼命想重返青春，别的方面做不到，就在衣着和说话腔调姿态上下足功夫，他也见过几个这种贵夫人。

听说还是昨天那种治疗方式，丫环们都悄然退出，准备有召唤再进来，她们实在忍受不了夫人那种声音的折磨，昨晚是被迷晕了，不然恐怕也要一夜无眠了。

袁天纲又看看她脖子上的伤，只有一道淡痕，这说明他的按摩活血手法还是不错的，不然勒出的伤也要红肿个十天半个月的。

“夫人以前身子特别壮实吧，这病好得快，伤也好得这么快。”

“这还不都是你的功劳。”贺夫人见丫环都退了出去，愈发嗲声嗲气地说，这次连那老婆子都转过脸去。

袁天纲也有些讪讪的，他再迟钝也听出点味道来了，想到许多人的命就悬在这位夫人身上，只好硬着头皮应付了。

他手搭在贺夫人脉门上，开始用意念渗透法治疗。他先检查昨天发现的那几处有病变的骨头，上面的霉变果然淡了很多，看来只要治疗十天八天的就能好了，这倒是一个惊喜。贺夫人的脏腑功能也在快速恢复中，元气虽然还弱，却没有那种油尽灯枯的迹象了。

“先生娶媳妇了吧？”贺夫人看着袁天纲的脸说。

“没哪。有个侍妾。”

“那她可有福了。你也是这样给他诊病吗？”

"不，她身子健壮，从没生过病。"

"那是啊，有你的调理，想生病都难。也不知谁家的姑娘有福，能嫁给你这样的，我要是有个女儿就好了。对了，昨晚给你送去两个丫环，你怎么不收下呀，以后可不许跟我这样客气了。"贺夫人半是撒娇半是教训地说。

袁天纲身上又开始冒汗了，跟甄敏他还能调笑几句，跟这位夫人可是半句也不敢，他可不敢拿自己的脑袋和许多人的脑袋开玩笑。

其实贺夫人并没有挑逗他甚至勾引他的意思，这点自知之明还是有的。只是袁天纲这种诊法给了她极大的愉悦与满足，她就觉得和他之间甚至有种隐秘不宣的亲密的肉体关系，比和她丈夫还要亲密。再加上她感激他、崇拜他、喜爱他，这就使得她不由自主地用这种腔调、这种嗲声、这种媚态来和他说话，好像非如此不可。反正她在内宅是老大，我行我素惯了，也没人敢笑话她。

袁天纲探查完毕，开始加大力道，他已经有些掌握这种方法了。这一加重力道，贺夫人就像被电击中一般，立时不说话了，只觉得全身上下、从里到外都痒酥酥，又舒适无比，身体都弓了起来，随着力道的加大，她忍耐不住地哼哼、呻吟，最后大声叫起来，叫声中充满了野性的满足。幸好这宅子不但建的结实，而且无比密实，四周又挂着挂毯和绣锦帷幕，声音倒是传不出去。

饶是老婆子已经六十多岁，欲念早绝，听着这叫声都不禁脸红心跳，手脚都湿漉漉的。袁天纲更是受尽折磨，不过随着他观察到的贺夫人体内的状况，他逐渐进入一种忘我的境界。他还是第一次真正给人治病，又是用这种方法，他好像看到了一株枯瘁的草得到雨露滋润，得到阳光普照，开始返青，开始重现生机，然后迅速生长，最后绽放出一朵艳丽的鲜花。

"这是道，这也是道的一种。"他的心中也充满欢喜快乐。他给人治疗，却无意中窥见了道的影子，道在万物中，更在人的生命中。这个绝大发现倒是意外的大收获。

治疗过后，贺夫人已是汗透重裳，软瘫在床，喘吁吁说不出话来。袁天纲交代那老婆子等夫人汗消后再沐浴更衣，以免受风着凉。

他告辞出来，顶头碰上甄敏。甄敏咬着牙，恨恨地说："好啊，原来还以为你是正经人，原来专会绕着弯儿骂人，敢骂我丑得像妖怪。"说完，腰身一扭，径自从袁天纲身旁走过。

袁天纲回望着她的背影，若有深意地笑一笑。

午后，贺若弼从衙门里回来，一头扎进内宅里，先去夫人房里礼貌性地问候，然后就钻进陈国公主房里，再不出来。

袁天纲找到宋国令，要他陪着去看失窃的库房。宋国令应诺着，笑道：“您也想看看，上午听说长安府那几个白吃饱又来了，装模作样到处看看，屁都没放一个就走了。我也不和他们废话，等三个月期限到了，自有皇上跟他们说话。”

袁天纲也不跟他废话，只是听他说。贺府的库房一共有五个，分甲乙丙丁戊。甲字库是专门放置贵重物品的，也只有这个库房内外宅各一半，外宅这一半自是安置外宅所用的贵重物品，内宅需要的都在内宅那一半库房里。此次猫妖光顾的就是甲字库，其余的库房可能都没看上眼，什么都没丢。

这次失窃的财物单子周家诚给袁天纲看过：五千匹彩缎，四十斤黄金，一把雉尾扇，十颗珍珠，一顶凤冠。这些都是皇上赏赐给贺若弼的，彩缎、黄金价值有限，雉尾扇的价值很难说，主要是稀罕、体面，其本身价值也有限，那十颗珍珠和凤冠的价值就大了，都在百万贯以上。这些都是陈国公主之物，陈国国主给公主的嫁妆，被俘获后这些东西也都落到隋军手上，杨坚索性连同人一起赏赐给贺若弼了。其他丢的杂七杂八的物品很多，单子上写了长长一列，也都是贵重物品，但和珍珠和凤冠相比，简直不堪一提。

宋国令也报了一遍失窃财物单子，他早都背熟了，只是遗漏了价值最小的三样。他看袁天纲一直听着，不说话，就赔笑道：“先生，听说您昨晚救了夫人，我上次说您治好了夫人的病就能在京城横着走，现在救了夫人一次，至少这府里内外您可以横着走了。”

“我说过，我不是螃蟹。”袁天纲冷冷地说。他也不知怎么回事，宋国令和徐国尉去请他时，可能有更讨厌的徐国尉比着，宋国令给他的印象还算不错，就是俗了些。进到府里来，没有徐国尉在旁边，他开始讨厌起这个国令来。他向来讲究儒家的恕道，很少从心里讨厌一个人，而今对宋国令却是从心里讨厌。

“那是，那是，谁敢说您是螃蟹啊。”宋国令讪笑着，心里在暗骂：真难伺候，怎么拍马屁都拍在了马蹄子上。

“这些财物的丢失只是突然发现的，并不能确定是猫妖一夜间盗走的，对吧？”袁天纲问道。

“是不能确定，库房三个月全盘复核一次，这么多库房，这么多东西，谁能天天核对呀。再者说，出入都必须有我领着，或是有我的手令，出入的人也都得登记进出时间和所提的物品，门卫也都检查过，应该不会丢东西的。”

这情况周家诚也介绍过，贺若弼治家如治军，内宅或许乱点，外宅却有如军中一般整肃。他来了这两天，深有体会，感觉自己不是来到一座国公府的府邸，而是进入一座豪华的军营。各库房既有门卫又有荷甲家兵守护，进入的人必须有手令，然后登记，才能进入，出来时还要填上时间和拿出的物品，逐样核对无误才放行。若是小物品，谁在身上夹带，也未必混不过去，可是五千匹锦缎是怎么偷出去的？凤冠和雉尾扇也都不是能在身上夹带的。就算偷出库房，想出国公府也不可能，门口的卫兵查的更为严密。

想来只有从内宅那面的库房下手，可是内外宅的库房虽是一体，中间却是一道大铁门，外宅的人进不去那面，内宅的人也过不来这面。凤冠和珍珠是放在内宅那面的库房里，黄金、锦缎和雉尾扇却是放在外宅这面，至于那些杂七杂八的则是两面都有。开启中间那道大铁门的钥匙只有一把，放在夫人手里。夫人的钥匙从没丢过。也就是说不论内宅外宅的人，都不具备同时偷盗这些物品的能力，有此能力的只有传说中能凭空摄物的猫妖了。

本来还是家贼内外宅串通共同作案的可能，可是和贺夫人饱受猫妖邪祟之苦联系起来，这案子不言自明，就是猫妖作案无疑。连皇上都不怀疑这一点，所以才严令长安府查出指使猫妖作案的主犯，好澄清自己和韩擒虎、高颎、杨素这些功臣的清白。

走进库房，好像走进一个巨大、空旷的山洞里，倒是很干燥通风，日照也都不错。在他看来，这样一个库房多少东西都装得下去，贺府居然建了五个。下面还有一个地窖，专门用来储藏美酒和一些不耐腐的食物。

宋国令看到他的神色，得意一笑，功臣家的豪奢绝不是外人能想象的，远过于当今皇上。当然比不上陈叔宝和无愁天子高纬。

袁天纲四处看着，感觉自己走进了东市最豪华的所在，只是这里的大多数物品都是市面上见不到的。其实这也是因为他进的是甲字库，其他库房存的东西也都是一般物品。他收敛起好奇心，开始四处看着，尤其在那扇大铁门处驻足良久。他不像一般捕快、神捕那样来找犯人可能留下的线索，这案子没有外来人进入偷盗的丝毫迹象，不然长安府也不会那么头痛了。他是来找感觉，那种现场的感觉，或许某样东西、某种气味就能触动灵机，从而解开整件事。

内宅那面他进不去，宋国令说他只能从内宅那面进了，从夫人那拿钥匙当然不难，没这必要。内宅那面他当然也要进去看，等明天给夫人治疗后说一声就从那面进了。

虽然不是踏勘，他也把每寸地面、每样物品都观察一遍，出来时已经是晚上了，贺若弼正在正堂等着陪他吃饭，派来请他的人在库房外等了半天了。

“先生去库房查看了？”贺若弼见到他就问。

“谈不上查看，只能说是参观，参观一下闻名天下的国公府库房。”

贺若弼哈哈笑起来：“有喜欢的没有，有喜欢的就告诉宋五一声，记下来，一总给先生送去。”

“饱饱眼福就足够了。”

“那怎么行，宋五，先生喜欢什么你都记下来。”

宋五应着退下去，贺若弼又冲袁天纲竖拇指：“神，真是太神了。”

袁天纲一时没反应过来他说的是什么事，贺若弼大笑道：“我下午去见夫人，都不敢相信自己的眼睛。先生太神了，怕不比得过当年的苏神医？”他笑得胸襟开朗，眼睛眯成一条缝儿。

“我这点雕虫小技哪敢跟神医比。”

“先生别谦虚，我可不是傻子，真不愧是药王菩萨的高足。对了，先生为何只算卦不行医？”

“我说过原因了，我跟恩师学的就是算卦，师傅也只准我算卦，医术我也略懂一点，却不敢行医。这次是没办法了，又碰巧能治夫人的病，这也是夫人的自身的福气和大将军为国家建立不世之功带来的天佑。”

这番话说的贺若弼心胸舒坦，好不受用，夸他建立社稷之功的比比皆是，但从袁天纲口中说出来，他竟感到飘乎乎的，好像喝了一坛美酒。

“还有件事要跟大将军说，我以后也不会行医，所以请大将军吩咐家人不要把我为夫人治病的事说出去，府上以后要算卦尽管找我，要请大夫的话还是找太医或别的名医吧。”

“好，好。”贺若弼满口答应，袁天纲医道如此高明而不行医，必有缘故。“人得知足不是，先生这次把夫人的病医好，就是天大的恩德，以后不会再拿这些事烦劳先生。家人我会封口，不让他们说出去。”

“多谢。”

两人吃喝着，贺若弼忽然近前神秘地一笑：“先生，昨晚那糕饼是怎么回事？”

袁天纲心内窃笑，说："没什么，就是让猫妖下了药，倒不是毒药，你用后效果如何。"

"神药，真是神药啊。那些糕饼还有吧？"

"都给您收着哪，一会你派人去取就是。"袁天纲不意他真要那些糕饼，不知他想用在谁身上。那些糕饼他已经检查过，也就没用了。

"好。"贺若弼丝毫没怀疑是他府里人做的手脚，他认为府里还没有这样的人才。袁天纲当然更不敢说，不然糕点房里的人没一个能活命。"对了，先生昨晚是因为吃了糕饼，发觉不对，才意识到猫妖来了？"

"正是。"

"多亏先生发现及时。"贺若弼脸色变了一刹那，显是想起来还余悸犹存。"先生昨晚是怎样熬过去的？这种神药我可是熬不过去。"

"多喝些凉水就解了大半了。"袁天纲笑了起来。

"糟蹋东西。"贺若弼说着也笑了，"昨晚夫人给先生送去两个侍女，先生没要，想是没看上。我这内宅里先生若是有看上的，尽管说，贺某脱手相赠，绝无吝色。玄德公说，兄弟如手足，妻子如衣服。妻子且如衣服，妾侍辈又算得什么，先生不要客气才好。先生不要客气，咱们都是男人嘛，男人生当快恩仇，一剑光寒五十州。"贺若弼说着，豪情万丈，显然年轻时也是颇具侠气的人物。

"应该是黄金如土色如仇。"袁天纲笑道。

"不行，不行，"贺若弼哈哈笑道，"我做不到，寡人有疾，寡人好色。我平生有三样：挥金如土，杀人如麻，好色不厌。想来男儿在世，能做到这分上也当死而无憾了。"

袁天纲笑而不语，这三样贺若弼委实都做到了，而且更出色，毕竟平陈这种社稷伟功不是哪个时代都有的，一辈子得此际遇真是死而无憾了。

"我看先生也有三样。"贺若弼看着袁天纲说。

"哪三样？"

"东汉名臣太尉杨秉曾自许平生有三不惑，即权、钱、色三不惑。不过他贵为帝师，身处庙堂，能否真的做到这三不惑我还真不敢相信，如今见到先生才知，这世上竟真有权、钱、色三不惑的人，我平生阅人多矣，也唯有先生庶几近之。"

"这不难做到呀。"袁天纲想想自己对这三样，莫说惑，想都不愿意多想。倒是当得起那句赞语。

“不难做到！妙语，绝妙之语也。孔夫子都不敢说这话。”贺若弼哈哈笑起来，笑得前仰后跌，好像听到了世上最滑稽不过的话，世事之奇，无逾此者。袁天纲要是说登天成仙很容易，他倒未必如此笑了。

袁天纲被他笑得不好意思起来，倒像是自己自夸一般，但和他想要探索想要抓住的天道相比，世上的权、钱、色不过是土块瓦砾。

史上由布衣而成天子已是难于登天的事，毕竟还有两个，汉高祖刘邦和明太祖朱元璋，敢自许权、钱、色三不惑的只有杨秉一人而已。

这顿饭吃的甚是欢畅，饭后，贺若弼亲自送袁天纲去精舍，坐着闲聊一会，拿着那些糕饼喜滋滋走了。袁天纲等他走后，才拿出周家诚给他的那张纸，开始研究上面的天气，然后拿出纸笔，写下每日的值日卦来推算。

推算了几个卦象后他感到不满意，感觉是哪里出了问题，一定是气象上，他又重新研究那些气象，尽量想象纸上所描述的景象，然后自己来判断。

这一算就是一个时辰，他全心投入一个个卦象中，直到敲门声响起，他才回到现实中来。原来是甄敏又奉夫人命给他送酒食。还是两个食盒，一个里面是夫人吃喝过的酒食样品，另一个是给他作消夜的酒食，只是这次跟着来的不是丫环，而是两个中年健妇。

袁天纲虽然估计夫人饮食里出问题的可能性很小，还是不敢疏忽，每餐都要检查。他尝过后没有发现问题，甄敏就让那两个中年健妇把大食盒里的食物拿出来。

袁天纲笑道：“请跟夫人说，外宅也有，我要是饿了，自会向他们要，不必每天麻烦姑娘给我送了。”

甄敏笑道：“这话你自己跟夫人说吧，不过说了也不会管用。拿来你用就是，我们做下人的，就是供使唤的，哪担得起麻烦二字。”她看着桌上摊开的纸张，走近前看了两眼，上面都是天干地支、五行阴阳和各种术语，全然看不懂。“你这写的都是什么呀？”

“卦象，我就是干这个的。”

“哦，”甄敏先是若有所思，然后笑了，“听说先生要算出猫妖的来龙去脉，真能吗？”

“差不多吧，一点把握都没有，我敢收大将军的银子吗？大将军的银子不是好拿的。”

“这倒是，话说回来，谁的银子也不好拿啊。”甄敏又笑了。

“这也看对谁说，猫妖就有这神通，谁的银子都随便拿，皇上家的都照拿不误。”

“听你这一说，我都羡慕猫妖了。猫妖真有这神通？”

“这你还不信吗？库房里那么多财物都不翼而飞，除了猫妖谁能盗走？别的不说，五千匹锦缎，一座小山似的，人哪能搬得动。”

“这次猫妖偷的可真不少。先生，你要是真能算出来，找到猫妖的藏身处，不就找到那些财物了？说不定还有偷盗别人家的哪，你就发财了。”甄敏忽然兴奋地说。

“你可真会猜人的心思，我正是这个意思，不然劳心费神找猫妖干什么。”袁天纲抚掌大笑。

“等找到了，分我一些如何？”甄敏樱唇贴着他耳边说。

“可以，见者一份，道上的规矩嘛。”

“说定了？”甄敏伸出手指。

“说定了。”袁天纲也伸出手指和她勾了一下。

“我可回去做发财梦了，只是光凭纸上这些能算出来吗？”

“能，一定能。”袁天纲斩钉截铁地说。

甄敏带着两个健妇走了，出了门又回头问道：“昨晚给您送来的东西还合口味吧？”

袁天纲头也不回答道：“很好，尤其是那种糕饼，味道特别美。”

“哦，那就好，您眼界太高，嘴也太刁，就怕不合您的意。”

她这才飘然离去，四个仆役躬身不敢正眼看她。甄敏是夫人面前最得宠的丫环，也是所有丫环中老爷最爱的，相当于内宅总管，和宋国令在外宅的地位相当。在府里，甄敏的地位较宋国令还高，只是宋国令的公国令是正式朝廷命官，是有品级的，甄敏却只是个丫头。

甄敏走后，他把那些食物每样留一点，其余的连同酒都拿出去给外面值夜的四个仆役，然后回来继续推算。三个月的值日卦，还要对每天的气象报告进行甄别判断，还要对每日的卦象进行推算，这工程量太大了，最后能从这里得到多少有用的信息他也没把握。首先，气象不是他亲眼观察的；第二，他在用值日卦预测每日城里发生的事件上还只是刚刚入门。

算了一阵，昨晚那种感觉又浮现心头，外面有双眼睛在盯着他。他心里一笑，真是猫妖不成，长了双能穿透墙壁的利眼？他自恃眼力绝佳，能看清人体内的各种气和骨骼形状，但透过墙壁和厚厚的窗帏的能力还没有练成。他也凝目向外望去，向着他感觉到的那双眼睛的地方瞪视着。两双眼睛隔着厚厚的窗帏对视，一刻钟后，外面那双眼睛不知是感应到了还是放弃了，袁天纲那种感觉消失了。

算到子时，他心中警兆又起，猫妖历来是这个时辰活动，他走出去，在院子里四处看着，找到他感应到那双眼睛的地方。这是片空地，并没有树木或者其他可供遮掩身形的物体。他站在这里向窗内看了看，想象那双眼睛究竟能看到什么，为什么要在这里盯着？

来到内宅的大门口，两个家兵看到他，忙上前施礼：“先生，要进去吗？”

袁天纲摇摇头，只是向着贺夫人那里望望，倾听里面的动静。也许今晚猫妖不会出来活动了，这当然没什么依据，只是一种感觉。他站了约有一刻钟，又慢慢走回去，全副心神依旧在关注内宅的动静。忽然他停住了，左侧一道白光骤然从廊下黑暗处爆射出来，正袭向他左肋。

第三十三章

他没和人交过手，更没有任何实战经验，可是练了十几年的太乙绵掌，又有先天罡气的雄厚内力，掌法早已练得炉火纯青，不等他想如何对敌，身体就像一架上足了发条、早已设定好程序的机械人般动了起来。他身子蓦然向后扭转，险险避开这道白光，然后右足斜跨，右掌已经挥出，正砸在什么东西上。当的一声，那道白光飞了出去，旋即一条影子发出一声惨厉的“喵”声，飞起在半空中，倏忽几闪，已越过一道高墙，逃出府外。

这声惨厉的“喵”声划破夜空，惊动了外宅所有的人，巡逻的家兵家将们都跑过来看发生了什么，袁天纲却拣起落在地上的东西，原来是一柄利剑，雪白的剑身映射着清冷的月光。

“先生，您没事吧。”一个家将惶恐地过来问，若是袁天纲在外宅出了事，负责今夜巡逻守卫的他也难逃干系。

“没事。”袁天纲还是拿着那柄利剑翻覆着查看。

“是猫妖吗？”家将问。

“是猫妖。”袁天纲闭上眼睛，回想着，感受着刚才那一刻。他感觉到了什么然后停步？当时他都不清楚自己究竟感觉到了什么，就是好像有一种强悍的意志拉住了他，现在才明白，那是他精研易学十多年练就出的对凶险的预感，一种大祸临头的感觉蓦然攫住了他，使他停下，只是随后的事发生得太快了，以致他根本没反应过来，随后的动作也都是本能做出的，如果要他想明白再去做，现在已经是一具尸体了。那一剑真如迅雷掣电，就是现在重来一遍，他也没把握避得开，因为他根本不知道自己还有避开这样凶狠快疾一剑的能力，而且还能反手把剑打落。

“先生，要不要去禀报国公爷？”那家将又问道。

“不必，猫妖已经逃走了，不必惊动大将军了。这剑你们认识吗？”

家将接过剑，翻覆看了两遍，说道：“好剑，不过以前没见过，没印象。”他又给旁边的几个家兵看，家兵们也都摇头说没见过。

“明天再问问别人吧，或许有人见过，我觉得这剑一定是国公府里的。”袁天纲又把剑拿回来。

“等等。”那家将忽然想起来似的，“我再看看。”他又看了几遍，然后迟疑道：“国公爷收藏了许多名剑、古剑，怎么好像是国公爷收藏里的一把。记不准了，先生明天问问国公爷吧。”

“国公爷？您可别瞎说。”一个家兵变了脸色说。

“这有什么，我又没说国公爷是……什么。”家将也有点恐慌了。

“就是大将军的也没什么，猫妖盗走那么多财物，盗走一把宝剑有甚稀奇的，你们忙去吧。”

家兵们回去了，宋国令从梦中惊醒，知道情况后也吓出一身冷汗，命令巡逻的人增加一倍，所有阴暗处都点上灯笼，不允许有一处藏人的死角。

贺若弼早上醒来，知道外宅的事后，慌里慌张跑来看袁天纲，虽见袁天纲安然无恙，还是措手跌足叹道：“这怎么得了，怎么得了，这该死的猫妖，前天要要害夫人，昨天又冲先生下手了。可是不是说猫妖只害一家的主妇吗？”

“应该是没错，猫妖的目标还是夫人，只是有我在，他害不了，所以他就冲我下手了，除掉我好能继续害夫人。”袁天纲解释道。

“这可怎样是好，先生需要什么样的保护尽管说。”

“要是能保护住人不受猫妖的害，您就不必请我了，直接保护夫人不就成了。您什么都不用管，我能应付得来。”

贺若弼想想也是，这不是多少人能保护的事，纵然千军万马也拦不住猫妖害人，要是护卫多能解决问题，他就不用焦虑恐惧了。他咬咬牙，又跺跺脚：“不行，不能这样下去，我还要去找皇上，马上给我解决这事，就算解决不了也得给我个说法，我不能眼巴巴等着被这些奸佞小人害死。”

“大将军且听我一言。”袁天纲心头一紧，高声道。

“你说。”

“这事我既然接手了，您就听我的安排，不要说不要去跟皇上闹，跟别人也不要说，在外面就当没这事一样。府里内外宅也是一样，尽量不要什么事传来传去的弄得人心惶惶的，尤其不要让夫人知道。”

“谁敢让她知道啊。昨晚的事里面有几个人知道了，我都安抚住了，就怕夫人知道了病又要加重。可是万一先生在我这儿有个三长两短……”

“那是我命短，谁也怨不着。如果我真被猫妖害死了，或者我也制不住猫妖，随您怎样去做。”

“好吧，先生既然有把握，我听你的就是。听护卫说，昨晚真险啊，没想到你身手那么好，他们都看傻眼了。你居然能从猫妖手里夺一把剑下来，真是了不得。”

“说到剑，还得麻烦大将军看一眼，是否认识。”袁天纲急忙岔开他的话头，从枕头底下拿出剑来。

“咦，这不是我的藏剑吗？我想起来了，丢了两个月了，这些日子让猫妖闹得心里乱糟糟的，也没在意，倒真让猫妖偷去了。不对，好像不对，这光泽不对。”他把剑拿近眼前看。

“被淬了剧毒了，见血封喉的剧毒。”袁天纲淡淡地说。

“这猫妖还会给剑淬毒？”贺若弼蓦然感觉有些不对了，“先生，这真是猫妖干的吗？那些护卫说昨晚像是刺客或者江湖豪侠的手段。”

“当然是猫妖，不可能是别的。刺客或者侠客有人能在大将军府来去自如吗？只有猫妖有这能力。凭空摄物都能做到，何况给宝剑淬毒。”袁天纲笑语解之。他绝不能把思路往人做的案子上面引，否则国公府上下就乱了。

“可也是。”贺若弼急于去衙门，早饭匆匆吃过后就走了。

贺若弼走后，袁天纲心里安稳一些，如果贺若弼在朝廷再大闹一场，周家诚他们的日子就没得过了。现在他是把所有的事都揽到自己肩上了。他表面上泰然自若，心里比谁都急。从前晚“猫妖”要害夫人、昨晚要杀他来看，“猫妖”有些狗急跳墙了。

这是为什么？自己击中了“猫妖”哪个要害处？难道真是因为自己能治好夫人？至少，夫人现在看来是不会死了。难道在这案子里，夫人的死是必须的也是最关键的一步？他还有些想不明白。但“猫妖”闹得越凶越好，他感觉到，图穷匕见的日子不远了，那一天也就是真相大白的时候。

他手中已经有一些疑点了，假如是在周家诚他们手上，一定惊喜万分，会动用所有人力把这些疑点全查清，那样的活或许能尽快查清此案，可是要有许多人会死在酷刑拷打上。捕快们当然不在意这个，只要能查清案子，多少人冤死从来都不是他们考虑的事。当然如果把这些疑点交给贺若弼，被拷打而死的人就更多了。

他想起一则故事，东晋名臣也是权臣王导、王敦兄弟曾去石崇家做客，石崇待客劝酒极其野蛮，让美艳侍女劝酒，客人不喝就杀掉这名侍女，再换一个，如果客人还不喝，就继续杀。一般人都怕连累侍女被杀，只好拼命喝，自然都醉得一塌糊涂。石崇最喜欢的就是这个。

侍女劝王导喝时，王导本来不能喝酒，也只好拼命喝。王敦却不买账，任凭侍女怎样劝都不喝，就想看石崇杀人。石崇连杀了三名侍女，气得王导直骂他狠心，王敦洋洋笑道：“他杀他的人，关我何事。”

后来的人自然都从各种角度看这件事，袁天纲想到此事却是觉得自己像王导，周家诚他们就像王敦了。周家诚他们一定会认为，冤死的人是贺府的，关他们何事？可他却绝不能这样想，谁的人都是人，人必须为自己所做的事负责，但也绝不该无缘无故被冤屈而死。所以他既要查清这件事，又绝不想牵扯进一个无辜者。

不久，夫人派人来请，他走进内宅，还是甄敏在门口接他，先看他的面色，然后笑道：“听说昨晚猫妖去刺杀你了？”

他捂着胸口，做出余悸犹存的样子：“可不是，话可真是不能乱说，险些丢了命。”

甄敏不解：“这跟说话有什么关系？”

他笑道：“不就是我昨天和你开玩笑说，要找到猫妖藏财物的地方，然后一网打尽嘛，结果被无所不知、无所不能的猫妖大人听见了，可能真怕我跟他抢财物吧，就要先下手为强杀掉我。还是你说的对，谁的银子都不好拿，猫妖的银子更难拿。”

甄敏笑道：“那我赶紧收回昨晚的话，不和你分了，不然可能我也难逃活命。”

袁天纲正色道：“富贵险中求，想求富贵，不担冒风险是不行的。大将军这泼天富贵不都是在战场上一刀一枪搏杀出来的嘛。要想拿到猫妖藏的财物，非有从油锅里捞钱的勇气不可。”

“哎哟，您可真会说笑。这可不像您说的话。”甄敏笑得弯了腰。

“怎么不像？”

“您可不是那种汲汲于富贵，宁可拿性命冒险去求富贵的人。”甄敏也正色道。

“你怎么知道？”

“这还用知道吗？一眼就看出来了。”

“人心险于山川，人眼看人是最不准的，常常走眼。”

“不跟您说了，您这两天说话怎么怪怪的，总语带双关似的。昨天绕着弯骂我，我还能听明白，今儿个这话我都听不明白了。”甄敏嗔笑着说。

“那是你多想了，我一层意思都说不明白，哪还会双关语呀。”袁天纲双手一摊，潇洒笑道。

“您就蒙我吧，反正我一个傻妞，容易蒙。”她又凑到近前，“您家里那个漂亮的妹子也是这样被您蒙来的吧？”

“哪里，我是被她抓住了，没逃了。”袁天纲又笑了起来，这倒是实话。

甄敏愕然地看着他，蓦然大笑起来。这次是真的大笑，也真的笑弯了纤腰，令人担心她的娇躯随时会从中断开。

“这话你更不信了吧？”等她笑完，袁天纲问道。

“错，今儿个您的话我就信这一句。”甄敏抬头正视他的眼睛说。

袁天纲从她澄澈的眼神中看得出，她说的是实话。他有种奇怪的感觉：在这一刻，她竟真的很了解自己。他心头微微一热，笑道：“多谢。”

走了一段路，他忽然又问道：“对了，那晚跟你去我那的两个妹妹昨天怎么没见到？”

“怎么，想了，改主意又想要了，没关系，晚上给您送去。”甄敏乜斜他一眼，笑道。

“不是，我只是觉得有些人很奇怪，外宅的徐国尉我见了一面后，再没见着，那两个妹妹也是那晚一面之后再没见到，感到有些奇怪。”

“有什么奇怪的，您来才几天哪。跟您说您可能不信。这内宅就这么大，比一般的家当然大多了，可也没大到隔山隔水的地步，有些人，我见过一次后，一两年里都没再碰见过。你不信就算了。”

“你刚才信我一次，我也信你一次，你这话我信了。”袁天纲慨然道。

“这事还有交换的？信我一次？我可从没跟您说过谎话。我这人心也没险过山川，跟一张白纸似的，都摊在您眼前了。”

“这世上最难读懂的不是白纸黑字的书，而是一张白纸、没有字的天书。”

“好了，不和你说了，您这又来了。昨儿个是骂我，今儿个是变着法的损我，明天还不知有什么花样哪。”

接下来的两天倒是平静，袁天纲除为夫人治疗外，就闷头在屋里推算那些卦象，晚上子夜时分，他还是要出去转转，在内宅大门处向里望一阵，然后在院子里随便走走。现在他晚上只要一出来，前后左右就有四名护卫贴身保护，他的门前和窗子下也各加了两名护卫，这些虽然无济于事，贺若弼觉得一定要这样做才能心安。

第二天夜里，他又推算一个通宵，终于把全部卦象推算完毕。掷笔后，他长吁一口气。人有时还真得被环境和什么事逼一下，他原本以为要熟悉值日卦推算城内发生的事，需要一年的时间，可他现在没有一年时间，连一个月都没有，又必须推算出这些事，结果也就推算出来了。

他从第一列开始看到最后一列，心里已经有了一幅残缺的全景图，当然所有的事都还没经过查证，但他预感到，大部分事都一定是已经发生的，而且就是这样发生的。在这一刻，他心头生出自豪感，也只有在这种时候，他才真正感到莫大的欢乐，那种欢乐远非世上任何事、任何享受所能比，只是不能对外人道也。

上午，他派人把周家诚找来，给他那卷厚厚的纸，让他发动长安府所有力量，再加上他的社会关系，把纸上列出的事查证一下，已经发生的，而且和纸上相符的，就画个对号，实在查证不出的就画个圈，查证后和纸上不符的就打个叉。

“要快，一定要快，越快越好。这些事一定要查实，不相符的也绝不能瞒我，我只是要了解真实发生的事。”袁天纲叮嘱道。

“您放心。”周家诚急急忙忙走了。

贺夫人的病大有起色，从表面看差不多都恢复了，只是身子还瘦削，面容还清癯，有一种大病初愈的神态，但袁天纲知道，要彻底好还需要十天左右，尤其是骨头上的病变，表面的基本都清除了，内里的还残留着一些，这些才最难拔除，却又必须拔除，只要有一丝残留在内，时日久了，还会变成最可怕的骨痨。

贺夫人现在看到他，心里就笑开花，若不是太崇拜他，非收他作干儿子不可。倒是甄敏似乎真的有些着恼他那些话，这两天总是尽量躲着他，不得不见面时，眼睛也尽量不和他正视，言辞也颇闪烁。袁天纲似乎明白她的心理，只是一笑置之。

贺夫人也发现她这变化，一天便叫她到床前，拉着她的手笑着问："敏儿，你是不是对先生有意思，我看出来了，你要是真有这意思，我收你作干女儿，把你风风光光嫁给先生。"

"不，不，夫人，老爷不会答应的。"甄敏慌张地说。

"这次我做主，管那老东西怎么想，而且我看他对先生的态度，这次他一定会同意。"

"不，那也不行，我配不上先生。"甄敏更慌张了。

"这倒也是，那我问你，你愿不愿意给先生作妾？"贺夫人这些日子也了解袁天纲的家世，知道这种士家大族婚姻上最讲究门当户对。

"作妾我也不配，夫人，您好好将养身子吧，别说这事了，求您，我谁也不嫁，一辈子伺候夫人就是。"甄敏眼泪流了出来。

"你既这样想就算了。"夫人看她一会，叹息着说，"我原本是想成全你的。"

甄敏流着泪跑出去，回到自己房里哭了半天，然后又坐在床上愣怔出神。

周家诚只用了两天时间就把袁天纲交代他查证的事查完了，然后来府里找袁天纲。

"先生，你怎么知道的这些事？你不是回老家了吗？我天天在这儿，许多事还不知道哪，真都是算出来的？"周家诚兴冲冲地说。

"算出来的，我就是干这个的，你应该知道。"袁天纲看着他的神色，就知道自己算的没有大错。这可是他第一次用这种体系算卦，而且量还如此庞大。

周家诚明知如此，还是不敢相信，这种事怎么可能？

袁天纲看到他在纸上列出三千多件事，当然都是极简略的描述，有几十件查证后不对，不对也分两种，一种是这种事发生了，但不是他描述的那样，另一种就是根本没发生。还有一些事是无法查证的，也就是说查不出这些事是否发生过。譬如一个店铺被小偷光顾了，周家诚他们去查证时，账房却坚决否认被盗，因为账房平日偷了主人不少钱，还没做好假账，怕主人因此盘查账面，自己的事情就得败露。

还有几百件和他写的略有不符，上面也都标出来，周家诚他们这次真是拼了命，长安府的衙役们也从没如此细致、如此有效率过。

袁天纲真正要查证的其实只有几十件事，他如此大张旗鼓是要假公济私，假长安府的全部力量来求证一下自己对这套体系、这种方法掌握的程度，他也明白为何焦延寿喜欢用这种体系，因为焦延寿是县令，可以动用县衙中的人力。京房虽然官职高，却在朝中，不能动用一个衙门的全部力量来查证，这种体系不经过一段时间的查证、揣摩、磨合，是无法真正熟练掌握，并进而出神入化的。因为许多参数都随时代的变迁而在变化，人事的对应也代代不同，墨守成规就等于刻舟求剑，而忘了易学的本质就是变。

现在长安府有求于他，他能调动长安府的力量，要办的也正是他们束手无策的案子，这样做也冠冕堂皇，以后可就没法再这样做了。

“等什么时候我也弄个百里侯当当。”他心里萌生出这种想法，这还是他第一次有了当官的念头，后来他果然当了两任县令，都不是为了踏入仕途，而是为了他这套体系。此为后话。

“事情怎么样了？”周家诚看着袁天纲的脸色问。他虽然查证过这些事，还是不明白这些事和贺府的猫妖案有什么关联。

“差不多了。你这些天是在长安还是大兴？”

“我在这里，大人说让我全力配合你办案。”

“那就好。过两天我可能需要你帮我做件事。”

周家诚点点头，忽然看看左右，小声问道：“能先透漏给我点线索吗？”

“不能，”袁天纲笑了起来，“你就等最后我把嫌犯的名字、地点告诉你，你抓人就是。”

“好吧。要是我能在你身边就好了，真怀念那天晚上的事，跟着你抓捕犯人的感觉太舒服、太刺激了，好像有神明指引自己的那种感觉。”周家诚缅怀无限地说。

袁天纲知道他是说那晚抓李青龙的事，他也是每每想起就感到激动，感到自豪。那天晚上自己好像积蓄了十多年的力量瞬间爆发了，超常发挥到自己都惊讶的地步。

他回到房间又把所有事梳理一遍，原来存疑的一些事得到证实了，心中那幅图像更清晰了。只是事情的轮廓越清晰，他反而越感到糊涂，怎么会这样？事情不应该是这样的？他又反复推算几遍，最后发出一声长长的喟叹：事情就是这样的，只是他不希望事情是这样而已。但他只能算出事情是怎样，却不能决定事情应该怎样，那是造物主才有的神通。

翌日上午给夫人治疗过后，他提出要去内宅库房看看，夫人一口答应，让甄敏陪他去，一是还不放弃撮合他们的好事，二是甄敏掌管内宅所有事，要查看库房，有她陪着方便。内宅的人不像外宅那样，人人都认识袁天纲。

两人走向库房，甄敏一路上没说话，只是不停地低头拈弄着衣带。眼睛侧向一方，脸更是红一阵白一阵。有时想要说什么，樱唇微张又合上了。

“真是话不能乱说，我瞎说一气差点引来杀身之祸不说，还把你得罪了。”袁天纲故意看着她的脸叹息道。

“你明知道不是这么回事还这样说？”甄敏咬着嘴唇轻声道。

“就这么点事呀，除了乱说话，我可没别的地方得罪到你。”

“你自己知道。”甄敏气哼哼地说，脸色更白了，领先向前走去，唯恐袁天纲继续歪厮缠似的。

把守库房的妇人见了甄敏，都讨好地上前施礼，听说先生要查看库房，急忙把库房打开，库房进入的那些规则也不讲了。从贺若弼以下，都称袁天纲先生，连姓都不带，以示尊重。所以一提先生，都知道是谁，何况这事老爷和夫人都交代过。

进入库房后，袁天纲各处随意走着，四处看着，这是他要查看的最后一个地点了。他此时才查，也是有深意的。

库门从外面关上了，偌大的库房里只有他们两个人，袁天纲在前面走，甄敏跟在身后。库房里静谧得两人的心跳声都能听得清清楚楚，好像两面鼓在轻轻敲响，发出怦怦的节奏音。走着走着，两人都停下来了，两人都意识到，他们心跳的频率居然完全吻合在一起。

毫无征兆地，甄敏从后面抱住他，死死地抱住他，在他耳边轻声道：“我抓住你了，你逃不了了。”在这瞬间，甄敏的心脏仿佛从身体里射出来，猛烈撞击着袁天纲的后背。咚咚、咚咚。

袁天纲的身子僵了，他已预料到会有此事发生，他也盼着这个时候的到来，但不是盼着被她抓住，让她也成为自己的妾室什么的，而是别的原因。他没说话，等待事态进一步的发展。

“带我走，带我逃走，逃得越远越好，好吗？求求您，带我逃走吧。”甄敏把脸紧贴在他的后背上，嘶声呢喃着。

“为什么要逃？你要逃避什么？”袁天纲轻声问道。他此时心境空明，甄敏温软颤抖的娇躯紧紧贴在他身上，他却感到自己和她隔得很远。

“你想得到我吗？想得到我就得带着我逃。逃到天涯海角去，逃到深山老林去，那样你才能真正得到我。”

“甄姑娘，打开天窗说亮话吧，你究竟有什么事？你说出来，哪怕是千刀万剐的事，我替你顶着，你相信我，我还有这能力。”袁天纲蓦然转身，抓住她双肩，谛视着她说。

“我能有什么事，就是老爷不让我嫁人。”甄敏不敢看他，低头慌乱地说，“我想跟着你，哪怕作妾也行，夫人倒是同意，可是老爷不行的，谁得到了我，老爷就会让他没命的。”

“这是怎么回事？”袁天纲心里咯的一声，好像又有一个齿轮咬合上了。

“老爷想要我，从我十五岁时就想要我，夫人不给，说老爷要谁都行，就是我不行。等我十八岁，该许配人家了。老爷不是想把我许配给外宅那些家将，就是要我配家中的小子。夫人还是不答应，说那样的话，实际上得到我的还是老爷。夫人要我嫁到和老爷不相干的人家，老爷又不同意，说是肥水不流外人田。老爷私下跟我说过，他得不到我，也不会让任何人得到我，就算得不到我，也要把我留在宅里一辈子，他天天看着都行。”

袁天纲诧异了，他还真不知道贺若弼居然是情种，对家中一个丫环如此一往情深。转瞬又感到齿冷，什么情种，无非是男人的霸占欲罢了。

“夫人昨天还说要我嫁给你，我也愿意，你要是对老爷提，老爷表面也会同意，可是心里会恨你一辈子，终究会找机会害死你的。我不想让你因我遭无妄之殃。”

袁天纲并没有再纳一房妾侍的打算，他的确很喜欢这姑娘，也不完全是因为她长的美，而是因为他都说不清道不明的原因。正像他讨厌徐国尉和宋国令也不是因为这两人长得恶心，相反，徐国尉不但不丑，而且堪称威武，宋国令也只是有点庸俗，外表也颇仪表堂堂。但是，他就是讨厌这两人。

他刚才说要替她担着一切责任，也委实是下了很大的决心才这样说的，谁知听到的却是这些。

“就是这些？”他略感失望。

“什么？”甄敏一怔，“这些原因还不够吗？”

“你就想对我说这些？没有别的要说的了？”

“我还有什么事？我还能说什么？我今天不该说的都说了，不该做的也都做了，你还想要我说什么、做什么？”甄敏顿时珠泪泉涌，受了天大委屈似的嚷道。

袁天纲定定地看她有顷，转身走了出去。他在库房门前没停留，而是直接回到外宅。

“把国令大人给我请来。”他回到精舍就吩咐仆役。

不多时，宋国令摇晃着发福的身躯来了，笑道：“先生找我有事？”

“我突然想起徐国尉来了，这些天怎么没见他的影儿？”

“您说他啊，他一般也不进来，国公爷上朝去衙门时他就跟着，回来后他就回自己家了。”

“是这样，我还以为他请假了哪？”袁天纲若有所思地说。

“他是请假了，您怎么知道？请了好几天假了。”宋国令诧异道。

“怎么回事？”

“他后背的箭疮犯病了，在家调养哪，还是在蒋山受的伤。”

“哦，他家里还有什么人？”

“您还真关心他呀？”宋国令觉得很奇怪，虽不明白他的意思，还是说下去，“他父亲早就没了，寡母在他成年后也去世了。他只有一个妹妹，国公爷原想照顾他们兄妹，要纳他妹妹作房小妾，他妹妹那丫头却不识好歹，又是抹脖子又是上吊的，国公爷也就罢了。你说这好事也不能上赶着不是？”

“接着说。”袁天纲微微一笑。

“后来他妹妹嫁给外省一个人家，不上两年就被公婆虐待死了，也是个苦命人。徐国尉也就剩下孤家寡人了。”

“他没有妻室？”

“没有，他看上了夫人房里的甄姑娘，你说不是癞蛤蟆想吃天鹅肉吗？他偏偏钻牛犄角，除了甄姑娘谁也不娶。老爷也可怜他，想成全他，为这事没少求夫人，可是夫人坚决不答应。对了，夫人现在最能听得进的就是您的话了，这事您要是给美言几句，一定能成。”

“好啊，成人之美我当然愿意。”袁天纲一口答应。

“那我替他谢谢您了。”

“不必，对了，令爱是内宅哪房的夫人？”

“这……这您都知道了？”他脸红了，以为是夫人或者房里的丫头告诉袁天纲的，却不知袁天纲是算出来的。袁天纲最开始怀疑的人就是他，结果最后除了算出他把女儿送给贺若弼作妾，换来这个公国令的前程，别的倒没嫌疑。他女儿原本也是最得宠的，要排位的话已经是一百多位了，现在也还在最得宠之列，毕竟陈国公主独宠专房不过是最近的事。

“我想去看看徐国尉，你知道他住的地方吧？”

“知道。”宋国令摸摸头，还是不明白袁天纲缘何突然对徐国尉如此关心了，两人当初可是对掐得火星乱迸，没任何交情呀。

“那就走吧，对了，大将军在家吧，请大将军一起去，就说我请大将军陪我去。”袁天纲站了起来。

“我陪您去就行了，国公爷不好去的，毕竟身份摆在那儿。”宋国令犹豫着说。

“徐国尉为国负伤，大将军亲自探望部属，这是美谈呀。古代的名将还亲自为将士吸吮毒疮哪。”

“这个……好吧，我去说说看。”贺若弼吩咐过一切听袁天纲的安排，他也不敢违拗，出去安排车马，然后又去跟贺若弼禀报。

贺若弼听后点点头：“先生有兴致，我当然陪着去。这小子的伤也不知恢复得怎样了，看看也才放心。说起来他也够命苦的。对了，给他带上些他喜欢的物事，他箭疮迸开了，不能喝酒，给他带点别的吧。”

第三十四章

不多时，车马齐备，贺若弼陪着袁天纲坐在那辆豪华的车里，宋国令前导，前后还有十几个骑马的家兵护卫。

车队来到东西区之间的一个坊区，这里虽不是东贵西富区，房宅也都建得很漂亮。徐国尉住的是一套三进的房宅，宅院幽深寂静。

“徐国尉住在这里？”袁天纲看着房子问道。

“也是迁都后买的，他原来就住在我府里，这些年立下不少战功，得了不少赏赐，都积攒起来买了这套房子。原本是要结婚用的，嗨……”贺若弼叹息一声。

宋国令到门前看后，回来笑道：“国公爷，先生，真不巧，这小子不在家，锁着门哪。”

“真是不巧，那咱们就回去吧？”贺若弼看着袁天纲说。

“别急啊，好容易来一趟，这样吧，派两个人问问街坊邻居，他到哪儿去了，也许马上就回来了。”

贺若弼也不明白他葫芦里卖的是什么药，就颔首示意照办。几个家兵问了几个邻居，回来后报告说，邻居们都几天没看到徐国尉人影了，也没听说他去看大夫治病的事。

“徐国尉不是箭疮迸开，伤势过于严重，出不了门了吧？”袁天纲很担心、很关切地说。

“有这可能。”贺若弼点点头，“进去个人看看他在房子里没有。”

宋国令满心不情愿，心想人分明不在家，人在家是从里面上门闩，岂有人在屋里，还在外面锁大门的道理。这点常识都不懂？但国公爷既然发了话，只能照办。他让两个护卫翻越大门进去。

不多时，里面发出两声惊叫，接着一个家兵跑出来，大声喊着：“国公爷，不好了，国尉大人上吊死了。”

“什么？”贺若弼一听，腾地下车，“把门打开。”

其余护卫二话不说，把门踹开，众人簇拥着贺若弼快步走进去。来到中堂，就看到一幅凄惨的景象。

徐国尉没穿戎装，而是一身家常衣服，一条长长的白绫缠绕住脖子，吊在屋梁上。他瘦长的躯体还在从窗缝中吹进的风中微微摇荡着，看上去死去已多日了。

“把他解下来，快解下来。”贺若弼大手一挥。两个护卫一个上前抱住尸体，另一个站在凳子上解白绫。

徐国尉舌头伸出老长，眼睛却瞪得圆圆的，似乎死不瞑目。

贺若弼用颤抖的手掌合上他的眼睛，发誓道：“老弟，不管是谁害死了你，我都会找到他，拿他的头和心肝祭奠你。”

他转身对袁天纲说道：“先生，这些你算出来了？”他这才明白袁天纲跟徐国尉只是一面而且不算好的交情，却坚持要来这里，并让他陪着的原因。

“算出来了，可惜晚了好几天。”袁天纲叹息道。

“先生也就够神奇的了，谁能算出这事，谁又能算出徐老弟有这下场，还不如死在战场上，死在蒋山，也算是壮烈殉国。这算是怎么回事？死在一条白绫下，女人的死法，死的真窝囊，难怪他死都不肯闭上眼睛。”贺若弼真的流出眼泪，徐国尉是他的亲兵卫队长，是他肯把性命都交托给对方的人。再加上徐国尉妹妹的事，他对这位属下一直怀有歉疚，还没等补报上，人已经死了。

“先生算出来是谁杀了他吗？”贺若弼满怀热望地看着他。

家兵们也都同样饱含热泪地看着他，他们都是徐国尉的属下，平时关系未必怎么好，此时看到他惨死的景象，却不禁兔死狐悲，同仇敌忾。

“大家四处好好看看，查一查，也许有凶手的线索。”袁天纲也满脸庄重地说。

“得令。”不等贺若弼发话，宋国令领着家兵们开始搜查这套房子。

贺若弼低头垂眉，依然为徐国尉感到由衷的悲哀。“小徐子，你为什么就这样死了，你不是一直就想娶敏儿那丫头吗？我都想好了，请先生说项，夫人这次一定会同意让那丫头嫁给你的，你怎么就死了？”他说着，哭着，健壮的腰身却弯了下去。

“大将军节哀。”袁天纲扶住他。

“瓦罐难免井上破，将军难免阵前亡。我不是哭他的死，我是为他这种死法不值。马伏波说过，大丈夫当战死沙场，马革裹尸还。这才是伟烈丈夫的死法。不该这么个死法啊。”贺若弼不知触动了什么，竟哭得涕泪滂沱。

“国公爷，您快来看看。”一个家兵忽然脸惨白着跑过来喊着。

“查到什么了？”贺若弼又惊又喜，以为有了重大线索。

“国公爷，您亲自去看吧。”家兵畏缩地说。

“究竟查到了什么？”贺若弼一跺脚。

“猫妖，里面有猫妖！”那家兵说完，人都瘫在地上了。

“猫妖？”贺若弼也有些晕眩，他带着这些人也打不过猫妖呀。他看向袁天纲。

“前面带路。”袁天纲说着，伸手把地上的家兵提了起来，似乎是跟着家兵走，实则是推着他走。

其余的护卫听到后，放弃了搜索，一起跟了过来，人人都心头惴惴，冲锋陷阵这些人眉头都不会皱，可是跟猫妖对敌就是另一回事了。霎时间刀剑出鞘、戈矛森森，杀气四射，只盼猫妖看到这阵势赶紧逃命，否则就该他们琢磨怎么逃命了。

这套房子进来的中堂只是待客的，不住人，中间一趟正房和厢房才是主人的，算是外宅吧，里面就是内宅了，当然没有假山、亭榭这些奢侈设施，也算是中规中矩的房宅。

众人跟着那吓得神魂不附的家兵来到内宅的一个厢房里，一进门，就看到了猫妖。不是修成妖怪的猫，而是一幅画像，上面一个肥大的、面目狰狞的、尖齿锋利的、老虎般的猫，正左爪抓着一个拼命挣扎又苦苦乞求的贵夫人，右爪却像耙子似的抓挠着，身下一堆堆金银珠宝、锦帛绸缎从大猫白色肚腹下长河般流过，泄入一座房子里。

画像下是一个神案，上面有香炉，供奉的鲜花，一盘咸鱼头，还有一盘最令人发憷、已经散发臭味的死老鼠。领头那个家兵也不知是吓的还是恶心着了，跑出去呕吐起来。

所有人都呆住了，这是怎么回事？贺若弼脑子好像挨了一闷棍，停止了转动，什么也想不了，只是呆怔怔的。

“猫妖？小徐？这怎么可能？这怎么可能？”宋国令忽然跳着脚喊了一句，然后又看向袁天纲，希望能给他解答。

“他……他是事奉猫妖的人？”贺若弼也可怜兮兮地看着他，众人都觉得他们此时智力不是贫乏，而是一张白纸了。

“还不能确定，找找看有没有财物，如果有的话恐怕就是了。”袁天纲叹息一声，似乎这种情况是他极不愿意看到的。

“找，给我四处找，掘地三尺，把墙都拆了，什么地方都不要放过。”贺若弼忽然怒吼起来，面孔开始扭曲了。

既不用掘地三尺，也不用拆墙扒房的，东西就在内宅的库房里，整整齐齐垛着五千匹彩缎，一个陶罐里塞进五斤黄金，还有许多失窃单子上的物品，只是没有找到最贵重的十颗珍珠和那顶凤冠，黄金也少了三十五斤，还有一些财物，不过这也够多的了，按数目几乎是三分至二，当然按价值算就少得可怜了。

在他的卧房枕头下找到一个剑鞘，正是那天刺杀袁天纲失落的宝剑的剑鞘。

所有的事都吻合上了，除了还有一些财物没找到。贺若弼脑子里轰鸣一片，他抓着宋国令的肩，身子已经有些不稳，他茫然地问道：“事奉猫妖的人居然是他，居然是他要害我？这怎么可能？这怎么可能哪？我把性命都交在他手上了，他居然偷我的钱财，害我的夫人。”

宋国令也是脸色发白，嗫嚅道：“也许是因敏丫头的事，他恨夫人吧。”

“可……不就是一个丫头嘛，我都说过几次了，就算这事不成，我就是花费千金也给他娶个美人回来，他这是……”贺若弼还是茫然地说着，徐国尉这样亲近的人加害背叛，比他夫人给他戴顶绿帽还让他难受，让他简直无法接受。他身体摇晃几下，真的垮了。两个护兵扶着他，搬来一把椅子扶他坐下。

“酒，酒！”贺若弼如同受了致命伤的野兽发出一声嚎叫。一个家兵拿出一个酒壶，拧开盖子递给他，他对着嘴，咕咚咚全喝了下去。

“大将军，知人知面不知心，您也想开些吧。”袁天纲劝慰一句，也伸手要了一壶酒，一口喝了一半。“大将军，这善后的事您得拿个主意，让不让长安府插手？还是府里自己料理？”

“对，”贺若弼被这句话砸醒了，“不能让长安府知道，外人也不能知道，宋五，你吩咐下去，有敢向外吐露一个字的，我割他的舌头，扒他的皮。”

宋五忙把护卫叫齐，吩咐了一遍，这些都是贺若弼贴身护卫，多年来与他同生共死的，只要大将军吩咐保密，就是打死也不会说半个字的。

“可是长安府也急着要办这件案子的，他们要是听到什么风声……”袁天纲又说。

“我明天去长安府销案就是，这事我来办，先生不必费心了。这件事说什么都不能被外人知道，不然我就成为朝廷的话柄了，皇上也不会饶过我。”贺若弼垂头丧气地说。

袁天纲倒是能理解，他大闹朝堂，往韩擒虎、高颎、杨素身上泼脏水，还跟皇上闹个不休，怀疑是皇上想用这法子清除功臣，而今却是他自己的心腹所为，笑话他还是小事，皇上也就有了在他身上出气的理由了。

“可是这案子还得办下去，还有财物没找回来哪。”袁天纲又说道。

“对，猫妖还没抓住。不过猫妖也是抓不住的呀？不是说只要找到了指使者，把指使者抓了、杀了，猫妖就不害人了吗？”

“猫妖倒是无妨了，可是那些财物太贵重了，找不回来怎么行。那些东西可能是猫妖自己藏起来了，大将军再等几天，我说不定能找到那个地方，把财物拿回来。”

“算了，算了，只要猫妖消停了，不到府里作祟，我就心满意足了。两百多万贯也不算大不了，打几次仗就有了，江南还在动荡，突厥也蠢蠢欲动，不愁没仗打，没财发。”贺若弼头连连摇着说。

“也是，猫妖既把那些财物藏起来，一定是要自己用，珍珠、凤冠妖怪最喜欢了，可能装饰自己的洞府去了。您要去猫妖窝里拿回财物，还不如从老虎嘴里夺肉。”宋国令也从旁劝说。

“先生，猫妖是不是不会作祟了？”贺若弼又问他一次。

“不会，猫妖并不害人，猫妖害人都是由事奉猫妖的人指使的，只要元凶死了，猫妖就去别的地方了。”袁天纲按传说中的猫妖的事迹解释。

“那就好，这个该死的混蛋怎么自己上吊了哪？”想起徐国尉，贺若弼又恨不得鞭尸三百。

“他当时也许气昏了头，恨夫人阻挠他的婚事，不知从哪里知道事奉猫妖的事，就照着做了。谁知还真被他请来了猫妖。后来可能天良发现，悔之无及，只好上吊了。毕竟大将军对他的恩德太重了。”袁天纲推测着说。

那天行刺过后，他就算出来是徐国尉，只是怎么也不明白这里面的原因。若说府里仆役、丫环、家人的偷盗些财物还有可能，最不可能有嫌疑的就是徐国尉了，因为他和贺若弼的关系太亲密了，他是附在贺若弼这棵大树上的一根藤蔓，一辈子的福禄荣辱都在贺若弼身上。他苦思冥想，依然百思不解，最后还是上午甄敏的话让他明白了许多。

“还有一种可能就是猫妖杀了他。”宋国令猜测道。贺若弼看着他，表示不明白。他就接着说下去：“就像先生说的，这小子可能天良发现了，不想干了，再说先生来了，害夫人也害不成了，害先生还差点被抓住，早晚也会被先生算出来。他可能就想收手，甚至想让猫妖把财物偷偷送回来，他毕竟不是真的想要这些财物。可能是猫妖不愿意返还珍珠和凤冠还有剩下的金子，一气之下就把他也杀了。”

这解释当然太牵强了，可是没人真正了解猫妖，怎样说听上去都有些道理，没道理的事也可以解释说妖怪的事本来就是没道理的，所谓画鬼容易画人难吧。

贺若弼点点头，不管怎样，只要猫妖不再作祟，徐国尉是自杀的还是猫妖杀的都无所谓了。至于他心上的这道创伤可能需要一辈子的时间来疗治了。

车队悄悄回去，留下四个家兵守护这里，然后来了更多的人和车，把那些财物拉回去，猫妖的画像撕下来悄悄烧了，那间厢房也彻底清除了事奉过猫妖的痕迹，徐国尉的尸体停放在中堂里，对外就说他箭疮迸开，不治身亡。这件轰动朝野的猫妖大案悄然落幕。

贺若弼第二天上朝，就向皇上呈递奏章，一是说公国尉徐某因旧伤复发，不治身亡，需要补一个公国尉；二是说家里的猫妖案，因自己请了一个高人用法术劾治，猫妖已送还一部分财物，并保证不再作祟，已离境而去，所以此案他想要撤诉，并向皇上请罪。

杨坚感觉到这里有问题，只是他巴不得贺若弼不再闹，因为此事牵连太广，几乎涉及所有的功臣，尽快平息最好，也就不究根刨底，当下含糊准奏。

以后各地也陆续闹了几桩猫妖案，官府破不了，只好上奏皇上。杨坚就像患了猫妖过敏症似的，看到猫妖的案子就斥为愚妄荒诞，一律打回不受理。

案子虽然撤了，袁天纲还没走，因为夫人的病还没治好。对袁天纲而言，事情还不仅仅如此。案子撤诉在他来说还仅仅是个开始。

他来到内宅给夫人治病，还是甄敏接他，一见面就敛衽为礼，笑靥如花地说：“恭喜，恭喜，恭喜先生大功告成，把猫妖治住了，我们也都能睡安稳觉了。”

袁天纲感叹道：“这也难说呀，只是暂时治住了，谁知以后这猫妖还会不会来闹？你说猫妖是不是从此就消停了？”

“这话得问您自己呀，我怎么知道，我又不会掐会算，也没治住猫妖的神通。”甄敏诧异地笑着说。

“可不是，我是让猫妖闹的，有些糊涂了，说话总走板。我也是肉痛啊，昨天是找到地方了，可是大将军也跟着了，结果我一匹锦缎都没捞着。”

“您先别撇清，我没有跟您分一份的意思。我也知道，就算您独自找着，也不会留下一匹的。地方是你找到的，完全可以独自去呀。”甄敏抿着嘴笑着看他。

“我有这心也得有这胆不是，我哪儿敢啊。”袁天纲笑了，“对了，我可是跟大将军保证过的，猫妖不会来作祟了。如果夫人再生病或者府中财物再被盗，那一定不是猫妖干的，而是家贼，你说是不是。”

“您说什么是什么，现在府里上下，连老爷夫人都听您的。我看猫妖都得听您的。”甄敏拉长了声音说道。

快走到门口时，袁天纲忽然说道：“甄姑娘，我怎么恍惚听人说你要出远门了？”

“出远门？”甄敏诧异得合不拢嘴，“听谁说的，没这事儿。夫人哪里会放我离开。”

“也是，我说了，这两天脑子就是不清楚，总能看到些图像，听到些声音，有时就混了，我还想对你说哪，要去远方的话，交广很好，那地方很好，金子银子多，买珠宝也容易。”他神神道道说着，已经走进去了，甄敏站在门外咬着手指，似乎真被袁天纲的神神道道弄迷糊了，想了半晌才迈步进去。

午后，周家诚急急忙忙来找他，问他案子怎么撤销了。

“案子没了，你们的麻烦就没了，这不正好吗？你们不会真想办案立功吧。”

“谁有这想法呀，没麻烦就烧高香了，我就是纳闷，来问个详细。前两天你还说要把嫌犯的名字和地点告诉我，我还等着抓人哪。”周家诚笑道。

“这事怪我，一不小心就把案子弄没了。”袁天纲也笑道。

“不小心？”周家诚嘿嘿笑了起来，心想你要是以后能把这“不小心”的精神发扬光大，我就可以坐享清福了。他又兴致盎然地问，“你是怎么办到的？”

“你就甭问了，这国公府里事很多，你真想都知道？”

“得，得。我还是不知道的好。好吧，不管怎样，总算有个好结果，你也该回家了吧？”

“还没哪，夫人的病还要几天，既然治了就要彻底治好。”

“那好，你哪天走，告诉我一声，我来接你，大人还等着请你喝庆功酒哪。”

“不用，你和大人说一声，案子没了，当然也没有庆功什么的。这事就算这样完结了。对了，你还得帮我办点事。在这个地段给我找一套宅子，我要用半天，后天用。”

“你在外面找房子作什么？”

袁天纲便说跟府里一个丫环有那么点意思，府里人多眼杂，不好来往，所以想在外面找个私会的地方。

“那去客栈啊。附近的客栈我都熟，要什么样的房间都有，单独的跨院也有。”

“去客栈我用你找干什么，不行，客栈没有家的感觉。”

周家诚根本不相信他的话，情知一定和办案有关，他不想说自己也就不问了。

周家诚走后，他忽然感到很歉疚，他答应过把嫌犯交给他们的，后来却改变了主意。他以前只要拿定主意，很少改变过，这几天里，他的主意却改变得比那不断变化的卦象还快。

夫人的病日渐好转，骨骼的病变基本消除了，再有几天就能彻底治愈。

第三天中午，他去库房提取几样物事，守库房的家人看着他提取的东西直摇头，不知他作什么用。贺若弼跟账房和库房都交代过，袁天纲支取一万贯以下的钱或提取库房中的物品，都不用上报，马上照办就是。

袁天纲拿着几样东西走出贺府，宋国令还屁颠屁颠地跟在后面，问他要不要用车，却不敢问他去做什么。袁天纲说着扬扬手中的东西，说不用车了，自己去附近办点事。

房子周家诚给他找好了，正在房子外面等他，见他提着个大箱子，越发不像私会偷欢的样儿，故意笑道："就是这里，你放心用吧，别说半天，几天都行。用不用我给你在外面把风放哨，这个我在行。"

袁天纲笑道："不敢麻烦总座大人。"

周家诚走后，袁天纲打开门进去，这套房子不大，就是外面这一进。倒是整洁干净。他把手中的大箱子放在小耳房中，然后计算着时间。

等了半个时辰，他走出去，走过一个坊区后，就看到了红砖碧瓦的普济寺。约有一盏茶的工夫，一个靓丽的女孩从里面走出来，两手空空，正左右望着，看到袁天纲微感吃惊，笑道："先生，您怎么在这儿？"

"甄姑娘，一日不见如隔三秋，我算是尝到滋味了。上午没看到你，就想你了，所以来这儿等你。"

"鬼才信你，你会想我？"那女孩正是甄敏，她娇笑着弯了腰。

"真的想你了，想跟你来个幽会。"袁天纲说着上前握住她的手。

"今儿个是太阳从西边出来了，还是天上掉下个金元宝正砸着我的脑袋？"甄敏任他握着，故意说笑着，却感觉到袁天纲的手有些冰凉潮湿，根本不像他表现出来的那样急色，那么富有激情。

"跟我走。"袁天纲低低说了声。

"您要绑架我？"甄敏声音也低了，回头望望普济寺，似乎犹豫着要不要喊人。

"算是吧。"

"求之不得，要是真绑就好了。"甄敏声音变了，有些发颤，不是吓的，而是因为体内突然涌上的一股激情。

袁天纲握着她的手，走回那套宅院。走进去后又在里面上了门闩。

"究竟什么事，你不会真想……"甄敏忽然感到既是渴望，又有些畏惧。

"进屋。"

袁天纲的声调变了，变得很低沉，却也能感觉出这声音中有股激情在涌动。甄敏低头慌乱地走进屋，心头一个念头在萦回：难道自己守了二十年的贞洁就要终止在这儿？

袁天纲回屋后，从袖中取出一张银票，递给她。甄敏看到是一张一千贯钱的银票，她嘶哑着声音说："这是干什么？买我的身体？不用，我可以给你。"

袁天纲谛视着她的眼睛，她的俏脸被心头一团火烧得有些青白，"你逃吧，逃得远远的，赶快，马上走。这张银票是给你路上的盘缠。"

甄敏心头那团火熄灭了，神态也恢复了正常，冷然道："我倒是不明白了，您这到底想做什么？我不过那天说想跟您逃到天边，逃到远远的地方，您就抓住不放了。为什么让我逃？让我逃也好，您带着我逃，跟着您，到哪里都行。"

"姑娘倒是真看得起我，你还想把戏演到哪一出？我已经把徐国尉交出去了，你非逼着我把普济寺也交给大将军或长安府来搜一搜吗？"

"你怎么知道的？我不相信你真能算出来？"甄敏神态变了，声音也变了。

"那你最好还是相信吧。不然徐国尉那里我怎么知道的。告诉你，如果我想算，如果有必要，我可以算出贺府有多少个老鼠洞，每个老鼠洞里有多少只老鼠。"他不是吹牛，易经加射覆术就能做到，只是费时费力罢了。

"你真可怕，难怪你能治住猫妖，你比猫妖还可怕。"甄敏面色青白，身子也有些瑟缩。

"我说过千刀万剐的事我替你顶着，我也这样做了，但只能做一次，我也不会允许有第二次发生。"

甄敏闭上了眼睛，扶着桌子，慢慢坐在床上，"你结掉案子原来是为了我？可你怎么知道案子不就是这样，你怎么能断定这里一定有我的事？猫妖找到了，东西也找到了，不是完美结案了吗？"

"是结案了，可我心亏得慌。甄姑娘，咱们打开天窗说亮话吧，十颗珍珠和那顶凤冠价值二百万，你带着远走高飞，足够你过几辈子的，哪怕你想恢复你本来的公主的荣光都够用了，你还想什么？"

"你……"甄敏面色惨白，"你究竟是人还是鬼？我相信了，这世上没有任何事能瞒过你。可你是怎么知道这些事的，我是公主，老爷、夫人都不知道，这京城里也没有一个人知道。可以说这世上也只有一个人知道。"

"对，只有普济师太知道，不过现在要再加一个我了。"袁天纲看着她摇摇晃晃的身体，惨白如死人的面色，也有些可怜她，他本来不想逼她到这份上，可是她却逼他非如此不可。

甄敏身体向后一仰，再也支持不住，竟而晕厥过去。她是受的刺激太强了，饶是她锤炼了十几年神经，自认坚不可摧，也受不了这种刺激了。

袁天纲把把她的脉，就是惊恐过度，他渡送内力过去，心想这法子连骨痨都能治，治疗惊吓过度更没问题吧。

甄敏悠悠醒来，看着袁天纲，苦笑道："我很没用是吗？"

袁天纲收了手，笑道："你要是没用，世上有用的人就不多了。"

"你刚才也用给夫人治病的法子给我治的？"

"对。"

"你那法子真奇妙，你知道吗？我前些天都希望自己生场大病，然后让你给好好治治，后来想我就是病了，也没资格请你治，还是算了。"

"所以就没病？那你现在赶紧病，我给你好好治。"

袁天纲作势要捉她脉门，她急忙避开，坐起来笑道："这里不行，你要在这儿治，声音传出去得把终南山的狼都招来。"

两人都笑了，眼神中却都没有笑意。甄敏坐着愣怔一会，说道："好吧，我听你的，你把你算出来的对我说，要是对了，我就走，离开这里，逃的远远的。"

"这应该你来说，我已经把证据都说出来了，再说几样要害地方吧。这案子就是普济师太、你和徐国尉三人干的，其实徐国尉参与的不多，你们把他拉进来，当然用的是女色计，这是屡试不爽的，徐国尉当然也逃不过。只是他没有想到，他不过是你们预备好的一头替罪羊，从开始就预备好的，而我哪，又把他当替罪羊结案了。当然也不能说他很无辜，至少他那时监视我两天，还刺杀我一次。但盗财物、害夫人都没他的事。"

"虽不中亦不远矣。"甄敏心头无比震撼，这些不可能是查出来的，根本没地方查去，他是怎么知道的？可这些怎么能算出来？"那我再问你，你根本没见过普济师太，估计根本不知道有这个寺庙，你是怎么知道普济师太的？又怎能断定她参与了？都是算出来的？"

"这些后面再说，整个案子里面做得最漂亮的，有两点：一是夫人的病，二是那五千匹彩缎被盗，就因为这两点，整个案子才确凿无疑地显示是猫妖而不是人作案。尽管我现在明白了，还是不得不承认，干得太漂亮了，所以才不能让你留在长安。"

"你怕我继续干？"甄敏已不否认是她做的了，否认也没用，连藏匿证物的地点他都知道，只要挖出来就行了，她估计就算挪到别的地方，也逃不过他的算计，好在他并无恶意。

“是，我很怕，怕得晚上都睡不着。”袁天纲盯着她的眼睛说

“那为何不把我交出去，一了百了？”

“别问我，我不知道，其实我真该这样做，可是我下不了手？”袁天纲怒气冲冲地说。

甄敏默默地咬咬嘴唇，“我跟你说过了，猫妖不会再闹了。我不是说过吗，猫妖都会听你的。”

“是不在贺府闹了，可是我怕太子东宫又要闹猫妖了？”

甄敏震得险些弹起来，“好了，别说了，你今天是成心要吓死我才罢手。这地方有酒吗？”

袁天纲拿出一坛酒，两个碗，提起酒坛子倒满。甄敏一口喝下一碗，用手背抹抹嘴唇，这才觉得好些。

“是从府里带来的？”她喝出味道来了，这是贺府的家酿酒，市面上根本买不到。

“对，知道你喝不惯别的酒，特地带来的。”

“你真看得起我，准备如此充足。”

“我进府这些天都是为这个下午做准备，当然充足。”

“我真不知是该感到荣幸、高兴还是什么。”甄敏嘟囔道。

“你该感到庆幸，遇到的是我而不是别人，你还能坐在这里说话、喝酒，不然，你比徐国尉还惨。”袁天纲冷笑道。

“是我倒霉才遇到你，别人根本查不出。该感到庆幸的是夫人、老爷，还有长安府那些废材，他们的脑袋和饭碗保住了。”甄敏气哼哼地说。

“你该知足了，我为你瞒了两百多万贯。”袁天纲嘲讽地说。

“你别总拿这两百万贯说事好不好，那好，我把这些都给你，一点都不留，你离开长安，不，你不离开也行，就是以后有猫妖案，不管什么人花多少钱请你，你都不要管，有这笔钱，你也一样可以活上一辈子，任何人的钱都不用赚了。”甄敏神情又活跃起来。

“不行，没得商量。”袁天纲生硬地答道。

“这是为什么，你管这事不也就是为钱吗？”

“那你做这事是为了钱吗？我和你一样，有些事必须做，有些事坚决不

能做。”

“你既然知道这些，为什么还非得拦着我？”

“适可而止。你别以为这世上就我一个人能算出这些，京城藏龙卧虎，什么样的能人都有，我是不想你死。”袁天纲忽然转过脸去，嘴角一阵轻微的抽搐。

“你哭了。”甄敏惊住了。

“没有。”袁天纲厉声说道。

第三十五章

“这世上还有人真心为我好，真心为我流泪？就为这个我都知足了。”甄敏鼻子发酸，咬着嘴唇说。

“那你纳我为妾好不好？我不用离开京城，你天天看着我，也不用担心我再闯祸？”她忽然又想出个主意。

“你太看得起我了，我何许人，敢纳齐国公主为妾？我可不是皇上，也不是贺大将军，更不是越国公杨仆射（杨素）。”袁天纲背着身子说道。

“就冲你知道我的身份这一点，你就不是人，不是妖就是神。”甄敏还是想不通他怎会知道的，这比袁天纲能看破整件案子更让她心惊震撼。“告诉我，你究竟是怎么知道的？”

“《齐纪》。”

“奇迹？是够得上奇迹了，也只有你能创造得出。”

“不是这个奇迹，是齐国的史书《齐纪》。”

“你骗我，我一个亡国不祥之人，什么样的史书也不会有我的名字。”

“正式的《齐纪》是没有，不过齐国有个亡国之人，既见闻广博，又是个书痴，最喜欢读《齐纪》，可能聊发怀国之情吧。他为《齐纪》做了很多注解，又最喜欢追踪齐国亡后，皇室成员流落各地的情况。其中就写到了你。”

“真的写到了我？”齐国亡时甄敏还小，连有这个史书都不知道，更不知道上面写些什么。

“他只写了你国亡后流落民间，不知去向。剩下的是我猜出来的。不过他写了普济师太，写到她，是因为普济师太原来是这位公主的奶娘。此人没能查出这位公主的下落，感到万分遗憾，只好把公主的奶娘的下落写出来了。”

“市面上真有这本书？”甄敏现在只想找到这个写书的混蛋，然后掐死他。

“没有，我买到的是他的手卷，还没复印过。”

这些年袁天纲多方搜集各种古本、孤本及抄本书，是想找到失落在民间的关于占卜、易经这方面的书，他越研究易学，越觉得西汉和西汉之后明显有个巨大的断层，孙思邈也说过这问题，并断定西汉时，许多易学方面的古本书还都存在，所以当时出了许多易学大师。后来的人便只能在这些人的书上加注了。存世的只有除了《周易》后，就是焦延寿的《易林》，京房的基本著作，其余的就都看不到了。他断定，京房体系或许也是在前人的基础上加以完善，未必都是京房的独创。至于焦延寿那套体系，可以肯定地说来自古本易学经典，而不是师传，西汉易学的师传谱系可都是写在史书里的。

可惜，他多方搜集，不惜重金，易学方面的各种版本的书搜集了不少，有价值的基本没有，大都是骗人骗钱的伪书劣书，简直不堪寓目。易学方面无所得，他倒是搜集了许多家藏的史料，这本《齐纪》只是其中之一。

“那你怎么能断定是我干的？那五千匹彩缎我可没办法偷出库房，更没办法挪出府外。”甄敏狡猾地一笑。

“是，这五千匹彩缎这件事干得太漂亮了。这案子真正把我难住的也正是这一点。”袁天纲点头承认，“五千匹彩缎固然是笔不小的钱，但和珍珠、凤冠比，就微末不值一提了。当然还有许多价值比这还小的东西也丢了，可是那些都是小物事，很容易夹带出，尤其像你这样有出入不必登记、拿的东西也没人敢检查的特权的人，把那些东西每天夹带几样就成了。其实偷这些东西也没必要，毕竟只要拿到珍珠和凤冠就足够了。所以，我才认为这是人为的，而不是猫妖干的，偷这些东西都不过是为了掩人耳目，让人断定是猫妖干的，只要断定是猫妖作的案，案子也就没法破了，作案的人也就彻底安全了。真是完美无瑕的设计！佩服。”

“可还是被你看出问题了，说明不够完美，但我还是纳闷，你怎么能看破？”

“真正让我看破案子是人为的而不是猫妖干的，不是这件事，这件事毕竟只是猜疑，没有证据，而是夫人的病。”

“夫人的病怎么了？所有名医都查不出病因来，只有妖鬼作祟才会有这症状。”

“对，名医看不出来是因为他们不是齐国的名医，更不是齐国的宫廷太医。”袁天纲说着停顿一下，看着甄敏。甄敏摇摇头，表示不明白。袁天纲想想也是，她还太小，可能真不知那种奇药的来历，她也毕竟不可能像自己这样无书不窥。

“齐国宫廷曾经有两样奇药，一是全阳草，二是迭迭香。全阳草来历甚奇，知道的人本来就不多，见过的人可能就寥若晨星了。”

“在你就不稀奇了，这世上还能有你不知道的吗？”甄敏有些着恼地说。

“承蒙公主夸奖，不胜荣幸。”袁天纲微鞠一躬。

“接着说，全阳草和夫人的病有什么关系？”

“看来你是只知道用却不知用的是什么，你用在夫人身上的就是全阳草。还在给我送去的糕饼里下了不少，如果你知道全阳草的药理，估计就不会给我下了，真是糟蹋好东西。”袁天纲想到那天贺若弼吃下掺有全阳草的糕饼时的样子，笑了。

“人家那是好心好意，琢磨着给你一遭送去两个姑娘，怕你应付不来嘛。对了，是不是那天我诱惑了你，你就怀疑我了？其实那天也不是想要诱惑你，倒真是想……”甄敏想着那天的事，不禁晕红双颊。

“没有，非但没怀疑你，还觉得你可能是个有担当的好姑娘，可能怕我说出夫人饮食有问题，大小厨房的人都要遭殃，我始终没对大将军和夫人说出这个疑点，也是不忍心这些人无辜遭殃。”

“那你怎么会怀疑上我？”甄敏还是百思不得其解，她绝没露出任何马脚，怎会被他看破了？

“先不说这个，还是说全阳草吧。此草不是毒药，而是天下奇珍，知道的人很少，连各种本草上都没有收录这种奇药。据说最开始是由猎人无意中发现的。那个猎人经常打野鹿，发现野鹿有种奇怪的现象。每一群野鹿中只有一头雄鹿，每到发情期时，雄鹿就要和每一头牝鹿交配，牝鹿太多时，雄鹿就会脱阳而死。”

“你这都是听谁说的，乌七八糟。”甄敏脸红心跳，捂住耳朵。

“不是听谁说的，是从一部古人笔记中看到的。”

“都是瞎编的，你也信。”甄敏乜斜他一眼，娇嗔道。

“如果不是见到实物，我也以为这都是无聊文人写下的无聊笔墨。我检查完夫人的病情后，对她的病症也是无法判断，就想到全阳草这味奇药了。当时只是揣测，我取了夫人头发，烧成灰烬后，嗅了嗅，也只是加重这种怀疑，毕竟没有证据。结果你第二天就在给我送的糕饼中下了这种药，我得到了实物，这就确凿无疑了。”

“我真傻，给你送什么证据呀，你说你也是的，好好的艳福你不享，瞎研究什么呀。”甄敏又是气恼又是沮丧地说。

“那晚的艳福我要是享了，夫人也就死了，第二天我就会被赶出府去。因为没有人需要我诊病，也没有案子需要我算了。”袁天纲想着那晚，真是惊险，那种艳福他当然不会要，他就是喜欢也不必到贺府享受，如果那天晚算出一刻钟，一切就都无可挽回了。

“那不正好嘛，谁让你多管闲事。”

“咱们接着说全阳草，”袁天纲看着甄敏气恼的样子，很是好玩，又把话题拉回来，“说到哪儿了？对了，说到雄鹿脱阳而亡。”

“什么叫脱阳而亡呀？”甄敏忽然脸红红地问，

“这个，就是这么回事……”袁天纲摸摸鼻子，让他这么说一下倒没什么，对一个妙龄姑娘，还是一个未经人事的少女解释，也未免有些尴尬，只好简单解释一下。

“那你那天要是吃了那些糕饼……”甄敏忽然有些后怕。

“我吃了也没什么，何况我只吃了一块就觉出问题了，剩下的我都送给大将军了，好物不可浪费嘛。”

“早知道你送给他，我多下点，他怎么不脱阳而亡？他最该遭这报应。”甄敏变了脸色，愤恨地说。

袁天纲干咳了一声，甄敏恨贺若弼或许有她的理由，他可没理由恨贺若弼，大将军对他还是敬若上宾的。

“还没说完全阳草哪，咱们接着说，你别打岔，让我一口气说完。”袁天纲唯恐她再提出什么让两人都尴尬的问题，快速说下去。“雄鹿脱阳而亡后，母鹿们就四处奔走，找到一种草，母鹿会衔着这株草丢到雄鹿鼻子下，雄鹿嗅到这株草的气味后，居然就活回来了。”

“有这等神奇，那不是该叫起死还生草吗？”

“也不尽然。这种神草只能治雄性脱阳症，除了这个，别的就治不了了。那猎人很好奇，鹿也不打了，把鹿群轰走后，就把那株草拿回来，卖给当地一个名医。这位名医也不认识这株神草，更不知其药效，猎人就把他看到的情况说了。名医大喜，重金买下，告诉猎人多寻觅这种神草。名医研究了几个月，用这株神草制了几副药进献给皇上，也就是齐国国主。一个月后，这位名医被调到宫中专门配制这种药，以后这种神草不仅列为贡品，而且列为禁品，禁止民间买卖。所以普天之下，只有齐国宫廷有这种药，也只有这位名医知道这株神草的药性药理。这位名医开始时管这种神草叫返阳草，后来嫌返阳不吉利，就改名全阳草。”

“原来是这样。那这是神药啊，你能送给老爷，等于你把这药给老爷用了。就算我给夫人用了这药，你怎么说我害人？你就不是害人了？”甄敏笑眯眯问，总算抓住一个漏洞。

“因为这药只适合男人用，不能女人用，男人用有许多想不到的好处，不然齐国国主们也不会把一株草视若拱璧了。但用在女人身上，尤其是夫人始终守着空房，就会出现那样的病症。”

“还有这邪门道理？只害女人却不害男人。”甄敏气得发疯，要不是猫妖只害一家主妇，她真宁愿把药下在老爷的饮食里，听袁天纲这一说倒多亏没这样做。

“这也只是一说，如果分量足够，比如说把一株全阳草给一个人服下，这个人什么都不用干，就会全身皮肤血肉寸寸爆裂而亡，比脱阳而亡惨多了。”

“真有恁地神奇？那你以后小心些吧。我手里可有这神药。”甄敏笑眯眯地说。

袁天纲微微一笑，确定是全阳草后，才是本案的第一个突破。他诊断贺夫人的病情后，认为是人为的，但也毕竟是认为，没有证据，得到糕饼中的全阳草实物后，就是证据确凿了。

女人误食全阳草后，就会情欲亢进，症状颇似所谓的花痴，发病时非与数壮男交媾数个时辰不能济其欲，贺夫人守着空房，更不用说有数壮男了。甄敏为了造成是猫妖作的案，特意让药效在子夜时发作，屋内还点着一种掺入微量迷香的檀香，贺夫人就会昏昏睡去，然后在梦中与英俊男人交媾。若按这病症，任何大夫、术士都会认为这是被鬼缠身，梦与鬼交的典型病症，也只能按妖鬼作祟来请道士、巫婆、术士来禳解劾治。

长期处于这种亢进状态中，又是在睡梦中不能自制，就会精血暴走，脏腑功能锐减，元气也会趋于枯竭，骨蒸汗热，浸成骨痨。到此地步，就算查明病因，也无法疗治。

“说完全阳草，咱们再说说你用的香，此物叫迭迭香，虽然不是齐国宫廷专用物，却也因齐国宫廷而闻名。”袁天纲接着说道。

甄敏双手支颐，出神地听他说，这两种药物她只知道用，而不知其名、其理，倒是愿意听袁天纲给她一说端详，反正她心里有底，袁天纲不会把她交出去邀功领赏，否则两人也没有这番晤谈了。

“其实也就是一种迷香，能在瞬间把人迷晕的迷香。”袁天纲似乎原想长篇大论地说上一阵子，却用一句话说完了。

他是忽然想到了甄敏的身份，甄敏应该是高纬和穆皇后的女儿。无愁天子高纬人人皆知，冯小怜更是因后人那句“小恋玉体横陈夜，已报周师入晋阳”而永垂史册了。穆皇后也很有名，却是不太好的名：生性淫荡。

袁天纲知道迭迭香，也是从那本《齐纪》中得知的。《齐纪》记载了许多齐国胡太后和穆皇后淫荡好色的故事，她们在宫中，虽然好色，也得不到男人，胡太后就经常去寺庙进香，借机与体壮英俊的和尚偷情，还把一些和尚偷偷带入宫中以供其淫乐。后来高纬发现了，大怒之下把太后幽禁宫中，祸在不测，后来在穆提婆等人劝说下，虽然母子如初，却坚决不让太后出宫了。

非壮男、美男不欢的胡太后自然耐不得寂寞，就师贾后故智，派自己身边的老媪出宫为她寻觅美貌健壮男子，找到后就在他饮食中下这种迷药，迷晕后就装在藤箱中，上面盖着衣服等物，诡说是给太后送衣服，把男人运进宫中。

当时高纬迷恋冯小怜，对太后也不太看管了，胡太后可谓如鱼得水，这法子也用的纯熟无比，肆无忌惮，后来穆皇后因皇上把自己扔到一边，也学起太后所为，派人出去猎获美男。

二人猎获到一个美男后，过一段时间腻了，就用迷香迷倒，白绫加颈，勒死后装入藤箱运出宫外，抛尸野外。齐国地面上经常有美貌男子无故失踪不见，自然人人恐慌，官府查了很久，全无头绪，渐渐宫中丑闻传出，外面人才知道是怎么回事。官府对这种事自然是装聋作哑，民间却是人人自危，搞得那些长得俊俏的青年出门时都要先在脸上抹两把锅底灰。孰料这倒成了标志，那些宫中派出的老媪又专向脸上抹了锅底灰的人下手。

袁天纲当时把这几则轶闻和全阳草联系起来，就断定胡太后和穆皇后之所以淫荡不能自制，一定跟误食过全阳草配制的春药有关，也许齐国宫廷太医找到了能中和此药的法子，对女性也不再构成伤害，但是花痴病却是做成了。这婆媳俩就是典型的花痴症。

袁天纲当然不能把这些对甄敏说，那等于当面揭她亲娘和祖母的丑闻，虽然这婆媳俩早已淫声四布，他也不想从自己口中说出。

他断定甄敏是高纬和穆皇后的女儿，除了全阳草这独门标志、胡太后和皇后惯使迭迭香的丑闻、普济师太当年是公主奶娘这三件外，主要还是靠他的相术、摸骨术断定的。他在相术、摸骨术、八字命理学这几个领域早已臻至顶峰，这也是因为这几种和易学比起来，犹如小溪之与大海汪洋之比。

他曾经看过齐国宫廷画师给高纬和穆皇后画的画像，他着重的不是面相，而是骨相，面相和语言一样，有骗人、迷惑人的功能，而骨相却是实打实的。他怀疑甄敏的身份后，把三人的骨相放在一起察看，很容易就得出甄敏是高纬和穆皇后的女儿的结论。

当然他怀疑甄敏的身份还是从甄敏那晚用白绫勒杀贺夫人未遂后开始的。

“你就因为这两种药怀疑我，这也太牵强了吧？”甄敏嘲讽地笑道。

“我没有怀疑你，你对夫人下手被我看到了。”

“什么？我明明……”甄敏原以为再不会有能让自己吃惊的事了，此时还是震惊得险些从床上掉下来。

“你是在我踹开大门后就知道无法得手了，也用迷药把自己迷晕了，还发出一声猫叫，把一个玉簪子扔出窗外，造成猫妖逃遁的假象。可惜晚了一步，我已经看到了。”

“怎么可能，你跟妖怪一样，能透过墙壁看东西不成？”

“那倒不能，但我算出来了，也就等于清楚地看到了。”袁天纲微微一笑，他当时心机一动，算出贺夫人有危险，就飞奔着向内宅跑去，一路上不断推算，到贺夫人门前时，卦象已经清晰无比：贺夫人正被一人用白绫勒颈，只是还没算出是甄敏，等他救下夫人后，现场感十足，继续推算，就把凶手的相貌推算得一清二楚，就跟技艺绝佳的画师画出来的一样。他当时心头无比震撼，以为自己算错了，内宅最不可能害夫人的就是甄敏了。于是他便才开始猜测、推算她的身份和动机。

当初董详被害时，他晚了几个时辰才到的现场，一样把两个凶嫌都算出来了，现在他第一时间赶到现场，自然更容易算出。这些就无法跟甄敏说了。因为他用易学推算就像她用全阳草害人一样，知其然而不知其所以然，没法解释得让人信服。

“你发出一声猫叫很聪明，整个内宅的人都听到了，也都认为是猫妖又来作祟，但有个漏洞，你不该掷簪子打破窗纸，再造一个猫妖从簪子穿破的孔中逃遁的假象，这就是画蛇添足，反而留下破绽。那小孔很小，人当然无法钻进钻出的，只有妖鬼能出入，表面看这不错，但妖鬼是无形无质的，根本不用从缝隙、孔穴中出入，多厚实的墙壁也挡不住，这样做反而启人疑窦，认定是人为的，既然人无法从小孔中钻出去，就说明作案的人还在室内。”

“这也就是被你看破了，再没第二个人发现这疑点。”甄敏心头的震撼还未平息，袁天纲人在室外，居然能算清室内的景象，这简直匪夷所思。

袁天纲点点头，若是真有第二个人发现这疑点，他后来也就没法为甄敏圆场了。

“你既然发现了是我，为何第二天没有把我交出去？”

“因为我怕我算错了，原本在我看来，你是夫人最亲密的人，最不可能害夫人，我的卦象也可能有错，当然不敢冒失。结果第二天，你让徐国尉来刺杀我，反而留下更多破绽。”

“天地良心，我没有让他去杀你，而是我没得手，想收手了，就告诉他此事不成了，真没想到他有那么大胆子，居然在府里刺杀你。你愿信不信。”甄敏仰起脸道。

“我信你这次就是。”袁天纲笑道。

“你又要跟我做交易？”甄敏也笑了，想起两人那天作的互信的交易，“你说的我可都信了，那我说的你也要全信，事到如今，我也没有骗你的必要。”

“成交。”袁天纲伸出指头。

甄敏和他勾勾指头，忽然叹道：“我们两人若能在一起多好，闯遍天下，让猫妖把世上的恶人、坏人都祟死，还能得到金山银山般的财物。”

“得，莫说我不会跟你干，你以后也必须收手，这是咱们这次交易里的首要部分。”

“好吧，我听你的。”甄敏叹息一声，似乎为被迫收手感到万分遗憾。接着又问：“徐蛮子贸贸然对你下手，当然很容易被你看破了？”

“徐蛮子？这是他的绰号？”

“不是，他就叫徐蛮子。”

怎么起这么个名字？袁天纲心里嘀咕着，难怪没听到府里人叫他的名字，不是叫他小徐子就是称呼他的官职。推断徐国尉并不费力，两人还交了手。虽只一个照面，徐国尉又藏头遮面，身穿夜行衣，这些都挡不住袁天纲那双能透视人骨骼的相术眼，当场就看清是他。只是看清后跟算出甄敏时一样，怀疑自己又错了，因为徐国尉也是最不可能害夫人、害贺若弼的。如果要在内外宅拉一个能排除嫌疑的人的名单，这两人在内外宅都能排在首位。然而恰恰是这两人一个对夫人下手，一个对他下手，对他下手就是想除掉他，然后继续害夫人。所以袁天纲查清了嫌犯，却找不到动机。

他最开始怀疑的人是宋国令，没什么证据，就是看他那张脸、他平时的神态就产生怀疑，后来排除了。然后他把目标对准陈国公主，毕竟贺府中只有陈国公主有足够的作案动机。一个堂堂公主国破家亡，被仇敌掳来做了妾室，这是何等的国仇家恨、何等的羞辱，她怎样报复贺府都有足够的理由。

他甚至设想，是有一些陈国的孤臣孽子潜入京师，在贺府作案是为了救走公主。直到他查清是甄敏和徐国尉后，才把陈国公主排除了。尤其是他用相术判断出甄敏的公主身份后，甄敏作案的动机也就昭然若揭，她不但有和陈国公主相同的理由，甚至更多，因为她比陈国公主受的羞辱更甚。

至于徐国尉的作案动机，后来在内宅库房中，甄敏的一番话给了他答案。贺若弼要把甄敏许配给自己的部将，好再利用威权得到甄敏，这部将可能就是他的心腹部将徐国尉。因为夫人拦阻，徐国尉得不到甄敏，他因此对夫人恨之入骨，想要害死夫人，好能娶到意中人。

“我原来说你们用美色计把徐国尉拉入彀中，看来有误，是徐国尉因为得不到你而暗恨夫人，所以想跟你一起害夫人。”

“这只是其一，主要还是因为他的妹妹徐小妹的事。”

“他妹妹的事？”袁天纲诧异道。

“你还不知道吧，你给我说了半天了，我也给你讲一些。”甄敏笑道，旋即笑容一敛，“徐蛮子父母双亡，只有一个妹妹和他相依为命，他爱妹妹如同爱自己的命一样，她是他世上唯一的亲人。徐小妹一次无意中被老爷看到了，老爷就起了淫心，把徐蛮子支派到外省办差，他就天天去找徐小妹。有权有势的好色男人的德性你也知道，无非是多送金帛，送各种讨女孩子欢心的首饰花粉的，还花言巧语骗她要娶她作一房夫人，有享受不尽的荣华富贵，等等。徐小妹还只是个十五岁的孩子，哪里能抵挡住这种诱惑。再者说，她就算不愿意又能怎样？在老爷的手掌里，她就是个刚出壳的小鸟。”

“大将军把她霸占了？”袁天纲也有些震惊。转念一想也不奇怪，贺若弼后宅姬妾数百，大多数还不是四处抢来的。

“对，半年后，徐蛮子从外面回来，老爷跟小妹已经天天粘在一起了，他又能怎样。随后小妹肚子大了……”甄敏面色一红，低下头。

“接着说。”

“老爷见事情瞒不住了，只好跟夫人说要纳徐小妹为妾。夫人早听到这则传言了，天天气得发疯，说什么也不同意，说天底下的女人随便他去抢，去纳，就是徐小妹不能进府，除非她死了。老爷没辙了，徐国尉见妹妹肚子一天天大起来，只好自己去求夫人，被夫人一顿臭骂赶了出来。老爷只好拿出一笔金银做嫁妆，把大着肚子的徐小妹嫁给外省一户人家。那户人家只是贪图这笔嫁妆，嫁妆到手后，看着小妹天天挺着肚子，怀着别人的种，公婆就百般虐待她，不上两个月，小妹就被折磨死了，腹里的胎儿自然也死了。”

“原来如此。”袁天纲点点头。“小妹腹中孩子可是大将军的，大将军肯罢休？”

“老爷倒没做什么，徐蛮子听到消息后大哭三天，就失踪了两个月。后来官府也来查问，说是那户人家在一个晚上被人灭门了。也是怀疑徐蛮子，大将军却给他做证，说徐蛮子这些日子跟他寸步不离，官府也只好不了了之。”

“可这事是大将军造的孽，徐国尉应该恨大将军，不该去恨夫人、害夫人哪？”

“他原本是个街头小混混，是老爷把他带进府的，一步步提拔他，他能有今天，全靠老爷的赏识和栽培，老爷对他可以说恩重如山。他又依赖惯了，听命惯了，老爷就是让他去宫里杀皇上，他也会去，哪里还会反抗老爷，更不用说恨老爷了。也可以说是我把他拉进来的，我诱惑了他。”甄敏说着脸又有点红了。“老爷可能是想对他有所补偿吧，就要把我许配给他，夫人还是坚决不同意。他却恋上我了，偷偷给我写了不少信，还送我不少小礼物。我跟他说，这辈子是不行了，除非夫人死了我们才可能在一起。他也只能绝望了。后来我找到他，说我也爱上他了，离不开他，我认识一个能驱使猫妖的人，可以让猫妖作祟，害死夫人，我们就可以在一起了，偷来财物以后我们可以过日子。他也就同意了。”

“色迷心窍。”袁天纲叹息一声，“只是在这案子中，他起不到什么用处，你拉他进来究竟为了什么？我想明白了，他是你们预先就准备下的替死鬼。等你们想脱身或者案子出现不好的苗头、你们需要一个护身符时，他就派上用场了，就像我那天领着大将军看到的那样。”

“这你都能看出来，我也就不说什么了。”甄敏一吐舌头，“我是这样一个心如蛇蝎的女人，你为何还同情我、放过我？”

“因为你的身份，我能理解你想要报仇、报复的心理，若是别人可能难以理解，我却能，我可能也有一份孤臣孽子之心吧。”

“你……怎么可能？你不会是南朝哪个皇室的皇子吧？”甄敏睁大了眼睛。

“治下一芥。”袁天纲淡然笑道。

袁天纲是皇子，而且是当朝的，这点他自己都不知道。他说他有孤臣孽子之情也不是假的，他祖父虽然是归顺过来的，南梁亡后，祖父依然感到成了亡国奴，心怀故国之情从未衰减。他从小就听祖父讲南朝的故事，自是不难体会祖父的心情。他的心里也隐隐以南朝为故国，在宅中看到陈国公主成了贺若弼的妾室，心中还黯然神伤。所以他虽然是正宗的隋国人，却有着恋恋的南国情结，只是他并没有甄敏这种要疯狂报复、报仇的心理。两人的遭遇、境地毕竟天差地别。

“徐蛮子是个傻瓜，他迷恋上了我，就是踏上不归路。他根本不会想到，假如他真娶到我，可能没几个月，他就会在战场上从背后被刀剑刺死，被箭射死，老爷就是让我先嫁出去，然后再让我变成寡妇，他好能彻底地独占我。”甄敏痴痴想了一会说。

袁天纲眉头微挑，略感惊讶，细想可能真是如此吧，对贺若弼，甄敏当然比他更了解无数倍。徐国尉真是个可怜的人，境遇悲惨，又被人设局拉进来充当替罪羊的角色，他自己却还做着赢得美人归的美梦。他自杀后袁天纲也曾自责过，如果早点告诉贺若弼，徐国尉是不是能免于一死？他最后又否定了，假如贺若弼知道他参与了这件事，不但不会放过他，还会把他身上的肉一刀刀割下来烤熟了下酒，最后再挖出他的心肝作醒酒汤。他这种死法已经算是最舒服的，至少还是个全尸，又保全了身后名。

“我和徐蛮子都被你看破了，你为什么还沉默那么多天，不会是好心等我抛出替罪羊好脱身吧？”甄敏问道。

“不是，我只是看破了，可是手里没一件证据，算出来的这些我相信，可是别人谁能信，总要有证物才行。我就开始花大力气寻找失踪的财物，这倒真把我难住了，主要是那五千匹彩缎，这个局设得太妙了。”

“能得你金口夸奖，真是荣于华衮哪。”甄敏抿嘴笑道。

“老实说，这是整个案子中最大的亮点，只要不找出五千匹彩缎是怎样被偷运出库、偷运出府的答案，就无法否定这是猫妖作案，因为在贺府森严的门禁制度下，要说内部人偷一两匹绢出去不是不可能，但五千匹就绝不可能了。五千匹彩缎装在一百口箱子里，当初是五辆大车拉回来的，放在库里却不翼而飞，还没有任何外人进入盗窃的痕迹，这一点其实也根本不可能。所以只要无法破解这个谜，就只能说这是猫妖作的案，因为只有猫妖有凭空摄物、人又无法发现的神通。”

“那你说这五千匹彩缎是怎样被我这弱女子偷运出去的？我可不是猫妖。”甄敏笑着问，诚如袁天纲所言，费尽心力弄走这五千匹彩缎其实价值不大，但却是构成猫妖案的决定性因素，有这点再加上夫人的怪病，任何人都只能摇头断定这是猫妖案，而非人为作案。只要认定是猫妖作案，她们就彻底安全了，至于皇上严令长安府查出驱使猫妖的指使人，连他自己都知道做不到。

“这的确是最大的难点，比诊断夫人的病情难多了。不过你为了制造徐国尉是事奉猫妖的人，把五千匹彩缎堆放在他的家里，现场布置的很好，连我进去都差点相信这里就是事奉猫妖的所在，不过看到了那五千匹彩缎，却又给了我新的线索，让我顺藤摸瓜，查出了普济寺。”

甄敏眉头微皱，没想明白这怎么能给他提供线索，这称不上是败笔，相反这是早就策划好的，可以说天衣无缝。

不过人算不如天算，看到这些失而复得的彩缎，袁天纲才有了查找的入手点。他逆向而推，用算出的三个月里的值日卦推算，结果发现某天徐国尉门前来了五辆大车，这自然就是运送这笔彩缎的。他又逆向推算这五辆车的来历，结果发现车子来自普济寺，自此，普济寺才进入他怀疑的名单里。

他从三个月的值日卦里算出许多事，并借助长安府的力量进行全面的核查，其实这里有用的信息不是很多，但在找这五千匹彩缎上却起到了关键性作用。于是他破解了这个谜。

“这五千匹彩缎不是在库房里失窃的，而是早就在从光禄寺领回来的路上就被人调包了。”他得意地一笑。

“这批彩缎入库时可是检验过的，库房账簿上有记录。”甄敏心头微惊。

“是检验过，可是只开箱检验了一箱，其他箱只是大致看看，却没想到里面都不过是一匹彩缎包着的香烛箱子。”袁天纲微微一笑，能破解这全局最关键也最扑朔迷离的谜，他也感到非常得意。

“香烛箱子？”

“对。”袁天纲为了增强说服力，出去到厢房里拿回来他从贺府库房中提取的箱子，“这个箱子就是当初装那批彩缎的，彩缎本来是一匹匹摆放，外面用一匹彩缎包裹，就是这样。”他说着，从里面提出一个彩缎包裹的大包。“可是，除了开箱检验的那一箱外，其余的都是这样。”他把彩缎打开，里面当然不是一匹匹彩缎，而是一口用来装香烛的箱子。“如果是一般人带着货物入库，检查要严格许多，可是当时跟着这批货的是你，主动拿出一箱让守库房的人检查的也是你。他们当然相信你，又怕太严格会得罪你，所以查了一箱后，其余的都马马虎虎放过了。你算计的很精确，这口装满香烛的箱子的重量恰好和四十九匹彩缎一样，我用秤称过。所以虽被调了包，运货的人也丝毫没有察觉出来。”

“厉害，连这点你都能算出来。只错了一点，箱子里全是彩缎的不是只有检验的一箱，上面还有一箱，是我多留了一记后手。”甄敏嘘了一口气说。

“哦，这个我不是算的，是猜的，倒是调包地点是算出来的。就在普济寺外面不远的一个宅院里，那里是普济寺租下来存放一些杂物的。”

“这些真能算出来？”甄敏还是无法相信这种事。

“不然我又怎么能知道？我又没亲眼见过。”袁天纲笑了，这桩案子用捕快的探案法是没用的，整件案子被设计得天衣无缝，执行的也毫无差错，他也是把易学、相术、摸骨术、射覆还有医术都用上，才破解了一个个谜题。

“可是为什么能算出来？既没亲眼见过，也没听人说过。”

“我也不知道，可能万事之中都有天机存焉，所以能被算出来吧。”袁天纲勉强解释道。

“所以，你怕我接着作案被能人算出来，会送了我的小命，才拦阻我？”

“是这样。”

“多谢。”甄敏甜甜地冲他一笑。心中也有些后怕，看来人真不能相信自己做的秘密事是神不知鬼不觉，神不知鬼不觉的事也是有可能被高人算出来的。离地三尺有神明，难道真是这样？

“从光禄寺领取那批彩缎本来没你的事，你那天是借口给普济寺送供佛用的香油，其实是预先在那里等着，车辆必然从普济寺门前经过。等车辆经过时，是普济师太迎着他们，说他们辛苦了，先歇歇脚，吃上几碗酒再走。他们还不大敢。你又从里面出来，也劝他们，他们自然听你的话，就把车辆赶到那座存放杂物的宅院里，然后锁上院门去普济寺喝酒休息了半个时辰。”

“这些是你猜的还是算出来的？”

“算出来的。”

甄敏感到毛骨悚然，这以后她也落下一个毛病，无论做什么事都感到后背有双眼睛盯着自己，常常让她背生凉风，这毛病伴随了她终生。

“在那宅院里，你们预先雇的人从后门进入，把车里的箱子逐个打开，开始调包。这些人并不知道自己在干什么，只是拿到钱，就按雇主的吩咐做。一刻钟的工夫，他们就把九十多箱的彩缎全部调包，然后拿到工钱去吃酒了。那些车夫吃酒回来后，见车上丝毫没变，又有你在旁边看着，自然不疑有他，继续上路，你不放心，怕检查中出了纰漏，也一起跟车辆回到府中。检查入库后，这个迷局就完美地设成。以后你每次到库房取东西时，就打开几口箱子，把包裹的彩缎拿走，香烛箱子扔在一旁。不到半个月，就造成了这五千匹彩缎从箱中不翼而飞的假象。至于带出库房的这些彩缎，你当然很容易就带出府，然后和那些彩缎放在一起，又造成五千匹彩缎同时被猫妖盗走的假象。库房中多了许多不值钱的香烛箱子也没人在意。”

甄敏脸色苍白地点点头，她不是因为他揭穿了这些，而是他居然能算出这一切，而且和实际发生的正相吻合吓着了。仿佛袁天纲真不是人，而是妖，是鬼，或是神。

“至于其他物事基本都是由你和普济师太夹带出去的，你的车子没人检查，夹带东西自然容易。普济师太经常来往府里，寺中供佛的香油都是夫人施舍的，所以经常来取走，在香油坛子里塞上一些小物事，比如凤冠、珍珠什么的，自然没人知道。连那四十斤金子都是塞进香油坛子运出去的，找到的五斤金子虽用水清洗过，还是有浓浓的香油味儿。”

“对。”甄敏有些失神地点点头。惊心谋划了一年多的完美的迷局居然被人摧枯拉朽地、一点不剩地破解了，尽管袁天纲对她无恶意，她还是有种被人一层层、一件件扒光了衣服赤裸裸地站在稠人广众之中的感觉，不，比那还糟糕，如果袁天纲此时真的一件件扒光她的衣服，她倒未必会感到失落伤神，她进屋时做好这种准备了。

“整个案子里一直让我迷惑不解的是作案者必欲置夫人于死地，我甚至感觉，珍珠、凤冠虽然是天价，还不是作案者的主要目标。后来我了解到徐国尉的心事，当然明白他想夫人死，是为了得到你。而你的动机最费猜测，我还是最后断定出你的身份后才明白了，你置夫人于死地，不是跟夫人有仇什么的，而是借夫人之死为工具，让大将军在朝廷大闹，跟皇上闹，跟那些权臣、功臣闹，最后搅得朝廷政局大乱。你虽然从中得不到什么好处，却足以快慰于心了。”

“国破家亡之仇我怎能忘，我更要为这些年天天受到的羞辱报仇，我恨不得那些强盗贼子个个去死，恨不得京城里那些臭男人个个不得好死。”甄敏眼中射出冰凉而又炽烈的光芒，面颊也泛起病态的酡红，她咬牙切齿地说完，忽然趴在桌上嘤嘤啜泣起来。

袁天纲没劝她，也没安慰她，只是给她倒上一碗酒。然后告诉她走时把房门锁上就行，不用管钥匙。说完，自己提着箱子先走了。他要说的话都说完，该做的事也都做了。至于甄敏是否听他的话，他也不多想了。他能为她做的已尽于此矣。

回去的路上，他坐在车里，想着甄敏最后那段话，强盗贼子自然是指杨素、贺若弼这些功臣，若论抢劫，强盗和他们比起来，真如蝼蚁之比泰山。当年率军攻打齐国的虽是北周武帝宇文邕和于谨、尉迟迥这些北周元戎，杨坚、杨素、贺若弼也都有份。至于她所说的羞辱，她口中的“京城里那些臭男人”讲的是另一件不堪出口的丑闻。

宇文邕率军灭掉齐国后，把胡太后和穆皇后掠到京城。按照历朝历代的惯例，战胜者通常会把对手的妻女占为嫔妃姬妾，日日在她们身上发泄自己的兽欲，借此羞辱自己的对手，而不是因为她们美貌。宇文邕还是很大度的君王，不想这样做。那些惯于四处掠夺美女的元戎、大将们也都嫌胡太后年老色衰，对穆皇后兴趣也不大，倒是把她们两人身上藏的金银细软和身旁年轻貌美的宫女瓜分一空。

一国的太后和皇后居然成了孤家寡人，又在举目无亲、毫无依靠的敌国京城，全无生计。好在还有一套武帝赐给的住房，身边剩下一堆没人抢的香烛，婆媳两人就开起香烛店。香烛店那点微薄收入自然入不敷出，生性淫荡的婆媳两人又离不开男人，索性做起没本钱的生意来，成了长安城里的暗娼。

这下生意火了，她们住的坊也变得赫赫有名，婆媳俩艳帜高张，每日里宾客盈门、满街填巷，就算后来唐朝专门设置平康坊，大兴妓业，数百年间名妓辈出，却也再没有这等盛况。倒不是说这婆媳两人如何貌美或有独到的床技，而是她们的地位。

想想这一点：花很少的钱就能跟皇太后、皇后共度良宵。

这段话若在后世就是精妙绝伦的广告创意，堪称绝佳广告语，在当时也是大多数男人无法抵挡的巨大诱惑。平民百姓谁不想通过与贵夫人的肉体接触来享受一番只有贵族才能得到的享受，更何况这是皇太后和皇后，那可绝对是帝王的享受，而只需一点点钱。

婆媳两人也得其所哉，胡太后甚至无耻地说这种日子比当皇太后舒服多了，令人闻之只能无语。

宇文邕知道后自然高兴异常，本来灭掉一个国家后，还要担心这一国国主和他的历代祖宗的魂灵会出来作祟，还要派术士想法找出这个国的王气龙脉所在。掘断地脉，泄掉王气，最后再用狗血、女人月经等秽物污之，这才能彻底镇魇住。现在不用这些了，有这婆媳两人在京城天天打齐国列祖列宗的脸，他们就是底下有灵，也当羞死，哪儿还有脸面钻到地上来作祟。

想到这里，袁天纲叹了口气。这些就是甄敏作案的动机。要不是他知道这些，理解她泣血复仇之心，岂能放过她，还为她百般遮掩？

至于甄敏如何进的贺府，还有普济师太的事，他听夫人和夫人身旁几个上岁数的婆子说了很多，可以把当时的情景想象出来。普济师太为怕公主被北周军队掳走，就抱着她逃到民间，后来裹挟在难民潮中进入北周。或许两人一路打听着被掳的胡太后和穆皇后的消息，一路跟随着到了长安，想让甄敏和穆皇后母女团圆。

她们到京师晚了一年，胡太后和穆皇后已经做了暗娼。心性刚烈的普济师太自然不会让公主跟这两人受辱，她自己带着也有危险，怕被人抢走，于是就设计把甄敏卖入贺府做了丫头，一来有了保护，二来也在贺府打入一颗钉子，她自己就到普济寺出家做了尼姑。普济师太复仇的念头应该是那时就产生了，但猫妖案不可能那时候就开始设计，毕竟这里需要的因素太多，尤其是至关紧要的全阳草她身上应该不会有，后来她怎样得到这种神药也无从推测了。

甄敏在贺府受到夫人的喜爱，收为自己的贴身丫环，视同女儿一般，甄敏就成了内宅最有实权的人物。两人时相往来，普济师太和甄敏都假装互不相识，普济师太因夫人喜欢听她演说佛法也成了内宅的常客。两人经常在甄敏房中密谈，甄敏也经常去普济寺，这些也都没人怀疑。

还是贺若弼渡江作战凯旋后，普济师太开始实施了这绝妙的猫妖案，也许她恰好得到了全阳草这种神药，甄敏在内宅的诸般条件也成熟了。

对于那个他从未见过的普济师太，他了解不多，却也很佩服。此事应该大半都是这位师太的大手笔，以甄敏的年纪和阅历，心机绝不会深沉若斯，计划也不会如此完美无瑕。一个公主的奶娘都有不亚于陈平、张良的智谋，齐国应该不缺人才呀，怎会被北周轻易灭了哪？

第三十六章

接下来几天，袁天纲进内宅给贺夫人治疗，却没见到甄敏的影子，也没听到她什么消息，他也没问。随后的一天，他刚到夫人房中，就听到夫人正在哭，床上摊着一堆东西。一个年老的婆子告诉他，出大事了，甄敏那丫头昨天下午离家出走了，说是要逃到深山老林里出家做尼姑去，再也不履红尘了。

贺夫人看到他，便向他哭道："先生，这事是你破解的，你都知道，你看看那个忘恩负义的孽畜给敏儿写的这些东西。"

袁天纲扫了一眼，原来是徐国尉偷着写给甄敏的情书，床上那堆女孩子喜欢的物事不消说就是他送她的礼物，他当然不会多看，又递给夫人。

"你说这孽畜在那老东西身边待了十几年，跟着那老东西能学出什么好，还不就是花言巧语骗女孩子那一套。我的敏儿从小在我身边长大，她那颗心哪，纯得就跟白纸似的，她哪能受得了这孽畜灌她这些能骗死人的迷汤，还真就爱上他了。后来才发现那孽畜的真面目，竟是一个吃里爬外、禽兽不如的东西，我那敏儿的小心肝怎么能受得了啊，她能不伤心欲绝吗？她要逃到深山老林里出家做尼姑去，还不是为了那孽畜感到没脸见人了。说来说去都是那老东西造的孽。我那敏儿的心性就是太拙了。"

夫人一边说着，一边骂着，双手还抓挠着那些徐国尉的情书。那年老的婆子告诉袁天纲，普济师太听说后，向夫人承诺她要去寻找甄敏，就是踏遍天涯海角，也要把甄敏给夫人找回来。所以，普济师太今天上午也离开京城了。

说完，她还哭天抹泪地感动说："出家人这心地就是善啊。"

袁天纲心里忍不住地笑，却也不禁赞叹：甄敏这脱身术用得太妙了，脱身远走还不让人生半点疑窦，简直跟那案子设计得同样完美，普济师太去找甄敏，真是这世上最佳人选，不用说，肯定是有去无回。他的心也算是彻底放回肚子了。

他在心里想象着两人去了交广一带，或是别的景致优美的地方，改名换姓定居下来，普济师太不用说也就还俗了，主仆两人靠手中那些财宝，又能过上公主般的生活。

他也劝说了一回，治疗过后就告诉夫人，她的病已经痊愈了，他也要告辞了，又要几个丫环婆子记下夫人饮食调理方面应该注意的地方。贺夫人听说他要走了，登时把甄敏的事抛到脑后了，又想不出能留他的理由，只好眼巴巴、百般不舍地看着他离开。

猫妖案结了，夫人的病好了，贺府里外上下一片喜气洋洋。晚上，贺若弼又设盛宴款待感谢袁天纲，又拿出五万贯钱的钱票要做酬谢，袁天纲婉言却态度坚决地拒绝。贺若弼只好收回，心中更添敬意。

第二天上午，袁天纲就告辞出府。他也没想到自己真做到了，潇潇洒洒、心无挂碍地从国公府中走出来。他没通知周家诚，也没让贺府的人送。宋国令原本是想用贺若弼的座车送他回去的，他却拒绝了。

他一个人在大兴城宽阔笔直的街道上走着，看着两边高高的坊墙和里面漂亮的房子，今天看大兴城格外顺眼，似乎连坊墙都显得很漂亮。

一直快走到城门了，他才雇了一辆车回到长安清化坊。吴妞看到他就扑上来，伏在他肩头又是哭又是笑的，虽然只过了半个月，吴妞却好像过了十多年一样。

"你也不回来看看，也不让人捎信来，是不是把我忘了。"

"真是太忙了，抱歉，抱歉。"

袁天纲只能连声道歉，这十五天在他也同样如同十五年，可以说他在这十五天里做的事是一般人十五年也做不完的。在高度紧张中，他的确没有想到家里，没有想到吴妞，却也是因为他知道有董老丫照顾，吴妞不会有什么事，而他的手上却攥着好多人的性命。

"少爷回来了？"董老丫从外面进来，看到正亲热的两人只是笑笑，并未回避。她和他们的关系也太亲密了。“贺若弼没难为您吧？”

“没有，他们是请我去的，怎会难为我。”

“对了，您不在家的这些天，贺府天天派人送东西来，把屋子都堆满了，我都不知道该怎么办，就等您回来处理哪。”吴妞见董老丫来了，只好松开袁天纲，又想起礼物的事。

“贺府天天送东西来？”这点袁天纲倒没想到。

“每天都送，您自己看吧。”

原来先是贺夫人，随后是贺若弼，两人每天都派人送各种东西给吴妞，从酒食到衣服绫缎再到金银器皿，还有不少胭脂花粉，凡是府里一个夫人能用得上的都送上一份。贺府的家丁得了命令，来了请安问好后就卸东西，卸下东西后就走，吴妞既拦不住也追不上，只好都堆在厢房里，足足堆满了两个厢房。

袁天纲看完也是苦笑，送回去是不可能了，反正没有太贵重的物品（按贺府的标准），只能收下了。自己喜欢的就留下，不合用的就拿出去送人。

晚上，泰和兴送饭来，他不在家，在泰和兴订的饭却没取消。吴妞吃不完，就拉着董老丫和董乐一块吃。她本想停几天，可是又怕袁天纲突然回来，还得派人去通知，索性就让他们送，就当天天请董老丫娘俩吃饭了。

吃饭时，袁天纲慨叹真是从俭入奢易，从奢入俭难。自己在贺府吃了半个月的酒食，现在再回来吃泰和兴的，觉得不仅油烟气太重，也太油腻了。

晚上就寝时，吴妞问他在贺府都做些什么，他说也没做什么，就是有人事奉猫妖害夫人、偷盗财物，请他去算算，他还没等算出来，那人自杀了，猫妖自然也就走了，事情就完了。

“就这么简单？那一万两银子也太好拿了。”吴妞不相信他的话，却也不再问了。

这一夜自是小别胜新婚。等吴妞睡着了，他还睁着眼睛，忽然想到甄敏，推想她现在逃到哪儿了？安全了没有？她是否听自己的话去了交广一带？他以后还能见到她吗？

想想这个案子，贺若弼夫妇虽然受了害，损失不少财物，结局还算不错。那些财物虽是皇上赏赐的，其实也都是抢来的，就算补偿甄敏当年的损失吧。

甄敏和普济师太虽然没有完成报复大业，得了这笔巨额财宝，也算是大有斩获，若是按照她们设想的，下一步向东宫甚至向皇宫下手，说不定哪天失手被发现，就要受千刀万剐之刑。

最倒霉的就是徐国尉了，但袁天纲对他怎么也生不出半点同情，这跟徐国尉刺杀他无关。

若论收获最大的其实是他，表面看他只拿到了一万两银子，和甄敏所得微不足道，可是他被形势所逼，不得不竭尽全力运行焦延寿那套体系，更得到长安府全部人力为他查证，使他用焦延寿这套体系测算一个地方每天可能发生的案件的能力由刚入门一下子提升到登堂入室的境界，这可是多少金银都买不来的。当然他运用这套体系的炉火纯青之境还远在天边。

开皇十八年（公元598年），真出了一桩堪比贺府这桩案子的猫妖案，受害人竟是皇后独孤氏和杨素的夫人郑氏。两人都得了怪病，太医们看后无法确诊，想到贺府的事，就认定是猫妖作祟。

案子发生在二月份，袁天纲正在成都，长安府接到皇上办案的旨意后也是慌成一团，只好一面没头苍蝇般乱撞，一面用驿递急件催请袁天纲赶紧回来救命。孰料这次周家诚撞上了狗屎运，竟然抓住一个平时事奉猫妖的姓徐的尼媪。这徐姓尼媪竟然供认不讳，说皇后和郑氏是她驱使猫妖害的，不过她是受延州刺史独孤陀的指使。

长安府一听头大了，延州刺史独孤陀是皇后独孤氏的同父异母弟弟，独孤陀的夫人杨氏是宰相杨素的异母妹妹，这样的关系他们根本没法处理，只好上报皇上，请求圣裁。

杨坚看到卷宗后也是大惊，他还不敢相信，就把案子移到大理寺，由宰相高颎亲自审讯。徐姓尼媪坚称受独孤陀指使，说是独孤陀在家时向夫人讨酒喝，夫人告诉他家里没酒，没钱买了。他就托这尼媪驱使猫妖去杨素家害杨素夫人郑氏，偷盗杨素的财物。后来又让徐尼媪驱使猫妖进入宫中害皇后，偷盗宫中财物。

高颎不相信这口供，独孤陀夫妇一个是皇后的弟弟，一个是宰相的妹妹，独孤陀又官居刺史，家中会缺钱用？会连买酒的钱都没有？

大理寺丞杨远就让这尼媪表演一下驱使猫妖的过程。尼媪让他预备一锅香粥，在夜里时用汤匙敲击粥盆，念咒：猫女可来，无住宫中。不多时，徐尼媪就面色铁青，人事不清，左右摇摆好像有人牵扯着她似的。

看到这一幕，高颎和一起审案的官员们都信了，上报皇上徐尼媪口供是实。杨坚大怒，非要处死独孤陀夫妻。皇后再三为弟弟苦苦求情，最后把独孤陀除名为民，他妻子杨氏勒令出家为尼。然后发布圣旨：全国禁止民众蓄养猫鬼、蛊虫，更禁止厌魅、野道，发现有这四种的人家，一律发配边荒，永不赦回。

袁天纲回来后案子已经结了。他看到整部卷宗，只感又是迷惑又是可笑。难道真有猫妖不成？徐尼媪口供可靠吗？这里面究竟有什么阴谋？至于徐尼媪的表演，民间许多会点巫术的老妪都能做到。何况从卷宗上看，这徐尼媪简直是故意让周家诚他们抓住的，就差投案自首了。他曾怀疑这位徐尼媪是当年的普济师太，但问过周家诚后，相貌、年岁、口音都对不上。

这案子他最后也没想明白，也懒得深入挖掘下去，这案子不要说结案了，就算没结案，就冲着这案子牵扯到的诸多重要人物，他也绝不会把脑袋往虎口里伸。

他一连在家歇了三天，在贺府时还不觉得怎样，回家后才感到自己的身体几乎被掏空了。这十五天里，他很少睡觉，经常通宵推算，又时刻处于高度紧张中，还要每天用内力给贺夫人治病，也就是他，否则就是铁人也早化成铁水了。

第二天，贺府又来送东西，原来是贺若弼许给他的茶叶，足足有一车之多，还有他在贺府用过的那些炉子、茶具、酒具、笔砚之类的物事。贺若弼认为这些是他用过的，别人就不配再用了，所以特地打发人送来。袁天纲也一笑收下。随后周家诚知道了，又上门来看望，袁天纲告诉他，这些日子不管什么案子都别来找他，他要彻底休息。周家诚笑着答应，见吴妞在一旁忙着，就悄悄问：“你那天究竟是幽会哪一房的丫头？怎么不跟大将军要，带回家来？”

袁天纲小声笑道：“偷情偷情，妙就妙在偷字上了。带回来天天守着就没味道了。”

周家诚道：“我要是信了你这话，我就是头猪。”然后大笑着走了。案子是没了，麻烦也没了，他当然谢天谢地谢袁天纲，可也对案子的诸多谜题感到好奇，无奈袁天纲就是不肯吐露半点。

三天后他才开门营业，没想到顾客盈门，许多都是大兴城里的权贵和贵夫人。有周家诚、京兆尹韦衮、贺若弼夫妇为他到处揄扬声名，想不名动朝野都难。

客人太多，他真有些应付不过来，就坐地起价，把卦金从一匹绢提高到十四，想以高价减少顾客人数，结果顾客来得更多了。他的卦室门前，每天都车马盈庭，经常排满整条街，等着求他的“神卦”。现在到他这儿来算卦的都不敢说算卦了，而是说来“求神卦”。这个坊里的人都惊叹，当年苏神医的盛况又回来了。这位先生虽不行医，其神奇似乎较当年的苏神医犹有过之而无不及。

自此，他的生活倒是进入一个平稳的轨道。每天不多不少十卦，一百匹绢的收入，市场里的朋友和街坊邻居除外，这些顾客他也基本不收钱。他现在测算人的官运、财运、子息、婚姻和八字等，就像商人数自己钱袋里的铜钱一样，根本不会出错。

长安府倒是很少找他办案了，他们把袁天纲视作王牌，王牌就是要在如贺府猫妖案这等性命关头才打出来保命救命的。

袁天纲并不得意，尽管别人称他为神，他自己知道，自己还是处于人之道中的推算状态，离那种掌握玄机、洞晓世间万物的天道境界还差得远哪。不过想彻底掌握人之道也不是件容易事，一代代人穷尽一生精力，都以为自己是在钻研天之道，其实都是在探索人之道，即便在人之道这层境界，能窥到门径而入门的也不多，能够登堂入室的更少，能钻研至炉火纯青如焦延寿、京房这等境界的，史上也只寥寥数人而已。至于完全超越人之道，进升至天之道的，仅只老子一人而已。这也正是孙思邈所期望于他的。

他到现在也不敢奢求能达到那种境界，他今生最大的愿望就是能把京房体系初步完善，留给后人进一步提高，由京房体系而晋升至天之道在他看来是一条虽然艰难，却也是最佳途径，至少不必完全依赖那种和天道一样幽渺茫然的超感。“感而遂通，通而遂知天下事。”语言优美，又充满豪情，真令人虽不能至而心向往焉。但他越来越体会到，这种境界大概也只能“心向往焉”了，“不能至”是必然的，连孔圣尚且不能，他人何想焉。

每年的冬子月，他就和吴妞回成都，在家里带上两个月，然后再用一个月时间回到长安。一年的时间里，在路上花费两个月，成都两个月，在长安八个月。

每年两千多贯的收入让他感到自己富如王侯，他也没时间、没兴趣去花钱，他和吴妞两人根本花不了多少钱。那笔存在金鼎轩的金银每年的一万多贯利息，他从没动用过，还是继续存在金鼎轩生利。他到现在也没想好怎样处理这笔钱，这笔钱转入他名下了，但他心里就是有股阻力，不愿意动用。何况每年赚的钱他也不过花上一半，更不用说他还有当初贺府给的一万两银子。

他最感苦恼的就是虽然给人算了无数的卦，算过无数人的命理，易学的进境却进入一个迟缓期，不再像刚来长安时那样，一两个月就会给他自己带来一个惊喜，让他能体会到进境的飞速提升。他也明白，这是没办法的，刚来长安那一阵是他自小到大十多年的积累，再加上孙思邈三年的苦心调解，然后才有那段时间的爆发。现在又处于一个积累期，只是不知要积累多少年，才能再有一个爆发期的来临。

他来长安的第三年，孙思邈喜得一麟儿。孙思邈也是婚后十多年才得个儿子，欣喜之情自不用说。袁天纲和吴妞接到信后，马上买礼物雇车去了洛阳，给师傅贺喜。这还是他第一次来到洛阳看望师傅。

师徒相见，贺喜过后就是谈论学问。孙思邈只是听他说自己在易学上的感悟，却不和他谈易学，而是对他谈医学。孙思邈笑着说，袁天纲在易学上的造诣已经远远超过他了，他鲁班门前绝不弄斧，倒把袁天纲羞得要不得。不管他自忖自己的境界到何地步，也没敢想过能超过师傅，他到现在也还是摸不清师傅易学上的造诣究竟有多高。

听师傅谈医学也不错，他毕竟也懂医术，而且道行还不浅。师傅在医学上的造诣只能用“神而明之”来形容了，医学、易学本同出一源，许多道理都是相通的，孙思邈在医学上的诸多感悟倒是给袁天纲许多启发，如同又受师傅教导一番。

两人待了近一个月，直到孙思邈给儿子摆过满月宴后才回长安。这些天，吴妞和师娘也相处甚欢，师娘把她的许多衣服和首饰都拿出来送给吴妞，说自己是老太婆了，又有了孩子要伺候，哪里还用得着这些，逼着吴妞都收下。

回来的路上，吴妞对袁天纲说：“师傅都有儿子了，你是不是也想了？”

袁天纲笑道：“师傅都这么晚才得儿子，我哪敢比师傅早。怎么说也得比师傅晚一两年。”

吴妞瞪大眼睛，还有这说法？她也明白袁天纲是宽慰她，她有时也恨自己不争气，成为他的妾室已经两年多了，也没怀上孩子。有时也会想，是不是该劝劝袁天纲娶夫人了。袁天纲却知道两人没孩子多半是他的问题，尤其从师傅给他当初写的那篇房中术和师傅得子如此之晚这两件事上，他猜测多半他和师傅有同样的问题，得子也不会早。

开皇十四年（公元594年），关中大旱，颗粒无收，饥民上百万来到京城一带乞讨为生。朝廷和官府也是全力赈灾，无奈漕运到长安的粮食和物质连供应京城皇室、国亲、功臣、文武百官以及京城百姓的日常生活都常常捉襟见肘。汉文帝时曾经强令列侯回到自己的封国去，就是因为长安和关中根本养活不了这么多人。而今一下子涌入上百万饥民，虽千方百计筹集粮食也解决不了问题。

官府和一些有钱心善的商人在城外搭席棚、设粥厂，每天供应灾民几碗稀粥果腹，还是人多粥少，饿死不少人。当杨坚看到卫士给他拿回来的灾民吃的掺杂糠屑、豆饼和树皮的饼子时，向来薄情的他却痛哭一场，认为这是自己的重大失职。他连续十天喝粥，不吃肉，以示与民同苦。每天都去郊外看望灾民。最后实在没有办法解决灾民需要的粮食，他就做出决定，率领饥民去粮食储藏丰富的洛阳去就食。

杨坚带着近臣、侍卫，率领一只浩浩荡荡的饥民大军，一路讨着饭向洛阳进发，被称为皇上率灾民讨饭吃。

这等天灾袁天纲提前两年就算出来了，他告诉席玉清、封棠和董老丫三人在开皇十二年就开始收购囤积粮食，三人在灾荒年头倒都发了一笔不小的国难财。袁天纲则在开皇十四年的六月就回成都了，家里实在等不及，给他定了一门亲事，催他回去成亲。

他感觉这就是自己的宿命，也不再想办法逃避推辞，乖乖带着吴妞回家成亲。

亲事定的是成都一个孙姓士族的女儿孙媛。女方家里对他家里有一妾倒是不介意，这在当时的大家族里也是很常见的事。

婚后，家里下人们称孙媛为少夫人，吴妞为少奶奶，以示尊卑有别。孙媛温柔贤淑，和吴妞也很能处得来。第三个月上，孙媛就发现怀了孕，把袁天纲的父母喜得无可无不可。这可是盼了七八年的大喜事啊，连喜怒不动于色的袁嵩也几天就派人来打听一次少夫人的情况。

吴妞偷着哭了好几场，也郁闷了好多日子，还多亏袁天纲百般劝解。袁天纲自己也不明白怎么会这样巧，和吴妞在一起五年了，就是没怀上，这才三个月就怀上了。

袁天纲在家里待了一年多，与京城通信倒是不断，京城的人实在等不及，就写信求他给算卦，他算好后写在纸上，寄回京城。几乎每天都有驿使上门，送来一沓沓的信件和各种充作卦金的礼物。他人在成都，业务倒没停下。成都本地人倒是没人上门求他算卦，不是不想，而是袁府门第高，一般人进不来。

第二年八月，孩子顺利生下，是个男孩，乳名虎头。家里连摆了三日酒宴，过后又是满月酒，又是百日宴的，袁家也委实是多少年没有这样的大喜事了。

开皇十六年（公元596年）的春三月，袁天纲带着吴妞回到长安，孩子还小，又离不开娘，娘俩自然不能跟他来长安，留在家里由众多家人伺候照看也好。祖父和父母也不会舍得让孩子离开自己身边。

为什么还要回长安？他心里也闪过这问题。他来长安既不求官也不求财，长安的人情风俗和自然景致也都比不上成都这座锦官城。父母也劝他，已经娶妻生子了，就不要再在外面飘荡了，还是老实在家守着祖业，喜欢占卜，成都也一样。

他也明白这道理，他没有千里迢迢、甘冒路途风险回到长安的理由，但他就是必须回去，此番在家待了将近两年，他已经感到那股莫名的吸引力令他坐卧不安了。

“少爷，我还以为你不回来了，少爷得了公子，恭喜恭喜。”董老丫见到他，就又哭又笑，话都说得语无伦次，又问袁天纲家里的事和路途上的事，足足聊了一个时辰。这段时间里，她还是像以前一样，天天来这里打扫收拾，还连带着卦室那里。

周家诚见到他却是叹息：“先生，你不在这儿，长安城都好像没生气了。”席玉清和封棠轮流给他摆酒接风洗尘，还要把那年倒卖粮食赚的钱分他一半，他笑着拒绝了。随后，长安府请，贺府请，还有一些以前有往来的家族也都派人来请，足足闹了一个月才慢慢消停。

“难道这些就是我要回这里的吸力？”他应酬之余有时会这样想，当然不是这样，这些人许多都是场面上的朋友，真正有交情的并不多，绝对构不成能把他从成都吸引到长安来的吸力。

这几年，董老丫也不再提那位如黄鹤般悠悠南下不复返的房主了，也没有再进一步的动作。这是董老丫看出来，他真是不缺钱，给他搬来再多也没用。她对袁天纲的预测能力更是感到害怕，唯恐自己做的这一切被他识破。

她不提，袁天纲也就从来不问，有时想起来只是淡淡的一笑。他曾想通过贺若弼打听一下这位神秘的房主，席玉清说水太深，打听下去会掉脑袋，长安城里应该还不会有能把贺若弼都没顶的深水吧，但他又打消了此念。渐渐地，他对此也隐隐有种畏惧：窥见渊中鱼，不祥。

他自己也没意识到的是，自到长安后，诸多疑窦已沉埋在心里，然后竟悄然长成一条毒蛇，在暗处时时啃噬着他的心，令他不得安宁，他只有坐在苏神医的神像前才能稍稍心安。他每天晚上都要在神像前坐上一个时辰，有时竟会坐上整晚。不是祈祷，更不是拜神，只是让自己入静，得到在别处无法得到的彻底的安宁。

秋日里的一个晚上，外面虫鸣唧唧，他的心却在神像前得到了大安宁，他感到那是从未有过的安宁，仿佛被包裹进一个温暖柔软的东西里，这是近似佛家禅那的大愉悦。随后那个梦又来了，他躺在一张床上，头上一个美丽的少妇在看着自己，慈爱、欢欣中却夹杂着几丝忧虑和哀伤。

“这梦又来了。”他心中有一丝警醒，自从到了长安住进这套房子后，他就很少做这个梦了，而在儿时却是经常做。

他把眼睛微睁一线，看着神像，蓦然间身子僵住了，神像上的苏神医化成了那个美丽的少妇，正在自己上面看着自己，和梦中景象一样；而他，明明知道自己就坐在这里，却刹那间变成了一个婴儿，躺在一张床上。他想醒过来，却像被魇住般，就是动不了。他感到这个警醒的自己被排挤到一旁，旁观者似的看着这一切。

屋中的景象全变了，没有神像，也没有了坐在神像前的他，而是一张床，周围是衣柜、箱子，一张梳妆台上摆着梳子、铜镜。

那少妇忽然说话了：“小丫，他来了没有？”

梦中多了一个人，这也是从未有过的事，一个十六岁左右的梳着圆髻的丫头进来，屈膝说：“主母，主子还没来。”

少妇说道：“小丫，把外面晾的被子收进来。”

丫环出去了，梦境如云朵一般散开，他醒过来，却是满身大汗，依然动弹不得。

他不知这样坐了多久，吴妞进来看他两次，开始时没敢打扰他，后来吃饭了，进来让他吃饭，发现他还是这样，就惊恐地问：“少爷，你怎么了，你一晚上没睡啊。该吃饭了。”

“把董姨请来。”他用尽全身力气才说出这句话。

吴妞吓了一跳，不知他究竟怎么了。只好穿上衣服、鞋子，跑着去请董老丫。董老丫正和儿子吃饭，见她慌里慌张跑来，也吓得不轻，筷子掉到地上。

“董姨，您快去，少爷叫我请您。”吴妞气喘吁吁地说着。

“少爷怎么了？”刹那间，董老丫的魂儿险些从顶梁骨冒出去。

“不知怎么了，痴呆呆的，就是叫请您，您快去。”

董老丫比她更急，鞋子都没顾上穿，脚上只穿着袜子跑起来。来到中堂却发现袁天纲没事，只是痴呆呆的有些异常。

“少爷，您怎么了？身子不舒服？”她眼睛眨也不眨地看着他。

“小丫，他来了没有？”

“主母，主子还没来。”

“小丫，把外面晾的被子收进来。”

他嘴唇翕张，神差鬼使地吐出这三句话，口音口吻都酷肖梦中的人。

董老丫如同被雷劈了一般，也动不得了，随后跪在地上，冲神像大叩其头：“主母您显灵了，主母显灵了。”

她和主母一起生活的场景曾经千百次萦回梦中，而今突然从袁天纲口中说出，不是主母显灵还会是什么？

那个梦境散了，袁天纲却仿佛处于一个更大的梦中，还是无法醒过来，身子也动不得。

“董姨，你是那个小丫，我就是那个少爷，对不对？”他身子不动，只是嘴唇翕张，吐出话来。

“少爷，您都知道了？”董老丫满身大汗，脑子里轰鸣成一片，仿佛千军万马从脑子里经过。

“苏神医是我娘，我是苏神医的儿子，对不对？”他绝望地嚷着。

“少爷，主母在梦中都告诉您了，是不？”董老丫跪伏在他面前，恐惧地说。

吴妞扶着中堂的门框，人也慢慢瘫在地上，她不能明白眼前这一切是怎么回事，是不是自己还在做梦？一定是做梦，一定是自己还没从梦中醒来。

“我问你是不是？”袁天纲厉声吼起来。多年来他对董老丫敬如娘亲，从没这样跟她吼过。

“是。”董老丫嗫嚅道。

“我就是在这间房子里出生的，是不是？”

“是，不过您只在这屋里住了一个月。主母就带您走了。”

“胡说，这不是真的，这不是真的，我在做梦，我还在做梦，我要醒过来，我要醒过来。”他猛地站起来，在屋中走着，挥舞着拳头，昂扬着头颅，面目都狰狞起来。

“少爷，这些都是真的。主母成仙了，药王菩萨把您带走了，我就知道这些，别的我不知道了。”董老丫哀求似的嘶声喊着。她现在已失去了思考能力，只是凭着本能在说话。

“师傅，我师傅。不对，这不是真的，我是袁家子孙，我如果是苏神医的儿子，怎么又成了袁家的子孙？”

“少爷，我不知道，真的不知道。”董老丫大哭着，对他也叩起头来。

“他是谁？主子是谁？你说。”他也跪下来，头顶着董老丫的头，厉声喝问道。

“是皇上，当今皇上，当时是国公爷。”董老丫说完这句话，口吐白沫，竟而晕厥过去。

“董姨。”吴妞扑过来，又是抚摩后背，又是掐人中，“少爷，您醒醒，您不能这样对董姨呀！您会把她吓死的。”

听到“皇上”二字，他脑子里嗡的一声，许多事似乎合在一起，却又模糊不清，他感到现在不是在做梦，而是他所在的这个世界崩塌了，崩塌成了碎片。周围的一切，房子、物事、人都不再有任何真实感，破碎而又迷离。

第三十七章

他呆呆怔怔地跪伏在那里，汗水从脸颊一滴滴落在席子上。吴妞把董老丫弄醒了，又抱住他的头，大哭道：“少爷，您怎么了？您到底怎么了？您别吓我，求求您了。”

刚才的对话她都听到了，却不能理解都是什么意思。她现在担心的只是袁天纲的状态。

“都是假的，这些都是假的，你们也都是假的。”袁天纲嚷了起来。

“少爷，少爷，我不是假的，我不是。”吴妞用力抱着他的头，摇晃着。

董老丫醒了过来，她倒盼望自己就此别醒过来。她最担心的事终于发生了，她不知这是祸是福，但不知该怎么办了。她心中蓦然又萌生希望：“是主母显灵告诉少爷的，主母一定有安排，就像当初少爷来时，主母也显灵给我一样。”想到这里，她又冲神像叩了几个头。

袁天纲逐渐清醒过来，他意识到也明白了这一切是怎么回事，只是看着周围的一切还是迷离、破碎，“不行，我要去洛阳，我要找师傅。”他起身就向外走。

“少爷等等我。”吴妞急忙收拾一个简单的行囊，几件衣服和钱。

两人先坐车赶到驿站，然后雇驿车去洛阳。一路上只是在驿站换车，人不休息，饿了就吃点路上买的干粮，渴了就喝水。两天一夜的工夫赶到了八百里外的洛阳，正好在坊门关闭前进了孙思邈住的那个坊。

孙思邈这两天也觉出些什么，心惊肉跳的，他感觉是袁天纲出什么事了，只有袁天纲能让它产生这种感觉。他已经准备明天一早就去长安，看看袁天纲的情况。听到门前马车的声音，他心里陡然沉了下去，似乎明白了什么。

他急忙出来，还没下门前的台阶，袁天纲已走进来，背后跟着精神疲惫的吴妞。两人四目相对中却都明白了。

“师傅。”袁天纲抢上几步，跪倒在台阶下。

刹那间，孙思邈仿佛老了一百岁，他扶着廊柱呆呆望着，竟反应不过来。随后才快步走下台阶，把袁天纲抱在怀里，“好孩子，你知道了？”

“这么说都是真的？”袁天纲渴求似的看着师傅，希望师傅给他一个否定的回答。

“冤孽。”孙思邈只是一声长长的喟叹。

孙夫人听到外面的动静也走出来，看到这场景也呆了，心里也明白了是怎么回事。他们两人这些年最担心的就是这个，却也情知袁天纲早晚必会知道。只是这一切发生了，他们还是感到束手无策。

“师娘。”吴妞走过来，跪倒在孙夫人面前。

“起来，起来。”孙夫人拉起吴妞，眼睛却看着袁天纲，轻声问：“他怎么知道了？”

“不知道。少爷在神像前坐了一晚上，我睡了，不知怎么回事，醒来后他就这样了。”

“阿蕤托梦给他了？”孙夫人这样想着，一定是这样，她当初曾给袁玑夫妻托梦，让他们去终南山找孩子，当时自己还只是在尼庵中修行的少女。

“进来吧，我都告诉你。”孙思邈拉着袁天纲走进自己的书房，回头看看夫人，意思让她不要担心，照顾好吴妞。

两人在卧室谈了一个晚上，不时传出哭泣声、哽咽声，一夜没睡着，竖耳静听书房动静的孙夫人和吴妞都分不清哪些是袁天纲发出的，哪些是孙思邈的。

“师娘，少爷不会有事吧。”吴妞静静地问。

“没事，这孩子能挺过来。只是这事搁谁肩上也够受的。”孙夫人叹息一声。

“他们说的这些都是真的吗？”吴妞此时才把所听到的汇总到一起。

“是真的。”又是一声叹息。

“少爷还是个亲王？”吴妞还是不敢相信。

“就是皇上有什么稀罕的。”孙夫人不屑地哼一声，“这事你不要让任何人知道，袁家的人都不能告诉，你知道就行了，不然他会有杀身之祸。”

“我知道了。”

早上，孙思邈和袁天纲从书房出来，袁天纲眼睛红肿，孙思邈也是眼圈红红的。袁天纲精神好了一些，却有些痴呆呆的。孙夫人真怕他被刺激得变成傻子或疯子。孙思邈却用眼神示意，告诉她不用担心。

饭后，孙思邈拿出一盒银针，让袁天纲躺在床上，给他按摩针灸。袁天纲总算睡了过去。孙思邈对孙夫人和吴妞说：“你们也抓紧时间睡一会，咱们下午出发，要赶很远的路了。”

午饭过后，孙思邈夫妻和袁天纲、吴妞四人分乘两辆车子上路了，经过十多天的跋涉，才来到神农峰。夫妻两人每年都要回这里住上些日子，给历代祖先上香供祭。在山里的这段日子，孙思邈经常一个人走进那座停放苏蕤灵柩的山洞，在里面待上几个时辰才出来。

车子一停，孙思邈就把一直痴呆无语的袁天纲领进那座山洞里，一刻钟后，他自己走出来，关上了洞门。里面既是苏蕤停放灵柩的地方，也是神农门重地，非神农门人不能进入。所以连孙夫人都没进去过，吴妞当然也不能进。

“这孩子能挺过来吧？”孙夫人迎着孙思邈说。

“他能挺过来，只是要完全调整过来也得一段时间。”孙思邈叹息一声。

“可这都是怎么回事？”吴妞还是不能理解怎么会有这种事。

“冤孽，一场冤孽。”孙思邈苦笑道。

回到神农堂里，孙思邈用了一个时辰把当年的事说了一遍。吴妞这才完全明白，可还是有那种梦幻感，脑子里轻微晕眩着。

袁天纲在山洞里待了三天三夜才出来。因为使用了特殊防腐术，苏蕤面容一如生前，也和他梦中一样。他哭泣着、嘶喊着，抚着水晶棺木，有时回到了梦境，有时却不知是昏迷还是睡去。从儿时就有的梦境化作了现实，他倒是怀疑这现实是不是还是在梦里，一个更大的梦里。人生真就是一场大梦吗？如果是，他该醒过来了。可他无法醒过来。

他有时真想掀开棺木，自己也躺进去，躺在娘亲身旁，永远不再出来。可他每这样想时，想起祖父、父母对自己的抚育、溺爱、教导，心就如刀绞一般痛着。

他从山洞里走出来时，孙思邈三人都定定地看着他。他走到师傅、师娘跟前，又跪下叩头。孙夫人拉起他，摸着他的脸怜惜道：“好孩子，你受苦了。你不知道，你师傅这些年也跟你受同样的苦。”

“师娘，弟子知道。”他又看着师傅，毅然道：“师傅，我想通了。我还是袁家子孙，永远都是。”

孙思邈颔首道：“这就对了。这也一定是阿蕤在天之意。”

他又走到师傅面前，轻声道：“师傅，我也是您的儿子。”

孙思邈蓦然间面容一阵扭曲，他仰脸望天，用力压制自己不哭出来，泪水却从眼中泉涌而出。他扎撒着两手，头微晃着，嘴唇哆嗦着说不出话来，仿佛二十年来所受的苦又蓦地涌上心头。

孙夫人也流泪了，她还从未见丈夫如此失态过。只有她才知道这二十年来丈夫无日不受自责之苦，他无法原谅自己没能救下师妹。孩子送出去后，他有时会想这是师妹的意旨，有时又会自责自己把孩子送给了别人，又加重了一层自责。二十年来，他更是无时不挂念着袁天纲的安全，唯恐他有失。即便有了自己的儿子，他的心依然全部放在袁天纲身上。

袁天纲这才知道自己的命造为何测算不了，原来自己生患先天不治之症，如果不是因为生母是神医，也许生下来就死了。过后还是师傅冒险逆天用先天罡气模拟母体孕子，治好了他的不治之症，也灌输给他先天罡气。从这种意义上讲，他也真算是师傅的儿子了。

他这才明白自己为何从小就不怕冷、不怕热，很少睡眠，过目不忘，从不生病，都是因为体内的先天罡气。他这才明白为何师傅这样的天人居然会主动上门收自己为弟子，又把全部学识都传给自己。

他是娘亲生下的，从某个意义上讲，又是经孙思邈再生的。但他还是认为，自己就是袁家的子孙，不管是不是亲生的都不会有任何改变。

他们在神农峰待了一个月，孙思邈和袁天纲更加亲密了，两人这时开始才真的像父子而不是师徒。两人经常漫山遍野地走着、谈着，从天体万象到草木虫豸，弗远不届，无微不至。

孙思邈告诉他，不要有仇恨感，也不要想着去报仇，如果要报仇，他二十年前就动手了，不必等到今天留给他来做。这一切都是天地定数。

袁天纲点头答应，他天天给人算命，理解得最透彻的就是命理、定数。他现在已没有受骗感、受蒙蔽感，更没有仇恨，对于生父，他已经不去想，把他永远排挤出心中，对那个狠毒的女人也没有恨。那个女人在他心里已是不相干的人，只要她别来招惹自己，自己根本不会想到她，更不会向她索仇。

一个月后，他又回到了长安。

这些日子里，董老丫真如热锅上的蚂蚁，一条命已经去了大半。她知道袁天纲去了洛阳找他的师傅，只好等着，不敢去禀告皇上。她不知道袁天纲此后会有什么反应，是大闹一场回老家成都还是去找皇上闹，甚至找皇后报仇？任哪一样出现，都会要她的命。她没事时就跪在主母的神像前，祈祷主母保佑少爷。

总算苦熬到袁天纲回来，见他却是满脸的安然，好像没这回事似的，她倒是不解了，吴妞偷着安慰她："没事了，他师傅劝好他了。"董老丫点点头，直念阿弥陀佛。

袁天纲回来后，真的绝口不提这事，只是让董老丫把当年的东西都找出来，把房子回归到以前的模样。幸好这些东西还都存放着，出事那天晚上打坏的几件家什后来也都照原样重新做了。屋子复原后，袁天纲就躺在他出生时躺着的床，看着墙上的神像，呢喃道："娘，我又回来了。回来陪您，我知道您就在这屋子里。"恍惚中，他又回到了儿时，娘亲在上面慈爱地俯视自己，他甚至清楚地感到一滴泪水滴落在他脸上。

日子一天天过去，一切依旧如往日。袁天纲还是天天算卦，也经常受邀游走于权贵豪族的门庭，和表姐等亲族时相往来。风日晴和的时候就带着吴妞去曲江等景致优美的地方赏花饮酒，过着人人羡慕的神仙般的日子。

不久，人们都发现他有些变了，却又无法确切地说他哪里变了。他的面容身材丝毫没变，只是先前他的脸上、眼里总有种令人着迷也令人爱慕的意气飞扬、轩昂飞翥的神情，如今好像变得沉稳了，脸上多了几丝沧桑，眼中多了许多睿智和人生的智慧。大家也不奇怪，似乎都觉得这样才更像是他应有的神态，那种手握玄机、测算世间万般事物的智者神情。

他的生命好像在这段时间里完成了定格，以后他的相貌身材再未有丝毫改变，直至百岁过后依然如此，岁月好像只是清水般轻轻滑过他的脸，滑过他的身体，没刻下丝毫痕迹。岁月给他增添的只是岁月的沧桑和人生的大智慧。

每年他照常回成都待上两个月，在祖父和父母面前也还是和以前一样，他不是装出来的，而是从心底认为，自己就是父母的儿子，就是袁家的子孙。每年他也都要带着吴妞跟随师傅、师娘去神农峰，去瞻仰生母，在棺木旁陪伴她。

至于他住的房子、那笔存在金鼎轩的金银和绢，他也明白了原委，却也没说什么做什么，还是住在这套房子里，利钱还是每年继续存着。现在本金已经有二十多万贯了。他能够接受以前的一切，也能接受现在的这些，只是不希望再有任何改变。

他原本就世情淡薄，而今对世事更有种漠然旁观的感觉，不再那么多愁善感，许多先前还能让他愤怒、激愤、惊诧的事，现在都能够漠然视之了。他不知自己是心变得硬了，还是麻木了，或许是离天道更近一些了吧。

开皇二十年（公元600年），太子杨勇被废，晋王杨广在母后独孤氏和权臣杨素的全力扶助下，击败太子杨勇，夺得储君之位。当朝第一号人物高颎，这位自杨坚称帝后就是首相且无人能撼动其位置的权臣却在前一年就被免职回家，杨素取代他成了隋朝第一号权臣，这也是他帮助杨广夺嫡的酬庸吧。

在高颎被免职这件事上，杨素倒没有上下其手，不是他不想，而是皇上和高颎的关系非任何大臣可比，他根本插不进手，只有皇后的耳边风才能把两人吹开。高颎原是皇后最欣赏的人，他得以在相位上独霸二十年，固然因为他过人的才干、对皇上的无比忠诚，和皇后的鼎力扶助也是分不开的。他父亲原来是皇后父亲的属官，他也就算是皇后门下的故吏。当初杨坚以国丈执掌朝政时，招他来相助，他明白杨坚有篡位自立的意图，慨然道："为了随国公的大业，虽灭族而不辞。"

他也真是冒着灭族的危险辅佐杨坚取得帝位，开创大隋朝，他也成为首席宰相，一手执掌朝政。虽然按制度必须有两个以上的宰相，其他人如苏威、杨素等和他并立为相时，也都只是个摆设，相柄始终牢牢握在他的手里。

他得祸有两个原因，一是他的儿子娶了太子的女儿，跟太子杨勇成了亲家，杨坚有意废杨勇另立晋王杨广，垂询过他的意思，他自然死保太子。他又是首席宰相，杨坚夫妻锐意要废掉太子，自然要除掉他这个绊脚石。其二，也是他得祸的起因和主因。皇上偷偷爱上没入宫中的尉迟迥的孙女，和她有了私情。皇后忌妒若狂，趁他不在时，把尉迟迥的孙女勒死了。杨坚气得发疯，一个人骑马出了皇宫，一口气跑出京城，来到终南山，非要削发为僧不可。众人谁也劝不住。高颎也是一时爱主心切，却忘了谁才是更能让他富贵也更能要他命的主子，随口劝一句：“陛下何必为了一个妇人而抛弃天下。”所谓“妇人”自然是指皇后。

这句话倒是把杨坚劝醒了，回来后独孤皇后又拿出当年的故伎，膝行请罪，亲自行酒，口称至尊。高颎、杨素又从旁多方解劝，杨坚也只得咽下这口恶气。高颎把皇上劝回来，独孤皇后本来还很感谢他，后来听说高颎居然说他是一“妇人”，心中大怒，高颎就此开始倒霉。最后终于被免职还家。

先是罢相，然后废太子，这是隋朝政坛上空前的大地震，自然震惊朝野。为太子杨勇叹息的并不多，倒是都可惜高颎被罢相。人人都知道大隋朝能有今日的气象，至少有一半是高颎的功劳。

袁天纲对此漠然，心中只是冷笑，这些年，他越来越能断定隋朝真要和暴秦一样，二世而终了。尽管目前看绝无亡国之相，恰恰相反，国势正是蒸蒸日上，天下富庶，百姓安康。可是这些年，他给许多人算过命，命理中有清晰的鼎革的印记，他也曾为此困惑多日，无论从天相、从人事都看不出丝毫迹象，难道他的易学出了差错，开始不准了？

听到另立太子、高颎罢相的消息，他心里有个感觉，天道的轮子转动了。

晋王杨广他见过，在杨素的府邸中曾有过一番晤谈。杨广极是谦恭下士，看人的脸上都堆着笑，和杨素的倨傲恰成反比。虽对他这样的算命先生，晋王也是执手促膝而谈，大有以认识他、交结他为荣之意。他当时就感到，这不是亲王殿下，而是一位优伶，一位演技出众、能蒙蔽天下人的优伶。他当然明白晋王这样做作的用意，在当时，许多权贵就已经知道杨广有夺嫡企图了，谦恭下士不过是积累自己的人望，同时也是博得皇上、皇后欢心的手段。只是他对自己都下足功夫，他倒是有些哭笑不得，心想：可能是演戏演惯了，一时出不了戏了。

但他心里也还有些疑惑：晋王是演得有些过火了，不过此人也是有真本事的。一番晤谈后他就感觉到，晋王才学、才智都是上上之选，他不认识太子杨勇，但他估计晋王要比杨勇才高智丰，否则也不敢图谋夺嫡了。而亲王杨俊、蜀王杨秀、汉王杨谅，若论才智都不是杨广的对手。以此才智当上太子也没什么，选立太子不是有立贤立德的说法吗？所谓贤当然就是才能，至于德，历朝历代的皇家里从没产出过这东西。

将来的嗣皇有此惊人才智，兼且国本雄厚，国势日张，就算吞灭突厥，立功朔漠，重建汉武帝雄业也不是难事，何来二世而亡之理？这些他也还不能明白，十几年后的事他现在也无法测算得出，只是清晰感觉到天道的轮子转动，历史将要进入一个重大转折点，也就意味着乱世将至。

杨坚另立太子后，想要有个新气象，就在公元601年宣布改元，年号就取自他最喜欢住的仁寿宫，公元601年为仁寿元年。

仁寿二年（公元602年），独孤皇后薨逝。袁天纲听到消息后，却没有任何触动，无悲也无喜，还不如听到街上有一只冻死的麻雀的消息，这或许还能让他心动一下。

国丧期过后一个月，董老丫忽然找他，求他陪着去大兴城里的兴善寺烧香许愿。他同意了。

兴善寺是大兴城最大也是香火最旺盛的佛寺。杨坚信佛，乳名就叫佛奴。北周武帝曾有一次大规模的灭佛运动——历史上有三次大规模的灭佛运动，而且都是武帝（魏太武帝、北周武帝、唐武宗）干的，也是再巧不过的巧合，史称三武灭佛。杨坚称帝后，就开始全力振兴佛教，虽未恢复至南朝四百八十寺的盛况，却也相去不远。

袁天纲、吴妞和董老丫坐车来到大兴城兴善寺，却发现原本士女云集、香客处处、香烟缭绕的兴善寺却一片寂静，大殿门前一个人影都不见，倒是四周多了一些不像香客的人。

“这里今天怎么这么肃静？”吴妞睁大眼睛四处望着，也不敢相信所看到的。

董老丫没说话，袁天纲倒是明白些了。他记得进院门时董老丫曾向车外一个人打过一个手势，他当时以为是她的熟人，就没在意，现在却明白是怎么回事了。

三人刚下车，一个人从大殿里走出来，对袁天纲躬身笑道：“先生请这边来。”

袁天纲没看董老丫，也没问什么，跟着那人走了。吴妞在后面喊着：“少爷，您去哪儿？”说着就要追上来。

董老丫拉住她，笑道：“少奶奶，有人找少爷算卦，咱们去烧香，今天这寺里就咱们两个，一千年都没这好事。有什么愿许了一定会应验。”

吴妞看着袁天纲的背影，再看周围虽静却有种森严的味道，也明白了几分。

那人带着袁天纲转过前殿，来到后殿，交给一个面白无须的宦官，那宦官也是点头哈腰地说：“先生，请跟我来吧。”

后殿跟前殿截然不同，三五步就有一个侍卫或强健宦官巡视着，后殿四周更不知有多少人警戒，寺里的和尚倒是一个没见到。

走进后殿，宦官又把他领进左侧的一间静室，这里是方丈休息的地方。

他走进门，宦官却停留在门外。他看到室内一张椅子上坐着一人，正是那天找他算卦、时而哭时而笑的老人，老人身旁站着一个美如天仙的少妇，正轻轻给老人捶背。看他进来就停下手，看了他一眼就敛衽一礼，然后莲步轻移，也退了出去。

“这一定就是陈贵人（后来封为宣华夫人）吧？果然美如天人。”他心里想着，站在那里却不知走过去还是怎么办。

“好孩子，你终于来了，我盼这一天盼了三十多年了。快过来，坐在我身边。”这位坐在椅子上的老人正是杨坚。他年纪并不是太大，容颜衰老得犹如枯干皲裂的树皮。可能是皇后死后，他没了管束，和几位夫人纵欲太过的缘故。他微笑着，拍拍身旁的椅子。

袁天纲走过去，没有坐，只是微微躬身，算是行礼了。

“坐，坐下说话，不要拘礼。”杨坚脸上荡漾着笑意，在这一刻，仿佛有一股清新的生气在他体内生起，弥漫周身，使他显得不那么老、不那么丑陋了。

“这里只有我们两个人，可以随便说话，随便说，说什么都行。”杨坚心潮起伏，状似随意，其实也有些慌乱，他是等这一刻等得太久了，真的等到了，反而一下子适应不了。

“皇上，您有何旨意？”他在椅子上微微躬身问道，嘴角不经意地微撇，眼睛里却是嘲讽之色。

杨坚仿佛被刺痛了，旋即又笑了，握着他的手笑道：“好孩子，别这样。我知道你恨我，你知道这些事很多年了，却从没来找过我，也没提过我，我都知道。”他若有深意地看了袁天纲一眼，“我不怪你，你够好的了，你是好孩子。错的是我，都是我不好。”说着，他忽然哽咽住了。

“皇上。”袁天纲低低叫了一声。

“我真是的，都怪我。”杨坚又笑了，“咱们今天不说伤心的事，好好聊聊，要开心，要欢欢乐乐的。你这些年还好吗？”

“皇上不是都知道吗？”

“哦，我是知道一些。你不知道，我们虽然不见面，你也不在我身边，我却还是感到你就在我眼前一样。”

袁天纲抬起头，左右看着，却只看到窗外远处巡视的人的影子。他虽坐在这里，心却不在这里，也不知在何处。皇上的话就在耳边，他却感到好像飘荡在天边一般。

“我那天找你算卦，疯疯癫癫的，没把你吓坏吧？”杨坚又想起自己那次找他算命的事，当时的失态回来后自己都笑了几天，想到那天的事，他心里又萌生一缕温情，他想伸出手摸摸袁天纲的脸，却又缩回去。“你也有三十四岁了吧，和太子同年同月的。你倒是一点没变，我可是老了。”

袁天纲咧嘴苦笑一下，看到杨坚衰朽的身躯还是大吃一惊。心想：他只有两年好活了。想到这儿，心里也有点酸楚。在他眼里，杨坚并不是父亲，也不是天子，只是一个可怜的时日无多的老人。

若是算一般人的寿命可能需要推算一阵，杨坚此时的身体就像一个透明的沙漏，里面有多少细砂一目了然，他还剩多少寿命也可以精确推算出来，就像算一个沙漏里的细砂还能流淌几个时辰几刻钟一样简单。

“你别为难，你不想认我，我明白，也不会怪你。若是时光倒退回十年，我一定会让你认祖归宗，然后把所有这些……”他一挥手，好像把世界攥在掌心，“都给你。可是现在不行了，晚了。”

皇后死后，杨坚也真后悔一阵，他后悔太子杨勇废早了，应该现在废，他还可以兑现当初对苏蕤的誓言，把天下传给他们的儿子，刚废过太子，总不能再废一个，天下臣民将如何看待他？再者说，晋王杨广两次挂帅平定江南，麾下文臣武将众多，羽翼已成，可以横绝四海，他若真想废掉另立太子，又是大臣们从不知道的一个私生子，恐怕还要出大乱子。

如果他能年轻十岁，他一定会不顾一切地做这件事，而今他感觉精力一年不如一年，许多事都力不从心，更不用说做这种几近改天换地的事了。

“皇上，我过得很好，您也知道，我什么都不需要，您不用给我什么。”

“其实我也给不了你什么，”杨坚停顿一下，四处看看，竟然一脸茫然，“其实我也给你做了些安排，有一天会给你，希望你到时不要拒绝，就算我求你这件事吧。”

“不，我不会要的，绝对不会。”袁天纲像被针刺了似的，尖声道。

“好，好，不说这个。”杨坚哄孩子似的摆摆手，“你也有儿子了，我知道，我不想对你说什么赔罪赎罪的话，只要你想想，如果你有儿子丢了，二十年后你又见到他了，却不能认他，你明知他在哪儿，你明明有无数的东西可以给他，可是你什么都不能做，什么都不敢做，因为那样会伤害他。你都不敢去见他，不敢到他跟前，跟自己的儿子说说话……”

“皇上，您别说了。”袁天纲咬住了牙。

“我知道，我们以后见面的日子也不会多，甚至只有这一次，就算这一次我也满足了，我只是想让你知道我的心情，一个做父亲的心情。在臣民眼里，我是天子，是统一宇内的雄主。只有我自己知道，我只是个懦夫，是天下最没用的男人，最没用的父亲……”杨坚老泪滚满沟壑纵横的脸颊，也模糊了视线，他声音颤抖着说着、哭着。

袁天纲把脸转向左面，他纵然不恨他，也绝不会同情他，更不用说跟他有什么共鸣。

“你真的就不能原谅我吗？真的就不能认我吗？哪怕只是在这间没有外人的房子里。儿子，我的儿子，我知道有罪，我在你面前只是个罪人。”杨坚失控了，他从椅子上摇摇晃晃站起来，然后扑倒在袁天纲身上，紧紧抱着他。

“皇上，我是袁家子孙，家祖姓袁讳嵩，家父姓袁讳玑。”袁天纲冷然说道。

“是，是，对不起，是我失态了。”杨坚有些茫然地站起，又坐回椅子里。

袁天纲站起来就向外走，背后传来杨坚轻声的呼唤：“儿，我的儿……”

他走出静室，没去看用诧异的目光看着他的陈贵人，也没去看几个用同样诧异的目光看他的宦官，昂首挺胸一直走出大殿，忽然感到外面的阳光太刺眼了，眼珠被炽烈的阳光刺得酸痛，泪水止不住地流出来。一个宦官诧异地看看他，走过来好心地递给他一块绢帕。他迷乱地把宦官的手推开，一任脸上的泪水流淌着，步下高高的台阶，走过长长的庭院，转过前殿，来到大门前才停下，挥袖把眼泪拭干。

侍卫和宦官都直感匪夷所思，皇上今天是来兴善寺进香，早听说长安的袁先生卦术惊人，顺便请他来测算国运，谁知这位奇人竟哭着走了出来。人人都不明就里，也不敢相互谈论，只是惊骇地看着袁天纲的背影，人人心里都嘀咕：难道国运不佳？

董老丫和吴妞正在大门外等他，见他出来才放了心，三人坐上车，董老丫才问：“少爷，卦算得还好？”说完自己也笑。

“还好。”袁天纲也微笑一下，抓住了吴妞的手。

走出一程后，袁天纲回头望着夕阳中金碧辉煌的兴善寺，忽然萌生一个想法：该回家了。这里已经没有我留恋的了。

回去后，他就开始着手撤回老家的事宜。房子里的东西托董老丫等他走后打包运回，金鼎轩的钱倒不用管，在成都金鼎轩分号一样能取出，不过他也和金鼎轩的少掌柜说了一下。

董老丫看着他张罗这些事，就哭道："少爷，您走了，我可怎么办？"

袁天纲笑道："董姨，您跟我去吧，我养您的老。还有，乐儿也一起去。"

董老丫倒是想，可是舍不得儿子。她大儿子也当上一个庄头，娶了媳妇，生了儿子。她也舍不得袁天纲，但没办法。

吴妞倒也赞成他回去，自从知道他的身世后，总觉得少爷留在京城有危险。只是不知他和皇上谈了些什么，居然回来后如此决绝地要撤回老家。

杨坚和袁天纲的谈话并没在这件事上起多大作用，但这次谈话好像一个定数，一个袁天纲在长安必须走完的程序，走过后，他就觉得长安再无留恋，一切都失去了光彩。

他又用了一个月的时间遍访长安、大兴两处的亲戚朋友辞行。到他上路的那一天，杨素、贺若弼、牛弘这些当朝权贵功臣、文武官员以及长安府、长安县的官员都来祖送，郊外饯送的帐子排出十多里远，也是隋朝祖送场面最浩大的一次。

若非袁天纲千杯不醉，还真应付不来这场面。他逐个祖帐走过，说着感慨的伤别离的话，也不是场面话，在长安生活这么多年，和这些人也都时相往来，临别还真有些依依不舍。他毕竟是朝局之外的人，和这些人都没有官场上的利害之争，也都处出了交情。

最后，谁也没想到，太子杨广居然率领宇文述、郭衍、张衡这几位新贵来送行，还特地带了当朝第一术士章仇太翼。

"先生怎么要走啊？"杨广握着袁天纲的手，唏嘘不已，"我本想以后借助先生的神术扶助国运，振我朝纲，先生却别我而去，教我何以克当？"

袁天纲笑道："殿下有章仇先生为辅，何须我滥竽充数。殿下过爱了。"

杨广与他执手而语，送出很远，属官和其他大臣都退到了后边，待左右无一人时，杨广忽然握住袁天纲的手，笑道："送君千里，终有一别，我只想先生记住一点，不管怎样，我们是兄弟，永远都是。"说完，重重握了握袁天纲的手，转身离去，走出一段路，还回头挥手示意。拳拳之情，其他人看了都为之动容。

袁天纲脸色微变，如同毒蛇爬上了后背，凉风直冒。

坐上驿车，袁天纲还在想这事：看来他知道了，只是不知道他怎么知道的。也好，如果想来寻我的晦气，我也不在乎斗个鱼死网破。

这次乘坐驿车是杨素亲笔批的公文，可以免费乘驿车，还能在各处驿站享受一品大员的特殊待遇。吴妞还在整理着大家给送的礼金，咋舌不已，各家送的礼金居然超过了十五万贯，太子一人就送了十万贯。这些礼金都是钱票，可以在成都府衙门里提出来，或是在金鼎轩这样的大钱庄设在成都的分号里提出来。

“这太多了吧，少爷，您和太子没什么来往呀，他怎么这么大方，咱们能收吗？”她以为按袁天纲的个性，这礼金一定要退回去的。

“收，为什么不收，他送一百万贯我都收。”袁天纲面色有些阴森地说。

“您怎么了？太子跟您说些什么？”吴妞看着他的脸色，蓦然心头一颤，“他不会是知道了吧？”

“他知道了，他来就是想告诉我他知道了。”

“那他会不会……”吴妞猛地握紧了手。

“不会，他以为我离开长安是向他表明心意，以示与他无争，送我重金就是感谢我的。”袁天纲冷笑着说，“现在他不会做什么，以后难说。不过他就算做什么，我也不怕。”

“您有准备、有把握，我就放心了。”吴妞点点头。太子虽然厉害，在她眼里，少爷也是战无不胜的，何况还有药王菩萨作后盾。

第三十八章

袁天纲回到成都后，和家人尽享了两个月的天伦之乐。然后便想到自己多少年来一直要做的事：在青城山找一块好地方，建一座观星楼。

这愿望自他小时候在三羊宫被老道长抱在膝上观星望月时就产生了，多少年来却从不敢说出口，建一座观星楼可不是买一件小孩玩具，不过现在他有能力了，手上有近四十万贯，就算不够应该也差不多，在建造的这段日子里，他估计还能想出办法弄到钱。

这愿望一旦浮起就不可抑制，他就带了两个家人去青城山选址。看了几个地方却都感到不满意，此时也到傍晚了，他就和家人去三羊宫投宿，袁守诚现在已经是三羊宫正式主持道长了。叔侄两人畅谈一夜，谈到老道长生前的事，都不禁唏嘘。

早上起来，他抢在日出前来到后山山峰上望气，莽莽群山中雾气升腾，在空中幻化成各种形状。他却惊呆了，这是龙气，这分明是一条活龙在空中玩着鱼龙曼延的游戏，龙首昂扬，吞吐着一颗璀璨的龙珠。

“怎么会这样？”他在这里也望过气，虽说是二十多年前的事，却从没见过这等奇妙的景象。他记住那龙首所在的地方，就回来问叔叔袁守诚，袁守诚笑道：“那应该是蟠龙峰呀？你怎么会不知道？”

蟠龙峰是附近比较有名的山峰，离这里二十多里远，三羊宫的人都知道这地方，袁守诚想当然地认为袁天纲也知道，袁天纲还真不知道这个所在。

“蟠龙峰是个好地方，观星望气的好地方。”老道长生前最后一句话又响彻在他耳旁，他恍然大悟，那里就是老道长早就为他选好的地方。

早饭过后，他带着家人去了那里，在一个山坳里找到了蟠龙峰。这里用一般的风水学家的眼光看并不是好地方，和周围几个山峰气脉并不相连，有股孑遗独立的味道。他如果不是早晨看到那景象，也不会认为这里是什么好地方。但真正风水上佳的地方大多如此，许多气机被隐蔽住了，不然岂不早被那些半吊子的风水师挑走了。

他站在蟠龙峰上向四周观望，那里是龙尾，龙躯是如何盘曲蜿蜒，这里就是龙首，他双脚站立的地方就是龙首里的那颗龙珠。他让家人搬来一块石头放在脚下，然后又观察这里的地势。下面有块平坦的谷底，可以建几十间房子，周围砌上围墙，几乎就是一座小型的坞堡，这也是他想要建造的。他已经感觉到天道变了，尽管在天相和人事上还没有显现出来，世乱也许就在十几二十几年后来到，那时他可以把家人姻戚迁到这里躲避世乱。

在谷底和山峰间修筑一条台阶，山峰上依据地势就可以建造观星楼。他心中已经把大致构图设计好了，他想建造的观星楼基本就是三羊宫那座的复制品，只是内部要加许多设计，不是很复杂，却非常精巧，非能工巧匠无法措手。

他回来后就着手寻找蜀中各种能工巧匠，至于建造房屋的工匠倒是很容易找，只要有钱就行。蜀中向来不乏能工巧匠，他多方打听，四处拜访，两个月后就聚集了一批以精巧著称的工匠，这些人的开价自然都不低，却也没高出他的预想，他选出一人作总监，工钱给翻了一倍。

这些人不仅本身是能工巧匠，手下也都有一批手艺精巧的弟子，只要再找一些泥瓦匠和力工就可以了，这些事他也都交给了那位总监。

他给出基本构想后，这些能工巧匠按照分工拿出了图纸，合在一起就是整个工程的图纸，仅有图纸还不够，必须用木料按比例缩小造出一模一样的模型，这些都不是难事。

只是工程预算做出来后，他吓了一跳，整个工程施工期大约七年，晚个一两年也有可能，初步预算已经达到六十万贯，还不包括各种未知的费用，总监向他建议最好多准备一成的钱以备不虞之需。

他点点头，他手头有的虽不到四十万贯，但师傅孙思邈对他说过，他生母苏神医给他留下不少金银珠宝，要交给他，他当时没地方用钱，就说等用时再来取。他不知道生母给他留下了多少，按他想怎么也能有十万贯左右。其余的他再想办法，在几年里再弄到四十万贯应该不难。他有个感觉，整个工程可能八十万贯都挡不住，这些人开始时总是把预算要压低一些，以免把雇主吓跑了。

整个工程里最费钱的一项不是那些房屋设施，而是他要建造的那座水运浑天仪。这又是整个工程中的重中之重，不仅必须，而且一定要造的精巧绝伦，造价自然就浮到了天上。仅这一项几乎占据了整个工程的三分之一。总监曾委婉地向他说，如果这项可以拿掉，预算有可能压低一半，他当场否决了。

四个月后，模型就造出来了，放在桌上供大家观赏，袁嵩都拄着拐杖过来看，他和袁玑夫妻看后都是咋舌不已，这得花多少钱哪？他们回去商量一下，把家中积蓄和袁嵩的私房钱都拿出来，要交给袁天纲，袁天纲笑着说不用，他预备下的钱已经还用不完，等用完了再向家里要。

这些年，他多次给父母钱，父母都不要，说家里钱够用，不会花他在外面辛苦赚到的钱，他也没用家里的钱。

袁家有个习惯，平时绝不谈钱，所以家里也不知他手上有多少，他也不知家里的事。家里也是不知道工程的造价预算，否则非吓得逼他放手不可。

模型造出来后，细节也都敲定了，就开始雇人进山伐木，开窑烧造砖瓦，半年后工程就正式开始了。幸好他没指定木料要用楠木，而是本地取材，否则工程总造价将超过当年建造蜀王府。这些能工巧匠，大部分都参与过当年建造蜀王宫府的工程。

袁天纲派两个家人守在山中，不是监督，而是看看工程有什么需要，工程进度他也能随时了解。做完这些，他的心事放下来，手上的钱至少够前期的，他也不用马上着手弄钱，工程他只是十天八天地去看一眼。他又全力投入那套京房体系的完善中了。

这些日子，每天望气，推算值日卦，晚上观星，这些都日日不辍，但对他一直不断致力于完善的京房体系却进展缓慢，不是他懒惰，而是他感到已经进入一个瓶颈期，又被卡在一个关口上，什么时候才能突破，甚至最后是否能突破都很难料定。焦延寿那套用来预测一个地方即将发生的案件的体系也停下了，因为他没办法调用人力去查证。人事变迁，地域不同，许多参数也都不同，必须经过大量的查证、对比才能确定参数，也才能得出准确的预测。

这些日子，他除了在祖父、父母跟前承欢尽孝，基本都是和儿子在一起，虎头已经九岁了，因为他常年在外，每年只在家待两个月，儿子黏他黏得厉害，晚上很晚都恋恋着不肯离开他回房睡觉。晚上他也大多在夫人孙媛房中，他自感这些年来亏欠他们娘俩太多。

夫人温柔贤淑，这些年虽然大半时光都守着空房，却从无怨言愠色。家里人都对现在的生活感到完美无缺，唯一遗憾的就是再未添一丁。袁天纲对此也早有感觉，他就是一子的命，也无须奢求了。

秋天，他去了神农峰，和师傅、师娘待了一个月。他撤离长安，孙思邈仿佛也走完了尘世的历程，回到了神农峰。他早已不授徒了，他三十年前教出的那批弟子早都成了坐镇一方的名医，开堂行医，设馆授徒，他的弟子都有徒孙了，孙思邈现在可谓徒子徒孙满天下。他是仿效佛家菩萨化身千万的说法，他没有菩萨化身千万的神通，就用这法子把自己的医道传遍天下。

孙思邈听说他在青城山建观星楼，就拿出当年苏蕤留下的那袋金子和珠宝，总值是他估算的一倍，约有二十万贯左右。苏蕤留下的其实没这么多，是孙思邈偷着把师傅留下的一些珠宝也都加进去，还告诉他钱不够，尽管写信给他，不管多少他来补足。袁天纲答应着，他连家里的钱都不肯动用，更不会向师傅要钱用。

袁天纲把自己完善京房体系卡在瓶颈期的事也和师傅说了，孙思邈倒是诧异他进度之快，原以为他至少还需要十年才能到此境界的。在这方面，他已经帮不上什么了，只能安慰他别着急，京房体系庞大无比，囊括进一个完整的世界，若是容易完成，天才绝顶的京房生前也许就完成了。

开工建造观星楼的事惊动了益州总管（唐改为节度使，即后世的总督）府和成都府，两个衙门的官员经常上门来拜访，益州总管府称接到尚书省牒文，要求他们询问袁天纲建造观星楼的费用，度支（唐改为户部）可以核销。所需钱物可从这两个衙门支取，度支会拨付下来。

袁天纲忙说自己建造这批房屋本为终老深山计，与国于民俱无半点裨益，自然无颜让国家出一文钱。他猜测这不会是皇上的意思，皇上如果想给他钱，会派人来偷着说，不会通过尚书省弄得天下皆知，这一定是那位太子殿下。他虽然已决定以后顺水钱财不会再向外推，但这钱却感到烫手。

益州总管府呈文给尚书省，当时尚书省的长官是左仆射杨素，但已不主事，杨坚让他三五日一至衙门平章大事，实际上是表面尊崇，却剥夺了他的实权。此后就没有下文了。

随后不久，袁天纲发现家门前总有几个相貌陌生、行踪诡秘的人，他出行时，这些人就远远地跟在后面，他心中一笑，也就明白了，东宫太子还是对自己不放心。

京中故旧给他的信件他也发现都有开封后重新打封的迹象，他也只能苦笑，看来太子的眼睛要盯着自己很久了。

他在成都闹市区买了一套宅子，然后开始挂牌占卜，广收徒众。他在长安的事也早已传遍蜀中，他的卦室一开张，顿时顾客盈门，不减长安盛况，徒弟也一口气收了二十多个。这些都是从一千多个来执贽愿为弟子的人中遴选出的，他虽然不像师傅那样择徒严苛到令人发指的地步，但也不能萝卜白菜一筐收。

他每日除了开堂占卜，就是在后堂给众弟子讲学，俨然一派易学大宗师的模样，他也的确够得上。他给弟子讲的可不是易学义理，而是实实在在的占卜技巧。

几个月后，他的一个弟子拿着一个本子，上面记载他逐日讲学的内容，请他给校正一下，说是准备当作传家宝，代代世袭，代代研读。他倒忽然有了想法，何不效仿师傅撰写《千金方》那样，把自己易学方面的知识、心得也都撰写出来，刊印成书，更多地广惠学者，更能传诸后世，把真正的易学发扬光大。于是，他又开始著书立说，他一生中的几十部著作大都是在这几年完成的。

他每日出行也都带着这些弟子们，渐渐他发现那些行踪可疑的人都不见了。他也曾通过本地关系打听过，这些人既不是益州总管府的，也不是成都府的，而是来自京城，他当然明白主使者为谁，没再向京城的朋友打听。他心里苦笑，自己要遁世到深山，那位还不放心，自己如今日日处身闹市，那位看来倒是放了心了。

仁寿三年七月，杨坚崩于仁寿宫大宝殿，信使以传递十万火急军情的速度向全国各地驰驿，半个月后就传到了成都。

得到消息时，袁天纲正给弟子们讲学，听到后拿着的书茫然落下，脑子里一片空白。其实这个时辰他在见杨坚最后一面时就已经算出来了，只是后来就把这事忘了，此时听到依然如受了一记重击，他也没想到自己会这样，他原以为自己知道后就算比知道独孤皇后死去的消息能关切些，也不会怎样。

弟子们也都愕然看着他，没想到老师忠君爱君一至于斯。官员们都在成都府祭奠皇上，本地豪绅、名流也都被邀请到成都府，来告诉他消息的也正是成都府尹派来请他到府中的吏员。

他良久无语，也没有流泪，只是呆怔怔坐着。弟子们见他这样，都悄然退下，那位成都府的吏员也只好回去复命，好在袁天纲只是名流，并不是要员，去不去都可以。

晚饭时，他才出来，已经换了素服，告诉弟子们讲学暂停，不是一日、三日，也不是十日，而是三个月。弟子们都回家自己去参悟他以前讲过的要义。然后他就骑马回家了。

消息已经传遍全城，满城皆素，一些地方还隐隐传来哭声。杨坚虽治尚严苛，寡于恩义，国家经济还是达到北魏以来的巅峰，战乱平息，民众富庶，虽未称盛世，却也只有唐玄宗开元盛世可比，还是有不少人为他的死感到悲痛。

回到家中，他的神情已经很正常，除了没有笑容。在国丧期，也只有小孩子可以肆无忌惮地欢笑，大人们如果逐日喜笑颜开的，被人告一“幸灾乐祸”的状，就是铁打的死罪一条。再者，在满城素孝的气氛中，每人心中也都感到无形的压力，想笑也笑不出。

晚饭过后，他陪着儿子玩一会，就去自己的房中独宿。家里人以为他又要通宵演算易学，也都没在意。只有他母亲叮嘱他早点睡，不要总熬通宵。

他只是枯坐了一夜，什么有没想，他并没感到悲痛，却是一种深度的麻痹感，一向疾转如飞的脑子里仿佛变成了慢慢搅动的泥浆潭。

第二天他去山里看工程，这里并没停，也没有城里那种气氛。工匠们大多不知道，知道了也不以为意，皇上崩不崩的与他们无关，他们是按日子做工赚钱养家的，他们要是停工几个月不干活，家里老婆孩子的生活真就崩了。

看过工程他很满意，不过现在这些都是基础工程建造，精巧的都在里面，也都得在基础工程完成后才建造的。

总监拿着一张图纸给袁天纲看，问他后来又添的这张图纸究竟是什么建筑？袁天纲告诉他不用问，严格照图纸建造就是。总监笑着说，如果一定要添上这些，工程总预算还要加上一成甚至两成，其实这也是总监询问的本意，建造的究竟是什么他兴趣不大。袁天纲点头告诉他钱的事他会预备好的，需要时向他要就是。

袁天纲要添加的一部分是一座完整的先天五行八卦阵图，这还是神农门的不传之秘，神农堂的周围建造的就是这种阵图，建好后还要设法掩盖，平时不开启全部功能，据说当开启全部功能后，就会起到匿形无踪的妙用，整个地方就会平地消失，就是十万大军从附近把这里一寸寸踏遍，也无法把这里找出来，神农门正是靠这阵图躲避过无数的战乱。即便在平时不开启全部功能的情况下，也有如下妙用：野兽们不会闯进来害人糟蹋东西，还有避尘的功能，一两年不打扫都一尘不染。当然这是指不住人的情况，住的人多了，人为造成的灰尘却不能避免。

这些听上去虽过于玄妙，有些近于荒诞。不过袁天纲知道，这世上根本没有荒诞不经的事，只要人的脑子里所能想象出的都可以是现实，而宇宙中千百万倍的神奇玄奥的事则是人的脑子根本无法想象出的。在千奇百怪的宇宙现象前，人类就是把想象力扩充至最大，也依然幼稚如婴孩。

奇门遁甲他也涉猎过，只是他不喜欢这门杂学，在他所精通的术数里，奇门遁甲也只是刚登堂入室的火候。孙思邈精通奇门遁甲，他曾给袁天纲演示过，把一堆东西放在一个大桌子上，然后在周围布上这个阵图，等师傅发动阵图后，阵图连同桌上的一堆东西就在他眼睛眨都不眨的盯视下消失了。他以为是高明的障眼法，就用手去摸索。一般的障眼法只是骗过眼睛，利用的是眼睛的错觉，再加上光线折射等因素，只要用手摸索还是能找到的。结果他把那张光滑的桌子一寸寸摸遍了，还是一无所有。那堆东西真的就在空间里消失了。孙思邈不知怎么的手一动，那堆东西连同阵图又出现在桌子上。

他向师傅请教这现象的原理，孙思邈说他只会用，也不明白原理，相信就算是创出这套阵图的人都未必能说出个道道儿来。这他也理解，他是神算，算出的卦别人都说是神卦，再无不准的，可是他到现在也不明白为什么能算准。

这套阵图他已经听师傅全盘讲解过，回来后还是依据这里的地形地貌又研究了三天，才把图纸改动几个地方，交给工匠们建造。工匠们也都懂些五行八卦之类，这些毕竟也都必须通过工匠的手造出来，却认不出袁天纲给他们的图纸究竟是什么。

除了师傅给他的那袋金子珠宝，他这些日子开堂占卜赚的钱并不多，不过他不着急，他有种预感，到时候钱自然会向他手里流来，挡都挡不住。

看完工程后，他就漫山遍野地走，没有目的地走，心里只是感到空落落的落不到实处。遇到道观和寺庙，他就进去上香叩拜，然后在神像或佛像前静坐良久，每天都要到傍晚时分才回到家里。家里人并未察觉出他的异常，以为他忽然又想出什么绝佳的构思，在漫山遍野选址或者寻觅要找的东西。只是苦了跟着他的两个家人，袁天纲步行，他们骑马，袁天纲回到家里还是没有丝毫疲态，他们却是人困马乏，回来后连晚饭都是随便吃几口，就吃着吃着趴在桌上睡着了。喂马的家人也诧异他们都干什么去了，把马累成这样，第二天只好给他们换马。

这种状态持续了三个月，国丧期结束后，他突然就好了，不再去工程那里察看，也不去山里乱逛，继续开始授徒占卜，著书立说。

第二年（隋炀帝大业元年，即公元605年）春天，袁嵩去世。袁天纲第一次遭受到真正的悲痛的打击，祖父去世他也早有所料，却还是被那种难舍的痛苦击倒了。他哀毁逾度，几至灭性。袁玑夫妻虽然悲痛，较他却轻很多，在他们看来，父亲得享期颐之年，无疾而终，简直是修来的福分，生老病死本为必然，如此死法简直可以算是修来的福气。他们但愿自己也能有这种死法。

袁天纲这些年不知算度过多少人的生死，却很少真正见过死亡，董详的惨死曾经给他很大的震撼，让他过了好多天才缓过来。其后也看到了徐国尉的死，就视作平常了，这些毕竟是不甚关切的人。祖父在他心里可是世上最亲的人，从感情上说比父母更浓一分。

祖父丧事未过三七，中使就在益州总管府和成都府几个大员的陪同下来到袁宅宣旨，原来是新即位的皇上宣召袁天纲入朝为国师。

袁天纲是被抬着出来接旨的，这可不是装的，他真的躺在床上起不来了，自祖父过世，他粒米未进，只喝了几口水。

中使和几个大员面面相觑，这也太巧了吧！皇上诏书发出，这里就有了丧事，皇上再求贤若渴，也没法逼人在守丧期出来做官，何况人已困惫不起。

旨意还是要宣，过后，成都府呈文给当上，把情况如实汇报，中使在成都玩了几天，也就回京了。

这道奇怪的旨意倒是把袁天纲从悲痛中打醒了，这世上他还有一个强大的敌人在虎视眈眈盯着自己，自己不但要为自己，更要为家人的安全着想。自此，悲痛日减，饮食日进，几天后就能下床了，一个月后就平复如初。

说这道旨意奇怪，怪就怪在这个国师的名目上。国师尊崇无比，却没有这样的官职。朝廷设立官制，最高为三公（太尉、司徒、司空），三大主政衙门为尚书、门下、中书三省，下面又有御史台、大理寺、太仆寺、光禄寺、鸿胪寺等衙门，外省更有总管、府、县这些衙门，就是没有国师这设置。

朝廷中术士并不少，比如当朝第一术士章仇太翼，原来为太子效力，太子被废后又跟随杨坚，杨坚死后又跟随杨广，可谓鞠躬尽瘁于父子三人之间。他能以微意动人主，影响国家大策，也可以因喜恶拨人于微尘之中、置之于青云之上，更可以颠覆权臣于指掌间，说他能窃弄君柄都不为过，这样的人外廷大臣没一人不怕，可是他也没有任何正式官职。假如朝廷要设立国师职位，人选倒是非章仇太翼莫属。

国师，以前的朝代也没有，只有三公之上还有个太师、太傅，但和国师也是两回事。有国师还真是从杨广开始。他第二次挂帅平定江南叛乱，为了弥合南北两地的文化差异，就拜在佛家华严宗巨匠智凯大师座下，做了智凯大师的记名弟子，并在南方大兴佛戒，重金征集大战中失落民间的佛教经典典籍，这一举动对顺利平叛起了很大作用。智凯就成了名副其实的国师，但也没正式授予国师的名号。杨广而今就是要把这名目正式化，而且授予袁天纲。

他对杨广有些猜不透了，这位今上不放心自己尚在情理中，多派几个人监视也就是了，何必如此张皇其事？非要把自己以虚名笼络在身边才放心？看来他还不想对自己下毒手，可能是对师傅孙思邈有顾忌吧。毕竟孙思邈是真正可以抗礼万乘，且较智凯大师地位更尊崇的人。他并不认为自己有何本事值得今上哥哥如此厚爱。杨广和他同父异母，同年同日生，只是杨广出生比他早了两个时辰。

不过，不管怎么想，他还是觉得这事不太对，今上哥哥不该如此忌惮他才对？两个月后，一个奇怪的客人的到访解开了这个谜。

这天，他正看着儿子临完一篇右军的小楷《黄庭经》，家人来报，有人来访，还不肯说出姓名，坚持要见他本人。他出去一看，竟是和他只有一面之缘的皇庄庄头。他心里咯噔一下，不是董老丫有不好的消息吧？

庄头见到他，就神色颇诡秘地要求到一间密室，有要事相告。他猜测不出庄头有什么事，只是觉得诧异，他们之间可以说是风马牛不相及。

他领着庄头来到书房，告诉他这里就是密室，没人能听见他们说话。

庄头扑通跪下，就是三跪九叩，饶是他拉也拉不住，口称“主子”不已。

他又是惊恐又感好笑，以为这人疯了。庄头叩完头，这才站起来，还是弓着身子说：“老主子过世了，临终前把我叫去，让我以后侍奉您，您就是我的新主子。”

他有些明白了，原来是老皇派他来侍奉自己，可是自己并不需要呀？人既然来了，就安置在家里吧，反正不过多一个人吃饭。孰料庄头又说出一番惊天动地的话来。

原来早在开皇九年，也就是袁天纲去长安的那一年的年末，杨坚就把庄头叫去，告诉他去做一件极机密的事，在各地偷偷买下一些庄园和店铺，告诉他不许再让一人知道，否则他全家性命不保。

他用了一年的时间，在几个省份买下一些庄园和店铺，他回来复命后，皇上感到很满意，告诉他继续做，结果就一发而不可收，几乎每个省份，他都买下许多庄园和店铺，主要是店铺，有金店、钱庄、质押店、绸缎庄等，在陇上甚至还买下几个牧场，在全国布成了一张网络，南起交广，北至辽东，东至大海，西至朔漠，这张网络几乎全部覆盖，只是越是在内地越密，越向外拓越是稀疏。

“这要花多少钱哪？”袁天纲被这等大手笔吓呆了，这简直是一个隐形帝国，除了没有军队，没有衙门。

“钱花的当然多了。不过老奴有明细账簿，会呈给主子看的。自从老主子九五称尊后，原来国公府几个庄园的钱物，老主子再没动过一分，二十几年的积蓄也都被我用这种方式化作各地的庄园和店铺了，这也是老主子的交代，有亲笔圣旨。京城旁那几个庄园现在剩下的就是一副空架子。”

最后一次（其实也是他们的第一次真正）见面，杨坚曾经跟他说给他做了些安排，他想都没敢想是这样的安排，以天下至尊有此大手笔倒不稀奇，然其一片苦心令人佩服，也令人感动。

袁天纲看着摊在桌上大地图上标出的密密麻麻的红点，这些红点就是那些庄园、店铺、牧场，他醒悟到，这些不只是财产，而是一张遍布天下的逃亡路线。皇上当年做此安排是怕事情败露，皇后派人追杀他，就像他出生时，皇后派人追杀他们母子两人那样。杨坚虽是天下至尊，却也不敢保证皇后不在背后下毒手。他也知道自己老了，死亡同样是他所无法抵挡的，他也要想着自己死后的事，并做好准备。

他忽然看了几眼庄头，微现笑意，心里却在想：这些店铺庄园都是此人一手经办，钱财也都由他一人手中流进流出，又没有人知道，此人为何来告诉自己，何不自己留下。毕竟皇上死了，知情的人没了。

庄头看见他的神情，就猜出他在想什么，笑道：“主子可是疑心我能瞒下这笔天大的财产为什么不瞒？其实我瞒不了。我明白，老主子连皇后、现在的皇上都防着，那可是除了主子外皇上最亲近的人，我虽然跟随主子一生，素来忠贞不贰，老主子岂能不防着我？天知道老主子用什么法子在防着我，所以主子不必多想，莫说老奴全家受老主子天高地厚的恩德，绝不敢负心背叛，就算想也没这个胆子，我哪天敢动这个心思，哪天就是老奴一家粉身碎骨的日子，老奴心里明镜似的。”

袁天纲点点头，这倒也有可能，大行皇帝一生最擅长的就是驾驭、制御臣下的术数。他或许称不上雄武大略，但在治驭臣下这一点上历代帝王无人能出其右，连心高气傲、胆大妄为的杨素见到皇上都跟老鼠见到猫一般，腿都打战。至于他提防每个人，使用人所难知的手段让他们相互监视更是拿手好戏。他也猜不出大行皇帝会使用什么手段防着这位庄头，但他倒是相信，假如这位庄头敢欺心，想瞒下这笔财产，真会如他自己所言，立马全家覆灭，然后还会有个人来和自己联系，如果没有万全之策，大行皇帝绝不会把如此重要且又涉及天价财产的事交托给一个人办。

“这里还有一本账，是老主子交给老奴一个造币局，老奴把这造币局十年所造的钱上交国库一些，其余的都被老奴化整为零，转移到各地的钱庄了，这些钱大约有一千万贯左右，再加上那些店铺、庄园什么的，总值两千万贯左右吧。”

“两千万贯？”袁天纲又惊呆了。

“少是少了点。”庄头以为他嫌少，挠挠秃光了的头，“庄园每年所产出也不算太多，人吃马嚼的耗费不少，造币局每年造的钱也总要上交一些，不然老主子也难处理，老奴也是费尽全部力气，才弄到这么多。”

“还少？每年国库总收入能有几个千万贯？”袁天纲被震得身子都有些发麻。

“您不嫌少就好说，国库每年收入多少老奴还真不知道，也不关心，只是知道给主子您置办下这些店铺、庄园的，每年收入也有个一百万贯左右。”庄头又洋洋得意起来。“更主要的是，当今皇上不会知道这事。”

“他可能已经知道了。”袁天纲心里嘀咕着，这才明白杨广何以对自己忌惮如是之深。凭空不见了如此巨量的财产，他焉能查不出来？这些年庄头在四处办事他或许不知，但他一定能认为这些钱财早都到了他的手上，他建观星楼时，杨广曾通过尚书省试探自己，原来也是为此，自己推辞了尚书省提出核销费用的好意，杨广就更加认定自己得到了这笔钱。不然，以袁家的财力根本支付不出如此天价的费用。

仅仅是钱财杨广可能还不放在心上，他最怕的就是不知道父皇在暗中布置了什么手段防着他，也可能隐藏了一支精锐的军队，或用这笔钱财招兵买马，隐聚山林，甚至还有更多更可怕的可能，就在于想不出，他才感到恐惧，所以屡次出招试探。

第三十九章

一番长谈过后，袁天纲才知道庄头的名字，乌图丸。听名字应该是拓跋族的一个分支。他年纪已七十多了，却身体硬朗，精神矍铄。

一连三天，袁天纲都和他在书房密谈。乌图丸来到庄里后就一直闭门不出，每天饮食都在袁天纲的书房，也只和袁天纲说话，似乎怕人知道他来到这里。袁天纲也没往深里想，以为他生性谨慎罢了。

第四天他去书房的时候，乌图丸却死了，自己服毒死的。他留了封遗书，上面说他已经完成了老主子交给的任务，要去地下见老主子复命去。还要求袁天罡不要把他的灵柩送回京里，就葬在附近，他死后的魂魄也要伴随新主子。

袁天纲大恸，不知这是不是整个计划的最后一项，把唯一的知情人也封上口。乌图丸可能是怕自己活着，万一被今上抓住，酷刑之下会把一切说出来。其实大可不必如此。

他叫人悄悄买来棺木，把乌图丸盛殓，对外假说家中一个老家人猝然发病而亡，外人也没人注意。他在蟠龙峰附近的一处山腰寻一风水好的地方，把乌图丸葬下，墓碑上只写了一行字：大隋义士之墓。没有名字。

安葬了乌图丸，他就出发去各地了。乌图丸购置的这些店铺、庄园都雇有人经营，留有印信印符，告诉他们，只有印信印符合上的才是他们的主人。他就是要把这些真正收在自己手里。

假如杨坚还活着，给他这些，他断然不会接受，然而现在他如果不要，还能退给谁？退给今上哥哥？还是扔在外面不管？况且这套体系对他最有诱惑力的是这张网络，他一直想像当年借用长安府力量来验证那套焦延寿体系那样，把自己通过值日卦预测一个地方所有可能发生的案件的能力再度提高，可惜他从那以后，无法借用任何力量，自己调用如此大的人力、物力，而且要经常如此，就力有未逮了。而今一套现成的网络送到了他手上，他并不希图这些巨额财产，倒是借助这套网络来收集信息，验证、磨合焦延寿那套体系的诱惑力无可抗拒。

他又开始了两年之旅，去了每一个地方，按乌图丸给他留下的地址和信息找到每一个店铺、每一家庄园，连那几个牧场都去了，用印信印符把这些真正收归自己手中，当然这些店铺、庄园、牧场都有业主名字，但真正的主人却都只有一个，就是他。这些店铺都是直属于他，彼此之间既不知情，更不用说联系。

这是一个逃亡网络，杨坚设想的就是，皇后或者他的继承者知道袁天纲的身世后，会到处追杀他。袁天纲就可以沿着这个网络到处逃匿，就算这网络的大部分被发现、被破获，袁天纲也依然还有藏身之处。他原来构想的不过是为袁天纲设置一个狡兔三窟，后来发展起来，何止三窟，三千窟都有了。

这也是苏蕤之死给他的教训太沉重了，所以他绝对要避免第二次。等他发现这计划也可以完美地把国公府的财产都悄悄转移到袁天纲手上，做得更来劲了。他赐给几个儿子铜山、铸币炉，无法同样给袁天纲一份，就把一个造币局划归乌图丸监管，让他监守自盗，把一部分钱同样转移过去，分散到这体系中。但不管这套网络蕴含怎样巨额的财富，其本意、其主要作用依然还是逃亡网络。

他把这些产业收到手中后，就仿照京房体系把这些产业纳入进去，这样他就能很容易地算出各地都发生了和即将发生什么事，他也换了一套管理控制手法。这套网络不再是一盘散沙，而是如臂使指般指挥灵活的体系。在这方面，也没人能超过他。

他开始真正指挥这些产业了，每年他都给店铺、庄园下指示，告诉他们店铺要进什么货、庄园要种植什么作物，结果凡是按他指示做的，赢利都倍增。每年账单寄给他时，他都会查看一遍，有些错误的，不知是想瞒下些钱物还是算错了，他都会把正确的账单写上，寄还给这些人。他有时也会灵机一动，算出这些掌管店铺、庄园的人的一些事，就在信上开玩笑似的写出来。这些小术数把这些人吓得亡魂皆冒，主人不是人，是神，都说离地三尺有神明，主人更是无处不在！这些人无论做什么事，都感觉主人的眼睛盯在他们后背上，其后再没人敢欺骗他，更不用说背叛了。人就是这种心理，他可以反抗父母，反抗师长，甚至逼急了也敢造反杀皇上，但没人敢对神明不敬，更不用说背叛了。

钱他已经不用再发愁了，别说观星楼只差一半的钱，就算他想再建十个，都不会感到吃力。他当然不会这样做。他回来后不再为人占卜了，除了教徒，就是全力研究焦延寿那套体系。他忽然有个大胆的设想，把焦延寿体系和京房体系合在一起，这样就不仅能算出一个地方的事，甚至能坐在家里算出天下事。现在他有一个遍及全国的网络给他提供他所需要的信息，可以用来查证、磨合了。

他从外面回来后不久，三年守丧期堪堪过去，他就给他的世叔牛弘写封信，要求去一个不太繁剧的县城当个县令。此时杨素已经失势，杨坚晚年已经觉得杨素权柄过重，就想法剥夺了他的实权。杨广即位后，杨素重新得势，杨广对他表面尊崇，心里却颇为忌惮，两人之间嫌隙已成。杨坚朝的权贵唯一受杨广礼遇不衰的只有为人宽厚、与世无争的牛弘。

牛弘接到袁天纲的信也是纳闷，不知他缘何苦巴巴地求一县令，这倒不是难事，他趁朝见杨广时说了一嘴，杨广听后也诧异，然后微笑点头同意，心里还在想：我这兄弟够谦虚的。国师不就征，自己主动求个县令。

牛弘和吏部说了一下，吏部的正式任命书马上传递向成都，真个是雷厉风行。任命袁天纲为咨官县县令，原来的县令调走，另加委任。

袁天纲接到任命书后，就在家中摆宴庆贺，宴请益州总管府和成都府的要员，随后又是宴请亲族朋友，大肆张皇，众人也都暗暗诧异，这可不像他的所为，倒像是一个八辈子没发迹过的寒族好容易得了县令似的。

大宴了七天后，他带着二十多个学生、十多个家人，仆马显赫地上任去了。他还带了吴妞去任上，夫人和儿子还是留在家里。

一路上他也是故意造势，在驿站、在酒楼张扬其事，耸动路人，都知道这是咨官县新县令走马上任，也有羡慕的，也有鄙夷的。自然有耳报神报告给杨广。杨广边看报告边笑，这是演戏给我看哪。既然肯给我做官，也就不会有对付我、争权夺位的心吧。

他心里轻松一些，他秘密查了几年，还是没能发现父皇预留了什么手段，知子莫若父，反过来也一样。父皇为人隐忍的功夫最强，他也一样，为了太子之位，他隐忍了近二十年，但和父皇比还是差了一筹。他明白，以父皇的心性不会不预留手段，他不知道是什么，但一定是千钧之弩，不发则已，一发毙命。在没有查清这些前，他还不想公然对付这位异母弟弟。

莅任后，先接受县丞、吏员的群参，接见县里的名流父老，然后去上司衙门庭参。上司们都知道他是了不得的大人物，和京城权贵打得火热，再加上他的一代奇人的名号，都不明白他何以跑到这儿来委屈自己当个县令，也不敢当真和他讲究什么上下级的礼数，见到他都跟见到自己的上司似的。

走完这些官场程序，他开始处理公务，不过熟悉一下，然后依然交给吏员打理，他就躲入县衙，很少露面，依然还是授徒、演算。

他每天早上会发出一张纸，指示捕快、衙役们都去做些什么，这是他第二次正式用焦延寿那套体系来预测了。不上一个月，衙门里无人不知，县令大老爷是神人，不但对任何事洞察无遗，要发生什么事也都能算出来，那些蠹役们也都夹起尾巴乖乖做人。

袁天纲当这个县令正是要避免杨广的第二次征聘，同时更想借此研究焦延寿这套体系。焦延寿当年做的就是县令，自己谋个县令，就和他当年的环境差不多，研究起来也更精密些。

他这三年县令生涯，汲黯卧治襄阳都无法比，堪称真正的卧治。衙门里的人都很少能见到他，但在这三年里，县城里的刑事案件为零，民事诉讼也极少，一县肃然清净，上司衙门也都暗暗称奇。只有一件让上司衙门头痛的事，就是杨广即位后，听了章仇太翼的话，说是他的本命属木，雍州是破木之地，所以应该迁都洛阳。他便在洛阳大修宫室，这一开头就不可收拾，不仅在洛阳，在各地也开始大修宫室了，无日无休，国库虽然财富雄厚，他却不舍得都由国库出，开始加重赋税。

袁天纲对加赋增税的公文一律付之一炬，上司衙门见他毫无动静，既不敢催，也不敢问，最后只好含混地呈文给朝廷。尚书省早知这位县令是牛大人亲自荐的人，自然也是含糊核准。一个小县少征点赋税，也不会让皇上的宫殿缺一砖、少一瓦。

三年任期满后，袁天纲不待吏部铨选，挂冠封印径去，回到成都。他在家待了不到两个月，就听到风声，皇上还要征聘他到朝廷做官，他索性去三羊宫出家做了道士，法名为袁天罡。

他这道士也不过是掩人耳目，做的有名无实，每日在三羊宫混一阵，该去查看工程一样去查看工程，该回家一样回家，只是穿道袍、着道冠而已。家人不知就里，还以为他从小就有出家作道士的夙愿，现在不过是过一把当道士的瘾罢了。半年后，风声过去，他脱掉道袍，又潇洒地还俗了。只是以后他一直用法名作本名，所以后世都称他为袁天罡。

观星楼建筑已接近收工了，只剩下里面一些精巧的设施，比如人在门外踩到机栝就会自动打开的门，时辰到了会自动打火点燃的油灯、时辰到后又会自动熄灭等，楼里到处都有这种自动装置。这一套袁天罡是跟老道长学的，他的观星楼里也有许多这种小玩意，基本原理都是仿照诸葛武侯的木牛流马，只是更为精巧。然而最精巧也最精密的就是造价奇高的水运浑天仪，本来只有集国家之财力和能工巧匠才能造出这等神物，连三羊宫的观星楼里也没有浑天仪。但他就想造一架，而且也要自动化的。如此精巧的设置靠木牛流马的原理就不够了，他看到江河边上靠水力带动的伐米的巨大碾子，想出了绝妙的构思，用水力为动力，带动这座庞大的浑天仪按照天体运行的规律和速度运转，而且必须和天体运行同步，也就是说坐在屋里，看着浑天仪，就跟看到外面天空上的天相一样。浑天仪还有自动报时功能，每到一个时辰，一个小木人就会跳出来敲响一座小钟报时。

这座庞大、构思精巧绝伦、设计精密无比的水运浑天仪是和观星楼同步开工的。袁天罡在浑天仪上可是耗费了太多心血，毕竟构思出自他，也只有他最清楚每一个细节、每一个运转的原理，工匠们只能按图打造，就难免有许多瑕疵，都需要一一打磨。组合在一起后，还需要不断地调试，一次又一次地修正打磨。工匠们都是头一次干如此精密的活，都干得很辛苦，不过毫无怨言，能造这样一座神器，本身就是巨大的享受，何况报酬也是格外优厚。

当这座水运浑天仪最后一次组装完成，安置在观星楼最高一层的中间，机栝打开，水流涌动，浑天仪开始缓慢转动，这一刹那，所有人都不由得屏住了呼吸，仿佛看到上天就在眼前转动，自己已置身天上，置身于星辰云气之中。在场人都热泪盈眶，整整七年废寝忘食般的工作终于得到了足够的报偿。

观星楼最上一层足有下面每一层的四层高，只有一个房间，中间就是这座假山似的水运浑天仪，穹顶则绘制着一幅完整的天相星空图，边框金碧辉煌，星空一片蔚蓝，每颗星星都闪射着耀眼的光芒。仰首看着穹顶，也真如看到了高高在上的星空。四周现在还是空荡荡的，袁天罡准备住进来后把观星望气的必需品带上来就是。浑天仪虽说安置好了，还需要对照天相调试多日，最后才能调准，不过这些他来做就行了，工匠们的活儿已经干完了。

半年后，整个工程结束了，他设宴招待这批最后撤离的工匠们，每人都另外发了赏钱。原来预算是六十万贯，结果仅仅那座水运浑天仪的造价就达到八十万贯之多，加上工程的造价最后接近二百万贯。如果不是乌图丸给他带来那笔巨额财产，他还真不知如此多的钱从哪出，也许只有忍痛割爱，砍掉浑天仪了。毕竟没有浑天仪也可以观星望气。

他这里造了大批自动机械，远在洛阳的杨广也不约而同地让宇文恺等能工巧匠打造一批这类自动的玩意，从行动宫殿，到屋里的设施、床上的设施，甚至宫内美人的梳妆台，全部都造成自动化的。在那个时代，这些几乎是不可想象的。

一个月后，袁天罡把家小都带到观星楼这里，下面盖好的整齐的房子就是给家人建造的，四面是高高的围墙，上面还修有瞭望楼，只是没有雉堞、箭楼这套东西。里面正房、厢房、耳房、马厩、仓库一应俱全，家人从主人到仆人都分配了住房，所有家什也都是新打造的，被褥、窗帏、桌椅等用品也都是新买的。他甚至给儿子专门造了一所跨院，预备儿子将来娶妻纳妾、生儿育女，就住在里面。儿子已经十七岁了，这些也是要考虑的事。

马厩里他买了五十匹马养在里面，库房里更是储存了大批的粮食、酱菜、酒、腊肉，足够三年之用。以前他只是感觉到世道将乱，现在就不是感觉，而是从天相、更从人事上看得一清二楚。

家人们也都被这恢宏壮观的建筑惊呆了，至于钱的来源大家也没怀疑，都知道袁天罡在长安时，无意弄钱，钱到手里还向外推，结果还是富得难以想象。他出去了两年，又做了三年县官，或许弄到了更多的钱。其实自从乌图丸不速来到后，他再没赚过一文钱。县官的俸禄收入还不够他赏赐仆人的，当然更不会搜刮民财。只有吴妞猜测这一定是老皇上给留下的，乌图丸到的时候她就有些明白了，因为她知道这老人是给皇上管皇庄的庄头，他来找少爷当然是老皇上的旨意，从那以后，少爷花钱就像流水一般，钱却越花越多。

等他把大家带到最后一层，给大家看那座水运浑天仪时，大家更是惊呆了。自己这还是在人间吗？分明是在天上，在星辰日月之间。

自此，袁天罡就进入观星楼里，日日观星望气，俯察世间万事，苦苦寻求天道和人事之间的关系。

隋炀帝大业七年（公元611年）春二月，杨广正式下诏讨伐高丽，辽东之役解开序幕，大隋王朝也像一头盲了双眼、又四处跳踉的巨兽一头栽进无底的深渊。这道诏书也是大隋王朝和杨广本人的催命符。

如果说袁天罡在杨坚晚年对隋王朝二世而终的命运还感到不理解，至少看不出来，至此，不但心中毫无所疑，而且把隋王朝今后走向的大致节点都算出来了。他急于建观星楼，正是要给自己的家人打造一个乱世避难所。

隋王朝二世而终的原因，当时的人和后世的人乃至史家都找出千百种理由，尤其是李世民对隋王朝覆灭的原因探究得最为深刻，然而他晚年依然踏入隋炀帝的覆辙（征东），大唐不但没亡国，而且未伤国本，究其因，是大唐王朝气运正隆盛，虽踏入覆辙，却还有能力全身跳出来。

袁天罡也从人事上找原因，这简直太容易了，杨广自即位后，日日修治宫室不止，这是秦亡的覆辙。他荒淫无度、奢侈无度，造龙舟、开运河，虐使民夫，惨死者无数等等，在后来发生的所有闹剧惨剧中，让他感到啼笑皆非却也大为不解的是这件事。杨广为给辽东将士运送粮食，征发了六十万名民夫，三人拉着一辆鹿车（容量仅容一鹿），每辆车只能装载三石粮食。可是路途赊远，民夫们没法带足一路上的干粮，到半路上只好吃车上的粮食，否则只能饿死。结果还没到前线，车上的粮食就吃光了，害怕被军法从事，这些人只好亡入深山为盗。

在他看来，这是再明显不过的逼良为盗，那些征发民夫的官吏们怎么可能把民夫当作不用吃喝的木牛流马？从这些民夫上路时，命运就决定了，不是饿死就是去当强盗，不管怎样，这些军粮一粒都运不到前线。假如这是敌国施行的阴谋，那真是只有陈平才能想出来，张良都甘拜下风的奇策。可这都是隋朝的大小官吏们做的。在他看来，从杨广到中央、到地方的大小官吏做了无数的事，似乎都只是为了一个目标：把全国的百姓逼成强盗，起来反抗他们。为什么会这样？他想的还不只本身这些，想得更多的是为什么会这样？

他和杨广有过几次交往，虽说只有一次长谈，却也没从他身上看出亡国之君的迹象，更没看出他会有后面这些疯狂的举动。或许可以说杨广是一位演技超卓的优伶，足以骗过世人的眼睛。这话对任何人都适用，对他却不是这样。他是占卜师，一位享有神算美誉的占卜师，一位在长安算过数百万卦、从无一次错误的天人级的占卜师，他不是用眼睛看人和物，而是用他的易学上的超凡预测能力来看人。如果杨广仅用演技能骗过他，他那神奇的相术就白学了。而他没能算出杨广之后这些疯狂的举止，更让他有种受挫感。

他给无数人算过八字，每个生辰八字的命理都是一条完整的生命轨迹，他看过无数个这样的轨迹后，感觉自己已经像是活过了无数个人生，人的生命中已经没有什么可以瞒过他的慧眼。最后，他看一个人就像孙思邈看待病人似的，只要听音、查看气色、观察其举止就能完全诊断一个人的健康程度，是否有病，有什么疾病。他也一样，他后来看每个人，不用查看生辰八字，眼前就清晰浮现出这人的生命轨迹，但杨广的生命轨迹不该是这样。他甚至有种感觉，杨广即位后依然还是个优伶，他是为了配合大隋王朝二世而终的命运继续在演戏，而且演得无比逼真，无比疯狂，一直演到死。

他不知道自己做出这样的判断是否因为自己和隋皇室毕竟血肉相连，和杨广也毕竟同气连枝，自己是否在心底最深处还同情这位今上而为他辩护。

袁天罡从不给自己和家人及太亲近的人算命，因为这里面无可避免地掺杂了他个人的感情、好恶等因素，这些都会微妙地改变预测结果。

在大业七年的春天里，观星楼的建筑尚未完工，他就已经把隋王朝的走向、节点、最终命运都算得一清二楚，后来发生的一切事似乎都在验证他的预测而已。所以观星楼建好后，他就一头钻进里面，开始苦苦寻绎这其中的道理。他寻找的不是人事上的，而是天道上的。

袁府的家人们自此也两头住，有时回老宅那里，有时在蟠龙峰下的房子里，家人们都很喜欢这种生活，山间风光秀丽，景致优美，高高耸立的观星楼更像是直通天际的通道，让人们有种奇妙的感觉。

袁天罡的弟子们也都住进观星楼里，观星楼共有七层，第一层是会客的地方，也是袁天罡给众弟子讲学传道的地方，第二层就是给弟子们建的房间，第三层是他的卧室、书房还有静坐室等。上面就是安放浑天仪的顶层了，他在这里观星望气，苦思冥想，闲暇时也把自己悟出的道理写在纸上，最后编集成书。

他也不是完全不理世事，他还有分布在全国的店铺、庄园这些产业需要照顾。他和这些产业间有特殊的联络方式，即便在烽火处处、盗贼遍野、各地道路梗阻时，这联系也依然畅通。他给这些产业的店主、总管写信，提前告诉他们即将发生的战乱兵火，指示他们如何趋吉避凶，保全人和财产的安全。隋末，战火遍地，天下糜烂，他那些产业倒是大都保全下来，这些店主和总管对主人益发敬仰得五体投地。

袁天罡也是通过这方法了解各地的情况，从各地的信件上简短的文字叙述和触目惊心的死亡、难民数字，在他脑子里却浮现出一幅幅惨烈血腥或悲惨的地域图。现在，许多事他已不必特意起卦推算，这些在脑子里已经能够自动完成，最后出现的就是真实发生过的场景。

看到一幕幕悲惨血腥的场景，他常常痛苦得难以入睡，仰望苍穹，不知高高在上的天道缘何这般残酷？尽管他早就明白，天道无亲，天道无情，他还是无法理解天道缘何会设定如此残酷的进程。

自他了悟自己身世后，他就对天道由敬仰、膜拜中添加了一丝怀疑、一丝痛恨。他有时甚至会愤激地想，人不过是天道用无形的细线牵着的傀儡，还自以为或是英雄或是枭雄，还自以为或是情圣或是文圣，其实都不过是活在天道设置的一个幻梦中。千军万马的厮杀，血流漂杵，伏尸百万的惨烈，连庄子寓言的蜗牛角之争都不如。所以他汲汲于探明天道，就是想打破这幻梦，找回自己的本源。

这些年，他占卜技艺日益精进，已至神而化之之境，可是他占卜的理念却不如原来纯净，常常会滋生许多奇怪的想法和感觉，这些想法和感觉有时很荒诞，有时又自相矛盾，有时还明显是错觉。这些别人都看不出来，外人已经在一天天地把他神化，看着坐在高高观星楼里的他，都有种仰瞻神祇的膜拜感。

大业十年，来了一位年轻人，间关险阻，一路上躲避盗贼和乱军，来到了袁府，要求见袁天罡。家人把这人领到观星楼，袁天罡在观星楼下的房子里见了此人。

来人自我介绍，是岐州人，名叫李淳风，特来拜见袁天罡，求袁天罡把他收入门墙。他还从身上掏出一块条金作为拜师的贽礼。

袁天罡看到这位年轻人，又和他谈了一阵，就从心里喜欢上他了。李淳风的父亲李播原来也做过官，是高唐县尉，因志慕学道，弃官做了道士，自号黄冠子，也很有名气。李淳风自小和父亲一样，喜欢钻研道术，尤喜易学、占星、阴阳风角这类的术数，他博览群书，易学的功底也有一定的火候。因一心向学，尚未娶妻。

袁天罡感到这年轻人简直就是见到恩师孙思邈前的自己，志趣也差不多，此人天赋之高更是迥出等辈，他收了二十多个弟子，在蜀中也都是上上之选，和李淳风相比就差得太多了。他有时也会很苦恼，自己身后会没有堪继承衣钵的传人，这事是没办法的，恩师现在也还没找到神农门的下代传人。见到李淳风，他立马感觉到，这是上天送给他的衣钵传人。

他收下那块条金，也知道李淳风不是要显摆自己的礼物多么贵重，而是取“向学之心坚如金石”之喻。他当即答应收下李淳风为弟子，然后领他登上台阶，来到观星楼。

李淳风早就被观星楼的壮观震慑住了，登上台阶后，震撼益甚。通向观星楼的甬道是用玉石板铺就的，其实就是测日影用的圭表中的表，甬道终点立着的就是整块大理石打磨成的圭。圭表并不稀罕，如此设计真是别出新意。

进入里面后，更是被里面的奢华与壮丽震惊得说不出话来。这座观星楼外人是不能进来的，所以袁天罡也不藏拙了。乌图丸后来监守自盗，把皇庄里二十年来为杨坚打造的所有东西都盗出来，分散到自己买下的店铺里，袁天罡当然不能任这些珍品都堆在仓库中发霉烂掉，也就都调运回来，用在了观星楼和下面的房子里。只有他接见李淳风那间客厅还保持着原来的淳朴风格。

站在这些华丽的挂毯和锦帷中，他感觉自己带来的那块条金简直就是土块。袁天罡见他神情，就笑道：“我这里是奢华了些，都是祖辈留下的，不用也是白放着。”

待看到那座水运浑天仪，李淳风简直成了石人。他想不到还能见到这等神物，朝廷太史局里的浑天仪和这座浑天仪相比，就是偷工减料、工艺粗劣的仿制品，更不用说以水流为动力这等绝妙的构想，令人只能叹为观止。

再惊奇的事物几天后这种感觉也就淡了，时日长了也就平常了。李淳风在这里住下来后，袁天罡对他自然倾力栽培，和当年恩师栽培自己时一样。当然他也不是对李淳风有偏爱，他给李淳风讲过的对其他弟子也都讲过多次，而能领悟多少端看弟子个人的天赋与修为了。

李淳风天资绝顶，领悟力更不必说，他原来的基础就较袁天罡这些弟子高上一筹，在袁天罡的教导下，真是一日千里，进境飞速。后来，就经常是只有李淳风和袁天罡坐而论道，其他弟子只有听的份儿了。

袁天罡授徒并不按入门先后排序，弟子们之间也都是称呼名，没有师兄师弟这些称谓，也没有先后大小之别。他的规矩就是愿意跟他学就一直学下去，不愿意学了或者觉得自己学的够用了，随时可以离去。结果二十多个弟子没有一个离开他去别的地方自立的，都觉得越学越觉得自己浅薄，也都准备跟着师傅学一辈子了。

第四十章

隋末的大动乱如同暴风骤雨，来得快，结束得也快。大业七年，隋炀帝发布讨伐辽东的圣旨时，还是一个雄心勃勃、气吞四海的雄主，他手握皇权，手中掌握着当时世上最庞大、也最精锐的军队，真是投鞭可以断流，移山可以填海。然而到了大业十二年（公元616年），仅仅五年的时光，他就成了只能躲在江都城里，靠强大的禁卫军保护，沉迷于醇酒美人中的懦夫了。他也知道天下将亡，国将不国，有时预感自己的头会被人砍去，有时又可怜兮兮、自我陶醉地做着“不失为长城公（陈叔宝）”的美梦。他挂帅平定了江南，生擒陈叔宝，他一生中最瞧不起的也是陈叔宝，在陈叔宝死后轻蔑地给了他一个谥号：炀。不料他还比不上陈叔宝和刘禅，最后连乞降活命的机会都没有，唯一和陈叔宝同命运的是后人也给他同样的谥号：炀。

公元618年（唐高祖李渊武德元年），杨广在江都被他最宠信的禁卫军统领宇文化及等人弑杀，大隋王朝辉煌而短暂的历程落下帷幕。

在他生前的几年里，就已经是群雄并起、共争失鹿的局面。后来，曾经在长安雀屏中选赢得美人归、一时传为美谈的李渊，再次一发中的，在争鹿战中拔得头筹，占领长安（都城大兴），然后逐步削平群雄，建立了为后世歌吟不休的大唐王朝。

武德九年（公元626年），李淳风要去京城发展，这也是袁天罡给他的劝告。袁天罡认为他也已经到了一个瓶颈期，应该出去历练一番，就像他当年去长安一样。

袁天罡久不出山，也想出去看看，就要送李淳风一程。这一送一直送到利州郊外的华云驿站，袁天罡决定在此为自己这位杰出的门人饯行。

两人在驿站的酒楼里喝着酒，李淳风在观星楼里本来已经觉得要请教的都请教完了，出来后却一个问题一个问题冒了出来，不停地向师傅请教，送出如此远，就是因为袁天罡一路上不停地给他解答这些疑难。

正给李淳风解答一个问题，袁天罡忽然怔住了，眼睛直直地望着窗外，脸上也现出惊异、热烈的神情。李淳风不明所以，师傅向来是宠辱不惊，泰山崩于前而色不变，他在师傅门下，也只见到师傅在弟子突破进境时才会露出欣喜之色。

"师傅。"他轻轻叫了一声。

"你看外面。"袁天罡用手指着窗外给他看。

李淳风顺着师傅的手指看去，却什么也没有看见，只有青天、白云，他犹疑地看着师傅。

袁天罡诧异道："你没看出来？"

李淳风赧然点点头，好像老师出道试题，自己没答上一样。

袁天罡俯身过来，在他耳旁轻声道："帝王气，那片祥云就是帝王气，我望气望了五十年了，没想到还有福气亲眼见到。"他的声音都有些发颤了。

"帝王气？"李淳风又向那片云望去，还是看不出个名堂。他本来也会望气，跟着袁天罡更是把这门学问精进许多。

"嗯。"袁天罡似乎明白了什么，他想起来当年跟师傅从江南回北方，渡江时，师傅回头望着烟雨霏霏中的金陵城，说了一句："金陵王气黯了，南北方一统的日子就在眼前。"他当时也是什么都没看出来，结果三个月后，隋国就开始了平陈之役。他原本以为自己当时功力太浅，所以没能看出金陵王气的变化，后来他渐渐感到不是这么回事，有些异象似乎是只有特定人才能看出的，不像天相所有人都能看到，功力火候到了也都能看出奥妙来。

他自跟随三羊宫老道长学习望气术，就天天望气，希冀能看到各种气中的至尊：帝王气。结果五十年来从未看到，他有时都会怀疑秦始皇时术士动辄报告说哪里有了帝王气，始皇帝就要出行去魇压，还要找到王气所在，掘地脉泄之。后来许多史学家认为始皇帝出行是为了夸耀四方，震慑尚未归服的人心，其实不然。

“那里好像是利州城，咱们进去看看。”袁天罡推开碗筷，起身下楼，李淳风自然是紧跟师傅，亦步亦趋。

两人一路快行，进了利州城后，袁天罡找到了那片帝王气所在的地方，竟是利州都督府。他虽在观星楼里，天下大事还是了如指掌，知道利州都督武士彠乃新朝权贵，当年不过是个贩运木材的商人，李渊当年多次入京述职，来去都要经过他家，武士彠就竭力巴结李渊，竭尽家财供奉这位国公爷，他当时也未必知道这位国公爷回来会一变而成帝王。

李渊是很念旧情的人，兼且他起兵后武士彠也献纳不少军饷，称帝后思报故人，就封他为郡公，任命他当利州都督。

此时，利州都督府进出的人相当多，里面也是一片喜气洋洋的景象，他问了下附近的人，原来武都督新得的公子刚满月，正在府中摆满月宴。袁天罡心中暗道：应该就是这小子了，我倒要看看究竟什么样的人物，居然能让天降异象。听说是个公子，他心里又微感失望，在看到那片帝王气后，心里马上浮出四个字：女主天下。没有卦象，没有推算，直接出结果，袁天罡管这种现象叫“天启”。望气学本来就是独立于易学之外的术数。

既然是男孩，估计就只是大富大贵的命儿了。想到这儿，他心里也暗笑：若是帝王出生时都能被人发现异象，这帝王也就成不了帝王了，都得是夭折的命。他见过的帝王不多，却也不少，杨坚、杨广，还有李渊，无论身上还是头顶都没有所谓的帝王气，连推算命理也得不出他们能当帝王的结论。

袁天罡确认无误后，就通名进去，守门的家人听说这是蜀中的活神仙袁仙师上门，惊得屁滚尿流，飞跑着进去禀报。不多时，武士彠也跑出来迎接，口称：“不知袁仙师光降，有失远迎。”

袁天罡笑道：“听说贵府小公子满月之喜，我恰好路过，特来贺喜，只是来得匆忙没带礼物。”

武士彠满脸堆笑道：“仙师能光降敝府，就是天大的荣幸，什么礼物都比不上。”他倒不是客套，蜀中能请动袁天罡上门的委实不多。

袁天罡又介绍李淳风，李淳风此时还没有什么名气，武士彠听说是袁天罡的弟子，也不敢小觑，当下恭恭敬敬把两人迎入内堂，恭请上坐。

袁天罡本来只想看看这位小公子，武士彠焉肯放过这一辈子只有一次的良机，把夫人杨氏、两个儿子和一个女儿都叫过来，请袁天罡给测算命运。袁天罡也都仔细看过，两个儿子命相一般，死后却能尽享尊荣。杨氏和那个女儿却是前半生坎坷，然后清苦，最后得贵人之福，享受大富大贵，却也都是惨死的命儿。他一时也看不清这其中的道理，就拣着能说的说出来。人家正在贺喜，自己也不能太直言无讳了。

最后武士彠才让奶娘把刚满月的小公子抱出来给袁天罡相，袁天罡看这孩子粉妆玉琢，脸若银盘，一下子就喜欢上了，这等好面相委实不多见。他用多年没用过的相术仔细查看孩子体内的气，然后笑道："可惜是个男孩，要是女孩，将来必定女主天下。"

武士彠心头一震，面色大变，强笑着恭维袁天罡的相术。"女主天下，我们家要出皇后、太后了吗？"他心里一阵狂喜，也不由得一阵突突的心跳。

袁天罡还沉浸在这孩子不凡的面相、骨相和气色上，倒没发现武士彠神态的变化。袁天罡看过后，也不停留，告辞出来，武士彠苦留不住，只好亲自送出府。两人走了一段路，袁天罡再看那片云时，云彩已经散去，重又归于平淡。

"可惜是个男孩。"他心里还微感遗憾，不然的话可就发现一个小帝王了，这在望气者来说，比发现一座金矿还令人激动。

"师傅，那就是个女孩啊。"一直沉默不语的李淳风说。

"什么？那是个女孩子？"袁天罡大惊。

"师傅真没看出来。"李淳风感到不可思议，他都一眼就看出来的事师傅怎会没看出来。

袁天罡回头细想，可不是个女孩子嘛。他听人说武士彠得个公子，家人也都说是小公子，他就没细看，他看相时只是关注面相、骨相和体内的气色，也没注意究竟是男孩还是女孩。

"我真成了伯乐相马了，不辨牝牡。"他自嘲地笑道。

传说伯乐有一次相马，选中一匹千里马，等运回来后却发现此马的牝牡和伯乐说的恰好相反，马的毛色也不对，但的确是匹千里马。

"是千里马就好，牝牡不重要。"李淳风笑着为师傅解嘲。

"不好，我泄漏天机了。"袁天罡跌足叹了一声。他忙掐指推算，然后苦笑道："这孩子将来有难受了，都是我这天机泄漏惹的祸。我若当时查看出这是女孩子，这话不会出口的。"

"师傅不是说过嘛，一切皆是天意所定，天意特意显像给师傅，也许正是让师傅泄漏的。”

“也许吧。”

送走李淳风后，袁天罡回到蟠龙峰观星楼，又在苦思这一异象，心中依然有震撼感。他苦寻天道半生，这还是第一次天道之光在他眼前闪耀了，他虽然还不能借此找到天道的大门，却有了一丝希望。

这些年他自己的进境出现一种奇怪的现象，一方面在寻觅天道方面寸步未进，一方面在完善京房那套体系上却是飞速推进，他原以为自己一生也不过能做到初步完善，还要靠像自己这样的人几代甚至十几代的完善，才能最终完成，不料现在已经完善得差不多了，看来有望在自己手上把这个体系构建得完美无瑕，这可是一个囊括了世间世外万事万物的一个完整的世界。他年轻时就有种强烈的预感，等这个体系全部完成后，就是能打开天道之门的时候，看来有生之年还是有望寻觅到天道，有望悟道，但这至少还需要二三十年。

孰料此次无意间出山，就惊喜地发现了天道之光，难道真是天道酬勤，是对自己苦寻天道大半生的酬劳?

他苦思冥想一夜，天亮时忽然又得了一个“天启”式的启示：这女孩子就是自己打开天道大门的钥匙，上天显示异象给自己，正是要给自己这个启示。看来自己辛苦一生，毕竟要在这女娃子身上窥见道之全豹了。

至于女主天下，他也没多想，不过是吕后、东汉马太后这类女主，她们不是垂帘听政，而是自己临朝称制，自己称朕，直接发布政令，无须借小皇帝之名来发布政令。虽都是太后执政，和一般的太后垂帘听政还是有本质的区别。至于这女孩子后来居然能自立为皇帝，成为中国历史上唯一的女皇帝，他在当时也没能测算出来，毕竟史无先例。

自此，他的眼睛就没离开过武士彟的这个二女儿身上，他特地通过自己那张网络安插了一些人在武府附近，每天观察，每月向他汇报。

光阴荏苒，十几年的时间如同小鸟的翅膀轻轻滑过空中一般过去了。李渊的二儿子秦王李世民发动玄武门兵变，囚父，杀兄，杀弟，夺取了皇帝宝座，开创了贞观之治。武家这位二小姐也已经长到十四岁。袁天罡通过几种途径把“武士彟二女儿有殊色，堪母仪天下”这种话吹到太宗李世民耳中。太宗本就是个好色之徒，皇后长孙氏又已去世，中馈乏人，他就下诏征武氏入宫。

贞观十一年（公元637年），武氏进入宫中，先是做一名侍奉皇上的更衣，受太宗宠幸后，升为才人。太宗特别宠爱她，有意把她一步步提升到皇后的位置上来，赐她名为媚娘，自是赞她娇媚如花之意。

这十几年中，袁天罡一边继续完善那套京房体系，一边仰观天相、俯察人事，他有那张遍布全国的网络，观天下之事如观指掌。他把天相、人事合在一起查看，苦苦寻觅蕴藏于其中的天道的轨迹。

他这些年潜心精研覃思，对天道之轨迹颇有感悟。他认为人之生老病死，万事万物之发生、发展、变化及结局，都是因为天机之发动而产生，这天机是否就是佛家所说的业力还不明了。天机发动后，就如人掷出一块石头，在空中划出一道固定的轨迹，其行驶路线及落地点如果细心观察，用心推算，都能事先测算出来。所以人才有八字命理这一说，也是因为阴阳造化生育人后，就如掷出了一块石头，基本就固定了他一生的轨迹，所以才有从八字命理测算人一生祸福荣辱、生老病死之可能。当然人的一生的轨迹和万事万物之发生、发展、变化及结局，是掷出的石头的轨迹无法相比的，要复杂上不知多少万倍。所以测算才不仅难，要测算得准确尤为难，但不管怎样说，只要能测算出来，还是在于这些人和事物的轨迹有相对稳定的规律。

他认为天机不可能为每件事、每个人都施加这种原动力，而是一个总的天机发动，从而有人的诞生，有万事万物的发生、发展和变化。也就是说，总的天机发动后，衍生出千千万万的天机，这其中的每个天机再度衍生出千千万万的天机，这过程一起持续发展，永无止歇。宇宙才有了历史，人类才有了历史，而且也还都有无尽岁月的未来，直至宇宙这块大石头落地，则万物陨灭，一切终止。

想到这里，他心里陡然萌生一个让他心悸甚至恐惧的念头：谁掷出了宇宙这块石头？难不成宇宙之外还有宇宙，每个宇宙就如一块块石头在更大的宇宙中飞翔？他不敢再想下去了，如此推算下去将永无尽头。但他还是觉得，他已经发现了天道之中一个最大的奥秘。

武媚娘入宫后的第二年的某天夜里，日日观察天相的袁天罡忽然看到一种不寻常的天道变化，顿时心中又萌生了那种“天启”式的启示：这位武媚娘将来不但要做吕后、东汉马后那样的女主，临朝称制，而且要易朝改姓，建立自己的武姓王朝。

他简直不敢相信所看到的、所悟得的，他再三查看天相变化，推算再三再四，天相是明确的，所悟到的启示也是明确无误的，至少从天相上看委实如此。

他还是觉得不可能，吕后、马后临朝称制，不过是因皇帝幼小，权摄大位，过后还是要把皇权还给成年后的皇上。若是易朝改姓则不然，皇位将在武姓宗族内传递，也就是说李氏王朝被中止了。他呆呆站在观星楼外的观星台上，一直观察到天亮，又窥视到更多的天机：李唐王朝三世后将被武媚娘所建的王朝替代，李唐宗室会被屠戮殆尽，同时许多贵族和大臣也会死于一场动乱中。好在并没有平民百姓的大量死亡，所以他推算这应该是一次无须用战争来解决的改朝换代。

至于所看到的种种未来的血腥的惨象，他并不为之心动，隋末丧乱，不知多少黎民百姓丧命荒野，宗室和贵族大臣的命也并不比平民百姓高贵多少。

然而，这个武姓王朝的命运轨迹他却查看不出，依然隐藏在浓云迷雾中。

袁天罡看明白这个变化，忽然产生一种想法，既然已经泄漏过天机，何妨再泄漏一次，也许能使得天道轨迹更为清楚些。于是他根据所推算出的天机伪造一份《秘记》，上面写着：唐三代后，女主武氏代有天下。

这种类似谶语的东西越简单越好，既透漏一些，又充满神秘性和可供人揣测的各种可能性。他把这份《秘记》通过他的网络悄悄散步流传，然后又给李淳风写了一封密信。

李淳风自到长安（隋之大兴城）后，不长时间就耸动公卿，他给人算卦也是从无一例错误，大家都惊悚地说，他有神鬼佑助。袁天罡知道后，也很欣喜，他果然没看错，这个弟子很有当年自己的风范，看来足可继承自己衣钵。

太宗也很赏识李淳风，又知他精擅天文历法，就派他到太史局任职，以后逐步升到太史令。

袁天罡伪造的《秘记》在各地悄然流布，京师当然也不例外。太宗得知后大惊，陷入慌乱中。他号称神武，对天定运数这些却信之不移。他把李淳风叫进宫里，问他对此事的看法。李淳风早已接到师傅的信，就按师傅交代的，坦然说道："臣根据天相推算，其征兆已成。而且这个人已出生，在陛下宫内，从现在起不超过三十年，就会据有天下，杀尽唐氏子孙。"

太宗面色狰狞说："朕把天下姓武的人都杀光，能否避过这场厄运？"

李淳风摇头说："天命，必无回避的道理。真能当王的人必定不能被杀死，恐怕会枉及无辜。而且根据天相，征兆现在已成，又是在宫内，已是陛下的眷属。过了三十年，她已到了老年，老年就会仁慈一些，她对于陛下的子孙，或者不会过分损害。现在如果杀她，她会再转生，就会是少壮的年纪，一定很残酷，就会大肆杀戮陛下的子孙，一定不会留下一个。”

太宗被他的话吓坏了，悚然而止。要想杀光天下所有一个姓氏的人，即便是天子也不能。总有漏网之鱼，那个漏网的可能就是天命所降的人。不然不能做到，还会扰得天下嚣嚣然，说不定天下就亡在他的手上了。他也知道，隋炀帝时，就有术士向杨广说，隋之天下将亡，继天下者为李姓，隋炀帝也曾想过把天下李姓人屠戮净尽，终因无法做到而终止。以杨广之残暴犹不能为，他一英明神武、爱民如子的君主又如何能出此举？

李淳风的话其实也把人已经给他指出来了，姓武，女子，又是他的眷属，不是武媚娘还能是什么人？他也想过把武媚娘杀掉以绝后患，他再宠爱她，也不会不忍对她下手而让子孙遭她毒手。杀掉武媚娘很容易，他却怕另一种可能，就是武媚娘真的死后转世，那时再得势真会让他的子孙无噍类矣。

他虽不敢动手杀武媚娘，每次看到她都跟看到仇敌一般，就干脆把她打入冷宫，眼不见为净吧。他心中一股怨毒之气却始终无处发泄，过后无意中发现一个大将居然乳名媚娘，顿时一股火发泄到这名将领身上，给他安上一个谋反的罪名，杀之泄愤。过后也就不再想这事了，既然上天注定，又有何办法？

李淳风领受师傅之命演了这一出戏，却不明何故？这缕天机他委实也从天相中看出来了，师傅伪造《秘记》一定是根据这神秘的天相而来，他只是不解师傅缘何再露天机。过后他也明白了，师傅是要推波助澜，使天道轨迹更加清楚了然。想明白这点，他心中骇然，师傅居然想要操纵天机。他仔细观察天相，却没能发现师傅泄漏天机后，天相有何变化。

袁天罡却发现了天相中一丝微妙的改变，整个轨迹也更清楚一些，他心中大喜，这还是他第一次敢于做如此大胆的尝试，这让他有种无法无天的快感。

然而他也有深深的困惑，在武媚娘身上，他一向用来测算人命运的八字命理学居然失效了，这也不稀奇，本来有一些秉承天地气运而生的人是无法从八字看出来的，然而从她的面相、骨相中却能看出许多与天相中那一线轨迹相契合的地方，这又是何故？而且这种面相、骨相似乎只有他能看出来，当时李淳风也在场，却没能发现。难道还是专门显示给他一个人看的？

他虽然号称神算，测算从无失误，但他在易学理论上的困惑却远比明了得多。他曾多年困惑于一个简单的问题，按照八字命理学的命理格局而论，有十二个年的某月、某天、某时诞生的人应该是最尊贵的，他给无数人算过八字，更把史书中那些记载了生辰时刻的名人的八字也都算了，却没有一个人生在这十二个时辰中。他又查遍所知道的所有人的生辰，也无一人符合。他惊骇地想，难道说在这十二个时辰中，天地根本不生人？这也是不可能的，按照规律，世上每天每时每刻都会有人死亡，有人出生，怎会在这十二个时辰无人出生？这谜题他到现在也没能解开。

他心中存了太多的困惑和谜题，这些不到最后找到天道是无法豁然明了的。

贞观十八年的春天，李淳风忽然带着太宗的手诏和一批随从来到蟠龙峰，原来是太宗卑辞厚礼请他到长安走一趟。李淳风趁无人时悄悄跟他说，师祖药王菩萨也在长安，也是皇上敦请去的。

“皇上请我们师徒何意？”他有些纳闷。

“皇上还不知您是师祖的弟子，现在好像知道这事的几乎无人。请师祖和师傅是分别为两件事，一是为生，一是为死。”李淳风微笑道。

袁天罡恍然，所谓为生，自然就是要向师傅求不死仙丹，他想到的刹那间也微微一怔，自从汉武帝请术士烧炼不死仙丹失败后，后世帝王就没人再做这个梦了。炼制不死仙丹也就只是炼丹术士们锲而不舍的梦。皇上英明神武，何以走秦皇汉武之覆辙？旋即他又明白了太宗的心意，太宗并非像秦皇汉武那样单纯地追求长生，只是因为只有他长生才能逃过“三世后，武姓女主代有天下”的定数。他既然不死，世数就永远停留在二世上了。

自陶弘景后，世上有能力炼出不死仙丹的怕只有师傅一人了，皇上向他讨取倒是找对了人，可惜师傅那炉先天造化丹现在也还没有炼出来，要是炼出来，虽然不能长生不死，延寿个百八十年还是可以做到的。不过师傅就算炼出来，也绝不会给皇上一粒，哪怕皇上送给他一座金山也不成。这种先天造化丹烧炼极难，堪称与天夺命，岂可滥用？一代人炼制出来后也是要传之子孙，用之有缘。有缘者虽乞儿亦可，无缘者虽帝王之尊也得不到。

至于为死，当然是要自己帮助他选风水宝地，开工建造陵寝。这么说来，皇上找师傅讨取不死仙丹并未如意，不然也无须建陵寝了。然则师傅还滞留长安为何？

李淳风解释说，本来孙思邈是要马上回山的，只是宰相魏征奉命修南齐、梁、陈、北周、隋五代国史，要向孙思邈访求故实。孙思邈又听说还要请他去，这才应允，目前住在一个公主的别业里，日日向魏征等史官讲述齐、梁、陈、北周、隋五代的掌故和史实。

袁天罡欣然从命，就算为了去看师傅，也值得走这一遭。他在太宗派来接他的那些人的护卫下，和李淳风一路驰驿来到长安。第二天便入宫，在宫门处，他被请上一辆皇上专用的肩舆，两个健壮的宦官一直把他抬到太极殿前，太宗李世民正在一群宦官宫女的簇拥下从大殿里走出来，亲自扶他下来。

“久仰袁师大名，如今才得拜见，袁师当年在长安名头正健时，我还是个小孩子。”李世民边请袁天罡向前走，边爽朗地笑着说。

袁天罡看到他却是心头一惊，他知道皇上是开皇十九年（公元599年）生人，他是仁寿二年离开长安的，皇上那时不过是三岁的小孩子。然而至今也不过四十多年的光景，皇上怎会衰老疲惫若斯，连鬓发都已经苍白，若看相貌，足有一甲子开外。

“也许是皇上的职业病吧，纵欲过度。”他心里想着，在李世民侧身礼让下进入太极殿。

太宗此番请袁天罡来委实只是请他给自己选地宫的陵址，也是想看看这位名满隋末唐初的一代奇人，他那时虽然还小，却听他父母讲了许多袁天罡的传奇故事。

他看袁天罡依然年青如少壮，就虚心向他请教养生长生方面的道术。袁天罡什么都懂，偏巧就不会养生学，他从来不知养生为何物，更从未刻意养生以求长生或驻颜，也只好泛泛说些老生常谈。这些老生常谈不是没有用，但让帝王省心寡欲，比劝盗跖不食人肝还难。

从宫中出来后，他就去见师傅，师傅正在庭院中负手看着一颗梨树，上下左右仔细端详，见他进来才笑着走过来。他行礼后，看着师傅适才关注的那棵树，不仅极平常，而且枝叶也没有周围的树长得好，不知师傅缘何对之发生了兴趣。

孙思邈顺着他目光看去，便知其心意，笑道：“这棵梨树病了，我刚才是在给它诊病。”

袁天罡哂然失笑，师傅居然给果树也瞧起病来。不过此次看到师傅，感觉师傅变化很大。师傅以前一直虽平易近人，面上却凛凛然有英气，而今却是英气内敛，换之以老人般的慈爱和祥，师傅身体依然硬朗如初，虽已过百龄，单从身材看还是三十上下的样子，脸上却俨然换成了童颜。这老、少、壮三种特征集于一身，却不给人丝毫不协调的感觉。

他心里既是高兴又是惭愧，师傅这是得道了。师傅虽然可能还没像老子那样完全明了天道，却已经日日与道游，他的精神已经和山河大地、草木万物融汇在一起，而自己的寻道之旅依然遥遥无期，至今看不到终点的影子。

他和师傅一起盘桓两三天，就和李淳风上路，为太宗寻找地宫基址。两人用了一个月时间，踏遍周遭山山水水，最后果然找到一处风水宝地。李淳风把这里标上印记，然后派人看着，又把山形地貌绘成图纸回京后进呈皇上。

太宗大喜，他现在是两手准备，一方面虽然向药王求取不死仙丹不成，他并没放弃，还是四处找道士为他炼金丹。一方面就要着手寻找能保佑子孙、保佑大唐皇运的地宫。

他设宴款待袁天罡和李淳风，在席上，他宣布，已经正式任命袁天罡为蜀郡火山县令，而且是终身县令。

初看起来这赏赐太一般了，实则太宗的用意是要用火山县每年的财赋来供养袁天罡终生，这等手笔就不算小了。袁天罡在宴席上就委婉推辞，回来后更是正式上书拒绝。他哪里还想做官，至于财富，他自己的都根本用不完。真如师傅当年所说，钱财已成赘物。不过他虽未接受这赏赐，人们却因此而有了讹传，说他担任过太宗朝的火山县令，更有人把时间提前到武德初年。

他回来时，孙思邈已经回山了。他又在长安盘桓多日，这还是他当年离开这里后第一次重返故地，早已物是而人非。

长安城依然还保持着隋大兴城的旧貌，变化不大，民情风俗更是丝毫没变。他走在大街上，有时就会产生错觉，仿佛又回到了五十年前的梦中。他去长安古城走了一遭，昔日那个市场已经变成了居民区，泰和兴不见了，不知是毁于战火，还是被人拆了，只剩一片荒弃的地基，蒿草漫漫中，他又回想起他当年在泰和兴赌斗的情景。

醉仙居也不是醉仙居了，被一位贵人占去做了别业。只是大门换了，围墙还是和当年一样，他又站在自己当年支摊的地方，向这些天陪伴他左右、寸步不离的李淳风讲述自己初到这里的事，李淳风听了也是大笑，从未想过师傅居然也有落魄至在街上支摊的时候。袁天罡又向里面望了望，蓊蓊郁郁之像也和昔年没有区别。

“师傅，想进去看看吗？这家主人弟子很熟。”李淳风见他久久伫立于此，又向里面张望，就出声问道。

“不了。”袁天罡喟叹一声，转身走开。

他又去自己当年住的地方和卦室看看，卦室也不见了，远处盖起了新房子，住的自然也都是新面孔。他住的那套房子还在，里面也住满了人。坊里依旧还是旧日景象，只是故人一个都不见了。

他敲开自己那套房子的门，进去一问，里面住的居然是董乐的儿子和孙子们，董老丫和两个儿子也在这些年相继作古，这些他都知道，只是没想到还能见到故人的子孙。

董乐的儿子都已是年近五旬的人，他看着眼前这位“年轻人”，不解他何以对自己父亲、伯父、祖母的事如此关心？看上去这人和自己的儿子差不多年纪。

袁天罡已经七十六了，可是容貌依然如二十四五岁，只是加上一股沧桑的气息，也不过三十以内。倒是他后面的李淳风，虽未到一甲子，在同辈人中享有不老松的美誉，却比他苍老许多。

巡视完昔日这些故地，他好像又从昔日到现在重走了一遭。做完这些后，他就回成都了。几年后，李淳风也上书致仕，回到他身边继续和他一同探索天道奥秘。袁天罡门下那些弟子也依然留在他身边继续受教。

这些年中，袁天罡自己生活中也有了天翻地覆的变化。父母已在十年前相继去世，都和祖父一样，无疾而终，蜀中传为盛事。叔叔袁守诚也于五年前坐化，被哄传得道成仙了。儿子虎头娶妻纳妾，生育一堆儿女，在这方面倒是比他强很多，而今他孙子也已经娶妻了，孙女也已嫁人，眼见就可以见到重孙了。夫人孙媛和吴妞倒是身子康强，虽然也都是六七十岁的人，却不显老态龙钟，只是头发都已雪白。

家务事他向来不管，以前是父母打理，后来交给两位夫人还有儿子，但他要打理的比家务事还要繁重许多，就是那张遍布全国的网络。

自十年前，他就停止从各店铺、庄园里抽取钱财了，把这些产业的产权也都送给了那些管理的人，只是要求他们继续为自己服务，直至自己停止向他们召唤。

这张网络原来不过是隐匿各处的一个个逃亡点，却像一颗种子深埋地下，有了充足的水分和养料后，却在不知不觉中生根发芽，拱出地面，现在已经长成一棵棵参天大树。所谓多财善贾，这些店铺买卖在袁天罡神算指导下，在生意上比韩信将兵还神奇，堪称百战百胜，长久不衰，而今也都是雄压一方的豪贾。那些庄园主经历过战乱后，很快崛起，也都成了地方豪强。

河西那几处牧场更是壮大成为养马数十万匹的马场。这些人已经都有了势挟官府、威行一方的威望和能力，这张逃亡网络而今已经演变成一个隐形帝国，主人就是袁天罡。

这些并非袁天罡所期望的，他唯一要借用这张网络的地方就是收集各地的信息，用在自己的易学上，钱财都在其次。有一天他忽然憬悟，自己已经从大唐帝国的版图上生生啃下许多小块，这些小块若是组合在一起，也是一个不容小觑的帝国，而且多财强势，他也不禁笑了，不知当今皇上若是知晓这些后会作何感想。

若是在隋末，一个人有了这些资本，逐鹿群雄，天下将非他莫属。即便现在，他凭借这些资本，加上他的天人之学，夺取天下如拾芥。他当然不会作此想。他对天道的明悟愈多，就愈发感到所谓天地之大，四海之广，在天道中不过是人指甲那么大的地方，还比不上庄子所说的蜗角。在指甲大小的地方称帝称朕，又有什么值得羡慕的地方。

他有时回首前尘，唯一感到自豪的也有一点，当初孙思邈要求他做一个贯通天、地、人三才之学的王者，一个天地之间真正的王者，他当初悚然汗流，愧不敢当，而今，他虽然还没窥见天道全体，但贯通天、地、人三才之学他真正做到了。他也真正成为这样真正的王者，无愧于这顶天爵。世俗帝王之尊与这顶天爵相比，渺小如蝼蚁。

第四十一章

贞观二十三年（公元649年），太宗李世民还是因服食一位番僧为他炼制的金丹，铅汞中毒而亡。太子李治于柩前即位，是为高宗。

太宗在他生前最后三年里，似乎也预感到死之将近、死之不可免，预感到上天定数之不可抗拒，把武媚娘从冷宫中赦还，虽不再宠幸她，却让她跟随自己上朝下朝观摩他如何处理国家军政要务，就像一个不得不卖掉祖宅的人，虽然痛恨房子会被人占去，还是希望未来的房主能够善待自己的房子。

武媚娘心中早已有了牢固不拔的信念：自己将来必定会女主天下。她父亲临终前，特地把她叫到病榻前，跟她说了在她满月时，袁天罡给她下的预言。并告诉她，别的术士的话可能是骗人的，袁天罡的预言绝对不会错，因为他从未错过。从那时起，她就自视与他人不同，世上所有的人将来必定都只是她的臣民。所以尽管父亲去世后，她的两个异母哥哥百般折磨挫辱她们母女三人，她都忍下来了。既然上天注定她的一生是不平凡的，也就不可能是平平坦坦，她已经做好了接受任何挫折打击的准备。

在被打入冷宫的几年中，她更是以这种顽强的信念战胜了许多困难，坚强地等待着，终于等来了太宗的召唤。

在这三年里，是武媚娘一生中最重要的时期，她以后一生处理政务颇有太宗风范，就是这段时期从太宗身上学到的。除了把太宗施政的思想和本事学到手，她另一个最大的收获就是与太子李治发生了不伦之恋。这虽是一件丑事，却奠定了她以后还宫、当皇后乃至最后自立武周王朝的基础。

武媚娘，后世称她武则天，这只是后人对她的称谓，她却从未用过这名字。她的乳名已无法知晓，入宫后被赐名媚娘，以后就是高宗的皇后，然后是天后，在她的儿子李显和李旦称帝时，她是皇太后，她给自己起的名字是曌，这还是她称帝前夕为自己起的。

太宗一生政绩为后世所敬仰，他的后世子孙更是视他如神明，崇拜得五体投地，对他的所作所为自然是有样学样，只是太宗好的地方他的子孙都没能学到，倒是服金丹、搞政变学了个十足。唐代二十四帝中，服食金丹致死的就有五位，而高宗和武则天都服食过金丹，只是给他们炼制金丹的道士唯恐出事后被杀，给他们的都是假丹，倒是让他们幸运地逃过一劫。而政变更是搞得热火朝天、精彩纷呈，中宗在张柬之等人的辅助下发动政变，逼母亲退位，还政于自己。他的太子李重俊又搞了一次不成功的政变，只是杀掉了武三思。玄宗李隆基先是发动政变杀了韦后和安乐公主，扶自己的父亲李旦重返皇帝宝座，随后又发动第二次政变，杀掉自己的姑姑太平公主，逼得他父亲把手中权力都还给自己。只有玄宗青出于蓝而胜于蓝，搞了两次成功的政变。他也怕别人学样，干脆限制诸王出阁，把亲王分封到各地掌握兵权的制度废弃了，建了一座百王宅，让自己的兄弟及子孙居住，名义上是惇睦亲族，实则是把这些人集中在一起严密监管。这以后，王爷发动政变的路子才被封实。然而宦官们又发动了一场场政变，直至大唐终结。

太宗死后，武媚娘随同宫中曾被太宗临幸过却又没生过孩子的宫人去感业寺为尼，既是为先帝荐福，也是历代安置她们这种低级嫔妃和宫女的通行办法。

她进入感业寺的第二年，高宗李治来到感业寺降香，为先帝追荐福德，又见到了武媚娘，两人如干柴烈火，就在感业寺里又接续上了那段不伦之恋。转过一年，武媚娘怀孕了，在尼庵里无法继续存身，李治就把她接回宫中，公开封她为自己的嫔妃。当时的人既不觉其丑，也不怪异，这只因子偷父妾早已是北魏以来的拓跋族家风，习风流染，代代不绝，皇室贵族早已司空见惯。

就在武媚娘回宫的这一年，袁天罡一直致力完善的京房体系全部完工。他一直对这个时刻充满了期望，以为这套体系完成的那一天就是他能寻觅到天道的时刻，却让他失望了。体系完成后，看上去壮观，探究其内部更是繁密无比，然而依然只是一套用来预测的体系，天道的影子却没看到。

“难道我料错了？”现在已经很少有什么事能让袁天罡感到困惑了，这件事却让他困惑不已。他还是感觉自己没错，只是这套体系缺了什么，是什么他也不知道，但预感到一定是非常重要的东西，一个充当整套体系枢纽和灵魂的东西，只是这些京房当年创建这套体系时也没能想到，这就需要他来补足了。

他想起画龙点睛的故事，这套体系缺乏的正是点睛，没有画上眼睛的龙无论多么逼真，都只能是画在墙壁上的毫无生气的龙，只有妙手施丹青画上眼睛后才能破壁飞去。这套体系缺乏的就是这个，可是谁能来为这整个体系点睛？他又感到空前未有的难度了，他不能，至少现在还不能，因为他还无法知道这套体系的龙睛所在，又如何点睛？或许只有上苍之手可以做到吧。他想到师傅早年说过的，能否寻找到天道，不单要靠天赋、学识，也要靠机缘，假如机缘不合，可能一辈子都看不到天道的影子。

他现在已经看到天道的影子了，并且时时能感觉到天道闪现的天机，不过都是一鳞半爪，无法借此得窥天道全豹，后者才是他努力的目标。

他并不气馁，也不沮丧，即便就站在眼前的高度上，他也对得起师傅当年对他的期望，对得起自己一生的苦求，在易学占卜预测领域，他已经登上了最高峰，时常感到那隐藏于天际无尽深处的天道离自己只有咫尺之遥。

他每天还是带着李淳风等弟子观天相，察人事，弟子们是向他学习，他却是继续不懈地寻找龙睛的所在。

在李淳风等弟子眼里，师傅已经不是这世上的人了，他仿佛已经脱离世间，成了背负青天，俯视大地，手握玄机，监视天下万事万物是否按天道划定的轨迹正常运行的天道使者。假如说这世上真有神仙的话，师傅现在已经是了，何必非闹白日飞升那种把戏。

唐高宗仪凤四年（公元679年，是年六月十三日改元调露，所以这年有两个年号）春天，袁天罡接到一封奇怪的求援信，竟是当朝太子李贤派特使急足送来的。

原来自上月太子李贤和高宗就开始莫名其妙地头疼、心绞痛，身上忽冷忽热，太医查不出病因。太子身旁的术士就断定这一定是有高明的术士对皇上和太子施了妖法邪术，太医都查不出来的病，就一定是妖鬼邪术作祟了。

这名术士还向悄悄向太子说，这事有可能是明崇俨干的，而且有可能出于天后[1]的授意。

李贤信之不疑，他对明崇俨日日以役鬼请神术蛊惑父皇和母后以求个人富贵早就切齿痛恨，多次人前人后扬言，以后要把某些居心不良的术士千刀万剐，明崇俨恨自己进而想用妖术祟死自己完全可能。然而，父皇向来很宠信明崇俨，明崇俨有今日之地位，完全是父皇一手提拔上来的，他怎会负心对父皇也下手了？

然而细想一下，却又明白了。假如没有极硬的背后支持，明崇俨再恨自己也不敢用邪术害自己，世上敢这样做的只有一个人：天后。

天后恨父皇也自然有她的道理，自麟德元年（公元664年），父皇和宰相上官仪密谋废后，虽然未遂，两人间的关系也势成水火，只是表面上还维持着夫妻关系。只是天后愈加跋扈，父皇明显屈居下风。

自大前年太子李弘暴卒，朝廷里就有人疑心是有人施法作祟，虽然太医诊断的死因是痨病，这话估计太医自己也不相信。痨病固然是不治之症，却只能慢慢致人于死，没有令人暴卒的。高宗对太子李弘的死也既是痛惜又感震怒，下令彻查，然而下面人的调查却被天后暗中制止了，最后不了了之。高宗也只能给死去的儿子一个“孝敬皇帝”的谥号。这谥号也很令许多人猜疑半天，都认为这是对天后的绝大讽刺。在高宗和皇后的争斗中，李弘偏向父皇，而且与母后政见截然不同，朝野上下都认为这才是李弘真正的死因。从这个“孝敬皇帝”的谥号中还牵扯出许多宫闱丑闻，一时也传得沸沸扬扬。在所有传闻中，都把当朝第一术士明崇俨列为第一嫌疑人。

李贤是李弘死后被立为太子的，他并不感到欣慰，而是感觉自己被放到俎板上了。从他被立为太子的那一刻，他就感到，前太子的悲剧就是自己注定的归宿。殊不料仅仅才过去两年，前太子的厄运已经开始笼罩在他头顶。

至于天后指使明崇俨做这些的动机是很明显的，袁天罡伪造的那份《秘记》人们从没忘过，“唐三代后，武姓女主代有天下”如同一口丧钟悬在李唐皇室头上，就等着敲响的那一刻。李贤认定，天后已经等不及了，除掉前太子李弘只是第一步，现在就是第二步了，要把自己和父皇一起除掉，结束李唐王朝的第三世，开创自己“代有天下”的新王朝。至于天后是否真的忍心向自己

---

① 唐高宗上元元年（公元674年），高宗和皇后改称天皇、天后，典型的大头症。

的丈夫和亲生儿子下手，他没有丝毫怀疑，在皇权争夺中，夫妻、母子的血缘关系还没有一张纸的分量重。

此事牵扯到皇上、皇后和太子之中，无人敢插手，高宗和太子身边都有一些高明术士，不是找理由出城远遁，就是畏首畏尾、缩颈噤言。还只有李贤身旁这位术士勇敢地向李贤提出，当今世上，敢与万乘抗礼不屈，也不畏天后强权的只有袁天罡一人了。况且明崇俨道术高明，如果真是他施的邪术，一般人也破解不开，非请袁天罡出山不可。否则，太子和皇上命不保夕矣。

李贤先写了一封信，信中自称门下弟子，称袁天罡为太上无极至清至尊护国大国师，请他看在社稷之重、国本之重的份上，出山破解他和皇帝的危局，许以重酬。然后派自己的心腹急足送至成都蟠龙峰。

袁天罡看着信，却被这孩子逗笑了，这都是什么称呼，不伦不类的。至于称他大国师，倒不是没有缘由，武媚娘当上皇后，逐步执掌权柄后，就感念起袁天罡来，毕竟是袁天罡在她满月时给她做的预言，让她坚定信念，战胜常人难以想象的困窘挫辱，一步步走到权力的最高峰，所以她和高宗商量，聘请袁天罡为护国大国师。她私心以为，袁天罡既然在她满月时就做出她“女主天下”的预言，倘若入朝一定是她的强有力的臂助。高宗也久仰袁天罡的大名，满口答应，两人就派重臣带着白璧、金币、蒲轮、驷车这些礼聘的重礼去蟠龙峰，孰料他们连蟠龙峰都没能上去，就被袁天罡的一个弟子拦回去了，说师尊云游天下，不知现在何方，更不知何时才能返山。两人吃了一个软软的闭门羹，以后不提这事了。但许多人提起袁天罡来，却喜欢称他为护国大国师。

李贤此番派特使单人急足入川，什么白璧、金币这些重礼当然没有带，蒲轮、驷车这些礼数更是谈不上。袁天罡却不但接见了使者，而且心中颇有多动。

“师傅是静极思动？”李淳风在旁笑着问道。

袁天罡点点头，就算李贤不来请，他也想去京城走一遭。他这些日子仰观天象时，在京城分野处却是一团浓雾笼罩，使他查看不清，这倒是激起他的好奇心。现在世上能让他查不清、算不明的事真是太少了，能让他好奇一下的事只能说绝无仅有了。更何况此事隐隐有一股莫名的召唤的味道，就像当年把他吸向长安的那种向心力差不多，只是没那么强烈。

“师傅当年在长安可是闯出好大的名头，据说京城一府两县都把师傅当作祖师爷一般，八十年过去，师傅可是又技痒了？”李淳风笑道。

“你不是笑我为老不尊，想再作冯妇，效那暴虎冯河的可笑之举吧。”袁天罡哈哈笑起来。回想起自己当年在长安的情景，心头又回荡着一股激扬的滋味。他看到太子信中所述，更是想起当年贺若弼府里的猫妖案，也想到了甄敏，不知那位公主殿下现在可好？可是转念间又笑了，自己已经一百一十岁了，那位公主殿下怕是早就作古了吧。有时想到自己的岁数，他总是不敢相信，时间在他身上好像停止了流逝，使他如坐在河边，眼看流逝的时光在眼前滔滔而过，流逝的时光卷走一个个世人，沉入历史的河底，从此再不浮现，其中也有他的一个个家人和弟子。

“不敢，弟子只是不解。前些年，皇上、皇后派专使来礼聘，师傅拒之门外，而今不过太子一介特使，居然让师傅动心了。”李淳风赔笑道。

袁天罡明白李淳风困惑什么，李淳风在自己门下也超过一甲子了，最懂他的心事。什么社稷之重、国本之重，在他眼中就如明月清风般，没有丝毫分量。他曾亲眼见到与他血脉相连的大隋王朝分崩离析，就算大唐王朝同样如此，他心中也不会有什么触动。

只是在京城分野的异常天象引起他的注意和好奇，他预感到这里面一定有什么与他密切相关的事，所以才决定出山走一遭。

自从把京房体系完全完善后，他就进入他一生中时间最长也最平稳的瓶颈期，他经常能感觉到隐匿于天际无尽深处的天道的大门已经在他眼前若隐若现，可就是看不清，摸不到，他明白他欠缺的就是这最后一步的突破了，只要能突破这个瓶颈，他就能找到天道的大门，并能登堂入室，一窥天道之究竟。他就像一只蚕，用毕生的学识和勤修苦学织成一个密封的茧壳，却把自己困在里面，最后就看他能否破茧而出，化成一只美丽的蝴蝶，翱翔在天道的天空中。这景象令他向往、令他激动，却也令他有足够的警觉，毕竟无法破茧而出的可能性远远大于成功。

他自从在武媚娘身上看到天道之光的闪现后，就一直把她当作自己寻觅天道的途径，打开天道大门的钥匙，可是等待的越久，他就对这种想法越是怀疑。他一直关注着她，为了能观察她每日的情形，他通过自己掌握的那张网络，这些年设法派了许多人或入宫作侍女，或入禁军做侍卫，宫中的情形他也通过这办法了如指掌。然而，他却再也没能看到天道之光的闪耀，倒是经过时间的推移，他把武媚娘一生的命运轨迹推算得差不多了。

异常的天相出现在一月前，正是太子信中所述他和高宗发病的日子。袁天罡并不认为有什么人能施法引得天相有所异动，除非有人真能操纵天机。他曾经试过一两次，后来感到效果不佳就放弃了。而且他最后感悟到，人算不如天算，说不定人自以为聪明地操纵天机，其实也都堕入天算的彀中而不自知。

他自己先行去了长安，让李淳风告诉特使他接受了太子的邀请，已经上路了，请特使自己回吧。就在特使在路上急如星火般赶路时，袁天罡已经到了长安，他是一夜间就从成都蟠龙峰来到了长安，到时长安的城门刚刚开启。

一路上他并没感到自己行路有多快，更没刻意急着赶路，可是脚下的大地、山河却如幻影一般从脚下激流而过，人如在空中飘飞一般。若是有人看到，一定以为他是神仙，他知道自己不是，还差得远哪。神仙绝不止朝发东海、夕至苍梧这点小神通。

此番故地重游，他倒没什么感慨。上午，他去街市上转了一圈，感受着红尘中纷纷扰扰的味道，这在他也是久违的事了。听到那些五六十岁的人叫他小伙子，而十七八的小伙子、大姑娘叫他大哥，他心里就感到好笑。假如这些人知道自己真实年龄，怕是都会吓得四处奔逃吧，自己简直就是个混迹人间的老妖精。

这倒也唤起他久埋心底的童心，觉得这也蛮好玩的，难怪古时的奇人异人都喜欢混迹风尘，也许就是喜欢这种感觉吧，他也有些厌倦被人当作活神仙来供奉了。他心中忽然萌生一个念头，什么时候自己也改名易姓，换个地方混迹风尘一番。

在京城里有许多他的人，有开钱庄的、有开绸缎庄的，更有做官的，他没去找这些人，而是找了家旅馆，要了一个安静的跨院住进去。

晚上，他独坐在客房里，感受着京城里外，来到这里，那股莫名的召唤的味道更浓了。这些年，他在易学上已经没什么可学、可精进的，就把佛学深入研究一遍，对佛家的声色香味触法也有极深的感悟，在这之前，他就非常重视从声音、感觉、嗅觉上来提高自己的超感，这门技艺也已经臻于顶峰了。

坐到子夜，他又出去仰观天相，京城分野处的星相还是暧昧不明，但在浓云迷雾中似乎隐隐有光射出。他心中一喜，难道天道之光又要闪耀了？他可是等了五十多年了。

回到室内后，他忽然想到武后。他还是在她满月时见过她一面，这些年虽然对她的情况都了解得一清二楚，却没再见过她。算起来她而今也是一个五十五岁的妇人了，难怪她迫不及待地动手除掉拦在她独掌权柄道路上的人，哪怕是她的丈夫和亲生儿子，也一样会辣手除去。他对武后的心性和手段倒是很清楚，深感此女杀伐果断有类吕后，行事干练虽隋文帝的独孤后也望尘莫及。

对前太子李弘的死，他通过宫里的人了解得很清楚，按照李弘死时的症状，除了被人鸩杀不会是别的，敢鸩杀太子的人自然非武后莫属，原因就是高宗不满她独揽朝政，大臣们反对的呼声也很高，高宗本人又长期苦于眩疾，无法亲理朝政，就让太子监国，准备逐步让太子掌握实权，然后自己和皇后退位为太上皇和太上皇后，让太子提前继承皇位。这当然触犯了武后的逆鳞，太子也就遭了殃。

然而对皇上，武后绝不敢再用鸩杀法，不是说她手段没这么毒辣，而是鸩杀后皇室诸王和大臣们会造反。宫里有许多高宗嫡系的人，他们和诸王大臣也都有联系，这等事是无法掩盖的。她鸩杀李弘是借用高宗的名义强行把调查压下，若是故伎重施，除掉高宗，她自己就处于风口浪尖上了。

他又想到明崇俨，此人号称当朝第一术士，也不是说他道术如何高明，而是他善于表演，逢迎人君的功夫天下第一，并受高宗和武后宠遇。他对明崇俨也很了解，比之当年的章仇太翼差得太远，偏偏这样一个人居然敢冒天下之大不韪，就算有武后撑腰，胆子也未免太大了。

明崇俨的父亲当年做一个小官，手下有个小吏精通请神役鬼术，明崇俨就跟着他学了道术。后来明崇俨在一个州做官，刺史的女儿生了绝症，明崇俨便用请神役鬼术取来异方和珍奇药材，治好了刺史女儿的绝症。刺史大为感激，觉得他在自己手下太屈才了，就向皇上举荐贤良。高宗对治理国家政务兴趣不大，对术士倒是兴趣颇为浓烈，就召明崇俨入朝。明崇俨使出浑身解数，在高宗面前表演一番请神役鬼的神通，驱使鬼物取来别的地方的东西，或者把眼前的东西挪走等等，高宗叹为神奇，就任命他为谏议大夫，入阁供奉。谏议大夫是虚授，入阁供奉才是实授，依然还是以术士而不是朝廷命官待之。这也是唐初不重视谏官制度，请来的术士一般都授予谏议大夫的虚衔。

武后对术士更为喜欢，毕竟当年给她相面，断言她会女主天下的袁天罡就是术士。明崇俨原本算是高宗的人，但他知道武后生下后就天降符命，这一定是将来的真命天子，自然倒向武后一边，而且是死心塌地地效忠。

对他的请神役鬼术袁天罡倒是相信是真的，摄取别的地方的珍物，或者把眼前的东西摄到远处去，这些他也能做到，无须请神弄鬼的，这些都是在多年修炼中不期然而会的，什么道理他也不懂。但对神鬼妖物他到现在也没见着过，也不知是真有还是子虚乌有。但他有个观念：凡是人能想出来的，都是存在的，宇宙中更多的则是人那贫乏的智力根本想象不出的。

他坐到天明，然后上街转了一圈，给自己置办了一身行头，逍遥巾、八卦道袍、木底云履、一柄拂尘，换上后益发仙风道骨，在街上走着，谁都不会怀疑他是一个云游四方的道士。

他去了一家钱庄，见到钱庄的掌柜穆云飞，进了一间密室，拿出印符，亮明身份，惊得穆云飞拜倒于地。这家钱庄是袁天罡网络上最早的几个点之一，而今已有近九十年了，家族传承也有五代人。当初是在陇西狄道，后来在袁天罡的指导下，躲过战乱，又发展成陇西首屈一指的钱庄。二十年前才遵袁天罡的指示，把钱庄迁到长安，而今在长安也是首屈一指，类似于当年的金鼎轩。

当年还是穆云飞的曾祖见过袁天罡一面，以后都是书信往来，下面几代人都没见过自己的东主，但都知道自己的主人是一个神人。而今一见，这不是神仙还能是凡人吗？

袁天罡找他只是让他办件事，袁天罡知道太子东宫的太子家令是穆云飞这家钱庄的老主顾，穆云飞和此人很熟，袁天罡让穆云飞找到这位太子家令霍邑，找个别的借口，然后请他喝酒，顺便向他说，自己请来一个道术高明的茅山道士，善能驱鬼镇祟，目前住在哪个旅馆等等，但决不许向任何人透漏他的身份。

穆云飞点点头，太子遭了邪祟的事他也听人说了，主人显然是要插手此事，他对主人早已敬若神人，凡是主人交代的，照办就是，无须多问，更不要怀疑。

交代完后，袁天罡又换了家旅馆入住，这次没要单独的跨院，只是一间安静的上房。然后坐在屋里，等着东宫的人来请。

他前脚刚走，穆云飞就去霍邑的府里，假装给他提前送利银，然后请他喝酒，说是答谢他对自己生意上的照顾。霍邑也不疑有他，两人就找了一家酒楼喝了起来。酒过三巡，菜过五味，穆云飞就假装无意地谈起有一个茅山道士云游四方，恰好入京，他知道后就请来给相看一下风水。接着盛赞这位茅山道士道术何等高明，如何善于驱鬼镇祟等等，把个霍邑听得眼都直了、心都停止了跳动，这不是天赐良机吗？太子这些日子病势日益重了，经常说胡话，说有鬼缠磨他，他活不长了。他也知道太子派特使去川中请袁天罡的事，心想那等神仙般的人物多半是请不动，就算能请动，看来太子也等不到那时候了，焉能错过眼前的机会而傻等着。

他是太子家令，等于是东宫的总管，他的一生荣辱祸福也就和太子绑在一起了。是以太子生病后，他就如热锅上的蚂蚁，比他亲爹生病还要焦心，多方寻找名医术士，可惜所有人听他说完后，都跟躲避瘟疫一般远远逃开了，任他出多高的报酬，都没人敢趟这浑水。既然有云游的茅山道士，说不定还摸不清这里的关系，敢于一试吧。

酒后，他就去旅馆找袁天罡，先要探探虚实。见到袁天罡后，袁天罡放出一点手段，霍邑就不由得拜倒于地，这哪里是一般的茅山道士，分明就是活神仙下凡嘛。他跪在地上苦苦哀求，求袁天罡入宫给太子驱邪镇祟，袁天罡自然是一口答应。

然后谈到报酬，袁天罡就说此番在东宫和皇宫作祟的妖物，是他多年前镇压过的，本来这妖物苦苦发誓不再为祸作祟，他一时心软也就放过了妖物，不意这妖物妖性不改，居然敢到皇宫大内作祟，他此番来就是专门为收取这妖物的，所以不取分文报酬。

霍邑听了益发钦敬，原来这是位专门捕妖捉鬼的高人。他当下就领着袁天罡去东宫。

两人走过重重门户，来到高宗寝宫西侧的太子东宫，还没进屋，就听到里面有人喊鬼喊妖，叫死叫活的。袁天罡情知这一定就是患病的太子殿下了。他入宫后果然觉得这里的感觉很怪异，至于是否真的有人施法术，还不能确定。那种邪祟的感觉就像肥皂泡，一触到他身边就破灭消散了，倒似对他充满畏惧似的。

他刚走进寝宫，里面的叫喊声戛然而止。精疲力竭的太子僵卧在床上，如被扔上岸边的鱼般吐着粗气。

霍邑大喜，对袁天罡临时编的鬼话信之不疑，心道：这妖物果然是法师收服过的，法师一来就吓得逃遁了。他上前跪在榻前，把自己请来茅山法术通神的法师的事禀报一遍，连同袁天罡编的那套鬼话也一字不漏地复述一遍。

太子如在绝境中看到了希望之光，身体里又生出一股力量，蓦地坐起来，就在床上向袁天罡叩拜，他是实在被折磨得受不了了，哪还顾得上储君的威严。

袁天罡一飘即至床边，扶住太子，笑道：“殿下无须多礼，贫道此番来就是专为这妖物。有贫道在，妖物断然不敢作祟。”他扶着太子的手，传过一股力道，太子登时如吃了一颗仙丹般，脸泛红光，病态尽去，身上仿佛有无穷的力气，就算他没生病前，身体也从未这样好过。殿里的宫女、宦官看了也都暗暗称奇，这等手段连听都没听过。

袁天罡心内却是一叹，在这瞬间，他已经查明太子的命格了，太子明年将有难以避过的患难，眼下不管是妖物作祟，还是有什么人从中捣鬼，他都有办法消除，但太子命中的劫难却是他无法禳解的。

“殿下发病时是什么感觉？”问道。

“就是头痛，心里像有什么东西搅动似的，然后就看到许多妖呀、鬼呀的拿着绳子捆我，拿刀子砍我，还有的用锯子要把我锯开。”太子回想着说，脸上又浮现痛苦恐惧的神情。

袁天罡点点头，听上去倒是标准的中了魇蛊术的症状。不过他自从破过那桩猫妖案后，遇到这种邪门歪道的案子，总要先考虑是否是人在作祟。在许多方面，人比妖鬼更可怕。更何况各种魇蛊术五花八门，症状也不相同，袁天罡虽然从没研究过这个，也不相信，却也听说许多。

“仙师，您一来那些妖鬼就都跑了，他们一定怕您，您可要在这里保护我，要多少钱您尽管说。”太子紧紧抓着他的袖子，唯恐袁天罡走了那些妖鬼又来折磨他。

“太子放心，不把这妖物除掉，贫道不会走的。”袁天罡拍拍他的手笑道，在他眼里，已经是成年人的太子依旧还是个孩子，跟他隔着几代人哪。

太子这才放心，又想起皇上来，马上派人去皇上寝宫询问，去的人一会就回来了，说皇上还好，就是眩疾又发作了，服过太医的药后睡着了。

太子心里稍安，这妖物每次都是只折磨他们父子中的一个，但往往折磨完一个后就去折磨另一个，所以他们父子经常是这里刚好，那里又闹上妖了。

“仙师，您说这是不是有人对我们父子施妖法呀？”太子紧张兮兮地问道。尽管霍邑把袁天罡编的那套鬼话对他说了，他并不相信，要是一般的妖物在宫里作祟，宫里养的那些术士中不乏手段高明者，怎会谁都看不出来，谁都制不了？他怀疑就是明崇俨干的，而且那些术士正因为猜出是明崇俨所为，才不敢插手此事。

“是妖物无疑，殿下不必多虑，至于这妖物是否受人指使，贫道也会查出来，殿下只管放心。”袁天罡微笑地安慰他。

这次真让太子李贤猜对了，此事正是有当朝第一术士之称的明崇俨干的，指使者就是武后。也不能说武后是指使者，应该说是从鸩杀前太子李弘这件事上窥透她心事的明崇俨主动请缨，担负起用魔蛊术魔杀皇上和太子的任务。

现在明崇俨已经是武后第一心腹了，因为只有他真正明了武后的想法，不只是要独掌朝纲，还要改创新朝。这种冒天下大不韪的事武后自然跟谁都不能说，却被善于揣摩人主心思的明崇俨发现了，又从太子李弘的死看出来武后已经决心铲除一切绊脚石，不管是自己的丈夫还是儿子。于是，有一天他趁武后身边无人，就壮着胆向武后表忠心，说是自己要冒天诛来助陛下成就大业。

同样精于鉴识人心的武后也马上明白了他的意思，没问他要做什么，怎样做，只是点头赞许，然后说，事成后，她可以封明崇俨为辅国大国师，位在诸王上。

明崇俨大喜，这对君臣之间的秘密交易就达成了。明崇俨原来的设想是请神降灾、役鬼去缠磨死皇上和太子，在他看来这是件简而易行的事，又不会落任何把柄，真所谓神不知鬼不觉。叵耐他的请神役鬼术在害人上却失灵了。神也请来了，鬼也派出去了，可是皇上和太子却毫无感应。

他不知道哪里出了问题，有些术士会骗皇上说，天子法宫有百神呵护，是以邪祟不能入，一般人都相信这说法，他却不信。哪路神仙也不会闲着没事干，天天来义务为皇上守卫皇宫。要真有百神呵护，哪个王朝都不会灭亡了。

他的请神役鬼术有个致命的缺陷，就是不能和这些神鬼沟通，他只能用符箓和咒语请来神，拘来鬼，然后告诉他们做什么。他自己也说不清楚他烧掉符箓、念动咒语后，就在眼前影影绰绰的究竟是神鬼还是自己的幻觉，他更怀疑当年那个教他这套法术的小吏没把真本事传给他。他这套请神役鬼术唯一百试百灵的一个功用就是能把千里外的物事摄取到面前来，也能把眼前的物事摄取到别的地方，但这应该就是请神役鬼的明证呀，怎会告诉他们害人就不行了，难不成这些神鬼正义感都特别强？

他只好放弃自己最擅长的这套法术，换用一种很普通的，几乎民间一个普通巫婆都会使用的魔蛊术。就是用木头刻出两个小人，面貌就是皇上和太子的，然后把左手中指刺破，用指血把皇上和太子的生辰八字写在小人背后。这一步才是最要紧的，第一，生辰八字不能错；第二，一定要用中指的指血。然后他在小人头顶百会穴和心口窝及心脏处插入几根银针，至此魔蛊术的第一步就完成了。

第二步就是把这两个小人放到恰当的地方，最好是放入受害者的被子中、枕头里、床褥下等最靠近身体的地方。但他不敢，要是这魇蛊术不灵还好说，一旦灵了，皇上和太子都会起疑心，也一样会大肆搜查。莫说枕头、被子、床褥下，寝宫都会掘地三尺地大搜查。若是放的距离受害者太远了，法术就会无效。更何况这皇上和太子的寝宫他根本进不去，一般宫廷中的魇蛊术都是妃嫔所为，就是因为这些妃嫔有机会进入受害者的寝宫。

眼见这条路也不行了，他真的有些计穷了，孰料天从人愿，他偶尔得知皇上和太子寝宫中都要换床和其他家什，据说这是武后的主意，认为李弘死于痨病，他生前经常进入皇上和她的寝宫，怕自己也被传上痨病，所以要把皇上跟自己的寝宫和东宫的床榻家什全部更换一遍。

明崇俨大喜，他也不知道这是不是武后在暗中帮助自己，这位天后只能用深不可测来形容，反正机会来了，他不会放过。他和宫中一些宦官都打得火热，不难打听出皇上、太子寝宫要换的都是什么，现在存放在哪个库里，于是，他一天和管库房的宦官说自己想进去开开眼，看看皇上和太子寝宫摆的床榻都是什么样式。

宦官不疑有他，平时又受他不少贿赂，虽然不符合规定，还是私自带他进去。他又交代一个交好的宦官，等他们进入库房，这人就找借口把那个管库房的宦官叫出去。他于是有了单独留在里面的机会，他在皇上和太子的龙床下面找到空隙，把那两个小人塞进去，巧妙地嵌好，只要不是仔细地一寸寸搜查，就很难发现。

做完这些，魇蛊就算完成了。

魇蛊术并没有蛊虫这类东西，之所以有个蛊字，就是把两个刻成人形、又写上生辰八字的木人当作蛊，在无形中潜入受害者的心里、身体里，慢慢成长后，就可以让受害者遭受施术者想加在他身上的折磨了。

但这法子也有一样不尽如人意的地方，就是慢，一般都要几年甚至十几年后才能慢慢显出其伤害力。明崇俨自然等不及，他等皇上和东宫那批家什都换上后，就在家里念动咒语快速激活魇蛊术。

这最普通、几乎被民间巫婆用滥了的招数居然大收奇效，皇上和太子自此天天闹头疼、心绞痛，日日被鬼神缠磨。但这咒语驱动法也有个局限，就是每次只能对一个人作法。

太医们对这种病症自然束手，那些术士们似乎也都嗅出其中的味道，一个个逃的逃、避的避，无人干扰，他施术愈发得力。

眼见太子就要一命呜呼，这天他正加紧施术。太子派人入川求援的事他也知道了，哂笑而已。莫说援兵只是水中月，就算真的能来，等援兵到时，他早已独竟全功了。就等天后独揽朝政，封自己为万方荣耀聚于一身、位在诸王大臣之上的国师。

然而这天他正施术，却感到不对了，所有发出的咒语法术似乎都打在一面墙上，然后反击在他身上，等他醒悟过来时，已经迟了，他所施的法术居然悉数在自己体内发作了。他登时惨叫连连，在地上翻滚着，头和心脏都如针刺刀绞般剧痛，脑子里闯进无数的恶鬼、神魔，狰狞恐怖，吞噬、啃啮着他的灵魂。

有那么一刻，他以为自己要死了，这真是作法自毙。好在只发作了半个时辰，剧痛消失，那些神魔鬼怪也都消失了，他躺在地上喘了半天粗气，兀自起不来。他请神弄鬼一生，此时才真正领教了法术的厉害，却也是双面剑，一旦被高人反击回来，自己同样要遭受自己所加诸他人身上的。

“宫中来个高人。”这是他脑子清醒后第一个反应，“难道真是袁天罡来了，可是不能这样快呀。屈指算来，太子派的人此时也就是刚到而已。”他心中纳闷不已，等身体恢复过来后，就穿上朝服去宫中打探消息。

第四十二章

从宫门侍卫那里，他很容易就打听出东宫太子家令领进一个游方道士，他心中暗叹，这就对上了。不禁在心中暗自痛骂：哪里来的不知死的杂毛，这里是什么地方不知道？这里面的事也敢插手，真是活得不耐烦了。

他并不怕这道士比他道术高，他也不想跟他比试道术，要杀一个游方道士，办法多得是。除非他是左慈那类杀不死的仙人。

他自己就是术士，也知道在众人眼中神秘莫测的术士其实没什么了不起，刀剑一样可以砍下他的头，入水不溺、入火不焚、刀枪不入的术士他还没见过。

他去见了武后，把这件事禀报给武后。武后大惊道："该不会是袁仙师吧？"

"不会吧，川中距此一个月的路程，就算加紧赶路也要半个月，太子的人刚去了半月而已。"明崇俨说着，心里咯噔一下，"如果真是袁仙师的话……"

武后沉吟片刻，然后玉齿轻咬："事已至此，没有半途收手的道理，神挡杀神，佛挡杀佛。"

明崇俨领命出来，心中一阵快意。那个不知死的杂毛道士就要死无葬身之地了。没有武后的命令，他还真不敢放手施为，毕竟是太子请来的人，一旦被人杀了，连皇上都要惊动，自己怕也难脱干系。既然是武后的旨意，她一定有办法把事情压住。

两人之间处于一种极微妙的关系，武后自始至终没有打听过他做什么事情，他也没有说，但两人比说出来还都要明白。这种事只能意会，是不能说破的。

袁天罡在东宫待了两个时辰就告辞出来，太子本来说什么也不放他出宫，说要去找父皇请求批准，留他在东宫住一段时间。袁天罡笑道：“太子的东宫，岂容留外人住宿。贫道算过了，那妖物今晚断不敢再来。现在妖物已不在宫中，贫道还要出宫去找它，一定要找到它的踪迹然后彻底降服它，才能为太子和皇上永绝后患。”

太子听他这样说，只好依从，亲自送至东宫的宫门处才分手。他还要派霍邑和东宫卫士护送袁天罡，袁天罡也谢绝了，连派的车都没用，说是自己要在街上走走。

他一路走回住处，心中还在想着东宫的情形。他没能发现什么，所有异象在他进入东宫后都消失了。魇蛊术他倒是发觉了，而且已经算出那两个小人安置的地方，但他认为皇上和太子遭受的病患并非是魇蛊术的魔力，而是别的。他向来不信魇蛊术，虽然自从有文字记载以来，这样的案件就史不绝书，汉武帝更是因一件巫蛊案激出一场政变，险些颠覆了大汉王朝。

他对巫术从未涉猎，但道家法术基本都是从巫术中来，他道术精深，自然也就对巫术并不陌生。但他到现在也没能弄清道术中的斋醮、符箓等种种神秘的法术究竟是否真的有效，因为他只是会，从未用过。他也知道这是无法弄清的事，就像他现在也还无法彻底弄清，人怎会把将来甚至以前的事都能清清楚楚测算出来。

他走到一个巷子转角时忽然停了一下，然后就继续走着。他的脚刚迈入巷子里，身体尚未全转过来，从巷子里毒蛇般射出两道寒光，分取他左右肋。

“又来了。”他心中苦笑，八十多年前他曾经遇刺过一次，而今还要遭遇一次。他适才就感觉出巷子里藏着两个人，那森冷的杀气透过围墙，他也感受得清清楚楚。只是他真没把两个刺客放在眼里，两个手持利刃的刺客在他心里就跟舞弄木剑的小孩子差不多。

那两名刺客心喜，眼见剑尖就要穿透目标身体，这两剑足可以把一个人挑起来。然而剑却莫名地走了空，他们还没反应过来怎么回事，手腕已经被攥住，然后身子腾空而起，飞出二十多丈才结结实实摔在地上。等他们昏头涨脑、浑身酸痛地爬起来时，早已不见目标人影了。两人只好龇牙咧嘴地回去报告，随后去找大夫瞧病，人没杀着，自己的肋骨却断了好几根。

袁天罡把那两个刺客掀翻后就走了，心中再无这件事的影子。是什么人派来的他没兴趣知道，而且他也知道事情不会这么了结，这不过是个开场白。但他可不是当年介入贺若弼府中猫妖案时的袁天罡了，不要说明崇俨这样的术士，就算是皇上、皇后想对付他也不会比两个刺客好到哪里去。当年师傅孙思邈抗礼万乘，连当时各国主都畏惧三分，充满狼性的突厥大小可汗听到师傅的名都要额手稽颡，他当时还不明白，不期然间自己也有这能力了。

回到住处，霍邑带着几个卫士在等他。原来李贤还是觉得过意不去，特地让霍邑给送桌酒席来。

“仙师，您说那妖物今晚真的不会再来宫里闹吗？”霍邑还是有些不放心。袁天罡既然说是妖物作祟，他也只好这样说，虽然他心里还是觉得是有人暗中施妖法邪术。

“不会，近期不会闹了。”袁天罡呵呵笑道，“不过殿下最近被缠磨得身体太虚了，还是找太医调治一下。”

霍邑点头答应，转念间又担心地问：“仙师，若是您走了，那妖物再来闹可怎么办，到时候又找不到您。”

“不除掉这妖物我是不会离京的，你告诉殿下放心就是，不用再担心这妖物的事了。”

霍邑这才放下心，领着卫士们欢天喜地地走了。袁天罡看着他们远去的背影，心中叹息一声：有人作祟并没什么大不了，明年太子大难来临时，这些人怕是都要倒霉。他也没办法救他们，世上的人每日里遇危遭难的比比皆是，专职救苦救难的菩萨们都解救不来，他也只能是徒发浩叹。都说树倒猢狲散，能够散、能够逃走的还都是幸运儿，倒霉的就都被倒下的大树砸死了。

送来的酒馔他无心饮用，大袖一拂，酒馔就不知被他摄去何方了，倒像是吃喝个干干净净。

入夜后，他就站在庭院里观察天相，那处异象依然灰暗不明，只是里面蕴藏的一道光愈加炽烈了，他似乎能感觉到其中的热量。

世俗易学中一个重要的理论就是天相是人事的反应，所谓“天视自我民视，天听自我民听。”天子朝政更是和天相紧密联合，假如天子勤政爱民，上天就会一片祥和，就会风调雨顺、谷畜皆丰，甚至还会降下种种符瑞来表扬天子。假如天子荒淫暴虐，上天就会降下暴雨雷霆，甚至是水灾旱灾、山崩地裂来警告天子。朝政也是一样，假如君子得位，正人盈朝，上天也会以种种祥和瑞兆来褒奖；假如是奸佞得位，小人布列要津，上天就会以种种异常天相来警告天子。还有易学中的祸福报应，如积善之家必有后富，积不善必殃其身，等等。

他最开始学易学时自然也相信这些，尤其是他自小受的是最纯正的儒家教育。后来在孙思邈的传授下，对这些动摇了，但心中还是半信半疑，可是从古稀之后，他就彻底否决了这种理论，这些理论从义理上讲，当然都是颠扑不破的真理，但别和天相联系在一起，人的所作所为根本影响不到天相的运转，是人类太自作多情了。正如皇上自封天子一般，只怕老天根本不想认他。

天道自有自己的运行规律，天相只是天道的一种表现形式而已。天相不是人事的反应，恰恰相反，人事倒是处处受天道的影响甚至制约，这些影响和制约在天相中、在易学的卦象中都能寻找到影子，故而才有卜卦、星占这些预测的学问。

他回到屋里，刚打开门，瞬时数道剑光向他刺来，袁天罡真的厌烦了，他大袖一拂，屋中埋伏的四个刺客都被疾风卷走一般，不见踪影。从走廊上分左右又扑过来四个刺客，袁天罡也如法炮制，都用袖子一卷，送他们哪来回哪去。

这还是袁天罡第一次显露所谓的“神迹”，在客人稠密的旅馆里，他可没兴趣和他们玩上几手，怕误伤了别人。这时，旅馆掌柜的面无人色过来，恰好看到袁天罡用袖子卷走四个凶悍刺客的情景，咕咚一声栽倒在地，昏了过去。袁天罡叹息一声，也是袖子一卷，把他送回柜台里。这位掌柜醒过来后才发现自己依旧守在柜台，就怀疑那些凶悍的刺客等等都是自己做了一场噩梦。

袁天罡心中冷笑：这是武后向他出手了，明崇俨再风光也调动不了大内高手。

看着八名剽悍的刺客都如疾风怒卷中的枯叶般从空中落到地面，明崇俨彻底心死了。太子这是从哪请来的恶道？

他束手无策了，他原想通过长安府来办这件事，随便给袁天罡扣上个妖人惑众的罪名，抓起来或者驱逐出城就行了。可转念想到那样的话，太子就会出面，甚至皇上也会出面，天知道这恶道抓没抓住他的把柄，万一找到床底的小人，再彻查一下，不难查出他。那时候武后也绝不会保自己。

他只好私自调用大内高手，说是天后交代的一件机密事项，这些人知道他最受天后眷宠，更知道这种事他绝不敢假传圣旨，也就服从他的调遣。在京城中杀一个外来的道人，对他们自然是杀鸡屠狗一般，三尺法对他们无效，管束他们的是皇家法则。

这些人也都是在海内享有盛名的高手，明崇俨让他们八个人去刺杀一个人，他们还不愿意接受，觉得这对他们是种侮辱。如果天后让他们杀明崇俨，也就是一个人的事，都不怕他逃到天边去。但知道他们的两个同行的下场后，他们也就警觉起来，觉得还是别大意，完成天后的任务最重要，个人名头什么的就别讲了，反正这事不会有人知道。

孰料一个照面之下，八个人全都腾云驾雾般返回原地，他们心里又是恐惧又是痛恨，痛恨明崇俨怎么给自己找了这么个差事，不是让自己去送死吗？他们明白，那道人既有这道行，要他们的命也不过转转念头就是了。

明崇俨和这八个大内侍卫对视了一阵，谁也说不出话，明崇俨叹息一声："辛苦各位了，大家请回吧，此事我自会向上面领罪。"

八个人也不多话，转身就走，唯恐明崇俨再给他们出难题。

"这是真正的道术，这才叫道术，我学的都是什么呀？"明崇俨痛悔不已，不是痛悔自己做的事，而是痛悔自己没好好学道术，他现在最想做的就是去拜袁天罡为师，好好学习道术。自己凭仗那套请神役鬼术把皇上和天后看得目瞪口呆，他自己却知道，除了搬弄点物事，这道术再无别的神效。和人家一比，真是小孩子的把戏。

"这事该怎么办？"他又在密室里苦思冥想着，天后交代的很明确，神挡杀神，佛挡杀佛，可是怎么杀呀？道术他是不敢用了，被反击一次吃了苦头后，他绝不敢再尝试第二次，只要袁天罡人还在长安城，他就绝不敢再念他的咒语，施他的法术。

"只有向天后如实禀报，暂时中止了，那恶道不会永远留在长安吧，等他走了，再继续加紧作法就是。"

想到天光大亮，他也就想出这么个不是办法的办法。

一大早，霍邑就带着侍卫来接袁天罡入宫，喜气洋洋地说，妖物果然没来，太子难得地睡了一宿好觉。又问袁天罡找到妖物没有。

袁天罡笑着说，妖物藏匿得很深，要慢慢找才能找出来。他还要到东宫寻找些妖物的线索。

来到东宫，李贤降阶相迎，把袁天罡贵宾似的请进去，满口道谢，并试探着说要拜他为师傅，哪怕是做他的记名弟子都行。

李唐皇室崇奉道教，即便以天子、太子之尊，拜道人为师，亲受法箓都是很平常的事。太子想拜他为师，更是出于保命的渴望。

袁天罡笑道："贫道云游四方，行踪不定，焉能收徒，更不敢妄自尊大，收殿下为弟子。"

太子略显失望，也不敢相强，就又向袁天罡讨教些养生长寿类的道术，袁天罡也无吝色，就随口告诉他一些，这些都是真正有效的养生之术，可是太子是绝对做不到的。

他一边说着话，一边暗自意念法力，把太子床底下的小人摄取到袖中。满殿上的人居然无人察觉。袁天罡左手握着那小人，感受着上面的信息，掐指一算，已经算出施术者的方位和面貌，正和他所知道的明崇俨的相貌一致。

他并不认为明崇俨丧心病狂到如此地步，这一定是武后授意，再无别人有这样的胆子。

"天数已定，又何必急于求成，难道不知欲速则不达吗？"他心中苦笑。人往往自作聪明，却不知做的都是跟自己作对的蠢事。

他又算出皇上寝宫中那个小人的方位，也是暗自意念发力，神不知鬼不觉地把那个小人也摄取到袖中。他并不想把这些拿出来，这样的话，很难说朝廷上会不会也像汉武帝时一样，闹出一件惊天动地的巫蛊案，牵连起来恐怕会祸遍天下。

拿到这两个小木人后，他更是坚定了自己的想法，这种巫蛊术毫无效应，起作用的倒是明崇俨的法术，其实就是和他用意念摄取木人一样，是用意念伤人。

对人的意念，他还是近些年才不期然间了悟其威力，比人所能发出的力气不知大多少倍，更有种种匪夷所思的妙用，这应该就是所说的神通吧。意念摄物不过是雕虫小技，意念完全可以杀人于无形，甚至杀人于千里之外，只要意念力足够强，移山填海也未尝不可。他也豁然明白天地初开时的先民们所创出的巫术，其实正是掌握并能熟练运用意念力而已。只是这些人不知道自己得益于意念力，反而相信是那些法术起的作用。当然，他对巫术并无全面的研究，也许巫术中真有许多他根本想不到的神通吧。比如师傅传他的那套阵法，他现在已近于明天道，却还是无法明了其中原理。

但不管巫术和道术都有何等人所无法想象的神通妙用，至少明崇俨还没学会，他学会的只是意念力的皮毛而已。

在推算的过程中，他也算出了明崇俨受创的情景，倒是颇感意外，自己那时根本未确定是有人施术，也并未反击，此人怎会如此？难道巫蛊术也和放蛊虫一样，害人不成就要害己？

他不再去想明崇俨，这人的命运他已经判定了，绝不能再留在人间，否则自己前脚一走，他还会作恶。朝廷之间的争斗他并不在意，但是一旦发生大的变故，朝臣甚至平民百姓都不知要有多少人遭殃，西汉的巫蛊案就是明鉴。

入夜后，袁天罡站在庭院中仰视星空，星相依然晦暗不明。这种异象他很少见过，似乎在酝酿一种巨变。

“难道天数有变？”他心中思忖着，这几年里没发生什么怪异的事，一切都在先前算好的轨迹上进行着，缘何突然间出此异象？

“是明崇俨捣的鬼？”他摇摇头否认了，明崇俨绝没有这份能耐。就算是他也没有改变上天定数的本事。

他沉吟有顷，回到屋中后就盘坐定神调息，半个时辰后，他凝聚意念之力成一线，然后发出去。明崇俨的方位他早已经标定了，意念之刃正是冲着明崇俨而发。

明崇俨的府邸就在朝门东侧不远的地方，这是高宗和武后为方便他随时进入宫中供奉，特地赏赐给他的。

他此时正在府中和入夜后就悄悄来到的武后秘商下一步该当如何，关键是如何除掉太子请来的恶道。还没商量出个眉目，明崇俨蓦然感到心慌、心跳，头颅内剧痛如针刺，他嗷的一声抱住了头，然后就像被人拘着似的，踉踉跄跄奔出门去，在大街上狂奔几步，就倒在地上不动了。他的心脏和头颅内都像已经被巨斧砍过似的，他先前要施诸皇上和太子的痛苦而今全都在他身上一一显现了。

袁天罡如一阵清风般出现在他身旁，冷眼看着倒毙于街上的明崇俨，然后仰脸看着天相，天相似乎清晰一些了。

“天相真的和他有关？不可能，也许是天要诛之，假我之手吧。”他心里思忖着。

“哪里来的妖道，敢在天子脚下、朝堂之外杀人？”一声威严的冷喝传来。

袁天罡低头望去，却见一个面貌身材虽像少女，但还是一眼就能看出早已步入中年的妇人，她黑巾蒙面，但身上的衣着还是暴露出她的身份和地位。

原来是武后带着两个侍女跟了出来，两个侍女本来是要保护她的，此时却吓傻了般呆怔在一旁。

“天后陛下，别来可好。”他微笑着看着她，又想到她满月时那张银盘般的小脸。

“哪个跟你这妖道认识，明知我的身份还能在我面前张狂。”她看着倒地不起的明崇俨，心头无名火起，她倒并非心痛明崇俨之死，而是对于天底下居然有人敢冒犯她的尊严而勃然大怒。

她看着两个木立一旁、失神了一般的侍女，更是怒不可遏，拔出一名侍女腰间的剑向袁天罡刺去。她根本没想到自己的危险，自从她十二岁时父亲告诉她袁天罡给她做的预言后，她就坚定信念，她是秉承天运而生，没人能伤害得了她。

袁天罡心头也是一怒，他不是冲着武后，而是对天上的异象，他感觉这异象好像一根看不见的绳子般，把自己牵扯到京城来，自己简直成了上天手中的傀儡人了。

他一手伸出，欲扼住武后的脖子，手离武后还有三尺，武后就感到喘息维艰，仿佛被一只巨钳夹住了。

袁天罡心中蓦生一股莫名的快意，眼望天上，心中思忖：这不就是你显示给我看的定数吗？我而今毁掉她，看你又如何？

他这一刻也是失去理智了，也是他多年来一直苦苦探索天道，总是感到近在眼前又总是抓不住，他也有些失去耐心了。

“我是秉承上天意旨而生的人，你杀不死我……”武后已经扔了剑，两手欲捂住脖颈，却怎么也举不上来。

“你还不显露真容吗？”袁天罡看着天上似有怒云翻卷的异象，在心里大声喝道，手上却加了三分力道。

他几乎听得到武后脖颈骨的喀喀声，他毫无怜惜之意，他眼中根本没有她，他只是在和高高在上又不知在何处的天道斗。

蓦地里，天上的异象变了，里面仿佛有东西炸开，然后所有的象，包括面前的武后都在他眼前消失了。

他蓦感手臂一震，仿佛自己的手是扼在一面花岗岩上。瞬间一股痒酥酥的微痛感觉传遍周身，他脑子里轰然雷鸣，耳朵里更是听到空中有巨大的隆隆声划过，就像是一个巨大的齿轮碾过他的头顶。

他心头又是狂骇又是狂喜：上苍之手。上苍之手终于出现了。

下一个瞬间，一直存储他心中、不断在脑中盘旋的那套京房体系也被激活了，先是缓慢，然后却是疾速旋转，里面传出光、热、声音和图像，图像里有日月星辰、山河大地、鸟兽虫鱼，更有无尽的人影在晃动。

天道，这就是天道，不会错！

他惊喜万状，同时也了悟了，那套京房体系缺的并不是龙睛，而是初始动力，就如一块石头，无论多么完整，在地上是无法划出轨迹的，一定要有人把它掷出。京房体系就是这块石头，上苍之手已经把它掷了出去。也只有上苍之手才有这种动力，任何人甚至神祇、佛菩萨都不行，他也不行。

他脑中无数万种念头伴随着无数万种景象同时滋生又同时起灭，如海浪般汹涌澎湃、奔腾不息，这些念头和景象并不是他想出来的，而是自动生出的，他只是一个旁观者。

宇宙，这就是宇宙。

武后闭上了眼睛，心中还在不解：我不是秉承上天气运而生的吗？我怎么还会被人杀死？

忽然，脖子上的压力消失了，她咳嗽了几声，双手这才捂住了脖子，再看哪里还有什么妖道，眼前一个鬼影子都没有。

“天后，您怎么了？”两个侍女此时才缓过神来，上前扶住武后。

“滚。”武后此时恨不得杀了她们，这两个没用的东西，用着她们的时候竟然都呆傻了。

“天后，怎么办？”一个侍女看着地上的明崇俨，似乎到现在也还不明白究竟是怎么回事。

“怎么办？回宫。”武后怒气冲冲地先走了，她还没失去理智，万一被人发现她在这里，街上还有一具死尸，各种谣言就会飞满天了。

武后走后，明崇俨的家人才从里面出来，武后来后，明崇俨命令家中的人都回避了，他不想让家人知道武后来到的消息，免得传出去。结果一个家人看到大门开着，这才出去张望，不意却看到主人横尸街上。

喧嚷了一阵后，自然马上向长安府报案，长安府尹于睡梦中被人叫醒，知道消息后更是震惊，亲自带着捕快们来现场办案。

查了半夜，什么线索也没有，第二天只好向皇上打了一份含糊的报告，说是明崇俨夜里被一个盗贼杀了。

武后明知是怎么回事，却不能说出一个字，假装震怒，严令长安府缉拿罪犯，她也是想通过长安府查出那妖道的来历。

明崇俨死后，一直困于眩疾的高宗神奇般地好了，知道明崇俨遇刺的消息更是怒不可遏，严令长安府限期缉拿罪犯。

长安府即便个个都是神探，也没法找到这个凶手，何况明崇俨死状太蹊跷了，有人甚至猜测说，明崇俨一辈子请神拘鬼的，是不是一不小心，被他拘来的恶鬼反噬杀害。这当然是很好的理由，可是没法这样向皇上交代。

抓不到正犯，限期又到了，长安府为求塞责，就胡乱抓了几十人关在监狱里，日日严刑拷打，希望其中有一个承受不了酷刑，招认是凶手，这案子也就结了。

长安府的酷刑委实有效，几天下来，就有十几个人招供自己杀了明崇俨，尽管他们当晚在家中睡觉，有全家人做证，他们也根本不知道明崇俨是何方神圣，还是供认不讳。

然而凶手多了也不好，毕竟只能有一个，不可能这些人都商量好了，组团杀害明崇俨。长安府尹一时甄别不清，就把犯人的供词呈报给皇上。

高宗真乃爱民如子的明君也，看到杀害良民的罪犯就恨不得食肉寝皮，立刻下旨，把十几个凶手一起斩了，马上执行。

大臣们却还有不少糊涂的，纷纷上书劝谏，说皇上这是在明着制造冤案。同时，关于明崇俨和武后暗中施巫蛊术的传言流布开来，武后有些坐不住了，再让群臣如此无理地闹下去，真不知伊于胡底了。她悄悄安排一个人去长安府自首，说明崇俨是他杀的，他的供词严丝合缝，没有半点破绽，长安府这才最后定案，把关在狱里的几十个嫌疑犯每人敲了一笔钱让家人领回去了。

随后长安府按照武后的授意安排一次假行刑，这位凶手在刑场被“砍头”后，又活蹦乱跳地回家了。

多年后，中宗复辟，这位“凶手”做了长安一个把守城门的小官，酒酣耳热之际就常常向人讲起他当年诛杀明崇俨的光荣往事。

第四十三章

袁天罡不知自己何时已回到了蟠龙峰观星楼，他更不知道自己是何时、如何回来的，他已经全身心浸入天道中，根本感觉不出任何身外的事。

他时而像鱼遨游在海洋中，时而又仿佛所有的海水都在自己身体里，所有景象都在他身体内显现。他观看着、领悟着，身心却比佛家所说的禅定中的大欢喜、大安详更为舒适惬意。

他真正入定了，或许不能说是入定，没什么词语能形容他此时的状态。他在观星楼顶层一坐就是三个月。

李淳风等人还不知师傅是何时回来的，只是看到顶楼亮起了灯光，就小心推门进去看，却发现师傅安然端坐在中间，脸上的神情更是他们从所未见，李淳风和两个弟子悄悄退出去，然后每天待在门外面，等待师傅的召唤。他心中也纳闷，师傅不是去洛阳了吗，何时回来的？

过了一个月后，袁天罡门下弟子开始有人窃议：师傅是不是坐化了？一个月不吃不喝，这还是从来没有过的事。任何人也不能一个月不吃不喝呀？

李淳风训斥他们，师傅绝不是坐化，而是明悟。别说一个月不吃不喝，就算一年不吃不喝在师傅而言也是小事，只管等候师傅召唤就是。

三个月后，袁天罡从这种在天道中明悟的状态中退出，站了起来，然后把所有弟子叫进来。

弟子们都跪坐在他面前，他却是良久无语。他有太多的东西要对弟子讲，要向他们传授完整的天道，可是却发现没法表达，此时他才真正了悟老子所说的名非名、道非道的真谛，不是真正领悟过天道的人是永远无法明了这句话的。

老子当年已经尽自己最大能力给尹喜他们讲述天道了，还是被后人称作“以己之昏昏，使人昭昭”。他此时才明白，老子的话已经是最明朗、最简捷的了，他也无法讲述得更简明、更昭昭。老子无法使后人昭昭，他也同样做不到。佛陀在世给弟子们传授了大藏经，寂灭前却对弟子们说他什么也没讲过，如果谁说他讲过什么，就是毁佛谤道，他现在也明白了。

他沉思良久，反复沉吟，最后还是只能把那套已经完善的京房体系讲述给弟子们，他无法把鱼直接给他们，只好传授他们最好的荃和钓鱼技术。

弟子们受教后人人心中欢喜，退了出去，李淳风留在最后，再次向师傅跪拜说：“恭喜师傅明悟了。”

袁天罡点点头，微笑地看着他。李淳风是自己门下最杰出的弟子，也是几百年不遇的天才，可是他能否像自己一样了悟天道，他也没把握，这事需要天缘，不只是天才、学识、勤学和苦求。如果只需要这些，自己的师傅也早就开悟了。

“师傅，您还是给我们留下些东西吧。”李淳风忽然想到，师傅既然已经了悟天道，驻世的日子可能就不多了。他的心情和尹喜当年一样，希望师傅也能留下《道德经》这样的神作，即便后人无法借此悟道，至少还有路径可寻。就算不用来了悟天道，其中也必定蕴含无穷的义理和人生的真谛。

袁天罡又点点头，示意他出去。然后便在几上伏案疾书起来。他边写边想着什么，然后又画起来。

三天后，袁天罡把李淳风叫进去，拿起案上一叠纸交给李淳风。

李淳风看后大惊，开始没明白师傅写画的是什么，随后才恍然，师傅这是写画的六十件事，既合一甲子之数，也是六十个卦象。为什么是六十个而不是六十四卦象？他又感不解，便接着看下去。

看完第一遍，他感觉出这是师傅预测出的未来会发生的六十桩重大历史事件。他微感失望，他从不怀疑师傅的预测能力，师傅既然预测出将来会发生这些事，那就一定会发生，但这对后人探索天道的裨益不大。师傅缘何一定要写六十件事，合一甲子之数，而不是多写上四件事，合六十四卦象。在易学上，六十四卦象显然要比一甲子的数重要得多。

袁天罡看出了他心中的疑问，笑道：“这就是我的《道经》和《德经》，你慢慢参详吧。另外找人摹刻，越多越好，散布出去。这就是我留在这世上的最后也是最重要的著作了。”

李淳风捧着纸退出去，到了门口忽然转身问道：“师傅，既然是著作，还需要有个书名呀。”

袁天罡沉吟道：“这名字倒是不好起，取什么名都对不上景儿。我明悟天道与他人不同，是先用京房体系推算，而且是逆向推算，最后才明悟天道的，这里主要还是图画，就叫逆推图吧，逆推不好听，就叫推背图吧。对，推背，这名字有味道。万万千千说不尽，不如推背去归休。”他哈哈笑着，挥手让李淳风出去。

他回思自己这本《推背图》的产生，图像是自己看到的，也就是照着画下来，当然其中又埋藏着无穷的玄机。以画代替文字还是有许多想象不到的妙用。那些谶言是随画的产生而自动在脑中生成的，他也不知是天道给他的“天启”，抑或是他自己思维所生，而今这两种已经水乳交融了。

颂言倒是他精心构思的，这些字可不单单是对画的解释，每一个字都堪称是天道的密码，尤其对应着那套京房体系，有无穷的奥秘。

“这就是我的道，我所明悟的道。”他在心中回味着，然后又盘膝坐下，继续沉浸到天道中，这一坐就是三年。

李淳风捧着那叠纸如捧拱璧，先回到自己房间里又仔细读了几遍，果然又有了新发现。这些画不单纯是画，其中大有玄机，难怪师傅画了整整三天三夜，画中的线条都是浓缩的卦爻，巧妙地嵌合在一起，一幅不大的画像中居然隐藏着六十三个卦象，与写明的那个卦象恰好合上六十四卦。也就是说，师傅不是只写了六十个卦象，而是六十个六十四卦，合一甲子后又开始往复循环，以至无穷，全部合起来就是一部浓缩的京房体系。

李淳风摸摸脑袋：师傅这是怎么做到的？京房当年雄心勃勃要把一个宇宙缩入一个体系中，终于未能完成，其后虽然易学高人辈出，却没人能在其上添一砖一瓦，多少年后才在师傅手上完成了，师傅不但完成了这套庞大精深无比的体系，还能把它浓缩入六十幅画像中，这真是鬼神莫测的神通。

他再看那些谶言和颂言，若然参悟出一些，这些谶和颂固然是解释图像，预示将来要发生的大事的，但本身合在一起就是京房体系运作的密码，有了这些密码，京房体系才能运转周流，永不停息，借助这套体系也就可以算出任何想知道的事或物。

这就是道，师傅明悟的道。那么德哪？师傅说还有《德经》的。

他又参悟起来，也是一连参悟了三天三夜，又破解了其中一个奥秘，每个六十四卦组合在一起后，就可以还原成一篇文字，合起来就是六十篇文字，在京房体系中，每一个字都可以是一个卦象，卦象变动、运转开后，就可以还原出一系列的文字。他把这些文字写在纸上，这些可不如谶言、颂言那样直观了，他参详许久也只是参悟出一些味道来。

这就是师傅的《德经》。

他先用纸张精心摹刻了一份后，比较再三，没有丝毫差讹，这才把自己摹刻的这份找到巧手匠人刻板印刷，师傅亲笔绘写的那份，他就留作私藏了。

印刷出来后，众弟子们人手一份自不消说，还大量散发出去。世人都不敢把这本《推背图》当作一般的谶纬，而是当作一本《天道启示录》，但其中所隐藏的诸般奥秘却无人能参悟出来。后来摹刻增多也失真了，其中的卦爻就无法看出，其中的谶、颂两部分也因传写讹误，失去了其中神秘的内涵。

这也许都是天意，袁天罡一生著述甚丰，却都莫名地失传了，那套京房体系也失传了，留在世上的依然只是京房创建的半成品。袁天罡留下的只有这部残缺的、失去内在奥秘的《推背图》。他那些著述只在史书的经藉录中留下了书名而已。而他的弟子李淳风的著述却基本都传留至今。

三年后的一天夜里，观星楼忽然被一阵红光笼罩，随后顶层房间里传来一声清啸，弟子们惊醒后，上来查看，却发现师傅已经不见了。

他们仰望星辰，发觉星空格外璀璨明亮，似乎有一道光晕横贯天际，如雨后傍晚时见到的白虹贯日。

“师傅成仙而去了。”所有弟子心中都明白了，他们跪倒在观星楼的观星台上，向上苍俯拜。

几个月后，各地纷纷传来消息，都宣称在某地、某日亲眼看到袁天罡白日飞升，袁天罡成仙的消息传遍四海。

此后，人间再无他的踪影，只留下无数美丽的传说和一部《推背图》，每隔多少年便用一件书中预测到的事来警醒世人：天道不虚，天道是实实在在存在的。

附录

第一象　甲子 乾下乾上 乾卦

谶曰：

茫茫天地　不知所止

日月循环　周而复始

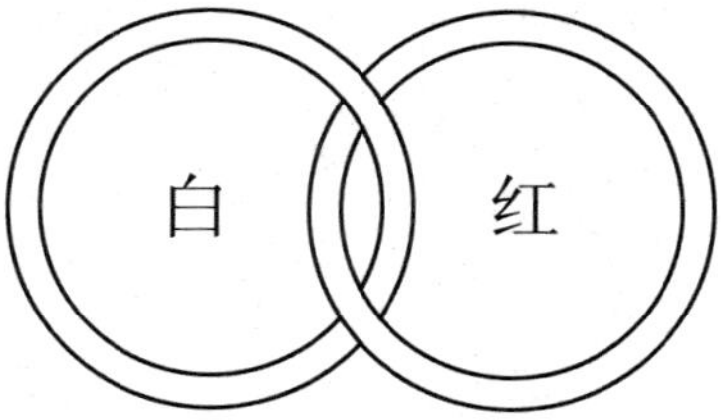

颂曰：

自从盘古迄希夷

虎斗龙争事正奇

悟得循环真谛在

试于唐后论元机

金圣叹注解：

此象主古今治乱相因，如日月往来，阴阳递嬗，即孔子百世可知之意，红者为日，白者为月，有日月而后昼夜成，有昼夜而后寒暑判，有寒暑而后历数定，有历数而后统系分，有统系而后兴亡见矣。

第二象　乙丑 巽下乾上 姤卦

谶曰：
累累硕果　莫明其数
一果一仁　即新即故

颂曰：
万物土中生
二九先成实
一统定中原
阴盛阳先竭

金圣叹注解：

一盘果子即李实也，其数二十一，自唐高祖至昭宣凡二十一主。二九者，指唐祚二百八十九年。阴盛者指武曌当国，淫昏乱政，几危唐代。厥后开元之治虽足媲美贞观，而贵妃召祸，乘舆播迁，女宠代兴，良娣继之，亦未始非阴盛之象。

第三象　丙寅 艮下乾上 遯卦

谶曰：
日月当空　照临下土
扑朔迷离　不文亦武

颂曰：
参遍空王色相空
一朝重入帝王宫
遗枝拔尽根犹在
喔喔晨鸡孰是雄

金圣叹注解：

此象主武曌当国，废中宗于房州，杀唐宗室殆尽。初武氏削发为尼，故有参遍空王之句。高宗废后王氏而立之，故有喔喔晨鸡孰是雄之兆。

第四象　丁卯 坤下乾上 否卦

谶曰：

飞者不飞　走者自走

振羽高冈　乃克有后

颂曰：

威行青女实权奇

极目萧条十八枝

赖有猴儿齐着力

已倾大树仗扶持

金圣叹注解：

此象主狄仁杰荐张柬之等五人反周为唐。武后尝梦鹦鹉两翼俱折，狄仁杰曰：武者，陛下之姓也，起二子则两翼振矣。五猴，指张柬之等五人。

第五象　戊辰 坤下巽上 观卦

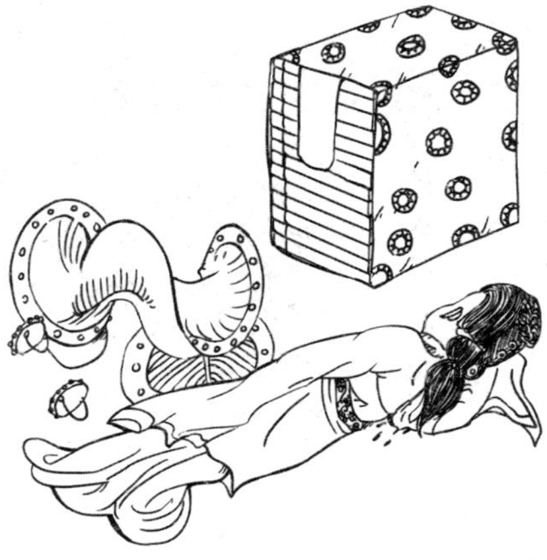

谶曰：

杨花飞　蜀道难

截断竹箫方见日

更无一吏乃平安

颂曰：

渔阳鼙鼓过潼关

此日君王幸剑山

木易若逢山下鬼

定于此处葬金环

金圣叹注解：

一马鞍指安禄山，一史书指史思明。一妇人死卧地上，乃贵妃死于马嵬驿。截断竹箫者肃宗即位，而安史之乱平。

第六象　己巳 坤下艮上 剥卦

谶曰：

非都是都　非皇是皇
阴霾既去　日月复光

颂曰：

大帜巍巍树两京
辇舆今日又东行
乾坤再造人民乐
一二年来见太平

金圣叹注解：

此象主明皇还西京。至德二载九月，广平王俶、郭子仪收复西京，十月收复东京，安史之乱尽弭。十二月迎上皇还西京，故云再造。

第七象　庚午 震下乾上 无妄卦

谶曰：

旌节满我目　山川蹋我足
破关客乍来　陡令中原哭

颂曰：

蝼蚁从来足溃堤
六宫深锁梦全非
重门金鼓含兵气
小草滋生土口啼

金圣叹注解：

此象主藩镇跋扈及吐蕃入寇中原。

第八象　辛未 坤下离上 晋卦

谶曰：

欃枪血中土　破贼还为贼

朵朵李花飞　帝曰迁大吉

颂曰：

天子蒙尘马首东

居然三杰踞关中

孤军一驻安社稷

内外能收手臂功

金圣叹注解：

此象主建中之乱，三人者李希烈、朱泚、李怀光也。李怀光以破朱泚功，为卢杞所忌，遂反，故曰破贼还为贼。三人先后犯阙，德宗乘舆播迁，赖李晟以孤军收复京城，而社稷重安矣。

第九象　壬申 乾下离上 大有卦

谶曰：

非白非黑　草头人出

借得一枝　满天飞血

颂曰：

万人头上起英雄

血染河山日色红

一树李花都惨淡

可怜巢覆亦成空

金圣叹注解：

此象主黄巢作乱。唐祚至昭宗，朱温弑之以自立，改号梁温，为黄巢旧党，故曰巢覆亦成空。

第十象　癸酉 坎下坎上 坎卦

谶曰：

荡荡中原　莫御八牛

泗水不涤　有血无头

颂曰：

一后二主尽升遐

四海茫茫总一家

不但我生还杀我

回头还有李儿花

金圣叹注解：

此象主朱温弑何皇后、昭宣、昭宗而自立，所谓一后二主也。未几，为次子友珪所弑，是颂中第三句意。李克用之子存勖代父复仇，百战灭梁，改称后唐，是颂中第四句意。

第十一象　甲戌 兑下坎上 节卦

谶曰：

五人同卜　非禄非福

兼而言之　喜怒哀乐

颂曰：

龙蛇相斗三十年

一日同光直上天

上得天堂好游戏

东兵百万入秦川

金圣叹注解：

此象主伶人郭从谦作乱，唐主为流矢所中。

第十二象　乙亥 震下坎上 屯卦

谶曰：

块然一石　谓他人父

统二八州　已非唐土

颂曰：

反兆先多口

出入皆无主

系铃自解铃

父亡子亦死

金圣叹注解：

此象主石敬瑭求救于契丹。唐主遣张敬达讨石敬瑭，敬瑭不得已，求救于契丹，事之以父礼，贿以幽蓟十六州。晋帝之立固契丹功也，然卒以契丹亡，故有系铃解铃之兆。

第十三象　丙子 离下坎上 既济卦

谶曰：

汉水竭　雀高飞

飞来飞去何所止

高山不及城郭低

颂曰：

百个雀儿水上飞

九十九个过山西

唯有一个踏破足

高栖独自理毛衣

金圣叹注解：

此象主周主郭威夺汉自立。郭威少贱，世称之曰郭雀儿。

第十四象　丁丑 离下兑上 革卦

谶曰：
李树得根芽
石榴漫放花
枯木逢春只一瞬
让他天下竞荣华

颂曰：
金木水火土已终
十三童子五王公
英明重见太平日
五十三参运不通

金圣叹注解：

此象主周世宗承郭威受命为五代之终，世宗姓柴名荣，英明武断，勤于为治，惜功业未竟而殂。五代共五十三年，凡八姓十三主，颂意显然。

第十五象　戊寅 离下震上 丰卦

谶曰：
天有日月　地有山川
海内纷纷　父后子前

颂曰：
战事中原迄未休
几人高枕卧金戈
寰中自有真天子
扫尽群妖见日头

金圣叹注解：

此象主五代末造割据者星罗棋布，惟吴越钱氏（钱镠四世）稍图治安，南唐李氏（李昪三世）略知文物，馀悉淫乱昏虐。太祖崛起，拯民水火。太祖小名香孩儿，手执帚者，扫除群雄也。

第十六象　己卯 离下坤上 明夷卦

谶曰：

天一生水　姿禀圣武

顺天应人　无今无古

颂曰：

纳土姓钱并姓李

其余相次朝天子

天将一统付真人

不杀人民更全嗣

金圣叹注解：

此象主宋太祖受禅汴都，天下大定，钱李二氏相率归化，此一治也。

第十七象　庚辰 坎下坤上 师卦

谶曰：

声赫赫　干戈息

扫边氛　奠邦邑

颂曰：

天子亲征乍渡河

欢声百里起讴歌

运筹幸有完全女

奏得奇功在议和

金圣叹注解：

此象主宋真宗澶渊之役。景德元年，契丹大众入寇，寇准劝帝亲征，乃幸澶渊。既渡河，远近望见御盖，皆踊跃呼万岁，声闻数十里，契丹夺气，遂议和。

第十八象　辛巳 艮下艮上 艮卦

谶曰：

天下之母　金刀伏兔

三八之年　治安巩固

颂曰：

水旱频仍不是灾

力扶幼主坐灵台

朝中又见钗光照

宇内承平气象开

金圣叹注解：

此象主仁宗嗣立，刘太后垂帘听政。旁有一犬，其惟狄青乎？

第十九象　壬午 离下艮上 贲卦

谶曰：

众人嚣嚣　尽入其室

百万雄师　头上一石

颂曰：

朝用奇谋夕丧师

人民西北尽流离

韶华虽好春光老

悔不深居坐殿墀

金圣叹注解：

此象主神宗误用安石，引用群邪，致启边衅，用兵西北，丧师百万。熙宁初，王韶上平戎三策，安石惊为奇谋，力荐于神宗，致肇此祸。

第二十象　癸未 离下乾上 同人卦

谶曰：

朝无光　日月盲

莫与京　终旁皇

颂曰：

父子同心并同道

中天日月手中物

奇云翻过北海头

凤阙龙廷生怛恻

金圣叹注解：

此象主司马光卒，蔡京父子弄权，群小朋兴，贤良受锢，有日月晦盲之象。

第二十一象　甲申 兑下艮上 损卦

谶曰：

空厥宫中　雪深三尺

吁嗟元首　南辕北辙

颂曰：

妖氛未靖不康宁

北扫烽烟望帝京

异姓立朝终国位

卜世三六又南行

金圣叹注解：

此象主金兵南下，徽宗禅位。靖康元年十一月，京师陷，明年四月，金以二帝及宗室妃嫔北去，立张邦昌为帝。卜世三六者，宋自太祖至徽钦，凡九世，然则南渡以后又一世矣。

第二十二象　乙酉 兑下离上 睽卦

谶曰：

天马当空　否极见泰

凤凤淼淼　木鞴大赖

颂曰：

神京王气满东南

祸水汪洋把策干

一木会支二八月

临行马色半平安

金圣叹注解：

此象康王南渡，建都临安，秦桧专权，遂成偏安之局。木鞴，康王名构，一月会支二八月者，指秦桧也，木会为桧，春半秋半却成一秦字。

第二十三象　丙戌 兑下乾上 履卦

谶曰：

似道非道　乾沉坤黯

祥光宇内　一江断楫

颂曰：

胡儿大张挞伐威

两柱擎天力不支

如何兵火连天夜

犹自张灯作水嬉

金圣叹注解：

此象主贾似道当权，汪立信、文天祥辈不能以独力支持宋室。襄樊围急，西子湖边似道犹张灯夜宴，宋室之亡其宜也。

第二十四象　丁亥 兑下巽上 中孚卦

谶曰：

山崖海边　不帝亦仙

二九四八　于万斯午

颂曰：

十一卜人小月终

回天无力道俱穷

干戈四起疑无路

指点洪涛巨浪中

金圣叹注解：

此象主帝昺迁崖山。元令张弘范来攻，宋将张世杰兵溃，陆秀夫负帝赴海，宋室以亡。

第二十五象　戊子 艮下巽上 渐卦

谶曰：

北帝南臣　一兀自立

斡难河水　燕巢补裁

颂曰：

鼎足争雄事本奇

一狼二鼠判须臾

北关锁钥虽牢固

子子孙孙五五宜

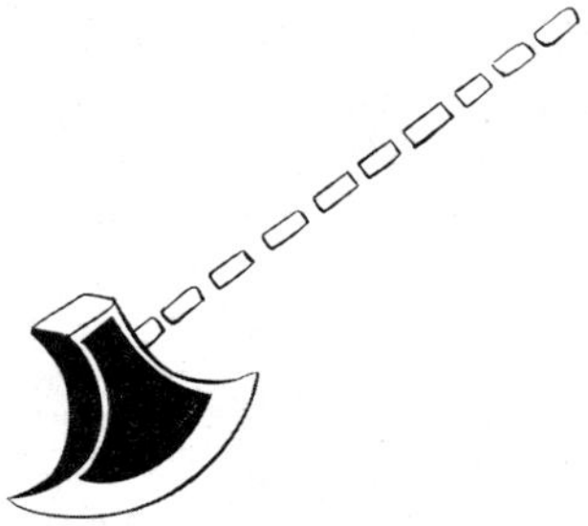

金圣叹注解：

此象主元太祖称帝斡难河，太祖名铁木真，元代凡十主。斧铁也，柄木也，斧柄十段即隐十主之意。

第二十六象　己丑 震下震上 震卦

谶曰：

时无夜　年无米

花不花　贼四起

颂曰：

鼎沸中原木木来

四方警报起边垓

房中自有长生术

莫怪都城彻夜开

金圣叹注解：

此象主顺帝惑西僧房中运气之术，溺于娱乐，以致刘福通、徐寿辉、方国珍、明玉珍、张士诚、陈友谅等狼顾鸱张，乘机而起。宦官朴不花壅不上闻，至徐达、常遇春直入京师，都城夜开，毫无警备。有元一代竟丧于淫僧之手，不亦哀哉。刘福通立韩林儿为帝，故曰木木来。

第二十七象　庚寅 乾下震上 豫卦

谶曰：

惟日与月　下民之极

应运而兴　其色曰赤

颂曰：

枝枝叶叶现金光

晃晃朗朗照四方

江东岸上光明起

谈空说偈有真王

金圣叹注解：

此象主明太祖登极。太祖曾为皇觉寺僧，洪武一代，海内熙洽，治臻太平。

第二十八象　辛卯 坎下震上 解卦

谶曰：

草头火脚　宫阙灰飞

家中有鸟　郊外有尼

颂曰：

羽满高飞日

争妍有李花

真龙游四海

方外是吾家

金圣叹注解：

此象主燕王起兵，李景隆迎燕兵入都，宫中大火，建文祝发出亡。

第二十九象　壬辰 巽下震上 恒卦

谶曰：

枝发厥荣 为国之栋

皞皞熙熙 康乐利众

颂曰：

一枝向北一枝东

又有南枝种亦同

宇内同歌贤母德

真有三代之遗风

金圣叹注解：

此象主宣宗时张太后用杨士奇、杨溥、杨荣三人，能使天下又安，希风三代，此一治也。时人称士奇为西杨，溥为南杨，荣为东杨。

第三十象　癸巳 巽下坤上 升卦

谶曰：

半圭半林　合则生变

石亦有灵　生荣死贱

颂曰：

缺一不成也占先

六龙亲御到胡边

天心复见人心顺

相克相生马不前

金圣叹注解：

此象主张太后崩，权归王振，致有乜先之患。其后上皇复辟，石亨自诩首功，率以恣横伏诛，此一乱也。

第三十一象　甲午 离下巽上 家人卦

谶曰：

当涂遗孽　秽乱宫阙

一男一女　断送人国

颂曰：

忠臣贤士尽沉沦

天启其衷乱更纷

纵有胸怀能坦白

乾坤不属旧明君

金圣叹注解：

此象主天启七年间，妖气漫天，元气受伤。一男一女指魏阉与客氏而言。客氏，熹宗乳母，称奉圣夫人。

第三十二象　乙未 巽下坎上 井卦

谶曰：

马迹北阙 犬嗷西方

八九数尽 日月无光

颂曰：

杨花落尽李花残

五色旗分自北来

太息金陵王气尽

一枝春色占长安

金圣叹注解：

此象主李闯、张献忠扰乱中原，崇祯投缳梅山，福王偏安不久，明祀遂亡。颂末句似指胡后，大有深意。

第三十三象　丙申 巽下兑上 大过卦

谶曰：

黄河水清　气顺则治

主客不分　地支无子

颂曰：

天长白瀑来

胡人气不衰

藩离多撤去

稚子半可哀

金圣叹注解：

此象乃满清入关之徵。反客为主，殆亦气数使然，非人力所能挽回欤。辽金而后胡人两主中原，觥觥汉族对之得毋有愧。

第三十四象　丁酉 巽下巽上 巽卦

谶曰：

头有发　衣怕白

太平时　王杀王

颂曰：

太平又见血花飞

五色章成里外衣

洪水滔天苗不秀

中原曾见梦全非

金圣叹注解：

证已往之事易，推未来之事难，然既证已往，不得不推及将来。吾但愿自此以后，吾所谓平治者幸而中，吾所谓不平治者幸而不中，而吾或可告无罪矣。此象疑遭水灾或兵戎与天灾，共见此一乱也。

第三十五象　戊戌 震下兑上 随卦

谶曰：

西方有人　足踏神京

帝出不还　三台扶倾

颂曰：

黑云黯黯自西来

帝子临河筑金台

南有兵戎北有火

中兴曾见有奇才

金圣叹注解：

此象疑有出狩事，亦乱兆也。

第三十六象　己亥 乾下巽上 小畜卦

谶曰：
纤纤女子 赤手御敌
不分祸福 灯光蔽日

颂曰：
双拳旋转乾坤
海内无端不靖
母子不分先后
西望长安入觐

金圣叹注解：
此象疑一女子能定中原，建都长安。

第三十七象　庚子 震下巽上 益卦

谶曰：
汉水茫茫　不统继统
南北不分　和衷与共

颂曰：
水清终有竭
倒戈逢八月
海内竟无王
半凶还半吉

金圣叹注解：
此象虽有元首出现，而一时未易平治，亦一乱也。

第三十八象　辛丑 震下离上 噬嗑卦

谶曰：

门外一鹿　群雄争逐

劫及鸢鱼　水深火热

颂曰：

火运开时祸蔓延

万人后死万人先

海波能使江河浊

境外何殊在目前

金圣叹注解：

此象兵祸起于门外，有延及门内之兆。

第三十九象　壬寅 巽下兑上 颐卦

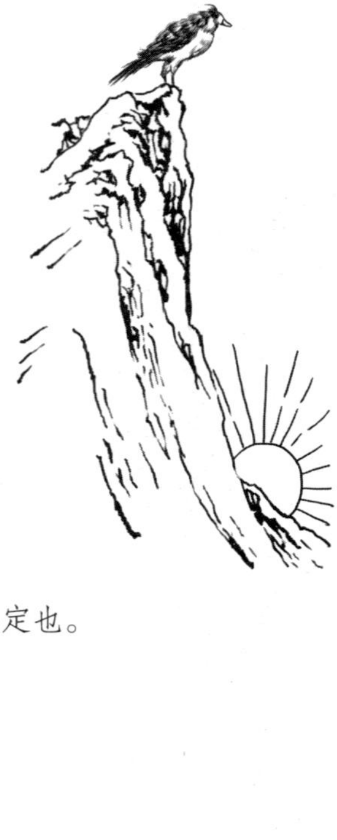

谶曰：

鸟无足　山有月

旭初升　人都哭

颂曰：

十二月中气不和

南山有雀北山罗

一朝听得金鸡叫

大海沉沉日已过

金圣叹注解：

此象疑外夷争斗，扰乱中原，必至酉年始得平定也。

第四十象　癸卯 巽下艮上 蛊卦

谶曰：
一二三四　无土有主
小小天罡　垂拱而治

颂曰：
一口东来气太骄
脚下无履首无毛
若逢木子冰霜涣
生我者猴死我雕

金圣叹注解：
此象有一李姓，能服东夷，而不能图长治久安之策，卒至旋治旋乱，有兽活禽死之意也。

第四十一象　甲辰 离下离上 离卦

谶曰：
天地晦盲　草木蕃殖
阴阳反背　上土下日

颂曰：
帽儿须戴血无头
手弄乾坤何日休
九十九年成大错
称王只合在秦州

金圣叹注解：
此象一武士擅握兵权，致肇地覆天翻之祸，或一白姓者平之。

第四十二象　乙巳 艮下离上 旅卦

谶曰：
美人自西来
朝中日渐安
长弓在地
危而不危

颂曰：
西方女子琵琶仙
皎皎衣裳色更鲜
此时浑迹居朝市
闹乱君臣百万般

金圣叹注解：
此象疑一女子当国，服色尚白，大权独揽，几危社稷，发现或在卯年，此始乱之兆也。

第四十三象　丙午 巽下离上 鼎卦

谶曰：
君非君 臣非臣
始艰危 终克定

颂曰：
黑兔走入青龙穴
欲尽不尽不可说
唯有外边根树上
三十年中子孙结

金圣叹注解：
此象疑前象女子乱国未终，君臣出狩，有一杰出之人为之底定，然必在三十年后。

第四十四象　丁未 坎下离上 未济卦

谶曰：
日月丽天　群阴慑服
百灵来朝　双羽四足

颂曰：
中国而今有圣人
虽非豪杰也周成
四夷重译称天子
否极泰来九国春

金圣叹注解：
此象乃圣人复生，四夷来朝之兆，一大治也。

第四十五象　戊申 坎下艮上 蒙卦

谶曰：
有客西来　至东而止
木火金水　洗此大耻
颂曰：
炎运宏开世界同
金乌隐匿白洋中
从此不敢称雄长
兵气全销运已终

金圣叹注解：
此象于太平之世复见兵戎，当在海洋之上，自此之后，更臻盛世矣。

第四十六象　己酉 坎下巽上 涣卦

谶曰：

黯黯阴霾　杀不用刀

万人不死　一人难逃

颂曰：

有一军人身带弓

只言我是白头翁

东边门里伏金剑

勇士后门入帝宫

金圣叹注解：

此象疑君王昏聩，一勇士仗义兴兵，为民请命，故曰万人不死一人难逃。

第四十七象　庚戌 坎下乾上 讼卦

谶曰：

偃武修文 紫薇星明

匹夫有责 一言为评

颂曰：

无王无帝定乾坤

来自田间第一人

好把旧书多读到

义言一出见英明

金圣叹注解：

此象有贤君下士、豪杰来归之兆。盖辅助得人，而帝不居德，王不居功，蒸蒸然有无为而治之盛。此一治也。

第四十八象　辛亥 离下乾上 同人卦

谶曰：
卯午之间　厥象维离
八牛牵动　雍雍熙熙

颂曰：
水火既济人民吉
手执金戈不杀贼
五十年中一将臣
青青草自田间出

金圣叹注解：
此象疑一朱姓与一苗姓争朝纲，而朱姓有以德服人之化，龙蛇相斗，想在辰巳之年，其建都或在南方。

第四十九象　壬子 坤下坤上 坤卦

谶曰：
山谷少人口　欲剿失其巢
帝王称弟兄　纷纷是英豪

颂曰：
一个或人口内啼
分南分北分东西
六爻占尽文明见
棋布星罗日月齐

金圣叹注解：
久分必合，久合必分，理数然也，然有文明之象，当不如割据者之纷扰耳。

第五十象　癸丑 震下坤上 复卦

谶曰：

水火相战　时穷则变

贞下起元　兽贵人贱

颂曰：

虎头人遇虎头年

白米盈仓不值钱

豺狼结队街中走

拨尽风云始见天

金圣叹注解：

此象遇寅年必遭大乱，君昏臣暴，下民无生息之日，又一乱也。

第五十一象　甲寅 兑下坤上 临卦

谶曰：

阴阳和　化以正

坤顺而感　后见尧舜

颂曰：

谁云女子尚刚强

坤德居然感四方

重见中天新气象

卜年一六寿而康

金圣叹注解：

此象乃明君得贤后之助，化行国内，重见升平，又一治也。

第五十二象　乙卯 乾下坤上 泰卦

谶曰：

彗星乍见　不利东北

踽踽何之　瞻彼乐国

颂曰：

欃枪一点现东方

吴楚依然有帝王

门外客来终不久

乾坤再造在角亢

金圣叹注解：

此象主东北被夷人所扰，有迁避南方之兆。角亢南极也。其后有明君出，驱逐外人，再庆升平。

第五十三象　丙辰 乾下震上 大壮卦

谶曰：

关中天子　礼贤下士

顺天休命　半老有子

颂曰：

一个孝子自西来

手握乾纲天下安

域中两见旌旗美

前人不及后人才

金圣叹注解：

此象乃一秦姓名孝者，登极关中，控制南北，或以秦为国号，此一治也。

第五十四象　丁巳 乾下兑上 夬卦

谶曰：

磊磊落落　残棋一局

啄息苟安　虽笑亦哭

颂曰：

不分牛鼠与牛羊

去毛存鞟尚称强

寰中自有真龙出

九曲黄河水不黄

金圣叹注解：

此象有实去名存之兆，或如周末时，号令不行，尚颁止朔，亦久合必分之徵也。

第五十五象　戊午 乾下坎上 需卦

谶曰：

惧则生戒　无远勿届

水边有女　对日自拜

颂曰：

觊觎神器终无用

翼翼小心有臣众

转危为安见节义

未必河山是我送

金圣叹注解：

此象有一石姓或刘姓一统中原，有一姓汝者谋篡夺之，幸有大臣尽忠王室，戒谨惕励，一切外侮不灭自灭，虽乱而亦治也。

第五十六象　己未 坤下坎上 比卦

谶曰：

飞者非鸟　潜者非鱼

战不在兵　造化游戏

颂曰：

海疆万里尽云烟

上迄云霄下及泉

金母木公工幻弄

干戈未接祸连天

金圣叹注解：

此象行军用火，即战不在兵之意。颂云，海疆万里，则战争之烈，不仅在于中国也。

第五十七象　庚申 兑下兑上 兑卦

谶曰：

物极必反　以毒制毒

三尺童子　四夷詟服

颂曰：

坎离相克见天倪

天使斯人弭杀机

不信奇才产吴越

重洋从此戢兵师

金圣叹注解：

此象言吴越之间有一童子，能出奇制胜，将燎原之火扑灭净尽，而厄运自此终矣，又一治也。

第五十八象　辛酉 坎下兑上 困卦

谶曰：

大乱平　四夷服

称弟兄　六七国

颂曰：

烽烟净尽海无波

称帝称王又统和

犹有煞星隐西北

未能遍唱太平歌

金圣叹注解：

此象有四夷来王，海不扬波之兆。惜乎西北一隅尚未平靖，犹有遗憾，又一治也。

第五十九象　壬戌 兑下艮上 咸卦

谶曰：

无城无府　无尔无我

天下一家　治臻大化

颂曰：

一人为大世界福

手执签筒拔去竹

红黄黑白不分明

东南西北尽和睦

金圣叹注解：

此乃大同之象，人生其际，饮和食德，当不知若何愉快也。惜乎其数已终，其或反本归原，还于浑噩欤。